Die Sklavin des Sultans

JANE JOHNSON

DIE SKLAVIN DES SULTANS

ROMAN

Aus dem Englischen von
Pociao

Weltbild

Die englische Originalausgabe erschien 2012 unter dem Titel
The Sultan's Wife
bei Viking, London.

Besuchen Sie uns im Internet:
www.weltbild.de

Genehmigte Lizenzausgabe für Verlagsgruppe Weltbild GmbH,
Steinerne Furt, 86167 Augsburg

Übersetzung: Pociao
Umschlaggestaltung: Johannes Frick, Neusäß
Umschlagmotiv: www.shutterstock.com
(© conrado/Subbotina Anna/Seleznev Oleg/Denis Burdin) und
www.fotolia.de (©hassan bensliman)
Gesamtherstellung: GGP Media GmbH, Pößneck
Printed in the EU
ISBN 978-3-86365-592-1

2016 2015 2014 2013
Die letzte Jahreszahl gibt die aktuelle Lizenzausgabe an.

FÜR ABDELLATIF

TEIL EINS

EINS

Erste Woche, fünfter Tag, Rabi' al-awwal
1087 Anno Hegirae
(1677 nach dem christlichen Kalender)
Meknès, Königreich Marokko

Seit den frühen Morgenstunden fällt ein so heftiger Regen, dass der Boden nur noch Morast ist. Er trommelt auf die Dachziegel und die Terrassen, wo die Frauen normalerweise die Wäsche aufhängen und das Kommen und Gehen der Männer in den Straßen beobachten. Er prasselt auf die grüne Fayence der Chaoia-Moschee und auf die vier goldenen Äpfel mit dem Halbmond auf der Spitze ihres hohen Minaretts. Er zeichnet Flecken auf die Palastmauern, dunkel wie Blut.

Die Gewänder der Handwerker kleben an ihren Körpern, während sie die gewaltigen Stücke Zedernholz betrachten, die für das Hauptportal bestimmt und jetzt durchweicht und mit Lehm verschmiert sind. Niemand hat daran gedacht, das Holz vor dem Regen zu schützen: Es ist die Zeit, in der die Blüten der Tagetes die zerklüfteten roten Hügel ringsum bedecken wie orangefarbene Schneewehen und die Feigen in den Gärten der Stadt zu reifen beginnen.

Einen Kontinent entfernt ist der französische König mit extravaganten Plänen für seinen Palast und seine Gärten in Versailles beschäftigt. Sultan Moulay Ismail, Herrscher von Marokko, hat verkündet, er werde einen Palast bauen, der den von Versailles in den Schatten stellt: Seine Mauern sollen sich von Meknès dreihundert Meilen über die Berge des Mittleren Atlas bis nach Marrakesch erstrecken! Das erste Teilstück, das Dar Kbira mit seinen zwölf hohen Pavillons, Moscheen und Hamams, Höfen und Gärten, Küchen, Kasernen und *koubbas*, steht kurz vor seiner Fertigstellung. Das Bab al-Raïs, das Hauptportal zu der Anlage, soll am nächsten Tag eingeweiht werden. Provinzgouverneure aus allen Teilen des Reiches sind bereits zu den Feierlichkeiten eingetroffen und haben Sklaven, golddurchwirkten Stoff, französische Uhren und silberne Kerzenhalter als Geschenke mitgebracht. Um Mitternacht will Ismail eigenhändig einen Wolf schlachten, den Schädel öffentlich zur Schau stellen und seinen Kadaver unter dem Tor vergraben. Aber wie, wenn das Tor selbst, Inbegriff des gesamten großartigen Unternehmens, nicht fertig ist? Und was wird der Sultan tun, wenn seine Pläne durchkreuzt werden?

Zumindest einer der Handwerker fährt sich nachdenklich über den Nacken.

Auf der anderen Seite der Anlage sitzt eine Gruppe europäischer Sklaven auf der halb eingestürzten Außenwand und bemüht sich, ein gewaltiges Loch auszubessern. Der gestampfte Lehmboden steht unter Wasser: Vermutlich waren Sand und Kalk ohnehin nicht einwandfrei verarbeitet gewesen, und jetzt hat der Regen ein Übriges getan. Unter diesen Umständen können die Reparaturarbeiten nur misslingen, und dann werden sie alle für ihre Nachlässigkeit ausgepeitscht. Wenn es nicht noch schlimmer kommt.

Die Arbeiter sind ausgezehrt und blass, ihre Gesichter von Hunger gezeichnet, ihre Kleider zerlumpt und schmutzig. Einer von ihnen, mit dichtem Bart und tief in den Höhlen liegenden Augen, versenkt sich in den trostlosen Anblick. »Teufel auch, es ist so kalt, dass selbst ein Schwein eingehen würde.«

Sein Nachbar nickt bedrückt. »Eisig wie Hull im Winter.«

»Aber in Hull gibt es wenigstens Bier.«

»Aye, und Frauen.«

Allgemeines Seufzen.

»Nach fünf Monaten hier kommen mir selbst die Frauen von Hull ganz passabel vor.«

»Und zu denken, dass man zur See fuhr, um den Frauen zu entkommen!«

Das Gelächter, das auf diese Bemerkung folgt, ist kurz und bitter. Sie alle haben die monatelange Gefangenschaft in den stinkenden, unterirdischen Verliesen überlebt, in denen die fremden Teufel sie eingesperrt haben, nachdem sie Handelsschiffe und Fischerboote von Cork bis Cornwall überfallen und ihre Mannschaften als Beute verschleppt hatten. Die ersten Wochen in Marokko haben sie damit verbracht, sich gegenseitig ihre Geschichten zu erzählen und den Traum von ihrer Heimat am Leben zu erhalten.

Plötzlich strafft Will Harvey den Oberkörper und streicht sich das triefende Haar aus dem Gesicht. »Lieber Himmel, seht euch das an!«

Alle fahren herum. Eine Innentür des großen Palastes öffnet sich, und eine seltsame Vorrichtung lugt heraus, gefolgt von einer Gestalt, die sich tief bücken muss, um durch die Tür zu passen. Dann richtet sich die Gestalt zu ihrer ganzen erstaunlichen Länge auf. Sie trägt ein dunkelrotes Gewand, das teilweise von einem weißen Umhang mit goldenen Borten verhüllt ist. Über dem Turban hält sie einen runden Baldachin aus Stoff an einem langen Stiel, der sie vor dem heftigen Regen schützt.

»Was zum Teufel ist denn das?«, fragt Harvey.

»Ich glaube, eine Art Schutzhaube«, meint Reverend Ebslie.

»Nicht das Gerät, du Dummkopf, das Ding, das es trägt. Seht nur, es sucht sich einen Weg wie ein dressiertes Pony.«

Behutsam tappt die Gestalt zwischen den Pfützen entlang.

Über den mit Juwelen besetzten *babouches* trägt sie ein Paar hoher Holzschuhe, an denen der Schlamm gierig saugt. Die Arbeiter beobachten ihren Fortschritt mit wachsender Faszination, und es dauert nicht lange, bis sie anfangen zu johlen.

»Spinner!«

»Lustbengel!«

Es ist ein seltenes Vergnügen, einen Bruchteil ihrer Qualen auf jemand anderen übertragen zu können, selbst wenn die Zielscheibe ihres Spotts ein Fremder ist, der ihre Beschimpfungen gar nicht versteht.

»Eitler Geck!«

»Lilienweiße Tunte!«

»Nichts Halbes und nichts Ganzes!«

Als hätte diese letzte und harmloseste Bemerkung ins Schwarze getroffen, hält der Höfling plötzlich mitten in der Bewegung inne und schaut zu ihnen auf, wobei er die lächerliche Vorrichtung zur Seite schwenkt. Sollten seine Bewegungen oder seine Kleidung den Eindruck von Weiblichkeit erweckt haben, so wird dieser jetzt durch das Gesicht widerlegt. Lilienweiß ist es sicher nicht und weiblich erst recht nicht. Es sieht aus, als wäre es aus Obsidian geschnitzt oder aus einem harten, vom Alter geschwärzten Holz. Wie eine Kriegsmaske, grimmig und reglos; nichts deutet auf den Menschen darunter hin, abgesehen von der drohenden weißen Linie unter der dunklen Iris des Auges, als der Blick des Mannes über sie wandert.

»Ihr solltet besser darauf achten, wen ihr beleidigt.«

Ein schockiertes Schweigen fällt über die Gruppe von Sklaven.

»Ich muss nur mit den Fingern schnippen, und schon sind die Aufseher da.«

Im Schutz einer Türöffnung, etwa dreißig Meter entfernt, sind vier Männer dabei, Tee zu kochen. Der Dampf aus dem

Kessel wabert um sie herum, sodass sie beinahe gespenstisch wirken. Doch der Eindruck des Unwirklichen trügt: Würde man sie auffordern, ihres Amtes zu walten, würden sie ihren Tee auf der Stelle vergessen und sich in die Welt von Männern, Peitschen und Knüppeln stürzen.

Die Gefangenen treten beunruhigt von einem Fuß auf den anderen; zu spät haben sie den folgenschweren Irrtum bemerkt. Normalerweise spricht kein Mensch in diesem gottverlassenen Land Englisch!

Der Höfling betrachtet sie gleichmütig. »Diese Männer wurden wegen ihrer Skrupellosigkeit ausgewählt. Sie haben keinen Funken Menschlichkeit mehr. Man hat sie darauf abgerichtet, die Faulen und Ungehorsamen gnadenlos zu bestrafen. Sie würden euch ohne die geringsten Bedenken umbringen und eure Leichen in den Mauern vergraben, die ihr gerade wiederaufbaut. An Nachschub für euch mangelt es nicht. In Meknès ist ein Leben nicht viel wert.«

Die Gefangenen wissen, dass er die Wahrheit sagt. Verzweifelt richten sich aller Augen auf ihren Sprecher Will Harvey – immerhin war es seine Schuld, weil er als Erster ihre Aufmerksamkeit auf den Mann gelenkt hat. Doch sein Kopf bleibt gesenkt, als erwartete er einen Schlag. Niemand spricht ein Wort. Die Spannung ist beinahe mit Händen zu greifen.

Am Ende hebt Harvey den Kopf. Sein Ausdruck ist stur. »Bist du ein Mann? Oder ein Teufel? Würdest du uns wegen ein paar unbedachter Worte sterben lassen?«

Den anderen bleibt die Luft weg, aber einen Augenblick lang schenkt ihm der Höfling ein düsteres Lächeln. »Ob ich ein Mann bin? Ah, das ist eine gute Frage …« Er macht eine Pause und gewährt ihnen einen langen Blick auf seinen mit Gold geschmückten Umhang, die kostbaren Armreife an den muskulösen Unterarmen, den silbernen Ring an seinem linken Ohr. »Ich bin nichts Halbes und nichts Ganzes, ein

Nichts, ein Sklave so wie ihr. Ihr solltet dankbar sein, dass sie mir das Herz ließen, als sie mich verstümmelt haben.« Damit richtet sich der Baldachin wieder auf und verbirgt sein Gesicht.

Keiner der Gefangenen spricht, niemand weiß, was damit gemeint sein kann. Sie sehen zu, wie der Höfling seinen Weg durch den Schlamm vorsichtig fortsetzt und auf den breiten Streifen unbebautes Land zusteuert, der sich zwischen dem Palast und der Medina erstreckt. Er kommt an den Aufsehern vorbei und bleibt stehen. Sie halten den Atem an. Ja, es ist eindeutig, man tauscht Grüße aus, mehr nicht. Schließlich nehmen sie ernüchtert und in dem Bewusstsein, nur um Haaresbreite dem sicheren Tod entronnen zu sein, ihre nie endende Schufterei wieder auf. Sie leben, um zu arbeiten und eines Tages zu sterben. Mehr kann man am Ende nicht erwarten.

ZWEI

»Friede sei mit Euch, Sidi.«

Sidi Kabour ist ein schlanker, älterer Mann mit einem makellos weißen Bart, sorgfältig manikürten Händen und tadellosen Manieren. Kein Mensch käme auf die Idee, dass er der größte Giftmischer in ganz Marokko ist. Er legt den Kopf schief und lächelt mir zu, ausdruckslos höflich. Die neutrale Förmlichkeit seiner Begrüßung soll den Eindruck erwecken, als wäre er mir noch nie zuvor begegnet, als wäre ich nur ein zufälliger Kunde, der über seine versteckte Bude am Ende des Henna-*souq* gestolpert ist, angezogen vom Duft des Räucherwerks, von Safran aus Taliouine und verbotenen Substanzen. In Wahrheit kennt er mich gut: Meine Herrin nimmt seine Dienste häufig in Anspruch.

Sogleich bin ich alarmiert. Ich sehe auf ihn herab, denn meine lächerlichen Holzschuhe machen mich noch größer, als ich bereits bin. »Und mit Euch, *fkih*.« Nichts wurde verraten.

Sein linkes Auge zuckt, und ich sehe an ihm vorbei. Im hinteren Teil des Ladens steht ein Mann. Als mein Blick zu dem Verkäufer zurückschweift, spitzt er die Lippen. *Vorsicht!*

»Was für ein Regen!« Ich versuche es mit gespielter Heiterkeit.

»Meine Frau, Gott schütze sie, hat gestern Mittag alle Teppiche aus dem Empfangszimmer zum Lüften auf die Terrasse gehängt.«

»Und dann vergessen, sie wieder hereinzuholen?«

Sidi Kabour zuckt hilflos mit den Achseln. »Ihre Mutter

war krank. Sie hat die Nacht an ihrem Bett verbracht und sich erst nach dem ersten Gebet an die Teppiche erinnert. Meine Großmutter hat sie mir vererbt, gewebt aus guter, fester Wolle, aber die Farben sind ausgelaufen.« Er verzieht das Gesicht, doch ich weiß, diese Konversation ist nur für die Ohren des neugierigen Kunden bestimmt. Als er die Kräuter aufzählt, die er für seine Schwiegermutter gemischt hat, und erzählt, wie sie sich auf deren Verstopfung ausgewirkt haben, unterbricht er.

»Hast du auch Wolfszwiebeln?«

Mir sträuben sich die Nackenhaare. Die Wolfszwiebel ist eine Pflanze mit sehr widersprüchlichen Eigenschaften. Wohltuende Substanzen aus der Knolle können Blutungen stillen und die Heilung von Wunden beschleunigen, wie ich selbst nur allzu gut weiß. Doch wenn man die Blätter auskocht, erhält man ein tödliches Gift. Die Pflanze ist so selten, dass sie auf dem Markt außerordentlich hohe Preise erzielt. Der Akzent des Kunden verrät, dass er aus der Gegend irgendwo zwischen dem Mittleren Atlas und der Großen Wüste stammt, wo die Wolfszwiebel am weitesten verbreitet ist, und als mein Blick ihn streift, fällt mir auf, dass er runde *babouches* trägt, die hier oben im Norden ungewöhnlich sind. Er muss wissen, dass man im *souq* von Tafraout weit weniger dafür bezahlt. Mit anderen Worten, für diesen Mann oder den Herrn, dem er dient, spielt Geld keine Rolle, und der Bedarf nach der Pflanze muss groß sein. Bleibt nur die Frage: Braucht er sie zum Heilen oder zum Töten?

Sidi Kabour verschwindet in den hinteren Teil seiner Bude. Ich spüre den Blick des Mannes auf mir, werfe ihm ein nichts sagendes Lächeln zu und erschrecke angesichts der Intensität seiner Augen. Höflinge werden oft beneidet, Lustknaben und Mohren verachtet, daher schreibe ich sie derartigen Vorurteilen zu. »*Salaam alaikum*. Friede sei mit Euch, Sidi.«

»Und mit dir.«

Unter dem Vorwand, die verfluchten Überschuhe auszuziehen, schiebe ich den Zettel mit der Liste von benötigten Substanzen unter eine Flasche mit der bevorzugten Moschussorte der Herrscherin Zidana, wo Sidi Kabour ihn finden wird. Wir haben dieses System schon häufig benutzt: Man kann nicht vorsichtig genug sein, wenn man mit Geheimnissen zu tun hat. Die Überschuhe verstaue ich in einer Nische, wo ich sie später leicht wiederfinden kann, richte mich auf und klopfe dann unter großem Gehabe den Regen von meinem Burnus, damit der Fremde sieht, dass meine Hände leer sind.

Seine Augen ruhen noch immer auf mir; bei diesem Blick bekomme ich eine Gänsehaut. Bin ich ihm am Hof begegnet? Seine Gesichtszüge kommen mir irgendwie vertraut vor. Unter der roten Strickmütze spannt sich die Haut über den Knochen. Man könnte ihn als attraktiv bezeichnen, wäre da nicht eine gewisse Gehässigkeit um den Mund. Kein Sklavenring im Ohr. Ein Freigelassener? Ein eigenständiger Händler? Alles ist möglich: Marokko ist einer der Knotenpunkte für den Welthandel, das ganze Land ein einziger Markt. Doch wenn er nur ein Händler ist, warum hat Sidi Kabour mich dann gewarnt? Und warum versucht dieser Mann, in meiner Hörweite ein starkes Gift zu kaufen? Wenn er weiß, wer ich bin, muss er auch wissen, dass ich in einer ähnlichen Mission unterwegs bin wie er. Ist das eine Art Prüfung? Und wenn ja, wer steckt dahinter?

Natürlich habe ich einen Verdacht. Ich habe gewisse Feinde, genauso wie meine Herrin.

Sidi Kabour kommt zurück. »Ist es das, wonach du suchst?«

Der Kunde schnuppert an den Knollen, als könne er allein mit der Nase feststellen, ob sie seinen Ansprüchen genügen. Noch so eine falsche Note: Jeder echte Giftmischer weiß, dass es keine Rolle spielt, wie alt die Wurzel ist. Wie ihre Verwandte, die Lilie, bewahrt die Wolfszwiebel ihre tödliche Wirkung unbegrenzt lange.

»Wie viel?«

Der Kräuterhändler nennt einen weit überhöhten Preis, und der andere willigt nach kurzem Hin und Her ein. Das überzeugt mich noch mehr davon, dass hier etwas faul ist. Während der Mann aus dem Süden in seinem Beutel nach Münzen kramt, trete ich wieder hinaus in den Henna-*souq*, wo ich um ein Haar mit einem Handkarren zusammenstoße, der hoch mit Wasserkannen, Töpfen und Pfannen beladen ist, und bringe schnell ein paar Esel, eine Schar verschleierter Frauen und eine Bande von Kindern zwischen den Verfolger und mich. Ich suche Zuflucht unter der Markise einer Kaffeebude, sehe mich um und betrachte die Vorübergehenden auf der Suche nach den scharfen Zügen unter der roten Strickmütze. Nachdem ich mich vergewissert habe, dass mir niemand folgt, verfluche ich meine Dummheit. Das Gejohle der europäischen Sklaven hat mich nervös gemacht. Ich bin nicht ich selbst.

Außerdem muss ich einiges für meinen Herrn erledigen. Ich habe keine Zeit, hier herumzustehen und meinen Verfolgungswahn zu pflegen. Am besten warte ich, bis Sidi Kabour mit dem Mann aus dem Süden fertig ist und sich der Bestellung der Herrscherin widmen kann. Ich werde später noch einmal vorbeigehen. Es gibt ein paar Substanzen auf der Liste, deren Zubereitung Zeit brauchen könnte.

Der Stand des Geschirrmachers liegt am anderen Ende des *souq*, hinter den Tuchhändlern, Kurzwarenhändlern und Schneidern, Flickschustern und Schuhmachern. Der Sattler ist ein hochgewachsener Mann, fast so dunkelhäutig wie ich selbst, mit einem großen, schwermütigen Gesicht, das sich bei meiner Frage zu einem Ausdruck komischen Entsetzens verzieht. »Einen Kotbeutel? Mit *Gold* bestickt?«

Ich nicke. »Für ein heiliges Pferd. Es hat die Pilgerreise nach Mekka gemacht; seine Exkremente dürfen nicht auf die Erde fallen.« So präzise und detailliert wie möglich beschreibe ich ihm den von Moulay Ismail gewünschten Entwurf.

Die Augen des Mannes treten hervor. »Und wie viel würde der Sultan für eine derart komplizierte Arbeit bezahlen?« Doch er wirkt bereits resigniert, denn er kennt die Antwort.

Ich breite entschuldigend die Arme aus. Der Sultan trennt sich nur ungern von seinem Geld. Das Land und alles, was es enthält, gehören ihm: Wozu soll er zahlen? Was spielt Geld in einem solchen System für eine Rolle? Dennoch häuft mein Herr es in der Schatzkammer an, und wenn man Gerüchten glauben will, auch in vielen geheimen Kammern unter der Palastanlage. Am Tag nach dem Tod seines Bruders Sultan Moulay Rachid, der im vollen Galopp von einem tief hängenden Ast eines Orangenbaums erschlagen wurde, besetzte Ismail die Schatzkammer in Fès und erklärte sich selbst zum Herrscher. Die Armee, über deren Sold er fortan bestimmte, schwor ihm auf der Stelle Treue. Mein Herr ist ein schlauer Fuchs, und er hat einen Riecher für die Macht. Er ist ein guter Herrscher, obwohl er sich selbst dazu ernannt hat.

Ich erinnere den armen Geschirrmacher daran, dass der königliche Auftrag ihm mit Sicherheit weitere lukrative Bestellungen von denen einbringen wird, die dem Beispiel meines Herrn folgen wollen, doch als ich ihn verlasse, ist er offensichtlich nicht überzeugt, dass es viele Interessenten für goldbestickte Kotbeutel geben wird.

Der Rest meiner wichtigen Aufgaben lässt sich leichter erledigen, denn die Händler kennen die Spielregeln. Außerdem gilt es als Ehre, den Herrscher zu beliefern, da er ein direkter Abkomme des Propheten ist. Damit kann man sich brüsten. Manche haben sogar Schilder entworfen, auf denen zu lesen steht: *Im Auftrag Seiner Majestät, Sultan Moulay Ismail, Herr-*

scher von Marokko, Gott schenke ihm Ruhm und ein langes Leben. Er wird länger leben als wir alle, denke ich beim Weitergehen. Mit Sicherheit länger als jeder, der sich seinen Launen nicht entziehen kann. Oder seinem Schwert.

Auf mein nächstes Ziel freue ich mich am meisten. Der koptische Buchhändler kommt nur selten nach Meknès. Zu diesem feierlichen Anlass ist er außer der Reihe angereist, mit einem Werk, das Ismail für seine berühmte Sammlung heiliger Bücher bei ihm bestellt hat. Nicht dass Ismail ein einziges Wort aus diesen Werken selbst lesen könnte. Wozu auch, wenn er Gelehrte dafür bezahlen kann? Im Übrigen kennt er den gesamten Koran auswendig, eine Fähigkeit, die er gern und häufig demonstriert. Trotzdem liebt er Bücher und behandelt sie mit großer Verehrung: Vor seiner Bibliothek hat er erheblich mehr Respekt als vor dem Leben eines Menschen.

Nach den üblichen ausgiebigen Begrüßungsformeln und Erkundigungen nach Frau, Kindern, Mutter, Cousins und Ziegen entschuldigt sich der Ägypter, um sich zu einem Tresorraum zu begeben, den er während seiner Aufenthalte in der Stadt mietet. Derweil vertreibe ich mir die Zeit damit, den Duft von altem Leder und Pergament einzusaugen, andächtig die Umschläge zu betasten und die darin eingeprägten Verse zu studieren. Atemlos, erhitzt und mit durchnässter Kapuze kommt der Buchhändler wenig später eilig zurück. Als er das Buch aus dem Leinentuch wickelt, weiß ich, warum er es nicht bei den übrigen Beständen aufbewahrt. Seine Schönheit verschlägt mir den Atem. Der Einband schimmert in zwei verschiedenen Goldtönen. Der Mittelteil des Umschlags ist mit komplizierten Mustern in einem doppelten Rahmen geschmückt. Es erinnert mich an die Teppiche in den Privatgemächern des Sultans, herrliche Stücke aus den weit entfernten Städten Herat und Tabriz.

»Darf ich?« Mein Gesicht bleibt ausdruckslos, doch meine Hände zittern, als ich danach greife.

»Aus Schiraz. Angefertigt in der Zeit der frühen Safawiden. Siehst du die durchbrochenen Muster auf dem inneren Umschlag? Eine erlesene Arbeit, aber auch hochempfindlich.«

»Ist es Seide oder Pergament?« Ich fahre mit den Fingerspitzen über das filigrane Muster, das die Innenseite des Buchdeckels bedeckt und schimmernde Rauten des darunter eingearbeiteten Türkis offenbart.

Der koptische Buchhändler lächelt nachsichtig. »Seide natürlich.«

Ich schlage das Buch aufs Geratewohl auf und stoße auf die hundertdreizehnte Sure, *Al-Falaq*. Während mein Finger der verschnörkelten Kalligrafie folgt, lese ich laut: »Ich suche beim Herrn des Frühlichts Zuflucht vor dem Unheil, das von dem ausgehen mag, was er auf der Welt geschaffen hat, von hereinbrechender Finsternis, von bösen Weibern, die Zauberknoten bespucken, von einem Neider, wenn er neidisch ist …« Es könnte eine Beschreibung meiner Welt sein. Ich blicke auf. »Eine Ausgabe, die ihres Inhalts würdig ist.«

»In der Tat, ein unbezahlbarer Schatz.«

»Wenn ich dem Sultan erzähle, dass dieses Buch unbezahlbar ist, wird er die Achseln zucken und erklären, dass sein Angebot ohnehin nicht ausreicht und er dir daher gar nichts zahlen wird.« Ich mache eine Pause. »Aber ich bin befugt, dir ein Angebot zu machen.« Ich nenne eine durchaus bedeutende Summe. Er nennt mir eine, die doppelt so hoch ist, und nach einigem höflichen Hin und Her einigen wir uns auf irgendwo in der Mitte.

»Komm am Morgen nach der Einweihung zum Palast«, schlage ich vor. »Der Großwesir wird dich bezahlen.«

»Ich bringe es lieber morgen selbst dem Sultan.«

»Nein, ich muss es gleich mitnehmen: Moulay Ismail kann

es kaum abwarten, das Buch in den Händen zu halten. Außerdem ist morgen Freitag, Tag der Versammlung; da empfängt er keine Besucher.«

»Bei dem Wetter? Wenn auch nur ein Tropfen Regen darauffällt, ist es ruiniert. Lass es mich am Sabbat zum Palast bringen, dem Anlass entsprechend verpackt.«

»Ich riskiere Kopf und Kragen, wenn ich ohne das Buch zurückkomme, und so hässlich mein Kopf auch sein mag, irgendwie hänge ich an ihm.«

Der Mann schenkt mir ein schiefes Lächeln, und ich erinnere mich, dass er trotz seiner viel gepriesenen Frau und seiner Kinder ein oder zwei Knaben haben soll, die er für ihre Gefälligkeiten bezahlt, eine Praxis, die in Ägypten durchaus akzeptabel sein mag, in Ismails Marokko aber besser verborgen bleibt. »Hässlich ist er nicht, und ich möchte keinesfalls, dass du ihn verlierst, Nus-Nus. So nimm es denn mit, aber hüte es wie deinen Augapfel. Ich komme am Sabbatmorgen wegen der Bezahlung.« Mit einem Seufzer macht er sich daran, das Buch vorsichtig wieder in das Leinentuch einzuschlagen, und überreicht es mir. »Vergiss nicht: Es ist unersetzlich.«

Ich müsste lügen, wenn ich behauptete, dass es mich nicht nervös macht, einen solchen Schatz mit mir herumzutragen, aber ich muss nur noch zwei Aufgaben erledigen: ein paar Gewürze für meinen Freund Malik kaufen und noch einmal kurz bei dem Kräuterhändler vorbei, um Zidanas Bestellung abzuholen.

Malik und ich haben die Angewohnheit, uns gegenseitig Gefallen zu tun. Nicht nur aus Not, sondern auch aus Zuneigung sind wir Freunde geworden; er ist Ismails oberster Koch und ich bin – abgesehen von vielen anderen Aufgaben – sein Vorkoster. Gegenseitiges Vertrauen ist unter solchen Umständen nützlich. Maliks Bedürfnisse – *ras al-hanout*, das nach seinem eigenen Rezept gemischt wird, und eine Attar-Essenz, die Ismail für sein Couscous besonders schätzt – führen mich zurück in das Gewürzviertel, wo ich die entsprechenden Einkäufe tätige. Von dort ist es nur ein Katzensprung zurück zu Sidi Kabours verstecktem Stand.

Ich beuge mich unter der Markise hindurch und bin erstaunt, den Laden leer vorzufinden. Vielleicht ist er kurz weggegangen, um Tee mit einem der benachbarten Standbesitzer zu trinken oder neue Holzkohle für seine Kohlenpfanne zu besorgen. Ich rücke das Moschusglas zur Seite und sehe mit Befriedigung, dass Zidanas Liste verschwunden ist. Vielleicht ist er auch unterwegs, um eine der Substanzen von einem diskreteren Ort zu holen …

Die Zeit vergeht, und immer noch ist nichts von Sidi Kabour zu sehen. Das schwere Aroma des brennenden Räucherwerks in dem Messingbrenner wird immer drückender. Es ist nicht der übliche angenehme Duft, den Sidi Kabour sonst bevorzugt – ein wenig Elemiharz vermischt mit weißem Benzoin –, sondern eine komplexere Mischung, in der ich Aloeholz und die unvereinbaren Aromen von Amber und Kiefernharz erkenne, das eine süß, das andere bitter. Niemand, der etwas davon versteht, würde sie zusammenbringen.

Nun mach schon, murmele ich leise und merke, wie sich mein Magen vor Angst verkrampft. Soll ich warten oder gehen? Meine Nervosität wächst. Bald wird der Sultan mit seiner nachmittäglichen Runde beginnen und erwarten, dass ich ihn wie immer begleite. Doch wenn ich ohne Zidanas Bestellungen zurückkomme, wird sie toben oder, noch schlimmer, in einem düsteren Schweigen versinken, das normalerweise einem Akt grausamer Vergeltung vorangeht. Diese beiden Möglichkeiten bergen die allgegenwärtige Gefahr meines Lebens: Manchmal lässt sich kaum sagen, was gefährlicher ist – der Sultan mit seinen maßlosen Tobsuchtsanfällen und unerwarteten Gewaltausbrüchen oder seine Lieblingsfrau mit ihrer ausgeklügelten Grausamkeit. Ich bin nicht sicher, ob ich an die Wirksamkeit ihrer Magie glaube, denn obgleich wir in ähnlichen Traditionen aufgewachsen sind – ich bei den Senufo, sie bei den benachbarten Lobi –, bilde ich mir ein, mir auf meinen Reisen ein gewisses Maß an Vernunft angeeignet zu haben. An ihrer Fähigkeit, alle Arten von subtilen Giften wirkungsvoll einzusetzen, zweifle ich jedoch keine Sekunde. Es ist nicht gerade ein Vergnügen, verschiedene Arten von Gift für die Herrscherin zu transportieren und sie in ihren lebensbedrohlichen Machenschaften zu unterstützen, aber als Palastsklave bleibt mir keine andere Wahl. Der Hof von Meknès ist ein Spinnennetz aus List und Tücke, Verwirrung und Intrigen. Sich an einem solchen Ort an einen geraden Weg zu halten, ist so gut wie unmöglich: Selbst der aufrechteste Mann muss hier verhängnisvolle Kompromisse eingehen.

Beunruhigt trete ich in den hinteren Teil des Ladens. Schachteln mit Stacheln von Stachelschweinen oder Mäusewimpern – säuberlich nach männlichen und weiblichen Exemplaren getrennt –, Antimon, Arsen und Goldstaub, getrocknete Chamäleons, Igel, Schlangen und Salamander. Zauber gegen den bösen Blick, Liebestränke, Leckerbissen, um *djenoun* anzulocken, so sicher wie Honig die Bienen. Als ich mich an der schmutzigen Wand entlangtaste, fällt mein Blick plötzlich auf ein riesiges Glasgefäß voller Augäpfel. Ich fahre heftig zurück, wobei ich mit der Hüfte gegen das Regal stoße. Das Glas schwankt gefährlich hin und her und versetzt den Inhalt in Bewegung, bis es aussieht, als starrten sie alle mich an, als hätte ich unzählige eingesperrte *djenoun* geweckt. Dann fällt mir auf, dass sich das Regal verschoben hat. Ich lege den in Leinen gewickelten Koran vorsichtig auf den Boden, rücke das Regal wieder zurück, damit das Glasgefäß einen sicheren Stand hat, und beglückwünsche mich im Stillen, weil ich eine Katastrophe abgewendet habe. Ich frage mich, wo Sidi Kabour so viele menschliche Augenäpfel herhat, doch dann bemerke ich, dass die Pupillen vertikale Schlitze sind, wie bei Katzen- oder Ziegenaugen.

Wirklich, ich kann hier nicht länger warten. Ich werde geradewegs zum Palast zurückkehren, um Moulay Ismail zu begleiten, Zidana erklären, dass ihre Bestellung aufgegeben wurde und ich sie später abhole, und hoffen, dass mir das Glück treu bleibt. Jedenfalls ist es das einzig Vernünftige, was ich tun kann. Entschlossen drehe ich mich um, zu schnell … stolpere über ein Hindernis, das hinter mir am Boden liegt, und verliere das Gleichgewicht.

Normalerweise bin ich sehr wendig, aber die Augäpfel haben mich aus der Fassung gebracht, wenn nicht gar den Sturz provoziert, gerade als ich mir auf die Schulter klopfen wollte, weil ich glaubte, mich ihrem bösen Einfluss entzogen zu haben. Als Nächstes weiß ich nur, dass ich nach hinten falle und mit dem Kopf gegen einen Stapel Körbe schlage. Sie schwanken, geraten ins Rutschen und überschütten mich mit Stachelschweinstacheln, getrockneten Skorpionen und einem ganzen Schwall von … toten Fröschen. Ich hebe einen auf und halte ihn voller Abscheu hoch. Dann springe ich auf und klopfe die ekelhaften Dinger von meinen Kleidern. Die Stacheln der Schweine und die Scheren der Skorpione haben sich in der Wolle des Burnus verhakt und wollen nicht loslassen. Ich muss sie einzeln abpflücken und dann auch noch die Rückseite meines Umhangs inspizieren. Dabei fällt mir auf, dass es mir tatsächlich gelungen ist, auch noch ein Glas mit Koschenille umzustoßen, die wie eine gierige rote Welle langsam durch die weiße Wolle nach oben kriecht.

Jetzt verliere ich endgültig jeden Rest von Haltung: Der Burnus, ein wunderbares Stück, feiner, als ich es mir je hätte leisten können, war ein Geschenk von Ismail, und jetzt ist er ruiniert. Normalerweise kann man mit einem Geschenk verfahren, wie man will, der Sultan aber hat eine scharfe Erinnerung und die unglückliche Angewohnheit, zu fragen, warum man nicht trägt, was man seiner Großzügigkeit zu verdanken hat. Mehr als einmal habe ich miterlebt, wie einer seiner Untergebenen wegen einer unbefriedigenden Antwort einen Arm, ein Bein oder gar das Leben verlor.

Ich hebe den Zipfel des Burnus an und versuche, die rote Flüssigkeit auszuwringen. Sie ist zähflüssiger und klebriger als Koschenille, und gleich darauf steigt mir ein durchdringender Geruch in Nase und Mund, der nichts mit zerquetschtem Ungeziefer, Räucherwerk oder etwas Schönem oder Heiligem zu tun hat.

Als ich mich mit einigem Grauen umsehe, entdecke ich, dass das Hindernis, über das ich gestolpert bin, Sidi Kabours Leiche ist. Jemand hat ihm so sauber wie einem Schaf am Aid el-Kebir die Kehle aufgeschlitzt. Sein weißer Bart liegt abgeschnitten als dicker, blutverklebter Klumpen auf seiner Brust. Im Moment des Todes haben sich seine Eingeweide entleert, womit sich der widerliche Gestank erklärt, der den metallischen Geruch nach Blut durchzieht. In dem Versuch, ihn zu verbergen, hat der Mörder offenbar alles auf den Messingbrenner geworfen, was in greifbarer Nähe war.

Eine große Traurigkeit überschwemmt mich. Der Islam lehrt, dass der Tod eine Verpflichtung sei, die uns auferlegt ist, eine Aufgabe, die man erfüllen muss, der man nicht ausweichen darf, dass er weder eine Strafe noch eine Tragödie ist und daher auch nicht gefürchtet werden muss. Doch irgendwie passt diese sanfte Philosophie nicht zu einem so brutalen Tod. Sidi Kabour war zu Lebzeiten ein anspruchsvoller Mann; dass man ihn derart abschlachtet und in seinem eigenen Blut liegen lässt, mit Augen, die blind in die Düsterkeit starren, ist widerwärtig. Ich bücke mich, um die starren Lider zu schließen, und sehe, dass etwas zwischen den fahlen Lippen steckt. Ich ziehe es heraus.

Noch bevor ich es genauer untersuchen kann, weiß ich mit Bestimmtheit, was es ist. Eine halb zerkaute Ecke der Liste mit Zidanas Bestellungen. Offenbar hat der alte Mann versucht, sie zu retten, indem er sie verschluckte. Entweder das, oder jemand hat sie ihm in den Mund gestopft. Der Rest ist verschwunden, ob in seiner Speiseröhre oder den Händen seines Mörders, lässt sich nicht sagen. Aber ich kann unmöglich bleiben, um es herauszufinden, denn jetzt kommt mir erst eine grauenhafte Erkenntnis und dann noch eine.

Die erste ist, dass ich mit Blut bedeckt bin und mich jeder deutlich als Mörder erkennen kann. Die zweite ist die Erinnerung daran, dass ich den unbezahlbaren Koran auf den Boden legte, bevor ich das Regal mit dem Glas voller Augäpfel wieder zurückschob.

Ich spüre, wie mir die Galle hochkommt, drehe mich um und sehe meine schlimmsten Befürchtungen bestätigt. Das ehemals makellose Weiß des schützenden Linnens ist jetzt rot gefleckt. Hastig ziehe ich das Tuch von dem kostbaren Objekt …

Blut auf einem heiligen Koran ist ein schreckliches Sakrileg. Doch Blut auf dem Safawiden-Koran, den Ismail ungeduldig erwartet, bedeutet einen langsamen und qualvollen Tod.

Für mich.

DREI

Ich starre auf das ruinierte Buch und dann auf den toten Mann, während ich noch versuche, die ungeheuerliche Situation einzuschätzen, und meine Gedanken in alle Richtungen jagen. Ich müsste den Mord anzeigen, eine Erklärung vor der Obrigkeit abgeben und meine Unschuld beteuern. Doch wer würde einem Sklaven Glauben schenken? Denn das ist alles, was ich bin, ganz gleich, welchen Status ich innerhalb des Palastes habe. Im Innern seiner Mauern befindet sich ein magisches, geschütztes Reich, doch außerhalb davon bin ich nichts weiter als ein viel zu fein gekleideter Schwarzer, der mit dem Blut eines ehrbaren Kaufmanns besudelt ist. Und ich gaukele mir nicht vor, dass der Sultan sich herabließe, mir mein Schicksal zu ersparen, falls ich festgenommen würde. Viel wahrscheinlicher ist, dass er einen seiner Wutanfälle bekommt, weil ich mich verspätet habe, und mir den Kopf abschlägt, sobald ich ihm wieder unter die Augen trete.

Ich streife den ruinierten Umhang ab und wickle den bluttriefenden Koran hinein. Dann sehe ich mich um und entdecke Sidi Kabours uralten Burnus an einem Haken neben dem Eingang. Er kleidete sich nicht wie ein wohlhabender Mann, aber das ist charakteristisch für Muselmanen: Man erhebt sich nicht über seine Nachbarn. Ich tappe zu dem Burnus und merke zu spät, dass ich eine Spur von blutigen Fußabdrücken hinterlasse. Der Burnus ist zu kurz, aber ich fühle mich verborgen darin, abgesehen natürlich von den juwelenbesetzten gelben *babouches*, die mittlerweile eine stumpfe rote

Farbe angenommen haben. In diesem Land tragen nur Frauen rotes Schuhwerk, und was immer ich auch sein mag, eine Frau ganz bestimmt nicht. Ich ziehe sie aus und stecke sie in das Bündel mit dem Buch. Lieber barfuß als blutbefleckt, besser, man hält mich für einen Bettler oder Juden als einen Mörder. Ich stülpe die lange, spitze Kapuze über den Turban, ziehe den Kopf ein, um meine Größe zu verbergen, werfe mir das Bündel über die Schulter und trete mit gesenktem Kopf hinaus in den *souq*.

»Sidi Kabour!«

Die Stimme klingt neugierig, fragend. Ich wende mich nicht um.

An der ersten Torreihe winken mich die Palastwachen durch. Sie frieren und sind zu gelangweilt, um sich über meinen seltsamen Kostümwechsel zu wundern. Ich überquere den für Paraden bestimmten Platz, haste vorbei an den Depots und den vielen Baracken, wo die aus zehntausend Mann bestehende Schwarze Garde des Sultans stationiert ist, und passiere auch die zweite Torreihe, die zu den Pavillons führt.

Während ich eilig ausschreite, muss ich Haufen von Sand und Pyramiden von Kalkmörtel, Bottichen mit *tadelakt*, Stapeln von Holz und Kacheln ausweichen. Ich laufe an der *koubba* vorbei, wo der Sultan die Geschenke aufbewahrt, die man ihm darbietet. Was würden die Spender sagen, wenn sie wüssten, dass die Raritäten, die sie so sorgsam ausgesucht haben, auf einem großen Haufen ähnlicher Objekte landen, wo sie dann verstauben? Ismail ist wie sein kleiner Sohn Zidan: Schon wenige Minuten nachdem er ein Geschenk in Empfang genommen hat, langweilt es ihn.

Die Wachen hätten mich anhalten müssen: ein barfüßiger, blutbefleckter Mann, der mit weiß Gott was unter dem Arm an ihnen vorbeirennt. Doch sie haben sich zum Schutz vor dem Wetter nach drinnen verzogen. Doch je näher ich den Gebäudeflügeln des Sultans komme, umso wachsamer sind sie notgedrungen. »He! Du da! Zeig uns dein Gesicht und sag uns, was du willst!«

Es ist Hassan, und hinter ihm tauchen jetzt drei von Ismails zuverlässigsten Wächtern auf, Furcht einflößende Gestalten, die noch einen Kopf größer sind als ich, wahre Muskelpakete. Ich habe gesehen, wie Hassan mit bloßen Händen einem Mann das Genick gebrochen und Yaya einem anderen, ohne mit der Wimper zu zucken, eine Lanze durch den Oberschenkel gebohrt hat. Ich schiebe die Kapuze der Djellaba zurück. »Ich bin's, Nus-Nus.«

»Du siehst aus wie eine ersoffene Ratte, die Brot aus der Kornkammer gestohlen hat.«

»Wäsche.« Immerhin nicht ganz gelogen.

»Nun, am besten verziehst du dich schnell ins Trockene, sonst wird sie ein zweites Mal nass.«

Ich haste an ihnen vorbei, durch den gewaltigen, hufeisenförmigen Torbogen in eine große Halle. Meine bloßen Füße hallen auf dem glatten Boden wider. Ich kann eine Schar von Höflingen hören, die mir entgegenkommen. Doch dann stehe ich schon vor meinem Zimmer, einem Vorraum von Ismails Pavillon, und husche hinein, bevor sie mich sehen können.

Im Brunnen des Hofes draußen wasche ich das Blut von Händen und Füßen in der Hoffnung, dass niemand mich beobachtet, und vergrabe dann die ruinierten *babouches* in der weichen Erde unter dem Hibiskus. Doch was soll ich mit dem Burnus und dem Koran machen? Mein karges Zimmer ist ein beeindruckender Raum, mit Bogenfenster, einer Decke aus Zedernholz und Terrakottakacheln an den Wänden. Abgesehen von einem schmalen, mit Rosshaar gepolsterten Diwan enthält es nur einen Gebetsteppich, eine Schreibschatulle für meine Utensilien und eine hölzerne Truhe, auf der ein Messingbrenner und ein Kerzenhalter stehen. Zusammen mit den Kleidern an meinem Leib, dem Beutel, den ich bei mir habe, und dem Inhalt der Truhe stellen sie meinen gesamten weltlichen Besitz dar.

Ich räume Brenner und Kerzenhalter beiseite, lege den Inhalt der Truhe auf mein Bett und habe gerade noch Zeit, das Bündel hineinzustopfen, als ich die Stimme des Sultans höre.

»Nus-Nus!«

Diese Stimme ist unverkennbar. Ganz gleich, wie ruhig er spricht, wie viele Menschen ihn umgeben oder wie laut ihr Geplapper sein mag, sie berührt nicht nur mein Gehör, sondern auch etwas tief in meinem Inneren. Ich ziehe das rotfleckige Gewand aus, streife das erstbeste Ding über, das ich finden kann – einen dunkelblauen Umhang –, schlüpfe in meine alten *babouches*, stürze hinaus und werfe mich vor ihm auf den Boden.

»Steh auf, Nus-Nus! Wo ist das Buch?«

Mein armes, geschwächtes Bewusstsein hat sich noch keine plausible Erklärung für den Verbleib des geschändeten Korans überlegen können. Während ich die Stirn auf die kalten Kacheln presse, schießt mir die Vorstellung durch den Kopf, wie die Leute fragen: Ist er tapfer gestorben, der arme Nus-Nus? Hat er viel Blut vergossen? Was waren seine letzten Worte?

»Das Buch, mein Junge! Steh auf und hol es. Wie sollen wir sonst meine Änderungen festhalten?«

Ich brauche ein oder zwei Sekunden, bis die Bedeutung seiner Worte in mein benebeltes Gehirn eingedrungen ist, und unter der Welle der Erleichterung, die über mir zusammenschlägt, sind meine Beine einen Augenblick lang wie gelähmt. Dann rappele ich mich auf, renne zurück in mein Zimmer und komme mit der Schreibschatulle und dem Buch in der Hand wieder zurück.

Ismail lässt mich nicht aus den Augen. Er zupft an seinem

dunklen und sauber gegabelten Bart. Die glänzenden Augen sind schwarz, die Lider schwer und umschattet. Ein Funke von Belustigung liegt in seinem Blick, als wüsste er etwas, im Gegensatz zu mir, das durchaus mit dem Zeitpunkt und der Art meines Scheidens aus diesem irdischen Leben zu tun haben könnte. Doch heute ist er in Grün gekleidet, ein gutes Zeichen. Grün ist seine Lieblingsfarbe – und die des Propheten – und scheint zu signalisieren, dass er nicht ans Blutvergießen denkt. Rot hingegen – oder Gelb – ist etwas anderes, dann bringen wir alle uns lieber in Sicherheit.

»Komm!«

Er wendet mir den Rücken zu, und ich reihe mich in die große Schar der Vorarbeiter ein, dicht gefolgt von Kaid Mohammed ben Hadou Ottur – auch bekannt als *al-Attar*, der Hausierer, der sich mit drei anderen Koryphäen des Hofes unterhält, und ganz zuletzt dem *hajib*, dem Großwesir und Obersten Minister Si Abdelaziz ben Hafid. Letzterer schließt jetzt zu mir auf.

»Alles in Ordnung, Nus-Nus? Du scheinst ein bisschen außer Atem zu sein.« Seine fleischigen Lippen sind zu einem Lächeln verzogen, doch seine Augen bleiben davon unberührt. Wir alle hier tragen unsere Maske.

»Sehr gut, Sidi, vielen Dank.«

»Alhamdulillah!«

»Dank sei Gott«, wiederhole ich förmlich, obwohl ich nicht begreife, wie ein solcher Mann den Namen des Barmherzigen aussprechen kann, ohne auf der Stelle tot umzufallen.

»Das freut mich. Ich wäre untröstlich, wenn dir etwas zustieße.« Er senkt den Blick. »Sieht aus, als hättest du dich geschnitten.«

Mein Herz macht einen Satz. »Das ist nur Schlamm.« Trotzig halte ich seinem Blick stand und sehe, wie das Lächeln aus seinem Gesicht verschwindet und es so unmenschlich zurücklässt wie das eines Reptils. Dann lässt er den Arm fallen, beiläufig, sodass es aussieht wie ein Zufall, aber auch so, dass er meinen Schritt streift. Er beobachtet mich, während ich vergeblich versuche, meinen Ekel zu verbergen.

»Wie du meinst, Nus-Nus. Wie du meinst.«

Sein Blick durchbohrt mich noch einen Augenblick, dann wendet er sich ab und drängt sich durch das Gefolge bis zum Sultan vor, wie eine greifbare Ermahnung für mich und alle anderen, dass er sich – und nur sich – für unserem Herrscher ebenbürtig hält.

Ben Hadous blasser Blick schweift über ihn hinweg, und ich spüre die Abneigung, die von dem Kaid ausgeht, die Feindseligkeit, gepaart mit Verachtung, obgleich sein Gesicht reglos bleibt. Dann dreht er den Kopf, und dieselben grauen Augen bleiben an mir hängen: scharf und aufmerksam. Ich habe das Gefühl, dass er in diesen wenigen Augenblicken alles wahrgenommen hat, was sich zwischen mir und meinem Feind abgespielt hat.

Die Errichtung der majestätischen Palastanlage in Meknès ist ein Akt unvorstellbarer Hybris, an der Grenze zum Größenwahn. Wir haben von einigen französischen Gefangenen mit guten Verbindungen erfahren, dass ihr König sich an einem ähnlichen Projekt versucht, wenngleich in erheblich kleinerem Rahmen. Im Moment ist es noch nicht viel mehr als eine Jagdhütte inmitten eines von Mücken verseuchten Sumpfes. Als Ismail zum ersten Mal davon hörte, lachte er abschätzig. »Diese Europäer, was immer sie anpacken, entpuppt sich als Torheit, persönliche Überspanntheiten, die zu nichts führen. Doch wenn mein Projekt vollendet ist, wird es eine Stadt von grandiosen Ausmaßen sein: das größte Opfer für Gottes Gnade, das je gebracht wurde. Ich nehme eine Ödnis und verwandele sie zum Ruhme Allahs. Sein heiliges Wort möge auf dem Grund, an den Wänden und in jedem Detail geschrieben stehen: Sein immerwährender, unveränderlicher Plan hat die physische Welt hervorgebracht.«

Heute gibt sich die Ödnis störrisch: Wir stoßen auf ein Hindernis nach dem anderen, die ich unterwegs alle sorgfältig in meiner Chronik festhalten muss. Mein zerstreuter Verstand macht mich zu einem schlechten Schreiber, und der Regen tut ein Übriges, um das Problem zu verschärfen, indem er die Tinte verwischt und an manchen Stellen die Worte sogar komplett löscht. Sobald ich entlassen werde, kehre ich eilig zurück in meine Kammer. Wenn ich nicht *auf der Stelle* die genauen Instruktionen niederschreibe, so wie Ismail sie mir diktiert hat, und dem Arbeitsleiter übergebe, wird sein Zorn mich unfehlbar treffen.

Ich setze mich mit verschränkten Beinen auf den Diwan, öffne die Schreibschatulle, tauche mein Schilfrohr in die Tinte und schreibe sorgfältig:

Erstens muss das Bab al-Raïs mit eisernen Stiften und horizontalen Bolzen verstärkt werden. Ein neuer Handwerksmeister wird benötigt, um ein Sonnenrad und die Halbmonde hinzuzufügen. Da der französische König sich zum Sonnenkönig erklärt, wird Ismail Herrscher über Tag und Nacht sein. Der neue Entwurf muss bis zur Einweihung fertig gestellt sein.

Als Nächstes soll das Wachhäuschen abgerissen und auf der östlichen Seite neu errichtet werden.

Drittens soll die äußere Mauer zur mellah *hin um fünfzig Schritte nach hinten versetzt werden. Die Häuser, die sich innerhalb dieses Bereichs befinden, sollen niedergerissen werden, um einen angemessenen Abstand zwischen unserer Anlage und den Einwohnern der Stadt zu schaffen. Die Bewohner werden per Proklamation informiert und aufgefordert, umge-*

hend entsprechende Vorkehrungen zu treffen. Es werden neue Unterkünfte für sie bereitgestellt, aber die Trümmer müssen sie selbst wegschaffen.

Viertens soll das holzgeschnitzte Fries im Koubbet al-Khiyatin erneuert werden. Dieses Mal ist es wichtig, einen Handwerksmeister zu finden, der lesen und schreiben kann.

Zu seinem Pech hatte der ursprüngliche Holzschnitzer, so der Wesir lächelnd, die eleganten kufischen Schriftzeichen, die in zahlloser Wiederholung »die Größe Gottes« hätten preisen sollen, als »die Ketten Gottes« wiedergegeben und anschließend ein Dutzend Mal falsch kopiert.

Das sind nicht die einzigen Instruktionen, die ich mir merken muss, aber die einzigen, die einer Niederschrift bedürfen. Der Wolf muss warten …

Ich renne zum Zelt des Bauleiters, überreiche ihm meine Notizen, überzeuge mich, dass er sie verstanden hat, und laufe dann die rund anderthalb Meilen bis zum Harem am anderen Ende des Palastes.

Der Harem ist ein in jeder Hinsicht verbotener Ort. Sein Name leitet sich von dem Ausdruck für verboten ab, *haram*. Einen Harem zu betreten heißt, eine unsichtbare Linie zu überschreiten, von der Öffentlichkeit zum Privaten überzugehen, vom Profanen zum Heiligen. Es ist, als lüftete man einen Schleier, als dringe man in einen intimen Raum ein. In der Welt da draußen spüren die Menschen diese Grenze in ihrem Herzen und in ihrem Bewusstsein, doch in Ismails Palast sind die Übergänge greifbarer: vier bewachte Tore aus Eisen. An jedem einzelnen muss ich mein außerplanmäßiges Erscheinen erklären, obwohl ich einer der wenigen bin, die sich frei zwischen beiden Welten bewegen dürfen – der männlichen und der weiblichen, der äußeren und der geheimen.

Der Oberste Eunuch des Harems blickt auf mich herab. »Ja?«

Qarim ist einer von Ismails eigenen Gefolgsleuten: Männer, die dazu ausgebildet wurden, dem Sultan absolut treu ergeben zu sein. Sein Bruder Bilal bewacht das Tor zu Ismails Privatgemächern, ein Kerl mit Muskeln wie Zedernholz und einem ebensolchen Schädel. Die meisten Wachen sind nicht älter als neunzehn oder zwanzig, aber die reinsten Riesen. Ich selbst bin hochgewachsen, trotzdem überragen sie mich um einen halben Kopf und sind doppelt so breit. »Du weißt, wer ich bin, Qarim. Du siehst mich jeden Tag.«

»Aber gewöhnlich nicht an diesem Tag und zu dieser Stunde.«

Der hohe, helle Klang seiner Stimme überrascht mich jedes Mal aufs Neue; er passt einfach nicht zu seiner Statur. Es heißt, dies passiere mit jenen, die schon früh im Leben entmannt werden.

»Hast du eine schriftliche Genehmigung?«

»Qarim, du weißt genau: Selbst wenn ich eine hätte, als Schreiber des Sultans hätte ich sie vermutlich selbst geschrieben.«

Diese Logik scheint seinen Horizont zu übersteigen. Er starrt mich weiter an.

»Ich hatte etwas für die Herrscherin zu erledigen«, füge ich hinzu.

Seine Augen schweifen hinab zu meinen leeren Händen und dann wieder aufwärts zu meinem Gesicht. Ich halte seinem Blick stand, bis er endlich einem drahtigen, dunkelhäutigen Knaben von sechs oder sieben zuruft: »Such Amina und sag ihr, Nus-Nus wünscht, ihre Herrin zu sehen.«

Der Junge flitzt davon. »Amina, Amina!«, hallt es durch die Säle wie das Geschrei eines gefangenen Vogels.

Ich will weitergehen, doch Qarims mächtige Pranke

schließt sich um meinen Arm. »Es ist besser, die Herrscherin nicht unangemeldet zu besuchen.«

Nach einer Weile kommt der Kleine zurück und hinter ihm eine üppige Frau, deren rote *babouches* geräuschvoll über den Marmorboden schlappen. Ihr Gesicht ist schweißüberströmt, ihr Kopftuch in Eile verknotet. Sie wirkt äußerst ungehalten. »Wo sind Zidanas Bestellungen?«, fährt sie mich an.

»Leider habe ich sie noch nicht bekommen und wollte deshalb mit ihr persönlich sprechen.«

Amina verzieht den Mund. »Sie hat zu tun. Sie hat mich geschickt, um die Sachen abzuholen, die sie im *souq* bestellt hat.« Sie beäugt mich misstrauisch, als hätte ich sie irgendwo an meinem Körper versteckt und weigerte mich, sie herauszugeben. Am Ende stößt sie einen Seufzer aus und gibt mir ein Zeichen, ihr zu folgen.

Ich gehe hinter ihr her und beobachte mit grausiger Faszination, wie sie beim Gehen die ausladenden Hüften schwenkt. Sie könnte einen Mann zerquetschen so wie der Fuß eines Elefanten einen Hund. Beleibte Frauen sind hier, wo sich nur ein armer Mann eine dünne Frau wünscht, hoch angesehen. Um zuzunehmen, essen die Frauen *zumeta*, eine reichhaltige Paste aus Nüssen, Butter und den zerstampften Samenkörnern der *tifidas* oder Bittermelone. Man kann förmlich zusehen, wie sie anschwellen.

Es scheint eine Ewigkeit zu dauern, bis wir die Gemächer der Herrscherin erreichen, und inzwischen bin ich sozusagen hypnotisiert von Aminas wiegendem Gang. Dazu kommt der allgemeine Aufruhr in meinem Kopf, sodass mir vor lauter Schreck die Luft wegbleibt, als die Frauen sich zu mir umdrehen. Einen entsetzlichen Moment lang glaube ich, in einen verzauberten Abgrund gefallen zu sein, wo Zidana entweder eine Versammlung von Dämonen einberufen oder aber ihre Frauen in Monster verwandelt hat, denn die Gesichter, die sich mir jetzt im flackernden Licht zuwenden, sind zu grässlichen Grimassen verzerrt und klatschnass. Dann fällt mir ein, dass heute der fünfte Tag ist, an dem die Frauen sich ihren geheimnisvollen Schönheitsritualen widmen. Die Gestalten vor mir sind keine *djenoun*, sondern Haremsdamen mit Schönheitsmasken aus Ton oder zerstampftem Fruchtfleisch, das mit Henna und Öl behandelte Haar in klebrigen Spiralen hochgesteckt.

In der Luft hängt der Duft von Mandeln und Myrte; in den Wandnischen ringsum brennt Räucherwerk. Beweise ihrer alchemistischen Machenschaften sind im ganzen Raum verstreut: niedrige Messingtischchen, auf denen sich Gerichte aus Eiern, Milch und Honig stapeln, Glasgefäße mit verschiedenen hellen Ölen, Granatapfelschale und Walnussrinde, Schalen mit gefärbtem Ton und Häufchen von Hennablättern.

Selbst mit einer Gesichtsmaske aus Ton, die von herabgetropftem Henna beschmiert ist, bleibt Zidana unverwechselbar. Ihre schwarze Haut schimmert zwischen Unmengen von rotem Stoff und Dutzenden von funkelnden goldenen Armreifen an Hand- und Fußgelenken. Sie trägt eine mehrmals um den kräftigen Hals gewickelte Perlenkette, und schwere Goldringe ziehen die Ohrläppchen nach unten.

»Ich bitte um Vergebung, Herrin …«, beginne ich.

Sie macht den anderen Frauen ein Zeichen. »Verschwindet, raus mit euch! Kennt ihr denn keine Scham? Verhüllt eure Gesichter!«

»Es ist doch bloß Nus-Nus«, gibt eine zurück, und die anderen kichern und werfen mir kokette Blicke über ihre Schleier zu, mit denen sie jetzt die untere Hälfte ihrer mit Ton verschmierten Gesichter verbergen. Dabei klappern sie mit den Wimpern, eine grauenvolle Parodie des Versuchs, mit mir zu flirten.

Nur Nus-Nus. Das ist alles, was ich für sie bin. Ein Ding, an dem sie ihre Verführungskünste ausprobieren können.

»Sind wir nicht schön, Nus-Nus?« Laila ist anmutiger als die meisten, mit schmalen Gelenken und Händen, die flattern wie die Flügel einer Lerche.

Es gab eine Zeit, da hätte ich der hübschen Laila den Hof gemacht, doch jetzt spüre ich das nutzlose Verlangen und wende den Blick ab. »Zidanas Haremsdamen sind wie funkelnde Sterne neben dem vollkommenen Mond, der Herrscherin selbst«, gebe ich neutral zurück.

»Hört auf, den armen Mann zu quälen, und verschwindet!« Zidana wirft eine Schale nach Laila und trifft sie an der Schulter, wobei ein Schauer von roten Blütenblättern herausflattert wie blutige Federn. Danach setzen sich die Frauen in Bewegung und lassen die Herrscherin und mich allein. Für jeden anderen Mann bedeutete das den sicheren Tod, ich aber bin nur Nus-Nus.

Nus-Nus ist nicht der Name, mit dem ich zur Welt kam, und ich hoffe, es wird nicht der sein, mit dem ich eines Tages aus diesem Leben scheide, aber es ist der, den ich trage, seit ich Zidana vor fünf langen Jahren vorgestellt wurde. Zitternd und mit gesenktem Kopf wurde ich in ihr Gemach geführt, nur mit einem Lendenschurz bekleidet, in Halseisen und Fußfesseln. Sie schrie die Wachen an, sie mir abzunehmen. Nicht etwa aus Mitgefühl, sondern weil die Präsenz von Eisen jeden Zauberspruch blockiert. Selbst als man mir die Fußfesseln abgenommen hatte, hielt ich den Kopf gesenkt. Ihre Füße waren genauso dunkel wie die meinen, mit rosafarbenen Sohlen. Die Gelenke, so sah ich, stämmig. Während ich beobachtete, wie die Füße um mich herumgingen, wusste ich, dass Zidana mich von Kopf bis Fuß in Augenschein nahm – die Stammesmale auf meinem Rücken, die kreuz und quer verlaufenden Narben, die von der Peitsche des Sklavenhändlers stammten, den silbernen Sklavenring im Ohr. Mit dem Stock, den sie stets bei sich hat, hob sie mein Kinn an und sah mir ins Gesicht.

Man könnte meinen, dass ein Sultan, der sich bei den Frauen eines ganzen Kontinents und auch unter den fremden Gefangenen in seinem Reich bedienen kann, die schönste zu seiner Ehefrau erwählt. Zidana war niemals schön. Doch ihr Blick dringt durch die Haut und die Knochen bis auf den tiefsten Grund eines Mannes vor. Wenn sie dich ansieht, spürst du, dass sie jeden Makel und jede Schwäche in dir erkannt hat und obendrein die beste Methode, diese auszunutzen. Angst ist deine erste Reaktion, und auf erste Reaktionen kann man sich verlassen.

»Wo ist dein Stolz?«, fragte sie leise und drehte meinen Kopf erst nach links, dann nach rechts, um mich von allen Seiten zu betrachten. Ihre Stimme war so leicht wie ihr Körper schwer. »Du bist ein Senufo: Du bist ein Krieger. Vergiss das nicht.«

Krieger! Ich hätte fast gegrinst. In meinem Stamm wurde ich oft gehänselt, weil ich Gesänge und Trommeln den Speeren und der Kriegskunst vorzog.

»Wie heißt du?«

Ich sagte es ihr, und sie lächelte. Als sie das tat, konnte man das Lobi-Mädchen sehen, das sie einmal gewesen war. Unsere Stämme waren Nachbarn im Süden des einst mächtigen Songhai-Reiches, in jenem Teil von Afrika, den Händler traditionell nur als Guinea bezeichnen, ohne sich die Mühe zu machen, all unsere verschiedenen Länder mit ihren jeweiligen Abstammungen, Königreichen, Religionen und Völkern zu unterscheiden, genau wie sie die Länder südlich von Marokko nur Sudan nennen, eine Umschreibung für Süden oder schwarz. Für sie spielt es keine Rolle, wo wir herkommen oder wer wir sind. Sie nehmen uns und gestalten uns nach den Vorbildern, die ihnen am besten passen: zu Leibwächtern, Kriegern, Konkubinen oder Eunuchen.

Schließlich fuhr sie im Dialekt unserer Heimat fort: »Wir bedeuten nichts für diese Leute, nicht mehr als ein Klumpen Fleisch, über den sie herrschen können. Doch unser Wissen und unser Geist gehören nur uns, deshalb müssen wir darauf achten, dass sie stark bleiben. Information und Wille sind die Schlüssel zur Macht.« Sie beugte sich vor, und ihre Augen funkelten. »Weißt du, was das hier ist, mein Junge?«

Ich betrachtete die dampfende Schale auf dem Tisch und schwieg.

»Es ist Kaffee, ein Getränk, das sowohl bitter als auch süß ist, genau wie das Leben. Ich mag es am liebsten halb mit Milch und halb mit Wasser«, sagte sie. »Halb und halb, auf Arabisch *nus-nus*. Und so werde ich dich nennen, denn solange du das, was sie dir angetan haben, nicht überwunden hast, bist du nur ein halber Mensch.«

Jetzt beuge ich mich zu ihr vor, bis mir ihr Geruch nach Moschus und Neroli in die Nase steigt. »Können wir irgendwo unter vier Augen miteinander sprechen, Herrin?«

»Wir sind allein, Nus-Nus, falls du es nicht bemerkt hast.«

»Spitzel haben lange Ohren.«

Sie lächelt, und dabei blitzt etwas Goldenes auf, da, wo das kostbare Metall ihre natürlichen Zähne ersetzt hat. Man erzählt sich, dass ihr die Schneidezähne gezogen wurden, als sie verkauft wurde, damit sie einem Mann nicht in die Weichteile beißen konnte, doch das könnte eine böse Verleumdung sein. Zidana hatte schon immer viel subtilere und gefährlichere Waffen in ihrem Arsenal als bloß Zähne.

Ich folge ihr ins innere Gemach, das sie durchquert, ohne den Teppich zu betreten. Dann hebt sie ihn an und enthüllt eine Öffnung, die den oberen Teil einer dunklen Treppe sichtbar macht. Mit einer Gelenkigkeit, die man von ihrer üppigen Gestalt nicht erwartet hätte, lässt sie sich durch die Öffnung hinab. »Folge mir.«

Im Dunkel flackert ein Licht. Als ich hinabsteige, erkenne ich einen langen Raum mit niedriger Decke. An der gegenüberliegenden Wand steht ein Diwan, daneben ein Tisch mit einem großen Mörser und Stößel, ein Brenner und einige Retorten aus Glas, und auf allen Seiten gibt es Schränke mit vielen Schubladen und Regale, in denen Gefäße und Schachteln stehen, fast wie in Sidi Kabours Laden.

Die Höhle einer Zauberin, direkt vor Moulay Ismails Nase!

Ich muss niesen. Das ist der Geruch hier unten, muffig und unangenehm. »Ich fühle mich geehrt, Herrin. Wer weiß noch von diesem Ort?«

»Kein … Lebender.«

»Abgesehen von dem Erbauer.«

Zidanas Lächeln spricht Bände. Wundervoll, ich bin also der einzige lebende Mensch, dem sie dieses Geheimnis anvertraut hat? Meine Position wird von Minute zu Minute gefährlicher.

Sie richtet ihren strahlenden Blick auf mich. »Also, Nus-Nus, wo sind die Sachen, die ich bestellt habe?«

Ich beschließe, ihr alles zu erzählen. »Sidi Kabour ist tot, er wurde ermordet.« Ich erzähle ihr, was geschehen ist, ohne meine eigene Dummheit zu verschweigen. Als ich zu der Stelle komme, wie ich einen Teil der verschwundenen Liste im Mund des armen Mannes gefunden habe, unterbricht sie mich heftig. »Du hast aufgeschrieben, was ich brauchte? Und die Liste irgendwo hingelegt, wo jeder sie finden konnte?«

»Ich habe sie an einen Ort gelegt, an dem nur Sidi Kabour sie finden konnte.« Die Ausrede klingt nicht überzeugend, nicht einmal für mich selbst.

Sie geht in dem Raum auf und ab und murmelt zornig vor

sich hin. Sind es Zaubersprüche, ruft sie Merra ben Harith an, den König der *djenoun*, oder Demouch, den Herrn der *afrits*, damit sie mich zur Hölle schleifen? Ich frage mich, wie schnell ich die Treppe hochlaufen und mich durch die Öffnung in den Salon schwingen kann, wie weit ich kommen würde, bevor die Wachen mich fassen. Ich mache einen Schritt zurück und mustere verstohlen die Treppe, allerdings nicht verstohlen genug.

Zidana sieht mich an. »Was ist los mit dir? Die Gefahr gilt mir. Ich habe viele Feinde, die liebend gern eine solche Liste in die Hände bekommen und mich der Zauberei bezichtigen würden.«

»Ihr seid doch ohnehin als Hexe Zidana bekannt«, erinnere ich sie.

»Es gibt einen großen Unterschied zwischen Verdacht und Beweis.«

»Es war *meine* Handschrift«, sage ich, doch sie verzieht nur den Mund und mustert mich verächtlich. »Was würde einer wie du mit solchen Substanzen anfangen? Niemand würde dir glauben, dass sie für deinen eigenen Gebrauch bestimmt waren.« Ihr Blick durchbohrt mich. »Warum machst du also so ein langes Gesicht?«

Zögernd erzähle ich von dem Schaden an dem persischen Koran, dass der koptische Buchhändler am Sabbat seine Bezahlung erwartet und Ismail mich bestimmt einen Kopf kürzer macht, weil ich diesen unbezahlbaren Schatz ruiniert habe.

»Und wo ist es jetzt, dieses heilige Buch?«

»In meinem Zimmer, eingewickelt in den blutbefleckten Burnus, den mir der Sultan geschenkt hat.«

Sie schnalzt mit der Zunge. »Ach, Nus-Nus! Siehst du, in welche Schwierigkeiten man geraten kann, wenn man zwei Herren dient? Denn so ist es, verstehst du: Deine Loyalität ist gespalten, und deshalb kannst du nicht klar denken. Du hättest zweimal zum *souq* gehen sollen, um die beiden Dinge zu erledigen. Heilige Texte und Schwarze Magie passen nicht gut zusammen.«

Obwohl sie zum Islam übergetreten ist, einen muselmanischen Namen trägt und an der Zeremonie teilgenommen hat, die sie zu Ismails Ehefrau vor Gott macht, folgt Zidana noch immer ihrem eigenen Glauben, der uralten Religion, die aus dem dunklen Herzen des Dschungels stammt. Wenn sie betet, dann zu Thagba und seinen Günstlingen statt zu Allah, dem Allerbarmer. Mit ihrer Zauberei kann sie die *afrits* und *djenoun* der mohammedanischen Welt aufrufen, ihr eigenes Chaos anzurichten, aber auch die *thila* beschwören, die Kinder des Waldes, jene anarchischen Wesen, die nur Thagba gehorchen. Ja, sie hat silberne Amulette mit Versen aus dem Koran an ihren Kleidern befestigt, doch auf der bloßen Haut trägt sie Fetische, die aus Gott weiß welchen Gräueln gemacht sind.

Immer noch geht sie auf und ab und murmelt vor sich hin, und erneut habe ich das Gefühl, jemandem zuzuhören, den ich nicht sehen kann. Mir sträuben sich die Nackenhaare. Am Ende wendet sie sich mir zu. »Ich habe einen Plan. Ich werde dir eine Sklavin schicken, der du den Burnus und das Buch übergibst. Ich sorge dafür, dass beides in seinen ursprünglichen Zustand zurückversetzt wird. Und dann wirst du mir einen Dienst erweisen.«

Am Abend begleite ich den Sultan zum Nachtgebet in die Moschee, koste sein Essen vor und probiere kaum von meinem eigenen. Anschließend sitze ich unter Zidanas wachsamem Auge mit ihm, einem Dutzend seiner geliebten Katzen und etwa zwanzig seiner Frauen zusammen, alle mit Musikinstrumenten und Furcht einflößenden Mengen von Khol bewaffnet. Schließlich trifft er seine Wahl für die Nacht und am Ende werden diejenigen von uns, für die er keine weitere Verwendung hat, mit einer Handbewegung entlassen.

Dankbar ziehe ich mich in die Einsamkeit meines Zimmers zurück, um den notwendigen Eintrag im Diwanbuch zu machen:

Erste Woche, fünfter Tag, Rabi' al-awwal
Aziza, Sklavin aus Guinea, goldener Schneidezahn, langer Hals. Jungfrau.

Ich sitze da und starre düster auf diese knappe Notiz, ehe ich das Buch seufzend schließe und weglege. Erst jetzt komme ich auf den Gedanken, die Truhe zu öffnen. Da, wo der Burnus und der heilige Koran lagen, herrscht gähnende Leere. Irgendwie ist es Zidana gelungen, sie zu entfernen, genauso wie es ihre Idee war, dass in dieser Nacht die kleine Aziza entjungfert wird. Aziza ist keine Bedrohung, während Fatima, Schwester des *hajib*, vom Sultan ferngehalten werden muss. Abdelaziz hat schon lange Pläne bezüglich der Nachfolge. Seine Abstammung ist vornehm, obgleich die Familie bis zu seinem eigenen Aufstieg mittellos war. Ismail vertraut ihm in allen Belangen des Staates, einschließlich des Zugangs zur Schatzkammer, und selbst Zidana scheut davor zurück, ihm offen zu drohen, obgleich schon zwei seiner Vorkoster auf mysteriöse Weise verblichen sind. Letzten Endes ist sie eine Sklavin, ohne Herkunft und ohne Status, abgesehen von dem, den der Sultan ihr je nach Laune zubilligt. Und er ist ein launischer Mensch, wie alle aus Erfahrung wissen. Ich habe mit eigenen Ohren gehört, wie Abdelaziz dem Sultan den guten Rat gab, dafür zu sorgen, dass der von ihm anerkannte Erbe von echter marokkanischer Herkunft ist, wenn das Königreich nach seinem Tod – möge der Barmherzige diesen schrecklichen Tag noch lange von uns fernhalten – weiter bestehen soll. Niemand außer dem *hajib* könnte mit einem solchen Vorschlag seinen Zorn herausfordern und überleben. Ismail sieht seinem Wesir alles nach und behandelt ihn wie einen Bruder. Die reizende Fatima dagegen, dieses dralle Ding, ganz und gar nicht wie eine Schwester. Vor drei Jahren hat sie ihm einen Sohn geboren. Unglücklicherweise ist das Kind verstorben, was nur gut war, sonst hätte es Zidanas zweiten Sohn ausgestochen. Letztes Jahr hat sie wieder einen Jungen zur Welt gebracht, der sich bislang als robuster erwies. Aber von Fatima gab es heute Abend keine Spur; sicher ist sie mit einer sorgsam bemessenen Dosis Eisenhut außer Gefecht gesetzt worden.

Als ich mich auf dem Diwan ausstrecke, fällt mir plötzlich ein weiteres unangenehmes Detail dieses schrecklichen Tages ein.

Die verdammten Holzschuhe!

Ich habe sie in eine Nische von Sidi Kabours Verschlag geschoben, um sie dort später wieder abzuholen. Mein Herz droht den Käfig meiner Brust zu sprengen, mein Stöhnen erfüllt die Nacht. Ich kann mich unmöglich dabei erwischen lassen, wie ich zu dem Stand zurückkehre. Ob ich einen Lakaien schicken soll? Doch was, wenn man ihn anhält und befragt? Niemand würde aus Liebe zu mir lügen, und Geld habe ich nicht.

Kalter Schweiß läuft mir in Rinnsalen über den Rücken. Ich habe das Gefühl, mich jeden Moment übergeben zu müssen.

Überschuhe. Es sind nur Überschuhe. Viele Menschen haben heute welche getragen, als sie durch die Straßen gingen, nicht nur ich, obwohl meine besser gemacht sind als die meisten anderen. Ich kämpfe die Panik nieder, liege einfach nur da und starre ins Dunkel.

VIER

Erster Tag der Versammlung, Rabi' al-awwal 1087 AH

Noch vor dem Morgengrauen stimmt der Muezzin den ersten Ruf zum Gebet an und erinnert mich daran, dass es besser ist zu beten, als zu schlafen. Im Allgemeinen ziehe ich das Schlafen dem Beten vor, aber in der vergangenen Nacht habe ich kein Auge zugetan. Müde und mit dem bleiernen Gefühl einer bösen Vorahnung wälze ich mich von meinem Diwan, absolviere die Waschungen, ziehe meinen besten Freitagsstaat an und beeile mich, um meinen Herrn Ismail zur Moschee zu begleiten.

Gerade als ich mein Zimmer verlasse, sausen zwei Haussklaven des Sultans an mir vorbei und hätten mich um ein Haar umgerannt. »He!«, rufe ich ihnen hinterher. »Passt doch auf, wo ihr geht!«

Abid dreht sich um. Er wirkt deutlich blass um die Nase. »Seine Hoheit hat fürchterliche Laune«, warnt er und rennt weiter, als wären Dämonen hinter ihm her.

Ohne angehalten zu werden, trete ich durch die prächtige Doppeltür unter dem großen hufeisenförmigen Bogen, die zu den Privatgemächern des Sultans führt, werfe mich sofort zu Boden und presse die Stirn auf die Kacheln. Erst dann merke ich, dass ich nicht der Einzige bin. Links von mir erspähe ich Bilal, den Türwächter, in der gleichen Position. Zwei Dinge fallen mir sofort auf, zum einen, dass er als Türwächter die Tür hätte bewachen müssen, statt hier auf dem Boden zu liegen, zum anderen, dass er mich auf seltsame Weise anstarrt. Dann erkenne ich den Grund für seinen komischen Silberblick.

Bilals Körper liegt nur wenige Zentimeter neben mir … und neben seinem Kopf, der, wie ich jetzt sehe, schief auf dem Stumpf des Halses sitzt. Die Lippen sind leicht geöffnet, als wäre er überrascht von dieser unvorhergesehenen Trennung.

»Ah, Nus-Nus, du kommst gerade recht. Hier, hilf mir mit diesem Turban. Ich weiß nicht, wohin die verdammten Lümmel verschwunden sind, gerade eben waren sie noch da.«

Trotz aller gegenteiligen Hinweise klingt Ismail ganz normal, ja sogar fröhlich. Ich springe nervös auf, halte den Blick züchtig gesenkt, denn ich habe bereits gesehen, dass Seine Majestät an diesem Morgen ein sonnenblumengelbes Gewand trägt, das von einem hässlichen purpurroten Spritzer gezeichnet ist. Ein gelbes Gewand ist immer ein schlechtes Zeichen. Ein überaus schlechtes Zeichen, besonders in Verbindung mit einer enthaupteten Wache.

Soll ich den Fleck erwähnen? Ismail würde gewiss nicht mit einem blutverschmierten Gewand zum Gebet gehen wollen, doch wer weiß, wie er reagiert, wenn ich ihn darauf hinweise und damit auf seine Beteiligung am Tod des armen Bilal anspiele? Schon weitaus geringfügigere Verstöße gegen die Etikette wurden mit einem fürchterlichen Tod gesühnt. Andererseits, wenn ich ihn mit dem besudelten Gewand gehen lasse, wird er es irgendwann merken und könnte mich dafür töten, dass ich meine Pflichten vernachlässigt habe. Angesichts dieses Dilemmas konzentriere ich mich darauf, ihm den Turban um den Kopf zu wickeln, kann aber nicht verhindern, dass mein Blick immer wieder zu der sich ausbreitenden Blutlache und dem roten Glanz auf dem bevorzugten Krummdolch des Sultans wandert. In das ziselierte Silber sind die heiligen Worte des Propheten eingraviert: *Das Schwert ist der Schlüssel zum Himmel und zu der Hölle*. In Bilals Fall entspricht das der Wahrheit.

Als wir mit dem Turban fertig sind, steckt Ismail ihn mit einer langen Nadel fest, die mit einem Rubin besetzt ist, zieht die Ärmel wieder herunter und fängt an, den unteren Teil des Gewandes zu glätten. Einen Augenblick hält er stirnrunzelnd inne. Dann berührt er den Fleck. »Wie ist denn das passiert?« Er klingt aufrichtig verwirrt. Nach einer Weile hebt er den Blick und sieht mich durchdringend an.

Seine Lanze lehnt an seinem Stuhl, und in Reichweite von nur zwei Schritten schmückt ein Dutzend Schwerter, Dolche und gekreuzter Hellebarden die Wände. Jedes Einzelne könnte mir den Tod bringen. »Das weiß ich auch nicht, Herr«, flüstere ich.

»Wie ärgerlich«, meint er sanft. »So kann ich nicht zur Moschee gehen. Geh und hol mir eins von den grünen Gewändern, ja, Nus-Nus? Aus der Sandelholztruhe. Ja, Grün passt gut für einen Tag wie heute.«

Als ich zurückkomme, finde ich ihn in genau derselben Haltung wie zuvor – ins Leere starrend wie bei einer Meditation. Ich nehme ihm den Turban ab, helfe ihm, das safrangelbe Gewand abzustreifen und das frische grüne anzuziehen, und wickle den Turban neu. Dann benetze ich seine Hände mit Rosenwasser, trockne sie ab und wasche auch meine eigenen Hände.

»Ausgezeichnet.« Er steckt abermals die Nadel fest, legt mir eine Hand auf die Schulter und drückt sie wie in einer Geste der Zuneigung. »Dann komm, Nus-Nus, gehen wir beten.« Er strahlt mich an und geht zur Tür, wo er vorsichtig über die Leiche steigt, als wäre sie nichts weiter als ein lästiges Hindernis. Im Gang sieht er sich nach links und nach rechts um. »Wo in Gottes Namen steckt Bilal?« Traurig schüttelt er den Kopf über so viel Schlampigkeit und macht sich auf den Weg zur Moschee.

Als wir eine Stunde später zurückkommen, hat eine neue Wache Stellung bezogen, und sämtliche Spuren von Bilal sind gewissenhaft beseitigt. Die friedliche Atmosphäre im Raum ist so unwirklich, dass man versucht ist, sich zu fragen, ob hier überhaupt etwas geschehen ist. Doch mehrere Einzelheiten fliegen mir durch den Kopf, während ich das Frühstück für meinen Herrn vorkoste, und ich muss immer wieder an meine eigenen blutgetränkten Kleider und den ruinierten Koran denken. Ganz zu schweigen von den verdammten Holzschuhen.

Als könnte er meine Gedanken lesen, sagt Ismail in diesem Moment: »Vergiss nicht, mir das Meisterwerk der Safawiden in die Bibliothek zu bringen. Es regnet nicht mehr, also gibt es keinen Grund mehr für weitere Verzögerungen.« Aufgewühlt, aber mit gesenktem Kopf ziehe ich mich zurück.

Sobald ich mein Zimmer betrete, habe ich das überwältigende Gefühl, dass jemand in meiner Abwesenheit hier war. Ich sehe mich um, aber auf den ersten Blick ist alles unverändert. Dann zuckt meine Nase, ein schwacher Duft nach Moschus und Neroli, Zidanas Parfüm, das niemand anders benutzen darf. War die Herrscherin selbst hier? Schwer zu glauben, dass die mächtigste und gefürchtetste Frau im Königreich meine schlichte Unterkunft aufgesucht hat, während ich mit ihrem Mann in der Moschee war. Ich versuche mir vorzustellen, wie sie mit einem schlauen Lächeln meine wenigen Habseligkeiten durchwühlt, und schaudere. Ich öffne den Deckel meiner Holztruhe, in der vagen Erwartung, irgendetwas Schreckliches darin zu finden, doch da liegt der weiße Burnus. Ich nehme ihn heraus und falte ihn auseinander. Kein Zweifel, es ist derselbe Umhang, den ich am Tag zuvor getragen habe; die Goldstickerei am Saum macht ihn unverwechselbar. Doch während er gestern noch von Kabours Blut besudelt war, ist er jetzt tadellos sauber, vielleicht weißer und sauberer als je zuvor.

Darunter liegt der Safawiden-Koran mit seinem tadellosen goldenen Einband. Ich nehme ihn heraus und drücke ihn an die Brust. »Dank, o barmherziger Gott«, sage ich laut und setze dann noch hinzu: »Und danke auch Euch, meine Herrin Zidana, möge der Allmächtige Euch ein langes, glückliches Leben schenken.« Nie habe ich so glühend an die Gnade Allahs geglaubt, an seine unendliche Weisheit und Güte.

Ich werfe den Umhang wieder in die Truhe, klemme mir den Safawiden-Koran unter den Arm und renne zur Bibliothek.

Dort rezitiert ein *taleb* in hypnotischem Singsang die vierundfünfzigste Sure, *Der Mond*. Ismail sitzt auf seinem mit Intarsien aus Gold und Perlmutt geschmückten Thron und lauscht verzückt dem poetischen Rhythmus der heiligen Worte. Als ich eintrete, richtet sich sein Blick eifrig auf das Objekt unter meinem Arm. Er wartet, bis der Gelehrte die Sure beendet hat, und entlässt ihn dann mit einer Handbewegung. Ich sehe, wie der Blick des *taleb* ebenfalls auf das Buch fällt, und ahne, was für eine Qual es für ihn sein muss, weggeschickt zu werden, ohne einen Blick auf diesen unbezahlbaren Schatz werfen zu dürfen. Gleichzeitig weiß ich, wie sehr Ismail es genießt, ihm dieses Vergnügen zu verweigern. Mein Herr hat eine zwiespältige Haltung *talebs* gegenüber. Einerseits schätzt er ihre Gesellschaft, weil ihr Wissen auf ihn abfärbt, andererseits kann er es nicht leiden, wenn man ihm widerspricht. Er hat einen erheblichen Verschleiß an Gelehrten; schon wenige Worte zum falschen Zeitpunkt oder eine unwillkommene Predigt reichen, und sie landen in einer Löwen- oder Schlangengrube oder stürzen kopfüber in einen Brunnen.

Nachdem der Gelehrte den Raum verlassen hat, streckt Ismail die Arme aus. Er hat feine Hände und lange, schmale Finger, wie die einer Frau. Kaum zu glauben, dass sie an diesem Morgen seinem Lieblingswächter den Kopf abgeschlagen haben, der obendrein von stattlicher Größe war. »Gib mir das Buch, Nus-Nus. Es kostet meine Schatzkammer eine Menge Geld, und ich möchte es in Ruhe betrachten.«

Ich überreiche ihm den Koran und beobachte, wie seine Finger spielerisch den komplizierten Mustern folgen, wie er ihn hin und her wendet, um die Vergoldung zu bewundern. Die Anspannung in seinem Gesicht löst sich, als berührte er den Kopf eines vergötterten Sohns oder die Brust einer Lieblingsfrau. Er ist ein seltsamer Widerspruch, unser Herrscher: grausam und zärtlich zugleich, heftig und nachgiebig, abweisend und sinnlich. Ich habe gesehen, wie er eigenhändig ein krankes Kätzchen mit warmer Milch gefüttert und nur wenige Stunden später einem Diener, der ihn geärgert hatte, mit dem Finger derselben Hand ein Auge ausgestochen hat. Einmal, als ich Fieber hatte, führte er mich zu seinem eigenen Bett und wischte mir mit Tüchern, die in Rosenwasser getränkt waren, den Schweiß von der Stirn, bis es seinen Höhepunkt überschritten hatte. Seine Sorge um mich war noch größer als seine Furcht vor Ansteckung. Zwei Tage später, als ich schon fast wieder genesen war, warf er mir eine Wasserkanne an den Kopf, weil ich ihm nicht schnell genug ein Glas gebracht hatte. Sein Temperament sorgt dafür, dass seine Untertanen ihn ebenso sehr lieben wie fürchten.

»Wunderbar. Wirklich wunderbar. Du hast gut daran getan, es mir zu bringen, Nus-Nus, und sollst dafür belohnt werden. Ach, solche Bücher werden heute gar nicht mehr gemacht.« Er schlägt es auf, und mir stockt der Atem. Das filigrane Muster auf der Innenseite des Buchdeckels war zuvor mit einem Hintergrund aus türkisfarbener Seide unterlegt, wie vom Meer geschliffenes Glas, jetzt aber ist es ein staubiges Rosa, als wäre das eingesickerte Blut nur verwässert, nicht aber entfernt worden. Und als er weiterblättert zu der Seite, wo die erste Sure stehen müsste, habe ich das Gefühl, dass mir das Herz stehen bleibt.

»Lies mir *Die Kuh* vor, Nus-Nus.« Auf seinen Lippen liegt ein gütiges Lächeln, das ganz entsetzlich ist.

Ich muss die Sure aus dem Gedächtnis rezitieren, denn der Text steht in keinerlei Beziehung zu den heiligen Worten, die Allah dem Propheten diktierte. Damals hatte er die Menschen lehren wollen, in seinem Namen den geraden Weg der Tugend zu beschreiten. *Die Kuh* ist eine lange Sure, eine der längsten im Koran und die erste, die man als mohammedanisches Kind auswendig lernt. Doch ich bin nicht als Muselman aufgewachsen und bekehrte mich erst spät zum Islam, obendrein nicht ganz freiwillig. Jeder weiß, dass es im Alter immer schwerer wird, etwas auswendig zu lernen. Außerdem ist es etwas völlig anderes, sich ohne Ablenkung auf etwas zu besinnen, als die Worte zu rezitieren, die Ismail erwartet, und zugleich voller Grauen auf die zu starren, die tatsächlich auf der Seite erscheinen. Die Kalligrafie ist elegant, doch der Inhalt ... Mir fallen fast die Augen aus dem Kopf, als ich sorgfältig anstimme: »Dies ist die Schrift, an der nicht zu zweifeln ist, geoffenbart als Rechtleitung für die Gottesfürchtigen, die an das Übersinnliche glauben, das Gebet verrichten ...« Meine Augen überspringen die nächsten paar Zeilen, und dann muss ich beinahe würgen. Es geht darum, ob es besser ist, eine hässliche oder heidnische Frau von hinten zu nehmen, sodass man ihr nicht ins Gesicht sehen muss ... Ich versuche verzweifelt, das Bild zu verbannen, das jetzt in meinem Kopf ist, damit es nicht die heiligen Worte des Korans vergiftet. »Ihr Gesicht ist verhüllt. Sie haben dereinst eine gewaltige Strafe zu erwarten ...«

Hat Zidana das absichtlich getan? Die zerstörten Seiten gegen den frevelhaftesten Text auszutauschen, den sie finden konnte? Ist das ihre Rache dafür, dass ich mit meiner Aufgabe gescheitert bin, dass ihr Mann sich so gern seines religiösen

Verständnisses rühmt oder dass die gesamte Kultur des Landes sie in diesen goldenen Käfig gesperrt hat? Irgendwie bin ich ziemlich sicher, dass sie in ihren Gemächern sitzt und über den gottlosen Streich lacht, den sie uns allen gespielt hat.

Stockend fahre ich fort und mache einen Fehler nach dem anderen, bis ich zu der Stelle »Für ihre Lü... Lügenhaftigkeit haben sie eine schmerzhafte Strafe ...« komme. Hier klatscht Ismail in die Hände, und ich verstumme. »Was ist los mit dir, Nus-Nus? Normalerweise liest du so schön. Deine wohlklingende Stimme ist einer der wenigen Gründe, warum ich dich noch immer behalte.« Er macht eine Pause, um die versteckte Drohung sacken zu lassen. »Vielleicht ist es der Wert des Buches, der dir die Fassung raubt, aber du solltest dir in Erinnerung rufen, dass nicht du derjenige bist, der dafür bezahlen muss! Da fällt mir ein: Lauf und hol Abdelaziz, damit ich mit ihm beraten kann, was er dem Buchhändler bezahlen soll.«

Ich finde den Großwesir beim zweiten Frühstück in seinem privaten Gebäudeflügel innerhalb des Dar Kbira. Silbertabletts mit kaltem Fleisch, Oliven, Brot, Käse und feinen Süßigkeiten bedecken die niedrigen Tische, während Abdelaziz auf einem Haufen seidener Kissen liegt und sich von zwei halb nackten Sklaven bedienen lässt, die trotz der beginnenden Muskeln unter der ebenholzschwarzen Haut nicht älter als zwölf oder dreizehn sein können. Die Gemächer des Wesirs sind noch prächtiger als die des Sultans. Die Wände sind mit Goldstaub bedeckt, den man aus den Palästen der Könige des Songhai-Reiches erbeutet hat, und in der tiefblauen Kuppel funkeln goldene Sternenmuster. Ich frage mich, wie es sein kann, dass er seine Räumlichkeiten bereits so luxuriös eingerichtet hat, während der Rest des Palastes noch eine Baustelle ist. Doch dann fällt mir ein, wer den Schlüssel zur Schatzkammer besitzt ...

»Nus-Nus – wie schön, dich in meinen bescheidenen Gemächern begrüßen zu dürfen! Komm, setz dich zu mir. Du musst unbedingt das Mandelgebäck probieren, es ist köstlich.« Er macht mir ein Zeichen mit seiner beringten Hand und klopft dann auf ein Kissen neben ihm, wobei er mich wie ein Basilisk anstarrt.

Ich verneige mich. »Der Sultan bittet um Euer Erscheinen.«

»Das hat doch sicher Zeit, bis ich mit dem Frühstück fertig bin.«

Ich sage nichts. Wir wissen beide, dass Ismail nicht »bittet«.

Abdelaziz verzieht das Gesicht und stopft sich eine Hand voll von dem Gebäck in den Mund. Honigklebrige Krümel fallen auf seinen Bart, während er mit offenem Mund kaut. Schließlich erhebt er sich schimpfend und schlägt die Hände des nubischen Knaben beiseite, der seine Gewänder abklopfen will. »Unverschämter Hund! Ich werde dich auspeitschen, wenn ich zurückkomme.« Die Worte klingen zärtlich, doch sein Blick ist hart. Ich sehe, wie der Junge ihm einen verwirrten Blick zuwirft; er ist neu und spricht noch nicht gut Arabisch. Der zweite Bursche versteht genug. Er wirkt verschreckt, nicht ohne Grund; seine Arme und Schultern sind mit dünnen weißen Narben bedeckt. Er zieht den anderen Knaben fort, und beim Verlassen des Raums höre ich, wie er in ihrer Muttersprache auf ihn einredet. Hier und da verstehe ich Fetzen. »Er ist grausam … einem gern Schmerzen zu, gib ihm keinen Anlass …«

Ich erinnere mich an diese ausdruckslosen dunklen Augen, die meinen Schmerz beobachten, ja genießen, und mir dreht sich der Magen um.

»Nun, hast du schon über mein Angebot nachgedacht, Nus-Nus?«, unterbricht der Großwesir meine Gedanken, als wir uns auf den Weg durch den Säulengang machen.

Um hier zu überleben, habe ich gelernt, ein »zweites Gesicht« aufzusetzen, wie die *kponyungu*-Maske, die ich vor langer Zeit bei den Poro-Ritualen unseres Stammes trug. Gleichzeitig sage ich mir: *Ich bin nicht ich. Ich bin ein anderer.* Die Maske lächelt. »Es ist eine große Ehre für mich, Sidi, aber ich fürchte, Seine Erhabene Majestät wäre nicht einverstanden.«

»Seine ›Erhabene‹ Majestät braucht gar nichts davon zu wissen.«

»Der Sultan erfährt alles.«

Abdelaziz schnaubt verächtlich. »Seine Spitzel meinst du wohl. Spitzel wie der Hausierer.« Er macht eine abschätzige Geste, als wollte er eine Fliege verjagen.

Der Hausierer – *al-Attar*. Er spielt auf Kaid ben Hadou an. Die beiden können sich nicht ausstehen. Wir nähern uns jetzt den herrschaftlichen Wohnungen, und ich möchte nicht, dass Ismail etwas von unserem Gespräch mitbekommt. Dem Großwesir scheint es ebenso zu gehen, denn plötzlich packt er mich am Oberarm und bohrt mir die Finger ins Fleisch, wobei er instinktiv die schmerzhaftesten Druckpunkte findet. Ich sehe ihn kühl an und halte mein Gesicht unter Kontrolle. *Ich bin nicht ich.*

»Mach mich nicht zu deinem Feind, Nus-Nus. Das wäre unklug.«

Er ist bereits mein Feind. Ich verneige mich. »Ich bin Euer demütiger Diener, Herr, aber vor allem bin ich der demütige Diener Seiner Erhabenen Majestät.«

»Ismail ist ein Neidhammel.«

Es gibt eine Redensart, die ich von anderen Sklaven gelernt habe: Was in der Wüste geschieht, bleibt in der Wüste. Wir geben uns alle Mühe, unser Leben neu zu erfinden und unsere Selbstachtung wiederzuerlangen. Aber wie soll ich je vergessen, was Abdelaziz mir angetan hat? Die Hände an meinen Seiten krümmen sich wie Krallen.

»Niemand muss davon wissen.« Wieder das Basiliskenlächeln.

»Wovon wissen?«

Ismail hat einen leisen Schritt. Er liebt es, andere zu überraschen, und wenn er sich sicher fühlt, geht er gern barfuß im Haus herum. Der *hajib* und ich werfen uns hastig zu Boden. Hier steigt mir der Geruch frischgeschnittenen Holzes in die Nase wie Räucherwerk.

»Ach, steh schon auf, Mann.« Ismail versetzt dem Wesir einen Tritt mit seinem nackten Fuß. »Ich muss dir etwas zeigen. Einen seltenen Schatz.«

Du lieber Himmel, das Buch! Fast hätte ich es vergessen. Mein Gott, wenn Abdelaziz sieht, was sich zwischen seinen Deckeln verbirgt, wird er die Täuschung sofort durchschauen, und da er raffiniert genug ist, um die Information für sich zu behalten, solange es ihm passt, liegt mein Schicksal in seinen Händen, und er kann mit mir machen, was er will. Der Tod könnte gar nicht schnell genug kommen …

Lass dir was einfallen, rät mir der Verstand. *Lenk ihn ab!* Doch mein Kopf ist absolut leer.

Ismail nimmt das Buch, und ich sehe, wie Abdelaziz' Augen glänzen, als er den prachtvollen Einband betrachtet. Gierig streckt er die Hände danach aus. Der Sultan starrt sie einen Augenblick an. Dann schlägt er dem Großwesir den Safawiden-Koran mit voller Wucht auf den Kopf. Ich kann den Abdruck des schmuckvollen Einbands so deutlich im feinen Baumwolltuch des Turbans erkennen, als wäre es ein Siegel in heißem Wachs. Der *hajib* fasst sich stöhnend an den Kopf.

»Wie kannst du es wagen, mir derart schmutzig unter die Augen zu treten!«, tobt Ismail. »Deine Finger sind klebrig vom Honig, und dein Bart ist voller Krümel! Hast du keinen Respekt vor mir oder dem heiligen Koran?« Damit schlägt er ihm das schwere Buch wieder und wieder auf den Kopf, bis der Wesir zu Boden geht.

»Gnade, habt Mitleid mit mir, Majestät! Nus-Nus sagte, ich solle mitkommen, und ich dachte, es sei dringend …«

Der nächste Schlag ist weniger wuchtig, und der übernächste prallt an der Schulter des Wesirs ab, als hätte Ismail das Interesse schon wieder verloren. Der Sultan tritt zur Seite und untersucht das Buch auf eventuelle Schäden, doch es ist intakt. Wer immer es restaurierte, hat gute Arbeit geleistet. »Geh mir aus den Augen. Zahl dem Buchhändler, was er verlangt.« Er drückt mir den Koran in die Hand. »Stell ihn ins oberste Regal, Nus-Nus. Er ist jetzt entweiht.«

Wenn er wüsste, wie recht er hat!

Ich hole die hölzerne Trittleiter und schiebe den Safawiden-Koran zwischen zwei andere alte Werke im obersten Regal. Hoffentlich wird Ismail nie seine Meinung ändern und den Wunsch äußern, ihn wieder herunterzuholen.

Als ich mich umdrehe, sehe ich, dass er am Boden kniet und den Arm um die Schultern des *hajib* gelegt hat. »Steh schon auf, Mann. Was machst du denn da unten? Du musst nicht vor mir auf die Knie gehen, wir sind wie Brüder, du und ich, nicht wahr?«

Abdelaziz rappelt sich wieder auf. Seine Augen sind glasig, auf einer Wange ist Blut zu sehen. Ich schaue mit Grauen, aber auch fasziniert zu, wie der Sultan es mit dem Ende seiner Schärpe abtupft. »So, schon besser, nicht?«

»Ja, o Größter aller Großen.« Der Wesir bringt ein wackliges Lächeln zu Stande.

Ismail dreht sich zu mir um. »Hast du schon nach dem Wolf gesehen?«

Verdammt. Geplagt von all den anderen Sorgen habe ich den Wolf ganz vergessen. »Ich wollte gerade hingehen, Majestät.«

Der Wolf sieht mehr tot als lebendig aus. Auf seinem Kopf prangt eine große, blutige Schwellung. Neben dem Käfig stehen zwei Kinder, das ältere mit einem Stock in der Faust. Beide haben kahl geschorene Schädel, mit einem einzigen langen Zopf auf dem Scheitel, damit die Engel sie festhalten können, wenn sie fallen. Doch diesen Kindern werden vermutlich keine Engel beistehen. Die schweren goldenen Ringe, die sie tragen, weisen sie als zwei von Ismails zahlreichen kleinen Emiren aus, die ungehindert und aufsässig durch die Palastanlage streunen. Ich weiß nur allzu gut, wer sie sind: Zidan, der älteste Sohn der Herrscherin, sechs Jahre alt und rotzfrech; der andere fast noch ein Kleinkind, Ahmed der Goldene, ein angehendes kleines Monster.

Ich seufze. »Was machst du hier, Zidan?«

Der ältere Junge sieht mich aus seinen trotzigen schwarzen Augen an. »Nichts. Ich will nur mit dem Wolf spielen. Vater hat gesagt, ich darf.«

»Ich bin sicher, dass dein Vater dir nicht erlaubt hat, die arme Kreatur totzuprügeln.«

Er schnaubt verächtlich. »Ich hab ihm doch nur einen kleinen Klaps gegeben.«

Ahmed lacht begeistert: »Einen großen Klaps.«

»Du brauchst gar nicht so unschuldig zu tun, Zidan. Erinnere dich an letzte Woche.« Ich werfe ihm einen viel sagenden Blick zu. Letzte Woche hatte ich ihn mit einem älteren Jungen, einem Sklaven, bei den Ställen erwischt, wo er einer Katze die Krallen abhackte, mitsamt den Wurzeln. Dem Sklaven war offensichtlich übel: Die Katze hatte Zidan das Gesicht zerkratzt, woraufhin er ihm anscheinend befohlen hatte, sie festzuhalten, während der kleine Teufel seinen Dolch schwang. Ich hatte beide ausgeschimpft und dem Sklavenjungen einen Schlag auf den Hinterkopf versetzt, stärker, als ich eigentlich wollte, da ich lieber Zidan bestraft hätte, mich aber nicht traute. Wie seine Mutter kann er sehr nachtragend sein, und wie sein Vater genießt er die Macht, andere zu entstellen oder zu töten. Die Katze ist trotzdem gestorben. Ich habe sie eigenhändig begraben.

»Wenn du das meldest, lasse ich dich töten.« Der kleine Emir schlägt den Stock gegen sein Bein. Er hinterlässt blutige Streifen auf seiner *qamis*. »Ich könnte dich sowieso töten lassen, Halb-und-Halb.«

»Dein Vater liebt seine Katzen, und der Koran sagt, diejenigen, die andere quälen, werden selbst in der Hölle gequält«, erinnere ich ihn.

»Da steht aber nichts über Wölfe«, gibt er zurück und starrt mich mit gefletschten Zähnen an. Sie sind jetzt schon faulig von all den Süßigkeiten, die er sich erbettelt.

Gott sei Dank erscheint in diesem Augenblick der Tieraufseher. Er wirkt eingeschüchtert, mit gutem Grund. Endlich kann ich meinem Zorn freien Lauf lassen und brülle ihn an: »Was zum Teufel ist mit ihm los?«

Er zuckt die Achseln. »Er hat Prinz Zidan angegriffen, als ich ihn in den Käfig setzen wollte. Es sah aus, als wollte er ihm an die Kehle, doch der kleine Emir war sehr tapfer.«

Was für eine Lüge! Das arme Tier sieht aus, als könnte es nicht einmal ein Huhn erlegen, und der Junge hat offensichtlich durch die Gitterstäbe nach ihm geschlagen. Zidan kreischt vor Lachen und rennt mit seinem kleinen Bruder im Schlepptau davon, in der Gewissheit, unantastbar zu sein.

Ich werfe dem Aufseher einen drohenden Blick zu. »Wenn er um Mitternacht nicht auf seinen Beinen stehen und knurren kann, wirst du dir wünschen, dass er *dir* an die Kehle gegangen wäre.« Es hat keinen Zweck, ihn wegen Zidan zu tadeln; wir wissen beide, was hier auf dem Spiel steht. Ich gehe in die Hocke, um den Wolf zu inspizieren. Er sieht wirklich jämmerlich aus, zerzaust und voller Bisswunden von den

Hunden, die ihn zur Strecke gebracht haben. Er betrachtet mich ohne das geringste Interesse, weder sträuben sich seine Nackenhaare, noch kräuselt sich seine Schnauze. Er sieht aus, als wartete er nur auf den Tod. Mein Herz verkrampft sich vor Mitgefühl.

»Kann er überhaupt gehen?«

»Er ist stärker, als er aussieht«, meint der Aufseher abwehrend.

»Hol ihn raus. Ich möchte mich vergewissern, dass er es kann.«

Er wirft mir einen Blick zu. Wie kann ein hochnäsiger Sklave aus Guinea es wagen, so mit ihm, einem hellhäutigen Araber, zu sprechen? Verachtung und Hass gehen Hand in Hand: Ich glaube, ich weiß, wie es ausgehen würde, wenn er vor der Wahl stünde, mich oder den Wolf zu töten.

Widerwillig tut er, was ich sage, und betritt mit dem Stock in der Hand den Käfig. Der Wolf rührt sich nicht mal, als der Aufseher ihm eine Kette um den Hals legt. Am Ende muss er ihn herauszerren wie einen Sack voll Rüben, als hätte das Tier jegliche Kontrolle über seine Beine verloren. Trotzdem brechen die vier Esel, die der Sultan so liebt, nach einem Blick in ein wildes Geschrei aus und springen ans andere Ende der Koppel, wo sie die Strauße aufscheuchen, die nun ihrerseits einen ohrenbetäubenden Lärm veranstalten. Doch der Wolf liegt einfach da, und seine Nase berührt beinahe den Boden.

»Sieht nicht gut aus. Ist das der einzige Wolf, den die Jäger gebracht haben?«

»Der Sultan selbst hat ihn zur Strecke gebracht«, sagt der Mann mürrisch.

»Er muss bei der Zeremonie in besserer Form sein. Du weißt, dass der Sultan dich und mich einen Kopf kürzer macht, wenn das Tier ihn nicht zufriedenstellt oder gar zum Gespött macht.«

Der Aufseher denkt nach. Dann sagt er: »Kannst du die Hexe nicht um etwas bitten, damit es klappt?«

Ich starre ihn an. Weiß etwa der ganze Palast über meine Aufgaben Bescheid? Ohne ihn einer Antwort zu würdigen, eile ich davon.

Ich will zu Zidana, wobei ich mir unterwegs einen Korb mit Orangen besorge, weil ich weiß, dass ich so etwas wie eine Rechtfertigung brauche, wenn ich den Harem ohne vorherige Vereinbarung betrete. Doch die Wachen am Tor lassen sich nicht übers Ohr hauen: Überall hängen die Bäume voller Orangen, selbst im Haremsgarten, und sind genau wie meine noch grün. Misstrauisch durchsuchen sie den Korb, während ich nervös von einem Fuß auf den anderen trete, bis sie fertig sind. Mir fällt auf, das Qarims Augen rot und geschwollen sind. Also weiß er bereits von Bilals Tod; in dem Gewirr von Gängen verbreiten sich Gerüchte mit rasender Geschwindigkeit. »Es tut mir leid um deinen Bruder«, sage ich leise.

Er nickt. Man spricht nicht über das Ableben derer, die mit Ismail aneinandergeraten sind. Sie hören einfach auf zu existieren. »Lasst den Mann durch, es sind nur Orangen«, weist er die anderen an. »Pass auf dich auf, Nus-Nus«, sagt er mit dieser hohen, leichten Stimme, die so gar nicht zu seiner Statur passen will. »Niemand ist hier sicher.«

Als ich auf den inneren Kern von Zidanas Palast zugehe, dringen die weichen Klänge einer Oud an mein Ohr. Die Oud ist ein wundervolles Instrument, ein Vorläufer der europäischen Laute, die ich sehr gern spiele, wenn ich Gelegenheit dazu habe. Sie hat etwas Klagendes, Schwermütiges, das sich besonders für Liebeslieder und traurige Melodien eignet. Ich beherrsche sie ganz gut, und jetzt juckt es mir in den Fingern mitzumachen. Dann erhebt sich eine Stimme dazu, und ich bleibe im Schatten der weinumrankten Arkade stehen, um zu lauschen.

Als ich ein Mann war, was war ich für ein Mann
Ich liebte die Frauen, und sie liebten mich
In ferne Länder bin ich gereist
Jetzt bin ich gefangen, o Weh über mich.
Gefangener einer schönen dunklen Maid
Um deren strahlend schwarze Augen sie alle beneiden
Doch ich kann sie nur ansehen und weiß, es ist Zeit
Ein Mann bin ich nicht mehr, drum müssen wir scheiden.

Ich spähe hinaus in den Hof und sehe Black John, Zidanas Lieblingseunuchen, der sich über die herrliche Oud beugt wie ein Affe über eine stibitzte Frucht. Geschickt bewegt er seine riesigen Finger, während er die Ballade in einen Moll-akkord bringt. Das Lied stammt aus Frankreich, glaube ich, und hatte ursprünglich nichts mit dunkelhäutigen Schönheiten oder schwarzen Augen zu tun. Doch wir alle müssen uns mit unseren veränderten Lebensumständen abfinden; entweder passen wir uns an oder wir sterben, und John hat es mit seinen Fähigkeiten nicht schlecht getroffen. Als er die nächste Strophe anstimmt, die davon handelt, wie man als Liebender mit ansehen muss, dass die Geliebte einen anderen heiratet, weil man selbst nichts zu bieten hat – eine Anspielung, die mehr mit Geld als mit mangelnder körperlicher Leistungsfähigkeit zu tun hat –, merke ich, dass mir angesichts der sanften Verse unerklärlicherweise die Tränen in die Augen steigen.

Als ich dieses Lied zum letzten Mal gehört habe, war ich noch ein Diener statt ein Sklave, Assistent eines Arztes, der aus Schottland stammte, sich aber Afrika als Heimat auserkoren hatte. Nach den wenigen Jahren, die ich ihm gehörte, konnte ich in vier Sprachen lesen und schreiben, den Unterschied zwischen Alraune und Ingwerwurzel bestimmen und eine hübsche Melodie auf einer spanischen Gitarre oder der Oud spielen. Ich lernte den Koran und die Gedichte von Rumi auswendig. Mein Herr war zum Islam konvertiert und pflegte im Scherz zu sagen, dass es eine christlichere Religion sei als das Christentum. Ich hatte Herzen von Timbuktu bis Kairo erobert, und von Florenz bis Cádiz. Ich hielt mich für unwiderstehlich. Mein Cousin Ayew hätte gesagt, dass ich ganz schön eingebildet war …

Ach, es tut weh, an Ayew zu denken. Sein Schicksal war noch furchtbarer als meins.

Der Arzt war ein guter Herr, eher ein Lehrer, bis zu seinem grausamen und unerwarteten Ende. Wir waren als Gäste des sogenannten Königs dort in Gao – in Wahrheit ist er nicht mehr als ein ehrgeiziger Häuptling, der die prächtige Stadt aus ihren geplünderten Ruinen wiederauferstehen lassen will. In dieser Zeit erkrankte sein halber Hausstand an einer seltenen Krankheit. Doktor Lewis gelang es, drei Kinder und zwei Frauen des Königs zu retten, dann fing er selbst zu schwitzen und zu zittern an. Schließlich bekam er fürchterliche Halluzinationen. Ich versuchte, ihn aus dem Palast zu schmuggeln, was jedoch misslang. Er starb, und ich wurde ohne den Schutz meines Freundes zum Opfer des undankbaren Königs, der mich zum Sklavenmarkt schaffen ließ, weil er befürchtete, dass auch ich den Keim der Krankheit in mir tragen könnte. Dort wurde ich an ein Ungeheuer verkauft.

Black Johns Lied endet, und die Frauen stoßen zum Zeichen ihrer Anerkennung schrille Schreie aus. Ich löse mich aus den Schatten und betrete den Hof. Naima und Mina sind da, die hübsche Khadija und Fouzia, und da ist auch Fatima, die Schwester des *hajib*, die ihren kleinen Sohn auf der Hüfte trägt. Wie immer bin ich verblüfft von der Tatsache, dass bei Bruder und Schwester ähnliche Züge so abstoßend bei dem einen und so verführerisch bei der anderen sein können. Fatima hat üppige Brüste und ausladende Hüften, trotz ihrer Schwangerschaften aber immer eine elegante, schmale Taille behalten. Der Mund des *hajib* ist vulgär und erinnert an eine Schnecke, ihre Lippen dagegen sind weich und voll. Seine schwarzen Augen wirken tot wie die eines Hais, Fatimas strahlen verschmitzt und versprechen alle möglichen Verlockungen im Bett. Als sie mich sieht, weiten sich ihre Augen vor Überraschung, dann wendet sie schnell den Blick ab. Interessant, denke ich und speichere den Blick, um mich später daran erinnern zu können. Ich verneige mich vor Zidana.

»Du bist also noch am Leben, Nus-Nus? Kluges Kerlchen.«

Ich reagiere mit einem scharfen Blick, der ihr bedeutet: *Dir habe ich das wohl nicht zu verdanken*, doch sie grinst nur noch breiter.

Dann klatscht sie in die Hände: »Geh jetzt, John. Geht alle. Ich muss mit Nus-Nus reden.«

»Ich hoffe, du wusstest die gelungene Reparatur zu schätzen«, sagt sie, als alle weg sind. Als ich nicht antworte, lacht sie. »Es hätte viel schlimmer kommen können, weißt du. Das andere Buch, das ich fast in diesen schönen Einband eingefügt hätte, hatte *Bilder*. Überaus lehrreiche und phantasievolle Bilder.« Sie hielt inne. »Wollte er, dass du ihm daraus vorliest?«

Ich nickte, innerlich kochend.

»Ich wünschte, ich hätte dabei sein können. Nickte er weise vor sich hin, mein Ismail, und formte mit den Lippen die Worte, die du rezitiertest?«

Sie kennt ihren Mann nur allzu gut. »Du hast in Kauf genommen, dass er mich umbringt.«

»Oh, Nus-Nus, mach dich nicht kleiner, als du bist. *Ich* unterschätze dich nicht, denn ich wusste, dass du meinen kleinen

Test bestehen würdest. Du bist sehr erfindungsreich. Aber es war trotzdem ein lustiger Streich.«

»Ich bin hier, weil ich Eure Hilfe in einer anderen Angelegenheit brauche.« Ich erkläre das Problem mit dem Wolf, erwähne jedoch nicht, wie Zidan das Tier gequält hat. Es hat keinen Zweck: Sie will keine Kritik an ihm hören.

»Ich an seiner Stelle hätte mir einen Löwen ausgesucht und nicht einen räudigen Wolf«, sagt sie verächtlich. »Was sollen Außenstehende von uns denken?«

»Dass anderen Angreifern dasselbe Schicksal blüht?«, schlage ich vor.

»Eher, dass wir wie Schafe in einer Herde sind.«

»Der Wolf ist sein Symbol«, erinnere ich sie. Doch sie hat kein Interesse, das Gespräch fortzusetzen, geht und kommt wenig später mit einer kleinen Phiole zurück, in der eine violette Flüssigkeit schimmert. »Bestreiche ein Stück Fleisch damit und gib es dem Tier kurz nach Sonnenuntergang zu fressen. Das wird es für eine Weile in Schwung bringen.«

»Aber hoffentlich nicht allzu sehr.«

»Dann wäre es wenigstens ein fairer Kampf, meinst du nicht?« Ihre Augen funkeln. »Genau richtig für das Spektakel. Ich hoffe, ich habe die Mengen richtig bemessen.« Sie lächelt gerissen.

Ich wende mich zum Gehen, drehe mich dann aber noch einmal um. Soll ich die Holzschuhe erwähnen? Sie wird sich über meine Dummheit aufregen, und was könnte sie schon tun? Frauen dürfen den Palast nicht verlassen. Solange sie ihren Geistern nicht befehlen kann, sich in Fleisch und Blut zu verwandeln, vermag nicht einmal Zidanas Magie, die Schuhe zurückzubringen.

Sie beobachtet meine Unschlüssigkeit mit erhobener Braue. »Jetzt geh schon, Nus-Nus, aber vergiss nicht: Du schuldest mir einen Gefallen.«

Ich liefere die Phiole und Instruktionen beim Tieraufseher ab, verbunden mit einer düsteren Warnung, damit kein Zweifel daran besteht, dass ich ihn mir vorknöpfen werde, wenn sich der Wolf heute Nacht nicht wie erwartet verhält. Dann laufe ich zurück zum Dar Kbira, wobei ich im Geiste den Rest meiner Aufgaben abspule, bis ich mir törichterweise einbilde, alles einigermaßen im Griff zu haben. Doch als ich durch den langen, weinbelaubten Gang eile, der zu den Gemächern des Sultans führt, ruft jemand meinen Namen, und ich drehe mich um: Es ist Yaya, einer der Posten am Haupttor.

»Ein paar Männer waren da.« Sein Gesicht glänzt vor Schweiß. Ist er mir nachgerannt, um mir das zu erzählen? Ich seufze. Immer gibt es jemanden, der ein Bestechungsgeld erwartet oder ein Publikum braucht. »Was wollten sie?«

Yaya macht ein feierliches Gesicht. »Sie führen Ermittlungen durch. Gestern ist im *souq* ein Mann ermordet worden.«

Mir stockt das Herz, und zugleich habe ich das Gefühl, dass mir das Blut in den Adern gefriert. »Ermordet?«, wiederhole ich schwach. Dann bricht mir der Schweiß aus, ein Tropfen rollt unter dem Turban hervor über meine Stirn und die Nase entlang.

Yaya beobachtet mich, während er vor Neugier zu platzen scheint. »Sie haben alle Wachen über das Kommen und Gehen im Palast befragt, und wir haben erzählt, dass nur wenige dem Regen trotzten …«

»Aber dann hast du ihnen gesagt, dass du mich gesehen hast«, beende ich den Satz für ihn. Mir ist schlecht.

»Nun, ich konnte nicht anders«, sagt er, als wäre es ihm nie eingefallen zu lügen.

»Und?«

Er verzieht das Gesicht. »Sie wollten mit dir reden. Ich sagte, du seist im Auftrag des Sultans unterwegs und hilfst bei der Vorbereitung für die Einweihung. Daraufhin sind sie wieder gegangen.«

Ich seufze erleichtert. »Nun, dann ist ja alles gut.«

»Sie kommen morgen wieder.«

Mir wird erst heiß, dann kalt. »Aber ich habe morgen viel zu tun.«

»Und ich habe morgen keinen Dienst.« Ein Hauch von selbstsüchtiger Erleichterung liegt in seiner Stimme, als er das sagt. Doch dann sieht er mein Gesicht und setzt zweifelnd hinzu: »Aber ich könnte Hassan bitten, sie wieder wegzuschicken.«

»Wunderbar.« Rasch gehe ich weiter und fluche leise vor mich hin. Die Männer des *qadi* sind normalerweise nicht so beharrlich, weil sie wissen, dass dessen Macht vor den Mauern des Palastes endet. Ob jemand etwas beobachtet hat, das mich direkt belasten könnte? Sidi Kabour muss bessere Beziehungen gehabt haben, als mir klar war, wenn man seinen Mörder so eifrig verfolgt.

Während ich am Abend meinen Aufgaben nachgehe, nagt die Angst an mir. Ich ertappe mich bei der Frage: »Ist es das letzte Mal, dass ich dem Sultan die *babouches* hinstelle? Oder ein so gutes Essen koste?«

Der Wolf geht würdevoll in den Tod – angekündigt von langen Trompeten aus Fès und ganz in Weiß gekleideten Musikern. Er bäumt sich auf, er knurrt und faucht und entspricht ganz dem Bild der wilden Bestie, als die man ihn verkauft. Ismail erwürgt ihn nicht ganz so mühelos, wie ich angesichts seines Zustands an diesem Morgen gedacht hätte. Ein Anflug von Sorge durchfährt mich, als der Sultan ihm das letzte bisschen Leben ausquetscht und sein Körper erschlafft. Als Ismail die zeremonielle Klinge zückt, um ihm den Kopf abzuschlagen, muss ich den Blick abwenden.

FÜNF

Erster Tag der Versammlung, Rabi' al-awwal
Massouda, schwarze Sudanesin, Tochter von Abida, Sklavin, die zuvor im Tafilalt gehalten wurde. Dreizehn Jahre alt. Jungfrau.

Ein Name, ein Datum, eine äußerst knappe Beschreibung: solche sterilen Worte auf einem Blatt beschreiben den Akt der Fortpflanzung. Das Diwanbuch wird mit strenger Sorgfalt geführt, um Geburt und Legitimität von Kindern des Sultans festzuhalten und einen Zeitplan zu dokumentieren, der Eifersüchteleien oder Dispute verhindern und alle Streitigkeiten beilegen soll. Ismail ist nur sechs Jahre älter als ich und erst seit fünf Jahren Sultan, und doch hat er mit seinen Frauen und Konkubinen bereits hunderte von Nachkommen gezeugt. Fast jede Nacht schläft der Sultan mit einer neuen Jungfrau, hat aber auch einige Lieblingsfrauen, die er von Zeit zu Zeit kommen lässt. Anders als König Schariyar aus Tausendundeiner Nacht lässt er seine Eroberungen nicht am nächsten Morgen hinrichten, um sich ihrer Treue zu versichern. Für Seitensprünge gibt es in diesem Palast nicht viele Gelegenheiten – der Harem wird von Eunuchen streng bewacht.

Die Kontrolle über den Harem und auch über den Sultan ruht in Zidanas Hand. Fast jeden Abend nach dem fünften Gebet, wenn Ismail gegessen und gebadet hat, arrangiert sie eine Versammlung, bei der eine Auswahl an infrage kommenden Kandidatinnen in den Gärten lustwandelt, musiziert, unter den Orangenbäumen oder in seinen Privatgemächern singt oder sich auch einfach nur möglichst verführerisch auf Diwanen räkelt. Für solche Gelegenheiten lässt sich Zidana von denen, die sich einen Vorteil erhoffen, gut bezahlen: Um Ismails Urteil zu beeinflussen und ihn von ihrer Rivalin Fatima abzulenken, führt sie ihm ein bestimmtes Mädchen zu und preist seine Tugenden oder weist auf besonders zarte Fußgelenke oder fein mit Henna geschmückte Hände hin. Gelegentlich entblößt sie sogar eine Brust, um ihm Form und Fülle zu zeigen. Der Sultan, sonst eigensinnig wie ein störrischer Esel, lässt sich im Schlafzimmer erstaunlich gern von seiner Hauptfrau beraten.

Man könnte meinen, dass eine unberechenbare Alchemie das Entstehen von Verlangen steuert, doch entweder kennt sie ihn zu gut oder er ist unkritisch. Mit Sicherheit hat er einen gewaltigen Appetit. Selbst die potentesten Männer wären nach einigen Wochen solch grenzenloser Verausgabung erschöpft, nicht jedoch Ismail. Das ist ein weiterer Grund dafür, warum er so verehrt wird: Die Frauen himmeln ihn geradezu an. Sie schleichen sich von hinten an, um den Saum seines Gewands zu berühren, weil es angeblich Glück bringt. Wenn er sie berührt, waschen sie sich tagelang nicht die Hände oder die Wange. In kleinen Phiolen oder Amuletten bewahren sie Talismane auf, die sie bei ihren Begegnungen mit ihm erhaschen konnten – ein Kopf- oder Barthaar, sein Sperma, das auf ihren Schenkeln getrocknet ist oder das sie die ganze Nacht im Mund behalten haben. Deren *baraka*, die geheimnisvolle Kraft des Segens und des Glücks, die der Sultan ausstrahlt, sollen sie vor Krankheit und dem bösen Blick bewahren. Diejenigen, die er in sein Bett eingeladen hat, werden am nächsten Morgen in einer Prozession durch den Harem getragen. Das größte *baraka* überhaupt ist, ein Kind von ihm zur Welt zu bringen, obwohl er nach anfänglicher Begeisterung – die mit Kanonenschüssen und einer öffentlichen Bekanntmachung gefeiert wird, bei einem Jungen mit Trompetenfanfaren, bei einem Mädchen mit einem Feuerwerk und dem Verstreuen von Blütenblättern – rasch das Interesse an ihnen verliert. Zidana sorgt auch dafür, indem sie ihren Erstgeborenen, Zidan, unermüdlich in den Vordergrund schiebt. Trotz seiner Grausamkeit und Dummheit wird er von Ismail besonders vergöttert. Der Sultan trägt ihn auf den Schultern durch den Garten, verwöhnt ihn nach Strich und Faden und hat ihn bereits zu seinem Erben und Nachfolger bestimmt, obwohl seine Mutter eine Sklavin war.

Gewiss, viele Neugeborene sterben schon in den ersten Monaten, dennoch überrascht es, dass ein Großteil der männlichen Neugeborenen von Müttern, für die der Sultan mehr als ein flüchtiges Interesse aufgebracht hat, an diversen Koliken, Bauchschmerzen oder Erbrechen verscheidet. Häufig folgen ihnen wenig später auch die Mütter ins Grab. Aus Kummer, hörte ich die Herrscherin ziemlich gleichmütig erklären, noch während die anderen Frauen weinten, klagten und sich die Kleider zerrissen. Mehr sage ich nicht.

Als ich das Diwanbuch in meine Truhe lege, durchfährt mich erneut ein Schauder, denn die Holzschuhe fallen mir wieder ein. Aber da ist nichts. Das Grauen breitet sich immer mehr in mir aus, und ich frage mich, ob sie wohl noch da sind, wo ich sie hingelegt habe, oder ob sie inzwischen schon entdeckt worden sind.

Ich muss nicht lange warten, um es herauszufinden. Am späten Morgen gehe ich zum neu eingeweihten Bab al-Raïs, um es zu inspizieren und Ismail Bericht zu erstatten, dass seine Befehle korrekt ausgeführt wurden. Wie nicht anders zu erwarten, wurde der Kopf des armen Wolfs auf dem Tor aufgespießt und zeigt der Welt nun eine angemessen wilde Grimasse. Auf dem Weg zurück zum inneren Kern der Anlage werde ich von zwei Männern angehalten. Sie tragen die farbigen Schärpen, die sie als Beamte des *qadi* kennzeichnen, und sind in Begleitung von zwei Palastwachen mit den Waffen, die sie abgeben mussten, bevor ihnen Zugang zum Palast gewährt wurde. Niemand außer den königlichen Wachen darf innerhalb der Palastanlage Waffen tragen – eine vernünftige Vorsichtsmaßnahme in einem Reich, von dem Ismail selbst einmal sagte, es sei »ein Korb voller Ratten«, die jederzeit rebellieren und in die Hand, die sie füttert, beißen können.

»Bist du der Höfling Nus-Nus?«

Hassan steht hinter ihnen und zieht viel sagend die Schultern hoch. »Tut mir leid.«

»Der bin ich.«

»Wir möchten dich in einer bestimmten Angelegenheit befragen. Im *souq* wurde ein Mann auf höchst grausame Weise ermordet.«

Ich versuche, schockiert auszusehen. Ich versuche, unschuldig auszusehen. Ich *bin* unschuldig, Himmel noch mal, warum fühle ich mich so schuldig?

»Wo warst du vorgestern zwischen elf und zwei Uhr?«

Ich sehe dem Mann in die Augen. »Ich habe für Seine Majestät Besorgungen im Basar gemacht.« Dann erzähle ich von meinem Besuch bei dem koptischen Buchhändler.

Der zweite Beamte kommt einen Schritt auf mich zu. Er gefällt mir nicht. Er ist jung, wohlgenährt und scheint ziemlich eingebildet zu sein, dem sorgfältig gestutzten Bart nach zu schließen. Ich habe den Verdacht, dass er sogar die Brauen gezupft hat. »Wir haben den Buchhändler bereits befragt, deshalb wissen wir, dass du nach Mittag bei ihm warst. Wann bist du zum Palast zurückgekehrt?« Seine Frage scheint anzudeuten, dass er die Antwort bereits kennt.

»Kurz vor der täglichen Runde des Herrschers«, räume ich ein.

»Und das wäre?«

»Gegen zwei.«

»Dann gibt es eine relativ große Lücke, die noch nicht geklärt ist. Hast du zufällig den Stand von Hamid ibn M'barek Kabour besucht, während du im *souq* warst?«

Die Maske sitzt fest auf meinem Gesicht. »Dieser Name ist mir nicht geläufig.«

»Wir wissen, dass du da warst. Man hat gesehen, wie du den Stand betreten hast, und zwar um« – er wirft einen Blick auf die Tafel mit seinen Notizen – »kurz nach elf, ›in einem Burnus, der reich mit Gold geschmückt war‹.«

Mein Herz schlägt auf einmal wie verrückt. »Ach, Sidi Kabour, entschuldige. Ich war nie so vertraut mit ihm, dass ich seinen Vornamen kannte. Und dieser arme Mann ist tot, sagst du, ermordet? Das sind wirklich schreckliche Neuigkeiten. Wo soll der Herrscher nun das Räucherwerk herbekommen? Er kann nicht leben ohne sein Agarholz und seinen Weihrauch, aber er weigert sich, es irgendwo anders zu kaufen. Ich weiß nicht, was Ismail dazu sagen wird. Sicher wird er sich maßlos aufregen. Gibt es eine Witwe, der er ein Geschenk zukommen lassen kann?« Ich glaube, dass ich mich ganz gut mache in der Rolle des besorgten Faktotums, doch der jüngere Beamte lässt sich von meinem Geplapper nicht ablenken.

»Du hast also keine verbotenen Substanzen für die Herrscherin Zidana gekauft?«

»Um Himmels willen, nein! Und ich an deiner Stelle wäre äußerst vorsichtig mit solch boshaften Gerüchten über die Hauptfrau des Herrschers.«

»Sie ist eine Hexe, das weiß jeder.«

Ich wende mich ab. »Ich habe zu tun. Ich kann nicht hier herumstehen und mir dein boshaftes Geschwätz anhören.«

Er packt mich am Arm. In einem früheren Leben läge er jetzt am Boden, doch an Ismails Hof lernt man schnell, seine natürlichen Impulse zu kontrollieren. »Ich habe einen vom *qadi* unterschriebenen Haftbefehl für den Fall, dass du nicht mit uns kooperierst.«

Sie halten mich also tatsächlich für tatverdächtig. Mein Herz hämmert unangenehm, und ich erinnere mich an die Stimme, die mir nachrief, als ich den Stand verließ. Sie hatte Sidi Kabour gerufen, doch was, wenn jemand mich trotz meiner Verkleidung erkannt hatte?

»Der weiße Umhang, den du getragen hast – wo ist er jetzt?«

Gesegnet sei Zidana. »In meinem Zimmer. Warum fragst du?«

»Der Mann, der Hamid Kabour getötet hat, muss mit Blut beschmiert gewesen sein. Es war ein grausames Gemetzel.«

Ich mache eine Geste, um den bösen Blick abzuwehren, und der ältere Beamte folgt meinem Beispiel. Er sieht mir in die Augen. »Hast du diesen Umhang greifbar, sodass wir ihn uns ansehen können? Dann kannst du weiter deinen Geschäften nachgehen«, sagt er erheblich freundlicher als sein Begleiter.

»Natürlich. Der Herrscher selbst hat ihn mir geschenkt. Er gehört zu meinen kostbarsten Besitztümern.«

Die Wachen begleiten uns auf dem Weg durch das Gehämmer und Gewusel der endlosen Bauarbeiten. Im zweiten Hof hat man eine große Grube ausgehoben, um *tadelakt* zu mischen, einen speziellen Kalkputz, der sich auf Hochglanz polieren lässt. Eine feine und komplizierte Kunst; es dauert Monate, bis er fest ist. Im Frühstadium kann er sehr explosiv sein. Während wir daran vorbeigehen, ertönt ein Schrei, und einer der Arbeiter stolpert rückwärts, während er sich das Gesicht hält.

»Kalkverätzung«, sage ich kopfschüttelnd. »Wahrscheinlich wird er für den Rest seines Lebens blind sein.«

»Guter Gott«, sagt der ältere Beamte. »Der arme Mann.«

»Wenn er Glück hat, kommt er mit dem Leben davon.«

»Incha'Allah.« Er denkt darüber nach und setzt dann hinzu: »Und wenn nicht?«

»Dann werfen sie ihn in die Kalkmischung.«

Er wirkt entsetzt.

»Ihr würdet noch viel Schlimmeres sehen, wenn ihr euch länger hier aufhieltet. Im Durchschnitt verlieren wir dreißig Arbeiter pro Tag.«

Danach gehen wir schweigend weiter, doch fällt mir auf, dass die Augen des älteren Mannes alles registrieren, als wir auf dem Weg zum inneren Kern der Anlage an immer beeindruckenderen und prächtig geschmückten Gebäuden vorbeikommen. Wer kann es ihm verdenken? In ganz Marokko hat man noch nie etwas von solcher Größe und solchen Ausmaßen in Angriff genommen. Der jüngere Beamte dagegen ist völlig desinteressiert, und ich habe den Verdacht, dass er schon einmal im Innern des Palastkomplexes war. Er wirkt ungeduldig; er reckt das Kinn bei jedem Schritt, als könnte nichts ihn von seinen Pflichten abbringen. Ich spiele mit der Idee einzuräumen, dass ich die Leiche von Sidi Kabour gefunden und seinen Stand verlassen habe, ohne es zu melden, doch irgendetwas sagt mir, dass sie von ihrem Kurs nicht abweichen werden und es die Sache nur schlimmer machen würde.

An der Tür zu meinem Zimmer bleibe ich stehen. »Ich bringe euch den Burnus, dann könnt ihr ihn untersuchen.«

»Wir kommen mit rein.« Der zweite Mann sieht mich durchbohrend an.

Sie bleiben an der Tür stehen und sehen sich die spärliche Einrichtung an, während ich den Umhang aus der Truhe nehme. Sie untersuchen ihn genau und geben ihn mir zurück, nachdem sie kein Blut haben finden können. »Ist das der einzige weiße Burnus, den du besitzt?«

»Ich bin ein armer Mann.«

Der Jüngere grinst verächtlich und wendet sich zu Hassan um. »Du hast ausgesagt, dass du Dienst hattest, als dieser Mann zurückkehrte?«

Hassan nickte. »Ja, ich habe ihm das Tor geöffnet. Er rannte ...«

»Er *rannte*?« Er dreht sich wieder zu mir um. »Warum bist du gerannt?«

»Es regnete.«

»Du hast nicht gesagt, dass er einen weißen Umhang trug, als er zurückkam«, sagt der Beamte zu Hassan, obwohl sein Blick auf mir ruht.

Meine Augen richten sich bestürzt auf den Wächter, der gleichmütig zurückblickt. »Ich habe keine Zeit, um mir zu merken, was die Leute anhaben, aber ich bin sicher, dass Nus-Nus diesen Burnus trug.«

Die Enttäuschung des jungen Mannes ist mit Händen zu greifen. »Und was ist mit deinem Schuhwerk, Sidi?«

Das »Sidi« ist neu, ein gutes Zeichen, aber die *babouches* habe ich vergessen.

»Ich glaube, du warst barfuß«, springt Hassan hilfsbereit ein.

»Barfuß?« Beide Beamte starren mich mit neu erwachtem Interesse an.

»Der Schlamm war entsetzlich, und ich wollte nicht meine *babouches* ruinieren.«

Der jüngere Mann wendet sich wieder seinen Notizen zu. »Hier heißt es, dass du den Palast mit einem Paar hoher Holzschuhe verlassen hast.«

Liebe Güte! »Tatsächlich?« Haben sie denn sogar die armseligen Sklaven verhört? Die Vorstellung ist absurd, doch hier haben selbst die Wände Ohren. »Ich trug Überschuhe, als ich losging, aber sie waren so hinderlich in dem Matsch, dass ich sie auszog und barfuß ging. Es ist viel einfacher, sich die Füße zu waschen, als die Schuhe zu säubern.«

Die beiden wechseln einen Blick. Ich frage mich, was das bedeutet.

»Dürfen wir deine *babouches* sehen, Sidi? Nur der Vollständigkeit halber«, sagt der ältere Mann fast entschuldigend.

Hölle und Teufel! Ich deute auf meine Füße. »Hier, ich habe sie an.«

Sie senken den Blick. *Babouches* aus Fès sind so gelb wie frische Zitronen, dunkeln aber mit der Zeit zu einem schlammigen Braun nach, und das Leder passt sich der Form der Füße an. Meine sind so abgewetzt wie die eines bettelarmen Zimmermanns, sodass sie kaum des Schutzes von Holzschuhen bedürfen. Die Beamten blicken entsprechend skeptisch drein. »Und das sind die einzigen *babouches*, die du besitzt?«

»Ja.« Das klingt selbst für mich nicht ganz glaubhaft.

»Du hast sicher nichts dagegen, dass wir uns kurz im Zimmer umsehen.« Eine Feststellung, keine Frage.

Ich trete beiseite. »Nur zu.«

Sie brauchen nicht lange, es gibt nicht viel zu sehen. Sie durchsuchen die Truhe, blättern sogar durch meine Bücher, als könnte ich die belastenden Schuhe zwischen den Seiten versteckt haben. Sie finden die noch verpackten Einkäufe für Malik. Ich habe vergessen, sie ihm zu geben: *ras al-hanout* und Attar-Essenz. Sie lassen sich am Geruch leicht identifizieren. Dann beschäftigen sie sich ausgiebig mit der Schreibschatulle, schnüffeln an der Tinte, als glaubten sie, dass ich ihnen mit Gift gefüllte Fläschchen zeige. Als sie meinen *khanjar* finden, den zeremoniellen Dolch, den alle – auch die kastrierten – Männer zu besonderen Anlässen tragen, sind sie plötzlich ganz aufgeregt, doch als sie sehen, wie stumpf und verrostet die Klinge ist, werden die Gesichter lang. Mit diesem

Dolch könnte man einem alten Mann nie den Bart abschneiden oder die Kehle aufschlitzen. Zuletzt nimmt der junge Beamte offensichtlich unzufrieden einen Streifen Stoff aus seiner Umhängetasche und breitet ihn auf dem Boden aus. Darauf ist der Abdruck eines Fußes in einem rostroten Braun zu erkennen.

»Diesen Abdruck habe ich am Schauplatz des Verbrechens gemacht. Wärst du so freundlich, den rechten Fuß daraufzusetzen, Sidi?«

Immer noch so höflich. Ich tue wie befohlen. Das Leder meiner alten *babouches* ist so ausgetreten, dass es über die ursprüngliche Sohle hinausquillt; mein Fuß ist größer als der Abdruck.

»Danke, Sidi.« Die Stimme des Beamten ist durchdringend und gehässig. Ärgerlich wickelt er den Tuchstreifen wieder auf. Aber er ist noch nicht fertig. »Rachid«, sagt er zu dem älteren Mann. »Die Holzschuhe, bitte.«

O Maleeo … das sind sie, die verdammten Dinger. Der zweite Beamte nimmt sie aus seiner Tasche und stellt sie vor mir auf den Boden.

»Würdest du sie anziehen, Sidi?« Sein Ton ist boshaft.

Soll ich mich zu Boden fallen lassen und eine plötzliche Krankheit vortäuschen? Soll ich aufbrausen und mich weigern? Ich tue nichts davon. Vorsichtig stecke ich den rechten Fuß in den Holzschuh. Doch statt mich zu entlarven, bleibt er auf halbem Weg stecken. Der alte Lederpantoffel ist gut zwei Nummern größer als sein hübsches, mit Juwelen besetztes Gegenstück. Der Beamte versucht sein Bestes, aber es ist offensichtlich, dass dieser *babouche* und dieser Holzschuh nicht zusammenpassen. Mit einem Ruck, der mich beinahe aus dem Gleichgewicht wirft, trennt er die beiden und wirft den lästigen Holzschuh beiseite.

Ein breites Grinsen will sich in meinem Gesicht ausbreiten, doch ich denke an meine *kponyungu*-Maske und unterdrücke das Bedürfnis.

»Sie müssen dem toten Herrn gehören.« Ich breite entschuldigend die Arme aus. »Ist das alles, Sidi? Ich habe zu tun.«

Der erste Beamte sieht mich reglos an, dann gleitet sein Blick an mir vorbei. »Hast du alleinigen Zugang zum Garten?«

»Andere benutzen ihn ebenfalls«, sage ich vorsichtig, doch sie sind schon unterwegs.

Der Regen hat alle Spuren von Blut aus dem Brunnen gespült, das weiße Marmorbecken strahlt vor Sauberkeit. Sie gehen eine Weile in dem geschlossenen Hof hin und her, während ich an die Tür gelehnt warte. Hinter mir unterhalten sich Hassan und der andere Wächter über eine Frau, die einer von beiden in der *mellah* gesehen hat. Da es das jüdische Viertel ist, gehen die Balkone zur Straße hinaus; sie trug keinen Schleier und war offensichtlich eine Schönheit. Die Wachen der äußeren Höfe sind nicht immer kastriert, es sei denn, sie wollen sich an die inneren Höfe versetzen lassen. Ihre Sprüche sind ziemlich derb.

»Sind das deine, Sidi?«

Er hält die blutverschmierten *babouches* aus Fès in der Hand, die ich da draußen vergraben habe. Man spürt förmlich, wie er vor lauter Triumph kocht. Als spielte er eine Rolle in einem Theaterstück, entrollt er den blutigen Fußabdruck und stellt den rechten *babouche* darauf. Natürlich passt er perfekt.

»Was hast du dazu zu sagen?«

Ruhig, Nus-Nus. Ruhig. Lieber schweige ich, als etwas zu sagen, das mich noch weiter belastet.

»Zieh deine *babouches* aus«, sagt er, und als ich seinen Befehl befolgt habe, deutet er auf die ruinierten Schluffen.

Das Blut ist getrocknet und bildet eine Kruste auf dem Leder. Sie waren immer etwas eng, und ich bete, dass sie jetzt noch enger geworden sind, aber die hinterhältigen Dinger passen, wenn auch knapp.

Inzwischen ist der Beamte seiner Sache vollkommen sicher. Er holt die weggeworfenen Holzschuhe zurück und stellt sie vor mir auf den Boden. »Jetzt zieh die Holzschuhe darüber.«

Das mache ich. Natürlich passen sie wie angegossen. Ich bin verloren.

»Hofbeamter Nus-Nus …«, erklärt er mit übertriebener Genugtuung, dann hält er inne. »Hast du noch einen anderen Namen?«

Ich schüttele den Kopf: keinen, den ich jemandem wie ihm verraten würde.

»Hofbeamter Nus-Nus, in Anwesenheit der Wächter als Zeugen verhaften wir dich unter dem Verdacht, den Kräuterhändler Sidi Hamid Kabour ermordet zu haben.«

»Nicht mich solltet ihr verhaften: Jemand war bei Sidi Kabour, als ich dort hinkam, ein hinterhältiger junger Mensch mit schmalem Gesicht und einem Akzent aus dem Süden. Er war noch da, als ich wieder ging und der Kräuterhändler noch lebte. Das ist der Mann, der ihn getötet haben muss, nicht ich!«

Der jüngere Beamte grinst abschätzig. »Rechtfertigungen eines Verzweifelten. Der Mann, von dem du sprichst, ist ein Herr von untadeligem Ruf, der dem *qadi* gut bekannt ist. Er kam zu uns, sobald er von Sidi Kabours Tod hörte, und war uns bei den Ermittlungen äußerst behilflich.«

»Er behauptet, *du* seist noch im Laden gewesen, als er ging«, erklärt der ältere Beamte. An seinem Ton erkenne ich, dass er mir mittlerweile kein Wort mehr glaubt. Sie fesseln mir die Hände und führen mich ab.

TEIL ZWEI

SECHS

2. Mai 1677

»Mein Name ist Alys Swann, ich bin neunundzwanzig Jahre alt.«

»Nein, ich habe keine Kinder, ich war nie verheiratet.«

»Ja, ich bin noch Jungfrau.«

Ich beantworte ihre Fragen mit erhobenem Haupt, denn ich schäme mich meines Standes nicht. So schaue ich dem fremden Piraten mit allem Mut ins Auge, den ich aufbringen kann, und spreche laut und deutlich. Unter anderen Umständen hätten einige der Anwesenden vielleicht verächtlich gekichert, doch da wir in der Angst um unser Leben vereint sind, haben sie Wichtigeres im Sinn als meine Ehelosigkeit oder lange bewahrte Jungfräulichkeit.

Der Schreiber meines Entführers nimmt diese Details in seinen Bericht auf. Seine Handschrift verläuft von rechts nach links. Das, seine dunkle Hautfarbe, das Tuch, das er um den Kopf gewickelt hat, alles spricht meiner Ansicht nach dafür, dass wir von Türken geentert wurden. Anouk und Marika, meine phlegmatischen Zofen, zwei Schwestern, die eingestellt wurden, um mich auf der Reise von Scheveningen nach England zu begleiten, stehen schniefend und schluchzend hinter mir. Einen Augenblick lang empfinde ich Mitgefühl für sie. Sie sind kaum mehr als Kinder. Trotz ihres mürrischen und störrischen Charakters haben sie es nicht verdient, so jung zu sterben. Die Armen, sie fangen gerade erst an, sind noch voller Träume, so wie ich in ihrem Alter – Träume von jungen Männern, Hochzeit, Babys und Lachen. Sie haben den größten Teil der Reise damit verbracht, zu kichern und der Mannschaft schöne Augen zu machen; doch jetzt liegen viele der hübschen jungen Burschen tot auf dem Deck unseres Schiffes oder in Ketten an Bord desjenigen, auf dem wir uns jetzt befinden.

»Glaubt Ihr, dass sie uns Gewalt antun?«, fragt mich Anouk mit aufgerissenen Augen.

»Das will ich nicht hoffen.« Mehr kann ich ehrlich nicht sagen.

Und doch hat ein Mann mich an der Brust gepackt, als sie uns von dem anderen Boot geschafft haben. Ich war dermaßen überrascht, dass ich nicht einmal auf die Idee kam zu schreien, sondern nur nach seiner Hand griff und sie beiseiteschob. Ein unmissverständlicher Ausdruck von Scham flog über sein Gesicht. Er senkte den Kopf und murmelte etwas in seiner fremden Sprache, was ich für eine Entschuldigung hielt, obwohl sie nicht zu der Rücksichtslosigkeit passte, mit der sie unser Schiff geentert hatten.

Aber es dauert nicht lange, bis wir merken, dass wir eine weit kostbarere Ware sind als die Stoffballen im Laderaum des Schiffes. Die beiden Mulattinnen, die dem toten Kapitän als Köchinnen dienten – und wahrscheinlich auch als Gespielinnen –, verdrehen die Augen. »Sklavinnen«, sagt die eine, und die andere antwortet: »Schon wieder.«

Ich hielt die Sklaverei schon immer für etwas Abscheuliches. Die Vorstellung, einen Menschen zu besitzen wie ein Möbelstück, finde ich moralisch dermaßen verwerflich, dass ich mich weigerte, zu Hause welche zu halten. Mutter hat mich für diese mangelnde ökonomische Einsicht getadelt: Amsterdam ist die Hauptstadt des Sklavenhandels in Europa, und für uns waren Sklaven stets ein Schnäppchen. Doch nach

Vaters Tod führte ich die Bücher, und in dieser Frage ließ ich mich nicht beirren. Sie beschwerte sich bitterlich, weil sie nun keine Schar von schwarzen Knaben mehr in exotische Kostüme stecken und sich mit ihnen schmücken konnte, wenn ihre entsetzlichen Freundinnen sie mit ihrem eigenen bedauernswerten Gefolge besuchten. Doch zu meiner Schande hätte ich mir nie träumen lassen, dass auch Weiße als Sklaven verkauft werden könnten, am allerwenigsten ich selbst.

Ich habe von Sklavenschiffen gehört, von kranken, mit Ketten gefesselten Männern, die unter Deck in ihrem eigenen Dreck schmachteten, von mehr Leichen, die man unterwegs über Bord warf, als Überlebenden, wenn das Schiff sein Ziel erreichte, doch wie es aussieht, wird das nicht mein Schicksal sein. Man führt mich zu einer kleinen Kajüte, die zwar beengt und schmutzig ist, mir aber zumindest ein gewisses Maß an Privatsphäre und Würde erlaubt. Dort liege ich im Dunkeln und denke darüber nach, was gewesen wäre, wenn unser Schiff England erreicht hätte. Nach der Hochzeit hätte ich mit meinem Mann, Mr. Burke, in seinem neu erbauten Haus an Londons Golden Square gewohnt – ein Platz, der nach Magie klingt, den ich jedoch nie gesehen habe und nun wahrscheinlich auch nie mehr sehen werde.

Ich kenne Mr. Burke nicht. Die Verbindung wurde zwischen unseren Familien ausgehandelt, wenngleich ich fürchte, dass es nicht die Allianz gewesen sein dürfte, die sich meine Mutter erhofft hatte. Sie hatte grandiose Träume, erzählte mir, dass ich in ein Adelsgeschlecht einheiraten werde und auf diese Weise das Vermögen wettmachen könnte, das mein Vater verspielte, als er beim Ausbruch des Englischen Bürgerkriegs vor den Parlamentariern in die Niederlande floh. Warum sie ihn geheiratet hatte, weiß ich nicht, denn mir war schon als Kind klar, dass sie sich nicht viel aus ihm machte. Auch sie war eine *émigrée*, Tochter einer Familie, die am

Rande des Hofes lebte und mit den Reichen und Berühmten verkehrte, ohne über die entsprechenden Mittel zu verfügen. Ich glaube, es hatte einen Skandal gegeben, und in der Folge heiratete sie meinen Vater.

Während meiner ganzen Jugend hat man mich mit immer größerer Verzweiflung einer Reihe von adeligen Gästen angedient, doch als König Karl wieder im Amt war, gab es genügend hübschere Mädchen, beträchtlich größere Vermögen und bessere Familien in England, um den Heiratsmarkt zu versorgen, und so verwandelte sich meine Mutter immer mehr in eine enttäuschte Frau. Aus Enttäuschung wurde Bitterkeit, aus Bitterkeit ein seelischer Verfall, der bald auch auf den Körper übersprang, und seitdem habe ich mich um sie kümmern müssen. Nur aufgrund unserer wachsenden Schulden und weil sie sich danach sehnte, »mein geliebtes England noch einmal wiederzusehen, bevor mein letztes Stündlein schlägt«, hatte sie in meinem Namen den Heiratsantrag von Mr. Andrew Burke angenommen.

Ich war meinem zukünftigen Ehemann nicht näher gekommen als bis zu einem kleinen Porträt, das er mir geschickt hatte, doch nachdem ich dasjenige gesehen hatte, welches man zum Zwecke einer Verheiratung von mir angefertigt hatte, hegte ich erhebliche Zweifel an seiner Wahrhaftigkeit. Auf meinem Porträt war ich zierlich und blond, und meine Augen erschienen größer und blauer, als sie tatsächlich sind, meine Haut war so weiß wie Porzellan, ohne eine einzige Sommersprosse, und die fehlenden Details machten mich um gute zehn Jahre jünger, als hätte jemand ein helles Licht auf mich gerichtet, das Alter und Zustand einfach verwischte. Als ich es sah, musste ich laut lachen. »Er schickt mich zurück, wenn er sieht, dass er die Katze im Sack gekauft hat!« Mutter war *not amused*.

Mr. Burkes Porträt zeigte einen Mann mit rötlicher Gesichtsfarbe, einem schwarzen Bart und einem stattlichen Bauch. In dunkler Kleidung steht er mit einem Metermaß vor einem halb ausgebreiteten Stoffballen, um auf seinen Status als erfolgreicher Tuchhändler hinzuweisen – etwa eine Meile tiefer auf der sozialen Leiter, als meine Mutter es sich in ihren glorreichen Träumen ausgemalt hatte.

Doch beflügelt von der Aussicht, wieder nach England zurückkehren zu können, sobald ich sicher verheiratet war, hatte sie es tatsächlich fertiggebracht, sich im Krankenbett aufzurichten und das Angebot als »sehr attraktive Partie« zu bezeichnen. Es ging um nichts anderes als Gewicht, Maße und Ware, und jetzt hat dieses Gütersystem vielleicht seinen wahrhaftigsten Ausdruck gefunden. Statt zu einem dicken, alternden Tuchhändler nach London verschifft zu werden, werde ich an einen anderen Mann in einem anderen fremden Land verkauft.

Wir sind seit vielen Tagen auf See, weit mehr als die drei, die man von Scheveningen zur englischen Küste braucht. Ich habe noch nie im Leben so viel Zeit für mich gehabt. Als Vater starb, war ich dreizehn. Am Tag seiner Beerdigung zog Mutter sich in ihre Gemächer zurück und kam nie wieder heraus. Sie verbrachte die Zeit damit, vor sich hin zu träumen, Gedichte zu lesen, aus dem Fenster zu blicken und ihrer verlorenen Jugend nachzutrauern, wenn sie nicht gerade schaurig auf dem Spinett spielte.

Als Vater noch lebte, hatten wir Personal: eine Köchin, eine Haushälterin, einen Diener, zwei Hausmädchen und einen Gärtner. Nach seinem Tod offenbarte sich uns der wahre Zustand seiner Finanzen, und als die Kredite gekündigt und die Schulden eingefordert wurden, sodass wir sie nicht mehr bezahlen konnten, verließen sie uns in rascher Folge, einer nach dem anderen. Am Ende blieben nur noch die alte Judith und ihre Tochter Els. Judith kochte, auf ihre Art, und Els konnte so gerade eben mit einem Schälmesser umgehen und Teig kneten. Trotz meiner Jugend musste ich die Rolle der Haushälterin übernehmen. Wir lebten nicht gut, aber ich war ständig mit all dem Kleinkram beschäftigt, ohne den ein Haushalt nicht reibungslos läuft – mit Fegen, Putzen, Nähen, Stopfen und der Pflege des Gartens, in dem ich nun Gemüse anbaute und Spalierobst züchtete.

Stück für Stück verkaufte ich Vaters Antiquitätensammlung: seine italienischen Gläser und das Porzellan, seine Bücher, Kuriositäten und sogar seine geliebten wissenschaftlichen Instrumente. Dann kamen die hübschen türkischen Teppiche an die Reihe und zuletzt die Möbel in allen Räumen außer dem Empfangszimmer, wo gelegentlich immer noch Gäste Platz nahmen. Der Rest des Hauses blieb auf das Notwendigste beschränkt. Weniger Putzerei, sagte ich mir und beschäftigte mich mit den Finanzen. Wie sehr sehnte ich mich danach, Mutters verdammtes Spinett verkaufen zu dürfen; der Klang seiner falsch angeschlagenen Töne hallte durch das zunehmend leere Haus und war unerträglich für meine Ohren.

Als Mr. Burkes Antrag kam, hätte ich erleichtert sein sollen, dass nun wenigstens jemand für uns sorgen würde und ich mich nicht länger mit derart ordinären Dingen herumschlagen müsste. In Wahrheit aber genoss ich die praktische Seite eines solchen Lebens, die simple Logik eines Lebens, in dem es kein Brot zum Frühstück gäbe, wenn ich mich nicht bei Sonnenaufgang in Bewegung setzte, um Judith und Els in der Küche zu helfen. Wenn ich im Mai keine Setzlinge pflanzte, hätte ich im September keine Bohnen; wenn ich einen zerrissenen Unterrock nicht stopfte, sobald ich den Riss bemerkte, würde er im Nu zu nichts anderem mehr taugen als zu einem Putzlumpen. Wie wir es schafften, die Fassade eines vornehmen Lebens aufrechtzuerhalten, weiß ich auch nicht, aber ich glaube, niemandem war das Ausmaß unserer finanziellen Schwierigkeiten bewusst. Jeden Abend ging ich in der befriedigenden Gewissheit zu Bett, dass alles gut geordnet war, und nur im Schlaf blieben meine Hände untätig.

Jetzt, da ich in dieser kleinen Kajüte liege, geht mein Bewusstsein auf Wanderschaft. Ich denke über die Identität unserer Entführer nach und frage mich, ob wir durch die Säulen des Herakles ins Mittelmeer fahren, zu den Sklavenzentren von Algier oder Tunis oder gar noch weiter nach Osten, zum Großen Sultan in Konstantinopel.

Nach kaum einer Woche wird meine Neugier befriedigt.

Als wir schließlich in einen Hafen einfahren und von Bord getrieben werden, stehe ich mit Tränen in den Augen am Ufer. Meine Augen haben sich an die Dunkelheit gewöhnt, und das Licht an diesem neuen Ort ist grell. Vom Schiff aus bringt man mich auf einem Maultier durch schmale Gassen, vorbei an Unmengen von dunkelhäutigen Männern mit Turbanen oder in langen Gewändern mit spitzen Kapuzen, die uns vorbeiziehen lassen. Die meisten sind stumm, einige schleudern uns in ihrer fremdartigen, gutturalen Sprache Beschimpfungen oder Segenswünsche entgegen. Wir überholen klapperdürre Esel mit hervorstehenden Rippen, dunkelhäutige Kinder und Frauen, die von Kopf bis Fuß verhüllt sind – der Traum jedes Tuchhändlers. Am Ende halten wir vor einem hohen, weißen Haus, das kein einziges Fenster, dafür aber eine breite, mit Nägeln beschlagene Tür hat. Dort werde ich zu einem halben Dutzend anderer Frauen in einen Raum gesperrt. Keine von ihnen spricht Englisch, eine jedoch, Saar, ein bisschen Niederländisch. Sie erzählt mir, dass sie und die anderen Frauen aus spanischen oder portugiesischen Dörfern entführt wurden.

Alle sind mindestens zehn Jahre jünger als ich, doch ihre

Gesichter sind von der Sonne gegerbt und von tiefen Falten gezeichnet. Junge Frauen, die am Kai und an den Hafenmauern saßen und Netze flickten oder Sardinen in Fässern mit Salz einlegten. Sie sind zäh und pragmatisch: In ihren Familien wurde nicht über Liebe oder den Adel gesprochen, und deshalb machen sie sich auch keine Illusionen darüber, was uns erwartet. Sie scheinen sich mit ihrem Schicksal abgefunden zu haben.

»Überleg doch mal, was haben wir alle gemeinsam?«, fragt Saar.

»Wir sind Frauen.«

»Und was noch?«

Ich brauche nicht lange, um dahinterzukommen, was sie meint. »Unverheiratet.«

»Jungfrauen, genau. Das macht uns so kostbar.«

Es gibt nur einen Grund, warum ein intaktes Hymen eine Frau zu einer wertvollen Ware machen kann. Ich beiße die Zähne zusammen. »Nun, das bedeutet zumindest, dass sie ihr Kapital werden schützen wollen, bis wir verkauft werden.«

»Es ist schlimmer als das«, sagt eine, die sich Constanza nennt.

Was kann noch schlimmer sein?

»Sie sind Muselmanen, sie werden uns zwingen, zum Islam überzutreten.«

Ich starre sie ungläubig an. »Das werde ich niemals tun.«

»Das sagst du jetzt.«

Eine beleibte Frau in Landestracht kommt herein und schwirrt um uns herum. Sie inspiziert unsere Hände und Zähne, als wären wir Vieh. Als sie auf mich zutritt, grinst sie und befühlt mein Haar. Dann sagt sie klar und deutlich auf Niederländisch: »Was für ein Schmuckstück! Mit der hier wird er sehr zufrieden sein.«

Ich antworte in derselben Sprache, was sie überrascht. Sie

erzählt mir, dass sie Yasmin heißt und ihre Mutter »früher Niederländerin war«, was immer das heißt. »Du siehst gar nicht niederländisch aus«, sage ich mit einem Blick auf ihre olivbraune Haut und das dunkle, drahtige Haar.

»Ich komme mehr nach meinem Vater. Meine Mutter hat viele Jahre für Sidi Qasem gearbeitet. Sie kam mit ihrem Mann, einem abtrünnigen Seefahrer, der sich dann hier der Korsarenflotte anschloss, aus Amsterdam. Er starb in einer Seeschlacht bei Gibraltar, sie konvertierte und heiratete einen Mann von hier, einen Berber aus dem Rif-Gebirge.«

»Scheint ja eine sehr weltbürgerliche Gegend zu sein«, bemerke ich ironisch.

»O ja!«, erklärt sie stolz. »Wir haben hier Gefangene aus aller Welt.« Sie erzählt mir, dass die Stadt Salé heißt und an der nördlichen Küste von Marokko liegt, ein Wort, das ich bislang nur mit den feinen Lederwaren assoziierte, die auf dem Markt in Den Haag feilgeboten wurden. Offenbar ist es der wichtigste Hafen für den Handel mit ausländischen Sklaven in den Barbareskenstaaten. »Die Verliese meines Herrn sind voll mit Sklaven aus Spanien und Portugal, Frankreich und Sizilien, Korsika und Malta, bis hin zu Irland und den Ländern nördlich davon.« Zu Lebzeiten ihrer Mutter habe es einen berühmten Angriff auf die Stadt Reykjavik gegeben, wo an einem einzigen Tag mehr als vierhundert Gefangene gemacht wurden. Sie streckt den Arm aus und berührt meine Wange. »Sie waren noch blasser als du, diese Frauen. Meine Mutter sagte, sie sahen aus wie aus Eis geschnitzt. Seit dieser Zeit ist die vornehme Gesellschaft hier ganz verrückt nach blassen Frauen mit blondem Haar. Sie sind ein Statussymbol, verstehst du. Nur ein reicher Mann kann sich ein solch seltenes Geschöpf leisten.« Sie tätschelt meine Hand, als hätte unsere gemeinsame Sprache uns einander nähergebracht. »Du wirst einen guten Preis bringen.«

Deshalb also wurde ich trotz meines Alters von den anderen Frauen auf dem Schiff getrennt. »Und wer ist dieser Sidi Qasem?«, frage ich.

»Ein sehr angesehener Mann.« Sie murmelt etwas in ihrer heidnischen Sprache, streicht mit den Händen über ihr Gesicht, küsst die Handinnenflächen und berührt damit ihr Herz, als wäre er so etwas wie eine Ikone oder ein Heiliger. »Sidi Qasem ist der Anführer des Korsarenrats. Seine Schiffe haben unzählige fremde Sklaven erbeutet, Allah sei Dank! Du hast großes Glück, dass du von einem seiner Kapitäne gefangen genommen wurdest«, sagt sie, ohne den geringsten Anflug von Ironie. »Seine Frau, Lalla Zahra, war ebenfalls eine Gefangene. Sie stammte aus England und wurde dort Catherine genannt. Doch hier nennen wir sie Rose des Nordens. Sie nahm den Namen Zahra an, als sie zum Islam übertrat.«

Ich fahre zusammen. »Sie wurde Mohammedanerin?«

»Sie ist eine große Dame, ein Vorbild für uns alle. Du wirst sie bald kennen lernen, und das ist eine große Ehre für dich.«

Ich schürze die Lippen und sage nichts dazu.

Später führt man mich nach unten in einen großen Raum, an dessen Wänden sich niedrige Sitzbänke entlangziehen. Die Einrichtung ist schlicht, aber elegant. Meine Mutter kennt sich mit Qualität aus. Da sie mich gelehrt hat, guten Geschmack zu erkennen, weiß ich sofort, dass der Besitzer dieses Hauses sehr viel Geld hat, es aber klug einsetzt und nicht, um nach außen hin damit zu protzen. Man bedeutet mir, die Schuhe am Eingang abzustreifen. Die Teppiche in den Farben eines gedämpften Sonnenuntergangs fühlen sich unter meinen Fußsohlen seidenweich an. Unter der Decke zieht sich ein Fries entlang, dessen Muster so komplex wie eine Honigwabe ist. Die Decke selbst besteht aus dunklem Holz, die Wände sind weiß und die Bezüge der Sitzbänke aus schlichtem, hellem Leinen, doch die darauf verteilten Kissen haben bunte Bezüge aus Seide oder Samt, und beim Anblick des darüber hängenden Wandteppichs stockt mir der Atem. Ich berühre ihn vorsichtig mit den Fingerspitzen und hebe einen Zipfel an, um mir die Rückseite der Stickerei anzusehen. Sie ist genauso tadellos verarbeitet wie auf der Vorderseite: Kennzeichen eines echten Meisters. Es ist seltsam, solche Schönheit an einem Ort zu finden, der von der Grausamkeit lebt.

»Wie ich sehe, interessierst du dich für Stickerei.«

Beim Klang der englischen Sprache fahre ich zusammen. Als ich mich umdrehe, steht eine elegante Frau von sechzig oder fünfundsechzig Jahren vor mir, die mich mit einem angedeuteten Lächeln beobachtet. Ihre Augen strahlen in einem winterlichen Graublau, doch die inneren Lidränder sind mit dunkler Farbe nachgezogen, was sehr fremd und zugleich sehr direkt wirkt und als Erstes auffällt. Ich bin es nicht gewohnt, so ungeniert gemustert zu werden; es ist mir unangenehm. So konzentriere ich mich auf die Einzelheiten ihrer großen silbernen Ohrringe und der feinen Perlenkette, die sie sehr hoch um den Hals trägt. Ihr Gewand ist leuchtend blau, Blenden und Aufschläge sind mit Silberfäden und Stickperlen geschmückt. Sie ist groß und hält sich beeindruckend aufrecht. Doch als sie sich auf einem der Kissen niederlässt, verzieht sie das Gesicht, als schmerzten ihre Glieder, und mir geht auf, dass sie älter ist, als ich glaubte.

»Willkommen in unserem Haus«, sagt sie und lädt mich ein, ebenfalls Platz zu nehmen, als wäre ich ein Gast, der sonntagnachmittags zum Teetrinken und Plaudern gekommen ist. »Ich bin Lalla Zahra, die Frau von Sidi Qasem, dem Besitzer dieses Hauses.«

»Mein Name ist Alys Swann aus Den Haag, aber meine Familie kam ursprünglich aus England.«

Ihr Mund zuckt. »Ich auch, vor langer Zeit. Aus einem Ort

namens Kenegie in West Cornwall. Es kommt nicht oft vor, dass ich meine Muttersprache sprechen kann.«

»Weil nicht genügend englische Sklavengefangene vorbeikommen?«, frage ich spitz.

Sie schlägt sich auf die Schenkel und lacht laut auf. »Ach, es ist wirklich schade, dass wir dich fortgeben müssen, Alys Swann. Bestimmt hätte es Spaß gemacht, dich eine Weile hierzubehalten. Es ist schön, wenn man jemanden trifft, der Temperament hat, aber ich muss dich warnen: Vielleicht ist es nicht klug, dort, wo du hingehen wirst, allzu viel davon zu zeigen.«

Ich schlucke. »Und wo wird das sein, wenn ich fragen darf? Ich würde gern wissen, was mir bevorsteht. Ich finde, es hilft, sich mit seinem Schicksal abzufinden, wenn man Zeit hat, sich darauf einzustellen.«

Sie hebt die Braue. »Man hat dich für Meknès vorgesehen.«

Wie ein Schaf, für den Markt abgestempelt. »Und wer oder was bedeutet Meknès?«

»Ist es möglich, dass der Ruhm unseres großen Sultans sich nicht bis in die gehobene Gesellschaft der Niederlande verbreitet hat?«

»In solchen Kreisen verkehre ich nicht«, antworte ich abweisend. Sie spielt mit mir; das kann ich nicht leiden.

»Du bist als besonders kostbare Perle für unsere Allerheiligste Majestät ausersehen, den Herrscher Moulay Ismail, dessen Hof in der königlichen Stadt Meknès residiert. Wie mein Gatte erzählt, ist der Herrscher gerade dabei, sie auf beispiellose Art ausbauen zu lassen.«

Stumm verarbeite ich diese Information erst einmal. Als Mutter davon sprach, mich in die Aristokratie zu verheiraten, hatte sie wohl etwas anderes im Sinn.

»Du wirst in den königlichen Harem aufgenommen, wenn

du vernünftig und manierlich bist, und bis ans Ende deiner Tage alles haben, was du dir wünschen kannst. Du wirst in einem Palast aus Marmor, Porphyr und Jaspis leben, von goldenen und silbernen Tellern essen, im Sommer wirst du Kleider aus feinster Seide und im Winter aus weichster Wolle tragen und dich mit den herrlichsten Düften von Arabien parfümieren. Was könnte sich eine junge Frau mehr wünschen?«

»Der Herrscher von Marokko möchte mich zu seiner Kurtisane machen?« Die Vorstellung ist völlig absurd.

»Mit deinem hellen Haar und deiner blassen Haut bist du hübsch genug, um ihm als solche angeboten zu werden. Was er danach mit dir macht, ist seine Sache.« Sie lächelt liebenswürdig, als wäre es das Normalste der Welt, zusammenzusitzen und solche Fragen zu besprechen. »Nun komm schon, Alys, es ist alles halb so schlimm. Mag sein, dass Fremde den Sultan für ein Ungeheuer halten, aber in Wirklichkeit ist er ein Mann wie jeder andere. Als Angehörige seines Harems wirst du ein angenehmes Leben haben, und wahrscheinlich kannst du an einer Hand abzählen, wie oft du ihm zu Willen sein musst. Vielleicht ja bloß ein einziges Mal.«

Jetzt kann ich meinen Zorn nicht länger zügeln. »Einmal ist einmal zu viel!«

»Ich weiß, es ist schwer, sich damit abzufinden, dass man seine Freiheit verloren hat. Ich hatte mehr Glück als du, aber auch ich war eine Beute der Korsaren.«

»Wenn Ihr ebenfalls von Piraten verschleppt wurdet, müsste ich ein bisschen mehr Barmherzigkeit von Euch erwarten dürfen.«

»Es sind Korsaren, Alys, keine Piraten. Für dich besteht da vielleicht kein Unterschied, aber innerhalb dieser Kultur gelten diese Männer als Helden, nicht als Verbrecher. Sie tun ihre Arbeit nicht, um sich persönlich zu bereichern, sondern zum Wohl der Gemeinde.«

Ich deute auf den luxuriös eingerichteten Raum. »Euer schönes Haus zählt also nicht als persönliche Bereicherung?«

»Ich verstehe deinen Unmut, schließlich bist du jetzt eine Leibeigene, aber sei ehrlich, Alys: Sind denn Frauen jemals frei? Wurden wir in England und vermutlich auch in den Niederlanden nicht ebenfalls ge- und verkauft? Wegen eines Familiengeschäfts oder politischer Ambitionen in eine Ehe gezwungen, um den schwindenden Einfluss eines Landes zu festigen oder auch nur, damit die Familie uns los ist? Es muss ein unglaublicher Schock gewesen sein – und das verstehe ich sehr gut –, auf hoher See gekapert zu werden und sich unter Menschen wiederzufinden, die man als Heiden ansieht. Ich weiß, das kann einem große Angst machen. Ich selbst wurde 1625 bei einem Überfall auf die Kirche von Penzance gefangen genommen und hier in Salé auf dem Sklavenmarkt verkauft. Ich glaubte schon, mein Leben sei vorbei, dabei hatte es gerade erst begonnen. Der Mann, der mich kaufte, nahm mich zur Frau, und es war eine glückliche Ehe. Du wirst einwenden, dass ich einfach nur Glück hatte, ich aber sage dir, dass diese Menschen genauso sind wie alle anderen auch, Alys. Manche gottesfürchtig und respektvoll, sogar freundlich, andere boshaft und gehässig. Wir können nur das Beste hoffen …«

»Und auf das Schlimmste gefasst sein«, falle ich ihr ins Wort. Ihre Bekehrungsversuche ärgern mich.

Sie breitet die Arme aus. »Möglicherweise geht alles viel besser aus, als du befürchtest. Aber es schadet nicht, pragmatisch zu sein und sich so gut wie möglich mit dieser Situation zu arrangieren. Auf diese Weise kannst du deinen Charakter bewahren und die Schwierigkeiten … auf ein Minimum reduzieren.«

»Jedenfalls werde ich nicht konvertieren.«

»Du musst bei deinen Entscheidungen deinem Gewissen

folgen. Aber was zählt, ist dein Herz, Alys. Sei nicht dickköpfig, ich bitte dich. Um deiner selbst willen.«

Einen Augenblick lang hängt eine Andeutung von Gewalt im Zimmer, dann höre ich hinter mir etwas rascheln, und von einem auf den anderen Augenblick werden ihre Züge weicher. Eine leichte Röte überflutet ihre Haut, als hätte man in ihrem Innern eine Laterne entzündet. Hinter mir erklingt die Stimme eines Mannes, tief und lebendig. Dann steht der Herr des Hauses neben mir und sieht auf mich herab.

Er ist alt und hager, mit einem dunklen Gesicht und kurzem schneeweißem Bart. Seine Augen unter dem kompliziert gewickelten Turban sprühen Feuer, während er mich scharf und durchdringend mustert. Ich bin verblüfft, als er mich auf Englisch anspricht. »Guten Tag, Alys Swann. Mein Kapitän neigt zur Übertreibung, aber wie ich sehe, war seine Beschreibung in diesem Fall zutreffend.«

Ungläubig und kühn zugleich erwidere ich seinen Blick. »Hübsch genug, um einem grausamen Sultan als Hure zu dienen, wie ich höre.«

Seine Augen funkeln. »Wie ich sehe, bist du eine Frau mit festen Grundsätzen. Feste Grundsätze und Schönheit sind zwei lobenswerte Eigenschaften, aber wenn sie zusammenkommen, ist es, als spannte man einen wilden Hengst und ein Maultier vor denselben Karren. Das Resultat kann gefährlich sein.«

»Für den Kutscher oder die Fahrgäste?«

»Für alle Betroffenen, aber ganz besonders für dich. Es wäre wirklich schade, so viel Temperament und Schönheit zerstören zu müssen.«

»Würde man mich foltern, damit ich meinen Glauben verleugne?«

»Der Herrscher wird jedenfalls keine Ungläubige in seinem Bett dulden.«

»Vielleicht wäre es das Beste, mich auf dem Sklavenmarkt an den Höchstbietenden zu verkaufen.«

Mit erstaunlicher Anmut und Geschmeidigkeit lässt er sich mit verschränkten Beinen vor mir auf dem Boden nieder, sodass er mir in die Augen sehen kann. »Der Herrscher ist immer der höchste Bieter, Alys Swann, selbst wenn er nicht mit Geld bezahlt. Du wirst das nicht verstehen, ich weiß, aber glaub mir, ich würde es nicht wagen, dich anderswo zu verkaufen. Moulay Ismail würde es erfahren, und ich verlöre meinen Kopf. Junge Frauen von solch auffallendem Äußeren sind auf unseren Märkten zu selten, um keine Aufmerksamkeit zu erwecken.«

»Dann behaltet mich hier als Eure Dienstbotin«, fordere ich ihn heraus.

»Das ist unmöglich, es tut mir leid, aber wir müssen dich fortgeben. Du bist ein Schatz, der einem Herrscher angemessen ist, und für den Herrscher werden wir dich vorbereiten.«

SIEBEN

Drei Tage später kommt Lalla Zahra mit einem Bündel seidener Gewänder in mein Zimmer. Sie breitet sie auf dem Teppich aus und sortiert sie zu verschiedenfarbigen Häufchen. Dann hält sie eines an mein Gesicht. »Das steht dir.«

Es ist ein schlichtes Gewand aus türkisfarbener Seide mit weiten Ärmeln und durchgehenden Schlingenverschlüssen vorn, anders als jedes Kleidungsstück, das ich je getragen habe. Pragmatismus, begrenzte Mittel und die Einschränkungen eines Klimas, das eher nach Kammgarn und Wolle verlangt, haben mich immer daran gehindert, etwas so Unpraktisches zu tragen. Ich brenne darauf, es anzuprobieren, kämpfe jedoch gegen dieses Bedürfnis an. »Das glaube ich nicht«, sage ich und verschränke die Arme.

»Versuch es.«

So stehen wir uns einen langen Augenblick gegenüber und starren einander an. Dann lächelt sie. »Ich verstehe deinen Widerwillen, Alys, ich bin nicht aus Stein. Doch bestimmte Ereignisse nehmen einen unausweichlichen Gang, und dann ist es unmöglich, von da aus wieder zurückzugehen. Lass uns das Beste daraus machen und aus dir auch.«

Ich ziehe mich bis aufs Hemd aus, und sie streift mir das Kleid über den Kopf und die erhobenen Arme. Die Seide fühlt sich auf meiner erhitzten Haut an wie Wasser, ist aber so dünn, dass es unziemlich wirkt.

»Das hier zieht man darüber.« Sie reicht mir ein weiteres durchsichtiges Kleidungsstück, eine Art Überkleid mit Stickereien auf einem goldenen Untergrund. Es ist äußerst kunstvoll gemacht. Ich merke, wie meine verräterischen Hände danach greifen, als hätten sie einen eigenen Willen.

Sie löst mein Haar, sodass es über die Schultern fällt, und führt mich zum Spiegel, wo ich mein ungewohntes Spiegelbild betrachte. Die Veränderung löst einen beinahe körperlichen Schmerz aus. Wenn Laurent mich so gesehen hätte, wäre er dann auch so leicht gegangen?

Laurent war ein umherziehender Künstler; in den Niederlanden wimmelt es zurzeit nur so von ihnen. Sie behaupten, es sei das Land, in dem man sich so am leichtesten mit Farbe und Pinsel durchschlagen kann. Als der Krieg gegen Spanien endlich zu Ende ging und der Handel aufblühte, wollte jeder niederländische Kaufmann plötzlich seinen Reichtum zur Schau stellen und sich nicht nur mit schönen, echten Objekten umgeben, die seinen Glauben an die neue Realität untermauerten, sondern auch mit Abbildungen dieser Objekte. Stillleben, Stadtszenen, Porträts: Ein Haus wurde erst zum Heim, wenn an den Wänden mindestens ein Dutzend gerahmte Bilder von der Welt drinnen und draußen hingen. Die Niederländer hängten ihre Seele an einen Nagel, damit jeder sie sah. Der gebürtige Franzose Laurent hatte versucht, als Maler in seiner Heimat zu leben, aber die Franzosen haben in solchen Dingen recht hohe Ansprüche, und er hatte sich keinen Namen machen können. Er besaß zwar ein gewisses Talent, war aber kein hervorragender Zeichner. Trotzdem hatte er in Den Haag ein gutes Auskommen gehabt. Er sah gut aus, das mag ein Grund gewesen sein. Frauen und Töchter von Kaufleuten genossen seine Aufmerksamkeiten. Schwarzes Haar, dunkle Augen, feingliedrige Gestalt: Er war so ganz anders als die kräftigen, blonden, rotwangigen Männer in ihrer Stadt. Ich habe mich nie für ein romantisches

Dummchen gehalten, dem man mit einem auffallenden Gesicht oder einem blumigen Kompliment den Kopf verdrehen konnte, doch als ich Laurent begegnete, war es so, als wäre mein Herz von einer Klippe gesprungen und mein Körper erst einen Augenblick später gefolgt.

Er klopfte auf der Suche nach einem Auftrag auch an unsere Tür. Da er ein stattliches, repräsentatives Kaufmannshaus sah, erwartete er zweifellos, dass ein ebenso stattlicher und repräsentativer Kaufmann ihm aufmachte, doch als ich ihm die Situation erklärte, sah ich, wie sich ganz kurz sein Gesicht verzog, bevor er seine Fassung wiederfand und sich entschuldigte. Dieser Augenblick der Enttäuschung, den ich beobachtet hatte, war mein Untergang: In diesem Augenblick verliebte ich mich. Eine wahrlich absonderliche Entscheidung – sich nach etwas zu sehnen, das man niemals haben kann. In diesem unbedachten Moment hatte er mir deutlich gezeigt, was er von mir hielt: Ich war weder reich genug noch bezaubernd genug, um ihn als Mensch oder als Objekt seiner Kunst zu interessieren.

Zwar hatten wir viele leere Wände, an denen sich ein Gemälde gut gemacht hätte, aber kein Geld, um Aufträge zu vergeben. Ich gab ihm trotzdem einen.

Judith hörte unser Gespräch mit an. Sie stand genau hinter mir, als ich mich wieder zum Haus umdrehte, nachdem der Franzose mit großen Schritten die Straße hinabgegangen war, so selbstherrlich, dass sich mir vor Aufregung der Magen umdrehte.

»Das können wir uns nicht leisten«, sagte sie. »Ihr wisst genau, dass es nicht geht.«

Ich war ihre Arbeitgeberin, und sie war nur eine Dienstbotin, aber wenn man jeden Morgen bei Sonnenaufgang zusammen Brot backt, werden solche Unterschiede gleich mit im Teig verarbeitet. Ich war daran gewöhnt, dass sie kein Blatt vor den Mund nahm, und machte ihr deswegen nur selten Vorhaltungen.

»Er bedeutet Ärger«, fuhr sie fort. »Man sieht es an seinem Gang. Lauft ihm nach; sagt ihm, dass Ihr Eure Meinung geändert habt.«

Ich wusste, dass sie recht hatte, trotzdem brachte ich sie zum Schweigen. Ein externes Gewissen zu haben ist unangenehm.

Er kam am nächsten Tag, am übernächsten und am überübernächsten, drei selige Wochen lang, und ich saß ihm auf einem Stuhl im Garten Modell. »Dort ist das Licht besser für Euch«, sagte er, doch in Wirklichkeit meinte er: Im ganzen Haus steht kein einziges Möbelstück, und Ihr werdet Euch meine Motive denken können.

Er stellte seine Staffelei zwischen die Bohnenstangen und trampelte über meine Setzlinge, aber ich beschwerte mich nicht. Ich fand es berauschend, ein Porträt von mir anfertigen zu lassen. Er wusste, wie man mit unsicheren Modellen umgehen muss, und hatte eine Art, mir zu schmeicheln, bei der ich einfach dahinschmolz. Da ich unerfahren war, nahm ich jedes Kompliment für bare Münze. Nacht für Nacht lag ich in meinem schmalen Bett und dachte an seine süßen Worte. Dass ein so attraktiver Mann mein Gesicht bis ins winzigste Detail studierte, selbst wenn ich ihn dafür bezahlte, war eine überwältigende Erfahrung für eine unverheiratete Vierundzwanzigjährige wie mich, die sich selbst nie eines Blickes für würdig gehalten hätte. Jede Berührung des Pinsels auf der Leinwand fühlte sich an wie eine Liebkosung, und mit jedem Pinselstrich fühlte ich meine Schönheit wachsen. Ich träumte von einem Leben mit ihm, von den Kindern, die wir haben würden. Und plötzlich wollte ich nichts mehr auf der Welt als Kinder von ihm. Bislang hatte ich nie daran gedacht, ein Kind zu haben, doch jetzt plagte mich diese Vorstellung wie eine Krankheit.

Bildete ich mir etwa ein, während dieser friedlichen Stunden eine Art stummen Zauber auf ihn auszuüben? Je mehr ich mich in ihn verliebte, umso sicherer war ich, dass er meine Gefühle erwiderte. Ich registrierte es daran, wie er den Kopf neigte, wie seine Mundwinkel zuckten, wie er nach der Sitzung noch ein wenig länger blieb, um ein Glas gezuckertes Zitronenwasser oder einen der kleinen Kuchen anzunehmen, die ich mit verschwenderischer Sorgfalt jeden Tag für ihn buk.

Er weigerte sich, mir sein Werk zu zeigen, solange er noch daran arbeitete, doch als es sich der Vollendung näherte, war ich längst von dem überzeugt, was seine geschickten Hände in unsterblichem Öl auf die Leinwand zaubern würden. Deshalb dachte ich zuerst, dass er mir einen Streich spielen wollte, als er mir das fertige Gemälde zeigte, dass er mein Bild gegen das einer anderen Frau ausgetauscht hatte. Sie wirkte nichts sagend und stumpfsinnig mit ihrem vernünftigerweise hochgeschlossenen Kleid, der gestärkten weißen Haube und einem ebensolchen Kragen … Ihre Augen, leicht zusammengekniffen gegen das helle Licht im Garten, gingen in den weißen Flächen der Haut unter, die Nase war gebogen wie der Schnabel eines Vogels, der Mund fest zusammengepresst. Sie sah aus wie eine strenge, puritanische Jungfrau, nicht wie die Tochter eines englischen Royalisten, die sich nach einem französischen Künstler verzehrte und davon träumte, dass er ihr die Kleider vom Leib riss und sie zwischen dicken Bohnen und Rettich entehrte.

Ich schluckte meine Enttäuschung hinunter, bezahlte ihn und verabschiedete mich. Er hatte drei Wochen lang vier Stunden pro Tag in meiner Gegenwart verbracht; jetzt nahm er das Geld und war innerhalb von fünf Minuten verschwunden, ohne sich ein einziges Mal umzublicken. Ich sah ihn nie wieder.

Lange und aufmerksam betrachtete ich das Bild. Dann verbrannte ich es. Heute trage ich es als Abbild dessen in mir, was ich bin – und das hat nichts mit der Frau zu tun, die mir aus Lalla Zahras Spiegel entgegenblickt. Das ist die Frau, die Laurent hätte zeichnen müssen, dieses exotische kleine Biest mit strahlendem Teint und losem Haar, dessen Augen genauso türkis leuchten wie die Seide. Diese Frau hätte ihn vielleicht erobert, so wie ich es mir damals erträumte.

Ich werfe meinem Spiegelbild ein schräges Lächeln zu. Macht nichts, dass es nicht so kam, schießt es mir durch den Kopf.

Lalla Zahra missdeutet meinen Ausdruck als Zeichen von Selbstzufriedenheit. »Siehst du, Alys. Du wirst eine feine Kurtisane sein. Der Kaftan steht dir.«

Doch als ich mir das Gewand herunterreiße, es ihr vor die Füße werfe und in Tränen ausbreche, versteht sie gar nichts mehr. Es ist das erste Mal, dass ich weine, seit ich verschleppt wurde.

Der Kaftan ist nur der Anfang. Man bringt mich an einen Ort, der Hamam genannt wird, eine Art Gemeinschaftsbad. Hier werde ich ausgezogen und in einen sehr heißen Raum geführt. Vor lauter Dampf kann man kaum etwas sehen, doch als ich mich daran gewöhnt habe, erkenne ich viele einheimische Frauen, die splitternackt herumlaufen und nicht mehr Scham empfinden als Eva, bevor sie in den Apfel biss. Manche sitzen, andere hocken und entblößen Spalten, die so haarlos sind wie die eines Kindes. Alle schwatzen in ihrer seltsamen Sprache durcheinander, und das Geschrei und Gelächter hallt von den nahen Steinwänden wider. Wenn ich die Augen schließe, könnte ich mir einreden, in eine Affenkolonie geraten zu sein.

Die Nacktheit schockiert mich, denn auf der Straße hüllen sich die Frauen von Kopf bis Fuß in wallende Gewänder, an denen selbst die lüsternste Phantasie abprallt. Ich muss meine

Einschätzung von diesen Menschen richtigstellen. Wenn das schwächere Geschlecht so schamlos sein kann, wie müssen dann erst die Männer sein, und wie werden sie Frauen wie mich behandeln?

Die Frauen waschen mir das Haar und schrubben meine Haut. Ich gebe meinen Widerstand bald auf, jedenfalls so lange, bis man mich in ein Vorzimmer führt und mir bedeutet, mich mit gespreizten Beinen auf einen steinernen Block zu legen. Das Stück Stoff, das ich um meine Lenden gewickelt habe, reißt man mir ohne Vorwarnung ab, und die nächste halbe Stunde muss ich die Augen schließen und mich in den stillen Patio von Lalla Zahras Haus zurückwünschen, denn die Demütigungen, denen ich ausgesetzt bin, sind unaussprechlich.

Als ich mich am Abend in der Privatsphäre meines Zimmers inspiziere, ist meine wunde Haut überall so haarlos wie die von Raffaels Engeln.

Am nächsten Tag gibt Lalla Zahra mir Anweisung, mich auf die Reise nach Meknès vorzubereiten. Vorher schenkt sie mir noch ein Buch. »Du bist eine gebildete und intelligente Frau, ich glaube, es wird dir gefallen. Versprich mir, darin zu lesen, so oft du kannst.« Dann umarmt sie mich und betrachtet mich eine Weile stumm. Ihre Augen glitzern im grellen Licht.

Das Buch ist klein und in schlichtes dunkelbraunes Leder gebunden. In meiner Dummheit verwechsle ich es mit einer Bibel und danke ihr für die freundliche Geste. Doch als ich beim Vorsatzblatt ankomme, begreife ich, dass es sich um den *L'Alcoran de Mahomet* handelt, »übersetzt aus dem Arabischen ins Französische durch Sieur du Ryer, Herr von Malezair und Vertreter des Französischen Königs in Alexandria. Ins Englische gebracht zur Befriedigung aller, die sich ein Bild von den Einbildungen der Türken verschaffen wollen. Gedruckt zu London, Anno Dom. 1649«.

Das heilige Buch der Heiden, obendrein in London gedruckt! Als ich aufblicke, um meiner Entrüstung Ausdruck zu verleihen, ist sie so leise, wie sie hereingekommen war, schon wieder verschwunden. Ich werfe das anstößige Buch in die Ecke, doch als ich später in den Patio hinuntergehe, liegt es auf dem Beutel mit Kleidern und Utensilien für die Körperpflege, die ich mit auf die Reise nehmen soll.

ACHT

Es ist Freitag, als wir die Stadt verlassen, der heilige Tag der Mohammedaner. Über die ganze Stadt hinweg hallen die unheimlichen Rufe zum Gebet durch die warme Luft wie die Schreie fremder Vögel.

Wir sitzen zu dritt in einer verhüllten Kutsche. Die anderen beiden Frauen sind ähnlich gekleidet wie ich, mit bunten Tüchern um den Kopf, doch ihre Kleider sind aus Baumwolle. Wie ich haben sie blaue Augen, wirken aber mit ihren dunklen Brauen und Wimpern fast genauso fremd wie die marokkanischen Frauen. Wir sitzen in lähmendem Schweigen da, während die Karosse durch die schmalen Gassen der Stadt holpert. Einmal ziehe ich den Vorhang beiseite, und ein Sonnenstrahl fällt ins Innere der Kutsche wie ein Messer. Die junge Frau neben mir fährt zusammen und wendet den Kopf ab. Ihre Hände finden keine Ruhe, unablässig fuchtelt sie nervös mit den Fingern herum, als spielte sie mit einem Rosenkranz.

Die Straßen sind voller Männer, die der nächsten Moschee zuströmen: Männer mit weißen Gewändern und kleinen Mützen auf dem Kopf, Männer mit Tuniken und weißen Hosen, die kurz über den Knöcheln enden, Männer mit Turbanen oder Kapuzenumhängen. Ihre Gesichter sind so braun wie polierte Walnüsse, die schwarzen Augen neugierig. Ihr Blick ist offen, durchdringend, wie bei einem Jäger, der eine Beute wittert.

Nach einer Zeit, die mir endlos vorkommt, obwohl sie vielleicht nur zwei Stunden gedauert hat, halten wir an.

»Sind wir schon da?«, fragt die junge Frau, die mir gegenübersitzt.

»Du bist Engländerin!«, rufe ich. Es klingt beinahe wie eine Anschuldigung.

Doch es ist die andere, die mir antwortet. »Irin. Wir kommen aus Irland, nicht aus England. Wir sind Schwestern, Theresa und Cecilia: Schwestern aus Ringaskiddy, aber es gibt nicht viele, die wissen, wo das ist, deshalb sage ich immer nur Cork.«

Was das Spiel mit den eingebildeten Rosenkranzperlen erklärt. Meine Mutter war eine glühende Gegnerin des Katholizismus und machte die französische Frau des alten Königs für seinen Untergang und damit auch den unserer Familie verantwortlich. Als sein Sohn eine portugiesische Katholikin heiratete, tobte sie.

Ich spähe durch eine Ritze im Vorhang. »Wir sind in einem Wald.«

Sie beruhigen sich deutlich. »Heilige Maria, wir danken dir. Cecilia und ich haben geschworen, Märtyrerinnen zu sein wie die heilige Julia und die heilige Eulalia.« Cecilia bricht in lautes Schluchzen aus. Theresa tätschelt ihren Arm. »Schon gut, du wirst die heilige Julia und *ich* Eulalia.« Sie dreht sich zu mir um. »Die heilige Eulalia weigerte sich, ihrem Glauben abzuschwören. Man hat ihr die Brüste abgeschnitten.«

Theresas Schluchzen steigert sich zu einem Heulen.

»Man hat sie in ein Fass mit Glasscherben gesteckt und einen Berg hinabgerollt, jawohl, das hat es gegeben. Aber nicht einmal das konnte sie von ihrem Glauben abkehren. Daraufhin zerrissen ihr zwei Henker mit eisernen Kämmen den Leib und hielten Fackeln an die Wunden, bis sie im Rauch das Bewusstsein verlor. Am Ende wurde sie ans Kreuz geschlagen und enthauptet. Eine Taube flog aus ihrem Hals; es war ein Wunder.« Ihre Augen blitzen in fanatischer Inbrunst. »Sie war erst zwölf Jahre alt. Theresa und ich haben unsere Jungfräulichkeit der Jungfrau Maria geweiht. Wir werden die heilige Cecilia und die heilige Theresa von Ringaskiddy. Junge Mädchen aus ganz Irland werden zu uns beten.«

Ich finde nicht, dass dies ein Trost für einen so gewaltsamen Tod sein kann, doch die Sehnsucht nach einem Märtyrertod ist der protestantischen Religion auch völlig fremd. »Ich beneide euch um eure Gewissheit«, sage ich sanft. Und das ist nicht gelogen. Wird mein Glaube mich sicher durch die vor mir liegenden Prüfungen tragen?

Plötzlich öffnet sich ächzend die Tür der Kutsche, und ein Mann späht herein. Cecilia unterdrückt einen Aufschrei.

»Sidi Qasem.«

Ich verneige mich.

»Miss Swann. Wir machen hier eine kurze Rast.«

Während sich die beiden irischen Frauen in ein dichtes Gebüsch verziehen, sehe ich in weiter Ferne eine lange Reihe von Männern über einen Waldweg auf uns zukommen. Der Aufseher der Gefangenen reitet auf uns zu, um Sidi Qasem zu begrüßen. Er beugt sich im Sattel herab, ergreift die ausgestreckte Hand des alten Mannes und küsst sie. Offensichtlich herrscht selbst unter Sklavenhändlern eine gewisse Hierarchie.

Cecilia und Theresa stampfen geräuschvoll durchs Unterholz und bleiben neben mir stehen. Während sie Kletten und Grassamen von ihren Kleidern klopfen, lassen sie die Männer nicht aus den Augen. »Heilige Maria.« Cecilia bekreuzigt sich. »Sie sehen aus, als wären sie halb verhungert.«

Die Schwestern flüchten sich in die Sicherheit der Kutsche, doch ich kann den Blick nicht abwenden. Man hat ihnen mit Stricken die Hände gefesselt und ihre Fußgelenke mit Gewichten beschwert, um sie an einer möglichen Flucht zu hindern. Bei jeder Bewegung scheuert das Eisen gegen die

Haut, sodass sie beim Gehen schlurfen, um die Verletzungen so gering wie möglich zu halten. Viele tragen keine Hemden und haben von der Sonne verbrannte Schultern. Ihre Rippen stehen so deutlich hervor wie die eines Bootswracks, und als sie vorbei sind, sehe ich, dass einige von ihnen rötliche Striemen auf dem Rücken haben.

Ich schäme mich, sie mit einem gut gefüllten Magen und in Seide gehüllt zu beobachten. Ihre Gesichter sind düster und hoffnungslos. Jeder dieser Männer ist in seiner eigenen Hölle gefangen, bis auf einen. Er wendet mir den Kopf zu, als die Reihe an der Kutsche vorbeizieht. Er ist hochgewachsen, hat helle Haut, ein Anflug von Bart zeigt sich als blonder Flaum. Schockiert begreife ich, dass er kaum mehr als ein Junge ist. »Betet für uns, Mylady«, sagt er in einer Sprache nach der anderen, bis der Aufseher sein Pferd zurücklenkt und dem Jungen einen so brutalen Hieb mit der Peitsche versetzt, dass er aufschreit und stolpert.

Ich wende mich mit Tränen in den Augen ab. Welche Hoffnung kann es für uns geben, wenn diese Männer wie Tiere behandelt werden?

Sidi Qasem taucht neben mir auf. »Warum die Tränen, Miss Swann?«

»Müssen sie den ganzen Weg bis nach Meknès laufen?«

»Sie werden laufen oder sterben.«

»Und was geschieht mit ihnen, wenn sie dort ankommen?«

»Sie werden helfen, Moulay Ismails neue Stadt zu bauen. Wenn sie nicht unterwegs sterben, dann mit Sicherheit in Meknès. In einer Woche, einem Monat, vielleicht auch erst in einem Jahr, wenn sie zäh sind. Ismail ist ein strenger Arbeitgeber; Krankheit oder Schwäche zählen für ihn nicht.«

»Was für eine Verschwendung von Menschenleben, nur um eine Stadt zu bauen.«

»Es ist nicht nur eine Stadt, Alys. Es ist ein Opfer an Gott.

Unsere Religion baut eine Zivilisation auf. Sie kam aus der Wüste und schuf innerhalb von einem Jahrhundert die größte Zivilisation der Welt. Allah hat uns befohlen, die Wüste nicht als Wüste fortbestehen zu lassen, den Berg nicht als Berg. Die Welt muss dem göttlichen Plan entsprechend verwandelt werden, und in dieser Verwandlung finden wir unsere Verbindung zum Göttlichen. Meknès ist ein Gebet an Gott, ein einziger Lobgesang, und Ismail ist sowohl Architekt als auch Sänger. Wir alle spielen unsere Rolle in einem übergeordneten Plan.«

Ich fröstele, als ich mich wieder in die Kutsche setze, neben die beiden jungen Frauen, die entschlossen sind, für die katholische Sache zu sterben, während Sidi Qasem von Mord als Teil eines göttlichen Plans spricht. Ich bin von Fanatikern umgeben. Die Frage ist nur: Bin ich auch eine?

NEUN

Dritter Sabbat Rabi' al-thani 1087 AH

Drei Wochen schmore ich schon in dieser dunklen Zelle, umgeben von Wahnsinnigen und Verbrechern. Drei Wochen, das ist nicht lange, gemessen am großen Ganzen, ich weiß: Aber in einer stockdunklen Zelle zieht sich die Zeit in die Länge wie die ewige Verdammnis.

Der *qadi* hatte mich schon in der ersten Woche vorführen lassen, äußerst zufrieden mit sich. Wieder ein grausiges Verbrechen gelöst, ein weiterer Schurke festgesetzt. Auf Mord steht Hinrichtung mittels eines Nagels, der mit einem Hammer in den Schädel getrieben wird. Das erklärte er mir genüsslich. Der kleine, vierschrötige Mann strahlte eine Sanftheit aus, die von einem guten Leben herrührt, so wie man es sich nur mit vielen Bakschischs erlauben kann, die einem zugesteckt werden. Unglücklicherweise hatte ich nichts, mit dem ich ihn bestechen konnte. Ich bin ein Sklave, ganz gleich, in welch gehobener Stellung, und Sklaven werden nicht bezahlt.

Ich fragte, ob der Sultan von meiner Lage wisse, und er lachte mir ins Gesicht. »Warum sollte sich der Sultan für das Schicksal eines x-beliebigen schwarzen Mörders in dieser Stadt interessieren? Wir haben in diesem Monat bereits dreißig andere hingerichtet, und wie Ratten kommen immer neue hinzu.«

Allein die Tatsache, dass ich nach drei Wochen immer noch

im Kerker schmachte, ohne meinen Pflichten nachzukommen, verrät mir alles, was ich wissen muss: Ich bin entbehrlich, man hat mich vergessen. Ich frage mich, wer Ismail jetzt zum Gebet begleitet, seine *babouches* nach Skorpionen absucht, sein Essen vorkostet, Nachrichten überbringt oder sein Diwanbuch führt. Ich quäle mich mit der Vorstellung, wie mein Nachfolger mein kleines Zimmer übernimmt und meine Habseligkeiten hinauswirft: das wenige, worauf mein Leben beschränkt war. Ich frage mich, ob er sich zwischen seinen Obliegenheiten ein paar Minuten Zeit nimmt, um in dem Hof zu sitzen, wo ich in meiner Dummheit die blutbefleckten *babouches* versteckt hatte. Ob er die warme Berührung der Sonne auf dem emporgewandten Gesicht oder den Duft des Jasmins genießt, der über den Steg wuchert. Hier stinkt es nur nach Kot, Urin und saurem Angstschweiß, und man möge mir glauben: Nichts davon hat große Ähnlichkeit mit Jasmin.

Wenn der Muezzin ruft, wende ich mich zusammen mit den anderen Unglücklichen zum Beten. Doch wer kennt an diesem Ort, in dieser Dunkelheit die Richtung, in der Mekka liegt? Ich denke an Ismail und sein Heer von Astronomen, die mit Astrolabien und Berechnungen ausgestattet sind, mit Linealen und Winkelmessern herumfuchteln, die Alhidade auf den Winkel der Sonne ausrichten, nur um dem Sultan präzise sagen zu können, in welcher Richtung die heilige Stadt liegt, bevor er sich zum Gebet verneigt. Ich selbst kann nicht mehr tun, als mich von dem Eimer mit Unrat abzuwenden und das Beste zu hoffen.

Eines Morgens fahre ich mit der Hand über mein Kinn und entdecke dort Stoppeln. Kann es sein, dass mich der Aufenthalt in der Zelle wieder in einen Mann verwandelt? Ich gestatte mir ein freudloses Grinsen und vergrabe dann den Kopf in den Händen. Gott macht auch gern mal einen Witz.

Plötzlich öffnet sich das Sichtfenster, und eine Stimme ruft: »Nus-Nus? Wer von euch ist der Höfling namens Nus-Nus?«

Ein paar Stimmen kichern, verstummen jedoch, als ich aufstehe. »Das bin ich.«

Der Wächter öffnet die Tür und winkt mich heraus. »Und versuch gar nicht erst irgendwelchen Unsinn, sonst hacke ich dir das Bein ab.«

In einem Nebenraum sitzt eine ganz in Schwarz gehüllte Frau und trinkt Tee. Ich weiß sofort, wer sie ist, trotz des Schleiers; ich erkenne sie an ihrem runden Handgelenk und der Farbe ihrer Haut, obgleich sie nicht ihren üblichen Schmuck trägt. Ich bin wachsam genug, um mir nichts anmerken zu lassen. Der Wächter zeigt keinerlei Neugier und schließt die Tür hinter sich. Ich frage mich, wie oft Frauen zu einem letzten ehelichen Besuch an diesen übel riechenden Ort kommen, und schaudere.

»Hier bist du also, Nus-Nus«, sagt sie auf Lobi.

»Sieht so aus«, antworte ich auf Senufo.

»Niemand hat sich bis gestern die Mühe gemacht, es mir zu erzählen. Ich hielt dich für krank.«

Das glaube ich ihr nicht. Zidana hat ihre Spitzel überall. »Warum bist du hier?« Sie geht ein Risiko ein, und ich bezweifle, dass es um meinetwillen ist. Wenn Ismail herausbekommt, dass sie seine Befehle missachtet und die Palastmauern verlassen hat, wird nichts sie retten können, nicht einmal die Tatsache, dass sie seine Hauptfrau ist. Ich habe gesehen, wie er eine seiner sogenannten Lieblingsfrauen eigenhändig erwürgt hat, nachdem sie das abscheuliche Verbrechen begangen hatte, eine Orange vom Boden aufzuheben und sie zu essen. »Wir sind keine Bettler, die sich derart aufführen!«, tobte er, während er ihr den letzten Lebenshauch ausquetschte. »Hast du keine Würde? Wenn du deinen Sultan mit einem solchen Verhalten beschämen kannst, wozu wärst du dann sonst noch fähig?« In der folgenden Nacht hatte er Alpträume, rief im Schlaf immer wieder ihren Namen – *Aisha, Aisha* –, und am nächsten Morgen war sein Kopfkissen feucht.

»Ich musste dich unbedingt nach der Liste fragen«, sagt Zidana nur. »Haben sie davon gesprochen? Verwenden sie sie als Beweismittel?«

Ich seufze. »Niemand hat sie erwähnt.«

»Gut. Nun, das ist immerhin etwas.« Sie nippt an ihrem Tee, und wir sitzen schweigend da.

»Wie geht es dem Sultan?«, frage ich nach einer Weile.

»Ismail ist Ismail, aber noch schlechter gelaunt als üblich. Gestern Abend hat er Zina weggeschickt, ohne sie auch nur anzurühren. So etwas ist noch nie vorgekommen.«

»Hat er nicht nach mir gefragt?«

»*Mir* gegenüber hat er dich nie erwähnt.«

»Aber wer führt jetzt das Diwanbuch für ihn? Wer kostet sein Essen vor?«

»Quäl dich doch nicht so«, sagt sie und erhebt sich, um zu gehen.

»Wird sich denn niemand für mich einsetzen? Du weißt, dass ich unschuldig bin.«

»Seit wann kann Unschuld jemanden retten? Wissen ist viel nützlicher.«

»Das stimmt. Jedenfalls kann ich nur hoffen, dass man mich nicht foltert«, erwidere ich plötzlich mit dem Mut der Verzweiflung. »Wer weiß, was ich sagen könnte, wenn man mich fragt, warum ich Sidi Kabour aufgesucht habe.«

Da lacht sie. »Oh, zeig ein wenig Stärke, Nus-Nus, ein bisschen vom Geist der Senufo.«

Dann klopft sie an die Tür, und der Wächter entlässt sie ins Licht und führt mich ins Dunkel zurück. Ich bin so in meinen Gedanken versunken, dass ich esse wie ein Tier, ohne mir dessen bewusst zu sein. Ich habe vergessen, dass das Gerstenbrot manchmal Steine enthält, breche mir beim herzhaften Hineinbeißen ein Stück morschen Zahn ab und habe nun eine neue Sorge, über die ich mir den Kopf zerbrechen kann.

Am nächsten Tag kommt der Wächter wieder. »Plötzlich scheinst du ja sehr gefragt zu sein«, meint er anzüglich. Als er mir einen Eimer kaltes Wasser, eine Hand voll Olivenpaste als Seife und einen zusammengeknoteten Lumpen bringt, um mich draußen zu waschen, weiß ich, dass etwas im Gange ist. Ich wende mich ab, in dem Versuch, einen gewissen Grad an Anstand zu wahren, doch er lacht nur. »Ich habe hier drin schon so viel gesehen, dass mich nichts mehr schockieren kann.«

Trotzdem richtet sich sein Blick neugierig auf mein Geschlecht, während ich mich ausziehe, aber als ich mich aufrichte und ihm in die Augen sehe, schaut er weg. Ich wasche mich und ziehe die frische Leinenhose und das lange graue Gewand an, die er mir reicht.

Sobald ich die feine Seide auf der Rückseite seines Turbans erkenne, weiß ich, wer mein Besucher ist. Er dreht sich um und mustert mich von Kopf bis Fuß. »Ach, Nus-Nus, es bricht mir das Herz, dich in so einem Zustand zu sehen. Man gerät schnell in Vergessenheit, nicht wahr? Man steht im Mittelpunkt des Geschehens und genießt die segensreiche Gunst des Sultans, und im nächsten Augenblick findet man sich im Dunkeln wieder. Es ist kalt da unten, nicht wahr?«

»Seid Ihr gekommen, um mich zu verspotten?«

Der Großwesir lächelt. »Ach, komm, Nus-Nus. Willst du nicht um dein Leben betteln? Du weißt doch, dass ich die Macht hätte, dich zu retten.«

Ich verschränke die Arme vor der Brust. »Ich glaube nicht, dass mein Leben den Handel wert ist, den Ihr vorschlagen würdet.«

»Du unterschätzt dich.« Er streckt die Hand aus und berührt meinen Schenkel. Seine Finger kneten den kräftigen Muskel, als wollte er ihn zu Brotteig verarbeiten.

Ich zwinge mich, es zu ignorieren. Man wird mir keinen schnellen Tod gönnen, wenn ich versuche, ihn zu töten, und ich weiß, dass der Wächter uns durch einen Spalt in der Tür beobachtet. Er würde mich aufhalten, bevor es mir gelungen ist. Was hatte Zidana noch gesagt? *Ein bisschen vom Geist der Senufo*. Ich sammle meine Kräfte und versuche, den verlorenen Krieger in meinem Innern zu beschwören.

Seine Hand nähert sich meinen Lenden unter dem Gewand, und ich weiß sofort, dass er das Kleidungsstück mit Bedacht ausgewählt hat. Seine Finger liebkosen mich durch den dünnen Stoff der Hose. Ich werde dich umbringen, falls ich durch ein Wunder überlebe, darauf kannst du dich verlassen.

»Ich würde lieber meine Strafe akzeptieren, als Euer Spielzeug zu sein.«

Er lächelt unangenehm. »Ein unschuldiger Mann ist bereit, einen grauenhaften Tod auf sich zu nehmen, für ein Verbrechen, das er nicht begangen hat?«

»Was wisst Ihr davon?«

»Genug, um deine undankbare schwarze Haut zu retten. Denk darüber nach, Nus-Nus. Ein Platz in meinem Haushalt, das Beste vom Besten, ein Leben im Luxus. Das oder ein Nagel, der dir von oben in den Schädel gehämmert wird. Ich würde bei dieser Wahl nicht lange zögern. Aber lass dir ruhig Zeit. Ich werde dafür sorgen, dass der *qadi* deine Hinrichtung noch ein paar Tage aufschiebt, um dir die Möglichkeit zu geben, deine Entscheidung gut abzuwägen.«

»Was ist mit meinem Prozess?«

»Was für ein Prozess? Der *qadi* hat alles, was er braucht, um deine Schuld beweisen zu können. Es sei denn, er beschließt, dich zu foltern, um einen vollständigeren Bericht über deinen Besuch bei dem Kräuterhändler zu erhalten. Das wäre das Unangenehmste: die Bastonade, die Zangen und die Folterbank zu ertragen, ehe man mit einem Nagel im Schädel verreckt.«

»Als Mitglied des Hofpersonals darf ich nicht ohne entsprechende Genehmigung des Sultans hingerichtet werden«, erwidere ich steif.

Abdelaziz schnaubt verächtlich. »Wusstest du nicht, dass ich derjenige bin, der diese Genehmigungen erteilt, Nus-Nus?«

Schicksalsergeben lasse ich den Kopf hängen.

»Ismail hat deine Abwesenheit nicht einmal bemerkt, mein lieber Junge. Halt, nein, das stimmt nicht: Es ist ihm aufgefallen, dass du dich am ersten Tag verspätet hast, woraufhin er herumbrüllte und nach deinem Kopf verlangte. Seine beiden Haussklaven hat er fast zu Tode geprügelt, als sie sagten, sie wüssten nicht, wo du bist, und danach hat er dich nie wieder erwähnt, vermutlich, weil er glaubt, dass er dich bei einem seiner Tobsuchtsanfälle einen Kopf kürzer gemacht hat. Ist dir dieser seltsame Zug an ihm aufgefallen? Dass er heute jemanden umbringt und morgen so tut, als wäre nie etwas geschehen? Ich kann mich erinnern, wie er Kaid Mehdr grün und blau geprügelt hat, weil es ihm nicht gelang, irgendeine unbedeutende Rebellion im Rif niederzuschlagen. Der Mann verlor ein Auge. Als Ismail ihn das nächste Mal sah, trug er eine Augenklappe. Ismail nahm ihn am Arm und fragte besorgt, wie er denn sein Augenlicht verloren habe. Der arme Mann stammelte irgendeine Ausrede, dass er vom Pferd gefallen sei, und der Sultan überhäufte ihn mit Geschenken, zweifellos, um sein Gewissen zu beruhigen. Aber die Schuld holt ihn ein. Man sagt, er habe hin und wieder Alpträume nach solchen Anfällen. Ist das wahr?«

Ja, aber ich gebe keine Antwort.

»Macht nichts. Mein Neffe Samir Rafik kümmert sich jetzt um ihn.«

Und mit diesem Dolchstoß in mein Herz verlässt er den Raum. Als der Wächter kommt, um mich in die Zelle zurückzubringen, zwinkert er mir zu, und ich fühle mich bis ins Mark hinein beschmutzt, obwohl ich mich keine halbe Stunde zuvor gründlich gewaschen habe.

Am frühen Nachmittag des nächsten Tages ruft der Wächter mich erneut auf. Was ist jetzt wieder? Der Großwesir muss mich für schwachsinnig oder feige halten, wenn er glaubt, dass ich mich nach einer einzigen Nacht des Nachdenkens seinem Willen beuge.

»Aller guten Dinge sind drei, heißt es«, sagt der Wächter geheimnisvoll, schließt die Tür zu dem Nebenzimmer auf und schiebt mich hinein.

Ich starre Kaid Mohammed ben Hadou Ottur an, und er erwidert meinen Blick ein wenig belustigt. »Hast du jemand anderen erwartet?«

»Ihr seid mein dritter Besucher in ebenso vielen Tagen, Sidi!«

Er stößt ein trockenes Lachen aus. »Zidana und Abdelaziz, nehme ich an?« Er hat einen Ruf als scharfsinniger Mann, und ich habe den Verdacht, dass er eine ganze Reihe von Spitzeln für sich arbeiten lässt. »Zieh dich aus.«

Bislang wusste ich nicht, dass er Sodomit ist, aber kluge Menschen in Ismails Palast lernen ihre Laster zu verstecken. Doch als ich anfange, mich auszuziehen, wirft er mir ein Bündel mit Kleidern zu, statt mich offen anzustarren: eine Baumwollhose und eine einfache Djellaba aus Wolle. »Setz die Kapuze auf«, sagt er. »Ich erkläre es dir unterwegs.«

Unterwegs?

Zwei Minuten später sind wir draußen. Ich lege den Kopf

zurück, blinzele in das ockergelbe Licht und bin mit einem Mal überwältigt vom Blau des Himmels und vom leuchtenden Grün der neuen Feigenblätter in einem nahe gelegenen Hof. Als ich den Baum das letzte Mal sah, waren die Blätter noch Knospen, und ihre seidige Unterseite war von der silbergrauen Rinde kaum zu unterscheiden.

»Was ist passiert?«, frage ich und laufe ein paar Schritte, um meinen Befreier einzuholen, der auf die Medina zueilt.

»Wir brauchen dich. Der Sultan und ich.«

Mein Herz macht einen Sprung. Man hat mich also doch nicht vergessen. »Ich werde Euch ewig dankbar sein, dass Ihr mich wieder in den Dienst meines Herrn stellt …«

»Bedank dich nicht zu früh, Nus-Nus. Der Grund für deine Befreiung wird dir nicht gefallen. Du musst eine Aufgabe erledigen, die, nun, sagen wir … unangenehm ist.«

Ich kann mir nicht vorstellen, welche Aufgabe so schlimm sein könnte. Wir kommen an einer Gruppe Frauen vorbei, die am Stand eines Händlers Litzen und Perlen vergleichen. Ihre Augen über dem Schleier mustern uns aufmerksam, mit flatternden Wimpern.

»Und was ist … mit Sidi Kabour?«

Al-Attar legt den Finger auf den Mund. »Wenn dir diese Aufgabe gelingt, wird Sidi Kabour nie existiert haben.«

Ich runzele die Stirn. »Aber … aber seine Familie …«

»Alle werden bezahlt, wenn es nötig sein sollte. Berichte werden verbrannt. Gewöhn dir ein bisschen Diskretion an, Nus-Nus. Wenn ich dir sage, dass es Abend ist, obwohl die Sonne scheint, dann kleide dich in dein Abendgewand und zünde eine Kerze an. Tu, wie dir geheißen, und niemand wird je wieder ein Wort darüber verlieren.« Er sagt noch mehr, und ich glaube, den Namen des Großwesirs zu hören, doch mittlerweile sind wir im Viertel der Metallarbeiter, wo Männer in der Sonne sitzen und Schüsseln und Couscoustöpfe aus

Kupfer hämmern, so groß, dass sie für die Küche des Palastes bestimmt sein müssen, und der Lärm der Hämmer übertönt seine Worte.

Wenig später treten wir aus dem Labyrinth der Gassen auf den Sahat al-Hedim – den »Platz der Trümmer«, denn der gesamte Bauschutt wurde außerhalb der Palastmauern abgeladen. Als mein Herr Ismail beschloss, Meknès zu seiner Hauptstadt zu machen – und nicht das nahe gelegene Fès, das abgesehen davon, dass es eng, feucht und übel riechend ist, auch noch jede Menge Abweichler, *marabouts* und Koranschüler beherbergt, die nur allzu begierig darauf sind, eine unerbetene Meinung zu äußern, oder Marrakesch, das unter der Herrschaft seines rebellischen Bruders steht und schon immer für seine Unzuverlässigkeit berühmt war –, schickte er als Erstes tausende von Sklaven los, um die Altstadt dem Erdboden gleichzumachen und Platz für seine neue Anlage zu schaffen. Das ist jetzt fünf Jahre her. Zwar nähert sich die erste Bauphase allmählich dem Ende, doch herrscht hier nach wie vor ein einziges Chaos. Er ist ein großer Mann, unser Moulay Ismail, Herrscher von Marokko, Vater des Volkes, Emir der Gläubigen, Vertreter Gottes. Ja, ein großer Mann, aber kein Architekt.

Eine Karawane von Mauleseln wird auf einer Seite des Platzes entladen und mit Futter und Wasser versorgt. Händler sitzen um sie herum und feilschen mit ihren Kerbhölzern und Gewichten. Eine Schwalbe schießt dicht über ihre Köpfe hinweg, auf der Suche nach Fliegen, während die Kisten mit Gütern geöffnet werden. Ich sehe den roten Fleck an ihrer Kehle aufblitzen, dunkel wie altes Blut, den gegabelten Schwanz, und dann ist sie verschwunden.

Die Wachen am Tor habe ich noch nie gesehen, aber sie treten schnell beiseite, als sie den Mann neben mir erkennen, und es fällt mir auf, wie sehr sich die Welt verändert hat, seit ich eingekerkert wurde. Während wir eilig durch die mit Marmor ausgelegten Gänge gehen, nehme ich meinen ganzen Mut zusammen und frage nach meinem Zimmer. »Im Gefängnis musste ich oft an seine Stille und Bequemlichkeit denken. Ich weiß, es ist eine Kleinigkeit, außerhalb Eurer Kenntnis, Sidi ...« Ich verstumme, hoffnungslos.

»Du kannst in deine alte Unterkunft zurück, Nus-Nus. Die Einrichtung wurde so gut wie möglich wiederhergestellt. Falls ich etwas übersehen habe, verzeih mir. Sollte etwas fehlen, so lass es mich wissen, und ich werde mein Bestes tun, um es dir zu ersetzen.«

So viel Freundlichkeit hätte ich nicht erwartet. Dankbarkeit wärmt mein Herz, doch dann fällt mir die unangenehme Aufgabe wieder ein. »Was soll ich also für Euch tun?«

Er wirft mir einen verschleierten, rätselhaften Blick zu. »Man hat mir gesagt, dass du dich sehr gut mit dieser heidnischen Sprache auskennst«, sagt er in perfektem Englisch.

Ich kann meine Überraschung nicht verbergen. »Ein früherer Herr hat mich in vielen Dingen unterwiesen. So habe ich gelernt, passabel Englisch zu sprechen.« Ich zögere. »Aber wie kommt es, dass Ihr es so gut beherrscht, Sidi?«

»Englisch war die Muttersprache meiner Mutter«, antwortet er knapp und wendet den Blick ab.

Das also ist der Grund für seine auffallend hellen Augen. Jetzt erinnere ich mich wieder an gewisse Gerüchte, denen zufolge seine Mutter eine europäische Sklavin war. Ich hatte sie für böswillige Verleumdung gehalten. Wenn sie wahr sind, muss er sich sehr angestrengt haben, um sich Ismails Gunst zu sichern.

»Möchtet Ihr, dass ich Euch etwas aus dem Englischen übersetze?«

»So könnte man es ausdrücken.«

Als wir uns den Toren des Harems nähern, bleibt er stehen. »Du kannst die Kapuze jetzt abnehmen. Melde dich bei den Wachen. Sie wissen, was zu tun ist.«

Seltsam. Ich sehe ihm nach, als er davongeht, und frage mich, welches sprachliche Problem dermaßen wichtig ist, dass er mich deswegen aus dem Kerker befreit hat und den Zorn des Großwesirs riskiert. Die Wachen am Tor lassen mich durch; ein Junge nimmt mich an der Hand und führt mich an Zidanas Pavillon vorbei zu einem Gebäude, das ich noch nie betreten – oder auch nur gesehen – habe. »Warte hier«, sagt er und läuft hinein.

Ich lehne mich an die von der Sonne gewärmte Mauer und schließe die Augen. Irgendwo stößt ein Pfau seinen melancholischen Schrei aus, doch ich habe nur einen Gedanken: Ich bin frei! Jede Nacht lag ich wach inmitten des Gestanks und des Stimmengewirrs in meiner schmutzigen Zelle und stellte mir vor, wie der kalte, eiserne Nagel in meine Schädeldecke eindringt, und jetzt stehe ich hier, mit der Sonne im Gesicht, unter meinen Lidern ein leuchtendes Rot, und atme den Duft von Neroli und Moschus ein.

Meine Nase zuckt. Ich kenne diesen Duft … Als ich die Augen aufschlage, stören die Nachbilder der Sonne meine Sicht. Ich blinzele, und dann sehe ich Zidana auf mich zukommen. Ein schwarzes Sklavenmädchen rennt keuchend neben ihr her und fächelt ihr mit einem Fächer aus Straußenfedern heftig Luft zu. Ich muss laut niesen, weil sie mir Staub in die Nase gewirbelt hat.

»Na hör mal, Nus-Nus, begrüßt man so seine Herrin? Auf den Boden, wie es einem Hund wie dir geziemt!«

Ich werfe mich zu Boden, da dies offenbar erwartet wird. Warum so formell? Zidana besteht bei mir normalerweise nicht auf solchen Zeremonien.

Vor mir hockt eine Katze: ein schmales, blaugraues Ding

mit schrägen, bernsteinfarbenen Augen. Sie senkt ihren keilförmigen Kopf, um mich neugierig zu betrachten. Dann macht sie kehrt und schlängelt ihren Körper geschmeidig um zwei menschliche Beine hinter ihr. Mir fällt auf, dass das Fell auf ihrem Rücken dunkelrot gefleckt ist, als wäre Farbe daraufgetropft. Als sie hinter den Beinen verschwindet, sehe ich zwei Füße in Pantoffeln, die mit Goldfäden und Edelsteinen bestickt sind. Diesen Stil kenne ich. Das letzte Paar, das er weggeworfen hat, habe ich in meinem Hof vergraben, beschmiert mit Sidi Kabours Blut. Ich presse die Stirn auf die Kacheln.

»Hat sie kapituliert?« Zidanas Stimme.

»Sie ist verdammt starrköpfig.«

»Ich habe dich gewarnt: Sie hat so einen gewissen Blick.«

»Vielleicht war es genau das, was mich angezogen hat.«

»Es wundert mich wirklich, dass sie die *shahada* noch nicht gesprochen hat ...«

Die *shahada* – jene paar Worte, die ein Ungläubiger rezitieren muss, um seinem eigenen Glauben abzuschwören und in den Augen Gottes zum Mohammedaner zu werden. Und plötzlich wird mir klar, was *al-Attar* im Sinn hatte, als er mich befreite. Etwas, zu dem er nicht den Mut hat ...

»Ich fürchte, sie hat die Situation nicht richtig verstanden.«

»Auf alle Fälle hat sie nicht verstanden, welche Ehre du ihr erweist.«

»Welche Ehre ich ihr zu erweisen beabsichtige.« Ich höre die Begierde in seiner Stimme – als strahlte sie wellenförmig von ihm aus.

»Halt still, mein Liebling.«

Pause.

»Lauf und bring mir einen Lappen und Rosenwasser, Kind.«

Ich höre, wie sich das Klatschen der Fußsohlen auf den Kacheln entfernt, als das Mädchen losrennt. Niemand fordert mich auf, wieder aufzustehen, also bleibe ich mit der Stirn auf den Boden gepresst liegen. Die Kleine kommt zurück. Jemand stellt eine Schale neben mir ab. Medici-Porzellan, blaue Blüten auf weißem Grund. In der Flüssigkeit, die sie enthält, sehe ich Zidanas Spiegelbild, die sich auf Zehenspitzen stellt, um zärtlich das Gesicht ihres Mannes abzutupfen.

»Sie hat dich beschmutzt, die kleine Ungläubige. So, jetzt ist es besser. Ah, warte, da ist noch was auf deinem kostbaren *afaf.*«

Das Tuch, das in die Schale getaucht wird, verfärbt das Wasser. Ich sehe, wie sich das Blut bis zum Rand des Porzellans ausbreitet. Es ist genau dieselbe rote Farbe wie der Fleck auf der Brust der Schwalbe.

»Was für ein dummes Ding, macht so ein Theater nur wegen dieser paar Worte«, sagt Zidana. »Es wundert mich, dass Sidi Qasem sie nicht besser unterwiesen hat.« Sie klingt selbstgefällig, so, als könnte man seinen Glauben wechseln wie das Hemd. Kein Problem für dich, denke ich: Du hast die *shahada* gesprochen und deinen Sklavennamen abgelegt, aber dann hast du deine alte Religion niemals aufgegeben, sondern sie einfach vor der Nase der anderen weiter praktiziert.

Plötzlich spüre ich den Blick des Sultans auf mir. Dann erlöst mich ein heftiger Schlag auf die Schulter aus meiner Stellung. Ich rappele mich auf. »Majestät.«

Ismail steht mit der Katze auf dem Arm da. Sie kuschelt sich friedlich und völlig entspannt in seine Armbeuge. Ich glaube nicht, dass der Sultan je versucht hat, einem seiner geliebten Tiere die *shahada* aufzuzwingen. »Ah, Nus-Nus. Gut.« Kurze Pause, als suchte er vergeblich nach einem fehlenden Stück Information. »Gut. Ich habe auf dich gewartet.«

Drei Wochen, denke ich, sage aber nichts.

Ismail mustert mich von oben bis unten. »Ausgezeichnete Kleiderwahl, schwarz, um unangenehme Flecken zu verbergen und den bösen Blick abzuwenden, gut gemacht, mein Junge. Sie hat bemerkenswerte Augen, diese Frau, aber ich fürchte, es lauern Dämonen in ihr.« Er geht auf die Tür zu und winkt mir, ihm zu folgen.

»Viel Glück, Nus-Nus«, sagt Zidana und verzieht den Mund zu einem boshaften Lächeln. »Du kannst es gebrauchen.«

In der Mitte des tiefer gelegenen Raums sitzt eine schmale Gestalt aufrecht auf einem vergoldeten Stuhl und wendet uns den Rücken zu. Der Stuhl gehört zu einer Garnitur, die uns der französische Gesandte im Namen seines Königs geschenkt hat. Sie fanden kein großes Gefallen: Ismail fuhr beim Anblick ihrer schamlos gebogenen Beine zusammen und befahl, sie auf der Stelle zu entfernen. Ich habe mich immer gefragt, was aus ihnen geworden ist.

Hinter der Gestalt stehen zwei Männer stramm, als der Sultan eintritt. Der eine ist Faroukh, einer von Ismails bevorzugten Folterern, ein kahl rasierter Ägypter mit den kalten schwarzen Augen eines toten Hais. Der andere ein unbedeutendes Bürschchen, ein Cousin oder ein ferner unehelicher Verwandter, den zweifellos irgendwelche ehrgeizigen Mitglieder seiner Familie zu diesem grausigen Dienst genötigt haben. Auf alle Fälle sieht er krank aus, blass und schweißüberströmt, als könnte er sich jeden Moment übergeben oder in Ohnmacht fallen. Gnade ihm Gott, falls es so weit käme: Ismail hat nichts übrig für Leute mit schwachem Magen. Das weiß *al-Attar* nur zu gut, deshalb hat er sich schlauerweise gedrückt und lässt mich die Drecksarbeit für ihn machen. Und zu denken, dass ich ihm auch noch dankbar bin! Kein Wunder, dass er mir geraten hat, mir den Dank für später aufzuheben.

»Wie heißt sie?«, frage ich in die Runde.

Ismail reagiert mit einem abschätzigen Schnauben. »Erst wenn sie Eintritt ins Diwanbuch findet, musst du ihren Namen kennen. Sie ist eine sture Heidin; man muss sie züchtigen und vom rechten Weg überzeugen. Sag ihr, sie soll ihren närrischen Widerstand aufgeben und sich dem wahren Glauben zuwenden. Wenn sie nicht nachgibt, wird sie ihr Leben verlieren. Falls sie nur ihre Jungfräulichkeit retten will, sag ihr, dass man sie« – er wirft einen Blick auf das Bürschchen und sieht dann wieder weg, offensichtlich kann er sich nicht an seinen Namen erinnern – »erst dem da und dann Faroukh überlassen wird, anschließend jedem Wächter, der sie haben will, und ganz am Schluss den Hunden. Erst wenn sie alle befriedigt sind, wird sich ihre Seele in die Arme des Blenders Jesus flüchten können.« Er richtet seinen glühenden Blick auf mich. »Tu, was immer du tun musst, um sie zu bekehren, dann lass sie waschen und in mein Zimmer bringen. Dort erwarte ich sie, dem Willen Allahs unterworfen, nach dem fünften Gebet. Wenn du das für mich erreichst, Nus-Nus, sollst du reichlich entlohnt werden. Solltest du versagen, übergebe ich dich Faroukh, der an einer neuen Folterart für mich arbeitet. Eine ausgeklügelte Form der Häutung, die fürchterliche Schmerzen verursacht, das Opfer aber sehr lange am Leben lässt. Du bist genau das, was er braucht: ein kräftiger, muskulöser Mann mit einem gewissen Kampfgeist. Die anderen waren zu schwach, als dass sie auch nur eines Wortes würdig wären, ganz zu schweigen von Faroukhs besten Messern.«

ZEHN

Als die Schritte des Sultans verhallen, wünsche ich mich beinahe in meinen Kerker zurück. Beinahe. Ich hoffe, dass die Frau zur Vernunft kommt, aber auf den ersten Blick sieht es nicht danach aus.

Sie hat die Fäuste im Schoß dermaßen geballt, dass die Sehnen hervortreten. Jeder Muskel ihres Körpers ist angespannt, obgleich ihr Gesicht sich hinter Schleiern aus blondem Haar versteckt. Aber dann sehe ich, dass sie die Füße hochgezogen hat, als könnte die türkisfarbene Seide ihres fleckigen, zerrissenen Kleides sie beschützen. Ihre Füße sind geschwollen, mit Striemen übersät, sie bluten und krümmen sich ineinander. Man hat sie der Bastonade unterzogen.

Ich sehe Faroukh vorwurfsvoll an, und er erwidert meinen Blick teilnahmslos. In den Händen hat er einen langen, dicken Stock aus Brasilholz. Man benutzt ihn für Schläge auf die Fußsohlen, was mit entsetzlichen Schmerzen verbunden ist. Manche Menschen können anschließend nie wieder laufen. Mit einem Mal fällt mir der ferne Pfauenschrei ein, und ich schäme mich, dass diese arme Frau im Namen Gottes geschlagen wurde, während ich mich im selben Augenblick zu meiner Freiheit beglückwünschte.

»Geh und hol mir kaltes Trinkwasser und eine zweite Schale zum Waschen, auch saubere Tücher«, befehle ich dem Bürschchen, und er rennt zur Tür.

Verachtung für mein Mitgefühl vertieft die Falten um den Mund des Folterers. Plötzlich halte ich es nicht mehr aus, im selben Raum zu sein wie er. »Geh raus, Faroukh«, sage ich zu ihm. »Warte oben an der Treppe.«

»Der Sultan hat mir befohlen hierzubleiben.«

»Glaubst du etwa, sie könnte fliehen?«

Er zuckt kaum sichtbar mit den Achseln. »Möglich, dass sie es versucht. Du würdest nicht glauben, was Gefangene alles anstellen, um zu fliehen.«

Ich möchte gar nicht wissen, was er alles gesehen hat, aber ich weiß, was ich am liebsten getan hätte, als Abdelaziz mich gefangen hielt. »Geh schon«, sage ich entschieden. »Bewach die verdammte Treppe, wenn es dir dann besser geht.«

Er hält zwei unverschämte Wimpernschläge lang meinem Blick stand, dann verlässt er den Raum und schlägt dabei den Stock gegen seine Beine.

Die Wirkung seines Verschwindens ist beinahe greifbar: Die Schultern der Frau sacken zusammen, als wäre es schiere Willensstärke, die sie aufrecht hielt, und ihre Hände öffnen sich wie blasse Blüten. Ich gehe neben ihr in die Hocke, ergreife ihre Hand und drehe sie um. Die Nägel haben sichelförmige Blutspuren in der Handfläche hinterlassen.

»So eine kleine Hand«, sage ich und schließe ihre Finger sacht über den Wunden. »Man nennt mich Nus-Nus, das bedeutet Halb-und-Halb. Und wie heißt Ihr?«

Sie hebt den Kopf. In dem Augenblick, in dem sich unsere Blicke kreuzen, fällt mir die erstaunliche Farbe der Augen auf, ein wildes Flackern von dämmrigem Blau um schwarze, geweitete Pupillen. Ihre Wimpern und Augenbrauen sind golden. So etwas habe ich noch nie gesehen. Die Frauen im Harem sind dunkeläugig und benutzen allerlei Schminke, um den dramatischen Effekt ihres Blickes zu verstärken. Das Blond macht die Augen dieser Frau nackt, offen und verletzlich. In dem Moment, bevor sie wieder wegschaut, weiß ich, dass sie mein Herz nicht tiefer hätte treffen können, wenn ich sie reglos eine ganze Stunde betrachtet hätte. Oder eine Ewigkeit.

Ich registriere, wie das weiße Gesicht ganz leicht errötet, wie das Blut aufsteigt und die Prellung auf ihrem Wangenknochen dunkler färbt und fast, aber nicht ganz, das blutige Rinnsal verbirgt, das aus ihrer Nase sickert. Dann sagt sie mit hoher, klarer Stimme: »Mein Name ist Alys Swann.«

Zum Glück kehrt jetzt der junge Höfling zurück, denn in diesem Augenblick bin ich verloren. Ich stehe auf und nehme ihm die Kanne mit Wasser ab, gieße mir ein und stürze es in einem Zug hinab, dann fülle ich das Glas erneut für die Gefangene. Sie versucht, manierlich daran zu nippen, doch die Leute aus der Wüste sagen: *Aman iman*, Wasser ist Leben, und am Ende trinkt auch sie mit großen, gierigen Schlucken.

Der Diener, der dem Höfling folgt, bringt weiße Tücher und eine Schüssel mit Wasser, in dem Rosenblüten schwimmen. Unter diesen Umständen muss eine solche Höflichkeit geradezu absurd erscheinen. Ich befehle ihm, sie neben den vergoldeten Stuhl zu stellen, bedanke mich bei beiden und schicke sie weg. Dann bade ich vorsichtig die Füße der Frau. Trotzdem beißt sie sich so heftig auf die Lippen, dass das Blut über ihre Zähne rinnt. »Ihr habt Glück, Alys«, sage ich nach einer Weile, als meine Hände aufhören zu zittern. »Keine gebrochenen Knochen.«

Sie stößt einen traurigen Seufzer aus. Dann hebt sie den Blick und durchbohrt mich mit ihren unvorstellbaren Augen. »Meine Knochen sind noch nicht gebrochen, ebenso wenig wie mein Geist.« Sie hält inne. »Warum nennt man Euch Nus-Nus? Es klingt wie eine Beleidigung.«

»Ich bin ein Eunuch.«

Sie sieht mich an, ohne mit der Wimper zu zucken. »Ihr müsst mir verzeihen, aber ich verstehe nicht genau, was Ihr damit meint.«

Ich bringe ein schiefes Lächeln zu Stande. »Das kann man auch nur verstehen, wenn man dasselbe jämmerliche Schicksal erlitten hat.«

Ich sehe sie nachdenken, um den grausamen Namen mit der Andeutung zu verbinden. Dann nickt sie fast unmerklich und fragt: »Wie lautet Euer richtiger Name?«

Einen Augenblick lang ist mein Kopf ganz leer. Wie heiße ich? Es ist so lange her, dass ich den Namen benutzt habe. Aus der Tiefe steigt er empor, ich sage ihn ihr, und sie wiederholt ihn zweimal, bis die Aussprache korrekt ist. In ihrer leisen, melodischen Stimme klingt mein Name exotisch und honigsüß. Ich spüre, wie mein Magen flattert.

»Hat dieser Name eine bestimmte Bedeutung in Eurer Sprache?«

»Er bedeutet ›tot und lebendig‹. Ich war so klein bei meiner Geburt, dass meine Mutter mich für tot hielt. Dann schlug ich die Augen auf. Trotzdem hätte ich lieber, dass Ihr mich Nus-Nus nennt. Das Kind, das meinen alten Namen trug, ist längst ein anderer Mensch geworden.«

Ein kleines Lächeln. »Und jetzt habt Ihr den Auftrag, *mich* zu einer anderen zu machen?«

Trotz der Schmerzen, die sie bei der Bastonade erlitten hat, ist sie geistig völlig klar. »Ich bin hier, um Euch zu überreden, den mohammedanischen Glauben anzunehmen und Euch weitere … Unannehmlichkeiten zu ersparen.«

»Unannehmlichkeiten!« Sie lacht. »Seid Ihr so etwas wie ein Diplomat, Nus-Nus? Auf alle Fälle könnt Ihr reden wie einer.«

Ich senke den Kopf. »Ich bin nur ein Sklave, ein Eunuch am Hof, ein Diener des Herrschers. Es tut mir leid. Dies ist keine Aufgabe, die ich mir gewünscht hätte. Aber ich weiß, was Schmerz heißt, ich habe es oft genug beobachten können und möchte nicht, dass Ihr grausam misshandelt werdet.«

»Niemand würde mich für eine tapfere Frau halten, Nus-Nus. Ich musste niemals körperliche Schmerzen erleiden. Bis heute hat kein Mensch in meinem ganzen Leben Hand an mich gelegt. Doch in diesen letzten Stunden habe ich entdeckt, dass ich eine Kraft in mir habe, die ich nie erwartet hätte, eine Härte, die sich gleich unter der Oberfläche verbirgt. Manche Leute würden es vielleicht als Starrsinn bezeichnen. Ich weiß nicht, was es ist, und es sieht so aus, als hätte ich keine Kontrolle darüber. Ich habe Angst, dass es mich dazu bringen könnte, mein Leben aufs Spiel zu setzen.«

»Warum wollt Ihr dann nicht diesen gefährlichen Zug lieber in den Griff bekommen, dem Ganzen jetzt gleich ein Ende machen und Euch retten?«

Sie reicht mir das Glas zurück. »Meine Mutter war sehr geübt darin, Leute zu beschwatzen, ihnen zu schmeicheln und sie auf ihre Seite zu bringen. Eure Rede ist sanft, doch Eure Ziele unterscheiden sich nicht von denen Eurer Herren, egal, ob man sie mit Worten oder mit dem Stock vermittelt.«

Ich ändere meine Taktik. »Dann lasst uns über Bekehrung sprechen. Den Wechsel einer Form von Religion zu einer anderen. Wir alle dienen einem Gott. Er ist immer derselbe, ganz gleich, ob wir ihn Deus, Allah oder Yahwe nennen. Er ist derjenige, der unsere Gebet erhört. Was bedeutet es schon, den Namen einer Religion zu verändern, solange sie sich an Gott orientiert und Euer Glaube an ihn in Eurem Herzen verankert bleibt?«

Sie verzieht den Mund zu einem schmalen Strich.

Ich lasse nicht locker. »Wir sind alle nur Menschen, Alys. Ich bin weit herumgekommen und weiß genug, um Euch sagen zu können, dass es ebenso gute Mohammedaner und hinterhältige Christen wie hinterhältige Mohammedaner und gute Christen gibt. Nicht die Form ihrer Religion macht sie so, sondern ihr grundlegendes Wesen.«

»Ich habe viele niederträchtige Christen kennen gelernt, das ist wahr. Und ich wage zu behaupten, dass Freundlichkeit und Mitgefühl auch bei den Menschen hier zu Hause sind. Aber es ist nicht mein Land, und ihre Religion ist nicht die meine.«

»Ich sollte das nicht sagen, denn ich gelte als guter Muselman, aber in meinem Herzen weiß ich, dass Gott einfach Gott ist und alles andere nur Gerede. Worte, Geräusche, mit denen wir kommunizieren.« Da sie ob dieser Ketzerei nicht gleich aufschreit, fahre ich fort: »Plato behauptet, dass die Bezeichnung von Dingen mit Namen vollkommen willkürlich erfolgte, dass jedes x-beliebige Ding auch x-beliebige Namen haben kann, Hauptsache, die Menschen verstehen, was sie bezeichnen, und benutzen eine bestimmte Bezeichnung, um ein bestimmtes Ding zu definieren. Außerdem, so behauptet er, lassen sich bereits existierende Bezeichnungen für Dinge ändern, ohne der Natur des Dings Schaden zuzufügen. Ich frage also noch einmal, Alys: Was bedeutet es, wenn Ihr die erforderlichen Worte wiederholt, den Namen Eurer Religion wechselt und fortan von Allah sprecht?«

»Ist es nicht blanke Heuchelei, nach außen hin etwas zu akzeptieren, innerlich aber etwas ganz anderes zu glauben? Welchen Wert hat ein solcher Konvertit für Eure Religion, wenn er doch nicht wahrhaft an sie glaubt?«

Ich zucke die Achseln. »Es ist eine Menge Heuchelei im Spiel, wenn man von einem Tag zum nächsten überleben will, besonders in dieser Welt. Ich glaube nicht, dass Gott Euch dafür bestrafen würde, dass Ihr angesichts einer solchen Wahl Euer Leben bewahrt.«

»Ich werde mich nicht selbst zur Abtrünnigen machen. So einfach, wie Ihr es darstellt, ist die Sache nicht. Wie kann ich wissentlich jede Wahrheit leugnen, die ich im Hinblick auf die Heiligste Dreifaltigkeit und die Erlösung des Menschen durch Christus gelernt habe? Nur um mein eigenes Überleben zu sichern? Jesus hing drei Tage und Nächte am Kreuz, um unsere Seelen zu retten. Möglich, dass ich nur eine dumme Frau bin, aber ich glaube, eine Bastonade, die mir nicht einmal die Knochen in den Füßen gebrochen hat, reicht als Rechtfertigung für eine Revolte gegen Gott nicht aus.«

Ich seufze. Ich bin umgeben von Menschen, die inbrünstig an einen einzigen Gott glauben, Menschen, die ohne Skrupel jeden, der anders denkt, foltern oder gar ermorden würden. Mein Volk glaubt, dass jeder Baum und jeder See im Wald einen Geist besitzt, dass unsere Vorfahren im Traum zu uns sprechen und selbst göttlich geworden sind. Ich bin kaum der Mann, an den man sich in religiösen Fragen um Rat wendet. Und doch habe ich die *shahada* gesprochen und mich dem Islam unterworfen …

»Ich möchte nicht das Wesen Eures Glaubens verändern, Alys. Ich bitte Euch nur, die äußere Form zu akzeptieren, die man Euch anbietet. Sprecht die Worte und rettet Euch selbst. Sie werden nicht eher von Euch ablassen, als bis Ihr komplett gebrochen seid, und zwar in jeder schrecklichen Hinsicht. Ich spreche aus eigener Erfahrung.«

»Ihr macht auf mich keineswegs einen gebrochenen Eindruck. Andererseits weiß ich nicht, wer Ihr wart, bevor Ihr hierhergeschickt wurdet, ein Höfling, der versuchen soll, mich zu bekehren. Erzählt mir von Eurer Erfahrung. Ich möchte wissen, was Euch zu einem Menschen gemacht hat, der so etwas tun würde.« Sie legt den Kopf in den Nacken und wirft mir einen langen, herausfordernden Blick zu.

»Wir sind nicht hier, um über mich zu sprechen.«

Sie verschränkt die Arme vor der Brust. »Dann sprechen wir eben über gar nichts, und Ihr werdet Euren Auftrag nicht erfüllen. Zweifellos wäre ich nicht die Einzige, die dafür leiden muss.«

Mit dieser Annahme hat sie natürlich recht. Wenn es mir

nicht gelingt, sie zu überzeugen, werde ich unweigerlich Faroukh übergeben. Ich schlucke. Muss es wirklich so weit kommen? Dass meine Maske entfernt wird und sich mein wahres Gesicht zeigt? Ich sehe sie an, sehe die Entschlossenheit, den Willen und den Stolz, die diese zerbrechliche Frau zusammenhalten, und weiß, dass ich ihr alle Wahrheit schulde, die ich ihr nur geben kann.

»Ich wurde in einem Senufo-Dorf geboren. Weit weg von hier, jenseits der Berge und der großen Wüste. Mein Vater war Anführer eines kleinen Stammes. Ich hatte zwei Brüder und drei Schwestern, aber ich war der Älteste und der Liebling meiner Mutter. Für meinen Vater allerdings war ich eine Enttäuschung: Er hätte gern einen Sohn wie meinen Cousin Ayew gehabt, einen Krieger und Jäger, doch ich beschäftigte mich lieber mit Musik und Tanz. Ich wünschte, ich hätte der Kunst der Lanze und des Schwertes mehr Aufmerksamkeit geschenkt, vielleicht hätte ich dann meiner Mutter und meinem jüngsten Bruder das Leben retten können. Doch als unsere Feinde kamen und unser Dorf plünderten, war ich im Wald und baute mir eine Trommel. Als mir dämmerte, was sich ereignet hatte, war es schon zu spät. Ich wurde gefangen genommen und an Sklavenhändler verkauft, aber ich hatte mehr Glück, als ich verdiente. Mein erster Herr war ein anständiger Mann, ein Arzt. Er behandelte mich eher wie einen Freund als wie einen Leibeigenen oder Diener. Er brachte mir Lesen und Schreiben bei, unterwies mich in Medizin und Anatomie; er kaufte mir Instrumente und bestärkte mich in meiner Liebe zur Musik. Er nahm mich auf seine Reisen quer durch Europa mit und kleidete mich gut. Ich hielt mich für einen feinen Herrn. Mein Cousin Ayew hätte gesagt, dass ich ganz schön eingebildet war.«

Bei diesen Worten huscht ein Lächeln über ihr Gesicht. »Ein Sklave, der sich als Gentleman aufspielte?«

»So ungefähr.«

»Hört sich nicht so an, als wäre er ein Master gewesen, der Euch geschlagen hätte, damit Ihr seine Religion annehmt.«

»Das war gar nicht nötig. Er selbst war zum Islam übergetreten, da er ihn für eine tolerantere und mitfühlendere Religion hielt als das Christentum. Ich beschloss, dem Beispiel meines Herrn zu folgen, seinetwegen, doch eines Tages fing ich an, diesen Glauben um seiner selbst willen zu lieben.«

Sie strafft die Lippen. »Ihr wurdet also gut behandelt, ausgebildet und verwöhnt, bis Ihr Eurem eigenen Glauben abgeschworen habt. Das überzeugt mich nicht davon, dass Ihr Experte in Sachen Leiden seid.«

Das war nur fair. »Was danach kam, habe ich noch nie einem lebenden Menschen erzählt. Es tut« – ich schließe die Augen –, »es tut weh, sich auch nur daran zu erinnern.«

Sie sagt nichts, sieht mich nur an. Erwartungsvoll, entschlossen, nicht bereit, sich ablenken zu lassen.

Ich hole Luft. »Mein Herr verstarb … unerwartet. Erneut wurde ich verkauft, doch mein neuer Master war von einem anderen Schlag. Er hatte einen Plan, in dem ich eine kleine Rolle spielte. Und ein kleiner Teil von mir wurde diesem Plan geopfert. Muss ich deutlicher werden?«

»Ihr müsst.«

»Als sie mich in die Hütte am Stadtrand führten, glaubte ich, dass sie mich töten wollten, und fing an, mich zu wehren. Und als ich begriff, was sie vorhatten, wünschte ich, sie hätten es getan. Ich war einundzwanzig, stark und hochgewachsen, doch die Aussicht auf Profit machte sie zu allem entschlossen. Ich sah den Tisch, schwarz vom Blut derjenigen, die vor mir entmannt worden waren, und die grausamen Messer lagen in einer schimmernden Reihe auf dem Tuch daneben. Meine Beine gaben nach, und ich torkelte wie ein Ochse, dem man mit einem Hammer auf den Kopf geschlagen hat.«

Ihre aufgerissenen, schockierten Augen ruhen auf mir. Eine Hand fliegt zum Mund.

»Was danach geschah, nun … vollzog sich in einer Art von Trance. Der Körper kann mit einem solchen Schmerz nicht umgehen, er schickt den Geist woandershin. Wie ein Vogel in seinem Nest im Dachgiebel sah ich auf mich selbst herab, ausgestreckt, blutend, und fühlte nichts. Man hat mir erzählt, dass sie mich in den ersten drei Stunden nach dem Eingriff ständig herumführten, damit das Blut zirkulieren konnte; anschließend begruben sie mich bis zum Hals im Wüstensand, um die Wunde heilen zu lassen. Drei Tage lang bekam ich weder zu essen noch zu trinken. Dafür stülpten sie einen breitkrempigen Hut über mich, zum Schutz vor der Sonne, und bezahlten ein Kind, um Ameisen und Raubvögel zu verscheuchen. Doch gegen die jungen Adligen aus der Stadt, die jeden Tag kamen, um mich zu verspotten, konnte es nichts ausrichten. Am ersten Tag nahm ich sie gar nicht wahr, am zweiten Tag waren ihre Stimmen nicht vom Lärm der Krähen und Geier zu unterscheiden. Doch am dritten Tag erlangte ich mein Bewusstsein zurück und sah, wie sie vor einer Mauer herumlungerten, und die Sonne funkelte auf ihrem Goldschmuck. Sie aßen Datteln und warfen mit den Kernen nach mir. Als ich aufschrie, lachten sie.

›Hört nur, wie er brüllt.‹

›Wie ein räudiger Löwe!‹

›Jedenfalls nicht wie ein Lustknabe.‹

›Knabe? Das ist kein Knabe mehr.‹

Und alle lachten darüber. Ich drohte ihnen mit Tod und Verstümmelung, erst auf Senufo, dann auf Englisch, Italienisch und zum Schluss auf Arabisch, bis einer von ihnen sich vor mich stellte, sein Gewand hob und seine Geschlechtsteile vor mir schwenkte. ›So sieht ein echter Mann aus, du stinkender Schwächling!‹ Er wollte gerade auf mich urinieren, als der Mann, der für meine Kastration bezahlt hatte, herauskam, ihn und seine Begleiter verscheuchte und den Befehl gab, mich wieder auszugraben. Bemerkenswerterweise erholte ich mich. Ich wusste, dass ich genesen würde, denn ich war mir der kostspieligen Zutaten in den Breiumschlägen und Salben bewusst, mit der sie meine Wunde behandelten, und konnte mir ausrechnen, welchen Profit sie von mir erwarteten. Als sie bei Wolfszwiebel angekommen waren, eine sehr teure Heilpflanze, wusste ich, dass ich überleben würde, und zog ein perverses Vergnügen aus den Kosten.«

Ihre Augen schimmern – vor Tränen? Ich habe mich so von meiner eigenen Erzählung mitreißen lassen, dass ich vergessen habe, auf ihr Gesicht zu achten.

»Wolltet Ihr nicht sterben?«

»Doch, das wollte ich. Lange Zeit wollte ich sterben. Ich lag da, erfüllt von Hass, Kummer, Wut und Scham. Erst verleugnete ich Gott, dann wieder betete ich zu ihm. Ich wurde von Alpträumen und Erinnerungen heimgesucht – an mein früheres Leben, an die Verstümmelung. Doch nach und nach kam eine Zeit, in der mir auffiel, dass ich auch wieder andere Dinge wahrnahm als nur mein eigenes Elend. Es war eine kleine Wonne, saubere Baumwolle auf der Haut zu spüren. Die panische Angst vor dem Wasserlassen zu verlieren. Das Flimmern der Sonne zwischen den Binsen, den Gesang der Vögel zu genießen. Den Geschmack von Brot. Das Lachen der Kinder …«

Jetzt löst sich eine Träne vom Lidrand und rollt langsam über ihre Wange. Ich merke, wie sich meine Hand ganz von selbst ausstreckt, um sie wegzuwischen.

Sie fährt zurück wie ein erschrecktes Tier.

»Tut mir leid.«

»Nein. Ihr habt mich überrascht, das ist alles.« Sie sieht mich aufmerksam an. »Mit Güte hatte ich nicht gerechnet.«

Güte. Ist es das, was diese Geste vermittelte? Vielleicht,

teilweise, aber sie hatte auch etwas Eigennütziges. Denn jetzt spüre ich eine Bindung zu dieser Frau, eine Nähe, ein langsam brennendes Feuer: Irgendwie muss ich sie vor sich selbst retten. Ich muss sie überreden zu konvertieren, damit sie überleben und ich sie hin und wieder in den Gärten des Harems sehen kann, die Sonne auf dem blonden Haar, ihren Blick über den Brunnen hinweg suchen kann, wo Black John seine melancholischen Lieder singt …

Ich biete alles an Überzeugungskraft auf, die ich in meinem Herzen finde. »Mein Leben ist nicht schlecht. Ich genieße die kleinen Freuden, die sich mir bieten, allein weil ich am Leben bin. Und davon gibt es viele, selbst hier und selbst in meinem beschränkten Zustand.«

»Das Leben hört nicht auf, vermute ich, der Wille zu überleben. Was sind wir für eigensinnige Wesen, dass wir uns so sehr an das wenige klammern, das uns noch bleibt.« Sie schüttelt nachdenklich den Kopf.

»Ich frage mich, ob die Seele irgendein mystisches Gefäß enthält, in dem sich solche Freuden sammeln wie Wasser in einem Glas. Schließlich weicht die Leere dem Leben, und plötzlich will man doch lieber leben als sterben. Ich musste akzeptieren, dass ich nie ein freier Mann sein werde, heiraten oder Kinder zeugen kann, doch ich esse, ich schlafe und lache, ich denke, beobachte und fühle. Ich bin ich selbst. Ich bin noch da.«

Sie senkt den Blick auf die im Schoß liegenden Hände. »Kinder. Ach ja, da ist er wieder: der schwache Punkt. Und doch wäre ich ein Baum, der keine Frucht trägt, zweimal verdorrt«, sagt sie schließlich leise.

»Das verstehe ich nicht.«

»Im Judasbrief gibt es die Beschreibung eines Abtrünnigen, einer, der spirituell tot ist und mit dem ewigen Feuer bestraft wird. Aber für mich bedeutet es mehr als das.« Sie sieht von ihren ineinander verflochtenen Fingern auf. »Genau das bin ich. Eine jungfräuliche Frau, unberührt und ohne Nachkommen. Dabei habe ich mir immer Kinder gewünscht.«

Irgendetwas schnürt mir die Kehle zu.

»Ich war von den Niederlanden aufgebrochen, um einen Engländer zu heiraten, als ich gefangen genommen wurde. Stellt Euch vor, ich könnte jetzt dort sein, in meinem großen Haus in London, eine vermögende, angesehene Frau, vielleicht sogar nach einem Monat oder etwas mehr nach der Hochzeit schon eine schwangere Frau.«

Ist das die Gelegenheit, mein Anliegen voranzubringen? »Wenn Ihr neues Leben in die Welt setzen wollt, sprecht die *shahada*, Alys Swann. Man wird Euch freundlich behandeln und Euch schwängern. Der Sultan ist gut zu den Frauen in seinem Harem, ihr Leben ist wirklich nicht schwer. Ihr lauft eher Gefahr, an Langeweile und zu viel Bequemlichkeit zu sterben als an Angst oder Schmerz.«

»Und die Kinder, die aus einer solchen Vereinigung hervorgehen?«

»Sie sind seine Kinder und werden als solche anerkannt. Schenkt ihm einen Sohn, und man wird Euch einen hohen Status verleihen, vielleicht erklärt er Euch sogar zu einer offiziellen Frau.«

»Welch hohe Ehre.« Ihre Stimme klingt spitz. »Und die Kinder bleiben bei ihren Müttern?«

»Kinder werden hier außerordentlich geschätzt. Sie leben so lange im Harem, bis sie ein Alter erreichen, in dem sie in ihren Pflichten unterwiesen werden müssen.« Ich zögere, doch mein Gewissen treibt mich an. »Söhne werden hier außerordentlich geschätzt«, berichtige ich mich. »Ein Sohn sichert seiner Mutter einen hohen Status im Harem, möglicherweise aber auch die Eifersucht und Feindschaft der anderen Frauen dort, und das kann … gefährlich sein.«

Ihre unglaublichen Augen wandern über mein Gesicht, dann senkt sie den Blick und betrachtet ihre Hände, bis ich sicher bin, jede Chance, sie überreden zu können, mit meiner Ehrlichkeit zerstört zu haben. Dummkopf!, beschimpfe ich mich selbst. Einen Augenblick lang hatte ich das Gefühl, als hätte sie ihre Meinung geändert, doch jetzt hat sich eine schreckliche Reglosigkeit ihrer bemächtigt, die darauf hindeutet, dass sie sich fügt. In ihr Martyrium? Wenn sie in den Tod geht, nimmt sie mich mit. Die Erinnerung an das Gefühl der Seligkeit, als ich heute Nachmittag den Kerker verließ, erfasst mich erneut, überwältigend und spöttisch zugleich. Ben Hadou ist ein Manipulator, wie er im Buche steht, schießt es mir durch den Kopf. Ein Diplomat, ein Stratege, ein Taktiker. Und doch scheint er zu dem Entschluss gekommen zu sein, dass die Aufgabe, diese Frau umzustimmen, ihn überfordern würde, und hat stattdessen mich vorgeschlagen. Ich kann mir seine Argumentation gut vorstellen: »Nus-Nus wird einen besseren Eindruck auf sie machen, Majestät, als Euer bescheidener Diener. So ein großer, schwarzer Mann mit seinem ausgezeichneten Englisch! Einer, der aus dem Urwald kommt, es bis zum Diener an Eurem Hof gebracht hat und ihr obendrein poetische Phrasen ins Ohr säuseln kann! Wie könnte sie dem Wort eines solchen Mannes misstrauen? Vielleicht erzählt er ihr ja sogar seine eigene Geschichte, und wie kann sie davon unberührt bleiben?« Und Ismail, der ganz vergessen hat, dass er mich in den drei Wochen, die ich im Kerker schmachtete, kein einziges Mal gesehen hat: »Ja, er hat gute Manieren für einen *abid*. Du bist ein weiser Mann, *al-Attar*, geh und bring den Jungen auf der Stelle her.«

Ich bin entbehrlich, das Todesurteil schwebt schon über mir. Wer würde mich vermissen? Niemand.

Muss ich etwa diese zerbrechliche Frau um mein Leben anflehen?, frage ich mich. Es wäre der letzte, unehrenhafte

Ausweg. Ich spüre das Beben der Entschlossenheit, das mich durchfährt, als ich daran denke, mich vor Alys niederzuwerfen und sie um meinet-, nicht um ihrer selbst willen zu bitten, sich dem Wunsch des Sultans zu beugen. Draußen ruft der klagende Gesang des Muezzins die Gläubigen zum Gebet: dem vierten, passenderweise *Al-Maghreb* genannt, dem Gebet zum Sonnenuntergang. Ich frage mich, ob es mein letzter sein wird.

»Ich habe die ganze Zeit gewusst, dass es darauf hinauslaufen würde, was stärker ist«, sagt sie leise. »Mein Wille und die Kraft meines Glaubens oder die Zärtlichkeit meines Herzens. Mir scheint es, als gäbe es eine Menge zu fürchten, egal, welche Seite siegt.« Ihre Augen suchen die meinen. Ich weiß nicht, was sie dort sieht, doch das Lächeln, das sie mir schenkt, ist bezaubernd. »Wenn ich mich weigere, werden sie nicht nur mich töten, sondern auch Euch, nicht wahr?«

Plötzlich bringe ich kein Wort mehr heraus. Stattdessen nicke ich nur stumm.

Sie wendet den Blick ab.

ELF

Mein kleines Zimmer ist wiederhergestellt, wie ben Hadou versprochen hat. Mein altes Laken liegt glatt auf dem schmalen Diwan, die Gebetsmatte prangt mitten im Zimmer, und die Schreibschatulle steht auf der Holztruhe, neben dem Messingbrenner. Im Kerzenhalter steckt eine neue Kerze. Ich stelle all diese Dinge auf die Seite und öffne die Truhe. Meine Kleider liegen sauber gefaltet darin, nur das Diwanbuch ist verschwunden. Abdelaziz' Neffe muss es woandershin gelegt haben. Ich frage mich, warum und bei wem ich darum bitten soll, es mir wiederzugeben. Ich hoffe, dass ich nicht zum Wesir selbst muss.

Dann trete ich in den Hof und sehe mich im Zwielicht um. Nichts hat sich hier draußen verändert, außer dass mit dem warmen Wetter nach dem Regen die Vegetation noch üppiger geworden ist und der Hibiskus noch mehr Blüten bekommen hat; fröhliche rote Trompeten, die ihre Gleichgültigkeit gegenüber den Konflikten der Menschenwelt bekunden. Normalerweise heitert mich ihr Anblick auf, doch heute deprimiert er mich.

»Nus-Nus?«

Als ich mich umdrehe, steht Abid vor mir, einer der beiden Sklaven, die für die körperliche Hygiene des Sultans zuständig sind, und mustert mich mit breitem Grinsen. »Du bist wieder da! Wir hielten dich für tot! Samir hat es uns erzählt.«

»Tatsächlich? Ich frage mich, warum.«

Der Junge sieht verlegen aus. Er weiß mehr, als er sagen

will, vermute ich. Dann fällt mein Blick an ihm herab, und ich sehe, dass er das Diwanbuch unter dem Arm hat.

»Oh, da bin ich aber froh! Ich habe mich schon gefragt, wo es wohl sein mag.« Offenbar renkt sich alles wieder ein, Stück für Stück. Er reicht mir das Buch. Das alte Leder fühlt sich warm und tröstlich an in meiner Hand; seine Proportionen und sein Gewicht sind mir ebenso vertraut wie meine eigenen. Als ich mich, das Buch an die Brust gepresst, abwende, um in mein Zimmer zurückzugehen, sagt Abid: »Du sollst kommen. Der Sultan will dich sehen.«

Ich bücke mich und verstaue das kostbare Buch in der Truhe, wo es hingehört.

»Was machst du?«

»Ich lege es an einen sicheren Ort.«

»Aber nein! Nimm es mit!«

»Jetzt?«, frage ich verständnislos.

»Jetzt!«

»Müssen Korrekturen vorgenommen werden?« Ich stelle mir vor, dass Samir Rafik unzählige Fehler gemacht und damit selbst zu seiner Ablösung beigetragen hat …

»Der Sultan hat eine Frau bei sich.«

Das fünfte Gebet steht unmittelbar bevor. Der Sultan würde niemals das *Isha' salah* zugunsten einer Frau in seinem Bett vernachlässigen. Er ist ein frommer Mann und hält sich bis ins kleinste Detail an die Rituale des Gebets. Vielleicht hat Abid ihn missverstanden. »Es ist noch zu früh.«

»Du sollst für ihn dolmetschen. Er kann die weiße Frau nicht dazu bringen, seinen Befehlen zu gehorchen. Er braucht dich, damit sie tut, was er gebietet, und du dann ihre Vereinigung im Buch notierst.«

Mein Herz macht einen Satz und fängt dann heftig an zu pochen. Aber was hatte ich erwartet?

Als ich in den Privatgemächern des Sultans ankomme, stapft er starr vor Wut und Frustration in seinem langen baumwollenen Untergewand auf und ab, hat aber wenigstens keine Waffe in der Hand.

»Majestät!« Ich lege das Diwanbuch vorsichtig ab und werfe mich auf den Seidenteppichen vor ihm nieder.

»Steh auf, Nus-Nus«, befiehlt er ungeduldig und zerrt mich am Arm hoch. »Sag der dummen Gans, dass sie sich verdammt noch mal ausziehen soll.«

Ich rappele mich auf. Alys sitzt zusammengesunken auf dem Diwan des Sultans und hat die Hände vor der Brust verschränkt. Teile eines seidenen Kaftans – sauber und rosenrot, der den befleckten türkisfarbenen ersetzt hat – hängen von ihren Schultern wie abgerissene Hautfetzen. Sie sieht nicht auf, als ich eintrete.

Ich habe viel willkürliche Gewalt in diesen Räumen gesehen, war Zeuge von unerwarteten Morden, Verstümmelungen und Verletzungen, ich habe hunderte von Entjungferungen, Verführungen und – um die Wahrheit zu sagen – Vergewaltigungen miterlebt, sodass ich eigentlich gegen einen weiteren Fall immun sein müsste, aber das scheint nicht zuzutreffen.

»Alys.«

Sie hebt ihren Blick zu mir. »Tut mir leid, dass ich so einen Aufstand mache«, sagt sie.

»Ihr dürft ihn nicht noch weiter reizen, Alys. Lasst ihn tun, was er tun muss, umso schneller ist alles vorbei.« Die Worte kommen mir entsetzlich vor, noch während ich sie ausspreche. »Legt Euer Gewand ab, Alys.«

Einen langen Moment sieht sie mir in die Augen. Ich weiß nicht, was ich in der blauen Tiefe lesen soll. Vorwürfe? Enttäuschung? Ärger? Sie ruhen auf mir, als sie die Reste des Kaftans von den Schultern streift. Darunter trägt sie nichts.

Obwohl ihr Blick mich nicht loslässt, nehme ich in meinem äußeren Gesichtsfeld jeden Zentimeter ihrer nackten Haut, das zarte Schlüsselbein, die schlanken Oberarme und die üppige Wölbung der Brüste wahr.

Ismail stößt mich beiseite. »Hör auf zu glotzen, mein Junge. Obwohl ich es dir nicht verdenken kann; sie ist ein Prachtweib, nicht wahr? Bisschen dünn für meinen Geschmack, aber trotzdem ein Prachtweib.«

Ich könnte schwören, dass er sabbert.

Der Klang des Muezzins, der die Gläubigen zum fünften Gebet ruft, hallt durch die von Kerzen erleuchtete Luft, und der Sultan zögert. Einen Augenblick lang schließt er die Augen, und ich sehe, wie sich seine Lippen bewegen, als er flüstert: »Vergib mir, o Allerbarmer!« Dann zieht er sich mit einer einzigen Bewegung das Gewand über den Kopf und steht splitterfasernackt da. Ich wende – zu spät – den Blick ab und sehe mehr, als ich wollte.

Es ist nicht so, dass ich Seine Erhabene Majestät noch nie nackt gesehen hätte. Tausend Mal habe ich ihn in den Hamam begleitet. Ich habe ihm den Rücken geschrubbt oder ihm nach der Jagd die schmerzenden Glieder eingerieben. Er ist drahtig, dieser König; drahtig und zäh. Seine Muskeln erinnern an knorriges Holz. In einem Kampf von Mann zu Mann würde ich ihn wahrscheinlich besiegen können. Doch mit der kleinsten Bewegung strahlt er Macht aus, als wäre er dafür gemacht, König zu sein, obwohl er doch erst vor etwa fünf Jahren den Thron bestiegen hat. Dieser Eindruck ist schon überzeugend genug, wenn er völlig entspannt ist; hat er sich jedoch nicht unter Kontrolle, ist er geradezu überwältigend.

»Stell dich hinter den Wandschirm und sag ihr, sie soll sich aufs Bett legen, Nus-Nus.«

Ich spüre Alys' Blick auf mir, als ich den Raum durchquere

und meinen Platz hinter der vergitterten Abtrennung aus Zedernholz einnehme. Er lässt mich nicht los, auch nicht durch die Holzschnitzereien. Mit bebender Stimme sage ich: »Bitte, legt Euch aufs Bett, Alys.«

Wortlos steht sie auf und lässt den zerrissenen Kaftan auf die Fußknöchel hinabgleiten. Sie müsste verletzlich aussehen, unterlegen, doch ihre Würde ist wie ein Harnisch. Sie dreht sich zu mir um, als wollte sie sich mir darbieten, und ich merke, dass ich den Blick nicht abwenden, ja nicht einmal blinzeln kann. Es ist, als bliebe die Zeit stehen, und selbst mein Herz hängt in der Schwebe zwischen einem Schlag und dem nächsten.

»Sag ihr, sie soll sich hinlegen, verdammt noch mal«, brüllt Ismail und zerreißt den Zauber. »Auf die Knie.«

Besonders mit christlichen Abtrünnigen macht er das gern: Er lässt sich ihren Hintern präsentieren, als wären sie Tiere, die er bespringt. Abgesehen vom reinen Geschlechtsakt ist damit jeglicher menschliche Kontakt ausgeschlossen. Es ist seine Art, diese Frauen zu demütigen, ihnen klarzumachen, dass er sie nicht so hoch einschätzt wie jene, die als Mohammedanerinnen zur Welt gekommen sind, sondern entweder unter Zwang oder aus Eigeninteresse konvertiert sind. Auch das ist einer seiner seltsamen Widersprüche: Einerseits zwingt er sie zu konvertieren, andererseits bewundert er die Kraft ihres Glaubens. Ich habe ihn schon echte Tränen vergießen sehen, nachdem Frauen lieber den Märtyrertod gestorben sind, als zu konvertieren.

Ich gebe seinen Befehl an sie weiter, mit stockender Stimme, und sehe, wie sie schaudert. »Es tut mir leid, Alys«, will ich sagen, doch sie hindert mich mit einem Blick.

»Es wird vorbeigehen. Ich bete für einen Sohn, einen kräftigen, gesunden Knaben.«

Sie lässt sich auf dem weißen Laken nieder, das über das

große Bett gebreitet ist, mit dem Gesicht zu mir, ohne den Blick von mir zu nehmen. Als er ohne großes Vorspiel in sie eindringt, verzieht sich ihr Gesicht zu einer Grimasse, doch sie beherrscht sich und passt sich seinen Anweisungen, die ich übersetze, so mechanisch an, als ginge es darum, einen Stuhl zu verrücken oder eine Schublade zu öffnen.

Ich hoffe für uns alle, dass es schnell geht, und tatsächlich dauert es nicht lange, bis Ismail mit zurückgeworfenem Kopf aufstöhnt. Jeder Muskel ist vor Lust angespannt. Und die ganze Zeit lässt ihr Blick mich nicht los. Mir ist bewusst, dass ich ihr Refugium bin, der Halt, an dem ihre Seele Zuflucht findet, während ihr Körper missbraucht wird. Als wären wir durch einen rot glühenden Draht verbunden, spüre ich ihren Schmerz wie ein Feuer in meinem Unterleib, und jeder Nerv in mir fühlt mit.

Doch plötzlich, und das ist noch verstörender, merke ich, wie ich selbst anschwelle und steif werde. Dieser Vorgang ist so schockierend, dass ich den Blick von ihr löse und an mir heruntersehe. Die Ausbeulung unter meiner Djellaba ist nicht zu übersehen. Was für eine unselige Magie ist das? Bin ich von einem Dämon besessen? Ist die Potenz des Sultans so einzigartig, dass sie sich auf mich übertragen hat? Andererseits war ich Zeuge bei tausenden von Geschlechtsakten Seiner Majestät und empfand lediglich Ekel und so etwas wie distanzierte Langeweile. Es muss ein Wunder sein. Am liebsten würde ich einen triumphierenden Schrei ausstoßen, doch dann überwältigt mich tiefe Scham. Bin ich denn so pervers, dass ich nur auf Kosten eines gedemütigten, leidenden Wesens lebendig sein kann? Die Erektion schrumpft genauso schnell, wie sie gewachsen ist, und als ich mich zwinge, wieder aufzusehen, ist der Sultan fertig, und Alys hat sich mit dem blutbefleckten Laken vor der Brust von uns beiden abgewendet.

Ismail schlüpft in eine reich bestickte Robe, schreitet zur

Tür und ruft nach den Frauen, die sie abholen sollen. Sie drängeln sich herein, machen allerlei Getue um das blutige Laken, was natürlich der Hauptgrund für ihre Anwesenheit ist. Denn jetzt werden sie zum Harem zurückeilen und die Reinheit der Engländerin sowie die Potenz des Sultans bezeugen, sodass potenzielle Nachkommen zweifelsfrei als die seinen anerkannt werden können. Sie hüllen Alys in ein aufwändig geschmücktes Gewand, das ausschließlich für vom Herrscher entjungferte Frauen benutzt wird, und führen sie eilig davon.

Mein Blick folgt ihr, doch sie schaut sich nicht mehr um.

Das Schlimmste hat sie überstanden; jetzt zählt nur noch Durchhaltevermögen. Aber diese nüchterne Tatsache spendet kaum Trost. Ich fühle mich verlassen, leer – angewidert. Es ist ein Gefühl fast wie damals, als ich in Venedig mit einer Hure schlief. Damals habe ich es mir nicht eingestanden und auch später nicht mehr darüber nachgedacht, doch diese gefühllosen Begegnungen hinterließen eine gehörige Portion Scham. Jetzt kommt es mir vor, als wäre ich es gewesen und nicht der Sultan, der Alys benutzt und dann weggeschickt hat.

»Nus-Nus!«

Die herrische Stimme reißt mich aus meinen Gedanken. Ich springe in solcher Panik auf, dass ich das Diwanbuch fallen lasse und, als ich mich danach bücken will, den vergitterten Wandschirm zwischen uns krachend zum Einstürzen bringe. Einen Augenblick lang starren wir uns an, zwei Männer, die einander als Männer gegenüberstehen, mehr nicht. Dann ist der Augenblick vorbei, die Angst kehrt zurück, und ich frage mich, ob er meinen Ausrutscher bemerkt hat, doch er lächelt nur. Sein Ausdruck ist unkonzentriert, verträumt.

»Großartig, diese Engländerin.«

»Alys.«

»War das ihr Name?«

»Jawohl, Herr. Alys. Alys Swann.« Und plötzlich, als käme die Erinnerung aus heiterem Himmel zurück, fällt mir ein, wo ich zum letzten Mal diesen englischen Ausdruck gehört habe. *Ich will dem Schwan gleich in Wohllaut sterben.* Ich erinnere mich nur an die Worte, nicht an den Zusammenhang. Doktor Lewis hat mir Englisch beigebracht, indem er mit mir zusammen einen Folianten las, fünfzig Jahre alt, dessen Umschlag vom häufigen Gebrauch abgewetzt war. Die Worte stammten aus einem Stück über einen Mohrenkönig und die weiße Frau, die er geheiratet hatte. Meine Mundwinkel kräuseln sich.

»Warum lächelst du?«

Es wird nicht viel Zweck haben, es ihm zu erläutern. Stattdessen versuche ich, den Ausdruck zu erklären, kann mich aber nicht an den arabischen Namen des Vogels erinnern. Schließlich flüchte ich mich in die Mimik: Meine Hand zeichnet eine fließende Linie in die Luft, und die seine folgt der Biegung des anmutigen Schwanenhalses.

»*El ouez abiad.* Der Weiße Schwan. So werde ich sie nennen.«

Samir ist kein Schreiber, so viel steht fest. Seine Einträge im Diwanbuch sind kaum zu entziffern und wimmeln von Durchstreichungen und Tintenflecken. Auf eine saubere Seite, unberührt von seiner groben Hand, schreibe ich:

Dritter Tag der Versammlung, Rabi' al-thani
Alys Swann. Zum Islam übergetretene englische Gefangene, 29 Jahre alt, Jungfrau. Ein Geschenk von Sidi Qasem ben Hamed ben Moussa Dib an Seine Majestät.

Meine Hand zittert, als ich den Eintrag mache, so aufgewühlt bin ich. Es ist böse Ironie des Schicksals, dass ausgerechnet einem Eunuchen die Aufgabe zufällt, diese Chronik von Lust und Potenz festzuhalten, nicht wahr? Schlimmer noch, einem Eunuchen, der bis vor Kurzem noch ein normaler Mann war und die Freuden der körperlichen Liebe bereits kannte. Habe ich je eigene Kinder gezeugt? Ich fürchte, ich war nie irgendwo lange genug, um eine ernsthafte Bindung einzugehen. Meinen Master hielt es nur selten länger als ein, zwei Monate am gleichen Ort, denn er war ständig auf der Suche nach Wissen, sodass wir ganz Nordafrika und Spanien bereisten und einmal sogar bis nach Venedig kamen. Die venezianischen Kurtisanen mit ihren weichen, weißen Armen und den aufreizenden Kleidern, die kaum die Brüste verbargen, ihren auserlesenen Parfüms, dem wissenden Blick und ihren erstaunlichen Verführungskünsten. Seit der Kastration habe ich meine Gedanken von derlei Dingen abgelenkt. Für einen Eunuchen ist nichts nutzloser als die Begierde.

Und dann kam Alys Swann …

Allein der Klang ihres Namens in meinem Kopf berührt Teile von mir, die ich längst abgestorben glaubte. Ich muss das aufwallende Blut in den Lenden unterdrücken. Es ist unnatürlich, und doch … und doch frage ich mich, ob ich irgendwie auserwählt wurde, als Empfänger einer Art von Wunder …

Um meine unruhigen Gedanken abzulenken, blättere ich in dem Buch. Es erfüllte mich immer mit besonderem Stolz, es nicht nur akkurat, sondern auch elegant zu führen. Die meisten der verzeichneten Geschlechtsakte hatten in Fès stattgefunden, bevor der Hof nach Meknès umgezogen war. Ich erinnere mich an die Gemächer des alten Palastes, prächtig und luxuriös, aber auch irgendwie düster, trotz seiner hohen Deckengewölbe und reichen Verzierungen. Dieser Palast hatte viel gesehen: Es kam einem vor, als wären die Wände mit einer Patina von Schmerz überzogen. Ich überfliege die Einträge und rufe mir eine Frau nach der anderen ins Gedächtnis zurück: Naima und Habiba, Fatima, Jamilla und Yasmin, Ouarda, Aisha, Eptisam, Maria und Chama. Manche waren kaum mehr als Kinder. Eine oder zwei weinten, als er sie nahm, weil sie nicht verstanden, was von ihnen verlangt wurde. Es gibt sogar einen sehr frühen Eintrag, bei dem die Tinte zerlaufen ist, weil ich aus Mitgefühl mit einem solch jungen Ding selbst Tränen vergießen musste. Jetzt suche ich ihn. Nie werde ich den Gesichtsausdruck der Kleinen vergessen: Ihre Pupillen waren mehr Löcher als Augen, als hätte man ihr mit dem gewaltsam erzwungenen Akt jeden Funken von Geist ausgetrieben.

Ich blättere zurück zum Anfang und dann wieder vorwärts, bis zur Gegenwart. Mein Leben und das der Frauen ist hier in täglichen, schlichten Einträgen verzeichnet. Ich runzele die Stirn. Wo ist diese Seite? Bevor Samir das Buch in die Finger bekam, war es die einzige, die nicht ganz ohne Makel war.

Ich finde Emira Zoubida, die haargenau wusste, was sie wollte. Eine echte Verführerin mit auberginenfarbener Haut, die dem Sultan Zwillingssöhne schenkte. Die Feierlichkeiten verliefen besonders geräuschvoll. Natürlich lebten die Kinder nicht lange, nachdem sie von Anfang an kränkelten. Mit großer Wahrscheinlichkeit hatte Zidana die Finger im Spiel. Fast alle anderen hatten um diese Zeit Mädchen zur Welt gebracht, und von den wenigen Jungen hatte keiner überlebt. Abgesehen von Zidan natürlich. Ich blättere die Seite um und stoße … nicht auf das aus Mitleid mit zerlaufener Tinte befleckte Blatt, das hier eigentlich hätte folgen müssen, sondern auf eine völlig unbekannte Seite. Verwirrt starre ich eine Zeit lang darauf. Bei näherem Hinsehen erkenne ich, dass es nicht meine eigene Handschrift ist, wenn auch eine erstaunlich gute Fälschung. So gut sogar, dass vermutlich nur ich selbst den Unterschied je bemerkt hätte. Im unteren Teil ist eine schwache Linie zu sehen und am Fuß der Seite eine kleine Markierung. Ich gehe mit dem Buch hinaus ins schwindende Licht des Hofes, aber eigentlich brauche ich keine Bestätigung. Ich weiß … Ich weiß es einfach.

Eine Seite ist sehr geschickt verändert und von ihrem ursprünglichen Platz entfernt worden. Sie enthält keinerlei Unwahrheiten, bis auf das Datum: Ein Sohn hat eine Reihe von anderen Söhnen übersprungen und einen höheren Platz in der Erbfolge erreicht, ein Pfand, das nun von einem Spieler in die richtige Position gebracht werden kann. Man kann die Verbindungsstelle kaum erkennen, so sorgfältig wurde gearbeitet: Das Blatt wurde herausgerissen, nicht geschnitten, sodass Kette und Schuss des Leinens beinahe nahtlos ineinander übergehen. Ein extrem aufwändiges Verfahren. Es könnte durchaus drei Wochen gedauert haben, meine Handschrift zu üben, den Eintrag zu fälschen und die Seite auszutauschen …

Haben sie sich wirklich eingebildet, ich würde die Manipulation nicht bemerken? Andererseits, wäre alles nach Plan gelaufen, hätte ich natürlich längst einen Nagel im Kopf oder wäre auf das gottlose Angebot des Großwesirs eingegangen und als Gefangener in seinem Haus seinen perversen Launen ausgeliefert gewesen.

Ich hatte meinen Feind bereits erraten; was ich nicht verstand, war sein Motiv. Doch zumindest kenne ich jetzt das Spiel und den Einsatz, der ziemlich hoch ist. Er hat viel investiert, um mich aus meinem Amt zu verdrängen, und wird nicht glücklich darüber sein, dass ich seinen Klauen entkommen konnte und erneut für das Diwanbuch verantwortlich bin. Wie lange wird es dauern, bis er das nächste Mal versucht, mich umzubringen?

ZWÖLF

Am folgenden Tag nehme ich meine üblichen Aufgaben wieder auf, als wären sie nie unterbrochen gewesen. Es ist so, als hätte es den Fall Sidi Kabour nie gegeben, genau wie ben Hadou versprochen hat. Und doch hat sich die Welt verändert. Bin ich der Einzige, der es so sieht?

Als wir an diesem Nachmittag unsere Runde durch die Palastanlage machen, beobachtet Abdelaziz mich aus den Augenwinkeln, wenn er glaubt, ich sei in meine Notizen vertieft. Es hat einen Zwischenfall mit einer Kalkexplosion gegeben; vier Arbeiter haben dabei ihr Leben verloren, und einer der großen Bottiche mit *tadelakt* – dem Putz, der aus Marmorstaub und Albumen gemischt wird – wurde auf mysteriöse Weise zerstört. Drei Monate Arbeit und zwanzigtausend Eier sind vertan. Ismail ist außer sich, rattert Anweisungen herunter, stößt fürchterliche Drohungen aus, und obwohl ich äußerlich ganz auf das Schreiben konzentriert bin, spüre ich die Augen des Wesirs auf mir wie Insekten.

Als ich aufschaue und seinen Blick kreuze, sieht er rasch weg und spricht angeregt mit dem Obersten Astronomen. Doch er wirkt nervös, als hätte er die Veränderung in mir wahrgenommen. Er muss über meine plötzliche Wiedereinsetzung beunruhigt sein, sage ich mir. Was ist wohl aus seinem Neffen geworden? Auch über Alys mache ich mir Gedanken. Wie mag es ihr gehen? Ob die Frauen des Sultans nett zu ihr waren? Macht sie mich verantwortlich für ihre Entscheidung, zum Islam überzutreten, und hasst sie mich jetzt?

Wir sind auf dem Weg zurück zu Ismails Gemächern, als ein Beamter im Laufschritt auf uns zukommt und meldet, ein General sei im Palast angekommen und habe dringend um eine Audienz gebeten. Wir finden ihn in einem Empfangszimmer, mit schmutziger Uniform, in Begleitung einer Gruppe ebenso ungepflegter Soldaten, die ein Dutzend schwerer Säcke bei sich tragen. Sie haben einen Berberaufstand im Rif niedergeschlagen und sind auf heftigen Widerstand gestoßen.

Bis vor Kurzem ist der Feldzug nicht gut verlaufen, denn sie sind ein ungehobeltes Volk, diese Stämme aus den Bergen, berühmt für ihr Unabhängigkeitsstreben. Es dauerte länger als zweihundert Jahre, bis die Berber gezwungen werden konnten, sich dem Islam zu unterwerfen, und manche behaupten, sie hätten ihren alten Animismus und ihre Verehrung für die Göttin nie ganz aufgegeben. Man munkelt, dass sie sogar Wildschweine essen, die in ihren Bergen heimisch sind, obwohl die Berber, die ich kennen gelernt habe, zähe und ehrenwerte Männer waren, scharfsinnig und intelligent, wenn auch abergläubisch und empfänglich für Magie und Flüche. Sie sind viel zu stolz und parteiisch, um sich jemandem zu beugen, der nicht zu ihrem Stamm gehört. Ismail hasst sie aus ganzem Herzen und empfindet ihre Weigerung, sich seinem Willen zu beugen, als persönliche Beleidigung. Immerhin ist er Gottes Stellvertreter auf dieser Welt, ein direkter Nachkomme des Propheten. Wie können sie es wagen, sich Allahs heiligem Willen zu widersetzen?

Normalerweise würde Ismail einen derartigen Mangel an Förmlichkeit und Anstand nicht dulden und es ablehnen, sich mit ungewaschenen Männern in einem Raum aufzuhalten, doch jetzt sind ihm ihre Neuigkeiten wichtiger, und seine Augen leuchten auf. »Zeigt her, was ihr für mich habt!«, befiehlt er, noch während die Männer sich vor ihm niederwerfen. »Erhebt euch!«

Ich erwarte geplünderte Beute: Gold und Silber, Schätze, die man den gefallenen Anführern im Rif weggenommen hat. Nun, vermutlich ist es genau das, was sie mitgebracht haben: ihren wertvollsten Besitz. Allen Anwesenden stockt der Atem, als die Köpfe aus dem ersten Sack fallen und gespenstisch über den Marmorboden rollen. Da wird jemand putzen müssen, schießt es mir durch den Kopf. Blut und andere Flüssigkeiten sickern heraus. Vermutlich haben sie ihre Gefangenen den größten Teil des Weges marschieren lassen und sie erst heute früh abgeschlachtet. Ich frage mich, wie der Sultan darauf reagieren wird, wenn er es begreift. Ich bin sicher, dass er sie lieber selbst erledigt hätte, langsam und genüsslich. Doch wie es aussieht, spielt es gar keine Rolle. Er kriecht auf allen vieren zwischen ihnen herum, ohne auf den schleimigen Unrat zu achten, dreht jeden Kopf einzeln um und betrachtet ihn voller Befriedigung, während der General Namen und Stammeszugehörigkeiten herunterrasselt. »Ausgezeichnet«, sagt Ismail, »ausgezeichnet. Noch ein toter Feind Gottes.« Zwar hörte ich zuletzt, dass Berber ebenfalls Mohammedaner sind, doch offensichtlich darf man sich als guter Mohammedaner nicht gegen den Sultan erheben.

Mir fällt die Aufgabe zu, zusammen mit einem Kontingent von Sklaven die grausigen Objekte einzusammeln und zu den Juden zu schleppen, während Ismail die Pferde und andere Beutestücke begutachtet, die die Soldaten ihm mitgebracht haben. Die *mellah*, das jüdische Viertel der Stadt, verdankt ihren Namen dem arabischen *al-mallah* – dem Platz des Salzes –, und deshalb sind wir hier, denn nur die reichen Juden aus dem Viertel haben genügend Salz, um diese Insignien des Triumphs so zu präparieren, dass sie eine Weile überdauern, ohne dass Teile ihres verräterischen Fleischs auf die Köpfe der braven Bürger von Meknès fallen, wenn Ismail sie auf den Mauern rings um die Stadt aufspießen lässt.

Die jüdische Bevölkerung von Meknès lässt sich leicht erkennen: Innerhalb der Stadt verpflichtet das Gesetz die Männer, rote Kopfbedeckungen und schwarze Umhänge zu tragen und barfuß zu gehen; in ihrem eigenen Sektor aber – der sich unweit des Palastes befindet, damit der Sultan leichteren Zugang zu ihrem Geld hat – kleiden sie sich, wie sie wollen. Die Frauen sind unverschleiert, hübsch und frech. Die Männer verstehen sich aufs Handeln, deshalb sind sie hier und leben im Allgemeinen problemlos mit den Marokkanern zusammen. Einige arbeiten am Hof, denn hier werden sie mehr respektiert und weniger verunglimpft als in anderen Teilen der Stadt, obgleich der Sultan ihnen gnadenlos Steuern auferlegt. Ohne sie, so heißt es, wäre er ein Mann ohne Hände: Sie bezahlen für sein Heer und seine Umbauten. Im Gegenzug lässt er sie einigermaßen unbehelligt ihren Geschäftsinteressen und religiösen Vorschriften nachgehen.

Ich bringe die Köpfe zu Daniel al-Ribati, einem hoch angesehenen Händler, der ein Dutzend Karawanen, so groß wie kleine Dörfer, durch die Sahara ziehen lässt und eine Flotte von Schiffen besitzt, um die Waren, die er aus der Wüste bringt, nach Europa, in die Levante und nach Konstantinopel zu verkaufen: Elfenbein und Salz, Indigo, Straußenfedern, Gold und Sklaven, Bernstein und Baumwolle. Er ist ein Mann mittleren Alters, vielleicht Ende fünfzig, dunkel und untersetzt, mit einem sauber gestutzten Bart und hellen blauen Augen. Er hat überall Beziehungen und gilt als schlau und fair zugleich, eine Seltenheit beim Geschäftemachen. Man tuschelt, er habe sein Vermögen in Höhlen unter der *mellah* vergraben und zahle höchstens ein Hundertstel von dem, was er verdient, als Steuer, in Wahrheit sei er so reich wie Krösus oder die Königin von Saba.

Jetzt nimmt er einen Kopf aus einem der Säcke und betrachtet ihn ernst. Es ist ein grässliches Ding mit zerfetztem

Hals und einem großen Schwertstreich mitten durchs Gesicht. Al-Ribati schnalzt mit der Zunge. Das wird teuer – für ihn, versteht sich, nicht für den Sultan –, doch er beklagt sich nicht: Seine Existenz hier ist abhängig vom Geben und Nehmen, obwohl er den Eindruck haben muss, dass er fast immer der Gebende ist. »Zwei Wochen«, sagt er knapp. »Komm in zwei Wochen wieder, und sie sind fertig.«

Ich wende ein, dass Ismail bestimmt nicht so lange auf seine Trophäen warten will, doch er lacht nur. »Nicht einmal ein Sultan kann dem Salz Beine machen.«

An diesem Abend entscheidet sich Ismail für eine der Töchter des gefallenen Anführers, ein hübsches Ding von fünfzehn Jahren, mit widerspenstigen Brauen und dichtem schwarzem Haar. Sie macht einen lammfrommen Eindruck, als man sie hereinführt, daher entlässt er mich aus seiner königlichen Anwesenheit, doch schon nach wenigen Schritten dringt lautes Geschrei aus dem Gemach meines Herrn, und ich laufe zurück. Ein Türwächter ist dabei, ihr ein Messer zu entwinden. Wie sie es hereinschmuggeln konnte, ist mir ein Rätsel. Oder vielleicht doch nicht. Lieber Himmel, sie muss ja zu allem entschlossen sein. Als Ismail mich sieht, scheucht er mich lachend davon. »Es ist nichts passiert, Nus-Nus, du kannst wieder gehen!«

Ich ziehe mich einigermaßen erleichtert zurück, zum einen, weil ich dem Akt selbst nicht beiwohnen muss, denn der wird mit Sicherheit nicht angenehm, und zum anderen, weil es nicht Alys ist. Ich lasse eine Lücke für den Namen der Berberprinzessin frei, den ich nicht verstanden habe, und gehe zu Bett, wo ich bis zum Morgen tief und fest schlafe. Jedenfalls so lange, bis ich unsanft geweckt werde.

Sobald ich die Augen aufschlage und auch ohne dass der Junge mich am Arm rüttelt, weiß ich, dass etwas nicht stimmt. Das Licht, es ist das Licht. Es ist zu grell, selbst für diese Sommermonate. Das erste Gebet muss schon eine Stunde oder mehr her sein.

Ich richte mich mit einem Schlag auf. »Der Sultan?«

Abid nickt, kaum im Stande, ein Wort herauszubringen. »Es geht ihm nicht gut. Er fragt nach dir.«

Ich werfe mir ein Gewand über und renne los. Er liegt auf seinem Diwan und ist leichenblass. Schweißperlen stehen auf seiner Stirn. Ich bin beunruhigt. Ismail ist selten krank, obwohl er sich häufig über irgendwelche eingebildeten Krankheiten beschwert. Und nie, niemals verpasst er das erste Gebet.

»Hol Doktor Salgado«, flüstert er kaum hörbar.

Der Doktor – ein spanischer Renegat – schläft noch, als ich ihn finde, und erwacht nur langsam, mit rotem Gesicht und trüben Augen. Sein Atem stinkt nach Knoblauch und gewürztem Wein. Als ich ihm erkläre, der Sultan brauche dringend seine Hilfe, treten seine Augen in Panik hervor. Ich laufe hinaus in den nächstgelegenen Hof und pflücke eine Hand voll Minze, während er sich ankleidet. Während wir zum Gebäudeflügel des Sultans eilen, kaut er sie wie ein Tier, mit offenem Mund und rasselndem Atem.

Ismail lässt sich durch unseren Trick nicht täuschen: Er weicht vor dem Mann zurück und schickt mich los, um Zidana zu holen. Zum Glück ist er zu schwach, sonst hätte Salgado dasselbe Schicksal erwartet wie die aufständischen Berber.

Ich finde die Herrscherin in ihrem Hof, wo sie vor einem Häufchen Hühnerinnereien kauert. Mehrere Frauen beobachten sie argwöhnisch. Sie blickt auf. »Es steht ein Tod bevor«, verkündet sie fröhlich. Dann legt sie die Hände auf die üppigen Schenkel und richtet sich auf. Sofort lässt sich ein Schwarm von Fliegen auf dem heißen Hühnerfleisch nieder.

Ich brauche keine Innereien, um zu wissen, dass der Tod hier jeden Tag ein und aus geht.

»Der Sultan bittet Euch zu sich. Er fühlt sich unwohl.«

Sie fragt nicht, was mit ihm los ist; es sieht aus, als wüsste sie es bereits. Während sie ihre Sachen zusammensucht, wandern meine Blicke hin und her, doch von Alys ist nichts zu sehen. Ich weiß nicht, ob ich erleichtert oder enttäuscht sein soll. Meine Nerven sind angespannt wie die einer Katze, viel zu dicht unter der Oberfläche. Ich weiß nicht einmal, was ich sagen würde, wenn ich sie hier entdeckte. Aber sie ist nicht da, und im nächsten Moment überlege ich voller Angst, ob ihr etwas zugestoßen sein könnte. Von plötzlichem Schrecken gepackt drehe ich mich zu Laila um und erkundige mich nach ihrem Befinden. Sie schenkt mir ein zuckersüßes Lächeln und sagt, es gehe ihr gut, aber sie sei auch »ein bisschen einsam«. Es ist nicht ungewöhnlich, dass Eunuchen den Haremsdamen hin und wieder Befriedigung verschaffen. Menschen sind sehr phantasievoll in ihrem Streben nach Lust: Finger, Zungen und männliche Geschlechtsteile aus Wachs, Stein oder Gold, selbst entsprechend geformtes Gemüse eignet sich. Wäre der Sultan im Bilde über das, was hier vor seiner Nase geschieht, würde ihn der Schlag treffen, daher liegt es im Interesse aller, derartige Angelegenheiten diskret zu behandeln.

Laila versucht schon seit fast einem Jahr, mich zu verführen. Ich glaube, dass es mehr das Streben nach dem Unerreichbaren ist, das sie erregt, als echte Zuneigung, doch ich lächle nur und sage, das tue mir leid. Dann frage ich nach verschiedenen anderen Lieblingsfrauen im Harem und nach der Gesundheit diverser Kinder, an deren Namen ich mich erinnere, und erst nachdem ich mir pflichtschuldig den Katalog von kleinen Zipperlein und Problemen angehört habe, erkundige ich mich nach Alys, oder der englischen Konvertitin, wie ich sie nenne.

Laila verdreht die Augen. »Sie geht jeder Art von Gesellschaft aus dem Weg. Man könnte glauben, sie sei eine Nonne.«

Während der letzten Piratensaison hatte man Ismail zwei Nonnen gebracht, die sich dem mohammedanischen Glauben und dem Sultan so standhaft verweigerten, dass sie mit einem Lächeln auf den Lippen starben, als hätten sie dadurch ewige Seligkeit erlangt. Zwei irische Mädchen, die zur selben Zeit an den Hof gekommen waren wie Alys, hatten bei der ersten Androhung von Gewalt einen hysterischen Zusammenbruch erlitten, sodass man sie als Sklavinnen in den Palast von Fès verbannt hatte. Fast wünschte ich mir dasselbe Schicksal für den Weißen Schwan, aber wenigstens lebt sie noch. Zeit für weitere Fragen habe ich nicht, denn jetzt kehrt Zidana zurück, passend gekleidet und mit einem Arm voller Fläschchen und undefinierbaren Objekten.

In Ismails Schlafzimmer wird der Grund für seine Krankheit klar. Der entblößte Oberkörper ist mit Bissspuren übersät, die sich deutlich von der Haut abheben. Es sind keine oberflächlichen Kratzer, sondern tiefe, unregelmäßige Wunden mit geschwollenen, entzündeten Rändern. Unwillkürlich empfinde ich Respekt vor dem Berbermädchen: erst das Messer, dann Zähne und Krallen.

»Liebesbeweise?«, fragt Zidana spielerisch, und Ismail grunzt gereizt. »Armes Lämmchen«, gurrt sie. »Hat dich etwa ein kleines Wolfskind so übel zugerichtet?«

Sie haben eine seltsame Beziehung, die beiden: Sie behandelt ihn wie ein Kind, und er begehrt nur selten dagegen auf. Selbst nach all den Jahren verbringen sie hin und wieder eine Nacht miteinander, und während der übrigen Zeit hilft sie ihm, Gespielinnen fürs Bett auszusuchen, oder sucht nach Eigenschaften, die seinen verwöhnten Gaumen kitzeln könnten. Auch das ist eine Form von Macht. Doch vielleicht war die Berberprinzessin eine Spur zu gefährlich.

»Sie ist ein wildes Tier! Eine Barbarin! Ich werde sie eigenhändig erdrosseln!«

»Ruhig, sonst entzünden sich die Wunden noch mehr. Ich werde mich darum kümmern.« Sie macht viel Aufhebens um ihn, murmelt Sprüche und fuchtelt geheimnisvoll mit den Händen. Räucherwerk wird entzündet, um die Luft von allen unreinen Stoffen zu säubern, die möglicherweise noch herumschwirren. Sie flößt ihm Lösungen aus den mitgebrachten Fläschchen ein. Dann wühlt sie mit klappernden Armreifen in ihren Heilpflanzen und flucht. »Nus-Nus?«

»Ja, Erhabene Majestät?«

»Lauf und hol mir die beiden Wolfszwiebelknollen und etwas Beinwell, ach, und den Thymianhonig – du weißt ja, wo du alles findest.«

In Zidanas Geheimkammer kann man kaum etwas sehen. Ich suche nach einer Kerze oder einem Feuerstein, dann nach den Ingredienzien, die ich holen soll. Es gibt so vieles hier unten, und keine erkennbare Ordnung. Alles dauert ewig lange. Den Honig finde ich zuerst. Er ist so zäh und dunkel, dass er fast schwarz erscheint. Dieses Zeug ist nicht zum Essen bestimmt. Es stinkt durchdringend, schlimmer als Doktor Salgados Atem. Dann die Wolfszwiebeln, und noch während ich verbissen nach dem Beinwell suche, höre ich plötzlich eine Stimme: »Was machst du hier?«

Als ich mich umdrehe, steht der kleine Zidan vor mir. Seine Augen glitzern wie die eines *djinn* im dämmrigen Licht. »Deine Mutter hat mich geschickt, um einige Dinge zu holen.«

»Du lügst! Der Raum ist geheim! Nur ich weiß davon.«

Ich breite die Arme aus. »Das stimmt nicht ganz, wie du siehst.«

»Du musst mich ›Emir‹ oder ›Sidi‹ nennen.«

»Sidi.«

»Ich werde ihr sagen, dass ich dich hier gesehen habe.«

»Ja, tu das.«

Es folgt eine Pause, in der er meine Worte verdaut. »Was sollst du ihr bringen?«

Ich zeige ihm den Honig und die Zwiebeln. Natürlich hat er keine Ahnung, worum es sich bei Letzterem handelt. Er ist erst sechs, fast sieben, doch er macht ein großes Getue, nimmt sie in die Hand, hält sie an die Nase und schnüffelt.

»Sind die giftig?«

»Ich glaube nicht.«

»Kennst du dich mit Giften aus?«

»Ein bisschen. Warum fragst du … Sidi?«

Er zuckt die Achseln. »Welches ist das stärkste von allen?«

»Deine Mutter ist die Expertin. Frag sie.«

Das gefällt ihm nicht. Er folgt mir auf Schritt und Tritt, während ich die Suche nach dem Beinwell fortsetze und ihn endlich in einem Korb mit getrockneten Kräutern finde.

»Für wen ist das?«

»Für deinen Vater.«

»Ist er krank?« Seine Augen glänzen. »Wenn er stirbt, werde ich König. Dann müssen alle machen, was ich sage, oder ich kann ihnen den Kopf abschlagen. Wird er sterben?«

»Nein.«

»Gib ihm Gift, dann stirbt er.«

Ich starre ihn entsetzt an. »Das ist Verrat, Zidan! Wenn ich deinem Vater erzähle, was du gerade gesagt hast, kannst du dich auf eine Tracht Prügel oder Schlimmeres gefasst machen.«

»Du wirst es ihm bestimmt nicht erzählen«, sagte er selbstsicher.

»Warum sagst du das?«

»Weil ich dich töten werde, wenn du es tust.« Er lächelt, bis seine Augen nur noch kleine halbmondförmige Schlitze sind. »Oder Mama tut es. Wenn ich sie bitte, tötet sie dich, einfach so.« Er schnippt mit den Fingern.

Ich antworte nicht; es gibt keine Antwort darauf. Aus Angst

vor dem, was ich sonst tun könnte, dränge ich mich an ihm vorbei, laufe die Treppe hinauf und hinaus in die Sonne. Ich habe die Kerze vergessen. Es ist nicht sehr verantwortungsbewusst, an einem abgeschlossenen Ort wie diesem unbeaufsichtigt eine Kerze brennen zu lassen, vor allem bei all dem Zeug, das wie Zunder brennen würde. Außerdem hält sich ein sechsjähriges Kind dort auf. Aber ich kann nicht anders, ich wünschte, der ganze Raum ginge in Flammen auf und würde alles verschlingen: ihn, das Gift, die unzähligen Pflanzen und die Zauber. Dann wäre die Welt besser dran.

All das Gerede über den Tod und Gift bringt mich durcheinander. Ich gehe mit gesenktem Kopf geradewegs auf einige Frauen zu, die eine andere gegen ihren Willen an den Händen gefasst haben und mit sich ziehen. Ich erkenne Laila, Naima, Fatima, Ma'assouda und Salka. Sie laufen kichernd um mich herum, bis ihr Opfer und ich praktisch Auge in Auge voreinanderstehen. Zuerst erkenne ich sie nicht, so sehr hat sich ihr Gesicht verändert. Mit Khol und Henna hat man ihre blonden Brauen, Wimpern und Lippen gefärbt und ihren Augen ein ägyptisches Flair verliehen.

»Alys!«

Sie hat geweint: Die Schminke ist auf einer Seite verwischt.

»Sie behandeln mich wie eine Puppe!«

Erleichtert, dass der Verlust ihrer Würde ihre größte Sorge zu sein scheint, lache ich los. Schlagartig fällt ihr Gesicht in sich zusammen, sie kehrt mir den Rücken zu und eilt davon, zurück in die Arme ihrer Peinigerinnen, während ich dastehe und ihr beschämt nachsehe.

Als ich in Ismails Gemach zurückkehre, scheint es ihm schon besser zu gehen. Er ist nicht mehr so blass und schweißüberströmt wie zuvor. Zidana schimpft, weil ich so lange gebraucht habe, doch es entgeht mir nicht, dass sie den Vorwand genutzt hat, um ihren Mann ein bisschen für sich zu haben. Es verstärkt ihre Macht über ihn, dass er ihrer Magie und den zärtlichen Worten vertraut. Sex, Magie und Zärtlichkeit: Das sind die mächtigsten Waffen im Arsenal einer Frau, und niemand weiß sie besser zu gebrauchen als Zidana. Sie hat ihm bereits drei kräftige Söhne geboren – Zidan, den anerkannten Thronfolger, Ahmed den Goldenen, der jetzt drei ist, und zu Anfang des Jahres den kleinen Abdel Malik. Da sie so dick ist, hatte bis zur Geburt niemand gemerkt, dass sie schwanger war. Offenbar platzte er wie ein kleiner *djinn* aus heiterem Himmel in die Welt hinein. Sie ist die Hauptfrau, deshalb müssten erst alle drei sterben, ehe irgendwer anders ihren Platz in der Thronfolge einnehmen könnte. Bis vor wenigen Tagen noch hätte ich das für absolut unmöglich gehalten, doch jetzt bin ich mir auf einmal nicht mehr so sicher.

Ich warte, bis Zidana die letzte Salbe aufgetragen, mit heilendem Honig abgedeckt und einen Tuchstreifen kreuz und quer über die Bisswunden auf Rippen und Schultern geführt hat – wie entschlossen die Kleine gewesen sein muss, ihre Zähne in diese knochigen Teile zu versenken, tief genug, um ihn zu verletzen –, dann folge ich ihr hinaus in den Gang. Dort, außer Hörweite der Wachen, erzähle ich ihr, was ich im Diwanbuch gefunden habe.

»Ich wusste, dass etwas im Gange war, als er seinen Neffen kastrieren ließ.«

Ich werfe ihr einen raschen Blick zu. »Samir Rafik? Der meinen Platz eingenommen hat?«

»Natürlich. Glaubst du, Abdelaziz hätte kastrierte Neffen im Überfluss?«

Der Mann ist ein Monster. Selbst seine eigene Familie bedeutet ihm nicht mehr als ein Mittel zur Macht.

Sie stöhnt angesichts meiner Ahnungslosigkeit. »Warum kommst du mit dieser Information zu mir?«

»Wir beide hassen ihn. Ich dachte, du könntest Gebrauch davon machen.«

»Du meinst, du dachtest, ich sollte es dem Herrscher erzählen.«

Ich warte gespannt, aber sie seufzt nur. »Glaubst du wirklich, ich würde die Chance, meinen Feind zur Strecke zu bringen, am Schopf ergreifen? Es braucht viel mehr als ein paar in ein Buch gekritzelte Worte für einen Mann, der nicht lesen kann. Bring mir handfeste Beweise für die Verschwörung des *hajib*, wenn du seinen Untergang willst.« Sie lacht über mein bestürztes Gesicht. »Dummkopf! Leg dein Buch in die Truhe, wenn er heute Abend zum Beten geht, und es wird restauriert werden.«

Ich erinnere mich an den Safawiden-Koran und schaudere.

Vor dem letzten Gebet mache ich folgenden Eintrag in das Diwanbuch des Sultans:

Dritte Woche, erster Tag, Rabi' al-thani
Illi, Berberprinzessin. Grauenhaft.

DREIZEHN

Alys

Mehr als eine Woche ist vergangen, und ich wurde nicht wieder zum Bett des Sultans gerufen. Im Moment bin ich erleichtert, dass sich diese abscheuliche Begegnung nicht wiederholen wird. Aber habe ich etwas erreicht? Das ist die Frage, die mich quält. Ist es denn überhaupt möglich, von solch einer seltsamen Paarung schwanger zu werden?

Nach der Vergewaltigung haben mich zwei schnatternde, dunkelhäutige Mädchen wie ein Baby gewickelt, um die Saat, die er möglicherweise eingepflanzt hat, nicht zu gefährden. Als sie mich am nächsten Tag wieder von den Tüchern befreiten, berührten sie meine Haut mit staunenden Händen, bohrten die Finger in meinen Arm oder kniffen mich ins Fleisch, um zu sehen, wie schnell es sich rot färbte. Nachdem sie mich gewaschen, abgetrocknet und angekleidet hatten, wurde ich auf eine schulterhohe Bahre gesetzt und durch die Innenhöfe des Harems getragen, während die übrigen Frauen hohe, schrille Schreie ausstießen, wobei sie ihre Zungen hin und her schnellen ließen wie die Insassinnen eines Tollhauses.

Für sie war es offenbar so etwas wie eine Feier, mir aber wurde fast übel, wenn ich sie nur ansah. Und so wandte ich den Blick ab. Über ihren Köpfen gab es bogenförmige Kolonnaden und üppig wuchernde Blumen, kleine Vögel, einen tiefblauen Himmel. Irgendwo da oben blickte der Gott herab, den ich verschmäht hatte, richtend, richtend …

Ich habe um meine Sünden geweint, bis ich keine Tränen mehr hatte.

»Alys!«

Mein Name, fremdartig ausgesprochen, als lägen die Silben weit auseinander. Ich blicke auf und sehe, dass es die Königin ist – oder welchen Status auch immer sie hat –, die mich besuchen will. Sie ist unglaublich dick und von Kopf bis Fuß mit protzigen Edelsteinen behängt. Ketten aus Gold und Perlen liegen um ihren kräftigen Hals, schwere Anhänger ziehen ihre Ohrläppchen nach unten, ein mit Pailletten und Juwelen geschmücktes Stirnband verschwindet unter dem dichten Haar, Armreifen reichen vom Handgelenk bis zum Ellbogen. Ein Wunder, dass sie die Arme überhaupt heben kann, aber immerhin ist sie so muskulös wie ein Mann. Ihre Haut ist pechschwarz, so wie die des Eunuchen Nus-Nus – der mit dem maskenhaften Gesicht. Sie hält ihren Unterarm an meinen und lacht über den Kontrast. Es ist kein freundliches, sondern ein spöttisches Lachen, als wollte sie sich über mich lustig machen, als wollte sie den Unterschied zwischen ihr – dunkel, leuchtend, üppig, sinnlich – und mir – blass, dünn, schwach – unterstreichen. Sie grinst so breit, dass ich ihre Goldzähne sehen kann, und auch die Lücken da, wo andere fehlen, doch ihre Augen funkeln mich an wie Stücke von *steenkool*, hart, kalt und versteinert.

Dann dreht sie sich um, nimmt einer ihrer Dienerinnen etwas ab und reicht es mir. Es ist eine Tasse, so golden wie der Gral, und darin schwappt eine dunkle, dampfende Flüssigkeit, die einen seltsamen Geruch verbreitet. Die ganze Zeit spricht sie behutsam auf mich ein und tätschelt meinen Arm, als wollte sie mir mit der Berührung eine Botschaft vermitteln.

Was immer diese Tasse enthält, ich möchte es nicht trinken. Ich schüttele den Kopf und schiebe ihre Hand so höflich wie möglich zurück, doch sie lässt nicht locker, sie hebt sie sogar an meine Lippen und umfasst mit der anderen Hand meinen Kopf, um mich zum Trinken zu zwingen. Die Flüssigkeit hat einen durchdringenden, bitteren Geruch. Ich drehe den Kopf weg. Sie versucht es erneut, nachdrücklicher, und wird ärgerlich, als ich mich wehre. Dann kneift sie mich mit unverhohlener Gehässigkeit in den Arm.

Ich schreie auf und schlage ihr die Tasse aus der Hand. Die dampfende Brühe ergießt sich über den Teppich, und sie stapft um mich herum, reißt frustriert die Arme hoch und verflucht mich mit klirrenden Armreifen vor ihrem heidnischen Gott.

Ich fürchte mich vor ihr, aber ich werde es nicht zeigen, obwohl meine Beine zittern, und ich hoffe, dass sie es nicht merkt. Sie wirft mir noch einen wütenden Blick zu und rauscht davon, nachdem sie den Frauen mit schriller Stimme befohlen hat, ihr zu folgen. Dann lassen sie mich zum Glück in Frieden.

Doch es dauert nicht lange, bis sie zurück ist, und diesmal hat sie einen Mann bei sich. Er ist so groß, dass er die ganze Türöffnung ausfüllt, und einen Augenblick lang habe ich das irrationale Gefühl, dass sie beide zusammen das gesamte Licht im Raum verschluckt haben, bis nichts mehr für mich da ist. Dann tritt er näher, und ich erkenne, dass es Nus-Nus ist.

»Guten Tag, Alys«, sagt er, ohne zu lächeln.

Ich bringe kein Wort heraus, denn seine Augen lassen mich nicht los, und das Gewicht seines Blicks lastet zu schwer auf mir.

»Geht es Euch gut, Alys? Ihr seid so blass.«

»Ich bin derart hellhäutig, wie wollt Ihr da einen Unterschied erkennen?«

Er senkt den Kopf. »Ich möchte mich für mein Verhalten beim letzten Mal entschuldigen. Hoffentlich habe ich Euch nicht beleidigt.«

Ich erinnere mich daran, wie er mich ausgelacht hat, und richte mich zu meiner ganzen Höhe auf. »Durchaus nicht, Sir. Es ist bereits vergessen.«

Unsere Worte sind vorsichtig, aber ein dunkler Abgrund erstreckt sich zwischen uns. Er hat mich nackt und misshandelt wie ein Tier gesehen.

Die Königin redet auf Nus-Nus ein, und ich sehe, wie sich seine Augen weiten. Dann sagt er: »Hört mir gut zu, Alys. Nickt und lächelt, wenn ich es Euch sage. Zeigt keinerlei Empörung, Äußerlichkeiten sind wichtig, wenn man hier überleben will. Ihr müsst lernen, ein zweites Gesicht zu tragen, eins, hinter dem Ihr Euer eigenes versteckt. Habt Ihr mich verstanden?«

Ich nicke, doch mein Herz beginnt zu rasen. Was kann schlimmer sein als das, was ich bereits erlebt habe?

»Sie hat Euch etwas zu trinken mitgebracht. Nehmt die Tasse und bedankt Euch. Nehmt sie und küsst ihr zum Zeichen Eurer Dankbarkeit die Hand. Ich werde ihr später erklären, dass Ihr die Ehre, die sie Euch zuvor erwies, nicht verstanden habt. Aber, und das ist sehr wichtig, Alys: Trinkt nicht davon. Tut so, als nähmet ihr einen Schluck, dann lasse ich mir irgendeinen Vorwand einfallen, um sie von hier wegzulocken. Gießt die Flüssigkeit weg, ohne dass jemand Euch dabei beobachtet, und bereitet Euch darauf vor, mir die leere Tasse in ein paar Minuten wiederzugeben.«

Mir wird erst heiß, dann kalt. »Versucht sie etwa, mich zu vergiften?«

»Lächelt«, drängt er, und ich gehorche. »Nicht ganz. Ich erkläre es Euch, sobald ich kann.«

Die Königin schnippt mit den Fingern, und eine Sklavin erscheint mit der wieder gefüllten Tasse. Ich kann den Blick nicht davon abwenden. Was ist das? *Nicht ganz* ein Gift. Etwas, das mich krank macht, aber nicht tötet? Wie kann sie mich in dieser kurzen Zeit dermaßen hassen? Welche Bedrohung stelle ich für sie dar?

»Nehmt die Tasse und dankt ihr überschwänglich«, drängt Nus-Nus.

Ich spüre, wie besorgt er ist. Ist das sein wahres Gesicht unter dem »zweiten«? Es hat Falten, die mir zuvor nicht aufgefallen waren, Zeichen von Anspannung um die Augen und den Mund. Er ist ein sehr gut aussehender Mann, würdevoll, beeindruckend, ein Gedanke, der mich selbst schockiert. Sofort meldet sich die Stimme meiner Mutter, wie sie außer sich sagt: *Er ist ein Wilder, ein Sklave: rabenschwarz!* Eigentlich ist er gar nicht ganz schwarz, seine Haut ist nur sehr dunkelbraun, etwa so wie die geliebte Eichenbank meiner Großmutter, poliert und verdunkelt von der Zeit und unzähligen Hosenböden, die darauf gesessen haben. Sie sieht warm aus, seine Haut, während meine kalt ist. Ich merke, dass ich schon wieder zittere und meine Knie unter dem fremden Gewand nachzugeben drohen.

»Die Tasse«, sagt er heiser, und ich wende mühsam den Blick von ihm ab, nehme das Ding an und erinnere mich sogar daran, ihre Hand zu küssen. »Vielen Dank, Mylady, das ist sehr freundlich«, plappere ich. »Wie reizend von Euch.«

Sie beobachtet mich aufmerksam. Ich komme mir vor wie eine Fliege im klebrigen Netz einer Spinne, die mich im Blick hat und sich trotzdem Zeit lässt, bevor sie sich über ihre Beute hermacht.

»Tut so, als würdet Ihr daran nippen«, sagt Nus-Nus, und ich führe die Tasse zum Mund, bis meine Lippen die Flüssigkeit berühren. Sie ist warm und entsetzlich übel riechend. Mehr bringe ich nicht über mich.

»Sagt ihr, der Geschmack sei mir fremd, doch ich sei sehr dankbar für ihre Sorge und würde jeden Tropfen trinken«, erkläre ich dem Eunuchen und beobachte, wie er es übersetzt. Die Königin nickt, rührt sich jedoch nicht vom Fleck. Ich nehme einen neuen kleinen Schluck, und diesmal gerät die Flüssigkeit zwischen meine Lippen und berührt die Zunge. Trotz des süßlichen Geruchs schmeckt sie bitter wie Wermut. Vielleicht *ist* es ja Wermut. Ich verschlucke mich, und die Frau lächelt. Nus-Nus wirkt alarmiert und redet eindringlich auf die Königin ein, um ihre Aufmerksamkeit abzulenken. Dann wenden sich beide zum Gehen und verlassen mein Zimmer. Einen Moment später folgen die anderen, denn es interessiert sie mehr, worüber die beiden reden, als zuzusehen, wie ich das bittere Zeug schlucke.

Ich hebe einen Zipfel des Teppichs an und kippe die Tasse aus. Dann setze ich mich auf den Diwan und warte, bis sie wieder auftauchen, die leere Tasse pflichtbewusst im Schoß. Als sie zurückkommen, tritt die Königin zu mir und inspiziert erst die Tasse, dann meine Umgebung. Zidana ist misstrauisch, doch die Flüssigkeit ist bereits im ungefliesten Boden versickert. Wir lächeln uns unaufrichtig an, dann geht sie.

Nus-Nus macht einen Schritt auf mich zu. »Der Sultan wünscht heute Abend erneut Eure Anwesenheit.«

Es fühlt sich wie ein Schlag in die Magengrube an. Fast hätte ich gewürgt, aber dann reiße ich mich zusammen, weil ich weiß, dass sie mir nur noch mehr von der bitteren Flüssigkeit aufdrängen würden.

»Haltet durch, Alys«, sagt er. »Es ist ein gutes Zeichen. Ihr steht in seiner Gunst.« Er wendet sich ab.

»Was war in der Tasse?«, rufe ich ihm nach, doch er antwortet nicht. Stattdessen tritt er hinaus in den Innenhof und kommt einen Moment später mit einem grünen Zweiglein zurück.

»Wenn Ihr mich je brauchen solltet, schickt mir Eure Sklavin mit einem Korianderstängel, dann komme ich sofort«, sagt er.

VIERZEHN

Alys ist zur Lieblingsfrau des Sultans avanciert; drei Mal hat er in der letzten Woche nach ihr verlangt. Ich habe den Verdacht, dass er sie sogar jeden Abend rufen ließe, würde er damit nicht Zidanas Zorn endgültig heraufbeschwören.

So wie es ist, schäumt sie ohnehin genug. Sie tituliert Alys als den Weißen Wurm, als Schlange, Englische Bohnenstange oder beschimpft sie mit anderen nicht besonders schmeichelhaften Ausdrücken. In dieser Angelegenheit bin ich wie in anderen auch zu Zidanas Vertrautem geworden. Ständig beschwert sie sich, dass Ismail sie vernachlässigt, denn seit Alys zum Harem des Sultans gehört, hat er keine einzige Nacht mehr mit seiner Hauptfrau verbracht. Sie verlangt detaillierte Informationen über Ismails Gemütszustand, seine Stimmung, seine Essensgewohnheiten und seine Verdauung. Sie erwartet genaue Berichte über alles, was er zu der englischen Frau äußert. Natürlich befolge ich diesen Befehl nicht vollständig. Zidana macht keinen Unterschied zwischen dem Boten und der Botschaft. Und so berichte ich ihr nur das, was ich für ungefährlich halte, lasse vieles weg und werde aus einer verrückten Laune des Schicksals heraus zu ihrem Sprecher und Vermittler gegenüber ihrer Rivalin.

Zidana ermuntert mich, Alys Swann Arabisch beizubringen – das sie leichter lernt, als ich gedacht hätte –, damit ich mehr Zeit mit ihr verbringe und ihr Vertrauen gewinne, sodass sie das giftige Gebräu trinkt, mit dem Zidana verhindern will, dass sie von Ismail schwanger wird, oder mit dem sie das Kind in ihrem Schoß töten könnte. Diese offensichtliche Komplizenschaft widert mich an, trotzdem freue ich mich auf jeden Besuch und sage mir, dass ich Alys nur dann beschützen kann, wenn ich ihr nahe bin. Doch im Grunde meines Herzens weiß ich, dass ich mir auf fatale Weise selber schade.

Der Standbesitzer, der Sidi Kabours Geschäfte im *souq* übernommen hat, ein kleiner, dunkler Mann aus Imchil, ist raffiniert und vorsichtig. Wir tun beide so, als wüsste er nicht, für wen ich arbeite, und ich tue so, als verstünde ich nichts von Kräutern, was mich in die Lage versetzt, Fragen stellen zu können. Wenn ich getrocknete Rainfarnblüten oder die Blätter des Wassernabels besorgen soll, die Fehlgeburten und Unterleibsvergiftungen hervorrufen, nehme ich auch roten Klee, getrocknete Himbeerblätter und ein Elixier aus Mönchspfeffer mit, die im Ruf stehen, die Fruchtbarkeit zu verstärken. Manchmal gelingt es mir, das Gebräu auszutauschen, andere Male muss Alys entsorgen oder verstecken, was Zidana ihr schickt. Außerdem habe ich mir von dem Kräuterhändler ein starkes Brechmittel mischen lassen, falls es zum Schlimmsten kommen sollte.

Es ist ein riskantes Spiel: Sollte Alys schwanger werden, weiß Zidana, dass ich sie hintergangen habe, und wird mit Sicherheit versuchen, ihre Rivalin, das ungeborene Kind und auch mich zu töten, andererseits würde es Alys' Stellung am Hof festigen und dafür sorgen, dass Ismail auf ihr Wohlergehen bedacht ist. Vielleicht würde er ihr sogar erlauben, in einen anderen Gebäudeflügel zu ziehen, weg von Zidanas direktem Einfluss.

Heute hat sie mich gefragt: »Ob sie ihn verzaubert? Kennt sie sich mit einer Form von europäischer Magie aus, die stärker ist als meine?«

Ich bin es nicht gewohnt, dass Zidana sich so verletzlich zeigt. »Soweit ich weiß, nicht«, antworte ich ausweichend.

Wenn sie glaubt, dass Alys Zauberkräfte besitzt, wird sie vielleicht etwas vorsichtiger agieren.

»Es sind die Augen«, erklärt sie und dreht eine Runde nach der anderen durchs Zimmer. »Blau. Das ist unnatürlich. Normale Menschen haben keine blauen Augen, das ist einfach scheußlich.«

Ich versichere ihr, dass Ismail den Augen der Engländerin kaum Beachtung schenkt, und das ist der wahrhaftigste Satz, den ich heute gesprochen habe.

»Es kann doch nicht diese krankhaft weiße Haut sein. Dazu kenne ich Ismail zu gut. Er liebt schwarze Frauen.« Sie wölbt ihre üppige Brust. »Er wurde von einer schwarzen Frau erzogen. Seine Mutter hatte genauso dunkle Haut wie du oder ich. Außerdem mag er Frauen, die was auf den Rippen haben. Groß und kräftig müssen sie sein. Sie dagegen ist wie ein Geist, eine Erscheinung, ein schwebendes Gespenst. Warum sollte er mit einer Leiche ins Bett wollen?«

Und so geht es weiter. Insgeheim denke ich, dass Alys aussieht wie einer der Engel auf den Gemälden, die ich in den großen Häusern von Venedig sah, halte aber klugerweise den Mund.

»Selbst wenn sie es schaffen würde, ein Kind zu gebären – kannst du dir vorstellen, wie es aussehen würde? Ich habe selbst einmal Galläpfel mit Arsenpaste vermischt; ich weiß also, was passiert, wenn Schwarz und Weiß aufeinandertreffen. Hat Ismail etwa vor, graue Würmer in die Welt zu setzen?« Zidana hebt die Hände zum Himmel. Ihre Armreifen machen einen ohrenbetäubenden Lärm. »Ach, Thagba, mach ihrem Dasein ein Ende!«

Wenig später erfahre ich den Grund für Ismails Faszination. Eines Abends ruft er mich hinter dem Wandschirm hervor, nachdem er die Vereinigung mit Alys vollzogen hat und noch ehe sie Zeit hatte, sich wieder anzuziehen. Er legt eine Hand auf ihr nacktes Gesäß und bewegt es zärtlich hin und her; dann wechseln die beiden einen Blick, der niemals für die Augen eines Fremden bestimmt war, und zum ersten Mal überschwemmt mich Eifersucht wie Lava.

»Ist es nicht erstaunlich, mit welcher Entschlossenheit dieses fragile Geschöpf meine Aufmerksamkeiten erträgt, Nus-Nus? Sie hat eine solche Willenskraft; sie zügelt sogar ihre Leidenschaft! Sie ist klug, sie versteht die wahre Natur des Überlebens und denkt an morgen. Statt sich mit Zähnen und Klauen zu wehren wie die kleine Berberhexe, hält sie ihre Gefühle unter Kontrolle. Sie erinnert mich an einen meisterlichen Reiter, der einem wilden Hengst seinen Willen aufzwingt. Stell dir vor, welche Stärke eine solche Zurückhaltung erfordert. Sie ist wunderbar! Solche Kinder wird sie mir schenken: körperlich kräftig und geistig durchsetzungsfähig.« Als er sich zu mir umwendet, leuchten seine Augen triumphierend. »Ich habe einen Plan, Nus-Nus, und auch er ist wundervoll. Ich werde mein Heer verstärken, werde es verhundertfachen, und mit diesem Heer werde ich alle fremden Invasoren zurückschlagen: die Portugiesen aus Mehdia, die Spanier aus Mamora, Larache und Asilah, die Engländer aus Tanger. Ich werde mein Königreich von den Ungläubigen säubern, zum Ruhme Allahs. Alle Fremden, die sich hier aufhalten dürfen, werden meiner Herrschaft unterliegen. Meine Korsaren werden die Meere und Küsten unaufhörlich nach weißen Frauen absuchen, damit ich sie mit meinen *bukhari* kreuzen und daraus ein Heer heranbilden kann, wie es die Welt noch nie gesehen hat, ein Heer, das das Beste aus der schwarzen und der weißen Rasse in sich vereinigt.«

Er geht mit ausgebreiteten Armen in seinem Gemach auf und ab, und seine Stimme steigt bis zum Gewölbe der hohen Kuppel auf. Er spricht davon, dass er den mohammedanischen Glauben erneut über ganz Spanien verbreiten und bis an die Tore des katholischen Sonnengottes in Frankreich tragen wird: ein neues Kalifat, noch größer als das Reich der Almohaden-Dynastie. Seine Rede ist mitreißend, überzeugend und theatralisch. Doktor Lewis hat mich in die italienischen Theater mitgenommen, und dort sah ich ähnlich große Gesten wie diese, Gesten, die dazu bestimmt sind, ein Publikum zu erreichen. Hier sind es nur zwei, vor denen er auftreten kann. Ich werfe Alys einen Blick zu, um zu sehen, was sie von diesem wilden Drama halten mag, doch ihr Gesicht ist Ismail zugewandt wie eine Blume der Sonne. Sie kann höchstens hin und wieder ein Wort seiner flammenden Rede verstehen, aber seine Energie reißt sie offensichtlich mit. Der Sultan hat ein unwiderstehliches Charisma und zieht andere unwillkürlich in seinen Bann. Das macht ihn so mächtig – und so gefährlich.

Die *bukhari*, von denen er sprach, sind eine Elitetruppe der Schwarzen Garde, die er aus den Ländern im Süden hierhergeholt hat, nachdem sie bei Überfällen in der Sahara gefangen genommen oder gegen Salz und Eisen eingetauscht worden sind. Er fängt oder kauft sie, bekehrt sie zum mohammedanischen Glauben und lässt sie den Treueid auf den *Salih al-Bukhari* schwören, die heiligen Worte des Propheten. Anschließend schenkt er ihnen ein Exemplar des Werks, ein wirklich kostbares Ding, und sichert sich damit ihre ewige Loyalität. Inzwischen hat er sie schon eine ganze Weile mit schwarzen Sklavinnen gekreuzt, im frühen Alter verheiratet und zu häufigem Geschlechtsverkehr ermuntert, damit sie viele Nachkommen zeugen. Tausende von diesen Kindern werden in den Provinzen erzogen, wo er seine Truppen stationiert hat, bis die Kasernen hier fertig gestellt sind. Wenn sie zehn Jahre alt sind, werden die Jungen in den Kriegskünsten, die Mädchen in den häuslichen Pflichten unterwiesen, und sobald sie die Pubertät erreichen, werden sie verheiratet und aufgefordert, selbst Kinder zu bekommen. Seit Jahren schon behauptet Ismail, dass die so herangezüchteten Truppen die besten der Welt sein werden. Doch das hier ist ein neuer Dreh in seinem Plan.

Jetzt wendet er mir den Rücken zu, beflügelt von seiner eigenen Idee. »Stell dir vor, Nus-Nus, stell dir bloß mal vor, was für Kinder du mit einer Frau wie Alys machen könntest, wenn du ein ganzer Mann wärst.«

Bei diesen Worten empfinde ich einen kalten Hass auf ihn, der mich selbst überrascht. Sogar wenn der Sultan mich zu Tode erschreckte, ja ganz besonders, wenn er mich zu Tode erschreckte, stand meine Loyalität außer Frage. Doch jetzt hat sich etwas verändert, und der Auslöser dieser Veränderung ist Alys.

Ich nicke lächelnd und verziehe das Gesicht zu einem halbwegs bewundernden Ausdruck. Sobald er mir ein Zeichen gibt, verlasse ich mit dem Diwanbuch unter dem Arm eilig den Raum. Ich gehe mit gesenktem Kopf, ohne auf meine Umgebung zu achten. Als ich wieder in meinem Zimmer bin, lege ich das Buch auf das Bett und wende mich um. Die kühle Luft des Hofes, der süße Duft der Blumen und die herrliche Nacht sind allzu verlockend. Da ich noch mit meinen brodelnden Gefühlen kämpfe, bin ich vollkommen unvorbereitet auf den Angriff.

Einen Augenblick später stürzen sie sich auf mich, vier auf einmal. Der erste Schlag trifft meine Schulter und jagt einen flammenden Schmerz hindurch. Irgendein Teufel hat mich mit einem Knüppel angegriffen! Der Schmerz erweckt einen Dämon in meinem Inneren. Mit einem Aufschrei setze ich zur Gegenwehr an und schlage wild um mich. Es ist eine Wonne, jemanden zu schlagen, ihn so hart zu treffen, dass er nach hinten fällt und gegen eine Wand prallt. »Das Buch!«, ruft eine Stimme, und wieder ein anderer versucht, mir einen Hieb auf den Kopf zu versetzen, doch er ist kleiner als ich, und der Schlag geht daneben, was mich nur noch mehr aufbringt. Jetzt ist mein Arm ebenfalls ein Knüppel, eine von Wut getriebene Waffe. Meine Faust prallt mit voller Wucht gegen den weichen Teil eines Gesichts und dann in den Knochen darunter. Man hört etwas knirschen und ein blubberndes Geräusch, und ich trete zu, wieder und wieder und wieder, ohne daran zu denken, dass meine Füße in den weichen *babouches* vermutlich mehr zu Schaden kommen als seine Rippen. Der dritte Mann starrt mich an. Sein Gesicht schimmert weiß im Licht des Mondes. Ich erkenne in ihm einen Schläger, den ich gelegentlich am Hof gesehen habe, kann mich aber nicht an seinen Namen erinnern, Hamid oder Hamza, glaube ich. Als sich unsere Blicke treffen, grinst er spöttisch, doch in seine Verachtung mischt sich auch Furcht. Ich mache einen Schritt auf ihn zu, er zuckt mit den Achseln, als wollte er sagen: *Mir doch egal*, und macht sich aus dem Staub. Bleibt nur noch der vierte Mann. Ich starre ihn an.

»Du!«

Ich bin so verblüfft bei seinem Anblick, dass ich kaum das Messer registriere, das er plötzlich in der Hand hält. Vielleicht denke ich sogar, noch während ich seinem ersten Angriff ausweiche, dass es dasselbe Messer ist, mit dem er dem armen Sidi Kabour den Hals aufgeschlitzt hat. Scharf genug scheint es zu sein. Die gefährliche Klinge schimmert im Halbdunkel.

»Du Dreckskerl! Du schwarzer Hund!«, faucht er und kommt erneut auf mich zu. »Wer hätte gedacht, dass ein Eunuch wie du den Mumm hätte, sich zu verteidigen?« Sein südlicher Akzent ist unverkennbar. Das schmale Gesicht verzieht sich zu einem reptilischen Grinsen, und ich kann sehen, dass er kleine, spitze Zähne hat, wie ein Hund.

Ich kenne ihn. »Ich kenne dich!«, rufe ich, und diese Erkenntnis ist so überwältigend, dass sie mich von Kopf bis Fuß erfüllt und ich anfange zu zittern. »Ich weiß, wer du bist, dein Onkel hat mich entmannt, genauso wie dich!«

In dem Moment greift er an, und es ist ein mörderischer Angriff. Ich weiß nicht, warum, aber statt ihm auszuweichen und ihm den Vorteil zu überlassen, mache ich einen großen Schritt auf ihn zu. Noch während das Messer auf mich zusaust, packe ich mit beiden Händen sein Handgelenk, drehe mich mit dem Rücken zu ihm und benutze dabei seinen Arm als Hebel. Dieser hält einem solchen Druck nicht stand; ich habe oft genug beim Sezieren einer Leiche geholfen, um mich mit den Funktionen der menschlichen Anatomie auszukennen. Außerdem ist der Kerl kleiner als ich, und plötzlich habe ich – zum ersten Mal in meinem Leben – das Bedürfnis, jemanden zu verletzen, ihn möglichst schwer zu verletzen. Denn diesem Mann – auch wenn er nur eine Marionette ist – habe ich alle möglichen Qualen zu verdanken. Mit Genugtuung höre ich, wie das Schultergelenk mit einem knirschenden Geräusch nachgibt. Das Messer fällt ihm aus der Hand und landet scheppernd auf dem Boden. Mit dieser Hand kann er nichts mehr ausrichten. Mittlerweile habe ich ihn an die Wand gedrängt und presse ihm den Arm an die Kehle, bis seine Augen hervortreten. Hass zeigt sich darin, doch keine Angst, das muss man ihm lassen. Er scheint mich tatsächlich zu hassen, vielleicht wegen des Verlusts seiner Männlichkeit. Das kann ich verstehen, und trotzdem empfinde ich kein bisschen Sympathie für ihn. Ich mustere die scharfen Züge, den modisch geschnittenen Bart. »Ich weiß, wer du bist«, wiederhole ich.

»Hat ja auch lange genug gedauert.« Schweißperlen brechen aus den Poren auf seiner Stirn.

»Du hast einen alten Mann umgebracht, der nie jemandem etwas zu Leide getan hat, und ihn in seinem eigenen Blut liegen lassen!«

»Nie jemandem etwas zu Leide getan? Vielleicht nicht mit eigener Hand, aber denk an all die anderen Hände, die seine giftige Ware kauften, denk an die zahllosen Opfer. An die Hexe, die alles vergiftet, was ihrer kostbaren Brut gefährlich werden könnte – und du, du hilfst ihr auch noch! Doch eines Tages wird sie auch dich vergiften – sie ist eine Zauberin, eine Hexe.«

Das lässt sich nicht bestreiten, allerdings bin ich plötzlich sehr erschöpft. Ich verlagere mein ganzes Gewicht auf den Arm, der auf seiner Kehle liegt, und bringe ihn zum Schweigen. »Das alles weiß ich selbst. Du kannst mir gar nichts erzählen. Ich weiß, dass dein Onkel dich kastrieren ließ, um dir eine Stellung am Hof zu verschaffen. Dann hat er dir befohlen, den Kräuterhändler zu töten, um mich zu ersetzen, das Diwanbuch in die Hände zu bekommen und seine Änderungen anzubringen. Er hat Fatimas Eintrag so manipuliert, dass ihr Sohn in der Erbfolge nach oben gerückt ist.« Es verschafft mir unendliche Befriedigung zu sehen, wie sich seine Augen weiten.

»Und deshalb muss Abdelaziz' nächster Schritt darin bestehen, Ahmed auszuschalten, ein Kind von nicht einmal drei Jahren …«, denke ich laut weiter nach.

»Das Kind ist ein Ungeheuer und der Sohn eines Ungeheuers.«

Meint er Zidana oder Ismail? Ich bin sicher, dass die Welt ohne dieses kleine Monster weit sicherer wäre, aber selbst dann ist es meine Pflicht, die wahre Thronfolge aufrechtzuerhalten. Immerhin bin ich der Hüter des Buches. »Ich könnte alle Wachen zusammentrommeln; es würde nicht mehr als ein paar Sekunden dauern. Ich könnte sie rufen und dich vor den Sultan schaffen. Ich könnte ihm das Buch mit der Fälschung zeigen …« Das kann ich natürlich nicht: Zidanas Buchbinder hat es längst in seinen ursprünglichen Zustand zurückversetzt, aber das muss er ja nicht wissen. »Ich müsste dem Herrscher kaum erklären, welche Bedeutung sie hat. Er ist ein scharfsinniger Mensch und grausam. Er würde euch alle hinrichten lassen und gewiss vorher auch noch foltern. Aber aus Gründen, die dich nichts angehen, habe ich beschlossen, das nicht zu tun. Lauf zurück zu deinem Onkel und sag ihm, was ich weiß. Er soll mich in Ruhe lassen, oder ich erzähle alles dem Herrscher.«

Er sieht mich an und verzieht den Mund. »Der *hajib* und der Herrscher sind wie Brüder. Ismail wird nicht zulassen, dass jemand auch nur ein Wort gegen Abdelaziz sagt. Niemals würde er dir Glauben schenken.« Trotz seiner überheblichen Worte erkenne ich Unsicherheit in seinen Augen.

Ich verstärke meinen Griff, und schließlich nickt er. Ich lasse ihn los. Er massiert sich den Hals mit der heilen Hand, bevor er sich bückt, um das Messer aufzuheben, doch ich stelle den Fuß darauf. »Verschwinde«, sage ich noch einmal, und er geht und nimmt die beiden anderen Männer mit.

Als ich später im Bett liege, lasse ich den Kampf noch einmal Revue passieren. Ich genieße die hemmungslose Gewalt und die Befreiung des Kriegers in mir, von dessen Existenz ich bis zu diesem Augenblick keine Ahnung hatte. Nicht, dass ich meine Wunden beklage, im Gegenteil, ich bin stolz darauf. Jetzt wird der Großwesir mich töten wollen, obwohl ich das Objekt seiner Begierde bin, aber wenigstens bin ich dann kein Spielball in den Händen dieser Edelmänner mehr. Ich werde mich schützen müssen. Unzählige Möglichkeiten gehen mir durch den Kopf, mit denen er versuchen könnte, mich loszuwerden, doch am Ende scheint Gift die Methode zu sein, die er am ehesten anwenden würde.

Am nächsten Tag gehe ich zum Markt und kaufe bei einem Tierhändler einen Affen – einen gut abgerichteten Berberaffen. Ein Schneider fertigt ihm eine Robe wie meine eigene und einen kleinen roten Tarbusch, den er auf dem Kopf trägt und den ich mit Bändern unter seinem Kinn befestige. Der Affe beschwert sich nicht über diesen Firlefanz, sondern ist froh, dass er seinem Käfig entflohen ist und Früchte zu essen bekommt. Dann mache ich mich auf den Heimweg. Wenn er an seiner Leine zieht und anfängt zu schnattern, bleibe ich stehen, damit er sich in die Gosse hocken und sein Geschäft verrichten kann. Ein bisschen hat man ihm schon beigebracht, was meine Aufgabe erleichtert.

Ismail ist entzückt – er schätzt Tiere ohnehin höher ein als Menschen –, und die Haremsdamen füttern ihn mit Nüssen und Datteln. Er begleitet mich auf Schritt und Tritt. Ich lehre ihn kleine Tricks und Eigenheiten, die Ismail zum Lachen bringen, besonders wenn er meine Rolle des Vorkosters übernimmt und ich in die des Sultans schlüpfe, ein gefährliches Experiment, doch er nimmt es mit Humor. Ich habe den Affen Amadou getauft, kleiner Liebling.

Bislang sind Amadou und ich noch am Leben.

FÜNFZEHN

Radjab 1088 AH

Der Sommer kommt wie eine Welle, in deren schwüler Hitze wir alle ersticken. Die Frauen des Harems liegen spärlich bekleidet herum und dösen. Da, wo die Seide Haut berührt, wird sie fleckig. Die Bauarbeiten gehen im gleichen Tempo weiter wie zuvor. Die Arbeiter sterben wie die Fliegen; sie sind solche Temperaturen nicht gewohnt, schwitzen, schuften, werden von den Aufsehern angebrüllt und ausgepeitscht, und sie bekommen kaum etwas zu essen oder zu trinken. Die unterirdischen Verliese, in denen die Sklaven gehalten werden, stinken zum Himmel, denn das Wasser ist knapp: Um diese armseligen Quartiere zu säubern, reicht es nicht. Die Löwen aus der Menagerie versuchen, einen Tunnel zum nächsten Verlies zu graben. Wer hätte gedacht, dass Löwen dazu im Stande sind? Nachdem der Sultan ihnen ein paar Unglücksraben ins Gehege hat werfen lassen, als Strafe und zu seiner Unterhaltung, müssen sie einen ungeheuren Appetit auf Menschenfleisch entwickelt haben. Das Loch – besser gesagt, der Gang – ist länger als zwei ausgewachsene Löwen. Sie schaffen es, einen Mann hineinzuzerren, einen Franzosen. Er kann gerade noch *»Mon Dieu, m'aidez!«* schreien, dann reißt ein Löwe ihm das Bein ab, und er verliert das Bewusstsein, bevor die anderen Sklaven die Angreifer mit Steinen, bloßen Fäusten und vermutlich auch mit ihrem steinharten Brot zurückschlagen. Niemand wagt es, durch den Gang, der ins Gehege der Löwen führt, zu flüchten. Stattdessen schreien die Gefangenen nach den Wächtern, die ihn mit so viel Mörtel und Schotter zuschütten, dass keine Verbindung mehr besteht. Die Umzäunung der Menagerie wird verstärkt. Der Sultan amüsiert sich mächtig über den Vorfall.

Die Korsaren bringen ständig Nachschub an Gefangenen, Männer und auch Frauen, doch keine kann Ismails Aufmerksamkeit erwecken. Offenbar hat Alys alle Gelüste nach europäischen Frauen befriedigt: Die weiblichen Gefangenen werden an seine *bukhari* verteilt. Er lässt Alys öfter zu sich rufen als je zuvor, doch immer noch scheint es kein greifbares Resultat ihrer Treffen zu geben. Sie klagt über die Hitze, die wirklich extrem ist. Sie sei diese Temperaturen nicht gewohnt, sagt sie, die meiste Zeit fühle sie sich schwach und träge. Tagsüber schläft sie; sie ist lustlos und langweilt sich. Das Einzige, was sie zum Leben erweckt, ist Amadou, der mich in seiner perfekten Imitation meiner Kleidung überallhin begleitet. Sie kost ihn, und wenn sie seinen Kapriolen zusieht, wird ihr Blick weich.

Eines Tages gehe ich in den *souq* und kaufe ihr ein eigenes Äffchen. Es ist ein geniales Geschenk. Sie nennt es Herkules, obwohl es so ein Winzling ist. Eine Südliche Grünmeerkatze, klein und weich wie ein Baby, die sie überallhin mitschleppt. Es bricht mir das Herz, wenn ich sehe, wie sie es an sich drückt, ihm das Köpfchen streichelt oder sich von seinen kleinen Krallen an den Fingern packen lässt. Dann muss ich schnell woandershin schauen. Doch das Äffchen ist nicht nur zum Bemuttern da: Nach wie vor fürchte ich Zidanas Hass auf ihre Rivalin. Ich schärfe Alys ein, Herkules immer erst etwas von ihrem Essen kosten zu lassen und eine Weile zu warten, um zu sehen, ob sich an seinem Verhalten etwas ändert, bevor sie selbst davon isst. Aber ich fürchte ebenso die Güte ihres Herzens. Ich traue ihr zu, dass eher sie das

Essen vorkostet, um sicher zu sein, dass dem Äffchen kein Leid widerfährt.

Es dauert nicht lange, und Affen sind die neueste Mode im Harem. Jetzt will jede einen. Die Räume sind erfüllt von ihrem Schnattern, Kreischen und dem Gestank ihrer Fäkalien. Ich habe mich bei den Dienern, die ihren Dreck wegmachen, oder den Haremswächtern, die Tag und Nacht ihren Lärm ertragen müssen, nicht gerade beliebt gemacht. Jetzt, da die Frauen nicht mehr untereinander streiten und zetern, haben die Affen das Regiment übernommen. Jeden Tag kommt es zu einem Kampf, und wer sich einmischt, muss damit rechnen, gebissen zu werden. Am Ende lässt Zidana alle einsammeln und töten. Eigenhändig entfernt sie die Gehirne und inneren Organe, die sie für ihre Magie gebrauchen kann. Alys ist untröstlich.

Nach diesem Tag sperre ich Amadou in meinem Hof ein.

Die Monate vergehen. Ismail besucht in Abdelaziz' Begleitung seine Truppen im Rif-Gebirge und entlang der Nordküste bis zur englischen Niederlassung in Tanger, um sich ein Bild davon zu verschaffen, was gebraucht wird und welche Steuern er den Juden und Korsaren dafür abpressen muss. Alys ist seltsam unberührt von seiner Abwesenheit. Eines Tages ergreift sie meinen Arm, ohne auf die erstaunten Blicke der Frauen am Hof zu achten. Meine Nerven reagieren sofort auf ihre Berührung, selbst durch die dünne Baumwolle des Ärmels.

Als sie mir ihr herzförmiges Gesicht zuwendet, wird mein Kopf plötzlich unendlich schwer. Ich muss mich sehr zusammenreißen, um der Verlockung zu widerstehen, mich hinabzubeugen und sie zu küssen. »Er wird doch wiederkommen? Ismail, meine ich. So gefährlich ist es im Norden nicht, oder?«

Die Enttäuschung trifft mich wie ein Schlag in die Magengrube. Hölzern erkläre ich, dass dem Sultan weder Messer noch Kugeln etwas anhaben können. Wer würde es wagen, die Hand gegen Sonne und Mond von Marokko zu erheben? Allein für den Vorsatz würde Gott den Betreffenden selbst mit dem Tod bestrafen. Das sage ich nur halb im Scherz; ein Teil von mir glaubt es. Den Rest der Woche halte ich mich vom Harem fern, erledige mechanisch meine Aufgaben und liefere ben Hadou und den anderen Beamten, die während der Abwesenheit des Sultans die Verantwortung übernommen haben, meine Berichte ab. *Al-Attar* ist ein strenger Vorgesetzter: Er führt den Palast so penibel wie ein französisches Uhrwerk. Ohne die Anwesenheit des Sultans und des Großwesirs geht es bei Hof ruhiger zu, selbst die Zankereien und Rivalitäten im Harem lassen nach.

Doch lange kann ich mich nicht verstecken: Als Black John sich nicht wohlfühlt, lässt Zidana mich rufen, um ihre Entourage zu unterhalten. Ich spiele die Oud und singe dazu, doch Rumis unsterbliche Worte sind nur für ein einziges Ohrenpaar bestimmt:

Mein Herz ist gleich einer Laute
Jede Note seufzt vor Sehnsucht
Meine Geliebte sieht mich an
In Schweigen gehüllt.

Wenn du dein Antlitz zeigst
Tanzen sogar die Steine vor Freude
Wenn du den Schleier hebst
Verliert selbst der Weise den Verstand.

Die Spiegelung deiner Züge
Färbt das Wasser mit einem Hauch von Gold
Und dämpft das Feuer der Flammen
Zu sanfter Glut.

Wenn ich dein Antlitz sehe
Verlieren Mond und Sterne ihre Kraft
Der Mond ist zu alt und zu matt
Um sich mit einem solchen Spiegel zu messen.

Alys betrachtet mich aufmerksam. Auch ohne ihren Blick zu erwidern, kann ich ihn auf mir spüren. Ob sie an mich denkt? Meine Gedanken sind so oft bei ihr, dass es sich anfühlt, als wäre es Realität. Ja, beinahe kann ich mir vorstellen, dass ich bei ihr liege, ganz nah. Doch dann scheut mein Verstand zurück vor der Farce, die folgen würde, und ich schelte mich für meine Dummheit.

An diesem Abend nehme ich meinen geliebten, in Leder gebundenen Gedichtband von Rumi mit ins Bett und suche Trost in den Worten des lange verstorbenen Dichters.

Ich bin die schwarze Nacht, die den Mond hasst
Ich bin der elende Bettler, zornig auf den König
Ich habe keinen Frieden, aber ich werde nicht klagen
Ich bin zornig über die Klagen!

Ich laufe vor dem Magneten davon
Ich bin der Strohhalm, der dem Zauber des Bernsteins widersteht
Wir sind nur winzige Teilchen, ohnmächtig in dieser Welt
Ich bin zornig auf Gott!

Du weißt nicht, wie es sich anfühlt zu ertrinken
Du schwimmst nicht in einem Meer von Liebe
Du bist nur ein Schatten der Sonne und
Ich bin zornig auf die Schatten!

Ja, ich bin zornig – auf den Teufel, der mir meine Männlichkeit geraubt hat, auf einen Sultan, der Eunuchen für seinen Palast braucht, aus Angst, dass die Frauen in seinem Harem ihn nach Lust und Laune betrügen würden, zornig auf die Frauen im Harem, die in mir nicht mehr als einen geschlechtslosen Diener sehen, und auf Alys, weil sie eine Sehnsucht in mir entflammt hat, die sich niemals erfüllen kann. Doch am meisten bin ich zornig auf mich selbst. Nacht für Nacht liege ich im Dunkeln und frage mich, wer ich bin, was aus mir geworden ist, wer ich sein könnte. Muss ich mich wirklich über den Verlust meiner Manneskraft definieren? Bin ich so unbedeutend, dass die Entfernung der Hoden einen solchen Einfluss auf meine Identität hat, mich auf ein Sein beschränkt, das weniger ist als ein Mann? Was *ist* denn ein Mann letzten Endes? Doch wohl mehr als ein Tier, das ein Weibchen befruchtet. Ich denke an die Männer, die ich gekannt habe – an meinen Vater zum Beispiel, einen ehemals stolzen Mann, der durch Kriegsverletzungen und Krankheit gelähmt war, die letzten Jahre seines Lebens auf einer Strohmatte verbrachte und jedem, der in Hörweite war, mürrisch Befehle erteilte, ein König, dessen Reich auf eine stinkende Hütte begrenzt worden war. Oder an meinen Onkel, der eines Tages einfach verschwand, nachdem er ein Dutzend Kinder gezeugt und dann festgestellt hatte, dass er seine immer größer werdende Familie nicht ernähren konnte oder wollte. Nur seine Speere und seine Kalebasse nahm er mit. An den Doktor: ein gut bestückter Mann, der jedoch nicht das geringste Interesse an Frauen zeigte, soweit ich weiß, und an Jungs zu meiner Erleichterung auch nicht. Ihn trieb nur die Begierde, die Welt verstehen zu wollen, ein innerer Hunger, ein Verlangen, das sich niemals stillen ließ, und das Einzige, was ihn jemals glücklich machte. Dann denke ich an die Torwächter – immer noch ganze Männer, deren Umgang mit Frauen nichts Romantisches hat, sondern eher dazu dient, einen Trieb zu befriedigen und noch mehr Kinder zu zeugen, um das Personal des Palastes wieder aufzufüllen.

Der Sultan? Er ist weit mehr als ein Mann, fast ein Gott. Sich mit einem solchen Beispiel zu beschäftigen bringt nichts.

Und was die anderen Eunuchen im Palast betrifft, nun ja, da haben wir es mit einem merkwürdigen Spektrum der Menschheit zu tun …

Es gibt diejenigen, die ihren neuen Zustand so sehr verinnerlicht haben, dass sie praktisch zu Frauen geworden sind. Sie haben Hängebrüste und faltige Bäuche, ihre Haut ist weich wie ein Kissen, und jeden Morgen reiben sie sich das Gesicht mit pulversierten Schmetterlingsflügeln ein, um die hässlichen Bartstoppeln zu verbergen. Die meisten scheinen mit ihrem Los zufrieden zu sein. Es genügt ihnen, den ganzen Tag mit ihren Schützlingen herumzusitzen, den neuesten Tratsch auszutauschen, von morgens bis abends zu essen und darauf zu warten, dass irgendetwas geschieht, worüber sie reden können. Dann gibt es welche wie Qarim und Mohammadou, die zärtlich wie Mann und Frau miteinander umgehen, soweit das möglich ist, als hätte der Eingriff nicht nur ihre Körper, sondern ihr ganzes Wesen verändert. Wenn ich sehe, wie sie die Köpfe zusammenstecken oder sich heimlich zulächeln, beneide ich sie beinahe: Sie haben hier einen gewissen Frieden gefunden, den die übrige Welt nur schwer tolerieren würde. Ist es verwerflich, dass ich mich noch leerer fühle, wenn ich sie so glücklich miteinander sehe?

Ich bin anders als alle diese Männer. Ich werde niemals Vater werden oder ein Mann, der seine Familie verlässt; ich werde, wenn ich es irgendwie verhindern kann, nie ein Mann mit weicher Haut, Brüsten oder Bauchfalten sein, weder einer, der Gefallen an anderen Männern findet, noch ein Monstrum oder ein Sultan. Es taugt nichts, sich auf eine dieser Rollen einzustellen, und so muss ich aus mir machen, was ich kann.

Ja, ich bin ein Sklave, ein kastrierter obendrein, aber meinen Stolz und meinen Geist habe ich noch nicht verloren.

Ich bin Nus-Nus. Ich bin ich. Ich muss, wie Zidana es mir aufgetragen hat, die Stärke in meiner Seele, den Krieger in meinem Inneren finden. Und vielleicht ist das genug.

Trotzdem scheint sich etwas verändert zu haben. Ein paar Tage später sagt Zidana zu mir: »Also wirklich, Nus-Nus, ich muss sagen, du siehst in letzter Zeit sehr gut aus. Wie ein kleiner König. Hat es vielleicht etwas mit deiner Haltung zu tun?« Sie umrundet mich und lacht mit voller, tiefer Stimme. »Ein bisschen aufrechter im Rücken, wenn meine Augen mich nicht täuschen, ein bisschen freier in der Bewegung. Hast du mit deinen Ketten gerasselt, mein Junge, und deine Freiheit womöglich zu sehr ausgekostet, während dein Herr nicht da ist?«

Ich sehe sie missbilligend an, und sie grinst nur noch breiter. »Du kannst es mir ruhig erzählen, weißt du, ich werde dein Vertrauen nicht enttäuschen. Gibt es vielleicht eine Frau?« Sie beugt sich näher zu mir herüber. »Oder einen Jungen?«

Ich spüre, wie sich hinter meinen Augen etwas schließt. Ich kann es mir nicht leisten, so durchschaubar zu sein. Sie zuckt die Achseln, ärgerlich über meine mangelnde Reaktion. »Ich werde dich im Blick behalten, Nus-Nus«, droht sie.

Es sieht so aus, als wäre ich ein Buch voller klarer Kalligrafien, leicht zu lesen für Leute, die sich mit menschlichen Schwächen auskennen. Das geht nicht: Ich muss aufpassen, meine Gefühle zu verbergen, speziell vor Zidana. Denn sie hat natürlich recht: der Quell der neu entdeckten Kraft, die es mir ermöglicht, aufrechter zu gehen und den Kopf höher zu tragen, speist sich nicht aus Groll oder Rachegefühlen, sondern aus Liebe.

Ja, es ist Liebe, dieses Gefühl. Ich kann es ruhig zugeben.

TEIL DREI

SECHZEHN

Safar 1088 AH

Ismail kehrt zu Beginn des Frühjahrs zurück, und nicht in bester Laune: Im Norden ist die Pest ausgebrochen, nachdem Schiffe aus Algier und Tetuan sie eingeschleppt hatten. Der Sultan ist ihr nur knapp entkommen.

Die Pest. Das Wort verbreitet sich wie ein Lauffeuer am Hof, alle tuscheln darüber. Sie haben Gerüchte von der europäischen Krankheit gehört, die gelegentlich auch als Schwarzer Tod bezeichnet wird. Sie geht einher mit Schüttelfrost, Kopfschmerzen, unerträglichem Durst, Brechreiz und stechenden Schmerzen, gefolgt von geschwollenen Lymphknoten im Lendenbereich und unter den Armen. Eine Dürre hat das Land im Griff, schon jetzt hat jeder Durst, schwitzt oder leidet unter Kopfschmerzen. Zählt man die übliche Palette von Magenproblemen dazu, kann man sich leicht vorstellen, welche Panik uns erfasst hat. Die Frauen im Harem – die nie genug zu tun haben – untersuchen unablässig gegenseitig ihre Körper nach Zeichen der schwarzen Rosen, die angeblich auf der Haut der Erkrankten erscheinen und den Tod ankündigen. Ein blauer Fleck oder ein Moskitostich kann Hysterie auslösen.

Selbst Ismail ist nicht immun gegen die Paranoia. Aber was sage ich da? Er ist der Schlimmste von allen, trotz der Tatsache, dass der Name eines jeden, der sterben muss, bereits im Buch des Schicksals verzeichnet ist und weder Medizin noch andere Vorkehrungen sein unausweichliches Los verhindern können. Doch jeden Tag schickt man mich zu Doktor Salgado, der seiner eigenen Gesundheit zuliebe seit seinem Zusammenstoß mit unserem Herrscher im letzten Jahr, bei dem er fast das Leben verloren hätte, auf alkoholische Getränke verzichtet. Er soll den Sultan untersuchen, seine Temperatur messen, seine Zunge ansehen, Farbe und Geruch seines Urins und die Konsistenz seines Stuhls kontrollieren. Obwohl der Arzt ihn jedes Mal für gesund erklärt, ruft Ismail anschließend seine Astrologen und Numerologen herbei, damit sie die Vorzeichen deuten und sein Schicksal voraussagen – wirklich bemerkenswert, es fällt unweigerlich günstig aus. Man streut in alle Himmelsrichtungen rund um den Palast Salz aus, um die *djenoun* daran zu hindern, einzudringen und die Pest mitzubringen, Unheilstifter, die sie nun mal sind. Alle Höfe werden mit Hyazinthen bepflanzt, denn ihr Duft ist dafür bekannt, dass er die Luft reinigt. Ismail befiehlt den *talebs*, Verse aus dem Koran auf Papierschnipsel zu schreiben, die er dann verschluckt. Er hat Zidana angewiesen, Kräutertees und andere Mittelchen für ihn zuzubereiten. Sie schickt mich fast täglich zum *souq*, um das eine oder andere zu besorgen, und je näher die Pest im Lauf der nächsten Wochen kommt, umso bizarrer wird die Liste der Zutaten – Chamäleons, Stacheln des Stachelschweins, Krähenfüße, Kristalle und Steine aus dem Himalaja, Lapislazuli aus den Grabkammern der Pharaonen, Hyänenfelle und Spinnennetze. Doch als sie mir aufträgt, die Leiche eines frischbestatteten Kindes zu bringen, weigere ich mich.

Sie lacht mich aus. »Wenn du es nicht machst, muss ich eben eine andere Möglichkeit finden.«

Angesichts dieses Erpressungsversuchs senke ich den Kopf, sage jedoch nichts, und sie bedrängt mich nicht weiter. So verlasse ich den Raum in dem Gefühl, ihrem bösen Einfluss entronnen zu sein. Doch am nächsten Tag herrscht großes Wehklagen im Harem: Das Kind einer schwarzen Sklavin ist verschwunden. Mein Blick sucht den von Zidana. Sie hat das ausdruckslos dreiste Gesicht aufgesetzt, das ich nur zu gut kenne, und ich weiß genau, was es bedeutet. In dieser Nacht kann ich nicht schlafen.

Die Pest zieht über Tanger hinweg und nimmt viele der verhassten Engländer mit, die momentan im Besitz dieses strategischen Hafens und Schlüssels zu den Handelsrouten im Mittelmeer sind. Es war ein Geschenk für ihren König, Teil der Mitgift seiner portugiesischen Braut. Die Pest erreicht Asilah und Larache und streckt ihre Fühler noch weiter an der Küste aus, bis nach Salé und Rabat. Händler schleppen sie ins Inland ein. Jede Woche kriecht sie näher, und wir hören entsetzliche Geschichten über ganze Familien, die ihr zum Opfer fallen, von Bauern, deren gesamter Viehbestand verhungert, verirrten Schafen, die unbeaufsichtigt durch die Hügel wandern, Handelskarawanen, die ohne Führer die Handelsrouten entlangziehen. Dann ist sie in Kehmisset und Sidi Kacem, nur ein paar Dutzend Meilen entfernt.

Wir warten in der stickigen Hitze, in der man kaum Luft bekommt, und beten, dass sie durch eine Laune des Schicksals uns verschont und stattdessen über Marrakesch hereinbricht. Inmitten all dieser Hysterie lasse auch ich mich von der Angst anstecken. Ich kenne die Krankheit nicht aus erster Hand, aber mein Doktor Lewis hat mir davon erzählt, und mit ihm zusammen sah ich die Nachwirkungen, den Ausstoß von abergläubischen Schreckensvorstellungen, der Venedig noch etwa dreißig Jahre nach dem letzten Ausbruch im Griff hatte. Doktor Lewis war fasziniert von der Pest und dem unerschütterlichen Glauben der venezianischen Bevölkerung, dass sie allein kraft ihres Gebets von den verheerendsten Schäden verschont geblieben war. »Diese Menschen sind nicht zivilisierter als dein Volk«, sagte er mir mehr als einmal, wenn wir durch die Stadt gingen. »Sie drücken ihren Glauben in großartigen Gesten aus – doch statt Tiere und Feinde zu opfern, um sich die Gunst ihrer Götzen zu sichern, investieren sie enorme Geldsummen in hohe Türme und religiöse Gemälde, in dem Glauben, sich damit Schutz kaufen zu können.«

In einer kleinen Seitenstraße betrat der Doktor den Laden eines Apothekers und kaufte zwei dieser seltsamen vogelschnabeligen Masken, die venezianische Ärzte getragen hatten, um sich geschützt in der Stadt bewegen zu können. Eine davon setzte er einmal auf, als ich es nicht merkte, und erschreckte mich damit so sehr, dass ich mitten auf der Straße stürzte. Nachdem ich mich wieder aufgerappelt hatte, zeigte er mir, wie sie den Schnabel mit Kräutern ausgestopft hatten, um die Atemluft zu reinigen. Dann schnalzte er mit der Zunge. »Trotzdem bin ich überzeugt, dass die Pest nicht durch die Luft übertragen wird. Hoffen wir auf einen neuen Ausbruch, damit ich meine Theorien überprüfen kann.« Ich zitterte und hoffte stattdessen inständig, dass uns dies erspart bliebe. So bestechend die Stadt auf den ersten Blick zu sein schien, so war sie doch voller enger, dunkler Gassen und übel riechender Gewässer, in denen alle möglichen Krankheiten lauern konnten. Hier festgesetzt zu sein war mein persönlicher Alptraum.

Wir begaben uns nach San Giobbe im Nordwesten der Stadt, unweit des jüdischen Ghettos, wo wir etwas zu erledigen hatten, besichtigten dann die Kirche Santissimo Redentore und schließlich die Scuola San Rocco, wo der Doktor seine Neugier in puncto Pestkirchen befriedigte. Die meisten Gemälde, die wir dort sahen, hatten mit der Realität nicht viel zu tun; sie stellten große, weiße Engel, strahlende Madonnen und dicke Säuglinge dar, doch dann stießen wir in einem Atelier nicht weit von der Scuola entfernt auf den jungen Künstler Antonio Zanchi, der gerade ein monumentales

Werk beendete. Es zeigte detailgetreu die kaum bekleideten Leichen von Pestopfern, die aus Fenstern und von Brücken herabgereicht und von kräftigen Männern entgegengenommen wurden, um in schwarze Gondeln gestapelt zu werden. Andere wurden einfach in die Kanäle geworfen. Alle Leichen waren von denselben schrecklichen Beulen und Geschwüren gezeichnet. Wie gebannt beobachtete ich den Mann bei seiner Arbeit. Farbe auf eine Leinwand aufzutragen, Formen und Perspektive auf einer flachen Oberfläche zu schaffen kam mir wie Zauberei vor und beunruhigte mich auf eine Art, die ich nicht erklären konnte. Fast hatte ich das Gefühl, als brächte er die Pest zurück in die Welt, wenn er ihre Symptome so drastisch darstellte.

Während der Arbeit erzählte uns Antonio Zanchi von San Rocco, dem Schutzheiligen der Italiener gegen die Pest. Wir hatten schon überall in der Stadt Bilder von ihm gesehen, auf denen er sich in einem Hospital um die Pestopfer kümmerte, wo er sich natürlich selbst ansteckte, oder sein Gewand anhob, um eine Pestbeule auf seinem Schenkel zu zeigen. Zanchi zufolge hatte sich der Heilige in einen Wald verkrochen und auf den Tod gewartet, begleitet nur von seinem kleinen Hund, der ihm täglich einen heimlich stibitzten Brotlaib aus den Bäckereien der Stadt brachte. Zum Lohn für seine aufopfernde Sorge um die Kranken war ihm ein Engel erschienen, der ihn gesund pflegte, und so wurde er wie durch ein Wunder gerettet.

Ich registrierte die Skepsis meines Masters, doch er wartete, bis wir draußen waren, bevor er erklärte: »Noch mehr Aberglaube. Man kann die Pest durchaus überleben. Wenn man es bis zum fünften Tag schafft, haben die Abwehrstoffe des Körpers den Kampf gewonnen. Das hat weder etwas mit Gebeten noch mit Tugend zu tun. Ich habe mehr Sünder als Heilige gesehen, die sich ins Leben zurückgekämpft haben!

Aber nicht umsonst spricht man vom ›großen Sterben‹ – angeblich wurde hier im Jahr 1630 jeder Dritte hinweggerafft.«

Jeder Dritte. Jetzt fällt mir diese grauenhafte Bemerkung wieder ein.

Alys. Zidana. Ismail.

Alys. Zidana. Ich.

Alys. Ismail. Ich.

Nacht für Nacht quälen mich die Ängste.

Brieftauben aus Fès bringen täglich schreckliche Meldungen. Menschen sterben im *souq*, auf den Straßen oder fallen auf dem Weg zum Markt tot von ihrem Maultier. In der Gerberei, wo die giftigen Gerüche nach Guano und Urin, mit denen die Tierhäute behandelt werden, eigentlich die Pest in Schach halten müssten, stürzt ein Mann unbemerkt von seinen Kollegen in eine der Gruben. Als seine Leiche an die Oberfläche steigt, ist sie so leuchtend gelb gefärbt, dass man sie zunächst für einen Dämon aus dem tiefsten Abgrund der Hölle hält. Die Pest schert sich weder um Status noch um Frömmigkeit: *sherifs*, Adlige und *marabouts* sind ebenso unter den gemeldeten Toten wie Imame und Muezzins. Ismail reagiert auf die Nachricht mit dem Befehl, eine Volkszählung durchzuführen, und erteilt den Kaids in Fès die Anweisung, die Stadt in einzelne Sektoren zu unterteilen und die Zahl der Toten in repräsentativen Straßen zu zählen, um einen Durchschnitt zu ermitteln. Mit dieser Methode wird schnell festgestellt, dass mehr als sechstausend Einwohner bereits umgekommen sind; die Zahl verdoppelt sich von Woche zu Woche.

Ben Hadou bittet um eine Audienz beim Sultan. »Herr«, sagt er ernst, »diese Pest ist tödlich und unkontrollierbar. Wir sollten Meknès verlassen und uns in die Berge zurückziehen.«

Selbstverständlich widerspricht Abdelaziz, der zur Rechten des Sultans sitzt. »Meknès ist vollkommen sicher, mein Herrscher. Niemand hier ist infiziert, und wir können dafür sorgen, dass die Pest unsere Grenzen nicht überschreitet.« Er nimmt Ismail am Arm – der Einzige, der es wagen darf, den Sultan ohne dessen ausdrückliche Genehmigung zu berühren – und führt ihn hinaus.

Ben Hadou sieht ihnen nach, wendet sich um und sucht meinen Blick. »Du lebst also noch, Nus-Nus?«, fragt er leise. »Ich dachte, es könnte dich interessieren, dass Abdelaziz' Neffe nicht mehr hier ist. Ich habe ihn nach Fès beordert.« Sein Auge zuckt: Ist es ein Zwinkern oder ein Tick? Schwer zu sagen bei *al-Attar*.

Ismail lässt die Tore zum Palast schließen und erlässt den Befehl, Meknès vollkommen abzuriegeln. Alle Reisenden aus infizierten Städten sollen unverzüglich hingerichtet werden. Sein Entschluss steht fest: Seine neue Hauptstadt wird er nicht verlassen, obgleich ihn die Vorzeichen unablässig nervös machen und er uns Tag und Nacht seinen Körper auf verdächtige Anzeichen der Krankheit untersuchen lässt. Er verbringt sogar zwei aufeinanderfolgende Nächte allein, ein Novum in den fünf Jahren, die ich ihm gedient habe. Als er sich in der dritten Nacht für eine junge Frau entscheidet, vollzieht er den Akt oberflächlich, als wäre er mit seinen Gedanken woanders.

Ein paar Tage später kommt es zum ersten Todesfall in Meknès. Ist es Zufall, dass es ausgerechnet die Frau des Brieftaubenzüchters trifft? Ismail lässt alle Tauben schlachten, weil er glaubt, sie seien durch infizierte Luft geflogen. Wir warten. Vielleicht war es eine andere Krankheit, die sie getötet hat, eine, deren Symptome ähnlich waren. Wir spekulieren noch, als plötzlich drei weitere Menschen sterben, die mit der toten Frau nichts zu tun hatten.

Als Ismail die Nachricht hört, wird er bleich. Er lässt sich von mir alles berichten, was ich von meinem früheren Herrn gelernt und auf meinen Reisen gesehen habe. Er befiehlt, Vogelmasken für den Hof anzufertigen, und besteht darauf, dass wir alle sie in seiner Gegenwart tragen. Masken über Masken. Zidana ist die Einzige, die sein Essen zubereiten darf. Sie kauert mit gesenktem Kopf vor ihrem Kochtopf, und er sitzt ihr gegenüber und lässt die Gebetsperlen durch seine Hände gleiten. Ein anheimelndes Bild, hätte Zidana nicht einen großen weißen Schnabel vor dem Gesicht, während der Herrscher mit Argusaugen jede ihrer Bewegungen beobachtet. Er isst abseits des Hofes, was bedeutet, dass Amadou und ich dasselbe Privileg genießen. Zwar ist es eintönige Kost – tagein, tagaus Kichererbsen-Couscous –, aber wir werden nicht krank.

Gerade als es so aussieht, als würde Meknès von der Epidemie verschont, fordert die Pest ihr erstes Opfer im Harem: Fatima. Zuerst kommen die Kopfschmerzen, dann Gliederschmerzen, und noch denkt sich niemand etwas dabei, denn Fatima jammert immer über dies oder das, nur um Aufmerksamkeit zu schinden. Doch als die Schweißausbrüche folgen und schließlich die Eiterbeulen, kann man ihr Geschrei von einem Ende des Palastes bis zum anderen hören. Ismail ist verzweifelt: Sie hat ihm zwei Söhne geschenkt, einer ist schon tot. Er lässt Doktor Salgado kommen, um nach ihr zu sehen.

Was soll der arme Mann machen? Die Pest hat sich schon tief in ihre Eingeweide gefressen, als er eintrifft. Er legt ihr kalte Umschläge auf die Stirn, lässt sie zur Ader, hüllt sie in kühle Tücher. Als all dies ohne Erfolg bleibt, berät er sich mit Zidana, die eine Zugpaste zubereitet, um die üblen Säfte aus den Beulen zu ziehen. Der Eiter, der herausspritzt, stinkt dermaßen, dass sogar der Arzt sich erbrechen muss. Eine Stunde später ist sie tot, und wie durch eine unerklärliche Koinzidenz auch ihr Sohn. So haben sich alle Thronfolgerpläne des *hajib* im gleichen Augenblick zerschlagen.

Als die Nachricht den Sultan erreicht, stürmt er in den

Harem, trifft auf Salgado, der gerade eilig den Palast verlassen will, und stößt ihm in einem Anfall von Wahnsinn oder Kummer, weil er sie nicht hat retten können, das Schwert in die Brust.

So sitzen wir also hier im herrlichsten Palast der Welt in der Falle, umgeben von Tod und Verderben und ohne jemanden, der uns in der Gefahr zur Seite stehen kann.

Man schickt mich in die Medina, um mit welchen Mitteln auch immer einen anderen europäischen Arzt aufzutun. Ich verlasse den Palast mit meiner kräutergefüllten Vogelmaske und gehe in die Stadt. Sie wirkt seltsam verändert. Der zentrale Platz liegt menschenleer da. Ein paar dürre Katzen schleichen durch die Schatten und miauen klagend, als ich an ihnen vorbeigehe; wilde Hunde liegen erschöpft ineinander verknäult in den Straßen, niemand scheucht sie davon. Ich sehe ein Maultier, das allein durch das verlassene Gewürzviertel irrt: Alle Stände und *funduqs* sind geschlossen. In den Gassen der Medina gibt es nur ausdruckslose Mauern und verriegelte Türen. Das gesamte Familienleben in marokkanischen Häusern spielt sich hinter diesen geschlossenen Fassaden ab, aber trotzdem herrscht eine unheimliche Stille. Als hätten alle Tauben die Stadt verlassen. Als ich mich der *mellah* nähere, ertönt plötzlich ein durchdringender Schrei, und mein Herz fängt an zu rasen. Dann biegt eine splitternackte Frau um die Ecke. Eine unbekleidete Frau in der Öffentlichkeit zu sehen ist dermaßen unerhört, dass ich wie angewurzelt stehen bleibe. Sie rennt genau auf mich zu, das schwarze Haar flattert um ihren Kopf, der Mund ist zu einem Schrei geöffnet. Blut rinnt von ihren Wangen, die sie mit ihren eigenen Nägeln zerkratzt hat. Die Zeichen der Pest sind nicht zu übersehen: dunkle Rosen auf Schenkeln und Brüsten. Zu Tode erschrocken presse ich mich gegen eine Wand, und sie rennt blind an mir vorbei.

Maleeo. Uralte Mutter, beschütze mich.

Rasch gehe ich weiter zur *mellah*. Am Haus von Daniel al-Ribati klopfe ich laut an die Tür. Das Geräusch hallt durch die enge Straße und zerreißt die Stille. Ich höre meinen eigenen Atem, der unter der Maske wie ein Röcheln klingt. Eine lange Zeit stehe ich da, warte und höre nichts von drinnen. Dann öffnet sich der Laden eines schmalen Fensters über mir, und ich erkenne undeutlich eine Gestalt. Ich kann nicht sagen, ob es Daniel selbst ist oder ein Mitglied seines Haushalts, bis eine Stimme fragt: »Wer ist da?«

Ich nehme die Vogelmaske ab, um ihm mein Gesicht zu zeigen, und einen Augenblick später landet ein schwerer Schlüsselbund klappernd zu meinen Füßen. Ich schließe auf und trete in das kühle, dunkle Haus.

»Du siehst aus wie ein Dämon aus einem Gemälde von Hieronymus Bosch.« Daniel erscheint auf halber Treppe. Er wirkt gleichermaßen belustigt und beunruhigt.

Da ich mir ein wenig lächerlich vorkomme, nehme ich die Maske ab. Der Kaufmann kommt die Treppe herab und umarmt mich herzlich. Es ist ein merkwürdiges Gefühl, so von einem anderen Menschen umarmt zu werden. Ich kann mich nicht erinnern, wann es mir das letzte Mal passiert ist. Einen Moment stehe ich einfach nur da, unfähig zu reagieren, weil ich nicht weiß, was ich machen soll, dann erwidere ich die Umarmung.

»Ich freue mich sehr, dich zu sehen, mein Junge. Es sind schreckliche Zeiten.«

Ich erkundige mich nach seinem Haushalt. Er erzählt, dass er die Diener nach Hause geschickt hat, damit sie sich um ihre Familien kümmern können. Seine Frau ist oben und schläft, nachdem sie die ganze Nacht bei ihrer Cousine verbracht hat, um ihr bei der Geburt ihres Kindes zu helfen. »Manche Leute würden sagen, dass es ein schlechtes Omen ist, in eine

Zeit geboren zu werden, in der die Pest wütet, doch ich finde, dass Gott uns damit ein Zeichen gibt: Nichts ist stärker als die Liebe, nicht einmal der Tod.«

Darauf kann ich nur nicken. Wir trinken Tee, den der Kaufmann mit der bedächtigen Sorgfalt desjenigen zubereitet, der sich mit ganzer Kraft auf eine ungewohnte Aufgabe konzentrieren muss. Ich erkläre ihm meine Mission. Daniels Blick ist verschleiert, schwer zu deuten, als er hört, dass Ismail einen europäischen Arzt braucht, einen, der sich mit Behandlungsmethoden aus Rom, Paris oder London auskennt.

»Der Sultan kann sich alles Mögliche wünschen.«

»Und ich muss es für ihn finden. Oder aber die Konsequenzen tragen.«

Der Kaufmann verzieht nachdenklich den Mund. Nach einer Weile fragt er: »Warum machst du das, Nus-Nus?«

»Mache ich was?«

»Arbeitest weiter für Moulay Ismail. Der Mann ist, gelinde gesagt, nicht ganz dicht.« Mir sträuben sich die Nackenhaare; als könnten sich Spione in der Wand hinter mir verstecken. Als er sieht, dass ich nicht antworten kann, lächelt er traurig. »Es ist Verrat, die Wahrheit auszusprechen, nicht wahr?« Er beugt sich vor und berührt kurz mein Knie. Habe ich sein Interesse an mir all die Jahre falsch gedeutet? Überall in der Stadt gibt es Männer mit Frauen und Kindern, die nach außen großen Respekt genießen, doch in der Medina einen jungen Geliebten haben. »Hör mir zu, Nus-Nus. Ich habe schon früher Städte gesehen, in denen die Pest wütete: Ich komme aus der Levante. Alle Menschen fürchten sie, und mit Recht. Aber die Pest ist wie Krieg – sie schafft viele Gelegenheiten. Wo es die Pest gibt, dort gibt es auch größere Bewegungsfreiheit, Instabilität, sogar Chaos. Ein Mensch kann verschwinden, ohne Angst haben zu müssen, dass man ihn verfolgt.« Seine blauen Augen betrachten mich durchdringend. »Flüchte, solange du kannst. Verlass Meknès, verlass den verrückten Sultan. Möglich, dass du ein Eunuch bist, aber ein Sklave bist du nicht. Du bist ein intelligenter, kultivierter und gebildeter Mann, der leicht woanders Arbeit findet. Ich könnte dir helfen – ich habe Kontakte in Algier, Venedig, London, Kairo, Safed oder Hebron, Kaufmänner wie ich, Händler und Geschäftsleute, die einen Mann mit deinen Talenten zu schätzen wissen. Du könntest in jede dieser Städte gehen und ein neues Leben beginnen. Ismail hat viel zu viele andere Sorgen, als sich um die Verfolgung eines geflohenen Sklaven zu kümmern. Mach dich aus dem Staub, solange du kannst, oder du wirst es auf ewig bedauern.«

Ich starre ihn an wie ein Idiot. Er hat recht, klar. Und ich habe genug von der Welt gesehen, von der er spricht, die unstete Welt des Handels, in der man nur selten nach seiner ursprünglichen Herkunft gefragt wird. Ich habe oft davon geträumt, Ismails Joch abzuschütteln, mich von Zidana, Abdelaziz, den grässlichen Intrigen und Rachefeldzügen am Hof zu befreien. Aber mit dem Sklavenring im Ohr und dieser Hautfarbe, ohne Geld, Einfluss oder Freunde wäre ich nicht weit gekommen, ehe irgendwer die Chance ergriffen hätte, mich meinem Master zurückzubringen und sich dessen Gunst zu versichern – das wusste ich. Doch jetzt, jetzt, in diesem Chaos könnte ich es vielleicht schaffen und mir ein Leben als Schreibgehilfe, Übersetzer oder Vermittler aufbauen … Plötzlich fühle ich mich leicht, vergnügt, ja beschwingt angesichts der Möglichkeiten. Und dann erinnert mich mein Herz: Ohne Alys kann ich nirgendwohin.

Er liest mir die Antwort vom Gesicht ab. »Du bist zu loyal.«

»Es ist nicht unbedingt Loyalität, die mich hält.«

»Ist es Angst?«

»Auch das nicht.«

»Dann muss es Liebe sein.«

Ich spüre, wie mir die Hitze ins Gesicht steigt, und kämpfe dagegen an. Doch am Ende gebe ich mich geschlagen. »Ja, es ist Liebe.«

Einen Moment lang wirkt Daniel al-Ribati wehmütig. »Wer immer es ist, der dich hier hält, sollte sich glücklich schätzen, einen so treuen Menschen an seiner Seite zu haben.«

»Sie hat keine Ahnung, ich habe ihr nichts gesagt.«

»Ach, Nus-Nus. Unerwiderte Liebe ist eine erbärmliche Sache. Erkläre ihr deine Liebe zumindest und hör dir an, was sie antwortet. Vielleicht möchte sie mit dir fliehen. Und wenn nicht, hast du wenigstens deine Antwort und kannst allein gehen.«

»Ich wünschte, es wäre so einfach«, sage ich inbrünstig.

»Liebe ist immer einfach. Es ist die einfachste Sache der Welt. Sie fegt alles andere weg und schafft einen geraden, klaren Weg.«

Ich werfe ihm ein schiefes Lächeln zu. »Das weiß ich nur zu gut. Sie hat einen geraden, klaren Weg durch mein Herz geschlagen.«

»Ich hoffe, dass die Frau es wert ist, Nus-Nus. Du bist ein guter Mann.«

»Findet Ihr? Manchmal bin ich so voller Wut und Angst, dass ich mich für den größten Sünder der Welt halte. Und was mich als Mann betrifft …«

»Es braucht mehr als zwei weggeschnittene Stücke Fleisch, um das zu ändern.« Er presst die Hände gegen die Schenkel und stemmt sich hoch. »Komm, sehen wir mal nach, ob Doktor Friedrich zu Hause ist.«

Wir gehen durch das Labyrinth verlassener Straßen. Die Bewegungen des Händlers sind entschlossen und energisch. Seine Arme schlenkern, das Gewand bauscht sich, die Ledersohlen klatschen auf den Pflastersteinen. Er behält sie sogar an, als wir an der Großen Moschee vorbeigehen. Das ist verboten und würde ihm eine Prügelstrafe einbringen, falls es Wachen in der Gegend gäbe. Doch die Stadt ist von ihren wahren Einwohnern zurückerobert worden: streunenden Hunden und dem Volk. Alle anderen sind geflohen oder umgekommen. Ich folge Daniel mit der baumelnden Vogelmaske in der Hand. Wenn er zwei Schritte macht, brauche ich nur einen langen und fühle mich freier als je zuvor, wenn auch nur im Geiste.

In den Seitenstraßen hinter dem zentralen Markt biegt Daniel nach rechts ab, dann wieder links und bleibt schließlich vor einer schmutzigen, mit Eisen beschlagenen Tür stehen, deren Farbe abgeblättert ist, sodass nur noch ein schwacher Abglanz des ursprünglichen Blau erhalten blieb. Er hämmert gegen das Holz; wir warten. Doch die Stille zieht sich in die Länge, niemand kommt, und mein gerade erst entdeckter Optimismus schwindet.

Dann hören wir in der widerhallenden Stille Schritte, die auf uns zukommen, und drehen uns beide um. Eine einzelne Gestalt biegt um die Ecke. Es ist ein hochgewachsener Mann mit einem flachen, schwarzen Hut. Keine Kapuze, kein Tarbusch oder Turban, also auch kein Marokkaner.

Der Händler geht ihm einen Schritt entgegen. »Friedrich?«

Die Gestalt bleibt stehen, kommt dann rasch auf uns zu. »Daniel?«

Sie fassen sich am Arm, lachen und unterhalten sich eine Weile auf Deutsch, eine Sprache, die ich nicht verstehe. Schließlich wenden sie sich mir zu. »Und das ist Nus-Nus, Eunuch am Hof des Sultans Moulay Ismail.«

Der Arzt ist etwa genauso groß wie ich, eine seltene Erfahrung. Wie ein Bär ergreift er meine Hand und schüttelt sie lebhaft, bevor er mit dem Kinn auf die Vogelmaske deutet. »Die wird dir nicht viel helfen«, lacht er spöttisch.

Er schließt die eisenbeschlagene Tür auf und lässt uns eintreten. Jenseits der dunklen Gänge erspähe ich einen sonnigen Garten voller üppiger Pflanzen, und mein Herz sehnt sich nach seinem Licht und dem Vogelgesang, doch der Arzt geleitet uns hinauf in sein Arbeitszimmer, einen Raum, der vor Büchern, Schriftrollen, Papieren und weiterem Zubehör aus allen Nähten platzt. Doktor Friedrich lässt sich ermattet auf einen großen Holzstuhl sinken und lädt uns ein, auf zwei großen Kisten in der Mitte des Zimmers Platz zu nehmen.

»Ihr packt?«, fragt Daniel.

»Es ist Zeit weiterzuziehen. Es bringt nichts hierzubleiben. Diejenigen, die noch nicht tot sind oder im Sterben liegen, verlassen in Scharen die Stadt.«

»Wo wollt Ihr denn hin?«

»Wie ich hörte, ist Marrakesch noch nicht von der Seuche bedroht.«

»Aber es kann nur eine Frage von Wochen sein, bis sie auch die Stadt mit den roten Mauern erreicht«, sagt der Händler. »Und was liegt hinter Marrakesch? Nur Bergstämme, und dann die wilden Männer aus der Wüste. Nus-Nus hat einen anderen Vorschlag für Euch.«

Ich erkläre meine Mission. Friedrich wirkt skeptisch, und ich kann es ihm nicht verübeln. »Woher das plötzliche Bedürfnis nach einem neuen Arzt? Hat sich Salgado schließlich zu Tode gesoffen? Oder ist auch er der Pest zum Opfer gefallen?«

Ohne weiter auf die Ursache einzugehen, erkläre ich, dass Salgado nicht mehr unter den Lebenden weilt.

Er zuckt die Achseln. »Es hat mich ohnehin gewundert, dass er so lange überlebt hat, ehrlich gesagt. Er war im Grunde nur ein Scharlatan.«

»Würdet Ihr Euch als besseren Arzt als Doktor Salgado bezeichnen?«, frage ich.

»Das ist keine Kunst. Seine medizinischen Kenntnisse stammten aus einer anderen Zeit. Anderswo auf der Welt werden ungeheure Fortschritte gemacht. Ich versuche, mich auf dem Laufenden zu halten, so gut ich kann. In London gibt es erstaunliche Entdeckungen. Ich hätte nicht übel Lust, mir selbst ein Bild davon zu machen, wozu die Mitglieder der Royal Society im Stande sind. Doch im Augenblick ist eine Schiffspassage aus den von der Pest heimgesuchten marokkanischen Häfen heraus schlichtweg unbezahlbar, und ich fürchte, mir mangelt es an den finanziellen Mitteln für eine Flucht.«

»Der Sultan wird Euch für Eure Mühe reich entlohnen«, dränge ich.

Er verschränkt die Finger, stützt das Kinn darauf und seufzt. »Nun, vermutlich ist es kein großer Unterschied, ob man durch das Schwert oder an der Pest stirbt.«

Er packt nur eine kleine Tasche. Ich selbst werde veranlassen, dass man den Rest seiner Sachen in den Palast schafft. Daniel begleitet uns bis zum Sahat al-Hedim und verabschiedet sich dann mit einer herzlichen Umarmung von uns beiden. »Vergiss nicht, was ich dir gesagt habe, Nus-Nus. Komm bei mir vorbei, wenn du deine Meinung ändern solltest, und ich werde alles in meiner Macht Stehende tun, um dir zu helfen. Aber warte nicht allzu lange. Wenn Sarah beschließt, zu ihrer Schwester nach Tetuan zu ziehen, werde ich sie begleiten.«

»Geht mit Gott, Daniel.«

»Du auch, Nus-Nus.«

Wir sehen ihm noch einen Augenblick nach und gehen dann über den menschenleeren Platz auf den Palast zu. Mein Herz rast, als hätte es sich selbst überholt, als wäre ich bereits auf der Flucht. Plötzlich tun sich unerwartete Möglichkeiten auf, neue Wege, die mein Leben nehmen könnte. Unterwegs sage ich mit gespielter Nonchalance: »Ihr müsst im

Lauf Eures Lebens großes Wissen über den menschlichen Körper gesammelt haben …« Dann stocke ich und versuche, meine Frage zu formulieren.

Er bleibt stehen und sieht mich an. Sein Ausdruck ist unergründlich. »Sprich weiter«, sagt er langsam.

Ich kann seinem Blick nicht standhalten. Plötzlich überwältigt mich die Scham über meinen Zustand, und ich bringe kein Wort mehr heraus. Schweigend gehen wir weiter zum Bab al-Raïs. Jetzt oder nie. Ich nehme meinen ganzen Mut zusammen und frage mit heiserer Stimme, bevor wir in Hörweite der Wachen gelangen: »Kennt Ihr Rezepte gegen alle Krankheiten, Doktor? Sagt mir, kann es sein, dass es Heilung für Eunuchen gibt?«

Er sieht mich aufmerksam an. In seinem Blick liegt eine solch tiefe Wärme, ein solches Verständnis, dass mir unerwartet Tränen in die Augen schießen. »Du verlangst nach einem Wunder, Nus-Nus«, erwidert er sanft.

Ismail ist beglückt über den Arzt, der allen rät, die Vogelmasken abzulegen, und Geschichten aus der ganzen Welt zu erzählen weiß. Da er sich sowohl mit alten als auch mit neuen Philosophen bestens auskennt, haben die beiden einiges, worüber sie diskutieren und streiten können, sodass für Ablenkung von dem unmittelbaren Schrecken der Pest gesorgt ist.

Während der Sultan also mit anderen Dingen beschäftigt ist, fasse ich mir ein Herz, solange der Entschluss noch frisch ist, und suche den Harem auf. Am Tor starrt Qarim mich mit hohlen Augen an. Er sieht aus, als habe er seit Tagen nicht geschlafen, aber ich habe es zu eilig, um stehen zu bleiben und mich nach seinem Wohlbefinden zu erkundigen. Als er mich in ein Gespräch verwickeln will, nicke ich ungeduldig und gebe nur knappe Antworten, bis er mich schließlich resigniert passieren lässt.

Es ist der fünfte Tag, was ich beinahe vergessen hätte. Die Frauen sind mit ihrer Schönheitspflege beschäftigt: Nicht einmal die Pest kann sie davon abhalten, höchstens ist die Atmosphäre ein bisschen hektischer als sonst, das Geplapper lauter, sind die kosmetischen Experimente gewagter und ausgefallener. Erleichtert entdecke ich Alys, die bis auf eine Dienerin allein in ihren eigenen Gemächern ist. Als sie mich in der Tür stehen sieht, leuchten ihre Augen auf, und sie winkt mich herein.

Jetzt ist der Augenblick gekommen, sie zu fragen. Wird sie mit mir zusammen die Flucht wagen? Ich gehe quer durchs Zimmer auf sie zu; die Frage brennt mir auf der Zunge. Das ist mein Augenblick. Wird sich mein Leben zu einer neuen, wundervollen Zukunft hin entwickeln?

Doch Alys kommt mir zuvor. »Ich glaube, ich bin schwanger!«

Mein Herz stockt und stürzt, durchbohrt von einem unerwarteten Schmerz, wie ein Vogel, der über den heiteren blauen Himmel fliegt und unversehens von einem Pfeil getroffen wird.

»Seid Ihr sicher?«

Ihr Lächeln mit gesenktem Blick ist verborgen und selbstbewusst. Ja, sie ist sicher.

»Seit wann?«

Sie spreizt drei Finger vor dem dunklen Blau ihres Gewands. Ich starre darauf, auf die bleiche Haut vor der leuchtenden Farbe. Drei Monate. Seit drei Monaten trägt sie den Samen von Ismails Kind in ihrem Schoß, und ich hatte keine Ahnung. Ein Sukkubus, der Vorbote der neuen Modellarmee des Sultans. Ich empfinde – was? Taubheit, gefolgt von Kälte, die sich in mir ausbreitet, als stürben meine lebenswichtigen Organe Stück für Stück ab.

Ihre Hand legt sich schützend auf den immer noch flachen

Bauch, und als sie zu Boden schaut, sehe ich, wie sich ihr Mund verzieht, bis sie genauso aussieht wie eine der spröden italienischen Madonnen. Einen Augenblick empfinde ich beinahe so etwas wie Hass. Sie ist … glücklich. Und ich?

Mit unsäglicher Mühe reiße ich mich zusammen. »Herzlichen Glückwunsch. Der Herrscher wird hocherfreut sein«, sage ich so förmlich wie möglich. »Hoffentlich wird es ein Junge.«

SIEBZEHN

Der Sultan ist tatsächlich hocherfreut. Er überhäuft Alys mit ausgefallenen Geschenken: eine Uhr, die jede Stunde schlägt, für ihre Gemächer, ein Wasserkrug aus ägyptischem Bergkristall, ein syrischer Messingbrenner, ein Satz Teller aus Nicäa, seidene Gewänder, ein antiker, mit Intarsien aus Silber und Perlmutt verzierter Kamm. Er tätschelt ihren Bauch, küsst ihn sogar und verzichtet auf den Geschlechtsakt. Ein solches Verhalten von ihm habe ich noch bei keiner seiner anderen Frauen beobachtet, und das macht alles noch quälender.

Keines dieser intimen Details gebe ich an Zidana weiter, dennoch bedrängt sie mich unablässig. »Wie kann sie schwanger sein?«

Ich tue so, als verstünde ich nicht, was sich hinter der Frage verbirgt.

»Hätte sie die Mixturen getrunken, die ich ihr geschickt habe, wäre es unmöglich.« Sie sieht mich wütend an.

»Ich bin sicher, dass sie die … Mixturen, die Ihr ihr schickt, niemals verschmäht hat, gütige Herrscherin …«

Sie versucht es mit einem anderen Trick und legt mir die Hand auf den Arm. »Du verbringst eine Menge Zeit mit der kleinen Engländerin, Nus-Nus. Verrate mir etwas: Ist das Kind wirklich von Ismail?«

Ich spüre, wie mir ein Schwall von Hitze ins Gesicht schießt. »Ihr wisst ebenso gut wie ich, dass die Frauen des Sultans zu allen Zeiten unberührt bleiben und glückliche Umstände wie dieser ausschließlich auf die Sonne und den Mond von Marokko zurückgehen.«

Ihre Finger schließen sich fester um meinen Arm. »Bist du ganz sicher, Nus-Nus? Du wirkst in letzter Zeit sehr selbstzufrieden. Hast du vielleicht einen Zauberer gefunden, der deinen Zustand rückgängig gemacht hat?« Sie beugt sich näher zu mir. »Bist du sicher, dass du dich nicht auf ein Liebesspiel mit ihr eingelassen hast, als sie einsam war? Du kannst es mir ruhig sagen: Ich bin diskret. Ich weiß, dass so etwas hin und wieder vorkommt.« Sie zögert. »Weißt du noch, wie es der Ägypterin erging, die ihren Sklavenjungen mit ins Bett nahm, wenn Ismail sie nicht erwählte, und an einer hysterischen Schwellung des Bauches litt? Sie war überzeugt, schwanger zu sein, und am Ende steckte ich einen Spieß in ihren Bauch, und die Luft kam heraus, bis er wieder ganz flach war, kannst du dich erinnern? Nicht lange danach ist sie gestorben, wenn ich mich recht erinnere.« Sie lacht aus vollem Hals.

»Die englische Dame ist eine anständige Frau und stolz darauf, das Kind des Herrschers auszutragen«, sage ich und fühle mich übel.

In Zidanas Augen schimmert jetzt ein Licht, ein Funke der Überzeugung. Sie fängt an, auf und ab zu gehen, ohne meinen Arm loszulassen. »Diese Frau ist eine Hexe. Sie hat einen *djinn* angerufen und ihm einen Platz in ihrem Bauch angeboten. Da sitzt er jetzt und wartet nur auf den richtigen Zeitpunkt. Ich kenne mich mit solchen Dingen aus; ich habe sie studiert. In meinem Dorf hatte eine Frau eine Brut von zehn *djenoun* in ihrer Spalte versteckt. *Djenoun* lieben Blut, besonders Blut aus dem Schoß einer Frau. Das trinken sie und werden groß und stark. Es verzaubert sie und bindet sie an die Spenderin, bis sie nichts anderes mehr wollen. Alle tanzten nach ihrer Pfeife. Sie machten Frauen unfruchtbar und Männer impotent, sie verknoteten die Kleider frisch Vermählter, damit sie miteinander stritten, töteten Esel und vergifteten Flüsse. Es gab nichts, wozu diese Frau nicht fähig gewesen wäre. Auch sie hatte helle Augen, das sage ich dir. Es ist ein Zeichen ihrer Macht.« Sie senkt die Stimme. »Ich weiß, was sie ist, sag ihr das. Ich beobachte sie jeden Augenblick des Tages.« Sie wendet sich ab, senkt den Blick und sieht mich erneut an. »Siehst du?« Sie zeigt zu Boden.

Mein Blick folgt ihrer Geste. Vielleicht sind die Steine nicht gefegt worden, und da, wo ihr Schatten hinfällt, liegt ein wenig Staub, der von der untergehenden Sonne rot gefärbt wird.

»Da, da!« Sie sticht den Finger in die Luft. »Mein Schatten: Sieh nur, wie dünn er ist! Sie hat ihn verhext! Sie ist kein bisschen schwanger, sie stiehlt mir meinen Umfang, um sich selbst zu vergrößern. Sie versucht, meine Schönheit zu zerstören, sie will mich ruinieren. Sie weiß genau, dass Ismail dünne Frauen nicht ausstehen kann.«

Ich sehe sie mit offenem Mund an. Soll ich darauf hinweisen, dass um diese Stunde alle Schatten dünner werden, weil die tief stehende Sonne sie verlängert, oder wäre das unklug? Ich habe sie noch nie so außer sich gesehen. Einen Moment lang, aber nur einen Moment, tut sie mir leid. Ich kann nachempfinden, was sie fühlt; es ist, als hätte jemand unser beider Gefühle vereitelt.

Die Freude des Sultans über Alys ist nur von kurzer Dauer, da ihn andere Sorgen plagen. Die Kaids melden immer größere Zahlen von Toten in der Stadt. Sie haben eine Methode entwickelt, die mithilfe von Strichlisten und Mittelwerten alarmierende Resultate liefert. Nach dem neuesten Bericht erklärt Ismail plötzlich, dass er und ausgewählte Mitglieder seines Haushalts sich vorübergehend in die Berge zurückziehen werden, bis die Pest abklingt.

Zunächst klingt diese Idee reizvoll, nicht mehr als ein Ausflug, ein verlängertes Picknick – doch seine Picknicks können hoch komplizierte Angelegenheiten sein mit einem ganzen Bataillon an Personal, goldenen und silbernen Tellern, Teekesseln, Herden von Maultieren für die auserwählten Gespielinnen aus dem Harem, Scharen von Musikern und unzähligen Körben, in denen Ismails geliebte Katzen mitgeführt werden. Alle sollen an dem Vergnügen teilnehmen. Ismail selbst kommt am liebsten in einer vergoldeten Kutsche, die von acht seiner Lieblingskurtisanen gezogen wird. Ich erinnere mich an einen Vorfall, bei dem eine der Katzen die Kühnheit besaß, ein königliches Kaninchen zu erlegen, und sich anschließend ungerührt daranmachte, es zu fressen, vor den Augen des Sultans, als wollte es sich am Picknick beteiligen. Ismail ließ der Katze ein Halsband anlegen, sie auspeitschen und durch die Straßen der Stadt schleifen, weil sie es gewagt hatte, sich an königlichem Eigentum zu vergreifen.

Es wird verkündet, dass der König nicht nur seinen persönlichen Haushalt, sondern auch zweihundert auserwählte Frauen aus dem Harem, siebenhundert Wachen und sein stehendes Heer mitnehmen wird. Das bedeutet, dass ein Großteil von dreißigtausend Männern, Frauen, Kindern und Eunuchen in die Berge zwischen Meknès und Marrakesch aufbrechen wird.

Für eine solche Zahl Vorkehrungen zu treffen übersteigt selbst die Ressourcen des Großwesirs. Ich schwöre, dass er in der letzten Woche so viel Gewicht verloren hat, wie ein Schaf auf die Waage bringt. Von morgens bis abends rennt er im Palast hin und her, um diese oder jene Zulieferer zu treffen, den Transport und die Unterbringung zu organisieren und Verträge mit Stammesführern zu schließen, auf deren Unterstützung wir unterwegs angewiesen sind. Ich habe gehört, dass allein für den Transport des königlichen Goldes ein Dutzend Wagen und vier Dutzend Ochsen benötigt werden – der Rest soll in Geheimkammern versteckt und von Geistern und Flüchen bewacht werden, soweit ich weiß. Auch Zidanas Ansprüche werden immer größer. Sie hat mich schon unzählige Male zum *souq* geschickt, um Säcke mit Henna, Olivenseife, pflanzliche Arzneien und andere, größtenteils giftige Substanzen zu kaufen. Dazu kommen Ballen von Seide, Stapel von Kurzwaren und die Suche nach dreißig Näherinnen, die uns in die Berge begleiten sollen, eine Aufgabe, die angesichts der Pest problematischer ist, als man glaubt.

Nachts liege ich wach und denke stundenlang über Daniel al-Ribatis Worte nach. Wenn ich meiner Sklaverei entfliehen will, ist das die beste Gelegenheit, die ich mir wünschen kann. Schon jetzt herrscht am Hof nur noch Chaos. Fremde gehen ein und aus, Beamte schicken ihre Familien zu Angehörigen in den Süden, wo die Seuche bisher noch nicht gewütet hat, und ich erledige meine Besorgungen außerhalb des Palastes zu allen Stunden des Tages und der Nacht, ohne dass mich jemand aufhält. Ich könnte einfach gehen. Ich könnte Daniel aufsuchen und ihn um Hilfe bitten. Meknès verlassen und nie wieder zurückkehren. Irgendwo anders ein neues Leben beginnen, egal wo. Als freier Mann.

Eines Morgens, als Ismails Frustration über die vermeintliche Faulheit der Arbeiter einen neuen Höhepunkt erreicht und er eigenhändig einen von ihnen von seinem Arbeitsplatz wegschleift und den hungrigen Löwen vorwirft, die kurzen, blutigen Prozess mit ihm machen, drehen sich meine Gedanken nur noch um Flucht.

Den ganzen Morgen nagt diese Vorstellung an mir, bis ich es nicht länger aushalte. Kaum hat er mich entlassen, laufe ich in mein Zimmer, öffne die Holztruhe, krame blindwütig durch meine Habseligkeiten und eile wenig später mit einem improvisierten Sack über der Schulter zielbewusst durch den überdachten Gang zum Bab al-Raïs. Ich trage eine Djellaba, unter deren Kapuze ich mich verbergen kann, sobald ich die Medina erreicht habe. Jenseits davon liegt der Rest meines Lebens. In ein Stück Baumwolle aus einem alten Turban habe ich meinen Rumi, meinen Koran, ein sauberes Gewand, ein Paar lange *qamis*, meine beste Feder und eine kleine Flasche Tinte eingewickelt. Wenn es gar nicht anders geht, kann ich mich als Schreiber oder öffentlicher Briefschreiber verdingen. In einer verborgenen Tasche meines Gürtels befinden sich die wenigen Münzen, die ich besitze. Vielleicht reicht es, um ein Maultier zu kaufen. Was kostet ein Maultier? Ich habe keine Ahnung. Zweifellos mehr als vor der Pest, da so viele verzweifelt versuchen, aus der Stadt zu fliehen. Aber wenn ein Maultier zu teuer ist, denke ich bei mir, dann muss ich eben laufen …

»Nus-Nus!«

Die Worte sind kaum hörbar, so atemlos ist sie. Die Hände in die Hüften gestemmt, mit wogender Brust, beugt sie sich einen Augenblick nach vorn, um wieder Luft zu bekommen. Dann richtet sie sich auf und lacht ein bisschen verlegen. »Ich habe dich überall gesucht.«

Es ist Makarim, das Sklavenmädchen, das Alys zugeteilt wurde.

Sie streckt mir etwas entgegen, und ich starre auf den Koriander, dessen hübsche Blättchen in der glühenden Mädchenhand welken.

Koriander.

Ich versuche, mir das Zittern in der Stimme nicht anmerken zu lassen, und frage: »Ist alles in Ordnung mit deiner Herrin?«

»Ich weiß nicht. Sie ist nervös. Schreckhaft. Blasser als sonst.«

Auf dem Rückweg gehen wir an meinem Zimmer vorbei,

wo ich meine Sachen ablege. Am Tor zum Harem stoße ich zu meinem Erstaunen nicht auf Qarim, sondern auf einen älteren Wächter – Ibrahim, wenn mich mein Gedächtnis nicht trügt.

»Wo ist Qarim?«

Ibrahim zieht eine Grimasse und fährt mit dem Finger über seine Kehle.

»Tot?«

Der Mann grinst mich mit offenem Mund an, sodass ich sehen kann, dass man ihm die Zunge ausgerissen hat. Ich schaudere, nicht wegen der Verstümmelung, daran bin ich gewöhnt, sondern bei der Erinnerung daran, wie krank Qarim wirkte, als ich ihn das letzte Mal gesehen habe, wie er versuchte, mit mir zu sprechen, und wie eilig ich mich an ihm vorbeigedrückt habe. Als ich durch das Tor gehe, murmele ich ein kleines Gebet für seine Seele und hoffe, er verzeiht mir, dass ich ein schlechter Freund war.

Alys ist weiß wie eine Jasminblüte. Als ich mich formell verbeuge, bricht sie in Tränen aus, und das habe ich bei ihr noch nie erlebt. Ich runzele die Stirn. »Warum habt Ihr mich rufen lassen?« Plötzlich fühle ich mich so gekränkt wie der *djinn* in der Lampe, der ohne Grund in seiner Ruhe gestört wurde.

Mit zitternder Hand weist sie auf ein viereckiges, mit Spitze verziertes Taschentuch auf dem Teppich am anderen Ende des Raums, auf dem ich vier oder fünf dunkle Flecken erkenne. »Die Frau ist ein Ungeheuer! Nicht nur, dass sie versucht, mich mit ihren Zaubertränken zu vergiften, jetzt schickt sie mir auch noch das …«

Ich trete näher und betrachte das Tüchlein, ohne zu begreifen. Was ist das? Schnipsel von getrockneten Feigen? Harzstücke?

»›Trag es direkt am Herzen‹, hat sie zu mir gesagt. ›Es wird dir Glück bringen.‹ Natürlich hat sie nicht verraten, welche Art Glück gemeint war.«

Ich beuge mich nieder, um es näher zu betrachten.

»Rührt es nicht an!«, ruft Alys.

Es ist Schorf, jetzt erkenne ich es. Getrockneter Eiter und verkrustetes Blut. Instinktiv weiß ich, dass es Fatimas Pestbeulen sind, und fahre zurück. *»Maleeo, uralte Mutter, beschütze mich!«* Die Worte sind mir entfahren, bevor es mir bewusst wird.

Als ich mich umwende, lächelt Alys mir unter Tränen zu. »Der Mensch ist ein Gewohnheitstier«, sagt sie und bekreuzigt sich.

»Alys …«, sage ich warnend, und sie lässt die Hand sinken.

»Wir sind gar nicht so unterschiedlich, Ihr und ich, obwohl man es nicht vermuten würde. Wir beide beten im Notfall zu unseren eigenen Göttern.«

»Im Notfall und heimlich, wenn Euch Euer Leben lieb ist.«

Ich schicke Makarim, eine Zange aus der Küche zu holen, und als sie zurückkommt, mache ich ein Feuer im Hof und verbrenne das Taschentuch mitsamt seinem Inhalt. Wir sehen gemeinsam zu, wie es zu Asche wird. Selbst die vergrabe ich.

»Ich dachte schon, Ihr wäret gegangen und hättet mich verlassen«, sagt sie leise.

Ich zögere einen Augenblick, doch dann muss ich es einräumen: »Ich war nahe dran.« Wie nahe dran, muss sie nicht wissen. Während ich meine wenigen Habseligkeiten zusammensuchte, erhielt sie ein Taschentuch mit Gift. Allein bei der Vorstellung kommt mir die Galle hoch.

»Ich könnte es Euch nicht vorwerfen. In solchen Zeiten muss man gut auf sich aufpassen. Ihr solltet gehen, Nus-Nus. Geht jetzt: Es könnte Eure einzige Möglichkeit sein, die Freiheit zu erlangen.«

Wenn Herz und Gewissen gefesselt sind, was für eine Freiheit kann es dann geben? Ich schüttele den Kopf. »Ich kann nicht gehen.«

»Es wäre gelogen, wenn ich sagte, dass ich nicht froh darüber bin.« Sie sieht mich unverwandt an. Obwohl ihre blauen Augen so unglaublich ausdrucksvoll sind, weiß ich nicht, was ich in ihnen lesen soll, aber ich kann den Blick nicht abwenden. Am Ende streckt sie mir die Hand entgegen, eine englische Geste, und ich ergreife sie leicht mit beiden Händen. Sie fühlt sich heiß und lebendig an, doppelt lebendig. Ich senke den Kopf und presse sie auf meine Stirn, aber dann muss ich schnell gehen, denn meine Augen sind feucht.

Die Karawane zieht sich meilenweit durch die Hügel. Dutzende von Karren und Wagen für Ismail und seine persönliche Habe, Kleidung, Juwelen, Gold und Waffen, sein Bett, Teppiche, Decken und Lieblingsmöbel, sein Reise-Hamam, Räucherwerk und Parfüm, Messingpfannen und Kannen, seinen Koran, seine Gebetsteppiche und Lieblingskatzen. Abdelaziz, Doktor Friedrich und ben Hadou reisen mit Ismail, umgeben von den *bukhari* und der Kavallerie. Ich selbst bin den Haushaltssklaven und unserem armseligen Bedarf zugeteilt: Kleidung, Bettzeug und unsere wenigen persönlichen Habseligkeiten. Hinter uns kommen die Frauen und Kinder sowie die Palastwachen des inneren Hofs, etwa fünfhundert an der Zahl, durchweg Eunuchen. Dahinter die Astronomen und höheren Beamten mit ihren Familien und Haushalten. Dann die Proviantwagen, Malik und sein Küchenpersonal, die Näherinnen, Schneider, Stallburschen, Schmiede und andere Handwerker. Der Gepäckzug windet sich weit hinter uns durch die Hügel, bis er nicht mehr zu erkennen ist. Ich weiß, dass irgendwo dahinten auch ein Heer von Sklaven zu Fuß unterwegs ist, die meisten Afrikaner. Die Christen bleiben in der Stadt, um ihre Arbeit unter Aufsicht der vertrauenswürdigsten, also grausamsten Wachen fortzusetzen. Ismail hat seinen Baumeistern eine lange Liste mit Aufgaben hinterlassen, die er bei seiner Rückkehr vollendet sehen will, und gnade ihnen Gott, wenn sie nicht zu seiner vollsten Zufriedenheit ausgeführt sind.

Nach fünf Tagen Richtung Süden erreichen wir die kühleren Ausläufer des Atlas-Gebirges, und dort, an den klaren grünen Wassern des Flusses Melwiya, schlagen wir unser Lager auf. Mit nacktem Oberkörper trotz der glühenden Sonne plage ich mich zusammen mit den anderen Sklaven ab, um die Zelte des Sultans aufzuschlagen. Die Arbeit wird dadurch erschwert, dass der Boden nicht vollkommen flach ist; deshalb stehen die Zelte – schwarz oder weiß von außen, grün, rot oder gold von innen – näher zusammen, als es gut ist, und fast jeder ist allen anderen im Weg. Schon ist ein Streit ausgebrochen, weil jemand versehentlich beim Ausholen einen anderen mit seinem Hammer getroffen hat und dieser erbost Anstoß genommen hat. Die Astronomen haben kaum Platz, auf dem ungewohnten Territorium die Instrumente zu ihrer Zufriedenheit aufzubauen. Sie haben sich in zwei Gruppen gespalten und streiten nun untereinander um die exakte Richtung der *qibla*. Ein wichtiges Detail, da der Sultan stets mit dem Kopf nach Mekka gewandt schlafen muss. In diesem Moment kommt Ismail mit Alys zu seiner Rechten und Zidana zu seiner Linken auf uns zu.

Wir alle werfen uns flach ins Gras und halten den Blick gesenkt.

»Was hat das zu bedeuten?« Ismail besitzt das Gehör einer Fledermaus und hat die heftigen Auseinandersetzungen mitbekommen.

Ich sehe, wie die Sterngucker panische Blicke wechseln und ihre Meinungsverschiedenheiten auf der Stelle vergessen. »Die Sklaven befolgen unsere Anweisungen nicht. Sie schlagen die Zelte nach Lust und Laune in der falschen Anordnung auf. Die Kaaba liegt exakt in dieser Richtung …« Der Oberste Astronom zeigt dem Sultan seinen *qibla*-Anzeiger, und Ismail beugt sich vor, um die komplizierten Markierungen in den Messingscheiben zu studieren. Als er sich wieder aufrichtet, ist sein Gesicht rot vor Wut. Es dürfte mich nach all den Jahren nicht mehr überraschen, wie schnell seine Laune umschlagen kann, aber nicht einmal ich bin auf seinen heftigen Wutausbruch vorbereitet.

»Erschießt sie alle!«, schreit er den Dienst habenden Aufsehern zu und macht eine ausholende Bewegung mit dem Arm, die sämtliche für den Zeltaufbau verantwortlichen Sklaven einschließt, etwa vierzig von uns. »Ich will ihren Tod! Sie beleidigen den Propheten! Sie beleidigen *mich*! Erschießt sie!«

In meiner Verzweiflung würde ich am liebsten aufspringen und losrennen. Doch als hielten mich unsichtbare Ketten, bin ich wie gelähmt. Ich schaffe es nur, fast unmerklich den Kopf zu drehen und zuzusehen, wie mein Schicksal mich ereilt.

Der Aufseher, der dem Sultan am nächsten steht, zögert: Das gerät ihm zum Verhängnis. Im nächsten Moment stürzt sich Ismail auf ihn und entwindet ihm seine Waffe. Der arme Dummkopf hält sie einen Moment zu lange fest, und das ist die letzte Tat seines Lebens, denn als er überrascht an sich herunterblickt, sieht er den juwelengeschmückten Griff des königlichen Dolchs stolz aus seiner Brust ragen. Er öffnet den Mund und gibt den Blick auf seinen kurzen Zungenstummel frei. Dann bricht er stumm zusammen und lässt die Waffe los. Ismail nimmt sie ihm weg, spannt den Hahn und schießt, fast ohne hinzusehen, in den flach ausgestreckten Körper des Mannes neben mir, der vor Schreck aufschreit, während er sich kurz aufbäumt und ein heißer Blutschwall sich über mich ergießt. Als wäre das ein Signal, schießen jetzt alle Wachen wild durcheinander. Von einem Moment auf den anderen bricht ein Hexenkessel los.

Ich höre eine Frau schreien, und obgleich ich sie noch nie zuvor habe schreien hören, weiß ich, dass es Alys ist.

»Nein, mein Herrscher!« Die Stimme eines Mannes. Es ist Kaid Mohammed ben Hadou. »Wir brauchen die Munition. In den Hügeln wimmelt es nur so von Berbern.«

Er ist ein schlauer Mann, *al-Attar*, und tapfer obendrein. Es hat überhaupt keinen Zweck, an Ismails Güte zu appellieren; er besitzt keine. Ben Hadou übernimmt die Verantwortung und gibt den Wachen ein Zeichen innezuhalten. Es folgt ein kurzer Wortwechsel zwischen dem Sultan und seinem Kaid, dann stürmt Ismail vorwärts. Er verbreitet Grausamkeit wie eine vulkanische Wolke. Ich sehe seine goldbestickten *babouches* funkelnd an mir vorbeieilen, und dann höre ich ein Stück von mir entfernt ein feuchtes, knirschendes Geräusch. Ein Mann heult auf wie ein Tier. Ich kann nicht anders, drehe mich um und sehe Ismail, der mit beiden Armen wild um sich schlägt. In jeder Hand blitzt ein Hammer, als er wie ein grausamer Wirbelwind rechts und links die Schädel seiner Opfer zertrümmert.

Ich werde sterben. Die Gewissheit liegt mir wie Blei im Magen. Hier, schmachvoll, bäuchlings auf einem schäbigen Fleckchen Gras liegend, in einem fremden Land, werde ich ohne jeden Grund sterben.

Ich war dem Tod schon viele Male nahe. Im Palast des Herrschers stirbt jeden Tag jemand, häufig durch Ismails eigene Hand. Manche betrachten es als Ehre, vom Sultan selbst getötet zu werden; immerhin ist er ein *sherif*, ein Nachkomme des Propheten, und steht Gott daher näher, als es je einem von uns möglich sein wird. Man sagt, dass diejenigen, die durch die Hand des Sultans sterben, mit schattigen Rosengärten im

Paradies belohnt werden, wo Milch, Honig und Wein fließen, wo die Wasser der Brunnen mit Ingwer und Kampfer versetzt sind und die Jungfrauen sich mit Weihrauch parfümieren. Doch in Zeiten der Panik sind es unweigerlich Maleeo und Kolotyolo, die mir ihre Befehle erteilen, und sie haben solche Anreize leider nicht zu bieten.

Ich versuche mich darauf vorzubereiten, meinen Vorfahren gegenüberzutreten, doch alles, woran ich denken kann, ist der wuchtige Schlag, das Loch in meinem zerbrechlichen Schädel, das herausspritzende Blut und Hirn und dass ich hier auf dem Boden sterben werde, zermalmt von einem Hammer, vor den Augen der Frau, die ich liebe.

Das ist der Gedanke, der mich plötzlich antreibt. Ich sehe mich um. Ismail steht drei Meter von mir entfernt, ohne in seiner Wut nachzulassen. Er kommt näher. Ich sehe, wie er dem Körper des nächsten Sklaven einen Tritt versetzt; der Mann regt sich nicht, ganz sicher ist er tot, und er geht weiter. Der Mann neben mir ist das Opfer des ersten Schusses, sein halber Kopf liegt zerfetzt im Gras. Verstohlen strecke ich die Hand aus und ergreife eine Hand voll Blut und Hirnmasse des armen Teufels. Rasch bedecke ich meinen Kopf und den Nacken damit, nehme eine verrenkte Haltung ein, mit abgeknicktem Kopf, und warte auf das Ende.

So liege ich, bis die Wärme des Tages nachlässt, bis es dunkel wird und der Mond aufgeht.

»Du kannst jetzt wieder aufstehen, Nus-Nus.«

Ich blinzele, drehe den Kopf herum, und mein Gesicht fühlt sich seltsam an, steif und kalt. Abdelaziz steht über mir, die Hände in die Hüften gestemmt. Der Mond schimmert in den Edelsteinen auf seinem Turban. Sein Gesicht liegt im Schatten, aber ich kann spüren, wie sein Lächeln in der dunklen Luft über mir hängt.

»Schlaues Kerlchen. Ich habe gesehen, was du gemacht hast.«

»Ist er weg?« Ich versuche, meinen Körper zu bewegen, aber er will nicht. Mit großer Mühe schaffe ich es, mich aufzusetzen. Immer noch fühlt sich mein Gesicht seltsam an, als wäre es nicht mein eigenes. Dann fällt es mir wieder ein. »Oh.« Ekel durchströmt mich.

Als Nächstes bekomme ich mit, wie Hände mich an den Armen packen und auf die Füße zerren. Ein Stück Tuch wird mir ums Gesicht gewickelt; es ist feucht, kalt und riecht nach einer starken Chemikalie. Mit einem Mal dreht sich alles um mich herum, und dann werde ich getragen wie ein geschlachtetes Schaf. Man bringt mich zu einem Zelt am Rand des Lagers. Von außen sieht es aus wie ein gewöhnliches Soldatenzelt, doch im Innern …

Irgendwer hat diesen Ort für nur einen einzigen Zweck ausgestattet. Überall stapeln sich Matratzen und Kissen, umgeben von französischen Spiegeln, und es stinkt nach starkem Rauch, süßem Harz und frischem Sperma. Zwischen den Kissen hat man eine Stange aus Eisen in den Boden gerammt. Ich fange an, mich zu wehren, doch meine Glieder sind schlaff und nutzlos, ausgeschaltet von dem, was ich durch das Tuch eingeatmet habe, und ich denke: Was für ein Teufel, er hat ein Mittel gefunden, das mein Bewusstsein wach hält, während der Körper schläft.

Man wirft mich auf die Schlafstätte und fesselt meine Hände an die Stange. Ich befehle meinen Füßen aufzustehen, vielleicht kann ich sie dann aus dem Boden hebeln und als Knüppel gegen meinen Feind benutzen, doch kein Muskel meines Körpers gehorcht mir. Ich höre, wie man einem der Sklaven befiehlt, Wasser, Seife und ein Tuch holen zu gehen. Ein paar Augenblicke später kommt der Junge zurück und wäscht mir das Blut und das übrige Zeug ab. Ich habe ihn im Lager schon gesehen, weiß aber seinen Namen nicht und würde ihn nicht aussprechen können, nicht einmal, wenn ich ihn wüsste. Daher reiße ich die Augen auf, um ihm zu zeigen, welch abscheuliche Demütigung dies für mich ist und dass ich mir wünschte, er würde Hilfe holen, doch er hält den Blick gesenkt, und sein Gesicht ist verschlossen. Zweifellos sieht er so etwas nicht zum ersten Mal. Vermutlich hat der arme Kerl sogar Schlimmeres am eigenen Leib erlebt.

Der Großwesir zündet die Kerzen in den Laternen an und singt leise vor sich hin – *Der Jäger und die Taube*, ein zärtliches, hübsches Lied, sehr beliebt bei den Frauen im Harem. Ich spüre, wie sich mein Magen vor Ekel verkrampft. Sieht er mich so: als hilflose Beute, die gleich von seinem Pfeil durchbohrt wird?

Schließlich hat er seine Vorbereitungen beendet und hockt sich neben mich. »So, Nus-Nus, das ist doch nett, oder? Nur wir beide. Ismail denkt, du bist tot – falls er überhaupt an dich denkt. Jetzt gehörst du mir, und ich kann mit dir machen, was ich will.« Er schiebt mein Gewand hoch, entblößt meine Genitalien und betrachtet, was davon noch übrig ist. Dann nimmt er meinen Penis in die Hand und betastet ihn schadenfroh. »Saubere Arbeit, was? Nicht umsonst habe ich den besten Mann in dem Fach bezahlt, nachdem ich gesehen hatte, welches Gemetzel die anderen veranstalten. Verpfuschte Eingriffe, Infektionen, Blutvergiftung. Man musste sich entscheiden.«

Sein Blick wandert träge über mich hinweg. Er genießt die Macht über jemanden, der ihn unter anderen Umständen ohne Zögern getötet hätte. »*Spadones*, das Ausreißen der Hoden; *thlibaie*, das Zerquetschen, oder *sandali*, das Entfernen sowohl der Hoden als auch des Penis, die bei Schwarzen häufigste Methode. Bei dieser Art von Kastration ist mit einer hohen Sterblichkeitsquote zu rechnen, und denjenigen, die sie überleben, bleibt so wenig, dass sie schon beim Wasserlassen Probleme haben.« Er beugt sich tiefer über mich. »Black John trägt eine lange silberne Nadel mit einem Smaragd auf seinem Turban: Hast du sie schon einmal gesehen?«

Ich habe sie gesehen, aber ich starre über seine Schulter hinweg ins Leere, als wäre er gar nicht da. Trotzdem entgeht mir das schlaue Lächeln in seiner Stimme nicht, als er sagt: »Das ist keine Nadel, weißt du, sondern ein hohles Röhrchen. Das benutzt er zum Pinkeln.« Als er zudrückt, fahre ich vor Schmerz zusammen. »Du hattest Glück. Ich habe beschlossen, dir nicht alles wegzunehmen, denn ich sah dein Potenzial als eine Anlage für die Zukunft.«

Ich werde dich umbringen, dir den Schädel zertrümmern und sehen, wie sich die Maden in deinen Augenhöhlen winden!

»Xenophon berichtet, dass heimtückische Pferde, wenn sie kastriert werden, ihre schlimmsten Charaktereigenschaften verlieren, dass sie ihren Reiter nicht mehr beißen oder abwerfen und sich sehr gut für den Kriegsdienst eignen. Ebenso behalten kastrierte Hunde ihre Kraft und ihre Fähigkeit zum Jagen, laufen ihrem Herrn aber nicht mehr weg. Ich glaube, dasselbe und noch mehr gilt auch für Menschen. Die Entfernung der Hoden macht sie friedlicher. Dankbarer auch, hoffe ich. Außerdem habe ich gehört, dass die Prozedur den Geschlechtsakt tatsächlich bereichern kann, statt ihn zu verhindern, und die Lust nicht vermindert wird, wenn der Eingriff erst nach Beginn der Pubertät erfolgt. Ich bin überzeugt, dass es mit der nötigen Ermunterung auch bei dir so sein wird, Nus-Nus. So hatte ich mir unsere Begegnung zwar nicht vorgestellt, aber willst du mir vorwerfen, dass ich die Gelegenheit beim Schopf ergreife, wenn sie sich so hübsch ergibt? Ein süßes Liebesspiel, dann bringen wir dich dahin zurück, wo wir dich gefunden haben, und zertrümmern dir tatsächlich den

Schädel. Niemand wird erfahren, dass du das Massaker einige kurze Stunden überlebt hast. Es ist wirklich eine Schande, dass es so weit kommen musste, Nus-Nus. Alles hätte ganz anders sein können, wenn du nicht so … starrköpfig wärst. Im Grunde wollte ich immer nur eins: dich in die Kunst der Lust einführen. Du bist in vieler Hinsicht ein so fähiger Bursche, es hätte deine Erziehung wunderbar abgerundet. Was für eine Verschwendung dieses herrlichen Körpers.«

Er gibt dem Sklaven ein Zeichen. Zusammen drehen sie mich um und lagern mich so, dass sich mein Gesäß ihm darbietet. Als er den Jungen entlässt, fällt mir mit Grauen ein, wie Alys in der ersten Nacht in Ismails Bett genauso präsentiert wurde. Dann spüre ich seine Hände auf mir, und mit einem Mal bin ich wieder in der Wüste, wo ich zum ersten Mal vergewaltigt werde, und es fühlt sich wie ein Alptraum an, in dem man von einem Monster verfolgt wird, aber nicht rennen kann …

Der Inhalt meines Magens steigt in mir auf und ergießt sich mit solcher Vehemenz über die protzigen Seidenkissen, dass er sogar auf den französischen Spiegeln landet.

»Pfui!«, schreit der Großwesir voller Ekel. Er springt auf und versetzt mir einen Tritt in die Rippen. Ein weiterer Schwall ergießt sich aus meinem Mund, was sicher nicht in seiner Absicht lag, denn diesmal spritzt er auf seine zweifellos teuren Schuhe. Er heult auf wie ein Hund und tritt erneut zu, etwas tiefer. Diesmal spüre ich den Schmerz, und das ist gut: Er durchfährt mich wie eine reinigende Flamme. Ich fühle, wie die Wirkung der Droge ein bisschen nachlässt. Ich krümme die Zehen und spüre die Berührung mit dem Boden, zuerst schwach, dann bewusster. Mach schon, dränge ich meinen nutzlosen Körper. Ich konzentriere mich auf meine Hände, die an die Eisenstange gefesselt sind, lenke das Bewusstsein in meine Finger, sehe, wie sich einer nach dem anderen bewegt. Ich packe die Stange und fange an, sie zu drehen, an ihr zu zerren …

»Was? Was?« Abdelaziz' Stimme erhebt sich zu einem Kreischen. Er tastet nach seinem Dolch.

Die Stange löst sich aus dem Boden, und ich lasse sie auf ihn niedersausen. Es ist ein wuchtiger Schlag, triumphierend mitten auf den Turban. Aber natürlich trägt der Großwesir einen Turban, der noch größer ist als der des Sultans. Er besteht aus Ballen von Tuch, die er in endlosen kompliziert angeordneten Falten um seinen Kopf gewickelt hat, bis der einer riesigen Zwiebel gleicht. Der Schlag setzt ihn eine Sekunde außer Gefecht, dann stürzt er sich mit dem Dolch auf mich. In seinen Augen funkelt die vereitelte Lust. Ich weiche dem ersten Angriff aus, versuche, den zweiten abzufangen, aber er steht da wie ein Fels. Der Dolch dringt unterhalb der Rippen in meine Magengrube. Ich spüre ihn nicht als Schmerz, sondern als Hitze, die meine Wut anstachelt. Ich lasse die Stange über dem Kopf kreisen, sodass der Schwung ihrer ganzen Länge in den Schlag übergeht, als sie mit voller Kraft gegen seine Brust prallt. Er stürzt, sieht einen Moment aus wie ein fliegendes Nilpferd, dann entweicht mit einem großen Schnaufen alle Luft aus seiner Lunge. Jetzt steht er nicht mehr auf, dafür werde ich sorgen. Ich balanciere mit einem Fuß auf einem Kissen, mit dem anderen auf seinem Bauch und reiße ihm den Dolch aus der schlaffen Hand.

»Das reicht, Nus-Nus!«

In der Tür steht ben Hadou mit dem stummen Sklavenjungen des Großwesirs an der Seite. Das Kind starrt beunruhigt auf den Dolch, dann auf seinen am Boden liegenden Master und rennt weg.

»Komm mit. Sosehr wir ihn auch verabscheuen, das hat keinen Sinn.«

Das Leben geht weiter, als wäre nichts Ungewöhnliches passiert. *Al-Attar* verarztet ruhig und routiniert meine Wunde, ich ziehe mich um, und Ismail scheucht mich wie üblich herum, als wäre er nicht kurz davor gewesen, mir mit einem Hammer den Schädel einzuschlagen. Als Amadou und ich sein Abendessen vorkosten, ist er in einer wehmütigen Stimmung, wie so häufig, wenn er Blut vergossen hat.

Wir sitzen auf einem Teppich vor seinem Hauptzelt, und er sieht zum Himmel auf. »Meine Astronomen haben gesagt, dass dieselben Sterne, die jetzt auf uns herableuchten, einst dem Propheten schienen, als er vor dem Eingang der Höhle von Hira saß. Sieh nur, Ash Shaulah, der erhobene Schwanz des Skorpions …« Er deutet auf die Myriaden von ununterscheidbaren Lichtpunkten am nächtlichen Himmel. »Und da, At-Tinnin, die Schlange: Sa'ad al-Malik, der Stern des großen Königs.« Er verharrt eine Weile bei diesem letzten Funken Licht, schweigend, nachdenklich, während das Mondlicht sein edles Profil betont und seine Augen mit einem silbernen Glanz überzieht. Am Ende fragt er: »Wie wird man sich einst wohl an mich erinnern, Nus-Nus?«

Gab es je eine heiklere Frage, die auf eine ehrliche Antwort wartete? Im Lauf der Jahre haben wir beide über vieles diskutiert, doch meistens handelte es sich um praktische Themen: die Vorzüge von Wolle im Winter und Baumwolle im Sommer, die Qualität des Salzes aus unterschiedlichen Quellen wie Meer oder Wüste, das Wesen von Katzen und Kamelen. Er hatte mich nach Venedig gefragt, und ich sah, wie seine Augen glasig wurden, als ich von den Wasserstraßen erzählte: Er konnte sich nicht vorstellen, was ein Kanal ist, und es interessierte ihn auch nicht. Doch wenn ich von der Architektur sprach und dem zur Schau gestellten Reichtum, dann horchte er auf und stellte viele Fragen. Er hat sich nach Sprache und Übersetzung erkundigt, insbesondere mit

Bezug auf die Handelssprachen; wir haben sogar über Aristoteles, Homer und Plinius gesprochen. Alles Schriftsteller, die vor der Entstehung des Islams lebten, sodass wir uns auf sichererem Boden bewegten als bei meinem geliebten Rumi und seinen kühnen, ja ekstatischen Visionen und gefährlich ketzerischen Ansichten. Doch Ismail hat niemals auch nur einen Anflug von Verletzlichkeit oder Zweifel erkennen lassen, und deshalb weiß ich nicht, was ich antworten soll. »Als großen König?«, schlage ich vor.

Er nickt langsam. »Aber was macht einen großen König aus? Was werden die Geschichtsbücher über mich schreiben?«

»Mit solchen Fragen kenne ich mich nicht aus, Herr.«

Seine dunklen Augen ruhen glitzernd auf mir. »Abdelaziz hat gesagt, dass du Sohn eines Königs bist.«

Ich könnte es abstreiten und behaupten, dass der Großwesir gelogen hat, obwohl das Reich meines armen Vaters am Ende kaum größer war als einer von Ismails Pavillons und ich mich selbst nie als Prinzen empfand. Ich senke den Kopf. »Ein sehr unbedeutender König, Herr. Das kann man nicht vergleichen.«

»Ach was, mein Junge, sei nicht so bescheiden.«

Gibt es etwas Nervenaufreibenderes, als den kalten Blick des Henkers auf sich zu spüren, wenn er dich auffordert, dich selbst zu verurteilen? Verzweifelt erinnere ich mich an alles, was mein Gehirn aus den Erzählungen und Liedern der Griots im Schein des Lagerfeuers gespeichert hat. Königliche Namen wirbeln mir durch den Kopf: Echnaton, der Pharao, Askia Ture, König von Songhai, Caesar aus Rom, Hannibal, Kyros, Alexander und Salomo, der ein Kind in zwei Hälften teilen wollte, um jeder seiner Mütter eine zu geben oder so ähnlich. Meine Brüder und mich haben die blutigen Details dieser großen Geschichten sehr beeindruckt: Gefangene, deren Schädel von Elefantenbeinen zermalmt wurden, lebendig begrabene Feinde, Säuglinge, die man als Brandopfer heidnischen Göttern darbrachte, die Massaker von Djenné und Babylon … Könnte es sein, dass Grausamkeit eine notwendige Eigenschaft für einen König ist, oder ist es eher so, dass ein Leben als König einen Mann zu einem solchen Verhalten zwingt? Ist die Neigung, sich wie ein Ungeheuer aufzuführen, hilfreich auf dem Weg zur Macht? Es heißt, Ismail habe sich gegen ein Dutzend oder mehr verdienstvoller Anwärter auf den marokkanischen Thron behauptet, allerdings weiß ich nicht, wie viel davon wahr ist. Oder verbiegt die Macht die Seele eines Mannes dermaßen, dass er sich den anderen überlegen fühlt? Wenn sich alle vor mir verneigten und mich wie einen Gott auf Erden behandelten, jede meiner Launen akzeptierten, sich voller Angst vor mir zu Boden würfen und wegschauten, wenn ich Blut vergieße, wäre ich dann nicht genauso wie Ismail? Der Gedanke ist verräterisch, und ich habe Angst, dass er mir ins Gesicht geschrieben steht. Schon jetzt habe ich viel zu lange gebraucht. Mach schon, Nus-Nus! Sag was! Irgendwas!

»Ich glaube, dass man Euch als den Helden von Marokko in Erinnerung behalten wird, Herr.«

Die schimmernden Augen verengen sich zu Halbmonden – Misstrauen? Nein, Entzücken. »Der Held, ja, das gefällt mir. Man wird sich an mich als Verfechter des Glaubens, Geißel der Ungläubigen, Überbringer des Halbmonds erinnern. Als den Architekten, den König, der Meknès von einem Bauerndorf zu einer großen, imperialen Stadt gemacht hat. Und nicht zuletzt als Begründer einer ruhmreichen Dynastie.« Jetzt ist er aufgesprungen und geht auf und ab, als wäre er entschlossen, auf der Stelle dieses Bild von sich der Welt entgegenzuschleudern. Natürlich ist er schon jetzt Teil einer Dynastie, der Alawiten, jener *sherifs*, deren Abstammung von dem Propheten über die Linie seiner Tochter Fatima belegt ist. Das erwähne ich jedoch nicht. Auch nicht seine bestialischen Kinder, die man erst an diesem Morgen erwischt hat, wie sie sich Zugang zu einem Proviantwagen verschafft und die Bäuche mit einer gefährlichen Mischung aus Datteln, Zucker und *smen* vollgestopft haben, jener ranzigen Butter, deren Gewicht mit Gold aufgewogen wird. Ich könnte schwören, dass sich seine Söhne ihre Gesichter damit beschmiert haben, nur weil sie so kostbar ist. Es gibt alte Frauen in den Dörfern, die ein Glas *smen* klugerweise nur löffelchenweise verbrauchen, beispielsweise um eine Sauce zu verfeinern, einem Couscous für einen besonderen Anlass oder einem Hochzeits-Tajine mehr Geschmack zu verleihen. Doch die Reichen und Verwöhnten verstehen den wahren Wert der Dinge nicht. Sie essen, bis sie sich erbrechen, und dann essen sie weiter. Die königlichen Emire konnte man an der Kotzspur erkennen, die sie hinterließen, aber natürlich wurden sie nicht bestraft. Sie gehören Ismails ruhmreicher Familie an, sind Pfeiler seiner ruhmreichen Dynastie. Den Diebstahl schob man zwei armen Sklaven in die Schuhe, die dafür geköpft wurden. Gier treibt die Mächtigen zum Exzess. Sie leben nur, um alles zu verzehren: Essen, Getränke, Männer, Frauen. Die Welt. Ihr Hunger lässt sich nicht stillen, die gierige, grausame Leere in ihrem Inneren nicht stopfen.

Ich denke an meinen Vater, wie er verbittert im Dunkeln lag. Manchmal ist es besser, kein König zu sein.

ACHTZEHN

Alys

Seit Tagen stehe ich unter Schock. Ich sitze im Zelt der Frauen wie eine große Wachspuppe, nehme meine Umgebung ebenso wenig wahr wie das ständige Schnattern, das Kommen und Gehen von Dienern, Kindern und Essen und wage kaum zu atmen. Mir war bewusst, wie furchteinflößend der Mann ist, dessen Kind ich austrage, doch jetzt habe ich seine wahre Natur gesehen und komme mir vor, als hätte ich in einen Abgrund geblickt. Die Hände, die mich liebkosten, haben Mord und Totschlag begangen. Wenn ich die Augen schließe, sehe ich immer noch die langen Hämmer heruntersausen, links und rechts, wie sie Schädel einschlagen, Rücken, Beine, Rippen zertrümmern, gnadenlos, ohne Sinn oder Verstand. Die elementare Grausamkeit, die unersättliche Mordlust des Mannes, der mich geschwängert hat, ist für mich zum Sinnbild des Todes geworden.

Am schlimmsten war, wie Nus-Nus bäuchlings auf der Erde lag und auf den todbringenden Schlag wartete. Welch unvorstellbare Panik muss einen Mann erfüllen, der so daliegt und auf den Tod wartet? Ich sah hinüber zu Zidana, ob sie dem Wüten ihres Mannes Einhalt gebieten, ob sich eine Naturkraft gegen eine andere durchsetzen könnte, doch ein einziger Blick genügte: Ihre Augen glänzten, ihre Hände zuckten, als hätte sie sich am liebsten selbst ins Getümmel gestürzt und ein paar Schädel zertrümmert.

Ich war so sicher, meinen Freund sterben zu sehen, dass ich, wie ich zu meiner Schande gestehen muss, beinahe an seiner statt weggelaufen wäre. Doch dann sah ich, wie sich seine Hand regte. Er schöpfte das Blut des Mannes und schmierte es über seinen Kopf und den Nacken, ehe er wieder ganz still lag. Mein Blick flog dahin, wo der Sultan gerade ein weiteres Opfer abschlachtete. Er wandte uns den Rücken zu, aber dann kam er zurück und auf Nus-Nus zu. Noch immer war seine Mordgier nicht befriedigt, und ich konnte nicht glauben, dass ein so einfacher Trick tatsächlich funktionieren würde. Der Sultan blieb stehen und starrte auf das hinab, was offensichtlich sein Werk war. In diesem Moment schien ihn etwas zu verlassen, als wäre ein böser Geist aus ihm gefahren. Er ließ die Hämmer fallen, nahm den Großwesir am Arm und ging so leichthin plaudernd mit ihm davon, als unterhielten sie sich über das morgige Wetter.

Bis zu diesem Moment hatte ich keine Ahnung, zu welcher Ungeheuerlichkeit er in der Lage war. Und ich? Ich trage sein Kind in mir. Es ruht in meinem Leib und entwickelt sich von Minute zu Minute mehr zu einem winzigen Abbild seines Vaters. Ist das nicht eine grässliche Vorstellung? Ich habe mir so sehnlichst ein Kind gewünscht, dass ich mich lieber von meinem Glauben lossagte, als den Märtyrertod zu sterben, und so werde ich nun für meine Sünde bestraft. Ich versuchte zu beten, doch offenbar habe ich alle Gebete vergessen, die ich einmal kannte. Es heißt, ein Schock bewirkt seltsame Dinge im Verstand eines Menschen, doch das scheint der grausamste Schlag überhaupt zu sein.

Das Leben geht unerbittlich weiter, und insgeheim fange ich an, die Menschen, von denen meine Existenz nun abhängt, zu verteidigen. Ich rede mir ein, dass sich der Sultan im höchsten Maße provoziert, beleidigt und betrogen gefühlt haben muss. Dass die Härte der Strafe vermutlich nur die schändliche Natur des Verbrechens widerspiegelt, das man gegen ihn, seinen

Namen oder seinen Status begangen hat, dass seine Reaktion in gewisser Weise gerechtfertigt war und durch ihre Unmittelbarkeit noch ehrlicher wurde. Eine persönliche Note …

Manchmal ertappe ich mich bei solchen Gedanken. Ich benutze Ausdrücke, die ich bei meiner Mutter hasste, wenn sie die Verschwendungssucht ihres Mannes rechtfertigte. »Er ist ein großzügiger Mann«, sagte sie, wenn er wieder einmal Schulden beim Wetten gemacht hatte, sodass wir nicht genügend Geld für den Haushalt hatten. »Er ist spontan. Er lässt sich vom Geist des Augenblicks mitreißen. Er möchte seinen Freunden nicht den Spaß verderben; seine Enthaltsamkeit würde sie beschämen …« Und so weiter.

Doch was man nicht ändern kann, muss man akzeptieren. Irgendwie muss ich meine Gedanken beruhigen, meine Gefühle besänftigen, sonst wird der Aufruhr in meinem Inneren sich auf das Baby übertragen und den monströsen Zügen seines Vaters Tür und Tor öffnen.

Nach einigen Wochen an diesem Ort ist die glühende Sommerhitze vorbei, und mir fällt auf, wie sehr ich das friedliche Leben hier, außerhalb der hektischen Rivalität im Harem, genieße. Die anderen Frauen murren und beschweren sich über das immer gleiche Essen, die einfachen Möbel, die Insekten, den beschränkten Raum in den Zelten, doch sie gehen auch nur selten ins Freie. Ich hingegen habe mir angewöhnt, nach dem Abendessen noch ein wenig spazieren zu gehen, abseits der Zelte, aber noch im Bereich der Frauen; ich wäre bestimmt nicht so dumm, ihn zu verlassen. Dann setze ich mich auf einen Felsen, von dort sehe ich den Fluss und die sich dahinter erhebenden Berge.

Es ist das erste Mal in meinem Leben, dass ich eine solche Landschaft erlebe. In den Niederlanden gibt es kaum Hügel oder auch nur Erhebungen. Vom Dach unseres Hauses in Den Haag konnte ich bis zur Küste von Scheveningen und zur grauen See dahinter sehen, über Meilen von Parks und Feldern, Polder und Dünen hinweg. Es war, offen gesagt, kein inspirierender Anblick, aber er war klar, ehrlich und heiter, ganz so wie die Niederländer selbst. An diesem turbulenten Fluss, dessen Fluten nach einem Regenguss braun und schlammig vorbeirauschen, unter den gewaltigen Bergen, deren schroffe Gipfel in die Wolken ragen und am Himmel kratzen, frage ich mich, ob das Temperament der Menschen hier nicht auch die Landschaft widerspiegelt, die sie hervorgebracht hat, ihre Launen verstärkt und ihre Leidenschaften steigert. Vielleicht trägt das ebenfalls dazu bei, dass der Sultan so ist, wie er ist. Ich lege die Hand auf meinen Bauch und bete zu allen Göttern, dass das Kind in mir die besten Eigenschaften beider Welten in sich vereinigt und ich kein Ungeheuer in die Welt setzen werde.

NEUNZEHN

Sha'ban 1088 AH

Während sich der Winter in die Länge zieht, erreicht uns das Gerücht, dass es im Tafilalt einen Aufstand gegeben hat. Hier hatte Ismail seinen älteren Bruder Moulay Al-Harrani als Statthalter eingesetzt, nachdem er im Anschluss an die Rebellion in Marrakesch beispiellose Gnade ihm gegenüber hat walten lassen. Jetzt hat sich Al-Harrani, so heißt es, mit seinem jüngeren Bruder Moulay Al-Saghir und einem besonders aufsässigen Berberstamm, den Ait Atta, verbündet und bereitet sich darauf vor, nach Meknès zu marschieren, um die schutzlose Hauptstadt einzunehmen.

Sobald der Sultan davon hört, steigt ihm das Blut ins Gesicht, bis es beinahe schwarz ist. Er stürmt um die Zelte wie eine Gewitterwolke, gibt wütende Befehle und geht so schnell, dass Abdelaziz der Schweiß im Gesicht ausbricht, als er versucht, Schritt zu halten.

»Mein verfluchter Bruder! Will er denn alles zerstören, was ich aufgebaut habe? Hasst er mich so sehr? Ich hätte ihn schon beim ersten Mal töten sollen, statt ihm seinen Aufstand zu vergeben. Ich dachte, es sei ein guter Engel auf meiner Schulter, dem ich damals folgte, als er von Milde sprach, doch in Wahrheit war es der schwarze Teufel. Ich hätte seinen Kopf auf den Stadtmauern von Marrakesch aufspießen sollen, als ich die Gelegenheit hatte. Doch diesmal schlage ich ihn eigenhändig ab und stelle ihn auf dem Haupttor von Meknès zur Schau!«

Abdelaziz stimmt überschwänglich zu. Alles andere wäre glatter Selbstmord, solange der Sultan in dieser Stimmung ist. Doch als Ismail davon redet, sein Heer durch die Berge nach Süden zu führen, um die Rebellen niederzuschlagen, sehe ich, wie der Großwesir blass wird. Nachts erhebt sich ein eisiger Nebel aus dem Fluss, wie der gespenstische Atemhauch tausender *djenoun*, und senkt sich auf die Zelte nieder, sodass diese am Morgen vor Kälte gefroren sind. In den Ausläufern eines Gebirges, fern des gewohnten Luxus zu kampieren ist schon schlimm genug, aber ein Gewaltmarsch durch unwegsames Gelände im Winter? Unser Wesir ist nicht so fett und schlaff geworden, weil er ständig Gewaltmärsche unternimmt. Schon macht er den Vorschlag, nach Meknès zurückzukehren, um die Bauarbeiten zu überwachen.

In Ismails Auge erscheint ein Glitzern, als er sich umdreht, und ich sehe, dass ihm all das bewusst ist und dass er in Wahrheit dabei ist, den *hajib* zu ködern, der ihm in der Schlacht ohnehin kaum von Nutzen wäre. Nachdem er ihn eine Weile hat schmoren lassen, legt Ismail ihm den Arm um die Schultern. »Mach dir keine Sorgen, Abdou. Ich werde dich nicht zwingen, mit mir in die Schlacht zu ziehen. Ich bezweifle sogar, dass wir ein Pferd hätten, das kräftig genug ist, um dich zu tragen! Nein, ich brauche jemanden, dem ich die Aufsicht über meinen Hofstaat hier anvertrauen kann, während ich fort bin.«

Abdelaziz fällt erleichtert in sich zusammen. Dann wirft er mir einen scharfen, berechnenden Blick von der Seite zu. Er und ich haben es größtenteils geschafft, uns während der letzten Wochen aus dem Weg zu gehen, oder besser gesagt, ich bin ihm aus dem Weg gegangen. Doch wenn Ismail und *al-Attar* nicht mehr da sind, wird niemand mich mehr vor seinen Übergriffen beschützen.

Plötzlich höre ich mich sagen: »Lasst Euren getreuen Diener nicht zurück, o Sonne und Mond von Marokko. Nehmt mich mit. Ich würde mich gern in der Schlacht erproben.«

Abdelaziz wirft mir einen vernichtenden Blick zu. »Unsinn, Nus-Nus! Die Berge sind nichts für Eunuchen, sie sind nicht standhaft genug für die Bedingungen dort, ganz zu schweigen von der Fähigkeit, eine Schlacht zu überleben. Außerdem wird der Herrscher auf seinem Feldzug keinen Hüter des Buches oder Diener der Pantoffeln brauchen!« Er zitiert meine beiden armseligen Titel mit solch schneidendem Sarkasmus, dass sie selbst in meinen Ohren lächerlich klingen.

»Ich glaube nicht, dass Amadou in den Bergen glücklich wäre«, sagt Ismail sanft. Er bückt sich, um den Affen unter dem seidigen Kinn zu kraulen, und der schnattert entzückt. Wäre Ismail Herrscher über ein Königreich der Tiere, wären seine Untertanen und er die glücklichsten Wesen der Welt.

»Ich kann ihn in der Obhut des Weißen Schwans lassen.« An Alys zu denken tut weh. Wenn ich mit dem Heer fortgehe, werde ich sie Abdelaziz und Zidana ausliefern, die sie und ihr Kind mit Freuden tot sähen. »Aber es ist Eure Entscheidung, ob ich gehen oder bleiben soll, Herr.« Als müsste das ausdrücklich betont werden.

Er wirkt nachdenklich. »Ich werde dich zu einem *bukhari* machen, Nus-Nus. Du siehst zumindest aus wie einer.« Dann nimmt er den Wesir am Arm, und sie schlendern davon, um irgendwelche logistischen Fragen zu erörtern.

Einen *bukhari*: Die Vorstellung ist so absurd, dass ich lachen muss. Es scheint, als bekäme der Krieger in mir doch noch eine Gelegenheit, sich zu bewähren.

Am Tag vor dem Abmarsch nähert sich eine Nomadenfrau mit ihrer kleinen Ziegenherde unserem Lager. Jedes Tier trägt ein kleines silbernes Amulett um den Hals, was für erhebliche Belustigung und einige Spekulationen sorgt. »Sie ist gar keine Frau, sondern eine Hexe, und das sind ihre auf der Reise verkleideten Kinder.«

»Nein, das sind die Seelen verzauberter Männer, die sie in den Ziegenkörpern eingeschlossen hat«, erklärt jemand anders und macht ein Zeichen gegen den bösen Blick. Ich lächle und denke an Homers Circe.

Ismail, der normalerweise entsetzt über die Vorstellung einer allein reisenden Frau wäre, die obendrein ihr Gesicht offen zur Schau stellt, ist offensichtlich fasziniert. Nomadenfrauen kommunizieren mit Geistern und haben die Gabe, die Zukunft voraussehen zu können; er wiederum lässt sich gern vor einem Feldzug weissagen. Daher behandelt er sie und ihre Schützlinge mit größter Aufmerksamkeit, obwohl sie schon älter und von der Sonne gezeichnet ist. Sie zählt ihm die Namen aller Ziegen auf, einen nach dem anderen, und er wiederholt sie, obwohl es Dutzende sind und alle gleich aussehen: wie schwarze, zottelige Bündel. Sie wirft ein paar Knochen und prophezeit ihm einen leichten Sieg. Dann schenkt sie ihm eins der Amulette, die sie an ihren Gewändern trägt, ein großes silbernes Viereck mit fremdartigen Symbolen, die böse Einflüsse abwehren sollen. Zum Dank küsst er ihr die Hände – eine Geste, die ich bei ihm noch nie beobachtet habe – und überreicht ihr ein großzügiges Geschenk, einen Beutel voller Gold. Er hat ihn Abdelaziz abgenommen, weil er selbst etwas so Vulgäres wie Geld nie bei sich führt.

Als ich sie wieder wegbringe, frage ich, wer sie ist und woher sie kommt. Ihr Name sei Amzir, erzählt sie mir, sie sei eine Targia aus dem *tinariwen*, der Wüste. Lippen und die Augenränder sind mit blauschwarzen Tätowierungen bedeckt, außerdem trägt sie schweren Silberschmuck an den Ohren, um den Hals und an den Armen und behauptet, keine Angst vor Räubern zu haben. Allmählich frage ich mich, ob sie vielleicht Zauberkräfte hat. Und dann habe ich eine Idee. Als ich sie ihr erläutert und den Preis dafür ausgehandelt habe, grinst sie breit und zeigt mir dabei ihre kräftigen weißen Zähne.

Wir sperren die Ziegen in ben Hadous Zelt; dann führe ich sie zu Zidana. »Das ist Amzir. Sie stammt aus der Großen Wüste und ist wie Ihr eine Herrscherin über die Geister. Ich dachte, Ihr würdet Euch gern mit ihr austauschen.«

Die Herrscherin mustert die Frau von oben bis unten, sichtlich uninteressiert. »Du bist sehr dünn«, meinte sie abschätzig.

Die Targia lächelt. Es ist ein schmales Lächeln, so scharf, dass es einen Knochen zerschneiden könnte. »Und du sehr dick.«

Zidana wirft sich geschmeichelt in die Brust. Als hätte dieser kleine Wortwechsel ihren jeweiligen gesellschaftlichen Rang geklärt, lädt sie die Besucherin mit einer großzügigen Geste ein, Platz zu nehmen, und ruft nach Tee. Sie verbringen einige Zeit damit, die Namen zu vergleichen, die sie für diverse Geister haben, und die Frau aus der Wüste zeigt sich so kenntnisreich, dass Zidana wenig später Symbole in die Erde zeichnet und Amzir sie mit ihren eigenen seltsamen Kombinationen von Kreisen und Linien ergänzt.

»Das wird deine Söhne beschützen«, erklärt die alte Frau am Ende. »Vor Feuer, Flut und Pest.«

»Und Gift?«

Die Alte nickt.

»Und dem Schwert?«

Die Targia fügt ein weiteres Symbol hinzu.

Zidana denkt angestrengt nach. »Es gibt auch noch den Tod durchs Wasser. Oder den Strang …«

»Deine Söhne werden sicher sein …« Amzir hält inne, befragt die Symbole und macht schließlich ein kleines missbilligendes Geräusch.

»Was? Was ist los?«

»Es gibt da eine weiße Frau, eine Fremde …«

Zidana lehnt sich mit zusammengekniffenen Augen zurück. »Sprich weiter.«

»Sie wird ein Kind zur Welt bringen.«

Die Augen weiten sich unmerklich. »Ich kenne die Frau. Wird es ein Junge?«

Die Targia hebt warnend einen Finger. »Nicht so, wie du denkst. Ihr einziges Kind wird sich als Mädchen erweisen, obwohl es zuerst wie ein Junge aussieht.«

Das gefällt Zidana sehr. Sie gluckst. »Ein Junge, der in Wirklichkeit ein Mädchen ist. Ha! Das ist gut. Meine Söhne werden also überleben und ihrem Vater auf den Thron folgen?«

»Solange die weiße Frau am Leben ist, ja.«

Das gefällt ihr schon weniger. Ich halte den Atem an. In meinen Ohren klingt es offensichtlich geflunkert, doch nach einer Weile nickt Zidana nachdenklich und überhäuft die Frau zum Abschied mit Geschenken: Schmuck, Stücke von süß duftendem Amber, Mandelgebäck, Früchte für die Ziegen. Beide wirken äußerst zufrieden mit ihrem Treffen. Als ich mich von der Targia verabschiede, sieht sie mir offen in die Augen und nennt mich dann bei meinem Namen. Nicht Nus-Nus, sondern bei meinem Stammesnamen. Das überrumpelt mich dermaßen, dass ich kaum höre, was sie als Nächstes sagt, und sie bitten muss, es noch einmal zu wiederholen.

»Sei standhaft, du, der du tot und lebendig zugleich bist. Du musst ein Meer überqueren.«

Dann ruft sie ihre Ziegen, die sich munter aus ben Hadous Zelt herausdrängeln, und geht ihres Weges, hinab zum Fluss, dessen süßes Gras noch nicht im Frost erstarrt ist. Ich bleibe allein zurück und sehe ihr stirnrunzelnd nach.

An diesem Nachmittag werde ich zu Ismails – und ich muss in meiner Eitelkeit gestehen, auch meiner eigenen – Genugtuung mit der Uniform der Schwarzen Garde ausgestattet. Sie besteht aus einer scharlachroten Tunika, die mit einer Schärpe aus grüner Baumwolle über einem weißen Hemd und einer weiten Hose zusammengehalten wird. Über die eine Schulter zieht sich ein ledernes Wehrgehänge mit einem kleinen gebogenen Dolch, den wir direkt auf der Brust tragen. Kein Turban, denn Ismail ist überzeugt, dass eine Kopfbedeckung seine *bukhari* in der Schlacht schwächen würde. Außerdem – wie sollen die Engel sie ins Paradies befördern, wenn sie sie nicht an der Haarsträhne auf dem kahl rasierten Schädel packen können? Ich habe keine Haarsträhne. Ohne den Turban fühlt sich mein nackter Schädel verletzlich und kalt an. Sollte ich auf dem Schlachtfeld sterben, werde ich auf schnellstem Weg in der Hölle landen.

Als ich Amadou zu Alys bringe, erkennt sie mich im ersten Augenblick nicht und steht auf. Es ist das erste Mal seit langer Zeit, dass ich sie im Stehen sehe. Ihr Bauch ist so rund wie eine reife Wassermelone, und mit einem Mal wird mir mit einem mulmigen Gefühl klar, dass sie das Kind zur Welt bringen wird, während ich in den Krieg ziehe.

Der Affe erforscht die neue Umgebung und stöbert unter den Kissen nach Leckereien. Das macht mich noch trauriger. Man kann sich leicht vormachen, dass Tiere einen um seiner selbst willen lieben, nicht weil man für ihr Futter sorgt. Wahrscheinlich ist es Amadous Anblick, der Alys schließlich auf die richtige Spur bringt. »Oh, Nus-Nus! Ich habe Euch für einen strengen Wächter gehalten.«

»Tut mir leid, wenn ich Euch beunruhigt habe. Ich bin gekommen, um mich zu verabschieden und Euch Amadou anzuvertrauen. Ich glaube, er hat keine Lust, in den Kampf zu ziehen.«

»Und Ihr?«

Mit gespielter Verwegenheit, die ich keineswegs empfinde, deute ich auf meine Uniform und das lange Schwert, das ich an der Hüfte trage. Ismail selbst hat es mir überreicht. »Sehe ich nicht danach aus?«

Einen langen Augenblick sieht sie mich schweigend an, mit herabgezogenen Mundwinkeln. Dann macht sie einen Schritt auf mich zu und legt mir die Hand auf den Arm. Als sie zu mir aufblickt, trifft mich der riesige blaue Abgrund ihres Blicks erneut mit voller Wucht. »Bitte, versucht nicht, den Helden zu spielen, Nus-Nus. Seid nicht unvorsichtig.«

»Heute Abend muss ich schwören, mein Leben für unseren Sultan hinzugeben.«

Die Betonung auf »unseren« entgeht ihr nicht. Ihre Augen schwimmen in Tränen. »Trotzdem möchte ich lieber, dass Ihr als lebendiger Feigling zurückkommt«, flüstert sie, »als nur eine tapfere Erinnerung zu bleiben.«

»Berberfrauen schärfen ihren Ehemännern ein, niemals als Verlierer nach Hause zu kommen. Plutarch erzählt, dass die Frauen in Sparta ihre Söhne ermahnten, entweder mit oder auf ihren Schilden zurückzukehren. Die Asante sagen, es sei die Frau, die das Schwert eines Mannes stähle. Sind Engländerinnen so anders?«

»Ihr wisst zu viel.« Sie lächelt schwach.

»Man kann nie genug wissen. Aber als Mann lebt man nicht nur im Kopf.«

»Ihr seid kein trockener Gelehrter, davon bin ich überzeugt.«

»Ich bin von gar nichts überzeugt, Mylady. Moment, das stimmt nicht. Es gibt etwas, bei dem ich mir ziemlich sicher bin.«

»Was denn?« Ihr Griff um meinen Arm wird fester. Ich spüre die Berührung jeder Fingerspitze einzeln; meine Haut kribbelt bei dem Gefühl. Wie soll ich einer Frau, die einem anderen Mann ein Kind schenken wird, einem Mann, der obendrein mein Herr ist, sagen, was in meinem Herzen tobt?

»Es wäre Verrat, es auszusprechen.«

»Ich finde, es ist ein Sakrileg, es nicht zu tun«, erwidert sie leise. »Aber ich möchte nicht, dass Ihr Euch in Gefahr begebt.« Sie legt mir den Finger auf den Mund, um die Worte zu verhindern.

Ich ergreife ihr Handgelenk, um die Finger beiseitezuschieben, beuge mich vor und küsse sie. Jeder einzelne Nerv meines Körpers ist von Leidenschaft erfüllt.

Die Welt dreht sich um mich, oder bin ich das selbst? Einen flüchtigen Augenblick lang spüre ich den sanften Druck ihrer Hand auf meinem Hinterkopf, der mich stärker zu ihr hinabzieht, doch dann ist es vorbei, sie macht einen Schritt zurück, und wir stehen nur da und starren uns an. Die Ungeheuerlichkeit dessen, was gerade passiert ist, schwillt zwischen uns an, als wäre der Planet plötzlich vom Himmel in dieses Zelt gestürzt. Ich könnte hingerichtet werden für das, was ich getan habe – so gedankenlos und dumm, genau wie Alys auch.

Dann kommt Amadou, von der Suche nach Leckerbissen frustriert, schnatternd unter der Decke des Diwans hervor, und die Spannung zwischen uns ist gebrochen.

Mit einer gewaltigen Anstrengung setze ich mein zweites Gesicht auf und verbeuge mich. »Lasst es Euch gut ergehen, Alys. Ich hoffe, es wird eine leichte Geburt.« Damit eile ich davon, und mein Herz schlägt gegen den Brustkasten, als wollte es hinausfliegen und zu ihr zurückkehren.

An diesem Abend lege ich den Treueid auf den *Salih al-Bukhari* ab, die Sprüche des Propheten, ein wunderbar gebundenes, mehrere Jahrhunderte altes Buch. Es war ein Geschenk zum Amtsantritt des Sultans vom Gouverneur von Hedscha, Barakat ben Mohammed, Beschützer der heiligen Stadt Mekka. Aus diesem Grund ist es Ismail sehr heilig und begleitet ihn auf jeder Reise, wobei es in einem eigenen, perfekt ausgerichteten Zelt untergebracht und von einem herrlich geschmückten Pferd transportiert wird – demselben, für das ich an jenem verhängnisvollen Tag im *souq* von Meknès den goldbestickten Kotbeutel in Auftrag gab.

Es ist viel sagend, dass er die letzte Nacht im Lager mit seiner Hauptfrau verbringt. Ich trage die Details vor dem ersten Gebet am nächsten Morgen ins Diwanbuch ein.

Noch ehe die Sonne ganz aufgegangen ist, verabschiedet er sich von dem verschlafenen Abdelaziz. »Pass gut auf die Frauen im Harem auf, meine Gattinnen und meine Kinder, bester Freund. Sollte ihnen etwas zustoßen, lasse ich dich von den Maultieren zu Tode schleifen.«

Die Augen des Großwesirs weiten sich vor Schreck, doch der Herrscher bricht in schallendes Gelächter aus.

»Dich kann man wirklich leicht zum Narren halten, Abdou!«

Nach dem Frühstück brechen wir auf: Siebentausend Reiter und fünfzehntausend Fußsoldaten durchqueren den Melwiya an der Furt, während der heiße Atem der Pferde wie Nebelschwaden um uns herumwabert. Als ich mich zum Lager umdrehe, sehe ich nichts als eine Art Geisterarmee, die sich zwischen zwei Welten bewegt.

ZWANZIG

Ramadân 1088 AH

In dieser ersten Nacht tat ich kein Auge zu, weil ich immerzu an den Kuss denken musste, einen Augenblick himmelhoch jauzend, im nächsten schon wieder zu Tode betrübt. Die Qualen übertrafen die Wonne um ein Vielfaches, und noch Tage später bin ich trotz aller Gedanken, die ich mir mache, keinen Deut klüger, obwohl die ungewohnte Aufgabe, darauf zu achten, dass ich nicht vom Pferd falle, mich mit praktischeren Dingen beschäftigt hält. Jetzt, erschöpft von einem langen Tag im Sattel, schlafe ich besser als seit Jahren, trotz der eisigen Temperaturen und des harten Bodens, auf dem ich liege. Die Witterungsverhältnisse in den Bergen sind unbeschreiblich; eine solche Kälte habe ich noch nie erlebt. Alles gefriert: die Haare in meiner Nase ebenso wie die Tränen in meinen Augen oder der Urin. Ich lerne, flach zu atmen, um diese Messerstiche in der Brust zu vermeiden. Der Sultan treibt uns gnadenlos an, besessen von seinem übermächtigen Wunsch, den Aufstand niederzuschlagen. Als klar wird, dass die Gepäckwagen unser Tempo behindern, lässt er ohne Zögern Betten, Tische, Kohlenpfannen und alles andere zurück, was sich nicht problemlos auf ein Maultier packen und transportieren lässt. Er lebt unter denselben Bedingungen wie wir, schläft in einem Umhang auf dem Boden und bekommt die gleiche fade Kost wie wir. Widerwillig muss ich Ismail Respekt zollen, denn er erweist sich als Mann, der Entbehrungen leichter erträgt als seine härtesten Soldaten. Bislang habe ich ihn als Despoten erlebt, als Lüstling, als erhabenen Verrückten, der seine Macht nur ausübte, um seinem Vergnügen und seinen Obsessionen nachgehen zu können. Jetzt sehe ich zum ersten Mal den Mann hinter dem Titel, der sein Leben als jüngerer Sohn eines unbedeutenden Kriegsfürsten begann, weit entfernt vom Zentrum der Macht, und sich seinen Weg zum Thron mithilfe von Verschwörungen und Intrigen erkämpft hat, um ihn dann mutig und entschlossen gegen alle anderen Anwärter und Feinde zu verteidigen. Den Mann, der das Königreich vereinen, seine Grenzen ausdehnen, eine Dynastie begründen und ein großartiges Erbe hinterlassen will. Auch die religiöse Inbrunst, die ihn anfeuert, erkenne ich plötzlich klarer. Sobald der Ramadân beginnt, befolgt er die Fastenregel und setzt sie für sein gesamtes Heer durch. Obgleich unsere hungrigen Körper bei Einbruch der Dämmerung zittern, als litten wir alle an Schüttelfrost, und viele eher von ihren Pferden herunterrutschen als absteigen, zeigt Ismail keinerlei Anzeichen für Unbehagen oder Erschöpfung und sorgt stets dafür, dass die Pferde ordentlich versorgt sind, bevor er sich selbst eine Pause gönnt.

Als einer der Kaids unbesonnen darauf hinweist, dass wir als *musaafir*, Reisende, das Recht haben, unser Fasten bis nach Beendigung des Feldzugs zu verschieben, beherrscht Ismail sein Verlangen, den Mann zu enthaupten, und degradiert ihn stattdessen zu einem Maultiertreiber am Ende der Schlange. »Wir befinden uns auf einer heiligen Mission, um Gottes Königreich zu verteidigen!«, wütet er. »Wer braucht Brot, wenn uns sein Wille stärkt?«

Niemand wagt, ihn daran zu erinnern, dass den Gotteskriegern das Fasten ebenfalls erspart wird.

Und so ziehen wir mit leerem Magen weiter durch die glasklaren Tage, und die Pferde bahnen sich einen Weg durch den blendend weißen Schnee. Nachts stehen Millionen Sterne über uns, während die Schreie der Schakale durch die Luft zittern und uns bis in unsere Träume hinein verfolgen.

Eines Tages kurz nach Sonnenuntergang verlassen wir die Berge. In all den Wochen der Reise sind wir keiner lebenden Seele begegnet bis auf ein paar zerlumpte Hirten, und jetzt stoßen wir auf eine kleine Ansiedlung, die sich in eine Mulde des Tals schmiegt. Rauch steigt von einem offenen Feuer empor, auf dem ein ganzes Schaf geröstet wird. Als wir näher kommen, wirft sich ein älterer Mann mit zerrissenen Kleidern und einem schmierigen Turban vor dem Pferd des Sultans zu Boden.

»*Marhaban*, mein Herr! Die Tore des Himmels sind geöffnet, die Tore der Hölle sind geschlossen, der Teufel ist in sicherem Gewahrsam und die *djenoun* sind weggesperrt. Ich bitte Euch: Brecht Euer Fasten mit Euren armen Untertanen.«

Das gefällt Ismail sehr. Zufrieden, wenn auch nicht gerade königlich, hockt er auf einer der schäbigen Strohmatten, die um das Feuer ausgelegt sind, isst mit den Dorfbewohnern und nimmt die Jungfrau an, die man ihm in dieser Nacht als Geschenk für sein Bett darbietet. Nach der sarkastischen Bemerkung des Großwesirs habe ich das Diwanbuch nicht eingesteckt, und niemand kann mir sagen, wie der Name des Mädchens buchstabiert wird, denn von all diesen Leuten kann niemand lesen oder schreiben. Man wiederholt den Klang des Namens so lange, bis ich ihn einigermaßen nachsprechen kann, und dann schreibe ich ihn mit einem angespitzten Stück Schilfrohr und einer Tinte, die ich aus Asche und Wasser gemischt habe, auf ein Stück Leinen. In dieser Nacht kann ich an nichts anderes denken als an Alys. Ich bete darum, dass es ihr gut geht, und frage mich, ob ich die bevorstehende Schlacht überlebe, wenn wir morgen das Tafilalt erreichen.

EINUNDZWANZIG

Alys

Was habe ich getan? Ich versuche, nicht daran zu denken, aber irgendwie reitet mich der Teufel. Erinnerungen an diesen leidenschaftlichen Kuss, den ich meinem armen Freund schenkte und der ihn beschämt und verwirrt von mir wegtrieb, kommen zurück, glühender als je zuvor. Außerdem erinnere ich mich an den Anblick seines nackten Oberkörpers an diesem entsetzlichen Tag, als der Sultan seinen Tobsuchtsanfall hatte – er sah aus wie eine Skulptur aus Obsidian. Vielleicht ist ein böser Geist in mich gefahren, ein Geist, der jetzt in meinem Bauch von Tag zu Tag größer und stärker wird. Bestimmt werde ich ein Ungeheuer in die Welt setzen.

Ich bete, komme mir jedoch wie eine Heuchlerin vor, wenn ich christliche Gebete spreche, obwohl ich diesem Glauben abgeschworen habe. Meine Verwirrung treibt mich dazu, die *ma'alema* aufzusuchen, eine Frau, die den Frauen im Harem nicht nur praktische Hilfe beim Erlernen des Stickens, sondern vor allem religiöse Anleitung gibt. Wir haben Meknès in solcher Hast verlassen, dass sie mit Ersterem nicht ausgefüllt ist; Säcke voller Henna, Farben, Schmuck und Ballen von Satin haben dafür gesorgt, dass wir unsere Stickrahmen und Seidenstoffe am Hof zurücklassen mussten, und bislang hat noch niemand den Verlust so sehr bedauert, dass man Sklaven hätte zurückschicken müssen, um sie zu holen.

Ich spreche mittlerweile ein bisschen Arabisch, aber trotzdem habe ich immer noch Mühe, mich verständlich zu machen. Als ich ihr den übersetzten Koran zeige, den mir die konvertierte Engländerin Catherine Tregenna geschenkt hat, und versuche zu erklären, was ich haben will – eine Unterweisung in ihrem heiligen Buch –, schleudert sie es von sich, als wäre es vergiftet, spuckt sich in die Hände und wischt sie dann an ihrem Rock ab. Anschließend eilt sie geschäftig davon, murmelt irgendetwas vor sich hin, und ich bin sicher, dass ich sie auf ewig beleidigt habe, doch wenig später ist sie mit einem wunderschönen, in grünes und goldenes Saffianleder gebundenen Buch wieder da. Dieses öffnet sie von hinten und bewegt den Finger von rechts nach links, während sie die entsprechenden Schriftzeichen rezitiert. Der Klang ist rhythmisch, monoton, ja hypnotisch. Selbst der Affe lässt sich davon einschläfern. Er liegt friedlich zusammengerollt zu meinen Füßen und beobachtet uns mit seinen starren Augen. Da Nus-Nus mir etwas Arabisch beigebracht hat, erkenne ich einzelne Worte aus den Gebeten der Frauen wieder. Ich folge dem Klang und lerne ihn auswendig und wiederhole ihn wieder und wieder wie ein sprechender Vogel. Manchmal macht die *ma'alema* eine kleine Geste, um mir beim Verstehen zu helfen. Auf diese Weise lerne ich, dass *al-Fatiha* »Öffnung« bedeutet. Sie erklärt es, indem sie die Hände zuerst faltet und dann nach rechts und links auseinanderfallen lässt. Im Glauben der *ma'alema* hat Gott viele Namen. Sie ist entzückt über mich. Sie tätschelt mir die Hände, redet auf mich ein und stolziert mit geschwellter Brust herum. Wie es scheint, bin ich ihre beste Schülerin geworden, ein lebendes Zeugnis für ihr Geschick und ihre Überzeugungskraft.

Zidana stampft in Decken und Felle gehüllt an uns vorbei. Als sie sieht, dass die *ma'alema* bei mir sitzt und ich einen Koran auf den Knien liegen habe, sieht sie uns finster an. Amadou wirft nur einen Blick auf sie und verkriecht sich unter meine Röcke.

Eine der anderen Kurtisanen steht wie ich kurz vor der Entbindung; ihre Schwangerschaft ist vielleicht ein oder zwei Wochen weiter vorangeschritten als meine. Sie ist eine junge Schwarze mit hervorstehenden Augen, die so weich und wässrig sind wie die der beiden Mopshunde meiner Mutter. Als ihre Wehen einsetzen, waschen die anderen Frauen sie von Kopf bis Fuß und bepinseln ihre Nägel, die Handinnenflächen und Fußsohlen mit frischem Henna. Anschließend wird sie herumgeschleppt wie ein großes Baby, mit der Hand gefüttert, zur Latrine und zurück getragen und am Ende auch zu einem improvisierten Hamam, wo man die Hennapaste wieder abwäscht. Sie hinterlässt ein leuchtend orangefarbenes Muster, das ihr über alle Maßen zu gefallen scheint. Man schminkt ihre Augen mit Khol und färbt sogar ihre Lippen rot. All das, so habe ich gelernt, sind abergläubische Gesten, die böse Einflüsse in Schach halten sollen. Offensichtlich können die Geister, die hier *djenoun* heißen, Zeiten der Schwäche nutzen, um sich Zutritt zu einem Körper zu verschaffen. Allmählich frage ich mich, wo man sie sonst noch mit Henna bepinselt hat.

Nun aber sieht es so aus, als hätte das Henna seine schützende Magie nicht ausüben können, und die *djenoun* müssen einen Festtag gehabt haben, denn das Kind der armen Frau war eine Totgeburt. Klagen ziehen sich über den ganzen Tag, alle Frauen heulen und stoßen ihre schrillen Schreie aus. Die verzweifelte Mutter zerreißt ihre Kleider, zerkratzt sich das Gesicht mit den Nägeln und will nicht zulassen, dass man ihr Kind beerdigt. Sie umklammert selbst dann noch die winzigen Füßchen, als die anderen Frauen versuchen, es ihr wegzunehmen. Es ist ein herzzerreißender Anblick. Anschließend bleibe ich eine Weile bei ihr, streichele ihr die Hände und murmele ihr tröstende Worte zu, doch der Anblick meines geschwollenen Bauches führt nur zu immer neuen Tränen, und als ich mich verabschiede, spüre ich, wie mich bei dem Gedanken an meine eigene bevorstehende Prüfung das Grauen überwältigt.

Dies ist kein Ort, an dem man Kinder zur Welt bringen sollte. Trotz der brennenden Kohlenpfannen ist die Kälte draußen allgegenwärtig. Sie sickert durch das Gewebe der Zelte, durch die Zeltklappen, die nie richtig schließen, steigt aus dem Boden durch die Strohmatten und Teppiche. Und doch stelle ich mir manchmal vor, wie ich mich in die Nacht hinausstehle, an der Furt den Fluss durchwate und mich den Berg hinaufschleppe, um mein Kind ganz allein in einer Höhle zu gebären wie ein wildes Tier.

ZWEIUNDZWANZIG

Shawwal 1088 AH

Die Eroberung des Tafilalt vollzog sich ohne einen einzigen Schwertstreich. Offenbar hatte man die Dorfbewohner, die uns zwei Tage lang so freundlich aufgenommen hatten, gut dafür bezahlt, uns aufzuhalten, sodass Al-Harrani und Moulay Saghir ungehindert nordwärts nach Tlemcen fliehen konnten. Als wir in der Stadt Sidschilmasa einmarschieren, feiern uns die Bewohner, obwohl sie ohne jeden Zweifel nur Tage zuvor noch die Rebellen unterstützten. Jeder Haushaltsvorstand schleppt Teppiche aus seinem Haus und legt sie auf die Straße, damit der Sultan darüberreiten kann. Natürlich leisten wir uns auf diesem Feldzug nicht den Luxus von Kotbeuteln – weder goldbestickten noch anderen –, daher, so fürchte ich, werden die braven Hausfrauen von Sidschilmasa einiges zu tun haben, ehe sie ihre Teppiche wieder benutzen können.

Die Rebellen haben ihr eigenes barbarisches Diebesgut an diesem Ort offen zur Schau gestellt. Es sieht so aus, als hätten sie bei ihrem Aufstand Unterstützung aus dem Ausland erhalten, denn unter den Gegenständen, die sie bei ihrem übereilten Aufbruch zurücklassen mussten, befanden sich dicke Teppiche aus der Türkei und aus Isfahan, neue französische Möbel, die grell mit Blattgold verziert sind, und englische Kanonen, bei deren Anblick Ismails Augen aufleuchten. Nach und nach kommen sämtliche lokalen Stammesführer zum

Katzbuckeln, mit Tributen und überschwänglichen Treueschwüren. Sie versprechen ihr Leben, ihr Schwert, ihre Söhne und Töchter, die allerdings meistens extrem unansehnlich sind. Ismail ist begeistert. Als der Ramadân endet und wir alle ein großes Fest feiern, macht er seine wochenlange Abstinenz wett, indem er sich jede Nacht zwei oder drei junge Mädchen ins Bett holt, als wäre er entschlossen, sein Reich im Alleingang neu zu bevölkern.

Die in Sidschilmasa verbliebenen »Höflinge« sind eine bunte Mischung: Rabauken und Taugenichtse, Opportunisten und Spekulanten aus einem Dutzend verschiedener Stämme und Nationalitäten. Zwei Männer geben sich als Asante-Prinzen aus, daneben finden sich portugiesische und niederländische Deserteure und mehrere Händler aus Ägypten und Äthiopien, die sofort versuchen, ihre Ware an die Neuankömmlinge zu verhökern. Ismail lässt ihre Habe konfiszieren und durchwühlt sie verächtlich. »Hier …«, sagt er und wirft *al-Attar* ein goldenes Kästchen mit Weihrauch zu. Jeder andere wäre zufrieden mit solch reicher Beute, doch der Hausierer verzieht nur den Mund: Mit Parfüm kann er nicht viel anfangen. Der Doktor bekommt eine seltsame Sammlung von getrockneten Käfern und Skorpionen, wie sie bei der einen oder anderen Pfuscherei benutzt werden. Später erfahre ich, dass er sie in den Abtritt geworfen hat und damit, dem Geschrei nach zu urteilen, dem nächsten Benutzer des kleinen Raums einen kräftigen Schrecken eingejagt hat. Mir schenkt Ismail eine silberne, reich geschmückte Dose, für die ich mich vielmals bedanke. Als ich sie öffne, entdecke ich ein Häufchen getrockneter Blättchen, das nach Holz, etwas Süßem und nach Pfeffer duftet, ein bisschen wie Muskat. Am Abend, als der Sultan sich bereits von seiner neuesten Eroberung erholt, freunden sich die Asante-Prinzen mit mir an. Sie haben Tonpfeifen und einen Beutel mit getrockneten

Blättchen dabei, die sie als Tabak bezeichnen. Mein früherer Master, der Arzt, rauchte ihn auch. Sie schlagen vor, etwas von meinem Kraut, das sie *kif* nennen, mit dem Tabak zu mischen, um ihn »süßer« zu machen. Ich zucke die Achseln: »Wenn ihr wollt.« Ich habe früher schon einmal eine Pfeife mit Tabak probiert und fand nichts Besonderes daran. Doch es ist wahr: Mit dem Zeug aus meiner Silberdose schmeckt es ganz anders. Bald unterhalten wir drei uns wie alte Freunde, umwabert von süß duftenden Rauchwolken, und lachen über die Geschichten, die wir uns gegenseitig erzählen und die immer unzusammenhängender und wirrer werden. Nach einer Weile bekomme ich heftigen Hunger und gehe in die Küche, um etwas zu essen für uns aufzutun.

Gerade als ich mit einem Tablett voller Kuchen und Mandelgebäck – das wirklich köstlich ist, ich konnte nicht widerstehen und habe mir den Mund schon vollgestopft, während ich es zusammensuchte – den Rückweg antreten will, spricht mich ein junges Mädchen mit stark geschminkten Augen und einem erstaunlichen Lächeln an. Eine unverschleierte Nomadin aus dem Stamm der Ait Khabbashi. Sie leckt sich die Lippen und versperrt mir den Weg wie eine Katze, die im nächsten Moment einen Vogel verschlingen wird. »Hallo.«

Sie wirkt exotisch mit ihren dreieckigen schweren Ohrringen und Halsbändern aus Kaurimuscheln, die im Licht der Kerzen in den Wandleuchtern schimmern. Sie legt mir die Hand auf den Arm, sieht nicht das Tablett, sondern mich an und sagt: »Sehr verlockend.«

Ich erinnere mich an meine Manieren und biete ihr ein Stück Kuchen an.

Sie lacht. »Das meinte ich nicht.« Ihre Hand streift über mein Gewand und bleibt auf meinem Schritt liegen. Statt schockiert zu sein, ertappe ich mich beim Lachen. Ich lache noch, als sie meinen Kopf zu sich herabzieht und mich leidenschaftlich küsst. Als wir uns voneinander lösen, sagt sie: »Ich habe dich den ganzen Tag beobachtet. Hast du mich bemerkt?«

Ich muss mich entschuldigen und zugeben, dass sie mir nicht aufgefallen ist. Wie auch? Sie ist wirklich hübsch. Aber sie ist nicht Alys.

»Du bist ein sehr schöner Mann.«

Das bringt mich erneut zum Lachen. »Frauen sind schön, Männer nicht.«

»Lass uns irgendwo hingehen, wo wir ungestört sind und das Thema weiter erörtern können.« Sie nimmt mir das Tablett ab und führt mich, lammfromm, als ginge es auf die Schlachtbank für das Opferfest, in einen kleinen Raum, der mit flauschigen Schaffellteppichen ausgelegt ist.

Ich bin so benebelt, dass es mir vorkommt, als betrachtete ich ein anderes Liebespaar in halluzinatorischen Lichtblitzen. Ihre blassen Finger streichen über meine Narben. »Was für ein ungewöhnlicher Mann«, murmelt sie und legt sich auf mich. In meinem Traumzustand wundert es mich nicht, dass ich einen Ständer habe. Meine Hände können ihre mit einem silbernen Kettchen und Amuletten geschmückte Taille beinahe umspannen, als ich sie auf die Spitze meines Schwanzes setze. Egal, welche Magie hier am Werk ist – sie ist gewaltig. Wir finden unseren Rhythmus. Sie ist schlank, gelenkig, mit hohen Brüsten und schmalen Hüften. Ihre Haut schimmert, und ihre dunklen Augen sind erfüllt von einem lasterhaften Wissen. Bei einem Stellungswechsel fällt mir auf, dass ihre Pobacken so rund sind wie der Vollmond. Auf Händen und Füßen erkenne ich eintätowierte Muster, ebenso auf den bleichen Fußsohlen, die sie mir wie ein Geschenk präsentiert, als ich über ihr knie.

Als der Morgen dämmert, bin ich allein. Doch in den Schaffellen neben mir erkenne ich den unverkennbaren Abdruck eines weiblichen Körpers.

Ein Bild nach dem anderen steigt in mir auf, grobe Fragmente, zu lebendig und seltsam, als dass es sich um längst vergessene Erinnerungen handeln könnte. Mein Gott, welcher *djinn* hat mich in Besitz genommen? Ich bin ein Eunuch, ein kastrierter Mann: Nichts von alledem ist möglich. Ich liege da, ausgedörrt und erschöpft, schwankend zwischen Ungläubigkeit und Gewissheit, Euphorie und Scham. Es muss am *kif* gelegen haben oder an der exotischen Magie der Frau. Doch jetzt wendet sich mein Herz wie ein Magnet wieder Alys zu, und eine kleine triumphierende Stimme in meinem Innern flüstert mir zu, dass ich tatsächlich noch eine Frau befriedigen kann, selbst wenn ich keine Kinder mit ihr zeugen könnte. Ist das nicht ein Geschenk an sich?

Die Zeit in Sidschilmasa ist nur eine kurze Verschnaufpause, dann hören wir, dass die Verbündeten der Rebellen, die Ait-Atta-Berber, ihre großen Festungen im Draa-Tal verlassen und sich ins Atlas-Gebirge zurückgezogen haben, statt dem Herrscher Treue zu schwören. Wenig später sickern die ersten trotzigen Nachrichten dieser abtrünnigen Stammesführer durch, die Ismail zum Angriff anstacheln. Späher werden in die Berge ausgesandt; Tage später kehrt ein verwundeter Soldat zurück und meldet wenige Augenblicke vor seinem Ableben, dass sie Zuflucht in einer Reihe von Höhlen hoch in den steilen Kalksteinklippen des Djebel Saghro gefunden haben.

Und wieder marschieren wir, obgleich es Winter und der Hohe Atlas ein gefährliches Territorium ist. Doch Ismail ist entschlossen, die lästigen Stammesführer entweder ein für alle Mal zu unterwerfen oder sie auszurotten. Der Blick von hier oben ist spektakulär, doch die Kälte verheerend, und die Pässe sind zugeschneit. Selbst die zähesten *bukhari* leiden Höllenqualen. Wir wuchsen in tropischen Regionen auf und sind solche dramatischen Witterungsbedingungen nicht gewohnt. Einer nach dem anderen stürzen wir, werden erst von Taubheit, dann von Wundbrand an Händen und Füßen heimgesucht. Trotzdem lässt Ismail sich nicht beirren und treibt uns immer weiter voran.

Bei unserer Ankunft kommen drei Anführer aus den Bergen, um zu verhandeln. Es sind knorrige Männer, mit hageren Gesichtern und scharfen Augen. Obwohl sie lächeln und uns mit Geschenken und ausgefallenen Komplimenten überhäufen, bleiben ihre Augen von diesem Lächeln unberührt, besonders, als Ismail ihnen Baumwollgewänder anbietet, die für den Winter untauglich und ohnehin von schlechter Qualität sind, so, als wollte er andeuten, dass sie nicht mehr als Bettler seien.

»Ich traue ihnen nicht«, raune ich ben Hadou zu, der neben mir steht und die Scharade beobachtet.

Er bewegt keinen Muskel und lässt den Sultan nicht aus den Augen. »Es spielt kaum eine Rolle, ob du oder ich ihnen misstrauen. Sie werden tun, wozu sie entschlossen sind, und Ismail wird ebenfalls tun, wozu er entschlossen ist. Sie sind die Darsteller in diesem Spiel, und wir nur die Zuschauer.«

»Zuschauer, die aus einer Laune heraus sterben können.«

Da dreht er sich zu mir um. »Leben und Tod sind immer von einer Laune abhängig, Nus-Nus. Es wundert mich, dass du so lange am Hof überlebt hast und diese Lektion immer noch nicht begriffen hast.«

Die Stammesführer verabschieden sich mit dem Versprechen, bald mit dem Rest der Ait Atta zurückzukommen, um ihre Waffen vor dem Herrscher niederzulegen. Und so warten wir in der eisigen Kälte und verbrauchen unsere ohnehin mageren Vorräte.

Nachdem ein Monat vergangen ist, ohne dass sie sich ergeben haben, wird klar, dass sie nie die Absicht hatten. Stattdessen haben sie die gewonnene Zeit damit verbracht, ihre Stellungen zu verstärken und ihre Kräfte zusammenzuziehen.

Ismail tobt. Ohne auf die anders lautenden Ratschläge zu hören, gibt er den Befehl zum Angriff. »Der Prophet sagt, ein für Gott vergossener Tropfen Blut, eine unter Waffen verbrachte Nacht ist mehr wert als zwei Monate Fasten! Wer in der Schlacht fällt, dem werden seine Sünden vergeben. Am Jüngsten Tag werden seine Wunden rot leuchten wie Blut und duften wie Moschus, und den Verlust der Glieder werden Engel und Cherubim durch Flügel ersetzen! Zum Ruhme Allahs und unseres großen Reiches: Greift sie an!«

Hübsch gesagt, doch das hält den General der Kavallerie nicht davon ab, Einwände zu erheben. Er wird umgehend zum Schweigen gebracht: Noch während er spricht, schlägt sein Kopf auf der Erde auf.

Das macht allem Zögern ein Ende. Über drei Hänge hinweg stürmen wir zum Angriff, schwenken unsere Waffen, schreien unseren Widerstand hinaus. Aber natürlich hatte der tote Kavallerist recht: Pferde sind mehr als nutzlos in einem solchen Gelände. Sie werden mit den schmalen Ziegenpfaden oder dem trügerisch bröckeligen Geröll der Berge nicht fertig. Überall um uns herum stolpern und stürzen sie und werden so zu einer ebenso großen Gefahr wie die Pfeile der Berber, die im hohen Bogen von oben auf uns niedergehen. Neben mir flucht ein zum Islam konvertierter Söldner, als ein Pfeil knapp an ihm vorbeizischt: »Kruzitürken! Wer sind diese verdammten Kerle? Beschissene Wilde! Solche vermaledeiten Pfeile benutzt bei uns schon lange keiner mehr!«

Das Wiehern der verletzten Pferde ist entsetzlich und kann selbst dem abgebrühtesten Kämpfer das Herz zerreißen. Ich, der ich alles andere als abgebrüht bin, merke, wie mir die Knie weich werden und der Griff um mein Krummschwert sich löst. Die armen Tiere, denke ich. Werde ich am Ende auch so schreien?

Ermutigt von dem höllischen Lärm zeigen sich die Berber

auf den Felsvorsprüngen und beschießen uns jetzt, da wir näher herangekommen sind, mit Musketen. Eine Kugel streift einen Felsen nicht weit von mir, und ein Splitter davon bohrt sich in mein Schienbein. Der Schmerz ist so stark und unerwartet, dass ich mir einen Aufschrei nicht verkneifen kann. Sofort schäme ich mich dafür, obgleich er im allgemeinen Getümmel untergeht. Blut quillt aus der Wunde, die kaum eine ist. Weiterklettern, Nus-Nus, ermahne ich mich, obwohl deine Lunge brennt und du keine Ahnung hast, wie man mit der Pistole umgeht, die du im Gürtel trägst. Achte weder auf die Toten noch auf die Sterbenden. Blick nicht nach oben. Und was immer du tust, blick um Himmels willen nicht nach *unten* …

Als der Boden steil ansteigt, muss die Kavallerie aufgeben. Die Pferde, die überlebt haben, werden von ihren Reitern über einen Berghang außerhalb der Sichtweite des Sultans wieder hinabgeführt. Die Musketen fordern ihre Opfer, die Kaids führen uns in einen halbwegs geschützten Felsspalt, und wir klettern weiter, mit der Waffe in der Scheide, da wir jetzt beide Hände brauchen, um uns festzuhalten. Ohnehin hätte es nicht viel Sinn gehabt, hier eine Waffe zu schwenken: Die Feinde sind weit über uns und der Herrscher, der das Spektakel blitzender Schwerter beim Angriff liebt, weit unter uns. Unsere ungeübten Füße bringen auf diesem riskanten Terrain Felsbrocken und Steine ins Rollen, die wie Hagel auf die Kameraden hinter uns niederprasseln. Ich glaube, wir sind noch gefährlicher für sie als der Feind. Einmal wage ich einen Blick über die Schulter, den ich sogleich bereue: Auf einer Seite geht es dermaßen steil abwärts, dass es mir vorkommt, als kletterte ich über einem Abgrund. Mein Herz hämmert so stark, dass ich keine Luft mehr bekomme. Einen Moment lang dreht sich alles um mich, und ich habe das Gefühl, als müsste ich mich übergeben.

Aber für all das kann ich nur mich selbst verantwortlich machen, denn ich hätte auch einigermaßen bequem mit dem Harem in den Tälern des Melwiya bleiben können. Dort hätte ich nur den Großwesir in Schach halten müssen, statt gegen tausend gewiefte Stammesangehörige auf einem bröckligen Berghang anzutreten. Wenigstens sind sie, Allah sei Dank, alles andere als gute Schützen. Bislang haben sie kaum jemanden von uns mit einem Schuss erledigt; viele aber sind abgerutscht und haben den Halt verloren. Gerade will ich mich mit diesem Gedanken trösten, als ich aufblicke und sehe, wie es auf den Vorsprüngen über uns vor Berbern wimmelt, die ihre langen Gewehrläufe auf uns richten. Es scheint fast so, als brächte der Berg Sekunde für Sekunde neue Stammesangehörige hervor.

Sowohl oben wie auch unten erwartet mich der sichere Tod. Ich halte inne, presse die Stirn an den kalten Felsen und höre das Blut in meinen Ohren pochen.

Gott steh mir bei! Mein ganzer Körper zittert mittlerweile, die Muskeln sind von einem unkontrollierbaren Beben erfasst, das von Sekunde zu Sekunde schlimmer wird. Sogar meine Zähne klappern. Wenn das so weitergeht, wird allein dieses Zittern dafür sorgen, dass ich abstürze.

»Weiterklettern!«

Die Stimme ist vertraut, doch in diesem Augenblick könnte sie Gott selbst gehören, und es wäre mir gleichgültig.

Dann erscheint neben mir ein Gesicht: schmal, dunkel, aufmerksam, die Augen erfüllt von einem glühenden inneren Licht. Er grinst, sodass ich seine Zähne sehe. Es ist ben Hadou. »Nur Mut, Nus-Nus! Weiter zum Sieg. Oder zum Paradies, je nachdem, wie es für dich geschrieben steht.«

Ich hätte diesen Mann nicht für einen Eiferer gehalten, aber es sieht wirklich so aus, als machte ihm die Sache Spaß. Einen Augenblick lang hasse ich ihn noch mehr als den verrückten Sultan, der mich hier hinaufgehetzt hat.

»Na los, Junge, mach schon! Und hör auf nachzudenken. Denken führt einen Krieger nur ins Verderben.«

Also weiter mit meiner Kriegermaske, weiter mit dem *kponyungu*. Ich zwinge meine verräterischen Glieder zum Gehorsam und klettere weiter, blind, idiotisch, meinem Verhängnis entgegen.

Eine Stunde später finde ich mich unter den Überlebenden wieder. Wir waren die Stärkeren; zumindest haben die Berber sich zurückgezogen und uns ihre erste Verteidigungslinie, Proviant und eine Menge Vieh hinterlassen. Denjenigen, die die Angriffswelle ausführten, ist es schlechter ergangen: Eine Spur von zerfetzten Körpern zeugt von der Fahrlässigkeit des Angriffs. Hunderte von Gefallenen, wozu? Um einen unerreichbaren Felsgipfel, ein paar Säcke Getreide und eine Herde schäbiger Schafe zu erobern. Trotzdem sind wir, die so weit gekommen sind, von fiebriger Energie und einer Hochstimmung erfüllt, in der alle Zweifel und Ängste verpuffen. Triumphierend steigen wir über einen breiten Felsspalt zwischen den Bergen ab und treiben, beflügelt von der Aussicht auf gerösteten Lammbraten, die Schafe vor uns her.

Niemand ist darauf vorbereitet, was dann passiert. Die Berber stürzen sich von allen Seiten gleichzeitig auf uns und stoßen dabei ein Geheul aus, als wären sie *djenoun*. Innerhalb von Sekunden ist die Luft von Musketenrauch und dem Geschrei der Sterbenden erfüllt – Männern wie Schafen. Ich tue das, was ben Hadou mir geraten hat, und höre zu denken auf. Das heißt, ich lasse meinen Körper für mich denken, denn er scheint besser zu wissen, was nötig ist, als ich. Der Erste, den ich töte, ist mit einem langen Messer bewaffnet, doch meine Reichweite ist größer. Der Zweite stürzt sich mit einem Knüppel auf mich: Ich stolpere, sein Schlag geht an mir vorbei, und als es ihm nicht gelingt, ihn abzumindern, gerät er ins Wanken, und mein Schwert erwischt ihn – mehr zufällig als mit Absicht – am Hals. Im nächsten Moment ergießt sich ein Schwall von seinem Blut über mich. Ich erinnere mich an die Leiche, die mein Herr, der Arzt, sezierte, und noch während ich den Angriff eines Mannes mit blutbeflecktem Turban abwehre, taucht der Begriff *Halsschlagader* in meinem Kopf auf und verschwindet dann wieder – wie ein Pulsschlag. Dem Mann neben mir stoße ich die Klinge zwischen die Rippen, während er versucht nachzuladen, und danach verliere ich den Überblick und schlage nur noch auf alles ein, was sich bewegt. Dabei schreie ich, als wäre ein Dämon in mich gefahren, oder aus Todesangst, und merke nicht einmal, wie ein Messer über meinen Rücken fährt und eine Wunde von Schulterblatt zu Schulterblatt hinterlässt.

Irgendwann müssen unsere Gegner erneut verschwunden sein, um sich in die Bergfestung zurückzuziehen, denn Chaos und Gemetzel weichen nach und nach einer unheimlichen Stille, unterbrochen nur vom Stöhnen der Verwundeten und dem erwartungsvollen Kreischen der Aasgeier, die wie aus dem Nichts auftauchen und über uns kreisen.

Viertausend Mann verloren wir an diesem Tag, die Blüte der Meknassi-Truppen, die Besten unter den *bukhari*. Ein Kampf auf unbekanntem Gelände gegen erfahrene Bergbewohner: Welche Chance hatten sie?

Als er mich kommen sieht, hält der Sultan mich zuerst für einen lebenden Toten. »Ah, Nus-Nus, werde ich auch dich verlieren?« Als er begreift, dass das Blut – größtenteils – nicht meins ist, führt er mich zu einem Fluss und hilft mir eigenhändig, es abzuwaschen, bevor er mich umarmt wie ein Vater. Ich weiß nicht, was ich tun oder sagen soll: Ich habe Angst, dass sein Verstand nicht richtig funktioniert. Später fällt mir ein, dass ich für ihn vielleicht all die armen, treuen *bukhari* repräsentiere, die er an diesem Tag verloren hat, seine loyalen Soldaten aus den Ebenen und Urwäldern meiner Heimat, und dies seine Art ist, Buße zu tun, weil er sie in den Tod geschickt hat.

Ismail bleibt nichts anderes übrig, als um Frieden zu bitten. Selbst er sieht ein, dass wir die Ait Atta auf ihrem eigenen Territorium nicht besiegen können. Einige Stammesführer kommen aus den Bergen, und der Sultan schlachtet mit eigener Hand ein Kamel zu Ehren des Versprechens, dass die Berber von jetzt an ihre Eigenständigkeit bewahren können und keine Steuern zahlen müssen. Als Gegenleistung schwören die Stammesfürsten Loyalität gegen den gemeinsamen Feind: die Christen. Es sind leere Versprechen, das wissen wir alle; sie dienen nur dazu, das Gesicht zu wahren. Die Berber sind so gewieft, dass sie ohnehin keine Steuern bezahlen, und vermutlich wird auch nie ein christliches Heer dieses abgelegene Gebiet des Königreiches bedrohen. Doch umfasst die Vereinbarung auch sicheres Geleit durch die Täler des Hohen Atlas. Es ist bitter für den Sultan, eine scharfe Demütigung. Uns allen ist bewusst, dass er sie weder vergessen noch verzeihen wird.

DREIUNDZWANZIG

Alys

Mein Sohn ist da! Kaum zu glauben, dass ein so perfektes Wesen aus einer solchen Verbindung hervorgehen kann, ganz zu schweigen von der blutigen Aufgabe, ihn zur Welt zu bringen. Stundenlang sehe ich ihn an, als könnte er jeden Moment verschwinden wie ein Traum. Ich betrachte seine großen Augen und die seidigen Locken, seine winzigen Füße, jeder Zeh eine Miniatur, komplett mit Knöcheln und Nägeln. Seine Haut hat eine Farbe, die ich nicht genau beschreiben kann: wie helle Sahne mit Kaffee vermischt, das feine Innere einer Mandel, die Tönung eines Hühnereis oder der weiche Flaum unter dem Gefieder einer Henne – all das und nichts davon. Und mitten in diesem hellen Olivbraun leuchten die kornblumenblauen Augen. Er kann brüllen wie am Spieß und hat den Appetit eines kleinen Löwen. Was für ein Wunder der Natur er ist, mein bezaubernder kleiner Mischling! Hat je eine Frau ein so außergewöhnliches Baby geboren?

Selbst in diesem Moment, in dem all diese Gefühle mich erfüllen, weiß ich, dass jede Frau so empfindet, wenn sie Mutter wird, und dass ich jegliche Objektivität verloren habe. Aber das ist mir egal. Dieses Kind ist ein Wunder, und ich bete es dermaßen inbrünstig an, dass es mir vorkommt, als wäre es mein eigenes Herz, das da vor mir liegt und schläft. Doch manchmal verwandeln sich die heißen Wonneschauer in Eis, und dann packt mich die Angst, dass meinem Sohn etwas zustoßen könnte. Wenn mich diese Panik erfasst, wage ich kaum, ein Auge zuzutun.

Er heißt Mohammed. Das war nicht meine Entscheidung, sondern ist der übliche Name für den Erstgeborenen. Ich nenne ihn Momo.

Zidana besucht mich jeden Tag unter dem einen oder anderen Vorwand, und jeden Tag muss sie aus unerfindlichen Gründen Momo aus den Windeln holen und genauestens inspizieren. Sie nimmt ihn auf den Arm und betrachtet mein Kind mit einem sehr seltsamen Ausdruck, dann gluckst sie in sich hinein und geht ohne ein Wort wieder hinaus. Häufig schickt sie mir kleine Geschenke – geröstete Nüsse oder andere Leckereien und einmal, denkwürdigerweise, ein Gericht aus gezuckerten Heuschrecken – aber ich werde mich hüten, etwas zu essen, das von ihr kommt, und lasse nicht einmal Amadou davon probieren, trotz Nus-Nus' Anweisungen.

Es ist aber nicht nur Zidana, die mein Kind so merkwürdig ansieht. Auch der Affe sitzt häufig neben mir, wenn der Kleine auf meinem Schoß schläft, und beäugt die winzige Gestalt mit einem so unverhohlen drohenden Ausdruck, dass ich befürchte, er könnte ihm ernsthaft etwas antun, wenn ich die beiden jemals unbeaufsichtigt allein ließe. Manchmal stille ich Momo, und Amadou klettert auf meinen Schoß und versucht, an der anderen Brust zu saugen. Wenn ich ihn daran hindere, fängt er ein solches Geschnatter an, dass man meint, ich wollte ihn ermorden. Sein Verhalten stört den Ablauf der Tage und beeinträchtigt meinen inneren Frieden, denn ich weiß, wenn das so weitergeht, werde ich eine schwere Entscheidung treffen müssen.

Es sieht so aus, als ginge die Abwesenheit des Sultans mit einer gewissen Lockerung der strengen Regeln im Harem einher, denn heute erhielt ich Besuch vom Großwesir persönlich, Abdelaziz ben Hafid. Ich bin verblüfft, das muss ich zugeben. Bisher glaubte ich, dass ein Mann mit dem sicheren Tod rechnen muss, wenn er die Frauen des Harems sieht, er aber erklärt mir, dass er mir stellvertretend für den Sultan seine Aufwartung macht und das Kind sehen möchte. Als ich ihm Momo zeige, wirkt er verwirrt und fragt, ob er ihn unbekleidet inspizieren dürfe. Ich habe Angst und lehne ab. Er hat Hände wie eine Frau, dieser Abdelaziz, weiche, fleischige Handflächen, aber darunter verbergen sich Muskeln, und in seinen schwarzen Augen funkelt kühle Entschlossenheit. Ich traue ihm nicht und habe das sichere Gefühl, dass er nur gekommen ist, um uns etwas anzutun. Selbst Amadou mag ihn nicht, fletscht die Zähne und kreischt ihn aus sicherem Abstand an.

Doch mein Widerstand schreckt ihn nicht ab. Er kommt weiter, jedes Mal mit irgendeinem kostbaren Geschenk: Parfümfläschchen, die nach Moschus und Weihrauch riechen, Stücke von süßlich duftendem Bernstein, mit denen ich meine Kleider parfümieren kann, ein aus Frankreich stammendes Kinderbettchen für das Baby, von oben bis unten mit Blattgold verziert. Beim Anblick einer solch absurden Extravaganz muss ich lachen und versuche, es auszuschlagen. *»La, bezef, bezef, sidi!«* Mittlerweile habe ich ein paar Brocken Arabisch gelernt. »*Ja mil* … Ganz reizend, aber nein danke.«

Doch er bleibt beharrlich. »Das Kind ist Ismails Sohn und muss entsprechend behandelt werden.« Er zögert. »Es ist doch Ismails Sohn, oder?«

»Natürlich.«

»Ist auch der geringste Zweifel ausgeschlossen? Ich frage nur …«, er breitet entschuldigend die Arme aus, »weil es Gerede gegeben hat.«

»Gerede?«

»Von anderer interessierter Seite.«

Ich verstehe ihn nicht und sage es auch.

»Verzeiht mir meine Unverblümtheit, aber ich hörte unsere Herrscherin Zidana sagen, dass der Sklave Nus-Nus eine gewisse Schwäche für Euch haben soll.« Er beobachtet mich aufmerksam und muss meinen Schock bemerkt haben. Wider Willen erröte ich und spüre, wie die Hitze in mir aufsteigt, als wäre mir die Schuld ins Gesicht geschrieben.

»Nus-Nus ist ein Ehrenmann und leistet dem Herrscher gute Dienste.«

»Da ist man bei Hof allerdings anderer Meinung. Wie es heißt, soll er mit Euch verkehrt haben und das Kind von ihm stammen.«

»Dieses Kind ist der Sohn des Herrschers und von niemand anderem. Im Übrigen ist der Ehrenmann, den Ihr erwähnt habt, meines Wissens kastriert und zu einer solchen Leistung gar nicht fähig.«

Ein unergründlicher Ausdruck huscht über sein Gesicht. Dann sagt er: »Ich glaube Euch, meine Liebe. Doch Zidana ist eine unversöhnliche Feindin und beschäftigt sich mit Hexerei. Wenn Ihr mir Beweise für ihre Machenschaften liefern könntet, würde ich Euch vor ihr beschützen. Das heißt, wenn Ihr und Euer Kind in Sicherheit leben wollt.«

Bis zu seinem nächsten Besuch lässt er eine Woche verstreichen. Die *ma'alema* kommt im gleichen Moment mit Armen voller Rosmarin, um mein Zelt zu parfümieren. Sie kreischt, zieht ihren Schleier vors Gesicht, macht dann ein großes Getue und setzt sich zwischen uns, als wollte sie mich vor seiner Gegenwart beschützen.

Als er sich entschuldigt und das Zelt verlässt, sagt sie: »Mächtiger Mann. Gefährlich.«

»Ja, ich weiß. Er ist Ismails rechte Hand.«

Sie schüttelt heftig den Kopf. »Nur die rechte Hand meines Herrschers Ismail ist seine rechte Hand. Abdelaziz ben Hafid ist etwas ganz anderes und sollte sich hier nicht blicken lassen.«

Mächtig. Und gefährlich. Ich sollte mir ihre Worte merken. Vielleicht hinderte mich meine englische Erziehung daran, ihn zu tadeln oder seine Gegenwart zu meiden. Es stimmt, ich habe Angst vor Zidana und wäre froh, einen Verbündeten zu haben. Aus irgendeinem Grund ist Momo ganz vernarrt in den Großwesir. Es dauert nicht lange, bis ich weiß, warum. Der Mann ist von oben bis unten mit Schmuck behängt. Perlen schmücken seinen Turban, goldene Ringe seine Finger und Arme, Gold glänzt an den Säumen und Aufschlägen seiner Gewänder, und die Amtsketten, die er trägt, sind mit kostbaren Edelsteinen verziert, so groß wie Enteneier. Juwelen blitzen auch am Griff seines Dolchs – der im Übrigen so aussieht, als hätte er damit höchstens einmal einen Apfel geschält – und auf den Zehen seiner *babouches*. Besonders ein Stein, den Abdelaziz trägt, hat es dem Kleinen angetan, und eines Tages greift er danach und lässt nicht mehr los, ganz gleich, wie sehr wir betteln, ziehen oder ihn mit etwas anderem abzulenken versuchen. Als wir ihm den Smaragd schließlich abgenommen haben, stimmt er ein solches Geheul an, dass man glauben könnte, das Tor zur Hölle habe sich geöffnet. Abdelaziz weicht einen Schritt zurück. »Er hat eine gute Lunge. Und einen starken Willen. Keine Frage, ganz der Vater.« Seine schwarzen Augen durchbohren mich, bis ich den Blick abwende.

Beim nächsten Besuch hat er ein Geschenk für Momo: einen goldenen Ring mit dem Siegel des Sultans und einer riesigen Perle in der Mitte. »Wenn Ismail hier wäre, würde er selbst ihn dem Jungen überreichen.« Er hat den Ring auf ein goldenes Kettchen gezogen, da er viel zu groß für ein so winziges Kind ist, und legt ihn jetzt Momo um den Hals. Der ist ganz entzückt von seinem neuen Spielzeug. »Alle echten Söhne von ihm erhalten einen solchen Ring.« Abdelaziz beugt sich vor und tätschelt meine Hand. »Aber sorgt dafür, dass

Zidana ihn nicht zu Gesicht bekommt, ja?« Damit blinzelt er mir überaus vertraulich zu.

Ich rücke ein Stück von ihm weg und verberge meine Hände in den Ärmeln meiner Robe. »Das ist sehr nett von Euch, Sidi – *mezian, mezian* –, aber vielleicht wäre es besser, damit zu warten, bis der Herrscher von seinem Feldzug zurückkehrt, sodass er ihn dem Kleinen selbst übergeben kann?«

Der Großwesir lächelt nachsichtig. »Es ist durchaus möglich, dass Ismail aus diesem Krieg gegen seine Brüder sehr lange nicht zurückkehrt, gute Frau.« Er macht eine bedeutsame Pause. »Falls überhaupt … Das solltet Ihr nicht vergessen, und auch nicht mein Angebot.«

»Aber wer kann einem so gewaltigen Heer standhalten? Ich glaube, nicht einmal der König von England könnte eine solche Zahl aufbieten.«

»Der König von England!«, schnaubt Abdelaziz und wedelt verächtlich mit der Hand, als wollte er eine Fliege verscheuchen. »Völlig unbedeutendes Reich. Sein Vater wurde von seinem eigenen Volk geköpft. Was ist denn das für ein König? Und sein Sohn war ein Exilant, der mittellos von Pontius zu Pilatus ging, sich erst der Gnade des französischen, dann des niederländischen Hofes auslieferte …«

»Sehr richtig«, sage ich ruhig. »Er hat bei meiner Familie in Den Haag gelebt.«

Das überrascht ihn. »Ist der König von England ein Freund Eurer Familie? Warum hat er dann kein Lösegeld für Euch bezahlt?«

»Es ist lange her«, antworte ich knapp. Und verkneife mir den Zusatz: Außerdem war meine Mutter so arm, dass sie mich an einen Tuchhändler verkauft hat.

Dieses Gespräch verändert ansatzweise sein Verhalten mir gegenüber. Doch statt dass er respektvoller wird, wie man es erwarten würde, scheint es das Bedürfnis nach meiner Gesellschaft zu verstärken. Manchmal besucht er mich zwei oder drei Tage hintereinander. Ich habe die Goldkette unter dem Diwan versteckt.

»Das ist nicht recht«, sagt die *ma'alema* eines Nachmittags und verzieht den Mund. »Ich habe nicht das Recht, dir das zu sagen, *lalla*, aber du solltest mehr auf deinen Ruf achten. Er ist ein großer Feind von Zidana. Allerdings ist sie viel gefährlicher als er. Und wenn sie seine Besuche zu etwas anderem verdreht, dann, nun … Der Sultan ist nicht gerade ein versöhnlicher Mann, *charaf*.«

Als der Großwesir das nächste Mal vorbeikommt, sorge ich dafür, dass andere Frauen bei mir sind, und verschleiere mir wie sie das Gesicht, doch es entgeht mir nicht, dass ein oder zwei freche junge Dinger ihm über den Schleier hinweg schöne Augen machen.

Eines Abends bringt Makarim mir eine silberne Kanne mit Tee gegen die Kopfschmerzen. »Das nimmt den Schmerz«, sagt sie sanft und gießt ihn aus großer Höhe in ein Glas. Der Duft ist überwältigend und komplex: gesüßter Kräutertee. Ich warte, bis sie ihn probiert hat, nehme dann einen Schluck und behalte ihn ein paar Sekunden im Mund, um dem Geschmack auf den Grund zu kommen. Ein reicheres Aroma als der übliche Minztee, weniger süß. Ich schlucke und spüre, wie die Flüssigkeit durch meine Speiseröhre in den Magen rinnt und alles auf dem Weg dorthin erwärmt.

Als ich wach werde, ist mein Kopf schwer wie Blei. Ich habe das Gefühl, als hämmerte es darin, und kann keinen klaren Gedanken fassen. Ich blinzele und versuche, mich zusammenzureißen, aber es ist dunkel im Zelt und unnatürlich still. Eine Weile liege ich auf meinem Diwan und habe das Gefühl, dass sich etwas verändert hat. Im trüben Licht sehe ich mich um. Auf den ersten Blick ist alles so wie immer, doch dann nehme ich die Leere wahr, als fehlte etwas. Ich fahre hoch: zu schnell. Alles dreht sich. Als die Welt sich wieder beruhigt, zünde ich mit zitternder Hand und in plötzlicher Panik die Laterne neben mir an und halte sie hoch. Ihr heller Schein fällt auf das golden schimmernde Bettchen, in dem mein kleiner Engel schläft. Doch als das Licht weiterwandert, wird die Stille von einem kreischenden Schnattern zerrissen, und ich schreie unwillkürlich auf. Da liegt kein Kind, nur der Affe, mit dem goldenen Kettchen um den Hals. Der Ring funkelt im Licht, als er in Bewegung gerät. Seine Augen glitzern triumphierend.

»Momo?«

Meine Stimme ist heiser und zittrig, gewinnt jedoch bald an Kraft. »Momo?« Sie erhebt sich zu einer Wehklage.

Auf unsicheren Beinen renne ich aus dem Zelt. »Mein Kind! *Waladi!*«, rufe ich. »Sie haben mir mein Kind weggenommen.«

Frauen kommen angelaufen, doch Makarim, meine Sklavin, ist nirgendwo zu sehen.

»Vielleicht hat sie ihn mit zu den anderen Kindern genommen«, sagt eine.

»Vielleicht wollte er nicht schlafen, und sie trägt ihn herum.«

»Vielleicht sind sie im Hamam. Wir gehen mal nachsehen.«

Doch andere wechseln vorsichtige Blicke und glauben, dass ich es nicht merke.

Blindlings renne ich von Zelt zu Zelt, stoße gegen Möbel, werfe Decken beiseite und heule wie ein Tier. Mein Gesicht ist von Tränen verschmiert. Wieder hinaus in die Dunkelheit. Von irgendwoher habe ich plötzlich ein Messer in der Hand, ein dekoratives Ding. Damit fuchtele ich herum, trunken vor Angst. Es ist die *ma'alema*, die mich schließlich am Arm nimmt. »Beruhige dich, *lalla*. Pst, ganz ruhig.«

Erleichtert, dass jemand sich der Verrückten angenommen hat, zerstreuen sich die anderen wieder.

»Weißt du, was sie mit ihm gemacht haben? Weißt du, wo er ist?«

Sie zuckt zusammen, als sie das glänzende Messer an sich vorbeisausen sieht. »Komm mit, aber leise, und steck dieses Ding weg.«

Sie führt mich auf die Rückseite der Zelte. Für eine so große Frau ist sie erstaunlich agil, und auch ihre Augen müssen ausgezeichnet sein, denn sie kommt kein einziges Mal ins Stolpern. Beim Gehen lausche ich auf das Schreien meines Kindes. Das der anderen kann mich nicht ablenken, denn die Geräusche eines Babys sind für eine Mutter ebenso unverwechselbar wie sein Aussehen. Und trotzdem sehe ich ihn, während ich die ganze Zeit horche, reglos in einem Haufen Stoff, abgelegt und leblos. Oder als kleines Bündel im Misthaufen vergraben. Oder irgendwo am Berghang den Wölfen und Schakalen zum Fraß vorgeworfen. Und immer, wenn ich an solche schrecklichen Dinge denke, muss ich leise stöhnen. Ich kann es nicht verhindern: Selbst wenn ich die Lippen fest aufeinanderpresse, zittern sie so sehr, dass kleine Laute aus ihnen dringen.

Am Ende schleichen wir um ein Zelt herum, aus dem laute Musik dringt und das verschwenderisch mit Samt und Seide geschmückt ist, schöner noch als das des Sultans. Das und die Tatsache, dass wir keinen Haremswächtern begegnet sind, sprechen dafür, dass es Zidanas Zelt ist. Der Kerzenschein im Innern wirft die Schatten tanzender Gestalten mit erhobenen Händen an die Wände, und plötzlich erscheint es mir obszön, dass andere fröhlich und unbeschwert sein können, während ich mein Kind suche. Die *ma'alema* legt einen Finger auf den Mund und deutet dann auf ein kleineres Zelt, nicht weit von dem der Herrscherin entfernt. Als sie sieht, dass ich es mir gemerkt habe, nickt sie einmal und geht rasch davon.

Ich schleiche mich näher, lausche einen Augenblick, schneide dann mit dem Messer einen Schlitz in die Zeltwand und spähe hinein. Es ist ein Vorratszelt: Säcke und Gefäße mit Mehl, Butter und Honig; Kegel aus Zucker und Salz. In der Nähe des Eingangs sitzen zwei Frauen auf Schemeln und beugen sich über ein Glasgefäß auf einer kleinen Kohlenpfanne. Das Licht, das es erzeugt, ist gespenstisch, denn aus dem Glas steigt farbiger Rauch auf. Trotzdem kann ich sehen, dass die beiden Frauen meine Sklavin Makarim und Taroob sind, eine von Zidanas Dienerinnen. Und was ist das da, in der Dunkelheit hinter ihnen? In einer Lücke zwischen all den Beuteln und Gefäßen liegt etwas Blasses, eingehüllt in dunkles Tuch. Eine der Frauen beugt sich vor, und das Licht fällt auf die hellblonden Locken, die aus dem Tuch hervorlugen. Momo … Er regt sich nicht, und mein Herz erstarrt in meiner Brust. Ich muss mir die Hand vor den Mund halten, um nicht aus Verzweiflung und Wut zu schreien. Makarim und Taroob sitzen einfach nur da, umgeben vom Rauch, der aus dem Gefäß aufsteigt: Sie reichen sich das bunte Mundstück hin und her und lachen.

Ich stehle mich auf die Seite, wo die Säcke am höchsten aufgestapelt sind, und ziehe mit übermenschlicher Kraft einige Pflöcke heraus, die die Zeltwände im Boden verankern. Dann krieche ich bäuchlings hinein. Doch die ganze Zeit höre ich eine Stimme im Kopf, die mir sagt, dass mein Sohn tot ist, er ist tot, und sie bewachen seine Leiche, damit Zidana ihn für einen magischen Ritus missbrauchen kann …

Doch dann bewegt sich das Bündel. Ich erstarre mitten in der Bewegung: Habe ich das geträumt? Sekundenlang halte ich den Atem an, warte und beobachte es. Ein Händchen taucht auf, eine winzige fuchtelnde Faust. Das ist Momos typische Angewohnheit, kurz bevor er aufwacht, seine kleine Herausforderung an die Welt. Im nächsten Augenblick wird er ganz wach werden und schreiend nach Milch verlangen.

Die Erregung versetzt mein Blut wieder in Bewegung; stoßweise pulsiert es durch meine Adern. Noch ein paar Zentimeter auf Ellbogen und Bauch, und ich fühle das Tuch, in das er eingehüllt ist; ein Ruck, und ich habe seinen Fuß in der Hand. Jetzt kann ich das Gesicht sehen, noch halb im Schlaf verzogen. Das Mündchen öffnet sich und holt Luft, um zu schreien. Noch ein Ruck … und das Tuch bleibt an einem unsichtbaren Hindernis hängen. Verzweifelt ziehe ich erneut, dann hört man etwas reißen. Für mich klingt es ohrenbetäubend, als hätte ich gerade ein Loch in das Gewebe der Nacht selbst gerissen, doch die Frauen sind so mit ihrem Rauchen und Schwatzen beschäftigt, dass sie sich nicht einmal umdrehen. Einen Moment später habe ich meinen Sohn im Arm, der von meinem Anblick so überrascht ist, dass er vergisst zu weinen, und im nächsten sind wir schon wieder draußen und verschwinden in der samtigen Dunkelheit.

Zurück in meinem Zelt, mit einem zufrieden nuckelnden Momo im Arm, misstrauisch von Amadou beobachtet, der das Goldkettchen in irgendeinem geheimen Versteck hat verschwinden lassen, fühle ich ein gewaltiges Grauen, dem die Erleichterung darüber, mein Kind wiedergefunden zu haben, gewichen ist. Denn was sollen wir jetzt machen, wir zwei, inmitten von Feinden? Ich glaube, ich werde nie wieder ein Auge zutun.

VIERUNDZWANZIG

Kaum zwei Wochen nach dem Abkommen mit den Berbern wandte sich das Wetter gegen uns, und schreckliche Schneestürme fegten über die Berge. Die englischen Messingkanonen ließen wir zurück, nachdem wir die Ochsen, die sie den ganzen Weg vom Tafilalt zogen, hatten schlachten müssen. Als Nächstes aßen wir die wenigen Berberschafe, die wir vor uns hergetrieben hatten. Jetzt bleiben uns nur noch die Lasttiere, aber sie sind *haram*, wie die Imame erklären: Der Prophet hat verboten, sie zu essen; jedes Tier hat seinen ihm zugewiesenen Zweck, und Lasttiere werden geboren, um Lasten zu schleppen, nicht, um als Nahrung für Menschen zu dienen. Alles andere haben wir schon verzehrt, bis auf das Pferdegeschirr und das Zaumzeug aus Leder; das kommt vielleicht als Nächstes.

Als wir vom Hunger geschwächt sind, lassen sich die heiligen Männer schließlich zu der Erklärung herab, die Umstände seien derart kritisch, dass wir das Verbot, Maultiere und Esel zu essen, außer Acht lassen dürften. Großer Jubel bricht aus. Doch Ismail würde lieber verhungern, als gegen ein einziges Wort des Korans zu verstoßen. Deshalb verkündet er, zusammen mit seiner unmittelbaren Dienerschaft – wozu leider auch ich zähle – auf Essen verzichten zu wollen, bis wir wie durch ein Wunder wieder auf Nahrung stoßen, die rein ist. Ich fürchte, dass nicht wenige von uns in diesem Augenblick heimlich unseren Herrn verfluchten, obgleich sie das nicht laut sagen würden. Hier in den Bergen gibt es überall *djenoun*, die ihm die Nachricht zutragen könnten. Man sieht sie im Zwielicht oder auf dem Höhepunkt eines Schneesturms aus den Augenwinkeln: ein Aufscheinen von Licht, wo es kein Licht geben dürfte, eine matte Flamme im Dunkel.

Einige der für die Körperhygiene des Sultans zuständigen Sklaven stehlen sich nach dem letzten Gebet in das Lager der Soldaten und betteln um ein Stück Maultierfleisch. Ich erwische Abid, wie er die letzten Fleischfasern aus einem Knochen saugt, und als ich ihm verspreche, ihn nicht zu verraten, weint er beinahe vor Erleichterung. Um ehrlich zu sein: Mir fehlt einfach die Kraft. Es gibt Zeiten, da ginge ich am liebsten in den Schnee hinaus, legte mich hinein und überließe es seinen weißen Schwingen, mich wie die des Weißen Schwans ins Vergessen zu tragen.

Gerade als dunkle Erinnerungen über den Kannibalismus benachbarter Stämme mich zu verfolgen beginnen, ereignet sich das lange ersehnte Wunder. Einer unserer Jäger wankt mit einem Bergschaf auf den Schultern, das er auf den gefährlichen Gipfeln erlegt hat, ins Lager zurück. Der Sultan feiert seine Ankunft mit Lobpreisungen und Gebeten. Er bestaunt die auffallend geschwungenen Hörner und belohnt den Jäger mit einem Beutel voller Gold, das der Mann mit gebührender Dankbarkeit und einem traurigen Gesicht annimmt. Ismail sieht, dass der Mann für jede einzelne Münze lieber einen Bissen Lamm gehabt hätte, und schenkt ihm großzügig einen Teil der gerösteten Lammkeule, woraufhin der Jäger in Tränen ausbricht, sich vor dem Sultan niederwirft und ihn zum größten, mildtätigsten, göttlichsten und beliebtesten Herrscher erklärt, den Marokko je hatte. Ismail ist so entzückt, dass er den Mann eigenhändig aufrichtet und ihn zum Kaid erklärt, mit Anspruch auf einen gerechten Anteil aller Beute, die wir aus Sidschilmasa mitgebracht haben. Der Mann traut seinen Ohren nicht. Die ganze Nacht geht er von einem zum anderen und bittet jeden von uns, das Versprechen des Sultans zu wiederholen, für den Fall, dass er nur geträumt habe.

Das Wetter verschlimmert sich. Drei Tage kommen wir nicht vom Fleck. Der Schnee verschlingt uns, alles ist unter ihm begraben. Es werden Wachen aufgestellt, die dafür sorgen sollen, dass die Zelte des Sultans nicht unter der Schneelast zusammenbrechen und ihre Bewohner ersticken. Eines Morgens finden wir zwei von Ismails Türwächtern an Ort und Stelle erfroren, graue Schatten ihrer früheren Ichs.

Als die Schneestürme endlich nachlassen, meldet ein Späher, dass sich eine Horde von berberischen Stammesangehörigen am Eingang eines unter uns liegenden Tals versammelt hat, um unseren Abzug aus den Bergen zu verhindern. »Sie wollen uns am ausgestreckten Arm verhungern lassen«, meint ben Hadou grimmig.

Es wird nicht lange dauern. Selbst das Bergschaf ist nur noch eine ferne Erinnerung. »Bring ihnen Geschenke und frag sie, wer sie sind«, sagt Ismail zu *al-Attar*, der selbst in seiner ausgemergelten Verfassung immer noch der beste Unterhändler von uns ist.

Wir warten, erschöpft und frierend. Ob die Berber *al-Attar* töten und uns seinen Kopf zurückschicken, um uns zu verspotten? Vielleicht wird er auch einfach im Schnee sterben. Oder in einem Augenblick der Schwäche der Verlockung eines schmackhaften *mechoui* nachgeben und sich mit ihnen verbünden – wir sind alle sicher, dass man uns schon mit viel weniger auf ihre Seite ziehen könnte. Niemand erwartet etwas von diesem Gesandten. Für die Stammesleute wäre die Vernichtung ihrer Feinde nur von Vorteil; sie haben nichts zu verlieren. Doch der Sultan, raffiniert wie eh und je, hat ganz andere Pläne im Sinn. Als ben Hadou zurückkommt, ist er nicht allein. Zwei Berber, gut geschmiert mit königlichem

Gold, sind bei ihm, die uns zum Pass von Telwet und weiter in die Ebenen von Marrakesch führen sollen, wobei wir die Truppen der Berber im Schutz der Nacht umgehen.

Mit dem ruhigen Pragmatismus der wahrhaft Verzweifelten lassen wir dreitausend Zelte, alle kostbaren Schätze, die wir im Palast von Sidschilmasa erbeutet haben, und die Leichen von zweihundert Sklaven zurück, die sich weigerten, noch einen Schritt weiterzugehen, und ziehen uns im Licht des Vollmonds geräuschlos zurück.

Einen vollen Tagesmarsch später sind wir in Sichtweite der rot ummauerten Stadt. Da in ihrem Innern noch die Pest wütet, kehrt Ismail in die Berge zurück, wo wir ein Berberdorf überfallen und sämtliche Schafe und Ziegen verschlingen, die die Dorfbewohner in diesem harten Winter durchgefüttert haben. Euphorie macht sich breit. Wir leben! Der Verteidiger des Glaubens hat sich seines Titels wieder einmal als würdig erwiesen.

Als wir Dila erreichen, wohin der Hof sich mittlerweile begeben hat, sind mehr als sechs Monate verstrichen. Bei jedem Schritt wächst nicht meine Vorfreude, sondern Angst. Ob Alys die Geburt überlebt hat, und wenn ja, ob sie sich auch gegen Zidanas Nachstellungen zur Wehr setzen konnte?

Es ist eine Qual, nicht gleich zum Harem zu stürzen und nach ihr suchen zu können, und es ist niemand mehr da, den ich gefahrlos nach Neuigkeiten fragen kann. Stattdessen ertappe ich mich dabei, zwischen dem Lager der Soldaten und dem Hof hin- und herzuwandern, während der Sultan den Luxus seines lange erwarteten Dampfbades genießt. Weder dem einen noch dem anderen gehöre ich wirklich an. Überall feiern Familien und Freunde das Wiedersehen, oder man hört Trauerklagen, wenn die Nachricht über gefallene Krieger überbracht wird. Ob ich tot oder lebendig bin, interessiert niemanden, und ich komme mir vor wie ein Gespenst, als ich durch die Anlage irre.

»Du siehst so verloren aus, Nus-Nus.«

Ich drehe mich um. Es ist Malik, der Koch. Wir umarmen uns wie alte Freunde. Und das sind wir tatsächlich. Nachdem ich eben noch todtraurig war, breitet sich jetzt Hochstimmung in mir aus. Wir hören gar nicht mehr auf zu grinsen.

»Komm«, sagt er schließlich. »In meinem Ofen schmort das Lamm für das Abendessen des Herrschers, und dazu gibt es den Lieblingscouscous Seiner Hoheit mit Kürbis und Kichererbsen. Sieht aus, als könntest du etwas zu essen vertragen.« Er schiebt mich etwas von sich weg und betrachtet mich mit geneigtem Kopf. »Du hast dich verändert, weißt du das? Du hast abgenommen, obwohl du schon vorher nicht viel auf den Rippen hattest, und du siehst älter aus.«

»Vielen Dank.«

»Es steht dir. Außerdem ist es normal, wenn man einen Krieg mitgemacht hat. So etwas härtet vermutlich ab. Jedenfalls ist der Hohe Atlas im Winter nicht das, was ich unter Vergnügen verstehe.« Er führt mich in das längliche Zelt, das als Küche fungiert. Hier ist es heiß, und es geht geschäftig zu. Die würzigen Schwaden lassen mir das Wasser im Mund zusammenlaufen; immer wieder muss ich schlucken, um nicht zu sabbern wie ein Hund. Ich nehme auf einem Hocker Platz, während er etwas klein hackt, Befehle ruft und in den Töpfen rührt. Am Ende bringt er mir eine Schüssel voll Couscous, überhäuft mit frischem Gemüse – Gemüse! zum ersten Mal seit Wochen –, und garniert das Ganze mit einer wundervollen roten Sauce. Sekundenlang sitze ich nur da, halte die Schüssel mit beiden Händen umfasst und betrachte sie. Dunkelrote Tomaten, smaragdgrüne Erbsen, hellbraune Kichererbsen und goldener Kürbis. Nach unserer Winterkost in den eintönigen Bergen ist es ein Fest für die Augen, eine Schatztruhe voller Farben. Ich kann mich kaum dazu durchringen, es zu verderben, indem ich es aufesse, doch dann legt Malik noch ein dampfendes, mit Knoblauch und Safran gewürztes Stück Lamm in die Mitte, und ich falle darüber her, als wäre ich tatsächlich ein Hund.

Er erzählt mir die Neuigkeiten am Hof. Das meiste strömt als unwichtiges Gebrabbel an meinen Ohren vorbei, während ich mich aufs Essen konzentriere, bis plötzlich das Wort Schwan fällt und ich aufhorche. »Was hast du gerade gesagt?«, murmele ich mit vollem Mund.

»Der Weiße Schwan hat ein Kind zur Welt gebracht, über das heftig gestritten wurde.«

Mein Herz schwingt sich auf und schießt herab wie eine Libelle über einem Teich. »Sind Mutter und Kind wohlauf?«, frage ich und versuche, mir nichts anmerken zu lassen.

Malik zuckt die Achseln. »Es gab Gerüchte … Aber davon verstehe ich nichts. Ich glaube schon, dass sie wohlauf ist, wenngleich …« Er hat lockere, bewegliche Gesichtszüge, Falten von weicher Haut bilden sich auf seiner Stirn, wenn er sich konzentriert. Er richtet seinen ruhigen Blick auf mich. »Nimm dich in Acht, Nus-Nus. Böse Zungen behaupten, dass das Kind von dir stammt.«

Ich starre ihn an. »Von mir? Das wäre allerdings ein Wunder.«

Das Stirnrunzeln wird zu einem schrägen, ironischen Lächeln. »Ich weiß es, Nus-Nus, und du weißt es. Trotzdem, pass auf dich auf. Deine Gefühle für sie sind nicht unbemerkt geblieben.«

Ich zwinge mich zu einem Lachen und beuge mich wieder über meinen Couscous, damit er die Wahrheit nicht sieht. Ich esse die ganze Schüssel auf, weit über den Punkt hinaus, an dem ich keinen Hunger mehr habe.

»Nun, wie schmeckt dir das erste richtige Essen nach all den Wochen, Nus-Nus?«

Ismail ist ungewöhnlich fürsorglich, als wir das tägliche Theater des Vorkostens durchspielen. Ich habe mich in der Küche komplett vergessen. Mein Bauch fühlt sich an, als wollte er jeden Augenblick ein Kind aus Kürbis und Couscous in die Welt setzen, mit hellbraunen Kichererbsen als Knopfaugen. Ich muss mich anstrengen, um nicht zu rülpsen, während ich mir den nächsten Löffel reinzwänge. Ich schlucke und lächele, schlucke und lächele. Ich heuchele Entzücken, gebe angemessen anerkennende Grunzlaute von mir, und kaum wird das Gericht für ungefährlich für den Sultan erklärt und ich entlassen, muss ich mich in einen Eimer übergeben. Maliks ganze Kunst umsonst.

Am nächsten Tag besucht der Sultan seinen Harem. Zuerst macht er Zidana seine Aufwartung, die vor Schreck aufschreit, als sie sieht, wie dünn er geworden ist.

»Die *djenoun* haben dir das Fleisch gestohlen! Bestimmt hat dich jemand verflucht.«

Ismail schert sich nicht um die *djenoun*. »Ich glaube, du hast es selbst gestohlen«, sagt er und gibt ihr einen Klaps auf den immer breiteren Hintern. Die Herrscherin ist von diesem Bruch des Protokolls so überrascht, dass sie nichts sagt, lässt sich jedoch von ihm in seine neuen Gemächer führen, um die Erste zu sein, die in dem neuen Kapitel seines Diwanbuchs verzeichnet wird.

Das verschafft mir die Gelegenheit, auf die ich gewartet habe. Ich sage dem Haremswächter am Tor, dass ich gekommen sei, um meinen Affen abzuholen, und er winkt mich mit einem wissenden Lächeln durch. Sein Gesichtsausdruck gefällt mir nicht. Im Innern des Harems tut sich ein neues Problem auf: Es gibt keine Spur von Alys. Ich spreche eine Haremssklavin darauf an. »Ich weiß es auch nicht, sie ist überall und nirgends«, sagt die Kleine verärgert. »Verschwende nicht deine Zeit mit ihr.«

Eine andere meint: »Der Weiße Schwan? Dass ich nicht lache!« Und geht weiter, als hätte ich nach dem Aufenthaltsort eines Einhorns oder eines Phönix gefragt.

Dann entdecke ich Makarim, Alys' Sklavin. Als sie mich kommen sieht, versucht sie, mir auszuweichen, aber ich versperre ihr den Weg. »Wo ist die Engländerin?«

Ihr Lächeln ist spöttisch. »Die *djenoun* haben sie mitgenommen.«

Ich packe sie am Arm. »Was soll das heißen? Wo ist sie?«

Sie will sich losreißen, doch mittlerweile bin ich verzweifelt. Ich schüttele sie unsanft.

Makarim kreischt auf. »Lass die Finger von mir! Sonst schreie ich, und die Wachen schlagen dir den Kopf ab.«

»Wo ist Alys? Ich weiß, dass du es weißt!«

»Und wenn schon? Sie ist verrückt, und du bist kastriert. Sie hat keinen Verstand und du keine Eier, schert euch beide zum Teufel!«

Das ist nicht die folgsame Sklavin, in deren Obhut ich Alys zurückgelassen habe. Im Machtgleichgewicht des Harems hat sich etwas verändert. Meine Finger bohren sich in das zarte Fleisch ihres Oberarms: Plötzlich habe ich das Verlangen, ihr wehzutun. Als ahnte sie es, befreit sie sich mit einem heftigen Ruck. Doch statt wegzulaufen, tritt sie zwei Schritte zurück und sieht mich nur an. Irgendetwas in ihrem Ausdruck verstärkt mein Gefühl, dass sie zu viel weiß, ihr Blick hat etwas Kühnes, Ausgelassenes und Triumphierendes. Sie inspiziert die dunklen Verfärbungen auf ihrem Arm und erhebt dann den Blick zu mir. Ihre Augen sind hart und funkeln.

»Das wirst du mir büßen, Eunuch«, faucht sie wie eine kleine Katze und rennt davon.

Ich will ihr nachlaufen, doch wozu? Sie wird nur einen Aufstand machen und nach den Wachen schreien, um ihnen die blauen Flecken zu zeigen. Ich wende mich ab, um meine Suche fortzusetzen, laufe hierhin und dorthin, stecke den Kopf in Zelte und spüre, wie meine Panik wächst.

Zuletzt stoße ich eher zufällig auf einen seltsamen, improvisierten Verschlag am Rand des Harems, wo eine alte Frau sitzt. Sie trägt ein dunkles Tuch über dem Kopf und beugt sich über einen Topf mit Suppe, der auf einer Kohlenpfanne steht. »Guten Tag«, sage ich, und sie fährt zusammen, als hätte ich sie erschreckt. Ich will sie gerade fragen, ob sie weiß, wo ich die englische Kurtisane finden kann, als etwas aus dem Verschlag herausschießt und wild schnatternd auf mich zurast. Ich spüre kalte Krallen auf der Haut, und dann sitzt Amadou auf meiner Schulter, beugt sein Affengesicht zu mir herunter und bleckt seine erschreckend gelben Zähne.

»Hallo, mein Freund, hast du mich vermisst?« Ich kraule ihm den Pelz, und er schmiegt seinen Kopf in meine Hand und schließt genüsslich die Augen.

Ich wende mich um und will mich bei der alten Frau entschuldigen, falls mein Affe ihr Unannehmlichkeiten bereitet hat, doch dann erkenne ich meinen Irrtum. Malik hat gesagt, ich sei älter und schmaler geworden, aber die Auswirkungen eines harten Winters in den Bergen haben dem Weißen Schwan noch mehr zugesetzt als mir. Sie ist hager, bleich und hat dunkle Ringe unter den Augen, die jetzt doppelt so groß erscheinen wie zuvor. Ihre Kleider sind in einem erbärmlichen Zustand, schmutzig und abgetragen. Ihr Körper wirkt missgestaltet. Sie starrt mich an wie eine Erscheinung.

Beunruhigt setze ich den Affen ab und knie neben ihr nieder. »Alys. Mein Gott, Alys, was ist mit Euch los?«

Ich würde es leugnen, wenn ich könnte, aber ihr Gestank wirft mich zurück. Ist das die strahlende Schönheit, die ich zurückgelassen habe, eine Frau, die so reif und duftend war wie ein Granatapfel und von der ich jede Nacht geträumt habe? Was in aller Welt könnte eine anspruchsvolle Engländerin wie Alys Swann daran hindern, mit den anderen Frauen den Hamam aufzusuchen? Nur etwas Entsetzliches, nur Angst oder Wahnsinn …

»Ich dachte, Ihr würdet nie zurückkehren.«

Ihre Stimme ist rau wie das Krächzen einer Krähe, und tatsächlich sieht sie aus wie eine Krähe, ganz in Schwarz und gebeugt. Überwältigt von Mitleid vergesse ich, dass jeden Augenblick jemand zwischen den Zelten auftauchen und uns sehen könnte, und ziehe sie an mich. Ich halte sie fest, trotz des Gestanks, und vergrabe das Gesicht in ihrem einstmals goldenen Haar. Plötzlich regt sich etwas zwischen uns und fängt an zu weinen. Ich schaue hinab und sehe, dass Alys das Baby an der Brust trägt. Gebieterisch reckt es sein Fäustchen, und das kleine Gesicht sieht aus wie ein Knäuel von Energie und Hunger. Als sie sich von mir entfernt, um das Kind zu stillen, durchzuckt mich ein scharfer Schmerz. Alles nur dafür: Sklaverei, Erniedrigung, Gefangenschaft, Abfall vom Glauben und jetzt auch noch Wahnsinn. Und doch ist sich das Kind selbst auf wunderbare, egoistische Art des Opfers seiner Mutter gar nicht bewusst. Es ist ein gieriges kleines Ding und scheint ewig zu brauchen, um satt zu werden, als saugte es das letzte Stückchen Menschlichkeit aus ihr heraus, bis nichts mehr übrig ist als eine fleischliche Hülle. Vielleicht hat Makarim recht: Vielleicht haben *djenoun* Alys geholt …

Ich beuge mich über den Topf, der auf der Kohlenpfanne steht – eine dünnflüssige, farblose Brühe mit Gemüse und ein paar Hühnerknochen ohne jedes erkennbare Gewürz. Ich rühre darin, während mir die Gedanken durch den Kopf wirbeln. Auf der Suche nach einem letzten Rest von Normalität sage ich: »Sagt mir, Alys, wie habt Ihr Euer Baby genannt?«

Und merke im gleichen Augenblick, dass ich nicht einmal nach seinem Geschlecht gefragt habe.

Sie sieht auf, und ihr Blick ist von Liebe erfüllt, aber nicht für mich. »Er heißt Momo, eine Abkürzung für Mohammed; Mohammed James, ein Name für seine neue Familie und einer für die alte. Ist er nicht süß?«

Alles, was ich sehen kann, sind eine Masse von hellem Haar und ein entschlossenes Mündchen. Ich nicke unverbindlich, ein Junge also. Ismail wird zufrieden sein. »Erzählt mir, was geschehen ist, dass Ihr in einer solchen ... Verfassung seid«, dränge ich sie. »Hat Zidana Euch vertrieben?« Mein Trick mit der Tuaregfrau hat offenbar nicht funktioniert.

Sie lacht, und es klingt wie eine rostige Türangel. »Zidana, ach ja, letztlich geht alles auf sie zurück. Aber nicht nur sie. Es ist eine gottlose Verschwörung gegen mich im Gang. Ihr würdet nicht glauben, was sie getan haben ...«

Es ist, als hätte jemand einen Stöpsel gezogen. Die Worte strömen wie ein Wasserfall aus ihr heraus. Hastig erzählt sie, wie man ihr Momo gestohlen und sie um sein Leben gefürchtet hat und dass sie diese letzten Wochen in einem entsetzlichen Schwebezustand verbrachte, weder im Harem noch außerhalb, vor allen fremden Blicken verborgen. Das Kind trägt sie immer vor der Brust, und ihr Schlaf ist unruhig, weil sie aufrecht sitzen muss, so wie ich sie eben gefunden habe. »Auf diese Weise können sie uns nicht so schnell trennen, wenn sie mich überraschen«, erklärt sie. Nachts, wenn alle anderen schlafen, wandert sie durch das Lager und sammelt irgendwelche Essensreste für ihren Kochtopf und frische Leinentücher für das Kind. All das erzählt sie, als wäre es das Vernünftigste und Normalste auf der Welt. Ich starre sie entsetzt an.

»Eine Zeit lang glaubte ich, Euer Affe würde unser Ende sein«, gesteht sie, »aber ohne Amadous Geschick beim Aufstöbern von allem, was essbar ist, weiß ich nicht, was aus uns geworden wäre. Was für ein frecher Räuber! Weiß der Himmel, wie er es geschafft hat, um diese Jahreszeit Orangen und Feigen zu finden.« Als sie lächelt, ist ihr Gesicht wie verwandelt, und einen flüchtigen Augenblick sehe ich die Alys, die ich zurückgelassen habe. Der Anblick zerreißt mir das Herz.

»Ich bin jetzt wieder da.« Ich schlucke. »Und Ismail ebenfalls. Niemand wird es wagen, Euch oder Eurem Kind etwas anzutun. Alles wird gut.«

Sie starrt mich an. »Ich kann hier nicht bleiben. Ihr müsst uns fortbringen! Ismail und Ihr werdet wieder fortgehen, und dann bringen sie uns um.« Sie umklammert meinen Arm mit einer solchen Kraft, dass ich ihre Fingerspitzen bis auf die Knochen spüre. »Bringt uns fort von hier, Nus-Nus, ich bitte Euch.«

Ist das möglich? Verrückte Pläne schwirren mir durch den Kopf – man müsste das verräterisch goldene Haar von Mutter und Kind mit Asche und Wasser dunkel färben, ich selbst bräuchte einen Bart aus Lammwolle; man müsste einen Wächter schmieren – oder fünf oder zehn … aber womit, denn ich habe kein Geld –, der uns ins Lager der Soldaten bringt und noch weiter, zu den Marketendern. Und von da ginge es mit einem Maultier oder zweien auf eine weite Reise über Nebenstraßen und durch offenes Gelände nach Meknès, um zu sehen, ob Daniel al-Ribati noch da ist und uns helfen kann, das Land zu verlassen … Fast hätte ich mich überredet, dass all das möglich ist, da höre ich den hohen, blechernen Klang der Fassi-Trompeten, die die Ankunft des Sultans verkünden. Ein eisiger Schauer der Feigheit strömt durch meine Adern und löscht meine glühenden Vorstellungen.

»Geht so schnell wie möglich in den Hamam«, sage ich ihr. »Wascht Euch beide gründlich. Ich werde Euch jemanden schicken, eine vertrauenswürdige Dienerin, die Euch beiden saubere Kleidung bringt. Dann müsst Ihr herauskommen und Momo dem Sultan zeigen.«

Tränen steigen ihr in die Augen; sie fängt an zu protestieren.

Ich muss sie schütteln. »Das ist die einzige Möglichkeit, glaubt mir.«

Ich laufe zurück in die Küche. »Malik, ich muss unbedingt mit dir reden!«

Er wirkt beunruhigt. »Der Affe darf hier nicht herein.«

Amadou schnattert aufgeregt: *überall* Essen. Ich halte ihn so fest, dass er wütend wird und versucht, mich zu beißen. »Malik, wie alt ist deine älteste Tochter?«

»Mamass? Zwölf, fast dreizehn.«

»Perfekt.« Mit einer Hand nehme ich den Beutel an meinem Gürtel ab und schütte den Inhalt auf den Tisch. »Das gehört dir. Alles. Oder leg es für ihre Mitgift beiseite.« Ich erkläre ihm meinen Plan, und er starrt mich nur an. Ich weiß genau, was er denkt. Am Ende wirft er mir einen Blick zu und seufzt, dann steckt er die Münzen in seine Gürteltasche, gibt seiner Mannschaft in der Küche ein paar Anweisungen, wischt sich die Hände an der Schürze ab und verlässt die Küche.

Zwanzig Minuten später ist Amadou sicher an einem Zeltpfosten angebunden, und Mamass trottet neben mir her. Hin und wieder blickt sie entweder misstrauisch oder aufgeregt auf. Es ist eine Ehre, im Harem zu arbeiten, besonders für die Frauen, die dem Sultan einen Sohn geschenkt haben, aber sie weiß nicht, was sie erwarten soll. Schließlich ist sie nicht dumm und hat einiges von ihrem Vater gelernt, der eine gewisse Stellung am Hof innehat.

»Halt die Augen offen und rede nicht zu viel«, schärfe ich ihr ein. »Sei immer freundlich zur Herrscherin und ihrem

Gefolge, aber wenn du je das Gefühl hast, dass der Weiße Schwan in Gefahr sein könnte, komm so schnell wie möglich zu mir.«

Sie sieht mit großen Augen über den Stapel von Kleidern, den ihre Mutter uns mitgegeben hat, zu mir auf, Kleider aus Baumwolle, nicht Seide, aber weiß wie Schnee, und nickt feierlich, während sie sich meine Worte einprägt.

Ich warte vor dem Hamam und tue so, als hätte ich hier etwas zu erledigen. Als Alys schließlich auftaucht, stockt mir der Atem. Sie sieht aus wie eine Göttin, ganz in Weiß und Gold, und das Baby auf ihrem Arm wie ein kleiner Engel. Wir sind gerade auf dem Weg zum Hauptpavillon, als wir auf die Entourage des Sultans stoßen, die uns entgegenkommt – sie ist schwer zu übersehen, da sie von vier Eunuchen mit enorm langen Trompeten angeführt wird. Diese Herolde und andere Begleiter, die mit langen Pfauenfedern den Boden für den Sultan sauber fegen, treten beiseite, und plötzlich stehen wir vor Ismail, mit Zidana an seiner Seite.

Ihre Augen richten sich sofort in eisiger Wut auf Alys und Momo. Sie zupft ihren Mann am Ärmel. »Es gibt ein paar neue Mädchen, die ich für dich besorgt habe, mein Herrscher; die Korsaren haben sie bei ihrem letzten Fischzug im Mittelmeer erbeutet. Eine stammt aus China, ein blasses Ding, mit Brüsten wie Äpfel und Haar wie schwarze Seide, das für den Harem des Großtürken bestimmt war. Sie wird dir gefallen, sie ist sehr exotisch, aber auch feurig. Ich musste ihr die Fingernägel schneiden …«

Doch Ismail hat nur Augen für das Kind auf Alys' Arm. Er kommt auf uns zu, fast ohne einen Blick auf Alys selbst, nimmt ihr Momo ab und hält ihn staunend in die Luft. »Mein Sohn?«

Zidanas Gesicht verfinstert sich erschreckend, doch jetzt hat der Sultan das Kind auf dem Arm.

»Lass dich nicht blenden, o Licht der Welt. Was du siehst, ist ein übler Zaubertrick«, sagt sie, als er die Windel löst. »Das Kind ist ein Dämon, der nur vorgibt, ein Junge zu sein. Meine Frauen haben gesehen, wie der Weiße Schwan mit *djenoun* verkehrte, wie sie ihnen die Brust gab, bei ihnen lag und mit ihnen feilschte, um die Macht zu gewinnen, diese Illusion zu erzeugen. Frag, wen du willst, sie haben ihr den Verstand geraubt. Sie hat mit ihnen im Schmutz und Abfall des Lagers gelebt. Man hat gehört, wie sie in der Dämmerung mit ihnen gesungen hat; man hat gesehen, wie sie nackt mit ihnen tanzte. Und die Männer! Immerzu scharwenzeln Männer um sie herum. Man hat mir erzählt, dass sie des Nachts heimlich den Harem verlässt und die Beine für jeden breitmacht, der ihr gefällt. Sie ist ein lüsternes Geschöpf, mein Liebling. Mit eigenen Augen habe ich sie mit dem *hajib* im Bett …« Sie macht Makarim ein Zeichen, die vortritt und sich vor dem Sultan niederwirft.

»Das ist wahr, mein Herrscher! Ich habe es auch gesehen. Ich war Sklavin des Weißen Schwans, aber sie hat mich weggeschickt, als ich den Großwesir daran hindern wollte, ihr Zelt zu betreten. ›Lass ihn rein, lass ihn rein!‹, säuselte sie. Und als ich einwandte, dass sich das nicht gehöre, hat sie mich in ihrer Wut auf den Kopf geschlagen und davongejagt. Da bin ich zur Herrscherin gelaufen, sie kam mit mir, um zu verhindern, dass es zu einer solchen Unschicklichkeit im Harem Eurer Majestät kommt, und so wurde sie Zeugin dieser schändlichen Szene!«

»Siehst du?« Zidanas Augen glänzen triumphierend: Zwei Fliegen mit einer Klappe erledigt. »Und es gibt noch andere, die das schamlose Benehmen dieser Hure bezeugen können.« Sie beugt sich herab und flüstert Taroob etwas ins Ohr; sie nickt und läuft davon.

Ismail steigt das Blut zu Kopf, bis er puterrot angelaufen

ist. Hastig wickelt er das Kind wieder in seine Windeln und hält dann einen Augenblick inne, um den goldenen Ring an der Kette zu betrachten, den es um den Hals trägt.

»Ihr werdet doch wohl diesen Verleumdungen keinen Glauben schenken, Herr?«, höre ich mich plötzlich sagen. Mein Herz schlägt wie verrückt, und das Gesicht des Sultans verfinstert sich noch mehr. Ich spüre, wie Zidanas Blick langsam über mich hinwegwandert. Das ist mein Todesurteil, entweder er oder sie. Doch Alys ist zu verwirrt, um sich zu verteidigen, deshalb muss ich für sie sprechen. »Der Weiße Schwan hat Euch einen Sohn geschenkt, einen wunderbaren Sohn«, dränge ich ihn.

Doch der Sultan starrt Momo an, als wäre er tatsächlich ein überirdisches Wesen, ein böser Sukkubus, ein schlauer *djinn*. Und es ist wahr: Zwischen Vater und Sohn besteht nicht viel Ähnlichkeit. Blaue Augen, blondes Haar. Es ist, als hätte Momo sein marokkanisches Erbe zugunsten dessen seiner Mutter ausgeschlagen.

Ismail dreht sich zu mir um. Sein Gesicht wirkt wie aus Holz geschnitzt: wütend, verunstaltet. Ich bezweifle, dass er ein Wort von dem gehört hat, was ich sagte. Er drängt sich an mir vorbei und sieht Alys finster an. Auge in Auge stehen sie voreinander, der Sultan ist kein großer Mann. »Ist das wahr?«, knurrt er. »Du und der Großwesir?«

Sie hält seinem Blick stand. Dann blickt sie auf das Baby. Sie will es wieder an sich nehmen, doch Ismail drückt es an sich, so fest, dass es anfängt zu weinen.

»Antworte mir!« Er holt tief Luft und spuckt ihr dann ins Gesicht.

Die Angst raubt ihr den Verstand. »Ich … ich … ich weiß es nicht …«

Ich fange sie auf, bevor sie zu Boden sinkt.

Die Ohnmacht rettet sie, nichts aber kann Abdelaziz retten. Eine nach der anderen treten Zidanas gekaufte Zeugen vor, um ihre und Makarims Aussage zu bestätigen. Alle wollen gesehen haben, dass der Großwesir den Harem zu jeder Tages- und Nachtzeit betreten hat, insbesondere, wenn der Muezzin alle frommen Männer zum Gebet in die Moschee rief, und jedes Mal ging er geradewegs zum Zelt der Engländerin. Selbst die *ma'alema* bezeugt ärgerlich, dass sie ihn allein mit Alys angetroffen habe, nachdem er ihre Sklavin weggeschickt hatte. »Doch man darf ihr keinen Vorwurf machen, Herr. Sie hat den Großwesir nicht zu seinen Besuchen ermuntert und ihn nur deshalb toleriert, weil er Eure rechte Hand ist.«

Ismail befiehlt mir, Abdelaziz zu holen. Er ist beherrscht, eiskalt. »Sag ihm nichts. Ich möchte nicht, dass er sich eine Reihe von hübschen Lügen ausdenken kann.«

Es dauert eine Weile, bis ich den Großwesir aufgestöbert habe. Schließlich finde ich ihn im Hamam, wo Dampfschwaden um ihn herumwirbeln, sodass er aussieht wie Aladins *djinn*, der aus der Lampe steigt. Der Bademeister, der ihm gerade den Rücken einseift, wirft einen Blick auf mich und verlässt dann eilig den Raum. Der *hajib* blinzelt zu mir auf, als ich vor ihm stehe, und wischt sich den Schweiß aus den Augen. »So, so.« Er betrachtet mich mit einem seltsamen Ausdruck von Kopf bis Fuß. »Da bist du also wieder, zurück aus dem Krieg, und mehr oder weniger gesund. Zieh dich aus, Nus-Nus, und bück dich, sei ein braver Junge.«

»Der Sultan wünscht Euch zu sehen.«

Er verzieht den Mund und stößt einen tiefen Schnaufer aus. »Wie schade.« Ohne sich seiner Nacktheit zu schämen, wuchtet er sich hoch. »Was er von mir will, hat doch bestimmt einen Augenblick Zeit, oder?«

»Zieht Euch an«, antworte ich knapp. »Ich warte draußen.«

Er braucht eine Ewigkeit zum Abtrocknen und Anziehen.

Als ich es nicht länger aushalte, stürme ich wieder hinein, und natürlich ist er weg. Der Bademeister liegt in einer Lache von hellrosa Blut in der abgekühlten Kammer. Der Dampf ist durch einen Schlitz in der Zeltwand entwichen, genau wie der Großwesir selbst.

Ich rechne damit, dass Ismail mir den Kopf abschlagen wird, als ich ihm diese Nachricht bringe, doch er lächelt nur grausam. »Nur die Schuldigen laufen davon, noch bevor sie angeklagt werden.« Er schickt berittene Soldaten vom Lager in alle Himmelsrichtungen aus.

Zwei Tage später bringen sie ihn zurück, übersät mit Prellungen und übel zugerichtet. »Er hat sich tapfer zur Wehr gesetzt.« Der Anführer der *bukhari* zeigt beinahe so etwas wie Bewunderung.

Zwei Tage sind eine lange Zeit für Ismails Gedächtnis: Er könnte seinen Erlass und alles, was damit zusammenhängt, längst vergessen haben. Stattdessen sieht es so aus, als hätte seine Wut beständig zugenommen, vielleicht hat Zidana auch weiter Öl ins Feuer gegossen und ihn an die vielen und vielfältigen Verbrechen ihres Widersachers erinnert. Heute zeigt sie sich in einem befremdlich kämpferischen Aufzug, der den Stil eines Lobi-Kriegers mit … weiß der Himmel, was das sein soll. Sie trägt ein Leopardenfell auf dem Rücken, der Kopf des Tiers ruht auf dem ihren, und eins der Beine hat sie über die Schulter drapiert und vorn im Gürtel festgesteckt. Ein Schwert baumelt an der Hüfte, und in der Hand hat sie eine große, mit Federn geschmückte Lanze. Ihre dunkel geschminkten Augen wirken noch unmenschlicher als sonst. Offensichtlich waren ihre Späher den *bukhari* vorausgeeilt, um ihr die gute Nachricht zu übermitteln, und sie hat sich nur deshalb so seltsam zurechtgemacht, weil sie seinen Niedergang feiern will. Ohne auf das übliche Protokoll zu achten, rammt sie das Ende des Speers gefährlich dicht vor

Abdelaziz in die Erde. Dieser bedeckt seinen Kopf mit beiden Händen und jammert: »Vergebt mir, vergebt mir, o größter aller Herrscher.«

Einen Augenblick sieht Ismail ihn beinahe liebevoll an. Dann versetzt er ihm einen so heftigen Tritt in die Magengrube, dass sein ganzer Körper erzittert. »Du Lump! Du Scheusal! Du wagst es, deine schmutzigen Pfoten auf etwas zu legen, was mir gehört, und nur mir allein?«

Abdelaziz stöhnt. »O Sonne und Mond von Marokko, gütiger und mildtätiger Herrscher, vergebt Eurem untertänigen Diener alles, was er Eurer Ansicht nach getan haben mag.«

»Versuch nicht, dich herauszureden, du Wurm!«, kreischt Zidana. »Ich habe mit eigenen Augen gesehen, wie du mit dem Weißen Schwan im Bett geturtelt hast.«

Das Gesicht des Großwesirs strafft sich wieder: Das war offensichtlich nicht die Beschuldigung, die er erwartet hat. Und jetzt funkelt noch etwas Berechnendes in seinen Augen auf, als er im Geiste die diversen Möglichkeiten für sein Überleben durchgeht. Schließlich entscheidet er sich und sagt: »Aber alle, die mich kennen, wissen, dass diese Anschuldigung falsch sein muss, mein Herrscher. Meine Sünden, ich will es gestehen, sind mannigfaltig – doch mich gelüstet es nicht nach Frauen, ganz gleich, wie reizend sie sind. Es wird Euch nicht gefallen, was ich da sage, mein Herrscher, aber Ihr braucht nur Euren Obersten Schreiber und Hüter des Buches zu fragen, den guten Nus-Nus.«

Der Sultan richtet seine undurchdringlichen Augen auf mich. Der Basiliskenblick ist so durchbohrend, dass ich befürchte, er könnte mich damit in Stein verwandeln. »Sprich, Nus-Nus.«

Ich spüre, wie ich anfange zu zittern. Ich möchte meinen Erzfeind umbringen, ihm ein für alle Male sein Krokodilsmaul stopfen. Am liebsten würde ich im Erdboden versinken.

Vor allem will ich nicht meine beschämende Vergangenheit vor allen Anwesenden ausbreiten. Ich bin jetzt ein *bukhari*, ein Krieger, der einen Feldzug überlebt hat. Dazu passt das Bild eines Lustknaben nicht. Aber ich muss Alys retten. Ich schlucke und sage: »Soweit ich weiß, zieht der Großwesir tatsächlich Männer den Frauen vor.«

»Dich auch?«

»Er hat gelegentlich sein … Interesse nicht verhehlen können.«

Diese Ausflüchte befriedigen Ismail nicht. »Sprich dich aus!«

»Du bist unter Freunden«, ermuntert mich auch Zidana, erwartungsvoll und honigsüß. Wenn der Trick mit dem Weißen Schwan nicht funktioniert, wird sie mit Freuden einen anderen Weg suchen, um ihr Ziel zu erreichen. Dann blinzelt sie mir zu. »Geist der Senufo, erinnerst du dich?«

Ich gewinne meine Fassung zurück. Es ist nicht meine Schande, sage ich mir. Ich beschwöre mein zweites Gesicht, das *kponyungu*. *Ich bin nicht ich*. »Abdelaziz ben Hafid hat mich bedrängt, als wir von Gao nach Fès reisten, nachdem er mich auf dem Sklavenmarkt gekauft und kastriert hatte. Er hat mich drei Mal vergewaltigt, bevor ich von der Kastration vollkommen genesen war. Seitdem hat er weitere, erfolglose Versuche unternommen.«

Ismails Augen werden zu schmalen Schlitzen, als er dies vernimmt, doch er wirkt nicht überrascht. »Während du unter meinem Schutz standest?«

Ich nicke. Mein Mund ist so trocken, dass ich kaum ein Wort herausbringe. »Das letzte Mal an dem Tag, als wir am Melwiya ankamen und Ihr die Sklaven … äh … maßregeln musstet, die die Zelte falsch aufgebaut hatten. Er hat mich betäuben und zu seinem Zelt schleppen lassen. Kaid ben Hadou kann es bezeugen.«

Der Kaid wird gerufen. Er runzelt die Stirn, als ihm die Frage gestellt wird, sieht erst den *hajib* an, der seinen Blick trotzig erwidert, und dann mich. Erkenne ich Mitleid in seinen Augen oder nur Belustigung? Wie auch immer, er bestätigt dem Herrscher, dass er tatsächlich von einem der eigenen Sklaven des Großwesirs gerufen worden war und hinzukam, als ich versuchte, mich dessen unerwünschten Aufmerksamkeiten zu entziehen. Er formuliert es höflich, aber präzise und fügt noch aufschlussreich hinzu, das Kind, das ihn zu Hilfe geholt habe, sei selbst den perversen Gelüsten des *hajib* zum Opfer gefallen.

Ismails Gesicht wird von Sekunde zu Sekunde finsterer.

»Seht ihr!«, mischt sich Zidana triumphierend ein. »Männer, Frauen und Kinder – er macht keinen Unterschied.«

»Ich habe den Weißen Schwan nicht angerührt, o Herr, niemals! Das ist ein Plan meiner Feinde, die mich loswerden wollen …«

Ismail nimmt seiner Frau die Lanze ab und versetzt dem Wesir einen heftigen Schlag auf den Kopf. »Du sprichst erst, wenn du dazu aufgefordert wirst!«

Zidana, für die diese Vorschrift nicht gilt, lacht. »Verzweifelte Lügen! Jeder, der den Großwesir kennt, weiß, dass er von Macht und Status besessen ist. Als du nicht da warst, saß er auf deinem Thron, schlenderte durch die gesamte Anlage und erklärte sich zu deiner rechten Hand. Er hat sogar das Balg des Weißen Schwans mit dem goldenen Ring ausgezeichnet, der nur deinen gesetzlich anerkannten Söhnen zusteht.«

Ismail stößt dem *hajib* die Lanze in die Seite. »Ist das wahr?«

»Ja, aber …«

Der Sultan lächelt und reicht die Lanze seiner Frau zurück. Es ist ein gütiges, beinahe herzliches Lächeln. »Hör auf zu winseln und steh auf, Mann. Hier, nimm meine Hand …«

Abdelaziz ergreift die ausgestreckte Hand und richtet sich

ungeschickt auf; dann steht er auf wackligen Beinen da und wirkt plötzlich wieder zuversichtlich, dass ihre lange, brüderliche Verbindung trotz allem bestehen bleiben kann. Schließlich war es bislang immer so.

Ismail aber lässt ihn nicht los, sondern umklammert sein Handgelenk noch fester und zieht es näher an seine Augen. »Das ist ein hübscher Ring, den du da trägst, Abdou, ein edler Stein. Darf ich ihn mir mal genauer ansehen?«

Der Wesir versucht, seine Hand aus Ismails Griff zu befreien, doch die Finger des Sultans sind wie aus Eisen. Er zieht den Ring bis zum Knöchel, wo er stecken bleibt. Ein unwürdiger Kampf beginnt, wobei der Wesir abwechselnd vor Schmerz aufschreit und anbietet, ihn selbst abzustreifen, wenn der gnädige Herrscher die Güte hätte, es ihm zu gestatten. Eine Sekunde später folgt ein schriller Schrei, und der *hajib* umklammert seine Hand. Blut spritzt zwischen seinen Fingern hervor. Ismail wischt den Dolch an seinem Gewand ab, zieht den Ring ab und wirft den ungebührlichen Finger zu Boden, wo eine der Katzen ihn neugierig beschnuppert und ihm dann einen Stoß mit der Pfote versetzt. Als der Finger nicht mit ihr spielen will, wendet sie sich verächtlich ab, setzt sich und streckt das Bein in die Höhe, um sich ausgiebig zu putzen.

»Ich glaube, dass ich den Stein wiedererkenne, Abdou. Es ist einer von mehreren, die mir der Gouverneur von Herat geschenkt hat, Lapislazuli, in Gold aus dem afghanischen Pamir gefasst. Doch ehe du mir eine Entschuldigung anbietest, möchte ich sagen, dass es mich nicht überrascht.« Er beugt sich dichter an den Großwesir heran. »Glaubst du etwa, ich wüsste nicht alles, was es über dich zu wissen gibt, Abdou?« Die Koseform des Namens wirkt jetzt geradezu bedrohlich. »Glaubst du wirklich, ich schickte meine Männer nur wegen der Anschuldigungen meiner ersten Frau hinter dir her? All die Jahre sind mir deine absonderlichen Neigungen nicht verborgen geblieben, doch ich beschloss, sie zu ignorieren, solange deine Nützlichkeit größer war als deine Raffgier und deine Ambitionen. Ich glaube, dass dieses Gleichgewicht jetzt endgültig gekippt ist, und zwar zu deinen Ungunsten. Ich weiß, dass du dich seit vielen Jahren an meiner Schatzkammer vergreifst. Es hat mich belustigt, deshalb habe ich es durchgehen lassen. Doch während meiner Abwesenheit hat deine Gier offensichtlich alle Grenzen überschritten. Versuch bloß nicht, es zu leugnen. Ich habe *al-Attar* nach unserer Rückkehr eine volle Inventur machen lassen. Es gab, sagen wir es mal so, erhebliche Abweichungen …«

Jetzt beginnt der *hajib* zu winseln. In seiner Panik bringt er keinen vernünftigen Satz mehr zu Stande.

»Und wir hätten vielleicht sogar bei diesem Diebstahl ein Auge zugedrückt, wenn du nicht so eitel und ehrgeizig gewesen und in meiner Abwesenheit dermaßen schamlos übers Ziel hinausgeschossen wärest. Es gibt nur einen Herrscher in Marokko, und sein Name lautet Abul Nasir Moulay Ismail as-Samin ben Sharif.« Mit seinem juwelenbesetzten Dolch versetzt er dem *hajib* bei jedem Namen einen etwas stärkeren Stoß. »Niemand außer mir erklärt ein Kind zu meinem legitimen Sohn und zeichnet es mit meinem eigenen Siegel aus. Die Thronfolge in meinem Reich geht dich nichts an, du Wurm! Die Herrscherin Zidana hat mir bereits gezeigt, wie dein Neffe auf deinen Befehl hin an meinem Diwanbuch herumgepfuscht hat. Deine Strafe hat also eine lange Vorgeschichte.«

Ich starre erst ihn, dann sie an. Sie hatte mir versprochen, Ismail nichts zu sagen, und Schwäche vorgetäuscht: Lügen, alles Lügen. Sie kreuzt meinen Blick und schenkt mir das träge Lächeln einer zufriedenen Schlange. Es ist ein altes Spiel, das sie hier treibt. Sie plant einen vorsichtigen Zug nach dem anderen, immer den aktuellen Vorteil im Blick, träufelt ihrem Mann Gift ins Ohr, Tropfen für Tropfen, und zieht ihren Körper so langsam zusammen, bis sie sicher ist, dass ihr Gegner nicht mehr zubeißen kann.

Ismail befiehlt ben Hadou und dem Anführer der *bukhari*, Abdelaziz mit den Füßen an die Hinterbeine eines Maultiers zu fesseln, das dann über den rauen Boden nach Westen getrieben werden soll: »Ich werde mein Reich nicht beflecken, indem ich ihn mit dem Gesicht der heiligen Stadt zugewandt sterben lasse.«

Der *hajib* findet seine Stimme wieder und bettelt um sein Leben, doch Ismails Gesicht ist wie aus Marmor: hart und kalt. Er geht hinaus, um die Ausführung seiner Befehle zu beaufsichtigen, und nimmt auch seine persönliche Entourage mit, als Lektion für alle, die glauben, ihre Kompetenzen überschreiten zu können. Zidanas Bitte, mitkommen zu dürfen, wird abgelehnt. Sie zieht sich unterwürfig in den Harem zurück, in der Gewissheit, gewonnen zu haben. Es ist das erste Mal, dass Ismail ihr in meiner Gegenwart etwas abschlägt.

Der schwere Mann wird zum westlichsten Ende des Lagers geschleppt und mit den Füßen an das größte und stärkste Maultier gefesselt, das sich in den königlichen Ställen auftreiben lässt. Er heult und winselt um Gnade. Nicht ein einziges Mal betet er. Vielleicht hätte Ismail sich davon erweichen lassen, doch sein einziger Gedanke gilt seinem körperlichen Schicksal, nicht seiner Seele. Das Tier rollt heftig mit den Augen, denn die Sache gefällt ihm nicht, bis der Anführer der *bukhari* es mit Peitschenschlägen und Geschrei schließlich vertreibt. Ich sehe, wie der Kopf meines Feindes über Steine holpert, wie ihm die Haut abgeschürft wird und er am Ende nur noch ein alter Fleischklumpen ist, den man den Jagdhunden zum Fraß vorwirft. Mir wird übel; ich muss mich abwenden.

Ben Hadou wirft mir einen Blick von der Seite zu. »Freut es dich nicht, das Ende deines Feindes mitzuerleben, Nus-Nus?«

»Ein solches Ende wünsche ich niemandem.«

Al-Attar zuckt die Achseln. »Man darf nicht wählerisch sein, wenn es darum geht, die Waage der Gerechtigkeit wieder ins Lot zu bringen.«

Und vielleicht hat er recht. Doch statt Triumph oder auch Erleichterung über den Tod des Mannes zu empfinden, der mir meine Männlichkeit geraubt hat, fühle ich nur Leere.

Der Tod des *hajib* wirft einen Schatten über den ganzen Hof. Dass jemand, der so viel Macht hatte, derart unversehens und schändlich – von einem Maultier zu Tode geschleift! – stürzen kann, macht jedem deutlich, wie unsicher seine eigene Position ist. Plötzlich fürchten die Leute ihre Sterblichkeit mehr als den Krieg oder die Pest. Selbst Zidana wirkt gedämpft: Sie erhebt nicht einmal Protest, als Ismail Alys' Sohn als den seinen anerkennt und ihn damit zu einem Emir des Reiches erhebt.

Doch wohin ich auch gehe, überall werde ich wissend beäugt. Hinter vorgehaltener Hand tuschelt man über mich. Die Leute grinsen, kichern verächtlich oder, schlimmer noch, zeigen Mitleid mit mir. Ich brauche jeden Funken Haltung, den ich aufbringen kann, um ihnen ins Auge zu sehen und entgegenzutreten. Nach zwei Wochen verlieren sie allmählich das Interesse, und nach drei scheint es vergessen zu sein, trotzdem wächst der Groll in mir. Ich hätte die Sache lieber selbst mit Abdelaziz ausgetragen, aber jetzt hat man mir auch die Rache gestohlen, und das macht mich wütend. Wenn in meinem Land jemand seine Ehre verliert, kann er die Beleidigung nur mit eigener Hand sühnen. Stirbt der Täter auf andere Weise, bleibt das Opfer auf ewig entehrt, und der Geist seines guten Namens verfolgt ihn bis an sein Lebensende.

Als wir nach Meknès aufbrechen, höre ich überall in der Ebene Reiher und bin überzeugt, dass es die Todesschreie des *hajib* sind.

FÜNFUNDZWANZIG

Bald wandten sich Ismails Gedanken wieder seiner Hauptstadt zu. Man hatte einen französischen Händler gefangen genommen, der die nach wie vor Widerstand leistende englische Garnison in Tanger mit Schießpulver belieferte. Normalerweise hätte das gereicht, um dem Mann einen schnellen Tod zu garantieren, doch das Schießpulver war an Kaid Omar und seine Belagerungstruppen umgeleitet worden, und der Kaid war so entzückt, dass er den Händler begnadigt hatte und ihn zusammen mit den Kriegsgefangenen in die unterirdischen Sklavenverliese hatte werfen lassen. Dort hörte einer der Wärter ihn von Versailles schwafeln und wusste gleich, dass der Sultan sich dafür interessieren würde. Der Mann kam zusammen mit einer Gruppe neuer Arbeiter, die dazu verdammt waren, ihr Leben in Meknès zu beenden, an den Hof. Als er dem Sultan vorgeführt wurde, war er in einem jämmerlichen Zustand. In einem seiner seltsamen Anflüge von Güte gab Ismail Befehl, seine Wunden zu verarzten und ihn mit angemessener Kleidung zu versorgen. Am Gesicht des Mannes konnte man ablesen, wie die Todesangst der Verwirrung wich, doch als er zum zweiten Mal vor dem Sultan stand, hatte er bereits eine gewisse Leichtigkeit zurückgewonnen und stürzte sich sogleich in die Details der Arbeiten, die im großen Palast von Ludwig XIV. ausgeführt wurden.

Offenbar plante der Architekt des Sonnenkönigs einen märchenhaften Spiegelsaal im Herzen von Versailles. Er bestand aus einem weitläufigen Raum mit siebzehn Bogenfenstern, die auf den herrlichen Park hinausgingen, und siebzehn gewaltigen Spiegeln, die ihnen auf der Innenwand gegenüberstanden. Auf diese Weise reflektierte das Licht, das in den Saal hineinfiel, die Wunder der Gartenanlage in den Spiegeln und gab dem Besucher das Gefühl, durch eine grüne Sphäre zu wandeln, während er sich in Wirklichkeit im Schutz von Marmor und Gold befand. Der Händler ließ sich so ausführlich über die unglaublichen Kosten des venezianischen Glases aus, das für die Spiegel benutzt werden sollte, über die Vergoldung der Rahmen und die Kapitelle der hohen Säulen, die sie begrenzten, dass Ismail vor lauter Neid und Ehrgeiz beinahe platzte.

So kehrten wir unversehens nach Meknès zurück, erfüllt von wilden Plänen für Parkanlagen und Spiegelgalerien, Reitwege, Obstgärten und Olivenhaine, bis hin zu einem Teich mit Goldfischen und einer Flotte von Vergnügungsbooten, die über ihre Köpfe hinwegfuhren.

Doch das Meknès, in das wir zurückkamen, war nicht dasselbe wie vorher. Es war so gut wie verlassen. Hier und in Fès hatte die Pest mehr als fünfundachtzigtausend Menschenleben gefordert, und noch mehr hatten sich in abgelegene Teile des Reiches geflüchtet. Die Bauarbeiten standen still; viele Aufseher, Handwerker und Künstler waren tot oder weggezogen, nur die überlebenden Sklaven wirkten erstaunlich gesund. Offenbar waren die unterirdischen Verliese die sichersten Orte gewesen, an denen man sich hatte aufhalten können.

Die nächsten zwei Jahre widmete sich Ismail mit dem Eifer eines Besessenen erneut seinem Bauprojekt. Im ganzen Land ließ er die prächtigen Verzierungen in den Palästen entfernen – das Blattgold an Wänden und Decken, die kunstvoll gearbeiteten Friese und Türen aus Zedernholz. Er bestellte Schiffsladungen von feinstem Marmor aus Carrara, die von Genua nach Salé transportiert werden mussten. Dann schickte er eine Mannschaft von Gutachtern zu den Ruinen im Westen der Stadt, mit dem Befehl, alles zu notieren, was sich zur Dekoration oder zu anderen Zwecken für seinen Palast in Meknès verwenden ließe.

Ich bin damit beauftragt worden, die Anlage für Ismail zu katalogisieren, zweifellos damit die anderen keine Wertsachen unterschlagen, bevor er selbst Zugriff darauf hat.

»Bring mir einen Stein deiner Wahl mit«, sagt er und reicht mir ein feines Stück Seide, in das ich ihn einwickeln kann.

Ich folge dem Befehl zögernd, wie ich gern zugeben will, denn die Sonne brennt erbarmungslos auf die Erde nieder. Große Erwartungen hatte ich nicht. Doch es ist eine erstaunliche Stätte. Sie erhebt sich auf einer Hochebene, von der aus sie alles beherrscht. Schon aus vielen Meilen Entfernung kann man sie sehen, und ihre Größe wird mit jedem Schritt beeindruckender. In den Schatten unter ihrem Triumphbogen sehe ich zum Himmel empor. Diese Anlage muss von einer Riesenrasse gebaut worden sein, denn sie ist noch höher als das Minarett der Großen Moschee, und ihre Quader sind so massiv, dass man sich nicht vorstellen kann, wie sterbliche Menschen sie bewegt haben sollen. Stundenlang wandere ich zwischen den offenen Säulen umher, deren phantastisch und schwungvoll gemeißelte Kapitelle dermaßen gut erhalten sind, als wären sie erst gestern fertig gestellt worden. Ich weiß nicht, ob ich aufsehen und über ihre Höhe staunen oder auf den Erdboden zu meinen Füßen blicken soll, der mit Millionen von winzigen farbigen Steinchen bedeckt ist, ebenso kompliziert gearbeitet wie die Kacheln unserer besten *zellij*-Meister. Allerdings zeigen sie nicht nur abstrakte Muster, sondern lebendige Szenen. Ich stoße auf ein Mosaik mit Fabelwesen, die im Meer schwimmen, dann auf das eines Mannes, der verkehrt herum auf einem Pferd sitzt und irgendwelche akrobatischen Kunststücke vollführt; ich sehe lange Gänge mit Umrissen von tanzenden und trinkenden Gestalten, eine völlig nackte Frau am Rand eines Wasserbeckens, flankiert von zwei ebenso üppigen Dienerinnen. In diesem Volubilis muss es hoch hergegangen sein, denke ich, und sein König war bestimmt ein Lüstling. Ich fertige Skizzen an, nur für mich, während ich umherschlendere und die Anzahl und Qualität der Säulen und Mosaike für Ismail notiere.

So versunken bin ich in diese Arbeit, dass ich beinahe vergesse, einen Stein für den Sultan einzustecken, und als zur Rückkehr nach Meknès gerufen wird, muss ich in aller Eile etwas Ungewöhnliches finden. Schließlich bitte ich einen der Männer, mir zu helfen, ein Stück von einer umgestürzten Säule zu bergen. Es handelt sich um das Fragment eines gemeißelten Kapitells, das etwas von der Kunst des antiken Steinmetzen verrät. Wir wickeln es sorgfältig in das Stück Seide und verstauen es in der Satteltasche eines Maultiers. Das arme Tier geht immer schiefer, als wir den langen Weg nach Hause zurücklegen.

Ismail ist sehr zufrieden mit meiner Wahl. Er betrachtet den Stein ausgiebig und streicht mit dem Finger bewundernd über die Oberfläche. Das Muster deutet die filigranen, ineinander verschlungenen Blätter und Blüten nur an, statt sie abzubilden. »Dies stammt aus dem Herzen des ersten afrikanischen Reiches, Mauretania Tingitana, das von den Römern errichtet wurde. Doch bereits mein eigenes Gebiet hier übertrifft seine Größe.« Seine leuchtenden Augen ruhen auf mir. »Stell dir das vor, Nus-Nus! Meine Macht ist jetzt schon größer als die der Römer mit all ihren mächtigen Heeren. Jetzt muss ich nur noch die verdammten Engländer aus Tanger verjagen und die ungläubigen Spanier aus Larache und Mamora, dann werde ich die Reinheit des wahren Glaubens überall in unserem Land wiederhergestellt haben. Dazu bin ich bestimmt. Es ist meine Aufgabe. Weißt du, warum ich dich nach Volubilis entsandt habe?«

Ich schüttele den Kopf. Manchmal ist es klüger, nichts zu sagen.

»Dort hat Moulay Idriss, der Urgroßenkel des Propheten, den Islam in Marokko eingeführt, als er vor den Assassinen des Abbasiden-Kalifen floh. Und dort kam sein Sohn, der zweite Idriss, zur Welt, der Marokko zusammenführte und eine enge Verbindung mit den Worten des Propheten einging, als er unser großes Reich unter einem einzigen Glauben und einer einzigen Fahne einte. Es liegt Magie in diesen Steinen, Nus-Nus, denn sie sind nicht nur getränkt von der Macht des antiken Roms, sondern auch vom Wort Gottes. Und deshalb muss ich sie meiner Stadt einverleiben, denn ihre Kraft wird mich in meiner heiligen Pflicht unterstützen.«

In all dieser Zeit, unterbrochen nur von weiteren Aufständen im Rif-Gebirge und der Belagerung der englischen Kolonie in Tanger, widmete sich Ismail mit ganzem Herzen dem Umbau seines Palasts. Häufig schuftete er mit entblößtem Oberkörper neben seinen Sklaven wie ein einfacher Arbeiter, Gesicht und Arme mit Erde und Kalk beschmiert. Er war wie ein Getriebener, ein Mann, der keine Ruhe fand, weil seine Träume ihn verzehrten.

Dieser zweite Sommer war beängstigend, die Hitze unerträglich. Die Brunnen versiegten, und die spärlichen Ernten auf den wenigen Feldern fielen einer Heuschreckenplage zum Opfer, die aus der Wüste herangeweht worden war. Am Ende des Jahres war immer noch kein Tropfen Regen gefallen. Die Springbrunnen blieben abgestellt, und im stehenden Wasser brüteten Moskitos, die des Nachts um uns herumsirrten und unser Blut saugten.

Die Nachricht, dass es der englischen Garnison bei der Verteidigung ihrer Kolonie in Tanger gelungen ist, in einer langen, blutigen Schlacht die Truppen des Sultans zurückzuschlagen, hätte kaum zu einer schlimmeren Zeit eintreffen können. Ismails General, Kaid Omar, trifft am dritten Tag des Muharram 1091 hoch zu Ross vom Norden her ein, um über einen möglichen Waffenstillstand mit den Ungläubigen zu verhandeln, die ebenfalls einen Gesandten an den Hof von Meknès schicken werden, wie er berichtet.

Der Sultan lässt seine Richter und Gelehrten kommen, die über die Rechtmäßigkeit einer solchen Aktion urteilen sollen. Der Konflikt mit den Engländern ist kostspielig und kräftezehrend, besonders da das Land noch immer unter der Dürre leidet. Er möchte die Feinde aus Marokko vertreiben, doch der Krieg gegen sie ist inzwischen mehr als nur ein Ärgernis und die Aussicht auf eine Niederlage vollkommen inakzeptabel. Wenn sie mit Waffengewalt nicht zum Abziehen gezwungen werden können, gibt es vielleicht andere Wege, sie dazu zu überreden. Lässt sich eine Art von Waffenstillstand aushandeln, ohne gegen die Gesetze des Korans zu verstoßen? Die Atmosphäre ist angespannt. Viele der anwesenden Führer meinen, dass jede Art von Vereinbarung mit den Christen eine Schande darstellt; ben Hadou jedoch antwortet, dass politische Taktik unter den herrschenden Umständen nur vernünftig wäre. Dies scheint die meisten Unversöhnlichen noch mehr zu erzürnen. Sie machen geltend, dass Allah auf ihrer Seite stehe und sie beschützen werde, dass die Ungläubigen niedergemetzelt und in den Boden getrampelt werden müssten, den sie mit ihrer Anwesenheit besudelt haben.

Al-Attar wendet sich über das Geschrei hinweg an den Sultan: »Wenn man sieht, dass Ihr den Engländern gegenüber Geduld und Gnade an den Tag legt, mein Herrscher, werden die gekrönten Häupter Europas mit Sicherheit Eure Freundschaft suchen.«

Ismail legt interessiert den Kopf schief. Dann hebt er die Hand, und das Stimmengewirr verstummt. »Erinnert ihr euch, was nach der Eroberung von Mekka geschah?« Er sieht sich mit blitzenden Augen um. Ich kritzele alles mit und weiß, worauf er hinauswill. »Als das gewaltige Heer triumphierend in Mekka einzog, sagte Said ibn Ubada, dem der Prophet seine Stellung verliehen hatte, zu Abu Sufyan, dem Anführer der Quraish in Mekka, der sich lange gewaltsam dem Islam widersetzt hatte, jedoch wusste, dass er gegen ihn keine Chance hatte: ›Oh, Abu Sufyan, dies ist der Tag des Gemetzels!‹ ›Oh, Gesandter Gottes!‹, rief Abu Sufyan zurück, ›hast du das Abschlachten deines eigenen Volkes befohlen? Bei Gott, ich bitte im Namen deiner Männer um Gnade, denn du bist von allen der Gläubigste, der Mildtätigste und der Gütigste.‹ ›Dies ist der Tag der Gnade‹, sagte der Prophet. ›An diesem Tag hat Gott die Quraish erhoben.‹ Und so gewährte er seinen Feinden Straffreiheit.«

Kaid Omar lacht. »Ich kann nur hoffen, dass wir unseren Feinden keine Straffreiheit gewähren, denn man würde es nur als Einladung an die christlichen Horden verstehen, über uns hinwegzutrampeln.«

»War Saladin schwach, als er nach Jerusalems Eroberung Gnade zeigte? Seine Güte übertraf noch seine Größe.«

Die Stimmung kippt, man kann es förmlich spüren.

»Friede mit den Engländern wäre von großem Vorteil für uns, mein Herrscher.« Wieder erhebt sich die wohlklingende Stimme von ben Hadou. »In einer Zeit des Friedens können wir Waffen und Munition billiger transportieren und daher besser gegen die Rebellen innerhalb unserer Grenzen vorgehen. Und wenn die Zeit gekommen ist, werden wir auch die Spanier und notfalls die Engländer besiegen.«

Darüber gibt es einiges Hin und Her, aber auch Zustimmung. Ich beobachte, wie Ismail seinen Blick von einem zum anderen schweifen lässt und den richtigen Augenblick abwartet. Dann hebt er erneut die Hand. »Wir werden den Ungläubigen gegenüber Gnade walten lassen. Aber wir werden auch schlau sein, wenn wir mit ihnen verhandeln. Lasst uns immer unser langfristiges Ziel im Auge behalten, sie aus unserem Territorium zu vertreiben.«

Stolz reitet der fremde Gesandte in die Stadt, ausstaffiert nach der neuesten Mode am englischen Hof – Schleifen, Spitzenkrausen und geschlitzte Schulterpartien – und begleitet von einem Gefolge ähnlich stutzerhaft gekleideter Wachleute und Bediensteter. Der Hälfte von ihnen verweigert man den Zutritt und schickt sie zum Teufel. Das Wasser ist so knapp, dass wir es unmöglich an unsere Feinde verschwenden können. Der Engländer wird in den gerade erst renovierten Gesandtschaftssaal geführt. Hier schimmern die Wände vom Goldstaub, den man aus den Gemächern des Großwesirs entfernt hat, die Decke ist himmelblau gestrichen und mit ausladenden goldenen Verzierungen geschmückt. Überall brennt Räucherwerk, flackern Kerzen in Wandleuchtern. Der Sultan wartet inmitten seines Hofstaats aus reich geschmückten Kaids und Paschas auf einer niedrigen Polsterbank. Seine jungen Sklaven wedeln ihm mit riesigen Fächern aus Straußenfedern Luft zu. Der Engländer weiß nicht, wohin er zuerst schauen soll; sein Blick fliegt hin und her, offensichtlich tief beeindruckt von all der Pracht und Opulenz. Genau das will Ismail erreichen: den Eindruck unendlichen Reichtums und grenzenloser Ressourcen. Zeig keine Schwäche vor dem Feind, und er wird es schwerer haben, mit dir zu verhandeln.

Schwungvoll zieht der Mann seinen Hut und stellt sich als Captain Percy Kirke vor, mit einer Botschaft des englischen

Gesandten Sir James Leslie, der leider aufgehalten wurde – ben Hadou dolmetscht, ich protokolliere. Der Sultan verzieht den Mund zu einem kurz aufblitzenden Lächeln: All das weiß er bereits von seinen Spähern. Der Gesandte selbst befindet sich in Tanger; aufgehalten ist nur sein Schiff, beladen mit Geschenken des englischen Königs, um den Sultan zu besänftigen, denn es ist schlicht undenkbar, dass ein fremder Gesandter mit leeren Händen an Ismails Hof erscheint. Und der Grund für die Verspätung? Die Franzosen blockieren Salé und das Meer westlich von Tanger aus Protest gegen die große Zahl ihrer Landsleute, die von Sidi Qasems Korsaren gefangen genommen werden. Ismails Wunsch, Meknès zu vollenden, hat immer mehr Sklavenarbeit erfordert: Der alte Korsarenanführer und seine Flotte hatten alle Hände voll zu tun, um die Forderungen des Sultans zu erfüllen.

Ismails Blick schweift abschätzend über den Besucher, bildet sich ein Urteil und verwirft ihn. Sein Lächeln wird unberechenbar, sein Blick schärfer. Trotzdem gibt er sich äußerst charmant und akzeptiert die Entschuldigung des Mannes mit Anstand und Nachsicht. Als der andere nervös auf die Freilassung englischer Gefangener zu sprechen kommt, schnippt der Sultan mit den Fingern und schickt als Geste des guten Willens zwei *bukhari* los, um vier oder fünf schwache und nutzlose Sklaven herbeizuschaffen. Die armen Teufel kommen blinzelnd aus ihren Verliesen und werden Kirke übergeben, der sich erleichtert zeigt und dem Sultan überschwänglich dankt. Er nennt ihn Herrscher und Höchster, als hätte er nie etwas anderes getan, als auf wahrhaft orientalische Art jemandem Honig ums Maul zu schmieren. Gleichzeitig wirkt er so verblüfft über die Leichtigkeit, mit der er die Freiheit dieser Männer erwirkt hat, dass er sein eigentliches Anliegen aus dem Auge verliert, nämlich noch zweihundert weitere Gefangene frei zu bekommen. Während dieses erbärmlichen Theaters fange ich ben Hadous Blick auf, und er hebt eine Braue, als wollte er sagen: Mehr hat England nicht zu bieten?

Die nächsten zwei Tage spielt Ismail den großzügigen Gastgeber. Er nimmt den Engländer und einige seiner Begleiter mit auf die Jagd nach Wildschweinen und Antilopen in den Bergen außerhalb von Meknès, und anschließend wird die Beute für ein spektakuläres Fest geröstet. Während die Ungläubigen sich nicht zu schade sind, Wildschwein zu verzehren, das bei den Muselmanen als unrein gilt, isst der Sultan in seine Gemächer zurückgezogen sein Lieblingscouscous mit Kichererbsen und nur ein kleines Stück Wildbret. Die Engländer greifen zu: Fleisch, Gewürzwein und den mit *kif* angereicherten Tabak in Wasserpfeifen, die wir fleißig unter ihnen herumgehen lassen. Am folgenden Morgen sind sie noch immer benebelt, und jetzt werden die Gespräche wieder aufgenommen.

Auf dem Weg zu den Orangenhainen spricht Kirke das Thema Waffenstillstand in Tanger an. Ich übersetze. Ismail lächelt breit und verspricht, keinen Schuss gegen Tanger abzugeben, solange Kirke sich dort aufhält. Das ist nichts weiter als ein leeres Versprechen, denn Ungläubigen gegenüber fühlt Ismail sich nicht an sein Wort gebunden. Doch das weiß der Engländer nicht. Er wirft sich in die Brust wie ein Pfau und glaubt, nur seinem Geschick als großer Diplomat sei es zu verdanken, dass er den furchterregendsten aller Feinde für sich eingenommen hat.

Im Garten werden weitere Erfrischungen gereicht, Minztee für den Sultan, jede Menge Hypocras für den Engländer. Die Früchte und Gewürze des Weins überlagern seinen starken Anteil an hochprozentigem Brandy. Der Engländer trinkt ihn lächelnd, zweifellos aus Höflichkeit gegenüber seinem Gastgeber, obwohl ich gehört habe, dass die Engländer es gewohnt sind, dem Alkohol zuzusprechen. Beim Abschied macht mein Herr eine ausholende Gebärde. »Nun, mein lieber Kirke, seht Euch um. Als englischer Aristokrat, der die besten Dinge im Leben gewohnt ist, was haltet Ihr von dem Palast, den ich hier baue?«

Kirke ist geschmeichelt, dass man ihn für einen Adligen hält, und überschüttet Ismail mit Lob. Offenbar ist der Palast prächtiger als alles, was er je in London gesehen hat. Allerhöchstens der neue Palast des französischen Königs in Versailles, den er allerdings nur vom Hörensagen kennt, lasse sich mit ihm messen.

Als Ismails Gesicht sich verfinstert, setzt Kirke rasch hinzu: »Aber natürlich haben die Franzosen keinen Geschmack. Potztausend, nicht mal einen Funken von Geschmack, mein Herr! Alles nur Firlefanz und Tand, daran habe ich nicht den geringsten Zweifel. Nicht wie hier ...« Er breitet die Arme aus und deutet auf den gewaltigen Anblick der im Bau befindlichen Gebäude, die Steinmetze und Handwerker, Gärtner und ausländischen Sklaven, die sich an den Mauern abplacken. »Das ist ... das Werk von Riesen, ja, Sire, in der Tat. Mächtig, massiv ... und ambitioniert.«

Ismail senkt den Kopf. Seine Augen sind hell und scharf, wie die eines Falken, der eine Beute entdeckt hat und jeden Augenblick auf sie herabstoßen wird. »Natürlich weckt eine solche Unternehmung viel Eifersucht und Bitterkeit – bestimmt habt auch Ihr bemerkt, wie andere Menschen reagieren, wenn sie Euer Licht heller scheinen sehen als ihr eigenes. Mir bleibt daher nichts anderes übrig, als mein Werk vor den Feinden im eigenen Land zu schützen, Wilden, die nicht so gebildet sind wie Ihr und die Kunst, die sich hier entfaltet, nicht zu schätzen wissen, sondern mich um meine Schöpfungen beneiden. Gegen solche Barbaren muss ich mich bewaffnen, wenn ich nicht will, dass mein Erbe zerstört wird.«

Er bedeutet mir, die Unterhaltung von diesem Punkt an mitzuschreiben. Das Signal ist kaum mehr als das Heben eines Fingers, aber ich bin daran gewöhnt. Schnell mische ich meine Tinte, tauche das Schilfrohr ein und halte es über das Pergament.

»Ich möchte Euch um etwas bitten, Mylord.« Ismail wickelt den Mann geradezu schamlos ein. »Was ich brauche – und was ich in diesem herrlichen Land anders nicht beschaffen kann –, ist etwas, bei dem nur Ihr mir helfen könnt. Wir haben die besten Handwerker in vielen unterschiedlichen Disziplinen, doch niemand kann sich in diesem Punkt mit den Engländern messen.«

»Und was wäre das für ein Punkt, Sire?«

»Nun, Waffen, Mann. Kanonen. Was ich wirklich brauche, um mich gegen die hinterhältigen Berber zu verteidigen, die am liebsten alles in Schutt und Asche legen würden, was ich hier aufbaue, sind zehn der besten englischen Kanonen. Und dazu einen charakterfesten, vertrauenswürdigen Mann, der diesen Auftrag von mir übernimmt und bei den besten Herstellern, deren England sich rühmen kann, eine entsprechende Bestellung aufgibt. Ihr, Percy Kirke, scheint mir ein solch charakterfester und zuverlässiger Bursche zu sein. Könnt Ihr mir als mein guter Freund in dieser Sache helfen?«

Der Oberst macht eine schwungvolle Verbeugung. »Es wäre mir eine große Ehre, Sire.«

Auf Ismails Bitte unterschreibt er meine Notizen, obgleich sie in Arabisch abgefasst sind und alles Mögliche behaupten könnten. Vermutlich werden sie es schon bald tun.

Nachdem er bekommen hat, was er wollte, noch dazu schriftlich, schickt der Sultan den Mann und sein Gefolge mit gefälligen Geschenken und leeren Versprechungen nach Tanger zurück. Ich kann mir beim besten Willen nicht vorstellen, dass der echte Gesandte die Befugnisüberschreitung seines geistlosen Emissärs billigen wird, und habe beinahe Mitleid mit dem Mann.

Und noch immer hält die Dürre an. Die Gebete werden verdoppelt. Ismail ist inzwischen überzeugt, dass derart hohe Temperaturen ein Zeichen für Allahs Zorn sind, obwohl er den Grund dafür nicht zu nennen vermag. Die Kinder der Stadt werden auf die Felder geschickt, um zu tanzen und um Regen zu beten, doch nicht ein einziger Tropfen fällt. Der Sultan kommt zu dem Schluss, dass nun die Verantwortung bei den *marabouts* und *talebs* liegen müsse, und verfügt, dass sie ihre Gebete der Lage anpassen und barfüßige Pilgerreisen zu den Schreinen der Heiligen unternehmen sollen. Immer noch kein Regen.

Ismail tobt. Seine gewaltigen unterirdischen Kornkammern, die er unter enormen Kosten wie riesige Katakomben hat anlegen lassen, sind kaum zu einem Zehntel gefüllt. Falls jetzt, Gott behüte, seine Feinde – einer seiner treulosen Brüder, die Berberstämme oder die Ungläubigen – auf die Idee kämen, Meknès zu belagern, würden wir verhungern wie Ratten in einem Eimer. Sein Zorn entlädt sich an den Juden. Er verbannt sie vor die Tore der Stadt, wo sie um Regen beten sollen. Falls Gott sie wirklich als sein auserwähltes Volk betrachtet, wird er sie sicher erhören. Sie dürfen erst zurückkehren, wenn es regnet.

Schließlich bewölkt sich der Himmel, und eine Weile sieht es so aus, als begünstigte Gott tatsächlich die Juden von Meknès, doch dann bricht die Sonne erneut durch die Wolken und brennt so gnadenlos wie eh und je auf die Erde nieder. Auf dem Markt gibt es eine Fleischschwemme, denn in den Dörfern außerhalb von Meknès schlachten die Menschen ihr Vieh, weil sie kein Futter mehr haben, um es weiterhin zu ernähren. Manche verlassen ihr Zuhause und ziehen mit den wenigen Tieren, die ihnen geblieben sind, in die Berge; viele alte Leute sterben an einem Hitzschlag.

Ismail befragt das Orakel, doch die Zeichen sind schwer zu deuten. Zum Schluss verkündet er, dass auserwählte Mitglieder seines Hofs barfuß und in den ältesten und schmutzigsten Kleidern, die sie finden können, auf die Felder gehen sollen. Abid und ich werden ins ärmste Viertel der Stadt geschickt, um schmutzige Lumpen zu kaufen, verlaust, mit zerfetzten Säumen und Ärmeln, je dreckiger, umso besser. Alte Frauen verkaufen uns die Kleider ihrer Männer, klauben mir mit Fingern, die an Krallen erinnern, die Münzen aus der Hand und schließen die Tür, bevor ich meine Meinung ändern kann. Bald machen Gerüchte die Runde, und wenig später bin ich umringt von Männern, die sich in schmalen Gassen freudig ihrer alten Gewänder entledigen.

Am nächsten Tag stehen wir so angetan in der Morgensonne, die bereits unerbittlich glüht, obwohl sie gerade erst aufgegangen ist. Vor dem ersten Gebet haben wir uns gewaschen, damit wenigstens unsere Körper sauber sind, doch die Kleider auf unserem Rücken sind schmutzig und voller Ungeziefer, die des Sultans am schlimmsten. Er führt uns durch das Bab al-Raïs, wo der Kopf des Wolfs aus leeren weißen Augenhöhlen auf uns herabstarrt. Ich könnte schwören, dass die knochigen Kiefer grinsen, als er sieht, dass sich sein Folterer, Emir Zidan, wie ein flohverseuchter Hund kratzt und darum bettelt, bei seiner Mama zu Hause bleiben zu dürfen. Doch Ismail lässt sich nicht erweichen: Alle königlichen Emire müssen mitkommen, selbst der kleine Momo mit seinen knapp zwei Jahren, den ich den Armen seiner klagenden Mutter entreißen muss. Alys erträgt es nicht, von ihrem Kind getrennt zu sein, nicht einmal für kurze Zeit. Wahrscheinlich hat es mit Zidanas üblem Ränkeschmieden zu tun, bei dem sie Momo fast verloren hätte.

Wir überqueren den Sahat al-Hedim. Die Leute kommen aus den Häusern, um uns zu begaffen – eine zerlumpte Horde, angeführt von einem zerlumpten Mann. Wissen sie überhaupt, dass es ihr Herrscher ist? Vermutlich nicht. Sie haben Ismail nie ohne seine mit goldenem Zaumzeug geschmückten Pferde, die Pfauenfedern schwenkenden jungen Sklaven und die bis an die Zähne bewaffneten *bukhari* gesehen. Irgendetwas an der Feierlichkeit unserer Pilgerschaft scheint die Zuschauer zu berühren. Einige von ihnen müssen sich der Prozession angeschlossen haben, jedenfalls ist unsere Zahl gewachsen, als wir die Mauern der Zitadelle verlassen und die Hügel jenseits davon erreichen. Wir gehen von Schrein zu Schrein und bringen unsere Gebete dar. Die ganze Zeit bleibt der Himmel heiter, die Sonne brennt auf uns herab. Es gibt weder zu essen noch zu trinken. Für die Kinder ist es hart, doch Momo findet sich stoisch damit ab.

Als wir schließlich zum Palast zurückkehren, ist der Herrscher dermaßen angespannt, dass jeder versucht, ihm aus dem Weg zu gehen. Manche von uns können sich diesen Luxus bedauerlicherweise nicht erlauben. Er stürmt durch den Palast und schreit. Wachen werden zu den unterirdischen Verliesen beordert, um sämtliche Bilder von christlichen Heiligen zu entfernen, die unseren Gebeten im Weg stehen oder Allahs Zorn auf uns lenken könnten. Im Hamam lasse ich versehentlich einen seiner *babouches* in ein Wasserbecken fallen – für die häufigen Dampfbäder des Herrschers gibt es offenbar immer genügend Wasser –, sodass das makellose zitronengelbe Leder Wasserflecken bekommt. Er hebt ihn auf und drischt damit so heftig auf mich ein, dass sich Striemen auf meinem Rücken und dem Nacken bilden. Ich kann Gott nur danken, dass er nicht mit etwas Schlimmerem bewaffnet war.

Am Abend folge ich ihm zum Harem, wo er eine Frau für die Nacht wählen will. Es gibt einige europäische Gefangene, die Sidi Qasems Leutnants gerade zusammen mit einer Ladung neuer Arbeiter nach Meknès gebracht haben. Er zögert eine Weile vor einer hellhaarigen Russin, macht dann auf dem Absatz kehrt und begibt sich direkt zu den Gemächern des Weißen Schwans.

> *Vierte Woche, vierter Tag, Safar 1091*
> El ouez abiad, *geborene Alys Swann. Konvertierte englische Gefangene, Mutter von Emir Mohammed ben Ismail.*

Am nächsten Tag regnet es.

SECHSUNDZWANZIG

Alys

Ich erinnere mich an die Zeit, als ich noch glaubte, mein Leben hier ertragen zu können, diese Monate vor fast drei Jahren, als ich mit meinem süßen Momo schwanger war. Endlich werde ich Mutter, dachte ich, und alles wird gut. Ein Baby verändert die ganze Welt. Ich hatte recht, allerdings anders, als ich glaubte.

In den Höhlen des Schädels verborgen, beobachten meine Augen die Welt. Ich sehe, wie die Haremsfrauen sich ihren täglichen Gebeten, dem Klatsch, den Hennamustern und dem Herausputzen widmen, als wären sie die reizendsten Wesen der Welt, harmlos und charmant. Doch inzwischen weiß ich es besser. Ich habe gesehen, was unter dem Khol und dem Schlamm, der Seide und dem Satin, dem Parfüm und den Salben lauert. Darunter ist alles faul und vergiftet, in der Gewalt des Bösen.

Und dieses Böse hat einen Namen: Zidana.

Der Harem gehört ihr: Er ist ihr Reich, und sie führt eine Schreckensherrschaft. Wenn andere davon wissen, so lassen sie sich nichts anmerken. Alle singen und schwatzen und schwirren um sie herum wie Bienen um ihre Königin. Doch unser Bienenstock bringt keinen Honig hervor, sondern pures Gift. Wer Zidana widerspricht, wird zu ihrer Feindin erklärt und damit auch zur Feindin aller anderen Frauen hier. Sie spotten, sie piesacken, sie ignorieren dich; sie spielen böse Streiche und verbreiten boshafte Gerüchte; sie lassen dir nur das angefaulte Obst und das harte Brot von den täglichen

Mahlzeiten übrig, sie spucken in deinen Teekessel und übergießen dich im Hamam mit kochendem Wasser.

Vermutlich habe ich noch Glück, dass sie sich nicht mehr trauen, obgleich ich glaube, dass meine Anfälle von Übelkeit keine natürliche Ursache hatten, sondern auf Zidanas Kräuter und Pülverchen zurückgehen. Doch wie soll ich das beweisen? Und wer würde meinen Beschwerden Gehör schenken, wenn ich sie äußern wollte? Mir kommt es vor, als wäre Ismail ebenso in ihrer Gewalt wie jeder andere hier. Man kann sich kaum vorstellen, dass ein so Furcht einflößender Mann vor jemandem Angst haben kann, aber ich habe mit eigenen Augen gesehen, wie er zusammenfuhr, als er ihre Stimme hörte, und ich habe auch den Ausdruck in seinen Augen gesehen, wenn sie ihn berührt. Ist es Magie, mit der sie seine Aufmerksamkeit aufrechterhält? Die Überzeugung, dass Hexerei im Spiel sein könnte, widerspricht allem, woran ich als gute Christin einmal glaubte, aber es ist schwer, sie in einer Welt zu ignorieren, die bis ins Mark von Aberglauben durchdrungen ist.

Magie prägt dieses Land. Sie fließt unter der Oberfläche der Dinge dahin wie ein unterirdischer Fluss, steigt in heimtückischen Blasen auf und zersetzt das Fundament des Lebens. Die Menschen akzeptieren sie als Teil des Lebens. Unablässig sind die Frauen im Harem damit beschäftigt, die Dämonen zu beschwichtigen, die sie *djenoun* nennen. Sie bringen ihnen etwas zu essen als Opfergabe oder halten sie mit Khol und Salz fern. Sie glauben, dass sich Zidana im Bruchteil einer Sekunde von hier nach da versetzen kann, und Zidana nährt diesen Glauben. Sie brüstet sich damit, dass sie sich in Tiere oder Vögel verwandeln kann, damit keiner es wagt, etwas gegen sie auszuhecken, aus lauter Angst, sie könnte ihm in Gestalt eines Geckos an der Wand, einer vorbeischleichenden Katze oder einer Taube auf dem Dach belauschen. Es stimmt, dass sie alles zu wissen scheint, was in den verborgensten Winkeln dieses Palastes geschieht, doch daran ist nichts Geheimnisvolles. Nus-Nus hat mir erzählt, dass sie ihre Spitzel überall hat und sie gut bezahlt.

Und deshalb bin ich wachsam, um meinetwillen, vor allem aber um Momos willen. Zidanas Söhne stehen in der Thronfolge weit über ihm, doch das hindert sie nicht daran, andere aus schierer Boshaftigkeit aus dem Weg zu räumen.

Ob ich mir meinen Verdacht anmerken lasse? Nein, ich lächle süß und wünsche ihnen den Frieden Gottes. Ich senke den Blick auf meine im Schoß verschlungenen Hände, die Hände einer alten Frau: dünne, geäderte Krallen. Meine Nägel sind lang und scharf, für den Fall, dass es die einzige Waffe ist, die ich gegen meinen Feind habe. Ich lese, bete und lasse Momo nicht aus den Augen. Das ist nicht immer leicht; er ist ein aufgewecktes Kerlchen, entschlossen und groß für sein Alter. Es dauerte nicht lange, bis er die Windeln abstreifte, seine Wiege verließ und dann auch unsere Gemächer. Nur ein kurzer Augenblick der Ablenkung, und schon war er weg. Ich habe noch nie ein Baby gesehen, das so schnell krabbeln konnte wie er! Manchmal hätte ich ihn am liebsten an die Leine gelegt, um ihn aus allem herauszuziehen, was er gerade wieder anstellte. Als er anfing zu laufen und dann natürlich zu rennen, wurde es noch schlimmer. Er ist wie ein kleiner *djinn*; offenbar kann er sich nach Belieben unsichtbar machen. Unter Aufsicht stolziert er umher wie der kleine Emir, der er ist, trägt stolz seinen Ring an der Kette und untersucht alles – obwohl ich ihm strengstens eingetrichtert habe, dass er nichts essen darf, was nicht von mir kommt oder von Nus-Nus, wenn er beim Sultan ist. Jetzt, da sein Haar nachgedunkelt ist, kann Ismail mehr mit ihm anfangen und hat ihn zu einem echten kleinen Marokkaner erklärt, trotz seiner blauen Augen. Manchmal kommt er unvermittelt in den Harem, setzt ihn auf seine Schultern und geht mit ihm davon.

Zu Zidanas offensichtlichem Ärger überhäuft er Momo mit Geschenken. Mein kleiner Liebling trägt die verrücktesten Kostüme und ist selig; je kitschiger und glänzender, umso besser. Außerdem hat er seine diebische Ader behalten: Ständig entdecke ich irgendwelche neuen bunten Kinkerlitzchen, und wenn ich frage, wo er sie herhat, sieht er mich mit seinen unschuldigen Augen an und antwortet: »Von Dada.« Doch schon zwei Mal habe ich herausgefunden, dass es nicht stimmte. Die Herrscherin machte letzte Woche großes Aufheben wegen eines fehlenden Perlenanhängers und hat sogar ihre Dienerinnen auspeitschen lassen, weil sie sie für den Verlust verantwortlich machte. Dann fand ich ihn unter Momos Bettlaken wieder, und das ist noch nicht alles. Eine große, mit einem Smaragd geschmückte, hohle Silbernadel ist ebenfalls dort versteckt, dazu ein Armband mit orangefarbenen Glasperlen und Kaurimuscheln, das Miniaturporträt einer dunkelhaarigen Frau und ein goldener Ring mit dem Siegel des Herrschers, genau wie der, den Momo trägt. Aber es ist nicht sein Ring, dieser verborgene Schatz, denn der hängt um seinen Hals. Und dann fällt mir ein, wie Zidan gestern in einem Wutanfall die Höfe des Harems zusammengebrüllt hat und Mamass mir erzählte, dass er irgendetwas Wertvolles verloren habe. Rasch verstecke ich den Schatz wieder unter den Decken. Wie es aussieht, ist mein Sohn ein talentierter Taschendieb.

Als Nus-Nus das nächste Mal zum Harem kommt, schicke ich Mamass unter einem Vorwand weg, winke ihn zu mir und zeige ihm stumm Momos kleines Lager.

Er zieht die Brauen hoch und fängt an zu lachen. »Habt Ihr einem kleinen Ali Baba Unterschlupf gewährt?«

»Was soll ich machen?«

»Überlasst ihn mir«, sagt er nur.

Er bringt Momo mit einschmeichelnden Komplimenten

auf seine Seite, erklärt aber dann, dass seine Kleidung – rote Satinhose und eine himmelblaue Tunika – zu langweilig für einen echten Emir sei und ein wenig verziert werden müsste. Sofort rennt der Kleine los und kommt wenige Sekunden später beladen mit seinen Schätzen wieder. Ein Stück nach dem anderen luchst Nus-Nus ihm ab, nachdem er zuerst seine Herkunft aufgedeckt hat. Als Entschädigung dafür, dass er ihm alles weggenommen hat, schenkt er meinem Jungen das breite goldene Armband, das er trägt. Es ist viel zu weit für Momos Arm, und so verbringt er eine ganze Weile damit, herauszufinden, wie er es am besten tragen kann. Es ist zu klein, um den Kopf hindurchzustecken, und zu schwer für die Halskette. Am Schluss beschließt er, es am Oberschenkel zu tragen, was ziemlich komisch aussieht, dann rennt er davon, um im Hof zu spielen, wo ich ihn sehen kann.

»Er ist ein kleiner Räuber!«, erklärt Nus-Nus beinahe bewundernd und verspricht mir, die Sachen ihren rechtmäßigen Besitzern wiederzugeben. Der Ring gehört tatsächlich Zidana, die Miniatur hat er dem venezianischen Gesandten abgenommen, als sein Vater direkt neben dem Mann stand und ihn auf dem Arm hatte. Das Armband mit den Kaurimuscheln gehört einer anderen Sultansfrau, die hohle Silbernadel mit dem Smaragd Zidanas Lieblingseunuchen Black John. Diese fasst Nus-Nus mit spitzen Fingern an, und auch nur an dem Edelstein.

»Was ist denn los damit?«

Er beißt sich auf die Lippen und erklärt mir so schicklich wie möglich, dass die Nadel nicht nur Black Johns Turban schmücke, sondern noch einen anderen, weniger dekorativen Zweck habe. Sein Blick weicht mir aus. Ich spüre, dass ich vom Hals bis zum Scheitel erröte und der heiße Schwall der Verlegenheit wie eine Flut in mir aufsteigt.

Nach einer quälend langen Pause verstaut er die gestohlenen Schätze in den Taschen seines Gewands, wünscht mir einen guten Tag und eilt hinaus. Er ist ein netter Mann, dieser Nus-Nus, und ein guter Freund.

Während Momo seinen Mittagsschlaf hält, nehme ich mir die englische Koranfassung vor, die mir die Frau des Korsarenführers schenkte, um mich mit einer achtbaren Beschäftigung von meinem Schicksal abzulenken, als ich in diesem Land ankam. Das Unglück will es, dass ich ihn bei der Geschichte von Yusuf aufschlage, einem gut aussehenden Mann, der als Sklave an einen Beamten namens al-Aziz am ägyptischen Hof verkauft wird. Die Hausherrin ist so fasziniert von Yusufs Schönheit, dass sie sich in ihn verliebt und ihn unablässig bedrängt, sich zu ihr zu legen. Eines Tages wird sie so böse über seine ständige Zurückweisung, dass sie sieben Türen abschließt, um ihn am Gehen zu hindern, und ihn anfleht, zu ihr zu kommen. Beide laufen zur Tür, Yusuf erreicht sie zuerst, und dabei zerreißt sie von hinten sein Hemd. Plötzlich muss ich daran denken, wie ich Nus-Nus gesehen habe, als er sich im Lager in den Bergen abgerackert hat, mit bloßem Oberkörper, mit einem Schweißfilm auf der Haut …

Konzentrier dich, Alys, ermahne ich mich streng. Doch der Text hilft mir nicht. »Und sicher begehrte sie ihn, auch er hätte sie begehrt, wenn er nicht ein deutliches Zeichen von seinem Herrn gesehen hätte. Ich suche Zuflucht bei Allah. Er ist mein Herr. Er hat meinen Aufenthalt ehrenvoll gemacht. Wahrlich, die Frevler können nicht Erfolg haben.«

Ich denke noch über die unangenehmen Parallelen nach, mit denen mich diese Geschichte konfrontiert, als ein Schatten über mich fällt. Ich war so in Gedanken versunken, dass ich die Ankunft des Besuchers nicht bemerkte. »Oh!«, rufe ich und werfe mich schnell zu Boden, denn es ist der Herrscher. Das Buch fällt von meinem Schoß; er bückt sich und hebt es auf. Durch das Haar, das mir ins Gesicht fällt, spähe ich nach oben und sehe, wie er mit unbewegtem Ausdruck den Text überfliegt und es dann umdreht, um den Umschlag zu betrachten. Am Ende befiehlt er mir aufzustehen und gibt es mir zurück. »Was ist das für ein Buch?«, fragt er ruhig.

Und so erzähle ich ihm, dass es eine Ausgabe des Korans ist, der in meine Muttersprache übersetzt und in England gedruckt wurde. Zwar hätte ich mein Bestes getan, um die arabische Sprache zu lernen, fände es jedoch sehr schwer, die Schriftzeichen zu lesen. Die ganze Zeit sehe ich, wie sich sein Gesicht verfinstert, erst puterrot anläuft und dann erschreckend dunkel wird. Trotzdem plappere ich einfach weiter und erkläre ihm, dass in der Bibel dieselbe Geschichte erzählt wird, nur ist Yusuf dort Joseph und al-Aziz ist Potiphar …

»Schweig, Weib!«, brüllt er mich plötzlich an, und ich frage mich, was ihn wohl so aufgebracht hat. War es mein Eingeständnis, dass ich Schwierigkeiten habe, Arabisch zu lernen, oder dass ich weiter an meiner Muttersprache festhalte, obwohl ich an seinem Hof lebe? Vielleicht gefällt ihm einfach nicht, dass eine Frau Bücher liest oder, so schießt es mir plötzlich durch den Kopf, vielleicht kann er ja selbst nicht lesen. Hat Nus-Nus nicht einmal gesagt …

»Auf Englisch?«, wettert er. »Der heilige Koran auf *Englisch*?« Er reißt ihn mir aus der Hand, wirft ihn zu Boden und trampelt darauf herum. Es schockiert mich sehr, denn Mohammedaner behandeln ihr heiliges Buch mit unendlichem Respekt und waschen sich sogar die Hände, bevor sie es berühren.

»Es tut mir leid, es tut mir leid!«, rufe ich.

Das Geschrei muss Momo geweckt haben, denn plötzlich steht er da und beobachtet voller Schrecken, wie sein Vater tobt und ich in Tränen aufgelöst bin. Und dann stürzt sich Momo tapfer – und töricht – auf seinen Vater und hämmert mit seinen kleinen Fäusten gegen dessen Beine. »Lass Mama in Ruhe!«

Ismail sieht auf ihn hinab. Dann schleudert er fast beiläufig meinen Jungen beiseite, sodass der quer durch den Raum und gegen einen kleinen Tisch am anderen Ende des Salons fliegt. Zum Schluss hebt er das beleidigende Buch auf und geht ohne einen Blick zurück hinaus.

Am gleichen Abend bringt man mir einen riesigen Korb, gefüllt mit Spielzeug und Schmuck, Kuchen und Süßigkeiten, ein Kätzchen mit einem silbernen Halsband und ein kleines Kostüm aus golddurchwirktem Stoff. Ganz oben liegt ein reich verzierter Koran. Auf Arabisch.

SIEBENUNDZWANZIG

Erste Woche, zweiter Tag, Rabi' al-awwal 1091 AH

Ich komme von einer Erledigung für die Herrscherin zurück und stoße in einem menschenleeren Hof des Harems auf Zidan, der auf Momo sitzt und dessen Kopf ins Wasser des Brunnens drückt. Momo strampelt wütend mit den Beinen, doch der neunjährige Zidan hält ihn mühelos im Zaum. Das kleine Scheusal ist dermaßen in seine mörderische Aufgabe versunken, dass es mich nicht kommen hört. Ich bin derart wütend, dass ich ihn am Schlafittchen packe und mit einer Hand hochhebe. Einen Moment lang jagt mir meine eigene Kraft Angst ein – wie leicht könnte ich ihn auf der Stelle umbringen, und wie gern würde ich das tun –, doch Zidan fürchtet sich noch viel mehr.

Momo klettert aus dem Brunnen und sitzt zitternd auf dem gekachelten Rand. Eine böse Prellung ziert seine Stirn, die meine Wut noch steigert.

Ich schüttele Zidan wie ein Löwe sein Junges. »Das erzähle ich deinem Vater«, verspreche ich ihm mit erhobener Stimme. »Und wenn du Mohammed je wieder anrührst, bringe ich dich eigenhändig um.« Dann stelle ihn wieder auf die Erde, doch er starrt mich bloß an. Seine Augen sind wie ausgefranste Löcher in dem Gesicht, nur Leere ist darin zu sehen. Dann gibt er plötzlich Fersengeld. Ich weiß genau, wohin er rennt: geradewegs zu seiner Mutter. Nun, damit werde ich mich später herumschlagen müssen, im Moment ist es mir egal. Ich lege Momo den Arm um die Schultern und untersuche die Stirn, die dunkel angelaufen ist.

»Tut es weh?«

Er schüttelt energisch den Kopf. Momo ist wirklich zäh für sein Alter. Man vergisst immer wieder, dass er erst drei ist. »Du darfst nicht allein hier herumstromern, hörst du? Die Welt ist gefährlich.«

Er nickt feierlich. »Es war bloß ein Spiel«, sagt er schließlich.

Was für ein tapferer Kerl! Er hat den Stolz seiner Mutter geerbt. Ich spüre, wie mir das Herz übergeht, als wäre er mein eigener Sohn. »Das war kein Spiel, Momo, und wir beide wissen es. Jetzt bringe ich dich zu deiner Mutter zurück, und da bleibst du.«

»Aber du wirst nichts sagen, nein?«

»Ich werde deiner Mutter nichts erzählen, weil sie sich sonst zu viele Sorgen machen würde.«

»Nein, ich meine, du sollst Dada nichts sagen.«

»Warum nicht?«

»Weil er mich für einen Schwächling halten würde.«

Eine ganze Weile starre ich ihn an. So viel Weisheit bei so einem kleinen Jungen ist erschreckend und verblüffend zugleich. »Ich kann nicht zulassen, dass Zidan ungestraft damit davonkommt.«

»Ich verspreche dir, dass ich besser aufpasse, wenn du es ihm nicht erzählst.«

»Und wenn ich es tue, dann passt du nicht auf?«

Er schiebt die Unterlippe vor. Seine Augen sprühen blaues Feuer.

Unsere Blicke halten einander stand, und ich denke, eines Tages wird er ein feiner Kerl werden, wenn er so lange überlebt. Am Ende gebe ich ihm mein Versprechen.

Am nächsten Tag bin ich mit dem Sultan in der Moschee und helfe ihm nach den *asr*-Gebeten in seine *babouches*, als ein Haremssklave sich vor uns niederwirft und die Stirn auf den Boden presst.

»Die Herrscherin verlangt nach Euch«, nuschelt er hastig.

Ismail packt den Jungen an der Schulter und zerrt ihn auf die Beine. »Was hast du da gesagt? Niemand *verlangt* nach mir!« Er starrt ihn wütend an, ein Furcht erregender Anblick.

Der Kleine bricht in Tränen aus, und von einem auf den anderen Augenblick wird Ismails Blick sanft. »Um Himmels willen, sei nicht so eine Heulsuse, Ali. Überbring deine Nachricht korrekt.«

Ali zögert, dann richtet er seinen Blick auf mich. »Die Herrscherin Zidana verlangt nach *dir*«, sagt er betont.

Jetzt hebt der Sultan die Braue. »Hat sie vergessen, dass du für mich arbeitest?« Die Frage ist rein rhetorisch gemeint.

Ich bleibe stumm.

»Nun, dann geh lieber hin und sieh, was sie will. Na, geh schon. Ich nehme Samir mit, um die Fortschritte der Bauarbeiten zu inspizieren.«

Samir?

Eine Gestalt löst sich aus den Schatten des Vorraums. Zu dem Gewand aus weißer Seide trägt er eine rote Strickmütze. Die Züge seines Gesichts sind scharf. Sein Bart ist so sorgfältig gestutzt, dass er aussieht, als wäre er mit einem feinen Pinsel gemalt. Er hat Tusche, Federn und ein Pergament dabei. Der Blick, den er mir zuwirft, ist von unverhohlenem Triumph erfüllt. Als ich ihn das letzte Mal sah, war er in Begleitung von drei anderen Schlägern, die es darauf abgesehen hatten, mich zu ermorden. Damals habe ich ihm den Arm ausgekugelt und ihn verjagt. Mit unvermuteter Grausamkeit hoffe ich, dass es ihm heute noch wehtut.

»Na, mach schon, Nus-Nus«, sagt er verächtlich. »Ich kümmere mich um Seine Majestät.«

Am liebsten hätte ich mich auf ihn gestürzt und ihm das grinsende Gesicht zu Brei geschlagen, aber natürlich tue ich es nicht. Ich löse meinen Blick von ihm, verbeuge mich tief vor dem Sultan und trete aus dem Vorraum in die spätnachmittägliche Sonne.

Auf dem Weg zum Harem nagt nur eine Frage an mir: Wie hat es der Neffe eines hingerichteten Verräters geschafft, sich einen Weg zurück in die Gnade des Sultans zu erschleichen? Und warum ist er überhaupt hier, mein Feind? Ich kann nicht glauben, dass Rache nicht irgendwie in seiner Strategie mitschwingt, wie immer sie auch aussehen mag. Ich erinnere mich an das gefälschte Diwanbuch, und wie es korrigiert wurde, und balle verstohlen die Fäuste.

Zumindest hilft all das, meine Gedanken von Zidanas Befehl abzulenken, dessen Grund ich nur allzu gut kenne. Und tatsächlich ist Zidan anwesend, als ich in ihr Gemach geführt werde. Mit roten Augen sitzt er auf dem Knie seiner Mutter. Wahrscheinlich war er an den Zwiebeln, denke ich: Nicht mal ein Bengel wie Zidan kann achtundzwanzig Stunden hintereinander heulen. Ich verneige mich und versuche, wie ein würdevoller Diener des Herrschers auszusehen.

Doch Zidana will nichts davon wissen. Sie wird flankiert von zwei anderen Ehefrauen des Sultans, Umelez und Lalla Bilqis. Alle drei starren mich an wie die vorsitzenden Richter in einem Prozess, als hätte ich irgendein abscheuliches Verbrechen begangen, für das sie mich verurteilen werden. Dann aber springt die Herrscherin auf und zerstört jeglichen Schein von Förmlichkeit. Die Augen quellen hervor, und es regnet Speicheltröpfchen aus ihrem Mund, als sie mir eine winzige schwarze Figur vor die Nase hält und ruft: »Siehst du das? Siehst du das, Nus-Nus? Das ist dein Tod.«

Es ist eine Fetischpuppe aus schwarzem Ton mit weißen Perlen als Augen und einem schwarzen Punkt in der Mitte, der Mund ist nur ein Loch und sieht aus, als stieße er einen stummen Schrei aus. Die Puppe trägt exakt dieselbe Kleidung wie ich. Es ist meine tägliche Uniform: weißes Baumwollgewand mit Goldbesatz an Ärmeln und Kragen, gelbe *babouches*, weißer Turban. Sogar das Fehlen des goldenen Armbands, das ich Mohammed erst vor ein paar Tagen geschenkt habe, wurde berücksichtigt.

Ein reflexartiger Schauer durchfährt mich. Obwohl ich die zivilisierten Straßen und Paläste von Europa besucht, die Literatur vieler anderer Völker gelesen und meine Seele Allah geweiht habe, kann ich den alten Senufo-Glauben, den ich auf den Knien meines Großvaters lernte, nicht vergessen.

Zidana hebt das Gewand der Puppe an. Im Schritt des schmalen Rumpfs zwischen den langen Beinen erkennt man ein kleines männliches Geschlecht, aber keine Hoden. Sie fährt mit einem hennagefärbten Fingernagel zärtlich den Bauch hinauf bis zum Brustbein. Dort verharrt die Fingerspitze und drückt dann eine kleine Tür in der Brust des Fetischs auf, hinter der sich …

Mir kommt die Galle hoch. Was ich da sehe, ist einfach unvorstellbar. Im Innern des Fetischs schlägt ein winziges rotes Herz. Noch während ich es auf grauenhafte Weise fasziniert betrachte, pulsiert es rhythmisch und wird schneller, so wie mein eigener Puls sich beschleunigt.

Zidana lässt die kleine Tür über diesem grausamen Anblick zuschnappen und lächelt mir zu. »Ich muss es nur herausreißen, und du bist auf der Stelle tot. Wag es nicht, je wieder meinen Sohn anzurühren.«

Sie nimmt einen Kasten aus Sandelholz, öffnet den geschnitzten Deckel und legt mein Ebenbild hinein. Bevor sie ihn wieder schließen kann, fällt mein Blick eine Sekunde lang auf die anderen Figuren. Eine hat unmissverständlich goldenes Haar und ist aus hellem Ton, daneben ein kleiner Junge mit blauen Perlen als Augen …

Ich versuche mir einzureden, dass das alles Unsinn ist, nur Zidanas Art, Leuten Angst einzujagen, eher Manipulation als Magie. Dass die Puppen keine Macht haben, außer Schrecken zu verbreiten, dass das Herz, das ich im Innern meiner Imitation gesehen habe, nur eine Illusion war. Doch eine Urangst hat mich gepackt und will nicht weggehen. Und auch meine verstörenden Träume lassen sich nicht abschütteln.

Nicht nur um mich habe ich Angst, sondern auch um Alys und Momo. Es war schon immer ein schmaler Grat zwischen dem Sultan und seiner Hauptfrau, über den ich balanciert bin, aber ich hatte geglaubt, dass das Verhältnis zwischen Zidana und dem Weißen Schwan mittlerweile, wenn nicht auf einer Basis der Freundschaft, so doch auf gegenseitiger Toleranz geklärt wäre. Jetzt sehe ich, dass ich mich geirrt habe; Zidanas Hass ist ebenso unergründlich wie unversöhnlich. Irgendwie wird sie den rechten Moment abwarten und dafür sorgen, dass ihre Rivalin und der Rivale ihres Sohnes den Tod finden, genau so, wie sie es beim Großwesir gemacht hat: durch Gift, durch Mord, durch Intrigen. Oder aber durch *vodoun*, ihre rituelle Magie. Ich schaudere.

Im Gesandtschaftssaal wird eine Audienz für Sir James Leslie, den englischen Gesandten, abgehalten. Der Saal platzt aus allen Nähten, so viele Würdenträger sind in ihrer prächtigsten Aufmachung erschienen. Ismail ist von zahllosen Fächer schwenkenden Dienern umringt. Seine aktuelle Lieblingskatze, die elegant gestreifte Eïda, hat sich entspannt auf seinem Schoß drapiert, von wo sie mit ihren meergrünen Augen alles kühl mustert. Ich setze mich mit meiner Schreibschatulle und dem offiziellen Protokollbuch zu Füßen des Sultans, doch kurz darauf erscheint Samir mit einem Pergament und Schilfrohr unter dem Arm und setzt sich auf die andere Seite. Einen Augenblick lang mustern wir uns derart feindselig, als wollten wir einander mit den Schilfrohrspitzen töten. Dann werfe ich Ismail einen empörten Blick zu.

Er lacht über mein Gesicht und tätschelt mir den Kopf, als wäre ich seine Katze. »Zwei Schreiber sind besser als einer.«

»Aber er kann nicht einmal Englisch sprechen, geschweige denn schreiben!«, rufe ich aus und höre mich selbst für meine eigenen Ohren wie ein schmollendes Kind an. »Was nutzt er bei dieser Aufgabe?«

»Von mir aus kann Samir die Lieder der turtelnden Tauben mitschreiben«, lacht Ismail. »Wenn der englische Gesandte den Eindruck gewinnt, dass ich von gelehrten Männern umgeben bin, wird er sich sorgfältiger überlegen, was er sagt, und sein König wird uns mit dem Respekt behandeln, den wir verdienen.«

Sir James Leslie sieht kräftig aus, mit rosigen Wangen und untersetzter Figur, langweilig, aber angemessen gekleidet mit einem knappen blauen Jackett, ockerfarbener Weste und dunkler Reithose. Die Perücke unter dem federgeschmückten Hut ist schmutzig braun und fällt in wirren Locken bis auf seine Schultern. Er trägt, soweit man sehen kann, keine einzige Schleife, auch das ein Unterschied zu seinem schwächlichen Emissär.

Aus unerfindlichen Gründen, vielleicht wegen des rein äußerlichen Gegensatzes, hegt Ismail von Anfang an Abneigung gegen den Mann und winkt ben Hadou zu sich. »Sag ihm, dass er aus Gründen des Respekts in Anwesenheit Seiner Majestät nicht nur den Hut, sondern auch die Perücke absetzen muss!«

Die Botschaft wird pflichtschuldig überbracht. Nach einer

langen, grantigen Pause gibt der Gesandte nach. Unter der Perücke ist sein Schädel stellenweise mit grauem Flaum bedeckt. Er macht den Eindruck, als fühle er sich unbehaglich, als grolle er, hält sich aber zurück. Dann tauschen die beiden die bei einem Staatsbesuch notwendigen Begrüßungsfloskeln und Artigkeiten aus.

Anschließend werden die unterdessen eingetroffenen Geschenke des Gesandten präsentiert, obwohl er vielleicht besser ohne sie gekommen wäre, denn Ismail beeindrucken sie wenig. Nach der langen Verzögerung – über zwei Monate – hat er alle möglichen Raffinessen erwartet, den Inbegriff von englischem Luxus und englischer Handwerkskunst. Doch jetzt legt man ihm Ballen von Brokat und Seide zu Füßen, die auf der Reise gelitten haben, stockfleckig und vom Salzwasser gezeichnet sind. Die englischen Musketen explodieren, als sie probeweise abgefeuert werden. All das macht Ismail wütend und versetzt den armen Sir James keineswegs in bessere Laune. Er putzt seinen Leutnant herunter, weil er die Musketen nicht geprüft hatte, bevor er sie überreichte, und als ich dessen hilfloses Gesicht sehe, frage ich mich, ob sie Marokko für dermaßen zurückgeblieben hielten, dass moderne Waffen hier unbekannt sind – obwohl wir die Mauern ihrer Festungen in Tanger nun schon seit Jahren mit unseren Kanonen bombardieren und ihre Tunnelanlagen mit unserem Schießpulver in die Luft jagen –, oder ob sie glaubten, der Sultan sei ein Spielzeugkönig statt der Herrscher über ein Heer von Kriegern.

Als Nächstes sind ein halbes Dutzend Galway-Pferde zu inspizieren, die für die königlichen Ställe bestimmt sind und wegen ihrer edlen Herkunft sowie der Länge und Qualität ihrer Schweife ausgesucht wurden. Auf den ersten Blick wirken sie sehr anmutig, und zumindest hat sich jemand die Mühe gemacht, sie zu striegeln, bevor sie übergeben werden. Mähnen und Schweife sind gekämmt, das Zaumzeug wurde auf Hochglanz poliert. Allerdings hat niemand sie so prächtig aufgeputzt, wie der Sultan es bevorzugt. Im Übrigen ist er mittlerweile ohnehin verstimmt und bezeichnet sie sofort als »Schindmähren, die höchstens für die Abdeckerei taugen«.

Ich weiß nicht, ob der Grund für die veränderten Bedingungen, die er jetzt anbieten soll, die unpassenden Geschenke sind, auf alle Fälle behandelt Ismail den Gesandten inzwischen einigermaßen schroff. Sir James erhält die Wahl zwischen einem sechsmonatigen Frieden und einem zweijährigen Waffenstillstand. Die englischen Siedler dürfen Handel treiben, ihr Vieh weiden, sich Proviant beschaffen und Gestein abbauen; dafür verlangen die Marokkaner große Mengen an Tuch – unbefleckt –, Waffen, Schießpulver und Kanonen. Leslies beharrliche Forderung, der Sultan möge den Ungläubigen gestatten, die alten Festungen außerhalb der Stadt wieder aufzubauen, lehnt er kategorisch ab.

Sir James schüttelt den Kopf. Die Bedingungen sind unannehmbar, da sie die Engländer benachteiligen. Er erinnert den Sultan daran, dass Tanger nicht aufgrund kriegerischer Handlungen in den Besitz von England kam, sondern dass es zur Mitgift Königin Katharinas bei ihrer Hochzeit mit dem englischen König gehörte.

Dies erzürnt Ismail nur noch mehr. Die Portugiesen hätten ohnehin kein Recht auf das Land gehabt, erklärt er dem Gesandten. Es gehörte ihnen gar nicht, daher konnten sie es auch nicht zusammen mit ihrer zweitklassigen Prinzessin an einen verarmten König verschenken.

Sir James verzieht den Mund, lässt sich jedoch nicht ködern. Da sie beim Thema Tanger nicht weiterkommen, bringt er das Gespräch nun auf die vielen englischen Gefangenen, die sich in der Gewalt des Sultans befinden. Daraufhin lädt Ismail ihn ein, die Bauarbeiten zu besichtigen.

Samir und ich rennen mit dem Rest seiner riesigen Entourage hinterher und versuchen, Notizen zu machen, während er von einem Bauplatz zum anderen geht und seinem Gast die vielen ausländischen Arbeiter zeigt, offenbar ausschließlich Franzosen, Spanier, Italiener, Griechen oder Portugiesen. Nicht ein einziger Engländer ist darunter.

Der Gesandte glaubt ihm natürlich kein Wort und zeigt erst auf den einen, dann auf einen anderen. Man holt sie herbei und befiehlt ihnen, ihren Namen und ihr Land zu nennen. Einer nach dem anderen antwortet: Jean-Marie aus der Bretagne, Benoit aus Marseille, David aus Cádiz, Giovanni aus Neapel.

»Wo sind die Gefangenen, die man in Tanger verschleppt hat?«, fragt Sir James schließlich verärgert. »Mehr als zweihundert Angehörige der Garnison wurden gefangen genommen.«

Ismail hebt entschuldigend die Hände. »Viele sind gestorben, fürchte ich. An ihren Verwundungen auf dem Schlachtfeld oder aus Erschöpfung. Anscheinend sind die Engländer doch nicht so zäh, wie man es von einem solch kriegerischen Volk erwarten würde. Ich habe die Überlebenden, die ich entbehren konnte, als Geste meines guten Willens und meiner Gnade Eurem Boten übergeben.«

Sir James fährt mit charakteristischer Unverblümtheit fort: »Und mindestens fünfzehnhundert Männer wurden im Lauf der letzten Jahre von unseren Handelsflotten und anderen Schiffen entführt. Dutzende unserer Schiffe wurden gekapert, und ihre Mannschaften sind spurlos verschwunden.«

»Die Gewässer an Euren Küsten sind für ihre heftigen Stürme bekannt.« Der Sultan wirkt außerordentlich gleichgültig. Er ist ein guter Schauspieler. Ich weiß genau, wo sich die meisten englischen Gefangenen befinden: in einem fensterlosen Kerker unterhalb des Gesandtschaftssaals. Das ist Ismails Vorstellung von einem Witz. »Andere sind zum wahren Glauben übergetreten und führen jetzt ein Allah gefälliges Leben. Sie haben als freie Männer in meinem Reich gute mohammedanische Frauen geheiratet und ziehen brave mohammedanische Kinder auf.«

Einer dieser Abtrünnigen wird herbeigeschafft und gibt seinen ursprünglichen Namen mit William Harvey aus Hull an. Ich erkenne ihn trotz seiner marokkanischen Verkleidung als einen der Gefangenen wieder, die mir von der Palastmauer aus Beleidigungen entgegengeschleudert hatten. Es war an jenem schicksalhaften Tag, als Sidi Kabour von einem Mann mit roter Wollmütze getötet wurde, der jetzt nur einen Meter von mir entfernt steht. Harvey erzählt Sir James ohne jede Scham, dass er mit seinem Los zufrieden sei, aus freiem Willen zum mohammedanischen Glauben übergetreten sei, eine schöne schwarze Frau geheiratet habe, die um einiges williger und fröhlicher sei als die Frau, die er zu Hause zurückgelassen hat, und dass das Leben hier in Meknès auf hunderterlei Art besser sei als sein Leben als Mitglied der Marine Seiner englischen Majestät.

Man kann sehen, wie sich Sir James' Gesicht während dieses Lobgesangs verdüstert, doch er wahrt seine Haltung, und am Ende räumt Ismail ein, gerade einmal einhundertdreißig englische Sklaven zu haben, von denen siebzig aus Tanger stammen, und weitere sechzig, die Teil seines Gefolges am Hof sind, Bedienstete seiner Beamten, die gerade für das Leben am Hof ausgebildet werden.

»Ich bin bereit, fünfzig Achterstücke für jeden von ihnen zu bieten, Majestät.«

Der Sultan lacht spöttisch. »Zweihundert für jeden lautet der Preis für ihre Befreiung, und noch mehr für die Sklaven meines Gefolges, falls sie sich zur Rückkehr entscheiden.«

»Zweihundert Achterstücke? Das ist absurd!«

»Ich hielt England für ein reiches Land, das seine Bürger schätzt.«

»Der Wert eines Menschen ist unbezahlbar, Sir. Aber zweihundert Achterstücke …« Dem Gesandten verschlägt es die Sprache.

Ismail bleibt charmant. »Denkt darüber nach, lieber Freund. Ich werde Euch Kuchen und Limonade schicken lassen, damit Ihr Euch erfrischen und die Angelegenheit mit kühlem Kopf bedenken könnt.«

Sollte Sir James gehofft haben, den Sultan beim Abendessen stellen zu können, so wird er enttäuscht sein: Ismail speist nur selten in der Öffentlichkeit – sich bei einem so gewöhnlichen menschlichen Bedürfnis beobachten zu lassen würde seinem Status schaden, so glaubt er. Doch nachdem ich meine Pflicht als Vorkoster des Herrschers erfüllt habe, schickt er mich hinüber, um neben dem Gesandten zu sitzen, Fragen über den Hof zu beantworten und ganz allgemein Augen und Ohren offen zu halten, insbesondere was ben Hadou angeht, der neben dem Gesandten sitzt und Ismail inzwischen suspekt ist. Vor einer Woche erst hat er *al-Attar* eine kostbare Schüssel aus Nicäa an den Kopf geworfen und gerufen: »Geh mir aus den Augen, du Hund, Sohn einer Christin!« Der Kaid war ausgewichen, die Schüssel zersprang in tausend Stücke, und ich wurde beauftragt, die Scherben wegzufegen. Ich habe vergessen, was meinen Herrn so wütend gemacht hatte; an manchen Tagen braucht es nicht viel, doch der Vorwurf, dass ben Hadou der Sohn einer Ungläubigen sei, faszinierte mich. Immerhin erklärt es sein Talent für die englische Sprache. Auf alle Fälle sitzt er zur Rechten des Gesandten und ich zur weniger bedeutenden Linken. Von Samir Rafik ist zum Glück nichts zu sehen.

Der Tisch ist reich gedeckt, Malik hat sich selbst übertroffen. Im Mittelpunkt steht ein geschmortes Lamm am Spieß, zubereitet mit Honig, Koriander, Mandeln, Birnen und Walnüssen. In einer Schüssel aus getriebenem Silber wird ein Eintopf aus Ziegenfleisch mit grünem Koriander und Kumin serviert, auf goldenen Platten sind mit Safran gewürzte Brathähnchen angerichtet, duftender Couscous mit Tauben- und Hühnerfleisch und mit Mandeln und Rosinen geschmückt, heiße Pasteten mit weichem Ziegenkäse und Datteln, Fettgebackenes und süßes, vor Zimt und Honig triefendes Gebäck, kleine Mandelküchlein in Form von Gazellenhörnern und Halbmonden, gefüllt mit zerstoßenen Pinienkernen, Pistazien und einem Hauch von Rosenwasser. Ich habe erst ein oder zwei Hand voll von Ismails Lieblingskost, Couscous mit Kichererbsen, gegessen, deshalb bin ich froh, an diesem Fest teilnehmen zu dürfen. Lange Zeit hört man nichts als das Schmatzen zufriedener Menschen und Lobpreisungen; Lobpreisungen und Schmatzen.

Ich warte, bis ben Hadou aufsteht, um sich zu erleichtern, dann sage ich leise zu Sir James: »Bitte bleibt ganz ruhig, Sir, wenn ich Euch jetzt etwas erzähle. Eure Diskretion entscheidet über Leben und Tod.«

Der Gesandte ist kein Schauspieler und starrt mich überrascht an. Ich beuge den Kopf über den Teller, als wäre ich nur damit beschäftigt, das Fleisch vom Knochen zu lösen. Ich habe bemerkt, dass man Sir James und seiner Entourage irgendwelche neumodischen Essgeräte gegeben hat, als würden ihre Hände nicht völlig genügen. Während ich mit dem Knorpel kämpfe, sage ich leise: »Es gibt eine englische Frau im Harem des Sultans. Sie heißt Alys Swann. Ihre Familie kam während Eures Bürgerkriegs nach Den Haag; ihr Vater war ein überzeugter Royalist und musste fliehen. Alys wurde von den Korsaren verschleppt, als sie von den Niederlanden nach England segelte, um sich dort mit einem englischen

Gentleman zu verheiraten. Der Rat der Korsaren hat sie vor vier Jahren dem Sultan zum Geschenk gemacht, und seitdem ist sie hier. Sie hat keinen Versuch unternommen, sich freikaufen zu lassen. Sie sagt, ihre verwitwete Mutter sei alt und mittellos und ihren Verlobten habe sie nie gesehen.«

Ich riskiere einen Blick und merke, dass er mir aufmerksam lauscht. »Warum erzählst du mir das?«

»Ihr Leben ist in Gefahr. Könnt Ihr dabei behilflich sein, sie zu befreien?«

»Sie loskaufen, meinst du?«

»Ja.«

Er lacht. »Dein Sultan versucht, mir zweihundert Achterstücke für einen einfachen Sklaven abzuknöpfen. Was glaubst du, wie viel er für eine seiner Haremsfrauen verlangen würde?«

Ein Vermögen; das weiß ich wohl. Trotzdem bleibe ich beharrlich. »Es handelt sich um eine englische Dame. Ist es nicht eine Schande für Euer Land, sie hier zu wissen?«

Er verzieht den Mund. »Ist sie übergelaufen?«

Was für eine ungeschliffene Ausdrucksweise. »Nur äußerlich, Sir, im Herzen nicht. Hätte sie den mohammedanischen Glauben nicht angenommen, wäre sie schon tot.«

»Dann kann ich nichts für sie tun, ganz gleich, ob sie unter Druck gehandelt hat oder nicht.«

»Wenn Ihr der Dame nicht helft, Sir, werden sie und ihr kleiner Sohn vielleicht in einem Jahr nicht mehr am Leben sein.«

»Nun, das kann ich nicht ändern. Sie ist jetzt Muselmanin, genau wie ihr Balg. Darum müsst Ihr Euch selbst kümmern.«

»Das ist sehr unchristlich, Sir.«

Sein Blick durchbohrt mich. »Ich bin es nicht gewohnt, mir von einem kastrierten Neger Manieren beibringen zu lassen!«

Ich versuche, mir meinen Zorn nicht anmerken zu lassen. Stattdessen greife ich quer über den Tisch nach einer Schüssel mit einem besonderen Leckerbissen und biete sie ihm lächelnd an. »Verzeiht mir. Ich bin zu weit gegangen. Lasst es mich wiedergutmachen. Ich bin sicher, dass dies nach Eurem Geschmack ist – es gilt als große Delikatesse.«

Besänftigt spießt er ein Stück Fleisch mit der Gabel auf, schneidet es in der Mitte durch und schiebt es sich in den Mund. »Hm! Köstlich. Was ist es?«

»Schafshoden, in fünf Jahre altem Fett gebraten«, erkläre ich mit einiger Befriedigung und sehe, wie er erbleicht und sich die wulstigen Lippen abtupft. Als ben Hadou zurückkehrt, stehe ich auf und verabschiede mich.

Am nächsten Tag beginnen die Verhandlungen mit einem Eklat. Der Gesandte hat seinen Hut im Quartier vergessen und besitzt die Dreistigkeit, mit seiner Perücke zu erscheinen. Ismail äußert keinen direkten Kommentar zu dieser bewussten Unverschämtheit, erklärt allerdings gehässig, dass er keine Geschäfte mit einem Ungläubigen machen kann, der nicht einmal den Anstand besitzt, seine Stiefel auszuziehen, wenn er sich in zivilisierter Gesellschaft befindet.

Der Gesandte wendet ein, dass Engländer keine Geschäfte in Socken machen, doch Ismail bleibt hart. Und als der Mann die Stiefel auszieht, verstehen wir, warum er wünschte, sie anbehalten zu können. Sir James' Socken sind in einem erbärmlichen Zustand und weisen an der Ferse ebenso wie an den Zehen große Löcher auf. Während der restlichen Verhandlungen macht ihm das sichtlich zu schaffen, und er versucht krampfhaft, seine Füße zu verstecken.

Es sieht ganz so aus, als wären weitere Diskussionen über die Zukunft von Tanger aussichtslos, denn Ismail ist in aufsässiger Stimmung.

Als Sir James einsieht, dass er dabei ist, jegliche Chance auf Frieden oder einen Waffenstillstand zu verspielen, stimmt er den Bedingungen zu, allerdings unter einer Voraussetzung. »In diesem Fall möchte ich Euch bitten, einen Gesandten mit mir nach England zu schicken, um König Karl und seine Berater zu treffen und die Angelegenheit weiter zu verhandeln.«

Nach einigem Hin und Her willigt Ismail ein. Ich bin verblüfft. Auch der Gesandte wirkt überrascht und wendet sich in dem offensichtlichen Glauben, einen Sieg errungen zu haben, erneut dem Thema der englischen Sklaven zu. Doch in der Frage des Rückkaufpreises bleibt Ismail unbeugsam. »Zweihundert Achterstücke pro Mann oder gar nichts.«

Sir James stößt einen tiefen Seufzer aus. »Und dann wäre da noch die Frage der englischen Frau in Eurem Harem.«

»Der englischen Frau?«, wiederholt Ismail, als hätte er nicht recht gehört.

»Eine gewisse Alys Swann, glaube ich.«

Ich sitze neben dem Sultan, um mitzuschreiben. Jetzt beuge ich mich tief über meine Schreibschatulle und schließe verzweifelt die Augen. Diese Engländer sind solche Tollpatsche! Wissen sie denn nicht, wie unhöflich es ist, sich einem so heiklen Thema buchstäblich wie ein Elefant im Porzellanladen zu nähern?

Doch Ismail wirkt eher belustigt. »Ich habe tausend Frauen in meinen Privatgemächern«, brüstet er sich. »Sie stammen aus allen Teilen der Welt. Es gibt welche aus Frankreich, aus Spanien, Italien, Griechenland und der Türkei, Frauen aus Russland und China, aus Indien und der Küste von Neufundland. Aus dem Urwald von Guinea und Brasilien, den Häfen von Irland und Island. Und Ihr wollt eine einzelne Engländerin herausholen?«

»Sie ist meine Landsmännin, und man hat mir gesagt, ihr Vater sei ein überzeugter Anhänger des verstorbenen Vaters unseres Königs gewesen. Ich bin sicher, dass unser Herrscher sehr dankbar wäre, wenn Ihr sie uns zurückgebt.«

Ismail zuckt nicht mit der Wimper. »Dankbarkeit kostet nichts. Doch der Weiße Schwan … ah, der Weiße Schwan ist unbezahlbar. Und selbst wenn wir uns auf eine Summe einigen könnten – was natürlich ausgeschlossen ist, weil sie mir viel zu viel bedeutet –, ist die Dame selbst mittlerweile zum wahren Glauben übergetreten und würde weder ihr kleines Paradies hier noch ihr Kind freiwillig verlassen. Unser gemeinsamer Sohn Mohammed ist in diesem seinem Land einer der potenziellen Thronfolger. Ohne meine Zustimmung kann er nirgendwohin.«

»Ich … verstehe.« Der Gesandte ist verlegen und wirft mir einen vorwurfsvollen Blick zu. »Nun, damit wären wir erneut beim Thema männliche Gefangene …«

Der Sultan schwenkt die Hand; die Sache langweilt ihn. »Komm, Nus-Nus.« Er wendet dem Engländer den Rücken zu, eine unverzeihliche Beleidigung, und geht ohne ein weiteres Wort davon.

Am nächsten Tag reisen Sir James Leslie und sein Gefolge ab. Ich gehöre zu den Abgesandten, die ihn hoch zu Ross bis zur Straße nach Norden begleiten. So wie auch Samir Rafik. Es ist schwer zu sagen, wer hier wen bespitzelt. Obgleich der Mann aus Tafraout wenig oder gar kein Englisch spricht, entgeht es mir nicht, dass er mich, ben Hadou, Kaid Omar und den Gesandten beobachtet, sobald einer von uns den Mund aufmacht.

Sir James behandelt mich abweisend und weicht meinem Blick aus. Vermutlich gibt er mir die Schuld an dem peinlichen Vorfall von gestern. Als ich mich auf englische Art mit einem Händedruck von ihm verabschiede, frage ich, ob er die Angelegenheit weiterverfolgen wird, wenn er nach England zurückkehrt, doch er antwortet lediglich: »Dieses Kapitel ist abgeschlossen.« Anschließend lenkt er sein Pferd in die andere Richtung, um sich formell auch vom Kaid und von *al-Attar* zu verabschieden.

»Worum ging es da eben?«, fragt Samir, und sein Gesicht strahlt vor Neugier.

Ich verberge meine Enttäuschung. »Das geht dich nichts an«, antworte ich knapp.

»Er wird weder Euch noch Momo gehen lassen«, erzähle ich dem Weißen Schwan, als ich einen Anlass gefunden habe, den Harem zu besuchen. »Es tut mir leid, Alys, ich habe es versucht.«

Tränen schießen ihr in die mit Khol umrandeten Augen. Einen Moment steigen sie an, dann rinnen sie über die Wangen. Sie wischt sie ärgerlich fort, als betröge ihr Körper sie ebenso wie der Rest der Welt. Ein schwarzer Streifen verunstaltet das vollkommene Gesicht. Am liebsten würde ich die Hand ausstrecken und ihre Wange umfangen, doch Alys ist zu gereizt.

»Verdammt! Verdammt! Verdammte Männer!« Sie blickt auf. »Vergebt mir, Nus-Nus. Ich meine nicht Euch.«

Ich weiß nicht, was schlimmer ist: in die allgemeine Kategorie Männer eingeschlossen oder von ihr ausgeschlossen zu sein.

ACHTUNDZWANZIG

Alys

Seit Wochen leidet Momo an entsetzlichen Alpträumen; zwei Mal habe ich ihn schlafwandelnd vorgefunden. Letzte Nacht stand er mitten im Hof.

Als der französische König noch klein war, bastelte ein Handwerker namens Camus ihm eine winzige Kutsche mit Pferden, Lakaien, Knappen und einem weiblichen Passagier, und all diese Figuren konnten sich vollkommen naturgetreu bewegen. Als ich Momo beim Namen rief und er sich mit dem Licht des Mondes in den Augen zu mir umdrehte, sah er genauso aus wie eine dieser genialen Erfindungen: die perfekte Nachbildung eines Menschen, aber seelenlos, tot und leer im Innern.

»Momo!«, rief ich leise. »Was machst du da?«

Er antwortete wie ein Automat. »Ich muss bereit sein.«

»Bereit wozu?«

»Er kommt, um mich zu töten.«

»Wer kommt?«

Er antwortete mir nicht, starrte nur vor sich hin mit diesem weißen Mondglanz in den Augen.

»Ich bringe dich ins Bett, mein Liebling. Dort bist du sicher.«

»Niemand ist sicher.«

Unwillkürlich fahre ich zusammen.

Am Ende schaffte ich es, ihn ins Bett zu lotsen. Er schlief sofort wieder ein und rührte sich bis zum Morgen nicht mehr, doch ich lag für den Rest der Nacht wach.

Heute Morgen beim Anziehen frage ich: »Wie kommst du eigentlich mit Zidan zurecht?«

Er wirft mir einen düsteren Blick zu; seine Augen sind beinahe schwarz. »Er ist mein Bruder.«

»Er hat dir doch nichts getan, oder?«

Sein Blick wird wachsam. »Nein.«

»Bist du ganz sicher?«

Er nickt, sieht mich jedoch nicht an.

»Oder dich bedroht?«

»Du bist dumm, Mama. Er ist mein Freund.«

»Wenn er es jemals tut, musst du es mir sagen, Mohammed. Versprichst du mir das?«

»Versprochen, Mama.«

»Und ich bin sicher, dass dein Vater dir nicht wehtun wollte, als er dich neulich geschlagen hat. Er war mit den Gedanken woanders. Er war böse auf mich, weißt du, und wenn er in Zorn gerät, nun ja … dann kann er nicht anders. Aber er liebt dich sehr, Mohammed, vergiss das nie.«

Momo nickt feierlich, obwohl er natürlich viel zu klein ist, um es zu verstehen. Er ist so ein tapferer Kerl, dabei ist er noch so jung. Ich muss ihn retten, ganz gleich, zu welchem Preis, obwohl sich mein Herz bei dem Gedanken, ohne ihn zu leben, verkrampft.

Ich habe einen Plan. Er ist mir eingefallen, während ich in den vergangenen Nächten stundenlang wach lag und an die Decke starrte. Ich habe hier am marokkanischen Hof viel gelernt. Ich habe gelernt, listig, wachsam und eigenständig zu sein. Ich kann ein wenig Arabisch und lasse mir nicht anmerken, wie viel ich verstehe. Ich habe gehört, wie Zidana ihren Sklavinnen Anweisungen gibt und ihnen Geschichten über Giftmorde erzählt. Ich habe gelernt, mir eine Maske zuzulegen, wie Nus-Nus mir geraten hat, und zu lächeln, obwohl ich lieber toben und um mich schlagen würde. Ich habe gelernt,

Lust zu heucheln, wenn ich nur Schmerz und Erniedrigung empfinde. Mit anderen Worten, ich habe gelernt, eine so gute Schauspielerin zu sein, dass ich zusammen mit den besten Huren von London auf der Bühne stehen könnte.

Und bei alledem ist mir meine kleine Dienerin Mamass, die Tochter des Kochs, als zusätzliches Augen- und Ohrenpaar eine unersetzliche Hilfe. Sie hat sich als schlaue Spionin erwiesen. Sie wirkt so jung und unschuldig, fast noch ein Kind, sodass man auch in ihrer Gegenwart unbedacht redet. Sie stellt Fragen, die sich niemand sonst zu stellen trauen würde. Sie hat sich mit dem Sohn des Kräuterhändlers angefreundet. Nachdem sie in den Küchen des Palastes aufgewachsen ist und sich mit ungewöhnlichen Zutaten auskennt, kann sie ihn zu allen möglichen Themen befragen, ohne sich verdächtig zu machen. Sie ist ein wahrer Schatz. Und weil ihr Vater Malik der Koch des Sultans ist, kann sie sich im ganzen Palast frei bewegen; sie muss nur sagen, dass sie ihren Vater besuchen will. Doch kaum jemand hält sie auf: Jeder kennt die kleine Mamass mit den großen schwarzen Augen, dem bezaubernden Lächeln und der Zahnlücke.

Ich schicke sie los, um Nus-Nus zu holen.

NEUNUNDZWANZIG

»Ich habe gehört, dass eine Gesandtschaft nach London reisen wird.«

Ich sehe sie erstaunt an.

»Der Harem mag von Mauern, Toren und Wachen abgeriegelt sein, doch Gerüchte können sie trotzdem nicht aufhalten.«

»Ja. Kaid Mohammed ben Hadou soll sie leiten. Der englische Gesandte hat darum gebeten, nachdem er sich mit dem Sultan weder über den Rückkauf der Sklaven noch über den Status von Tanger hat einigen können. Ich glaube, er hatte Angst, dass man ihn persönlich dafür verantwortlich machen könnte, die Verhandlungen nicht erfolgreich abgeschlossen zu haben.«

»So etwas habe ich auch gehört. Und angeblich sollen Kaid Mohammed Sharif, der englische Abtrünnige Hamza und ein Dutzend weitere Männer mitkommen. Sind die Männer schon ausgesucht?«

Sharif ist ein anständiger Mensch und auf eine komplizierte Art mit der Familie des Sultans verwandt. Aber Hamza! Bei dem Namen durchfährt mich die Erinnerung wie ein Schock: Er war einer der drei Männer, die Samir Rafik bei ihrem fehlgeschlagenen Angriff auf mich vor ein paar Monaten begleitet haben. Ein bitterer Geschmack steigt mir in die Kehle.

Ich zucke die Achseln. »Zu diesen Informationen habe ich keinen Zugang.«

»Wer entscheidet darüber?«

»Nun, der Sultan natürlich.«

»Ihr müsst dafür sorgen, dass er Euch dazu bestimmt, ben Hadou zu begleiten.«

»Mich? Das wird er nicht tun.«

»Mir zuliebe, Nus-Nus, könnt Ihr nicht irgendeine Möglichkeit finden?«

Ich sehe sie zweifelnd an und ziehe streng die Brauen zusammen. Einen Moment habe ich den Eindruck, sie würde am liebsten den Arm ausstrecken, um die Falten wegzustreichen, aber das geht nicht. Hier gibt es überall Augen.

»Ich werde es versuchen, aber Ihr müsst mir erzählen, warum Ihr das wollt.«

»Ich möchte, dass Ihr eine … Botschaft für mich überbringt.«

DREISSIG

Ich will gerade den Harem verlassen, als Samira, eine von Zidanas Sklavinnen, im Laufschritt hereinkommt und sagt: »Meine Herrin verlangt nach dir.«

Ich folge ihr zu den privaten Gemächern der Herrscherin. Sie sitzt inmitten ihres Pomps auf einer mit Leopardenfell bezogenen Polsterbank und trägt eine hohe Kopfbedeckung aus Gold, von der einzelne Tropfen aus Kristall auf die Stirn fallen, und um den Hals eine Kette aus Kaurimuscheln und Perlen. Ihr silber- und purpurfarbenes Gewand ist so reich bestickt, dass es steif wirkt. In der rechten Hand hält sie ein Zepter, dessen Spitze vom Schädel irgendeines armen Tieres mit Reißzähnen gekrönt ist.

Ich werfe mich nieder, doch sie klopft ungeduldig mit dem Zepter auf den Boden, gleich neben meinem Kopf. »Steh auf, steh auf, steh auf!«

Als ich mich erhebe, nimmt sie eine theatralische Pose ein und dreht sich so, dass ihr die Sonne ins Gesicht fällt und die Kristalle im Licht tanzen und funkeln. »Bin ich noch schön, Nus-Nus? Von allen Männern könnt ihr Senufo die Schönheit eines Lobi-Mädchens am besten beurteilen.«

Ein Mädchen ist sie nicht gerade, und die Komplikationen während der letzten Geburt haben ihr zugesetzt. Sie wird immer dicker. Wenn sie das Zepter bewegt, schwabbelt das Fleisch an ihrem Arm. Ihre Wangen sind schlaff, unter dem Doppelkinn haben sich Falten gebildet. Um ehrlich zu sein, sie sieht erschöpft und gealtert aus. Aber natürlich ist Ehrlichkeit hier nicht angebracht. »Ihr seht besser aus als jemals zuvor, Herrin.«

»Lüg mich nicht an, Eunuch. Ich bin alt und müde, mein Mann lässt mich nicht mehr so oft zu sich rufen wie früher, meine Glieder schmerzen, und die Frauen im Harem werden allmählich aufmüpfig. Sie spüren, wie meine Macht schwindet; sie kämpfen untereinander und warten nur auf die Gelegenheit, meinen Platz einzunehmen.«

»Erhabene Herrin, ich bin sicher, dass sie dieselbe Ehrfurcht für Euch empfinden wie eh und je.«

Sie wedelt mit ihrer beringten Hand. »Nun, ich habe dich nicht rufen lassen, damit du mir schmeichelst. Ich habe eine Aufgabe für dich.«

»Ich bin Euer ergebener Diener, Herrin«, sage ich.

»Es gibt da etwas, was ich aus London brauche. Du musst es mir mitbringen.«

Nicht zu fassen! Warum will plötzlich jeder, dass ich nach London fahre? »Aber ich reise doch gar nicht nach London, erhabene Herrin.«

»O doch. Ich werde mit Ismail sprechen und dafür sorgen, dass du *al-Attars* Gesandtschaft nach London begleitest. Und wenn du da bist, wirst du den besten Alchemisten des Landes aufsuchen. Wie ich höre, haben sie ein wundersames Elixier gefunden, das ewige Jugend verspricht. Zahl ihnen, was sie verlangen, aber bring es mir. Und wenn sie es dir nicht verkaufen wollen, dann bringst du den Mann, der es herstellt, zu mir, damit er es hier für mich zusammenbraut. Wie du das anstellst, ist mir völlig egal.«

»Ewige Jugend?« Ich kann keinen Hehl aus meinem skeptischen Unterton machen.

»Wenn es mich nur zehn bis fünfzehn Jahre länger an der Macht hält, bin ich schon zufrieden. Dann ist Zidan groß, und niemand kann ihm den Thron streitig machen.«

»Es dürfte Euch nicht schwerfallen, seine Erbfolge zu sichern. In den letzten neun Jahren ist es Euch jedenfalls gelungen.«

»Er verhätschelt mir diesen kleinen Wurm des Weißen Schwans zu sehr! Überhäuft ihn mit Geschenken und Komplimenten. Hast du gesehen, wie groß der Goldreif war, den er ihm geschenkt hat?«

Jetzt muss ich ein gefährliches Spiel spielen. »Zugegeben, sein Vater verdirbt ihn. Erst letzte Woche hat er ihm einen Korb voller Juwelen und Schmuck geschenkt. Und ständig nimmt er den Jungen mit zum Hof, zeigt ihn den Besuchern und erzählt, was für ein prächtiger kleiner Emir er ist. Ich wundere mich, dass Ihr dieses Hindernis, das Eurem Sohn im Wege steht, nicht längst aus der Welt geschafft habt.«

Sie blickt mich seltsam an. »Warum sagst du das? Ich dachte, du hättest eine gewisse … Sympathie für den Weißen Schwan und sein Balg.«

Ich ringe mir ein Lachen ab. »Sie ist ein bisschen seltsam, meint Ihr nicht? Ich habe sie immer als kühl empfunden, aber seit ich vom Feldzug im Süden zurück bin, macht sie einen eher verwirrten Eindruck auf mich.«

Zidana lacht. »Ah, ja, du meinst, weil sie damals wie eine Sau in der Erde nach Essbarem wühlte. Ich verstehe nicht, wie Ismail immer noch an ihr hängen kann, aber Männer sind zu allem fähig, wenn es um ihre Begierden geht.«

»Wie ich höre, ist ein Händler aus Florenz im Lande, der Arzneien verkauft. Und in Florenz kennt man sich bestens aus mit« – ich senke die Stimme – »Gift.«

Sie denkt einen Augenblick nach. Dann verengen sich ihre Augen. »Du kennst Italien. Und du sprichst ihre Sprache, nicht wahr?«

Ich nicke.

»Nun, Nus-Nus. Ich glaube, du weißt, welche Art von Arznei ich brauche. Bring sie mir, und ich werde dich von meinem Fluch erlösen.«

Wie großmütig! »Eure Majestät verdient nur das Beste.« Ich senke den Kopf.

Zidana hält Wort. Als ich am nächsten Tag Ismail nach dem Besuch im Hamam beim Anziehen helfe, fragt er fast beiläufig: »Wie würde es dir gefallen, mit nach London zu reisen, Nus-Nus?«

Ich gebe mir Mühe, Überraschung zu heucheln. »London, Herr?«

»Ben Hadou braucht einen Sekretär in der Gesandtschaft. Zidana meint, dass du am besten für die Aufgabe geeignet bist, und ich muss zugeben, dass es eine kluge Wahl wäre. Obendrein gibt es noch eine Angelegenheit, die gelöst werden muss.«

Er wirft mir einen Gegenstand zu.

Es ist ein Buch. Ich schlage es auf und lese das Deckblatt: »Der Koran von Mahomet, aus dem Arabischen übersetzt ...« Meine Augen springen weiter. »... zur Befriedigung aller, die sich ein Bild von den Einbildungen der Türken verschaffen wollen. Gedruckt zu London, Anno Dom. 1649.«

Einbildungen der Türken? Nur gut, dass Ismail kein Englisch lesen kann ...

Er unterbricht meine Gedanken. »Du sollst den Mann finden, der diese Abscheulichkeit gedruckt hat. Hast du verstanden?«

Ich nicke verdutzt. »Natürlich Herr.«

»Such ganz London nach ihm ab, und wenn du ihn findest, tötest du ihn und bringst mir seinen Kopf.«

Ich blicke entsetzt auf. »Ihn töten? Ich ... ich bin kein Assassine, Herr.«

Er schaut mich eiskalt an und legt den Kopf schief. »Wirklich nicht, Nus-Nus?«

Unter seinem Blick beginnen meine Beine zu zittern. Um Himmels willen, nimm das zurück, sage ich mir, bringe aber keinen Ton heraus.

»Wie kann man als guter Muselman die Existenz eines Ungläubigen ertragen, der das heilige Buch derart in den Schmutz zieht? Der Koran darf nur auf Arabisch gelesen werden, in der Sprache, in der Allah seine Offenbarung diktierte. Seine Worte zu übersetzen ist ein Hohn, ein Verbrechen, Gotteslästerung.«

»Gewiss, Herr, das verstehe ich.«

Er seufzt und schüttelt traurig den Kopf. »Du kannst es nicht wirklich verstehen, du gehörst ja nicht unserem Volk an. Doch das ist nicht deine Schuld.« Er nimmt mir das Buch wieder ab. »Gehe in Frieden, Nus-Nus. Ich will dich nicht bitten, gegen deine Natur zu handeln.«

Ich stehe da wie angewurzelt und kann nicht glauben, was ich gerade gehört habe. Irgendjemand muss irgendwo eine seltsame Magie ausgeübt haben, um ihn so gütig zu stimmen.

Zweite Woche, fünfter Tag, Shawwal
Lalla Zidana, geborene Aisha M'barka in Guinea, jetzt Herrscherin über Marokko, Hauptfrau Seiner Erhabenen Majestät, des Sultans Moulay Ismail.

Am nächsten Tag klopft es kurz nach Sonnenuntergang an der Tür meiner Kammer. Ich öffne und stehe vor der kleinen Mamass. Wortlos zieht sie ein Stück zusammengerolltes Tuch aus ihrem Ärmel und gibt es mir. »Meine Herrin hat etwas gemacht, das du mit nach London nehmen sollst.«

»Wie ich sehe, hat es sich schnell herumgesprochen.«

Sie strahlt mich an. »Wir alle sind furchtbar stolz auf dich, Nus-Nus.«

Ich blicke auf die Rolle. Es scheint eine bestickte Schriftrolle zu sein, doch als ich versuche, sie aufzurollen, stelle ich fest, dass sie zugenäht ist.

»Allein der König von England darf sie sehen; es ist ein Geschenk des Weißen Schwans.«

Ich lächele. »Ich glaube kaum, dass ich dem englischen König persönlich ein Geschenk überreichen darf, Mamass, aber sag deiner Herrin, dass ich alles tun werde, um ihren Wunsch zu erfüllen.«

Als ich wenige Tage später ben Hadou aufsuche, komme ich an einer Schlange von Bittstellern vorbei, die vor seinen offiziellen Amtsräumen warten, und finde *al-Attar* in eine hitzige Diskussion mit zwei Kaufleuten verstrickt. Offensichtlich ist eine wertvolle Ladung französischer Seife gestohlen worden. Der geschädigte Kaufmann, dessen Ware abhandenkam, fuchtelt mit einem Frachtschein herum, aus dem ersichtlich wird, dass seine Ware einen Monat zuvor in Marseille verladen und in Salé gelöscht wurde. »Ein Nest von Vipern und Halsabschneidern!«, schreit er und schlägt sich auf die Brust. »Und dieser … dieser … *Dieb* …«, er zeigt mit dem Finger auf einen bärtigen Mann, der über die zunehmende Wut seines Gegners grinst, »… hat eine Menge Freunde unter diesen Vipern.« Speichel sprüht durch den Raum. »Er hat sie geschmiert …«

Ben Hadou lacht. »Ich glaube nicht, dass Schlangen sich schmieren lassen, Si Hamed.«

Der Händler fährt unbeeindruckt fort. Seine Karawane sei angeblich in den Wäldern von Mamora überfallen worden, und jetzt sei seine Seife seltsamerweise auf dem *souq* von Meknès aufgetaucht, wo die Juden sie zu horrenden Preisen verkauften. Er kramt in der Tasche seines Gewandes, holt ein in Papier gewickeltes Stück Seife hervor und hält es ben Hadou unter die Nase. »Aus reinem Olivenöl, mit dem Duft von

Lavendel aus der Provence! Ich besitze zusammen mit dem Unternehmen in Marseille das Monopol daran, woher also stammt dann diese Seife?«

Ben Hadou nimmt ihm das Stück ab, wickelt es aus dem Papier und riecht daran. »Lavendel? Riecht eher nach Mandeln. Nach guten marokkanischen Mandeln.«

Nach einer endlosen Einlassung entscheidet er zugunsten des bärtigen Mannes, und Si Hamed geht schrecklich fluchend seines Weges.

»Ich will über deine Blasphemie hinwegsehen«, ruft ihm *al-Attar* hinterher. Dann wendet er sich dem anderen zu und schüttelt ihm die Hand. »Lass mir eine Kiste davon nach Hause schicken, ja?«

Sie grinsen sich verschwörerisch zu, und dann geht auch der bärtige Kaufmann zufrieden davon. Ben Hadou sieht mich an und hebt eine Braue. Ich hatte mich immer schon gefragt, woher er so viel Geld hat. Sein Gehalt ist nicht gerade bescheiden, doch nicht hoch genug, um zwei Häuser in Meknès und angeblich ein weiteres in Fès zu unterhalten, ganz zu schweigen von den vielen Wüstenkarawanen, die er organisiert.

Natürlich sage ich kein Wort dazu. »Der Sultan verlangt nach Euch, wahrscheinlich will er die Einzelheiten der Gesandtschaft besprechen, Sidi.«

»Wir brechen Ende der Woche auf. Hast du schon gepackt?«, fragt er mich auf dem Weg zum Palast mit ironischem Unterton. Er weiß genau, dass ich so gut wie nichts besitze.

»Ich bin bereit, wenn Ihr das meint.«

»Tinte, Schilfrohr, einen ordentlichen Vorrat an gutem ägyptischem Pergament?«

»Selbstverständlich.«

»Und angemessene Kleidung?«

Ich zucke die Achseln. »Ich bin ein Sklave, ist das wichtig?«

»Das Aussehen ist immer wichtig. Du wirst vor dem König von England und seinem Hofstaat stehen. Es ist von entscheidender Bedeutung, dass du einen guten Eindruck hinterlässt, denn an solchen Äußerlichkeiten werden sie Marokko und die Macht des Sultans messen. Wenn selbst das rangniedrigste Mitglied unserer Gesandtschaft reich gekleidet ist, werden sie unsere Stärke erkennen, und das hilft unserer Verhandlungsposition.«

Das rangniedrigste Mitglied … Dabei hatte ich ben Hadou fast für einen Freund gehalten, ich Esel. Aber als Eunuch und Sklave hat man keine Freunde.

Wir biegen um die Ecke in die schattigen Kolonnaden, die zu den Quartieren des Herrschers führen, als wir einen lauten Tumult hören, der aus dem Harem dringt. Ein endloses Stöhnen und Klagen und über alldem die Schreie einer Frau, die gar nicht mehr verstummen wollen. Wir bleiben stehen und schauen uns an. Es klingt schrecklich. »Vielleicht eine Totgeburt«, sagt *al-Attar*.

»Oder ein Todesfall.« Ich sehe ihn an, und mein Herz beginnt zu rasen. »Geht Ihr schon mal voraus zu Ismail, ich sehe nach, was da passiert ist.«

Er nickt und geht weiter, sichtlich erleichtert, dass er sich nicht in die chaotische Frauenwelt hinter dem eisernen Tor einmischen muss.

Ich laufe zu dem Haremswächter und frage: »Was geht hier vor?«

Der Wächter – ein großer Asante mit einem Gesicht wie aus Stein gemeißelt – mustert mich kühl. »Hast du einen Passierschein?«

»Der Herrscher schickt mich, um nachzusehen, was vor sich geht«, lüge ich.

Er hält meinem Blick einen Augenblick stand, dann tritt er

zur Seite und lässt mich hinein. Ich eile durch die Gänge in die Richtung, aus der der Lärm kommt. Es sind Alys' Gemächer, und mir dreht sich der Magen um.

Im Hof vor den Gemächern des Weißen Schwans stehen weinende Frauen. Ich bekomme Alys' kleine Sklavin Mamass zu fassen. Ihre Augen sind so verquollen, dass sie kaum sehen kann. Ihre Nase läuft. Sie vergräbt das Gesicht in meinem Gewand, während ihr ganzer Leib vor Schluchzern bebt. Ich schiebe sie etwas von mir weg. »Was ist passiert, Mamass?«

Ihr Mund will ein Wort bilden, fängt dann aber an zu zittern. »Es … es … ist … Mo…mo.«

»Was ist mit Momo?« Doch ich weiß es bereits. Ich schiebe das Mädchen beiseite und betrete Alys' Gemächer. Im Innern ist es fast dunkel. Der Kontrast zwischen dem hellen Winterlicht draußen und der Finsternis in den Räumen ist so groß, dass ich blinzeln muss. Als sich meine Augen an die Dunkelheit gewöhnt haben, erkenne ich das kleine Wesen auf dem Diwan, ein Arm hängt schlaff herunter, daneben eine schreiende Alys. Ihr Schleier ist nur noch ein Fetzen, das blonde Haar darunter lose und zerzaust, wie das bleiche Strohnest einer Ratte. Das Gesicht, das sie mir zuwendet, ist eine Maske aus Blut und verschmiertem Khol, aus der mich die Augen einer Wahnsinnigen anstarren. Einen Moment lang verstummt ihre Totenklage, dann schnappt sie nach Luft und schreit doppelt so laut weiter.

Ich knie neben dem Diwan nieder und nehme Momos kleine Hand in meine. Sie ist noch warm. Es sieht so aus, als schliefe er, sein Kopf ist nach hinten geworfen, der Mund offen, als atmete er durch ihn. Nur dass er überhaupt nicht atmet. Ich schüttele ihn. »Momo! Momo!«

Keine Reaktion, natürlich nicht.

Ich laufe in den Innenhof und Zidana in die Arme. »Hat jemand nach dem Arzt gerufen?«

»Nicht nötig.« Sie sieht ernst aus, kann jedoch die Schadenfreude in ihren Augen nicht verbergen. »Dafür ist es viel zu spät.«

»Ich gehe ihn holen. Ist der Sultan benachrichtigt worden?«

Jetzt lächelt sie breit. »Vielleicht möchtest du die Ehre haben?«

Ich möchte nicht, doch es ist meine Pflicht. Im Laufschritt verlasse ich den Harem.

Doktor Friedrichs Sanatorium liegt auf dem Weg zu den Gemächern des Sultans. Ich hämmere laut an die Tür und trete ein, ohne auf eine Reaktion zu warten. Eine winzige geschundene Kreatur liegt mit ausgestreckten Gliedern auf einem Tisch, rot und glänzend. Der Arzt steht mit einem Skalpell in der Hand über sie gebeugt. Als er mich sieht, erschrickt er. Ich erinnere mich kurz an das schlagende Herz der Fetischpuppe und sage hastig: »Ihr werdet im Harem gebraucht. Prinz Mohammed ist tot und seine Mutter kurz davor, sich aus Verzweiflung umzubringen. Ich muss zum Sultan.«

Noch ehe er mich etwas fragen kann, bin ich wieder draußen und renne durch die Gänge. Das Klatschen meiner nackten Sohlen hallt von den Marmorsäulen wider.

Der Herrscher ist in ein Gespräch mit ben Hadou vertieft. Das Einzige, was ich verstehe, ist »tragbare Zwölf-Zoll-Geschütze«, was mir nichts sagt. Sie sehen erschrocken auf, als ich einfach hineinplatze, doch als sie erkennen, dass ich es bin, entspannen sich ihre Gesichter. Ich werfe mich nieder in der Hoffnung, Ismail werde den Überbringer schlechter Nachrichten nicht töten. »Ich habe schreckliche Nachrichten, Erhabener Herr. Emir Mohammed, Sohn des Weißen Schwans, ist tot.«

Nach den Worten breitet sich fassungslose Stille im Raum aus. Ich höre, wie mein rasendes Herz gegen die kalten Kacheln pocht. Bumm. Bumm. Bumm. Der Sultan stößt einen Schrei aus, und ich sehe, wie seine Füße an mir vorbeischweben, ein verwischter Streifen Gold und Grün, und schon ist er verschwunden. Ich hebe den Kopf. Ben Hadou starrt mich unverwandt an.

»Keine leichte Aufgabe, diese Nachricht zu überbringen.«

»In der Tat nicht, Sidi«, entgegne ich und stehe auf. »Armer Junge.«

»Sein Vater vergöttert ihn.«

»So wie wir alle.«

»Vielleicht hat irgendwer ihn nicht so sehr gemocht wie wir.«

Wir blicken uns in die Augen. Dann sage ich: »Die Ursache für den Tod des Kleinen ist mir nicht bekannt, aber irgendwelche Anzeichen von Gewalt habe ich nicht feststellen können.«

»Es gibt … gewisse Mittel, die keine Spuren hinterlassen.«

»Doktor Friedrich ist gerade dabei, den Jungen zu untersuchen.«

Er schnauft verächtlich. »Doktor Friedrich steht auf der Gehaltsliste der Herrscherin.«

Ich verziehe keine Miene. »Darüber weiß ich nichts. Ich muss mich jetzt um den Sultan kümmern.«

Ich spüre seinen Blick auf meinem Rücken, bis ich außer Sichtweite bin.

Der Junge ist tot. Doktor Friedrich findet seinen Puls nicht mehr, und als der Sultan eintrifft, ist Momos Körper kalt. Aberglaube hält ihn davon ab, sich der Leiche zu nähern. Er starrt sie nur an, als könne er nicht begreifen, dass sein Sohn, den er gestern noch lachend und schreiend auf den Schultern durch den Palast trug, jetzt dort liegt, reglos und still. Dass er nie wieder lachen oder schreien wird.

Der Körper wird ordnungsgemäß gewaschen, parfümiert, in ein weißes Leichentuch gehüllt und zur Moschee getragen. Der Imam nimmt ihn in Empfang. Noch nie habe ich den Sultan weinen sehen, doch er ist untröstlich, und als die Zeit gekommen ist, den Jungen zu begraben, erklärt er, dass er nicht mit ansehen könne, wie so viel Schönheit der Erde übergeben wird, daher bekomme ich den Auftrag, zusammen mit den Kaids und den Hofbeamten die Bestattung zu überwachen. Momos kleiner Körper wird in sein schmales Grab gelegt, das Gesicht gen Osten gewandt, der heiligen Stadt zu, die er nun niemals zu sehen bekommen wird.

Auch in der Frauenmoschee werden Gebete gesprochen, doch wie ich später erfahre, ist Alys derart von Schmerz überwältigt und ihr Verhalten so unberechenbar, dass man es für besser hält, wenn sie in ihren Gemächern bleibt, wo sie brüllt wie ein Tier, ihre Kleider zerreißt und sich die Wangen blutig kratzt. Als ich am nächsten Tag in den Harem komme, sind überall noch Spuren ihres Anfalls zu sehen. Hier ein Fetzen Stoff, dort ein wenig Blut, als sei sie derart verflucht, dass niemand die Spuren beseitigen will.

Mein Herz sehnt sich danach, sie zu sehen, doch als ich frage, erfahre ich, dass sie sich in ihren Gemächern eingeschlossen hat und niemanden empfangen will. Sie habe ihren Verstand verloren und sei wieder in ihren früheren animalischen Zustand zurückgekehrt, was jeden guten Muselmanen beschämen muss und von ihrer ungläubigen Seele zeugt.

Einen Tag bevor die Gesandtschaft nach England aufbricht, ruft mich Zidana zu sich. Sie ist bester Laune und strahlt wie die Sonne. Der Sohn des Weißen Schwans sei eines natürlichen Todes gestorben, an einem Herzfehler, den er von Geburt an gehabt haben muss, daher falle auf sie kein Verdacht. Der Sultan habe tatsächlich die letzte Nacht mit ihr verbracht – obwohl ich nicht angewiesen wurde, einen Eintrag ins Diwanbuch vorzunehmen – und habe nicht einmal verlangt, den Weißen Schwan zu sehen, erzählt sie mir mit sichtlicher Genugtuung. Offensichtlich sei ihm der Sohn viel wichtiger gewesen als dessen Mutter.

Sie gibt mir einen Beutel aus Kalbsleder, gefüllt mit Münzen und Edelsteinen für das Elixier, das ich ihr mitbringen soll, oder um dessen Hersteller zu überreden, nach Meknès zu kommen. Als ich ihn entgegennehme, schließt sich ihre Hand um die meine. »Danke, Nus-Nus. Trotz unserer jahrelangen Schwierigkeiten hast du dich als wahrer Freund und treuer Sklave erwiesen.«

Als ich sie verlasse, fühle ich mich elend.

Vor meiner Abreise mit ben Hadou habe ich noch eine Aufgabe zu erledigen, doch zuerst muss ich meine Pflichten am Hof abschließen und die Führung des Diwanbuches in die Hände eines anderen übergeben. Davor graut es mir. Zwischen Samir Rafik und mir herrscht Feindschaft. Um nichts auf der Welt möchte ich mit ihm zu tun haben und kehre bedrückt zu meinem kleinen Zimmer zurück. Doch der Mann, der dort auf mich wartet, ist nicht Rafik, es ist nicht einmal ein Mann, sondern ein wenig ansehnlicher Knabe, dessen blasse Haut an einen Fassi gemahnt. Er stellt sich als Aziz ben Faoud vor und hat sogar daran gedacht, seine eigene Tinte, Schilfrohr und eine Schreibschatulle mitzubringen. Während ich ihm seine Pflichten erläutere, überraschten mich seine Ehrerbietung und schnelle Auffassungsgabe. Er hat eine elegante, präzise Handschrift. Aufmerksam hört er sich jedes Wort an und bewältigt die Aufgaben, die ich ihm erteile, sicher und ohne Getue.

Er beobachtet mich, während ich nach Momos Geburtseintrag suche und an die Stelle, die für solche Ereignisse freigelassen wird, schreibe: »Emir Mohammed ben Ismail wird für tot erklärt, dritte Woche, fünfter Tag, Dhu al-Qi'dah 1091, Gott sei mit ihm.«

»Armer kleiner Junge«, sagt Aziz leise. Und ich bin verwundert, Tränen in seinen Augen zu sehen.

Er nimmt das Diwanbuch ehrfürchtig entgegen, fährt mit der Hand über den Deckel und wickelt es vorsichtig in ein Wachstuch. »Ich werde darauf aufpassen wie auf mein eigenes Leben«, sagt er und atmet tief ein. »Du wirst keinen Grund haben, mich zu schelten, wenn du zurückkommst, Sidi. Ich werde mein Möglichstes tun, um deinen Anforderungen gerecht zu werden.«

Ich kann mich nicht erinnern, wann ich zum letzten Mal mit so viel Respekt behandelt wurde, trotzdem habe ich das Gefühl, ihn nicht zu verdienen.

Ich erwähnte bereits, dass ich noch eine Aufgabe zu erledigen habe. Die Übergabe des Diwanbuches war meine letzte Amtshandlung. Doch es gibt noch etwas anderes, das viel wichtiger ist.

An diesem Abend verlässt der Sultan seine Gemächer nicht, sodass ich nach dem Gebet nicht wie üblich nach links abbiege, wenn ich aus der Moschee komme, um in die Gemächer des Sultans zurückzukehren, sondern nach rechts und den Weg in die Stadt einschlage.

Zu dieser Nachtstunde ist es in der Medina unheimlich. Meine Schritte hallen durch die schmalen Gassen, sodass es klingt, als würde ich verfolgt, und ständig blicke ich mich um. Als eine Katze aus einem Hauseingang huscht, macht mein Herz einen Satz wie ein ängstlicher Hase. Und als ich an meinem Ziel an die Tür klopfe, ist es so laut, dass ich befürchte, jeden Augenblick könnte die Wache angelaufen kommen.

Daniel al-Ribati öffnet die Tür. Einen Augenblick stehen wir nur reglos voreinander und starren uns an. Dieser Tag hat uns beiden allerhand abverlangt. Sein Gesicht ist eingefallen, und ich sehe bestimmt nicht besser aus.

»Tritt ein, Nus-Nus«, sagt er und lässt mich herein.

Wir umarmen uns, jetzt sind wir noch stärker aneinander gebunden, Mitverschwörer, in derselben Gefahr geeint.

Ich brauche die Frage, die mir auf der Zunge brennt, gar nicht erst zu stellen, denn er lächelt und zeigt mit dem Kopf an die Decke. Oben betreten wir ein kleines Zimmer, das von einer Kerze erleuchtet ist. Inmitten des goldenen Scheins liegt eine kleine Gestalt in eine gestreifte Decke gehüllt. Ich knie vor ihr und nehme die Hand, die oben aus der Decke lugt, in meine.

»Momo?«

Einen bangen Augenblick lang erhalte ich keine Antwort, dann rührt sich der Knabe, rümpft die Nase und kneift die Augen zusammen. Schließlich zieht er die Hand zurück, als wollte er wieder in die Vergessenheit zurück.

»Momo!«

Dieses Mal öffnet er die Augen. Einen Moment sind sie so schwarz und leer, dass ich fürchte, unser verrückter Plan hätte ihm den Verstand geraubt, doch dann taucht aus dem Dunkeln seine Seele auf und flößt ihnen Leben ein. Er blinzelt und lächelt, als er mich erkennt.

In meinem ganzen Leben bin ich nicht so erleichtert gewesen wie in diesem Augenblick und drücke ihn fest an mich.

Über seinen Kopf hinweg sehe ich, wie Daniel mich angrinst. »Siehst du, es geht ihm gut. Ich habe ihm ein Gegengift gegeben, um die Wirkung des Gemeinen Stechapfels aufzuheben, und als er heute Nachmittag aufwachte, hat er einen halben Brotlaib und einen Hähnchenschenkel verschlungen, so schnell wie ein verhungerter Hund. Anschließend hat er geschlafen wie ein Murmeltier. Richtig geschlafen, erholsam.«

Momo richtet sich auf. Seine Haut ist so durchsichtig wie die eines Geistes, der er ja irgendwie auch ist. »Wo ist Mama?«, fragt er langsam, als kostete es ihn eine riesige Anstrengung.

»Im Palast. Sie …« Ich halte inne. »Es geht ihr gut …« Was soll ich sonst sagen? Er ist nicht einmal vier Jahre alt. Wie soll er verstehen, was hier vor sich geht und was seine Mutter gerade durchmacht? Ich denke daran, dass ich es ihr irgendwie mitteilen muss, dass er wohlauf ist, sonst wird sie noch vor lauter Sorgen wahnsinnig.

»Wann kommt sie?«

»Im Moment kann sie nicht kommen. Aber keine Angst, Momo. Du gehst auf Geheiß deiner Mutter auf eine lange Reise mit mir.«

Sein Gesicht, das sich kurz aufgehellt hatte, verfinstert sich erneut. Seine Augen werden feucht, doch er ist zu stolz, um zu weinen. »Na gut«, sagt er mit erstickter Stimme. »Wann brechen wir auf?«

»Morgen. Wir reisen mit einer Maultierkarawane ein paar Tage bis Tanger und von da aus mit einem Schiff nach England, das Land, wo die Familie deiner Mutter zu Hause war. Aber es wird nicht besonders gemütlich sein, Momo, und du musst sehr leise und sehr mutig sein. Schaffst du das? Deiner Mutter zuliebe?«

Er nickt feierlich.

»Ich will dir die Truhe zeigen«, sagt Daniel und legt mir die Hand auf die Schulter. »Der Junge soll noch etwas schlafen, morgen wird er wieder ganz der Alte sein.«

Ich stopfe die Decke um Momo fest und berühre mit den Fingerspitzen seine Stirn, so wie meine Mutter es mit mir tat, um die bösen Geister und die bösen Gedanken von mir fernzuhalten. »Und jetzt schlaf. Morgen komme ich dich abholen, *incha'Allah*.«

»*Incha'Allah*«, antwortet er schläfrig und dreht sich auf die Seite.

Die große Reisetruhe ist ein echtes Wunderding. Der schmale Raum in dem doppelten Boden, in dem der arme Momo liegen wird, ist mit dickem Stoff gepolstert, an den Seiten und oben befinden sich diskrete Löcher zum Atmen. Wer immer den Inhalt der Truhe durchsucht, wird hoffentlich nicht auf die Idee kommen, dass sie einen doppelten Boden besitzt. Zwar habe ich ein leichtes Schlafmittel für ihn, um die schlimmsten Strapazen zu lindern, trotzdem ist es schwer, sich vorzustellen, wie der arme Kerl das überstehen soll. Stundenlang reglos dazuliegen, während man von Maultieren und Trägern hin und her geworfen wird, wäre schon für einen verzweifelten Flüchtling eine Tortur, ganz zu schweigen von einem lebhaften Kind, das normalerweise keine Minute stillsitzen kann und die Notwendigkeit eines solchen Versteckspiels gar nicht begreifen wird. Über ihm werden die Salz- und Zuckerkegel und die Säcke mit Safran und anderen Gewürzen liegen, die wir dem englischen König als Gastgeschenke des Sultans mitbringen. Ein kleiner Schatz, allerdings nicht so wertvoll oder selten, dass er die Aufmerksamkeit von Dieben oder anderen Ganoven erwecken kann, hoffe ich.

Es gibt noch so viel, was schieflaufen kann in diesem Abenteuer, dass ich nicht ständig daran denken darf. Momo ist am Leben, und das gefährliche Zeug, das ihm Zidana heute Morgen in dem Glauben gab, ihn in den Tod zu schicken, hat ihm offensichtlich keinen Schaden zugefügt. Das Zeug, das ich ihr besorgte. Ein riskantes Doppelspiel, was ich hier treibe, doch letzten Endes blieb mir angesichts von Alys' zunehmender Angst um ihren Sohn und der geringen Aussicht,

Hilfe durch die englische Gesandtschaft zu erhalten, nichts anderes übrig. Ohne den braven Kaufmann allerdings hätte ich gar nichts machen können. Um uns zu helfen, hat er sein Leben riskiert, nur für den Lohn der Freundschaft. Es war nämlich Daniel – und nicht irgendein unzuverlässiger Kräuterdoktor –, der mir das Gift besorgte, einen Sud aus Stechapfelkernen, den ich Zidana gab und der Momo in einen todesähnlichen Zustand versetzte. Daniel, der mir versicherte, dass sein Freund, Doktor Friedrich, den Tod des Jungen attestieren würde, Friedrich, der in den letzten Wochen die Substanz an einer Vielzahl von immer größeren Tieren getestet hatte, um die richtige Dosierung zu finden. Es war Daniel, der mit seinem Schwiegersohn Isaac dem Trauerzug heimlich bis zum Friedhof folgte, dort wartete, bis alle wieder gegangen waren, und bei Anbruch der Nacht den Knaben aus der losen Erde wieder herausholte und in sein Leichentuch die Gebeine eines anderen, namenlosen Kindes wickelte, das an der Pest gestorben war. Dann brachte er Momo in sein Haus, wo er auf mich warten sollte. Es war Daniel, der die Truhe von einem zuverlässigen Zimmermann bauen ließ oder die Salz- und Zuckerkegel und die anderen Güter lieferte. Dadurch verschaffte er mir einen Vorwand, sein Haus aufzusuchen, denn die Bestellung war offiziell und wurde ausnahmsweise vom Schatzmeister bezahlt.

Als ich ihn verlasse, drückt er mir einen Zettel in die Hand. Darauf steht in seiner festen Handschrift eine Londoner Adresse.

»Ob er dir helfen wird, vermag ich nicht zu sagen. Als wir noch Geschäftspartner waren, hatte ich nicht besonders viel für ihn übrig, doch das mag an einem kulturellen Missverständnis gelegen haben. Wir müssen auf seine gute Seite vertrauen.« Er schließt meine Finger um den Zettel und umarmt mich herzlich. »Geh mit Gott, Nus-Nus. Ich werde dafür sorgen, dass man die Truhe samt Inhalt morgen in aller Frühe zu dem übrigen Gepäck der Gesandtschaft vor das Palasttor bringt. Ich bete für deinen Erfolg, und so Gott will, werden wir uns wiedersehen.«

Ich kam nicht mehr dazu, mich von Alys zu verabschieden.

Da ich die kleine Mamass in unseren gefährlichen Plan nicht einweihen wollte, suchte ich Doktor Friedrich auf und bat ihn, dem Weißen Schwan mitzuteilen, dass es ihrem Sohn gut gehe und er unterwegs nach England sei. Friedrich verzog das Gesicht. »In dieser Angelegenheit habe ich schon einmal Kopf und Kragen riskiert«, sagte er bedauernd. »Und ich glaube, dass ich mein Glück in diesem Palast bereits ausgereizt habe.« Ich versuchte, ihn zu überreden, doch er schüttelte nur den Kopf, trat in den Gang hinaus und ließ mich in dem grausigen Laboratorium stehen, umgeben von Behältern mit allerlei Organen und Regalen mit abgezogenen Fellen und den ausgekochten Knochen unzähliger nicht mehr identifizierbarer Wesen.

Auf dem langen Ritt nach Tanger denke ich an sie. Wie sie sich die Haare rauft und ihre Kleider zerreißt, sich wie eine Wahnsinnige aufführt, ohne zu wissen, ob ihr Theater am Ende nicht doch nur ein grausames Spiegelbild der Wahrheit sein wird.

In der Gharb-Region werden wir von erwartungsvollen Banditen überfallen, die unsere Feuerkraft unterschätzt haben. Obwohl sie ihren verhängnisvollen Irrtum bald erkennen, gelingt es ihnen, sich mit vier Maultierkarren aus dem Staub zu machen, und als ich feststelle, dass darunter auch der ist, auf dem sich meine Truhe befindet, gebe ich meinem Pferd die Sporen und schreie wie der König der *djenoun*. Der arme Amadou, den ich mit auf die Reise genommen habe und dessen Leine um den Knauf meines Sattels gewickelt ist, macht seinem Unmut über den unerwarteten Tempowechsel mit lautem Kreischen Luft. Er starrt mich an, knirscht wütend mit den Zähnen und rollt die Augen. Als ich die Muskete hebe, um auf die Banditen zu zielen, und er mir in die Quere kommt, muss ich ihn zur Seite schubsen. Die Angst schärft den Geist und stählt meinen Arm. Ich schieße so gut wie noch nie zuvor. Einer fällt mit einer Kugel, die ihm den Hinterkopf durchbohrt, zu Boden. Ich sehe sein blutüberströmtes Gesicht, als er vor mir aus dem Sattel kippt. Einem anderen stoße ich meine Lanze in den Schenkel und spieße ihn mitsamt dem Sattel auf, während er vor Schmerzen schreit. Amadou erwidert sein unheimliches Geheul mit einem dämonischen Schnattern. Und als die Übrigen erkennen, dass ich nur die Speerspitze des königlichen Bataillons bin, treten sie eine wilde Flucht an und lassen die erbeuteten Karren zurück.

Ben Hadou blickt sich stirnrunzelnd um. »Gute Arbeit, Nus-Nus. Was für ein Einsatz, nur um des Sultans Geschenke an den englischen König zu retten! Ich kann mich nicht erinnern, dich jemals so mutig gegen die Berber kämpfen gesehen zu haben.«

Ich senke den Kopf und murmele etwas von meiner Pflicht, woraufhin er lacht.

»Du bist den anderen ein Vorbild gewesen. Ich werde dich für die Dauer des Besuches zu meinem Stellvertreter ernennen, was dich aber keineswegs von deinen Pflichten als Sekretär entbindet. Bist du einverstanden?«

Mir bleibt die Sprache weg, und ich nicke nur. Amadou hüpft auf dem Widerrist des Pferdes, als sei er der Held, und ben Hadou lacht. Er streckt die Hand aus und klopft mir auf die Schulter. »Du bist ein guter Mann, und ich brauche jemanden, dem ich vertrauen kann. Man hat mir bereits einen verdammten englischen Konvertiten aufgehalst, obwohl jeder weiß, dass er ein Querulant ist, und er ist nicht der einzige falsche Hund in dieser Gesandtschaft. Halte Augen und Ohren offen und berichte mir, wenn du irgendetwas Verdächtiges bemerkst. Und sollte dir jemand ein Angebot machen, lass es mich wissen, es soll dein Schaden nicht sein.«

Al-Attar ist nicht besonders wohlgelitten, das weiß ich, daher überrascht mich all das nicht. Er legt ein derart herrisches Gebaren an den Tag, dass sich einem die Haare sträuben, hat wenig Geduld mit Dummköpfen und macht auch keinen Hehl daraus. Dazu kommen die Stammesfehden. Unter Marokkanern gibt es immer irgendwelche Stammesfehden. Ich werde seine Augen und Ohren sein, denn es ist immer besser, für ben Hadou als gegen ihn zu sein. Allerdings bin ich nicht so dumm, ihm mein Geheimnis zu verraten. Trotz all seiner Tricks ist er dem Sultan gegenüber absolut loyal, und auch wenn er sich als mein Freund ausgibt, würde er keinen Augenblick zögern, den kleinen Prinzen nach Meknès zurückzuschicken, samt einer Eskorte und meinem Kopf in einem Sack.

In Tanger herrscht trügerische Waffenruhe, man erkennt es, sobald man die hohe, weiße Stadtmauer sieht, die löchrig von den Kanonenkugeln und schwarz von Feuer ist. Überall zeugen die Ruinen ehemaliger Festungen von dem jahrelangen Beschuss, unter dem die Stadt gelitten hat. Bauersfrauen wühlen in der verbrannten Erde nach etwas Essbarem, das sie ihrem Vieh zum Überwintern geben können. Als unsere bunte Karawane an ihnen vorbeizieht, richten sie sich auf und stimmen unter den Schleiern, die sie rasch über ihre Gesichter ziehen, den gellenden Begrüßungsschrei an. Aus den Toren der Stadt kommen Reiter auf uns zu, um zu sehen, wer wir sind. Nachdem sich ben Hadou zu erkennen gegeben hat, reitet ein Bote eilig zurück, und bald stehen überall englische Truppen in Gala-Uniformen stramm und begrüßen uns mit lautem Kanonendonner. So herzlich ist der Empfang, dass man sich kaum vorstellen kann, dass wir noch vor Kurzem um diese Hafenstadt Krieg führten, diesen winzigen Finger, der sich ins Meer erstreckt, die Küste Spaniens fast berührt und das Mittelmeer vom Atlantik trennt. Sir James Leslie kommt uns hoch zu Ross entgegen. Trotz seiner angespannten Beziehungen zum Sultan bereitet er uns einen freundlichen Empfang mit einem großen Fest und einem farbenprächtigen Feuerwerk, das zischend über dem Wasser explodiert. Ich wünschte, Momo könnte es sehen. Als die Festlichkeiten ihren Höhepunkt erreichen, schleiche ich mich davon, um nach ihm zu sehen. Er ist seit vier Tagen in der Truhe eingesperrt, mit nichts weiter als Brot, Datteln und einem kleinen Wasserbeutel. Doch das Gepäck wird schwer bewacht, und ich habe hier nichts zu sagen. Man schickt mich höflich, aber bestimmt wieder weg. Ich kann in meiner komfortablen Kammer kein Auge zutun, wenn ich daran denke, wie der arme Junge in seinem winzigen, schmutzigen Gefängnis kauert. Das ungeheuerliche Ausmaß unseres Unternehmens überwältigt mich einmal mehr. Ein Kind von seiner Mutter zu trennen, vielleicht für immer, alles zu riskieren …

Hör auf, Nus-Nus, schelte ich mich heftig, sei ein Mann.

TEIL VIER

EINUNDDREISSIG

Das Schiff, das uns nach England bringen wird, liegt in der Bucht vor Anker. Die Segel sind eingezogen, es dümpelt sanft auf den Wellen und macht einen durchaus funktionstüchtigen Eindruck. Doch ben Hadou ist enttäuscht. »Nur zwei Decks und nicht mehr als fünfzig Kanonen. Von den Engländern hätte ich mehr erwartet, schließlich halten sie sich für die Herrscher der Weltmeere. Das hier ist bestenfalls ein drittklassiges Schiff. Wir werden aussehen wie Bettler, wenn wir in einem solchen Kahn in London einlaufen. Dabei habe ich ohnehin schon ein weit kleineres Gefolge akzeptiert, als mir lieb gewesen wäre.« Während wir durch die Stadt reiten und sie durch das untere Tor verlassen, das zum Hafen führt, ärgert er sich weiter über den armseligen Eindruck, den wir machen werden. Am Kai sagt er grimmig: »Wir haben die Koutoubia-Moschee und Hassans Turm erbaut, wir sind die Nachfahren von Al Mansour, dem reichsten Mann der Welt, und Höflinge des mächtigsten Herrschers in Afrika. Es wirft ein schlechtes Licht auf den Sultan, wenn wir in London nur mit einer Fanfare ankommen.«

In Wirklichkeit will er sagen, dass es ein schlechtes Licht auf ihn wirft. Ben Hadous Stolz ist legendär. Wenigstens wirkt das Schiff seetüchtig und stabil. Als ich das sage, winkt *al-Attar* ungeduldig ab und eilt davon, um einen seiner Leutnants anzubrüllen.

Eine Weile beobachtet er mürrisch, wie die Fracht an Bord gebracht wird, dann dreht er sich ärgerlich zu mir um und sagt: »Überwach du den Rest, Nus-Nus. Dass mir nichts verschüttet wird oder abhandenkommt. Vor Sonnenuntergang bin ich zurück.« Er läuft über den Strand, reißt dem Jungen, dem er zuvor sein Pferd anvertraut hatte, die Zügel aus der Hand, springt mit einem Satz in den Sattel und reitet im Galopp zurück in die Stadt.

Eine nach der anderen werden die Kisten und das übrige Gepäck im Laderaum des Schiffes verstaut. Ich sorge dafür, dass man Momos Truhe so lagert, dass die Luft zirkulieren kann und sie, wenn wir erst einmal auf See sind, leicht zugänglich ist.

Als ben Hadou endlich an der Spitze einer seltsamen Prozession wieder eintrifft, färbt die Sonne bereits die ersten Wolken am Horizont rot. Ein Dutzend Männer schwankt unter dem Gewicht von zwei großen Kisten hin und her, hinter deren Gittern man flüchtige Bewegungen erkennt. Und hinter ihnen kommt eine Gruppe von Männern, die … Ich runzele die Stirn. Kann das sein? Und als sie näher kommen, werden meine schlimmsten Befürchtungen bestätigt. Offensichtlich hat ben Hadou unter den Kaufleuten, die ihre Waren in Tanger einschiffen, jemanden gefunden, der ihm zwei Berberlöwen und eine ganze Herde von Straußen verkauft hat. Die Löwen blicken missmutig aus ihren Käfigen, als die Strauße – dreißig, wenn ich richtig gezählt habe – Richtung Strand an ihnen vorbeiziehen. In der Savanne wäre die Beziehung zwischen Vogel und Löwe die eines Jägers und seiner Beute, doch hier sind beide nur eine Fracht. Eine Ware, für die wir überhaupt nicht ausgerüstet sind.

»Wo sollen wir all die Tiere unterbringen?« Es klingt fast wie eine Klage.

»Ich bin sicher, dass ihr noch ein Plätzchen findet.« Ben Hadou ist mehr als zufrieden mit seinen Einkäufen. »So etwas hat der König von England noch nie gesehen«, tönt er bestens gelaunt, nachdem er die Geschenke der Gesandtschaft zu seiner Zufriedenheit bereichert hat.

Kaid Mohammed Sharif und ich sehen uns an, und unsere Blicke bedürfen keiner Worte, während ben Hadou in seine Kajüte geht, um sich dort einzurichten.

Mit dem aufgehenden Vollmond kommt auch die Flut. Als die Mannschaft den Anker lichtet und wir an der weißen Stadtmauer der Kasbah vorbei aufs wogende Meer hinaussegeln, stehe ich an Deck, beobachte, wie der helle Mond zwischen den Wolken hindurchbricht, um deren Ränder und die Wellen mit silbernem Glanz zu überziehen, und denke an Alys.

Bald sind wir auf dem offenen Meer. Ben Hadou und die übrigen Mitglieder der Gesandtschaft ziehen sich zum Schlafen zurück. Ich bleibe noch an Deck unter dem Vorwand, mir den Magen verdorben zu haben, und steige dann in den Laderaum hinunter, um Momo endlich aus seiner Gefangenschaft zu befreien. Ich will ihn in meiner Kajüte in den Offiziersunterkünften verstecken, die zwar so klein ist wie ein Schrank, aber ein Segen, den ich meiner unverhofften Beförderung zu verdanken habe. Unter der Koje habe ich etwas Platz geschaffen, wo sich ein kleiner Junge mit ein bisschen mehr Komfort als in der Truhe verstecken kann. Ich habe nicht nur Bettzeug hineingelegt, sondern auch ein paar Spielzeuge, um ihn abzulenken. Und natürlich wird Amadou da sein, um ihm Gesellschaft zu leisten, sein Schnattern wird alle Geräusche, die ein Kind machen könnte, übertönen, und obendrein liefert er mir den Vorwand, Essen in meine Kajüte zu bringen.

Unterwegs gratuliere ich mir zu meinem Geschick und meiner Voraussicht, bis ich im schmalen Niedergang über dem Orlopdeck gezwungen bin, zur Seite auszuweichen, um jemanden durchzulassen. Seine Augen funkeln im goldenen Kerzenlicht meiner Laterne, bevor er sie zusammenkneift.

Für den Bruchteil einer Sekunde starren wir uns an, dann ist er verschwunden.

Alarmiert und verdutzt drehe ich mich nach ihm um. Was hat Rafik im Laderaum zu suchen? Von Momo kann er nichts wissen, also muss er herumspioniert oder nach Beute Ausschau gehalten haben.

Als ich mit beiden Händen und der Laterne zwischen den Zähnen die Leiter in den Bauch des Schiffes hinabsteige und daran denke, was ich dort unten vorfinden könnte, fängt mein Pulsschlag an zu rasen. Einer der Löwen, der sich vom Licht gestört fühlt, brüllt halbherzig auf und schlägt mit der Tatze durch die Gitter nach mir, als ich an seinem Käfig vorbeikomme. Ich bemerke, dass man ihm die Krallen geschnitten hat, und frage mich, wer wohl der arme Kerl war, der damit beauftragt wurde. Die Strauße sind im Kanonendeck untergebracht worden, dem einzigen Ort, an dem es genügend Platz für sie gibt, trotz der Proteste der Mannschaft, deren Hängematten sich in unmittelbarer Nähe befinden und die sich über den Lärm, den Gestank und die nach ihnen schnappenden Schnäbel beklagt.

Man hat beschlossen, dass ben Hadou die Landesflagge hissen soll, falls wir von Freibeutern angegriffen werden; sollte uns aber die englische Marine stoppen, wird sich Sir James Leslie ihrer annehmen. Auf diese Weise werden wir die Kanonen gar nicht brauchen.

Ich finde meine Reisetruhe und inspiziere das Schloss. Hat sich jemand daran zu schaffen gemacht? Auf dem Messing sind helle Kratzer zu erkennen, aber die könnten durch einen allzu groben Umgang beim Tragen verursacht worden sein. Im Innern sieht es so aus, als hätte jemand darin gewühlt, alles ist unordentlich. In meiner Panik ziehe ich krampfhaft einen Gewürzsack nach dem anderen heraus, ohne Rücksicht darauf zu nehmen, dass es Geschenke für König Karl sind und sie kaputtgehen könnten. »Momo!« Mein aufgeregtes Flüstern hallt so laut wie ein Schrei durch den kleinen Raum.

Keine Antwort. Unten in der Truhe, über deren doppeltem Boden, ist einer der Gelbwurzsäcke gerissen. Überall ist gelbes Pulver verstreut. Ich wische es fluchend auf und kippe es wieder in den Sack zurück, dann klappe ich den doppelten Boden der Truhe so vorsichtig, wie es meine zitternden Hände zulassen, hoch. »Momo?« Ängstlich hebe ich die Laterne.

Einen Augenblick, der mir wie eine Ewigkeit erscheint, denke ich, dass er tot ist. Der Baldrian nach dem Stechapfel war tödlich, denn seine Augen starren mich aus seinem eingefallenen und dunklen Gesicht reglos an. Dann aber niest er heftig, und gelber Staub wirbelt auf.

»Nus-Nus!« Er streckt die Arme nach mir aus.

Ich beuge mich über den Rand der Truhe und hebe ihn vorsichtig aus seinem beengten, stinkenden Versteck. »Was bist du für ein tapferer kleiner Mann! Deine Mutter wäre so stolz auf dich, wenn sie dich jetzt sehen könnte!« Ich drücke ihn fest an mich, denn er ist alles, was ich noch von ihr habe, und er erwidert meine Umarmung, denn er hat auf dieser Welt nur noch mich.

Erst dann fängt dieses unerschütterliche Kind an zu weinen. Ich spüre, wie der kleine Körper unter seinem Schluchzen erbebt, und auch mir schießen Tränen in die Augen. Was machen wir hier bloß? Doch jetzt ist es zu spät zum Umkehren. Wir können nur noch die Zähne zusammenbeißen und durchhalten.

Schließlich setze ich ihn ab und verstaue alles wieder ordentlich in der Truhe. Als ich den Schlüssel im Schloss umdrehe, merke ich, dass es ein wenig klemmt, statt wie früher präzise zu schließen, und denke an Samir Rafiks verschlagenen Blick von vorhin. Wonach hat er gesucht? Was weiß er? Ich hatte geglaubt, unsere größte Herausforderung bestünde darin, den Jungen heil und gesund auf das Schiff zu bringen, nun muss ich erkennen, dass das bloß der Anfang einer langen Prüfung war.

Als ich am nächsten Tag ben Hadou suche, finde ich ihn seekrank in seiner Kajüte. Normalerweise ist *al-Attar* ein Mann, der großen Wert auf seine äußere Erscheinung legt, aber heute fällt ihm das strähnige Haar, das sonst unter einem Turban verborgen ist, lose bis auf die Schultern, und seine Haut ist fahl und verschwitzt. Neben der Koje steht ein säuerlich riechender Eimer, das Essen auf dem kleinen Tisch ist nicht angerührt. Seine Augen blinzeln apathisch. »Geh fort, Nus-Nus, du siehst viel zu gesund aus.«

»Verzeihung, Sidi.« Ich senke den Kopf und rühre mich nicht von der Stelle.

»Was ist? Was willst du?«

»Ich frage mich, warum Abdelaziz' Neffe, Samir Rafik, und der Konvertit mit uns fahren?«

Er runzelt die Stirn angesichts meiner vermessenen Frage. »Der Sultan hat sie beauftragt, ihm den Kopf eines Ungläubigen zu bringen, der den heiligen Koran in der englischen Sprache abgedruckt hat. Scheinbar scheut Rafik keine Mühen, die Gunst wiederzugewinnen, die sein Onkel verspielt hat. Und was Hamza angeht, der würde für eine Goldmünze alles tun. Ich habe Ismail gesagt, dass der Drucker höchstwahrscheinlich längst tot ist, da das Buch vor dreißig Jahren gedruckt wurde, doch er wollte nichts davon wissen, und der Halunke Rafik brennt darauf, dem Herrscher seine Loyalität zu beweisen, deshalb hat er sich um diese Möglichkeit beworben, dieser heimtückische Kastrat.« Er schaut mir in die Augen. »Tut mir leid, Nus-Nus, war nicht gegen dich gerichtet.«

»Schon gut.«

»Er ist weder dein Freund noch meiner, also lass ihn nicht aus den Augen.«

Ich lache bitter, doch innerlich stöhne ich. Ich bin also selbst schuld, dass mein Feind mit an Bord ist und jede meiner Bewegungen misstrauisch beäugt. Hätte ich den Auftrag des Sultans bloß angenommen … »Vielleicht sollte ich ihn kurzerhand über Bord werfen, um zu sehen, wie gut er schwimmen kann.«

Ben Hadou würgt, spuckt eine dünne Flüssigkeit in den Eimer und richtet sich wieder auf, während er sich den Mund abwischt. »Wenn es so einfach wäre, hätte ich es längst getan. Ismail hat ein schlechtes Gewissen wegen der harten Strafe, die er dem Großwesir auferlegte, und versucht es an dem Bürschchen wiedergutzumachen. Wenn ihm etwas geschähe, würde er uns zur Rechenschaft ziehen. Und wie die Dinge stehen, werde ich wohl oder übel dafür sorgen müssen, dass wir mit einem passenden Kopf zurückkehren. Der Sultan würde toben, wenn wir unverrichteter Dinge zurückkehren.«

»Auch wenn der Drucker längst gestorben ist?«

»Und wenn wir ihn aus der Hölle zerren müssen.« Er ringt sich ein mattes Lächeln ab. »Vielleicht können wir Ismail weismachen, wir hätten Rafiks Seele gegen die des Druckers eingetauscht.«

Zum Glück ist ben Hadou nicht der Einzige aus der Gesandtschaft, der von der Seekrankheit außer Gefecht gesetzt wird. Nachdem ich ihn vier Tage lang nicht gesehen habe, frage ich den Konvertiten Hamza beiläufig nach Rafik. Er wirft mir einen eiskalten Blick zu und zuckt die Achseln. »Keine Ahnung.«

Während ich die Treppe vom Vorderdeck hinabsteige, sehe ich, wie Rafik über das Hauptdeck torkelt, als wehrten sich seine Beine gegen den Rhythmus des Schiffes. Er schafft es bis zur Reling und klammert sich an die Brüstung, das Gesicht ist kreidebleich. Ich wünsche ihm fröhlich einen guten Tag und stelle mich neben ihn, aber auf der Windseite. »Herrlich, dieses weite Meer, nicht wahr?«

Er wirft mir einen hasserfüllten Blick zu und schweigt.

»Dieses Auf und Ab nach jeder Welle, wie auf einem lebenden Wesen …«

»Halt die Klappe!«

»Und unser kleines Schiff schwimmt darin wie ein Stück Korken in einem Teich, wird hin und her geworfen, hebt und senkt sich unablässig. Dabei sind wir so winzig, es ist ein Wunder, dass wir das überhaupt überleben, jeder Einzelne von uns.«

Er schließt die Augen und stöhnt.

»Die Seekrankheit ist ein Fluch, was? Ich könnte dir etwas gegen den Schwindel geben. Ich habe eine Kiste mit Gewürzen und Pülverchen unten im Laderaum. Kreuzkümmel soll helfen, heißt es, vor allem, wenn man ihn mit Hammelfett mischt …«

»Verschwinde, du schwarzer Hurensohn!« Er lehnt sich über die Reling und erbricht ein armseliges Rinnsal Galle in das aufgewühlte Meer.

»Ich wollte nur behilflich sein«, entgegne ich und spiele den Gekränkten.

Die letzten drei Tage unserer Reise verlaufen ohne besondere Vorkommnisse. Die meiste Zeit verbringe ich damit, hinter der verschlossenen Tür meiner Kajüte Momo leise Geschichten zu erzählen. Seine Lieblingsgeschichte ist die von Ali Baba und den vierzig Räubern, und ich muss sie so oft wiederholen, bis ich sie nicht mehr hören kann. Unsere Überfahrt war von gutem Wetter und günstigen Winden gesegnet, was in dieser Jahreszeit selten der Fall ist. Ich fasse es als ein gutes Omen auf und bin voller Zuversicht, was unser Wagnis betrifft.

Als wir am Horizont ein dunkles Stück Land sehen, bleibt mir fast das Herz stehen. England! Das Land, aus dem Alys' Vorfahren kommen und von dem Doktor Lewis so viel erzählt hat. Er beschrieb die Gebiete südlich der großen Stadt als einen von Flüssen, Bächen und dichten Wäldern durchzogenen grünen Garten, voller Blumen und üppiger Felder mit einer sanften Sonne und einem feinen Regen. Seitdem habe ich immer wieder davon geträumt. Und jetzt brenne ich darauf, den Traum mit der Realität zu vergleichen. Doch die tief liegende, zum größten Teil unscheinbare Küstenlinie, an der wir entlangsegeln, wirkt mit ihren dumpfen und trüben Farben nicht gerade aufregend. Wir kommen an einer großen Geröllbank vorbei, in der die Brandung kleine Rinnsale hinterlässt, und steuern auf einen weiten Ankerplatz zu. Die englischen Matrosen erklären mir, es seien die Downs vor der Hafenstadt Deal. Wir legen am Kai an, inmitten von hunderten anderen Schiffen verschiedenster Größe und Gestalt – Handelsschiffe, Fischerboote, einige große Galeonen wie unsere –, alles gesichert von einer Furcht einflößenden Festung mit funkelnden Geschützständen.

Das Schiff wird von einer Horde rauer Dockarbeiter entladen, die beim Anblick der Strauße die Flucht ergreifen und von ihren Vorarbeitern wieder an die Arbeit gepeitscht werden müssen, eine Szene, die mich zwangsweise an Meknès erinnert. Ich beobachte, wie Momos Truhe, die ich gereinigt und mit einem neuen Schloss gesichert habe, auf einen Karren verladen wird, und denke daran, wie still er letzte Nacht war, als ich ihm erklärte, er müsse wieder in seinen Käfig steigen. Ich sah, wie ihm allein bei dem Gedanken die Tränen kamen und er sie standhaft zurückhielt. »Es ist nur für kurze Zeit. Und wenn wir in London sind, wirst du sicher sein.« Ein leeres Versprechen. Gott hätte mich auf der Stelle tot umfallen lassen müssen.

Sir James Leslie lädt ben Hadou und seine Offiziere, darunter auch mich, in eine Schenke an der Hafenpromenade ein. Das Mahl beginnt im Streit mit dem Wirt, der uns achtlos gepökeltes Schweinefleisch vorsetzt und von einem empörten Sir James wegen seiner Unwissenheit zurechtgestutzt wird. »Diese Gentlemen sind Mohammedaner, du Dummkopf, sie essen kein Schweinefleisch. Bring ihnen deine besten Hirschpasteten, aber schnell!«

Der Wirt schickt die Magd in die Küche und lässt anschließend seine Wut an dem jungen Kellner aus, den er wie einen Sklaven behandelt, obwohl er keinen Sklavenring trägt und genauso weiß ist wie er. Der Knabe nähert sich uns mit weit aufgerissenen Augen und einem schäumenden Krug und starrt nervös auf die ungewohnten Turbane und unsere dunkle Haut. Als er mich sieht, reißt er die Augen noch weiter auf und hält Abstand, während er mir mit ausgestrecktem Arm einschenkt, als dächte er, dass ich zwar kein Schweinefleisch esse, aber vielleicht ihn verspeisen könnte. Ich nehme einen Schluck, es ist ein dunkles, bitteres Zeug. »Halt!«, schreit ben Hadou, nachdem er selbst daran genippt hat. »Wenn du ein guter Muselman bist, darfst du keinen Tropfen davon probieren. Es ist Alkohol.«

Der konvertierte Hamza dagegen leert seinen Krug mit wenigen geräuschvollen Schlucken. »In diesem Land gilt es als Beleidigung, ein Bier abzulehnen.«

Al-Attar wirft ihm einen langen Blick durch halb geschlossene Lider zu. »Du bist nur ein konvertierter Wendehals. Von dir erwarten wir sowieso nichts.« Dann ermahnt er die übrigen Mitglieder der Gesandtschaft, die Werte des Islams zu respektieren, solange wir uns in diesem Land befinden. An unserem Verhalten würden die unaufgeklärten Ungläubigen den Sultan messen, daher müssten wir uns durch Bescheidenheit, Mäßigung und tadellose Manieren auszeichnen. »Ihr werdet das, was der Koran verbietet, weder essen noch trinken, ihr werdet höflich sein, Allahs Namen ehren und keine Frauen behelligen, weder körperlich noch mit unzüchtigen Blicken.«

Nach der letzten Ankündigung wechseln mehrere Männer enttäuschte Blicke.

Zwei Tage später erreichen wir unser Ziel. Die Nacht bricht an, und es ist eisig kalt. Während wir uns der breiten Themse nähern, spüre ich, wie mir die kleinen Härchen in der Nase gefrieren. Es bläst ein heftiger Nordwind, und das Gras, auf dem wir reiten, ist steif vom Frost. Es erinnert mich an den Winter im Hohen Atlas. Wir nähern uns London von Osten durch das Marschland, und als wir in die Hauptstraße einbiegen, die in die Stadt führt, werden wir von zahllosen Droschken überholt, wie ich sie noch nie gesehen habe. Die Marokkaner machen große Augen, als wir durch den mächtigen Torbogen des Ald Gate mit den von Zinnen gekrönten Türmen in die Innenstadt einreiten. Als ben Hadou unser Erstaunen bemerkt, erklärt er knapp: »Das Bab al-Raïs ist handwerklich überlegen, dieses Tor ist im Vergleich dazu schlicht und schlecht gearbeitet.«

Wir überqueren den großen Fluss auf einer langen Brücke, die auf beiden Seiten von hohen Gebäuden gesäumt ist und die Straße auf einen etwa drei Meter breiten Weg beschränkt, sodass wir uns dicht aneinanderdrängen, während das Klappern der Hufe und das Rumpeln der Räder unserer Karren laut widerhallen und wir nur gelegentlich zwischen den Häusern einen Blick auf das dunkle Band des Wassers zu beiden Seiten erhaschen können. Mitten auf der Brücke erhebt sich ein großartiges Gebäude mit Ecktürmchen und Kuppeln, dessen kunstvoll vergoldete Fassade funkelt. Bei seinem Anblick tönt ben Hadou: »Das muss der Palast des Königs sein!« Der Mann, der neben mir reitet, ein strammer Kerl mittleren Alters mit leicht ergrautem Haar, der mir erzählt hat, sein Name sei John Armitage und er freue sich, nach fünf langen Jahren in Tanger endlich wieder nach Hause zu kommen, lacht schallend und ruft, das Gebäude sei Nonsuch House, über hundert Jahre alt, und nur ein simples Torhaus, was den Gesandten nachhaltig zum Schweigen bringt.

Die Stadt, in die wir von Norden her einreiten, kommt mir sehr fremd vor mit ihren breiten Verkehrsstraßen und den hohen Steinbauten, grau und weiß unter dem aufgehenden Mond. Ganz anders als die dunkle, nasskalte und rauchige Hölle, von der Doktor Lewis erzählte. Und überall begleitet uns heute, an einem Sonntag, vermute ich, dem heiligen Tag der Engländer, der feierliche Klang von tiefen oder hohen Glocken. Dies wäre in keiner muselmanischen Stadt möglich, denn der Prophet Mohammed hielt Glocken für Teufelszeug. Im Großen und Ganzen ist London ganz anders als die europäischen Städte, die ich kenne – anders als Venedig oder Marseille mit ihren gewundenen Kanälen, schmalen Gassen und eleganten Kaufmannshäusern, obwohl ich hier und da in einem Portikus oder den Säulengängen der großen Gebäude einen Hauch von Florenz oder Bologna wiedererkenne. Nach einer Weile fällt mir sogar eine gewisse Ähnlichkeit mit unserem Meknès auf, offensichtlich wird auch hier vieles abgerissen und neu gebaut. Ich frage John Armitage nach dem Grund für so viel Betriebsamkeit.

»Vor fünfzehn oder sechzehn Jahren gab es ein Feuer in der Stadt«, erklärt er. »Der Brand zerstörte ganze Viertel, hunderte Straßen und Kirchen und tausende Häuser. Früher war es hier dunkel, kalt und feucht, überall gab es Unrat und Ratten. Die Baumeister Wren und Hooke haben unter Anleitung unserer Majestät, des Königs von England, wahre Wunder vollbracht.«

Im Vergleich mit dem dunklen Labyrinth von Fès und den überfüllten Gassen der Medina von Meknès ist dies hier eine andere Welt, geräumig und übersichtlich. Ich frage mich, was für ein Mensch der englische König wohl sein mag, der über eine so riesige, moderne Metropole herrscht. Nun, bald werde ich es erfahren, sage ich mir.

ZWEIUNDDREISSIG

10. Januar 1682

Wir werden im königlichen Palast Whitehall untergebracht, einem labyrinthähnlichen Gebäude mit nahezu zweitausend Räumen, wie man uns erzählt. Ben Hadou bittet uns, in unseren Zimmern zu bleiben, solange wir darauf warten, am nächsten Tag vom englischen König empfangen zu werden. Wir sollen ihn nicht blamieren, indem wir fremdartigen Verlockungen nachgeben oder uns ungebührlich benehmen, da wir mit den Sitten und Gebräuchen am englischen Hof nicht vertraut sind.

Der Blick aus dem Fenster unseres Zimmers zieht Momo in seinen Bann. Er klettert mit dem gefügigen Amadou auf dem Arm auf den Stuhl neben mir, und ich zeige ihm die Menschen und die Tiere im Park hinter dem Turnierplatz und den Platz, auf dem die berittene Palastwache exerziert. Draußen laufen viele Menschen zwischen den schönen Bäumen und Blumenbeeten hin und her, und auf den Wiesen am See sieht man alle Arten von Tieren – Schafe und Hunde, Kühe und Ziegen.

»Können wir nicht hingehen?«, bettelt Momo.

»Bald«, verspreche ich und hoffe, dass es nicht gelogen ist.

Ich wasche ihn aus einer Schüssel mit Wasser, das ich über dem Feuer erwärmt habe. Gestern Abend fragte ich törichterweise einen Diener, ob es im Schloss einen Hamam gebe, in dem ich baden könnte. Er starrte mich völlig verdattert an. »In den Gemächern der Königin gibt es ein Bad, doch das darf niemand außer ihr benutzen. Vermutlich könntet Ihr Streatham Spa oder Bagnigge Wells aufsuchen. Der König schwimmt im Sommer in der Themse, aber …« Er stockte, entschuldigte sich und ging kopfschüttelnd weiter, als wäre er einem Wahnsinnigen begegnet.

Später bringe ich Momo ins Bett, decke ihn zu und warte, bis er einschläft. Erst dann hole ich meine Ledertasche hervor und überprüfe den Inhalt. Die verschlossene Schriftrolle des Weißen Schwans habe ich in die Seite der Tasche eingenäht, wo sie niemand finden soll. Mit der Dolchspitze trenne ich die Nähte der Tasche auf und hole die Rolle heraus. Lange Zeit halte ich sie in den Händen.

Die Versuchung, die Schriftrolle zu öffnen, ist groß. Jetzt, da wir in London sind, könnte ein kurzer Blick auf den Inhalt nicht schaden. Ich spüre, wie es mir in den Fingern juckt, die silbernen Nähte aufzutrennen. Ich kann ziemlich gut mit der Nadel umgehen, sage ich mir, und habe auch wie immer mein kleines Nähkästchen dabei. Ich könnte die Schriftrolle wieder zunähen, nachdem ich sie gelesen habe. Schließlich hat sie mir ihren Sohn anvertraut. Welche Geheimnisse kann es zwischen uns geben? Nach langer Überlegung schelte ich mich. Wenn Alys mich nicht über den Inhalt in Kenntnis setzen wollte, muss ich die Rolle unangetastet übergeben, da die Information darin nicht für meine Augen bestimmt ist. Ein anderer hätte solche Skrupel nicht, davon bin ich überzeugt. Also muss ich mir überlegen, wo ich sie verstecke, vor Amadous diebischen Fingern ebenso wie vor anderen Gefahren. Ich könnte sie am Körper tragen, doch dann müsste ich mein Gewand gegen einen Mantel mit Innentasche eintauschen, sie direkt auf der Haut tragen oder in den Schuh stecken. Das wiederum wäre ungehobelt und respektlos; so darf man keinen Gegenstand aufbewahren, der für die Hand eines Königs bestimmt ist. Am Ende stecke ich sie wieder unter das Futter der Tasche und hefte es mit langen achtlosen Stichen zusammen. Vielleicht ist es am sichersten, wenn ich die Tasche ständig bei mir trage.

Dafür nehme ich alles heraus, was sie unnötig schwer macht. Momos Ersatzkleidung, eine Abschrift der Suren, ein Stück französischer Seife, das ben Hadou mir netterweise geschenkt hat und das ich kaum zu benutzen wage, weil es so kostbar ist, einen zweiten Turban, eine zusammengerollte Hose aus Leinen, Ledersocken, einen kleinen Beutel mit Datteln und Nüssen, um Amadou ruhig zu halten. Ganz unten, noch unter meinem Geldbeutel und Momos kleinem Vorrat an Edelsteinen, finde ich den Zettel, den Daniel mir mitgegeben hat, und versuche, die fremde Handschrift zu entziffern. Soll ich riskieren, den Zorn des Gesandten auf mich zu ziehen, indem ich das Schloss verlasse und den Mann aufsuche, dessen Name und Anschrift auf dem Zettel stehen? Golden Square, in der Tat eine königliche Adresse, bestimmt liegt sie in der Nähe. Es dürfte nicht schwierig sein, sie zu finden. Trotzdem wiegt die Angst schwerer, und ich stecke den Zettel wieder in die Tasche.

Als Amadou die Schätze sieht, schnattert er und zupft an meinem Gewand. Damit er den Kleinen nicht weckt, nehme ich ein paar Datteln und Erdnüsse heraus und lege sie auf das Fenstersims. Er springt hinterher, schnappt sich die Nüsse und setzt sich hin, um sie in aller Ruhe zu knacken. Erst da fällt mir ein, dass ich seit dem Morgen nichts mehr zu mir genommen habe. Ich schließe die Tür ab und gehe auf die Suche nach etwas Essbarem.

Die Gesellschaftsräume unten sind viel größer als unsere Gemächer. Sie haben hohe, mit Zierleisten versehene Decken, und an den Wänden hängen bunte Teppiche und Gemälde von großen Männern und Frauen oder historischen

Ereignissen. Auch das ist neu für die Mitglieder unserer Gesandtschaft, denn der Islam verbietet jede Abbildung der Welt, die nicht abstrakt ist. Ich vergesse, warum ich heruntergekommen bin, und betrachte versunken eines der gewaltigen Gemälde aus der italienischen Renaissance mit seinen lebendigen Farben. Andächtig bleibe ich vor dem vergoldeten Rahmen stehen, bewundere die herrlichen Farben, das durchscheinende bleiche Gesicht der Jungfrau, ihre sanfte Ruhepose, die blauen Augen, die anbetend das Kind auf ihrem Schoß betrachten, und denke an Alys und den Knaben, der oben in meinem verschlossenen Zimmer schläft. Plötzlich sagt jemand hinter mir: »Wunderschön, nicht wahr?«

Ohne weiter nachzudenken, antworte ich: »Sie ist so traurig. Als wüsste sie schon, dass sie ihren Sohn verlieren wird.«

»Potztausend, Sir. Was für eine traurige Interpretation einer so anheimelnden Szene.«

Ich drehe mich um und sehe einen hochgewachsenen Mann, der das Gemälde wehmütig betrachtet. Er muss weit über fünfzig sein, doch sein Haar und der Schnurrbart sind schwarz wie Tinte. Viel zu dunkel für einen Engländer, denke ich. Vielleicht ist er Spanier oder Italiener. Er trägt eine schlichte Tracht aus burgunderrotem Tuch mit einem einfachen Leinenhemd darunter und ist in Begleitung zweier rot und weiß gemusterter Hündchen und dreier junger Damen in raffinierten, ja gewagten Kleidern, die die Wölbung ihrer runden Brüste geradezu provozierend zur Schau stellen.

Mit Mühe wende ich den Blick ab und betrachte erneut das Gemälde. »Seht nur die herabgezogenen Mundwinkel«, sage ich plötzlich. »Und beachtet, wie sie an ihrem Kind vorbei in die Ferne blickt. Sie sieht in die Zukunft und erkennt seinen Tod.«

Er lacht mit einer tiefen, wohlklingenden Baritonstimme. »Ihr meint, nicht wie eine gewöhnliche Mutter, die nur Augen für das Kind auf ihrem Arm hat und sich keinen Deut um den Rest der Welt kümmert, am wenigsten um ihren armen Gatten?«

Eine der Damen klopft ihm sanft mit ihrem Fächer auf den Arm. »Rowley, ich habe Euch nie vernachlässigt, das wisst Ihr genau.« Sie nähert sich dem Porträt. »Sieht sie nicht tatsächlich traurig aus? Ich habe sie mir noch nie so genau angesehen. Vielleicht hätte mich Mr. Cross lieber als gesegnete Maria malen sollen statt als alberne Amorette. Mein armer kleiner Karl, er war erst siebenundzwanzig, als er letztes Jahr starb; selbst Christus waren sechs Jahre mehr vergönnt.«

Empört bringen die anderen sie zum Schweigen, doch das scheint sie nur noch mehr anzustacheln, denn jetzt wendet sich zu mir um und mustert mich lasziv. »Potztausend, seid Ihr groß!«, erklärt sie und imitiert die tiefe Stimme des Mannes. Ihr Blick ist listig wie der einer Katze, und sie ist auch nicht so jung, wie ich zuerst dachte. »Schwarz wie Tinte. Sagt, Sir, seid Ihr überall so schwarz?«

Ihre Begleiterinnen kichern laut und wedeln mit ihren Fächern.

»Jetzt reicht es, Nelly«, schimpft der Mann. »Lasst den armen Kerl in Ruhe, er ist bestimmt hierhergekommen, um einen stillen Augenblick mit der Madonna zu verbringen, und nicht, um Euch als Zielscheibe für Eure Häme zu dienen.«

»Bitte vielmals um Verzeihung, Mylord«, erwidert sie und vollführt einen spöttischen Knicks.

Mylord? Der Mann hebt spöttisch eine Braue. Seine großen Augen, die so schwarz wie Onyx sind, mustern mich von meinem weißen Turban bis zu meinen gelben Pantoffeln aus Fès, und was er sieht, scheint ihn mächtig zu belustigen.

»Verzeiht, Lord … Rowley.« Wie am marokkanischen Hof in Gegenwart eines Vornehmen werfe ich mich, so elegant ich kann, vor ihm nieder, und augenblicklich kommt einer der

Hunde näher, beschnüffelt mich neugierig mit seiner nassen Nase und beäugt mich aus seinen hervorquellenden braunen Augen. Er hat irgendetwas so abscheulich Stinkendes gefressen, dass ich den Atem anhalten muss.

Die Damen brechen in schallendes Gelächter aus, und ich frage mich, ob sie über den Hund, über mich oder etwas ganz anderes lachen.

»Bei Fuß, Rufus!«, ruft der Mann, und das kleine Biest verzieht sich. Es folgt eine lange, tiefe Stille, in der ich nur das Pochen meines Blutes in den Ohren höre, und dann das Klacken von Absätzen, die sich auf dem steinernen Boden entfernen. Ich hebe den Kopf, nur wenige Zentimeter, und drehe ihn, bis ich sehen kann, wie die Gruppe den Saal verlässt. Langsam richte ich mich auf den Knien auf und beobachte, wie die vier verschwinden und sich dabei fröhlich unterhalten. Wie unhöflich, denke ich. Doch vielleicht habe ich sie ja auch gekränkt. Ben Hadou hatte recht, als er sagte, dass wir uns mit den Gepflogenheiten am englischen Hof nicht auskennen.

Verärgert mache ich mich auf die Suche nach etwas Essbarem und beschließe, so lange in meinem Zimmer zu bleiben, bis ich weiß, wie man sich in dieser fremden Welt bewegt.

Am nächsten Tag soll die Gesandtschaft bei einem Empfang im Banqueting House dem englischen König offiziell vorgestellt werden. Ben Hadou tobt, weil man ihn gebeten hat, weder die Löwen noch die Strauße oder die übrigen Gastgeschenke mitzubringen. Diese könnten später während einer Privataudienz überreicht werden, heute fände nur eine formelle Zeremonie statt. Offensichtlich sind damit sämtliche Pläne für seinen großen Auftritt vereitelt. Er macht keinen Hehl aus seiner schlechten Laune und lässt uns lange warten, während er sich für das Ereignis herausputzt. Als endlich eine Wolke von duftendem Weihrauch sein Erscheinen ankündigt, sieht er tatsächlich prächtig aus: purpurfarbener Seidenkaftan mit Goldstickereien an Ärmeln, Saum und Hals, dazu ein über die Schultern geworfener Burnus aus weißer Wolle und ein mit roten Perlen besetzter Turban. An der Seite trägt er seinen Krummsäbel aus Damaszenerstahl in einer ledernen Scheide mit goldenen Nähten. Mit Juwelen bestickte *babouches* aus Ziegenleder schmücken seine Füße. Wir alle haben uns mit unseren besten Kleidern, dem kostbarsten Schmuck und Parfüm geschmückt, soweit vorhanden, doch er beschämt uns alle. Was angesichts seines Hochmuts durchaus beabsichtigt sein dürfte.

Kutschen fahren vor, um uns standesgemäß zu transportieren, doch kaum sind wir eingestiegen und haben eine kurze Strecke zurückgelegt, bleiben sie schon wieder stehen, da wir an unserem Ziel angekommen sind. Während wir aussteigen, verstehe ich, weshalb wir die kleine Entfernung von unseren Gemächern über die King's Street zu der von Säulen getragenen Fassade des Banqueting House unmöglich zu Fuß hätten gehen können. An der breiten Durchgangsstraße nach Holbein Gate hat sich eine riesige Menschenmenge versammelt, die mit gereckten Hälsen vorwärtsdrängt, um einen Blick auf die fremden Barbaren zu erhaschen, jene Ungeheuer, die seit Jahren ihre Landsleute entführen und als Sklaven verkaufen. Die zudem die Dreistigkeit besaßen, ihre Kolonie in Tanger anzugreifen und hunderte ihrer Soldaten niederzumetzeln. Während die Kutschen vorbeifahren, schiebt sich der Mob vorwärts und droht sogar, die Wächter mit den funkelnden Hellebarden in ihren scharlachroten Uniformen niederzuwalzen. Der Gestank der Menschenmenge – der selbst *al-Attars* Weihrauch übertrumpft – beeindruckt mich fast genauso wie die Verwünschungen, die sie schreit. Wäscht sich denn niemand in dieser Stadt? Die Verbindung von Gestank und Lärm ist überwältigend, ja zum Fürchten.

»Schwarze Hundesöhne!«, höre ich. »Wilde Heiden!«

»Mörder!«

»Vergewaltiger!«

»Teufel!«

»Barbaren!«

Ich drehe mich zu Hamza um und schreie über den Lärm hinweg: »Sie bellen ja wie die Hunde! Ich glaube, am liebsten würden sie uns zerreißen, wenn sie könnten. Hassen sie uns wirklich so sehr? Kannst du dir vorstellen, dass Ismail ein solches Verhalten tolerieren würde?«

Er grinst wie ein Wolf. »Ismail kann von Glück sagen, dass er nicht hier herrscht. Ihren letzten König haben die Engländer direkt vor diesem Gebäude enthauptet.«

Er drängt sich an mir vorbei, und ich kann ihm nur schockiert nachschauen und mich fragen, in welches Land wir gekommen sind, dessen Untertanen zu derartiger Brutalität im Stande sind. Doch dann fallen mir Ismails Worte ein: »Meine Untertanen sind wie Ratten in einem Korb, und wenn ich ihn nicht ständig schüttele, beißen sie sich durch.«

Unter dem Schutz der königlichen Leibgarde werden wir in einen riesigen Saal geführt, der bis auf den letzten Platz mit prunkvoll ausstaffierten Menschen besetzt ist. Die Männer tragen Amtskleidung, die Frauen beugen sich über die Balkone ihrer Logen, um uns mit nicht weniger Neugier, aber doch besseren Manieren als das Volk draußen zu begaffen. Ich glaubte immer, der Gesandtschaftssaal in Meknès sei riesig, doch der hier ist zehnmal größer. Ich bestaune die kostbaren Tapeten an den Wänden, die geriffelten Säulen, den Glanz unzähliger flackernder Kerzen in den Wandleuchtern, die funkelnden Edelsteine an Händen, Ohren und auf Dekolletees. Die Decke ist mit ovalen Stuckprofilen in Form von Kränzen und goldenen Girlanden geschmückt, die ein Riese mit Helden in wallenden, goldbestickten Kleidern, gekrönten Häuptern und nackten Engeln in lebhaften Farben ausgemalt hat. Gerade als mir so schwindelig wird, dass ich den Blick senke, breitet sich Stille im Saal aus. Die Türen zu beiden Seiten eines großen, überdachten Podiums öffnen sich, und auf der einen Seite erscheint eine farblose kleine Frau mit unvorteilhaft hervorstehenden Zähnen, und auf der anderen ein hochgewachsener, beeindruckender Gentleman. Der Mann tritt vor das Podium, nimmt die kleine Frau an der Hand und geht mit ihr auf die beiden Throne zu, die unter einem purpurfarbenen Thronhimmel stehen. Sie nimmt auf dem einen und er auf dem anderen Thron Platz, und als ich in den ernsten, düsteren Zügen, dem schwarzen Haar und dem schwarzen Schnurrbart den Mann wiedererkenne, dem ich am Tag zuvor begegnet bin, läuft mir ein kalter Schauer über den Rücken, und mir wird erst recht schwindelig. Kann das sein? Der Mann gestern war ganz schlicht gekleidet, keine Spur von diesem ungeheuren Überfluss an Seide und Rüschen, und die nette Dame mit dem Kaninchengebiss befand sich zweifellos nicht unter denen, die sich so fröhlich unterhielten und ihn mit ihren Brüsten umgarnten. Ich starre ihn an, doch es ist kein Irrtum. Der Mann, mit dem ich gestern sprach, als wäre er einer wie du und ich, war niemand anderes als der König von England. Und neben ihm sitzt die Königin, seine Ehefrau, die einstige Infantin von Portugal, Katharina von Braganza, durch deren Mitgift Tanger den Engländern in die Hände fiel.

Als plötzlich ein Hofbeamter auftaucht und fragt: »Wer ist der Dolmetscher?«, werde ich aus meinen Gedanken gerissen.

Hamza und ich beanspruchen die Rolle beide wie aus einem Mund und starren uns böse an. Dann erklärt ben Hadou mit lauter Stimme: »Ich bin der Gesandte, mein Englisch ist gut genug.«

»Ausgezeichnet. Dann informiert bitte Euer Gefolge, dass es sich mit Blick auf die Beleidigung, die sich Sir James Leslie in Marokko von Eurem Sultan gefallen lassen musste, seiner Kopfbedeckungen und Schuhe zu entledigen und sich dem König barhäuptig und barfüßig zu nähern hat.« Nach dieser knappen Anweisung macht er auf dem Absatz kehrt und verschwindet wieder.

Ich werfe einen Blick auf die so sorgsam durch die Falten von ben Hadous purpurfarbenem Turban gefädelten Perlenbänder und dann auf sein finsteres Gesicht. Während er den eleganten Turban abwickelt, strömt die unterdrückte Wut wellenartig aus ihm heraus. Als wir in den Empfangssaal geführt werden, stolziert er den ganzen Weg bis zum Thron hochmütig und erhobenen Hauptes, ohne sich ein einziges Mal zu verneigen, woraufhin der englische König eine schwarze Braue hebt.

Wenn ich ehrlich bin, so kann ich mich kaum an den weiteren Verlauf der Zeremonie erinnern, so sehr beschäftigte mich mein schrecklicher Fauxpas am Tag zuvor und vor allem die Vorstellung, dass ich vermutlich nie wieder eine solche Gelegenheit haben würde, dem König Alys' Botschaft zu überreichen. Ich weiß nur, dass Kaid Mohammed ben Hadou eine endlose Antrittsrede hielt: Seine Majestät Sultan Abul Nasir Moulay as-Samin ben Sharif, Herrscher über Marokko und die alten Königreiche Tafilalt, Fès, Sousse und Taroudant, wünscht dem Erlauchten König von England Gottes Segen für seine körperliche und geistige Gesundheit und so weiter und so fort, einschließlich einer detaillierten, vom Sultan selbst ausgearbeiteten Aufzählung jener Punkte, die dem mohammedanischen und dem protestantischen Glauben gemeinsam sind und uns unseren Feinden, den Katholiken, überlegen machen … Der gelangweilte Blick des Königs schweift an ben Hadou vorbei und bleibt an mir hängen. In diesem Moment habe ich das Gefühl, als hätte ein kleiner Blitz mein Auge getroffen und mir den Boden unter den Füßen weggezogen. Er verzieht den Mund und senkt dann eines der schweren Lider. Andere halten es möglicherweise für ein leichtes Zucken, mir aber sieht es verdächtig nach einem Zwinkern aus.

Tage vergehen, ohne dass wir den König zu Gesicht bekommen. Stattdessen schickt man uns unzählige langweilige Hofbeamte, um über die Garnison in Tanger, deren Rechte und deren Schutz zu verhandeln, danach andere, um über das Schicksal und den eventuellen Freikauf gewisser namentlich genannter Adliger zu sprechen, die der Sultan angeblich gefangen hält, denen aber weder ben Hadou noch ich je begegnet sind. Wahrscheinlich sind sie entweder tot oder untergetaucht, vielleicht aber auch zum mohammedanischen Glauben konvertiert und haben inzwischen muselmanische Namen.

Erst bei einer Privataudienz in seinen königlichen Gemächern sollen wir ihn erneut treffen. Ob jetzt meine Zeit gekommen ist? Ich stecke die bestickte Schriftrolle in die Tasche meiner Robe, falls sich in einer ruhigen Minute die Gelegenheit bieten sollte. Ben Hadou putzt sich nervös vor einem Spiegel heraus, um den bestmöglichen Eindruck zu hinterlassen. Und ich muss zugeben, dass er tatsächlich ein gut aussehender Mann ist. Er ist schmal und hat – im Vergleich zu mir – eine helle Hautfarbe, eine aufrechte Haltung und intelligente Augen. Bart und Schnurrbart sind kurz geschnitten, sodass sein markanter Kiefer und der volle Mund besser zur Geltung kommen. Ich habe bereits gesehen, wie die Damen am Hof sich nach ihm umblicken, und ihm ist es gewiss auch nicht entgangen. Jetzt ist der Augenblick gekommen, unsere Gastgeschenke zu überreichen. Man hat die diversen Objekte in die untere Eingangshalle gebracht, von wo sie nun unter größten Anstrengungen – und im Fall der lebendigen Tiere einigem Chaos – die lange Treppe hinaufgeschleppt werden. Die Löwen zumindest lässt man in ihren Käfigen draußen im Garten, damit der Herrscher sie ansehen kann, wann es ihm beliebt, sonst käme es womöglich noch zu einem Blutbad.

Es stellt sich heraus, dass die sogenannte »Privataudienz« in einem riesigen, mit dem gesamten Hofstaat vollgestopften Saal stattfindet, darunter auch Hofdamen, die sich neugierig an den Seiten drängen, um einen Blick auf die marokkanische Gesandtschaft zu erhaschen. Zuerst übergeben wir die üblichen Geschenke, Gewürze, Salz, Zucker, Seide, Wandleuchter aus Messing, Laternen aus gestanztem Eisen, handgewebte Teppiche aus dem Mittleren Atlas, die der Sultan als Tribut von den Berberstämmen erhalten hat. Der englische König nimmt alles mit aufrichtiger Dankbarkeit entgegen und lobt die Handwerkskunst der Stammesfrauen. Ich sehe, wie *al-Attars* Brust vor Stolz anschwillt, trotzdem habe ich irgendwie ein mulmiges Gefühl. Abgesehen von den kleinen Hunden des Königs habe ich noch keine Tiere in den Räumen dieses eleganten Schlosses mit seinen Dienern in Livree, den vergoldeten Stühlen und den kostbaren Teppichen gesehen …

»Und nun noch etwas ganz Besonderes«, tönt ben Hadou und klatscht in die Hände, woraufhin die Strauße sich an ihren Wärtern vorbeidrängen und in den Saal getrampelt kommen, wo sie mit den Schnäbeln bösartig nach den Anwesenden schnappen. Als eine Dame in einem grünen Seidenkleid, die zu nahe am Geschehen ist, von einem der Tiere gebissen wird und in Panik aufschreit, stürmt die aufgeschreckte Straußenherde durch den Saal, wobei ihre behaarten Hälse in alarmierender Weise aufgebläht sind. Sie schlagen wild mit den Flügeln und stampfen mit den großen Krallenfüßen auf. Panik bricht aus. Die Höflinge flüchten durch die erstbeste Tür, die sie finden. Ich kann sogar sehen, wie einer einen Vorhang beiseitezieht und aus dem Fenster klettert.

Ich drehe mich um zu dem König und sehe, wie er vor Lachen brüllt. Er scheucht eins der Tiere weg und rettet damit eine arme Frau vor dessen Angriff. Schließlich wird die Palastwache gerufen, die die Strauße in einen Vorraum scheucht und anschließend in den königlichen Park lotst. Das Ergebnis: beschmutzte Teppiche, Bisswunden und eine Wolke von flaumigen Federn. Damit findet die Audienz ein abruptes Ende.

Als ich früher als erwartet zu meinem Zimmer zurückkehre, sehe ich eine Gestalt, die sich verstohlen an der Tür zu schaffen macht. Sie dreht sich um, sieht mich und läuft in die andere Richtung davon. In diesem kleinen Augenblick habe ich die scharfen, unfreundlichen Gesichtszüge Samir Rafiks erkannt. Mit pochendem Herzen untersuche ich das Schloss, es ist zerkratzt, doch unbeschädigt. Ich stecke den Schlüssel ins Schloss, und es lässt sich widerstandslos öffnen. Im Zimmer herrscht eine unheimliche Stille.

»Momo?«, rufe ich leise. »Amadou?«

Ein Kreischen. Dann springt etwas von dem Dach des Himmelbetts in meine Richtung, und der Affe landet auf meiner Schulter. Über dem Rand des Baldachins taucht ein Gesicht mit ernsten Augen auf.

»Wir haben nur gespielt.« Momo schwingt sich über den Rand und klettert genauso geschickt wie der Affe an dessen Pfosten herab. »Es ist so langweilig, die ganze Zeit im Zimmer zu bleiben und ruhig zu sein. Warum darf ich nicht raus? Du hast gesagt, dass alles anders wird, wenn wir in London sind. Aber das stimmt gar nicht!«

Ich setze mich auf die Bettkante und sehe ihn traurig an. »Ich weiß. Es tut mir leid, Momo. Es wird nicht mehr lange dauern. Aber du darfst keinen Lärm machen und niemandem die Tür öffnen, außer mir. Das verstehst du doch, oder?«

»Vorhin hat jemand an die Tür geklopft.«

»Wahrscheinlich war es eine Magd, die das Zimmer reinigen wollte. Ich hatte gesagt, ich würde es lieber selbst tun und die Tür verschlossen halten, da mein Affe sie sonst beißen könnte.«

»Ich beiße auch.« Momo fletscht die Zähne und kichert. »Wir können sie alle beide beißen, was, Amadou?«

Die beiden zeigen sich die Zähne und schütteln die Köpfe um die Wette. Es ist ein beunruhigendes Spiegelbild. Ich mache mir Sorgen, dass ich eines Tages Mühe haben werde, sie auseinanderzuhalten, wenn ich den Jungen noch länger mit dem Affen zusammenlasse.

»Mach niemandem auf«, wiederhole ich. »Nicht mal, wenn er sagt, er sei ich.«

»Warum sollte jemand das sagen?«

»Ich weiß es nicht«, gestehe ich. »Trotzdem, du darfst nicht aufmachen.«

»Und was ist, wenn Feuer ausbricht oder eine Sturmflut kommt?«

»Es wird weder Feuer noch eine Sturmflut geben.«

»Und wenn ja, kann doch sein?«

Ich seufze. »Aber es ist sehr unwahrscheinlich. Und wenn, dann werde ich dich retten.«

»Versprochen?«

»Versprochen.«

»Du hast auch versprochen, dass wir gerettet wären, wenn wir in England sind«, erinnert er mich mit unfehlbarer Logik.

»Momo, ich tue mein Bestes.«

Doch es reicht nicht. Er hat recht, mir ein schlechtes Gewissen zu machen. Seufzend ziehe ich Daniels Zettel aus der Tasche und werfe erneut einen Blick auf die Anschrift. Eine Aufgabe, der ich keineswegs erwartungsvoll entgegensehe, aber es muss sein.

Entschlossen suche ich an diesem Nachmittag einen Diener auf und frage, wie ich jemandem einen Brief schicken könnte. Er blickt mich skeptisch an und verzieht den Mund. »Für deinen Herrn?«

Ich mustere ihn streng. Gewiss meint er, so einer wie ich könne nicht schreiben. Doch vielleicht ist es einfacher, wenn er denkt, es sei für den Gesandten. »Ja, nach Golden Square.«

»Für ein paar Münzen kann ich einen Boten hinschicken. Oder du nimmst eine Sänfte und lässt dich selbst hinbringen. Es ist nicht weit, etwa eine Meile von hier entfernt.«

Wir dürfen den Palast zwar nicht verlassen, aber was ist schon eine Meile? Zu Fuß bräuchte ich etwa zehn Minuten, nicht mehr. Mit meinen langen Schritten wäre ich schneller als eine dieser lächerlichen Kisten. Ich könnte in einer halben Stunde zurück sein, während ben Hadou und die anderen ihren Mittagsschlaf halten. Niemand wird etwas merken. Ich erkundige mich bei dem Diener nach dem Weg und kehre in mein Zimmer zurück, um die Hofpantoffeln gegen meine alten *babouches* einzutauschen und mir einen dunklen Burnus überzuwerfen. Mit aufgesetzter Kapuze sehe ich im Spiegel nicht besonders auffällig aus, abgesehen von meiner dunklen Hautfarbe, an der ich ohnehin nichts ändern kann.

Schnellen Schrittes gehe die breite King's Street entlang und biege kurz vor Holbein Gate nach links in den St. James's Park ein, mit gesenktem Kopf, die Hände in den Taschen des Burnus vergraben. Trotzdem starren mich die Menschen an, wenn ich vorbeigehe, vielleicht wegen meines schnellen Schritts, denn sie schlendern nur, genießen die schöne Aussicht und lachen über die Vögel, die beim Überqueren des vereisten Sees auf der Suche nach offenem Wasser ausrutschen.

Lieber Himmel, ist das kalt! Mein Atem bildet dichte Dampfwolken, während ich an einem Park mit Hirschen vorbeikomme. Die Tiere heben ihre Köpfe und schauen mich alarmiert an. Ich stelle mir Bogenschützen vor, die sich wie ich leise anpirschen und einen von ihnen für das Mittagsmahl des Königs erlegen. Kein Wunder, dass die Tiere auf der Hut sind. Eine abrupte Bewegung, und sie springen wie Gazellen davon, davon bin ich überzeugt. Langsamer mache ich einen weiten Bogen um den Park und empfinde eine gewisse Sympathie für die armen Geschöpfe. Diese Art von Freiheit ist keine echte Freiheit. Wie ich gehören auch sie mächtigen Menschen, und unser Leben hat ein Ende, wann immer es ihnen beliebt.

Ich komme an einem gepflasterten Pfad heraus, der zu einer breiten Straße führt. Hier wimmelt es von Kutschen und anderen Gefährten. Ich schlängele mich zwischen Passanten, Pferden, Sänften und Droschken hindurch, erreiche die gegenüberliegende Straßenseite und gehe durch die schmaleren Gassen weiter in Richtung Norden, wie man mir gesagt hat. Die Gegend wird schmutziger und ärmlicher, überall Unrat, und in der Luft hängt ein übler Geruch. In den Gullys fließt Abwasser, der beißende Gestank ist unverwechselbar. Nicht einmal die Gerbereien von Fès sind so schlimm. Ich muss mich verlaufen haben. An einer Kreuzung inspiziert ein Reitknecht das Bein eines Pferdes, das ein Hufeisen verloren hat.

»Verzeiht, Sir«, sage ich, und er richtet sich erstaunt auf. »Könnt Ihr mir sagen, wie ich nach Golden Square komme?«

Er zeigt auf ein Stück brach liegendes, mit Unrat übersätes Land. »Dort hinten. Geh weiter die James Street hinauf, an der alten Mühle vorbei und durch Dog Fields, bis du die vielen neuen Gebäude siehst, da ist es.«

Eine Reihe von Wohnhäusern erhebt sich stolz inmitten anderer halb fertiger Gebäude und weiterer, von denen gerade erst das Fundament zu erkennen ist. Doch schon jetzt kann man sehen, dass es ein beeindruckendes Viertel wird, wenn die Bauten einmal fertig gestellt sind. Vorerst freilich ist es weder golden noch wirklich ein Platz, sondern eher so etwas wie unser Sahat al-Hedim. Ich finde die Adresse auf dem Zettel und nähere mich der Nummer vierundzwanzig. An der Tür hängt eine Messingglocke – ein schlechtes Omen für einen Mohammedaner. Trotzdem ziehe ich daran. Lange Zeit tut sich nichts, dann öffnet sich die Tür einen Spalt, und ein Gesicht späht dahinter hervor.

»Kohlelieferungen am Hintereingang«, sagt eine Frau streng und knallt mir die Tür vor der Nase zu. Als mir endlich bewusst wird, dass es ein Missverständnis ist, schlage ich laut gegen die Holztür. Dieses Mal geht die Tür sofort weit auf. »Hab ich dir nicht gesagt …«

Jetzt stelle ich meinen Fuß in den Türspalt.

Sie starrt mich verwirrt an, senkt den Blick und sieht meinen Fuß. »Verschwinde, du schwarzer Bettler!«, schreit sie außer sich vor Wut.

»Hört mich an, ich habe etwas Geschäftliches mit diesem Gentleman zu besprechen.« Ich zeige ihr den Zettel, und sie starrt verständnislos darauf.

Im nächsten Moment kreischt sie los: »Hilfe! Ein Dieb! Ein Mörder! Hilfe!« Arme packen mich von hinten und werfen mich zu Boden. Mein Angreifer versucht, mir den Fuß auf die Brust zu setzen, um mich niederzuhalten, doch ich wälze mich herum, rolle zur Seite und packe ihn an den Beinen, woraufhin er ebenfalls mit einem heftigen Aufprall auf die Straße stürzt, flucht und rasch wieder aufspringt. In der kalten Luft stehen wir schnaufend da und beäugen uns misstrauisch. Er ist fast noch ein Junge, aber mit dem Körper eines Bullen.

»Ich bin weder ein Dieb noch ein Mörder. Ich suche nur einen gewissen Mr. Andrew Burke.«

Die Frau tritt auf die Stufen hinaus. »Warum hast du das nicht gleich gesagt?« Sie hat ein grobes, gerötetes Gesicht und trägt eine fleckige Schürze über einem Kleid aus dickem Wollstoff. »Das ist Mr. Burkes Haus.« Sie runzelt die Stirn und schickt den Jungen mit einer Geste fort. »Kannst gehen, Tom, du bist ein braver Junge.«

Tom sieht enttäuscht aus, als hätte er sich auf einen ausgiebigen Faustkampf gefreut.

»Ist der Gentleman denn da?«, dränge ich.

»Um welche Art von Geschäften geht es?«

»Ich fürchte, das kann ich nur Mr. Burke persönlich sagen.«

Sie verzieht das Gesicht. »Warte hier.«

Nachdem sie erneut die Tür zugeschlagen hat, vergehen mehrere Minuten, bis endlich jemand auftaucht. Der Mann ist anders, als ich erwartet hatte, fast so dick wie der Großwesir, mit einem langen schwarzen Bart.

Auch er ist leicht verwirrt, als er mich sieht. »Was kann ich für dich tun?«, fragt er, und plötzlich fällt es ihm wie Schuppen von den Augen. »Ach, du kommst sicher von der Herzogin.«

Ich schüttele den Kopf. »Ich kenne keine Herzogin.«

»Die ehrenwerte Herzogin Mazarin?«

Erneut schüttele ich den Kopf. Und als ich etwas sagen will, fällt er mir ins Wort.

»Eigenartig, du bist ihrem Mohren wie aus dem Gesicht geschnitten. Dann willst du vielleicht Mr. Qallaahs Serge abholen, oder?«

»Nein, ich bin hier …«

»Oder das Tuch für die Livreen, das der syrische Kaufmann bestellt hat?«

Ehe er weitere Fragen stellen kann, sage ich mit erhobener Stimme: »Nein, Sir. Ich komme aus Marokko und habe eine delikate Angelegenheit mit Euch zu besprechen. Vielleicht könnten wir uns im Haus weiterunterhalten?«

»Marokko?« Er blickt mich alarmiert an. »Welche Art von Geschäften sollte ich mit einem Neger aus Marokko haben?«

»Ich komme im Auftrag von Alys Swann.«

»Von wem?«

Das Ganze wird nicht so einfach sein, wie ich dachte. »Eurer … äh … Verlobten.«

Er sieht mich erschrocken an. »Verlobten? Ich habe keine Verlobte. Du musst dich irren.« Er hält inne. »Ah, die Niederländerin. Natürlich, ich habe sie nie gesehen, obendrein ist die Dame auf hoher See verschollen, wie mir berichtet wurde.«

»Sie ist keineswegs verschollen, Sir.« Ich erkläre ihm die Situation und sehe, wie er mich mit offenem Mund anstarrt.

»Wie zum Teufel hast du mich gefunden? Und was um Gottes willen erwartest du von mir?«

»Der Kaufmann Daniel al-Ribati gab mir Eure Anschrift«, erkläre ich steif.

Sein Ausdruck verändert sich. »Ach, der Jude, natürlich. Wir haben über die Jahre hinweg so manches Geschäft gemacht. Ein anständiger Mann, obwohl … Nun ja, das spielt keine Rolle. Die arme Frau tut mir aufrichtig leid, aber als ich sie für tot hielt, habe ich mir eine andere Braut ausgesucht, mit der ich nun seit drei Jahren verheiratet bin. Wir haben bereits zwei Kinder.« Er breitet die Arme aus. »Wie du also siehst, sind Miss Swanns Angelegenheiten nicht länger die meinen.«

»Und was ist mit ihrem Sohn?«

»Was sollte meine Frau mit dem Bastard eines heidnischen Sultans unter ihrem Dach anfangen? Wir führen kein Heim für Findelkinder! Schönen Tag noch.«

Und dieses Mal geht die Tür nicht mehr auf.

Zugegeben, ich bin unerklärlicherweise erleichtert, als ich zum Schloss zurückkehre. Ist es egoistisch, wenn ich froh bin, dass dieser erbärmliche Tuchhändler keine Rolle in Momos Leben spielen wird? Und wenn ich daran denke, dass Alys einen solchen Grobian hätte heiraten können … Nun ja, vielleicht wäre ihr Leben leichter gewesen als am marokkanischen Hof. Allerdings wäre sie, auf andere Art, auch hier eine Gefangene gewesen.

Doch was soll jetzt aus Momo werden? Ich bin ratlos.

DREIUNDDREISSIG

Die Tage verstreichen mit unzähligen frustrierenden Besuchen ziviler Beamter und Politiker und immer neuen Verhandlungen über Tanger. Sie werden nur halbherzig geführt; ben Hadou lässt sich nicht festnageln. Es ist nicht zu übersehen, dass wir unsere Zeit vergeuden, und ich muss mir Mühe geben, weder nervös zu zappeln noch einzuschlafen. Es gibt herzlich wenig zu protokollieren. Ein Berater geht so weit zu sagen, dass wir, ginge es nach ihm, dieses erbärmliche Loch behalten könnten. »Möglich, dass der König behauptet, es sei das schönste Juwel in seiner Krone, wir aber können uns einen derart entfernt liegenden Außenposten gar nicht leisten. Tanger ist eine Brutstätte des Papismus und ein gewaltiger Aderlass für die Ressourcen des Königreiches, obwohl die Staatskasse leer ist. Wie auch immer, wir sind dabei, rigorose Sparmaßnahmen durchzuführen. Selbst der König will sparen: bei seinem Essen, seiner Frau und sogar bei seinen Mätressen …«

Wenn ich gehofft hatte, bei einer dieser Sitzungen dem König zu begegnen, so habe ich mich getäuscht. Seit unserer zufälligen Begegnung zu Beginn unseres Aufenthaltes habe ich ihn nur noch aus der Ferne zu Gesicht bekommen, und jetzt soll er sich, wie man uns berichtete, auf die Jagd begeben haben. Ben Hadou ist enttäuscht, weil er nicht eingeladen wurde. Als er nach mehreren Tagen Aufenthalt im Schloss sehnsüchtig über das Reiten spricht, schlägt einer der Höflinge vor, wir sollten uns Pferde aus den königlichen Stallungen aussuchen und einen Ausflug zum Hyde Park machen. *Al-Attar* erkennt sofort die Möglichkeit, Eindruck zu schinden. Er lädt den Höfling und alle Umstehenden zu einer marokkanischen »Fantasia« ein. »Jetzt zeigen wir ihnen, was Reiten in Wirklichkeit heißt«, sagt er genüsslich und schickt mich zum Umkleiden.

Ich kehre in einem weißen Gewand, *qamis* aus Baumwolle und *babouches* zurück, den Burnus habe ich mir über die Schultern geworfen. Ben Hadou trägt einen engen Uniformrock über einem weitärmeligen Batisthemd, einen extravaganten scharlachroten Umhang, rote Lederstiefel und einen mit Edelsteinen besetzten Turban. Er sieht prächtig aus, wie ein Prinz aus *Tausendundeine Nacht*. Doch als er mich sieht, schüttelt er den Kopf: »Bei Allah, Nus-Nus, sind das deine besten Kleider?«

»Die besten, dich ich besitze.«

»Nun, das reicht natürlich nicht. Es ist eine einmalige Gelegenheit, unseren Gästen eine Vorstellung des wahren Marokkos zu geben.« Er steht neben mir, und ich bin mehrere Köpfe größer als er, doch das hindert ihn nicht daran, einen seiner Diener zu schicken, um neue Kleider aus seiner eigenen Garderobe zu holen, und wenig später stecke ich in blaugrünen, goldbestickten Gewändern und sehe blendend aus, obgleich mir die Hose viel zu kurz ist.

Für die sechs Männer, die *al-Attar* für die besten Reiter hält – sich selbst, Sharif, zwei Cousins des Sultans, Samir Rafik und meine Wenigkeit –, werden aus den Stallungen des Königs Pferde gebracht. Es sind wundervolle Tiere. König Karl versteht in der Tat etwas von Vollblutpferden. Hamza, der weit weniger imposant gekleidet ist als wir, bringt die Lanzen, die ben Hadou allein für diesen Anlass mitgenommen haben muss. Es bereitet mir Unbehagen, Rafik hier zu sehen; einen Moment lang verkrampft sich mein Magen. Aber wenigstens schnüffelt er nicht während meiner Abwesenheit im Schloss herum.

Der Hyde Park ist wunderschön. Ein weitläufiger Park mitten in der Stadt, voller Menschen, die dort spazieren gehen oder reiten. Bis man einen geeigneten Platz für uns gefunden hat, ist schon eine große Zuschauermenge versammelt, und jetzt müssen wir tatsächlich etwas bieten. Wir galoppieren vor und zurück, geben den Pferden die Sporen, bis sie schwitzen, und werfen unsere Lanzen auf eine Zielscheibe, die man eigens dafür aufgestellt hat. So gut treffen wir ins Schwarze, dass die Menschenmenge begeistert Beifall klatscht. Danach reiten wir in Zweierpaaren gegeneinander, werfen und fangen die Lanzen zum stürmischen Jubel der Zuschauer. Es tut gut, sich körperlich zu betätigen, nach all der Zeit, die wir in Whitehall eingesperrt waren, und ich ertappe mich dabei, wie ich mich in den Bügeln aufstelle und das Pferd allein mit den Knien führe, während ich voller Begeisterung meine Lanze schwenke. Als ich mich umdrehe, um sie zu werfen, hat sich die Formation geändert, und ich stehe nun plötzlich Rafik gegenüber, der die Zähne bleckt und seine Lanze absichtlich den Bruchteil einer Sekunde zu früh wirft. Als sie auf mich zukommt, scheint sich alles um mich herum zu verlangsamen, und ich denke noch, dass es keine bessere Gelegenheit für einen Mord gibt, der wie ein Unfall aussehen soll, als fern der Heimat, während einer harmlosen Fantasia.

Mit einem Mal gerät die Welt aus dem Gleichgewicht, ich spüre, wie ich hart auf den Boden pralle; dann wird alles um mich herum schwarz. Ich will aufstehen, doch es geht nicht. Mein ganzer Körper schmerzt. So also ist es, wenn der Tod kommt – vor einem fremden Publikum, auf der Bühne? Stimmen erheben sich, Frauen schreien, Männer rufen, Pferde schnauben und trampeln, und dann höre ich ein reißendes Geräusch neben meinem Ohr, und es wird wieder hell. Über mir steht ben Hadou, in der einen Hand die Lanze, in der anderen meinen Umhang, mit einem Loch dort, wo die Lanze getroffen und mich zu Boden geworfen hat. »Du hast Glück gehabt, Nus-Nus!«

Ich setze mich langsam auf. Mein Kopf brummt, es fällt mir schwer, einen klaren Gedanken zu fassen. Ich sehe an mir herab, kein Blut. Ich bewege die Beine, die Arme: nichts gebrochen. Vorsichtig stehe ich auf, der Turban hat sich gelöst und hängt mir halb ins Gesicht.

»Bei Gott, was für ein Ungeheuer!«, ruft eine Frau.

»Ist es eine Schlange?«

»Ein wahrer Leviathan!«

Sie heulen wie ein Rudel Hyänen; dann drängen sie von allen Seiten auf mich zu, lachend und johlend.

Ben Hadou wirft mir den Burnus zu. »Zieh das über, Mann!«

Beschämt verberge ich die Blöße, die meine zerrissene Hose offenbart.

Plötzlich ist die marokkanische Gesandtschaft das Thema in der Stadt. Die Frauen kichern hinter vorgehaltenen Fächern, wenn sie uns sehen, die Männer schütteln uns die Hand und gratulieren uns zu der Vorstellung. Man bombardiert uns mit Einladungen – zum Mittagessen, zum Abendessen, ins Theater, zum Kartenspielen. Ben Hadou lehnt alles höflich ab. Er zeigt mir ein Flugblatt, das irgendjemand liegen gelassen hat. Eine obszöne Darstellung unserer Reitervorstellung, die uns in exotischen Gewändern mit Turbanen zeigt, fünf halten Lanzen in der Hand, der Sechste ist nur mit einem überlangen schwarzen Penis bewaffnet …

»Was glaubst du wohl, was der Sultan dazu sagen würde?«

Ich starre finster auf das Blatt. Eine Antwort erübrigt sich.

Ich habe *al-Attar* bereits von meinem Verdacht erzählt, dass

Rafik mich töten wollte, doch er hat mich ausgelacht. »Vor dem versammelten englischen Hof? Du warst nicht richtig bei der Sache und hast uns jetzt alle zum Gespött gemacht. Ein Glück, dass der König nicht anwesend war und dieses vulgäre Schauspiel mitbekommen hat.«

Ich öffne den Mund, um ihm zu sagen, dass seine eigene Eitelkeit zumindest indirekt für das Dilemma verantwortlich ist. Hätte er mich nicht in eine viel zu kurze Hose gezwängt … Doch es hat keinen Zweck, mit ihm argumentieren zu wollen.

Später am Nachmittag erhalten wir eine weitere Einladung. »Die Herzogin von Portsmouth lädt uns zum Abendessen ein«, verkündet er mit Genugtuung. »Genau darauf habe ich gewartet. Louise de Kérouaille ist die erste Mätresse des Königs und hat großen Einfluss, nicht nur hier, sondern auch am französischen Hof. Der König wird zweifellos ebenfalls anwesend sein.«

Die Ablehnung der ständig zunehmenden Einladungen war also eine List. Und jetzt werden wir wahrscheinlich mit dem englischen König zu Abend speisen.

Am nächsten Abend versammeln wir uns in den prunkvollen Palastgemächern der Herzogin. Während wir in einem Vorzimmer darauf warten, empfangen zu werden, staunen wir über die Tapeten an den Wänden, die mit handbemalten Blumen geschmückt sind, die vergoldeten Gipsgirlanden und herrlichen Deckenmalereien, die lackierten chinesischen Schränke, die kompliziert gearbeiteten Wandschirme, die Spiegel aus venezianischem Glas, die Vasen aus kunstvoll bearbeitetem Metall, die großen französischen Uhren und die nackten Statuen, deren Lenden mit spärlichen Stofffetzen bedeckt sind. »Von Sparsamkeit keine Spur«, sage ich zu ben Hadou, der die Mundwinkel zu einem Lächeln verzieht.

Der Vorraum ist prächtig ausgestattet, doch der Prunk in

dem riesigen Speisesaal, in den uns die livrierten Diener anschließend führen, verschlägt uns die Sprache. Mit Damast bezogene Sessel, Armlehnen und Beine hell vergoldet, leuchtende Wandteppiche, ein Dutzend mehrarmiger Kerzenhalter aus reinem Silber, Gemälde mit vergoldeten Rahmen, türkische Teppiche, Karaffen und Kelche aus Kristall, goldene Teller, Spiegel, Wandleuchter, Kronleuchter. Und die Frauen … Überall funkeln Juwelen: in den gepuderten Frisuren, an Ohren, Hals und Handgelenken, zwischen den unglaublich gewölbten Brüsten.

Man weiß gar nicht, wo man hinschauen soll, ohne den Anstand zu verlieren, also sehe ich mir die Männer an, deren Kleidung ein bisschen nüchterner ist – purpurrote Trachten mit durchbrochenen weißen Kragen und Manschetten –, doch dann stellt sich heraus, dass das die Musiker sind. Franzosen, die soeben vom Hof Ludwigs XIV. in Versailles eingetroffen sind, wie sie berichten. Sie werden die jüngsten Kompositionen von Marin Marais spielen, Hofmusiker des Sonnenkönigs. Sie gelten bereits als neueste Mode, obwohl sie noch nicht einmal publiziert worden sind.

Ben Hadou bewegt sich von einer Gruppe im Raum zur anderen, stets an der Seite einer hübschen Frau mit melancholischen Augen und ausladender Figur, die mit Diamanten, Perlen und dem gesamten Inventar eines Tuchhändlers ausstaffiert ist. Wahrscheinlich unsere Gastgeberin, die Herzogin von Portsmouth. Ich sehe, wie die Musiker in einem Alkoven ihre Plätze einnehmen, mit ihren Oboen und einer Vielzahl von siebensaitigen Instrumenten, einer Mischung aus einer spanischen Gitarre und einer marokkanischen Rebab. Der Anführer entlockt seinem Instrument einen melancholischen Klang, indem er mit dem Bogen sanft über die Saiten streicht, und dann stimmen die anderen eine kraftvolle Melodie an, deren tiefe Bassnoten mir durch Mark und Bein gehen. Die Oboen und ein Cembalo blähen den Klang auf, und ich spüre, wie ich ganz darin aufgehe. Deshalb fahre ich zusammen, als mich eine Hand am Unterarm packt und die Finger sanft meine Muskeln drücken.

»Ihr sitzt neben mir, Sir!«

Ich drehe mich um und stehe vor der Dame, die im großen Salon den König begleitete, als ich am ersten Tag unserer Ankunft das Gemälde der Jungfrau bewunderte. Sie grinst mich verschmitzt an und führt mich auf das Ende des Esstisches zu, weit weg von unserer Gastgeberin.

»Nein! Nein!«, ruft diese daraufhin. »Er sitzt hier, zwischen mir und Lady Lichfield.«

»Lieber Himmel, Louise, Ihr könnt den Kerl doch nicht neben die kleine Charlotte setzen. Das arme Ding hat keine Ahnung, was es mit ihm anfangen soll. Ich hingegen werde mich vortrefflich um ihn kümmern.« Sie hakt sich bei mir ein und drückt meinen Arm an ihren Körper.

»Ihr bringt meine ganze Tischordnung durcheinander, Eleanor!«, schmollt die Herzogin von Portsmouth.

»Und wenn schon!«

Ich sehe über Eleanors Schulter, wie sich das runde Gesicht der Gastgeberin verzieht, doch dann besinnt sie sich auf ihre gesellschaftlichen Verpflichtungen und bittet die versammelten Gäste mit gekünstelter Fröhlichkeit zu Tisch.

Ich verbeuge mich vor meiner Tischnachbarin. »Es wird mir ein Vergnügen sein, neben Euch zu sitzen, Eleanor.«

»Darauf könnt Ihr wetten. Doch nennt mich um Gottes willen Nelly. *Ich* kann Anmaßung nicht ausstehen.« Dann sieht sie mich fragend an.

»Oh, Nus-Nus, Eu… äh, ich meine … Höfling im Palast von Moulay Ismail, Sultan von Marokko.« Dann senke ich die Stimme. »Hoffentlich haben wir unsere Gastgeberin nicht beleidigt.«

»Ach, um Squintabella braucht Ihr Euch keine Sorgen zu machen.«

»Squintabella?«

»Der Gesandte aus Venedig war ganz verrückt nach Louise, als sie sich das erste Mal begegnet sind, und nannte sie die ganze Zeit *bella, bella*. Ich meinte, es müsse wohl eher *squintabella* heißen, vielleicht etwas zu laut. Aber sie und ich sind nun mal nicht auf gleicher Augenhöhe.« Sie kichert über ihren eigenen Witz und beugt sich vor. »Irgendwie ist es bei diesem Spitznamen geblieben, fürchte ich. Aber das geschieht ihr recht, der eingebildeten Kuh. Sie spioniert für den französischen König, wisst Ihr? Doch König Karl mag es ja französisch, wenn Ihr wisst, was ich meine.« Als ich sie fragend ansehe, plappert sie weiter. »Obendrein wird sie fürstlich entlohnt, wie Ihr selbst sehen könnt.« Sie wedelt mit der Hand in der Luft. »Für Madame la Duchesse seid Ihr nur eine kurzlebige Attraktion. Wir bekommen nicht jeden Tag so viele Mohren bei einem Festmahl zu sehen, obendrein in so prächtiger Aufmachung, aber glaubt bitte nicht, dass ich Menschen nach ihrem Aussehen beurteilen würde. Meine Mutter pflegte zu sagen: Am Jüngsten Tag werden wir sehen, wer den schwärzesten Hintern hat! Ein bisschen schwarzes Blut steht Männern sehr gut an. Man muss sich zum Beweis nur mal unseren Charlie ansehen. Übrigens – Hortense, für Euch Herzogin Mazarin –, die hat auch so einen Kerl wie Euch, aber der ist so pechrabenschwarz, dass er sich bedauerlicherweise nur selten zu uns gesellen darf. Und was Hortense angeht, nun, sie ist vielleicht etwas eigen, sagen wir es so. Sie hat schon zwei Personen in diesem Raum vernascht, und beide waren keine Männer, ganz abgesehen von dem König, und ich bin sicher, dass sie es gelegentlich auch mit Mustafa treibt. Bei Gott, ich täte es auch, obgleich es heißt, er sei Eunuch.« Sie ahmt mit ihren Fingern eine Schere nach, falls ich sie nicht verstanden habe.

»Eunuch? Wie ist das möglich?«, frage ich leise.

Nelly kichert mit kehliger Stimme. »Liebe Güte, Ihr seid ganz schön unbedarft, was? Ein Mann besteht nicht nur aus Eiern, und viele Wege führen nach Rom, nicht nur diejenigen, die jeder kennt. Außerdem lässt sich heute für alles eine Medizin finden, vorausgesetzt, man kennt den richtigen Quacksalber.«

»Quacksalber?«

»Nun, sie sind doch alle gleich, oder etwa nicht? Die Herren Doktoren, Chirurgen, Scharlatane, Marktschreier, Quacksalber. Der Titel, so nehme ich an, hängt davon ab, wie viel man ihnen zahlt.«

»Gibt es in London Doktoren, die sich rühmen, äh, Impotenz heilen zu können?«

»Gewiss, mein Lieber, obwohl ich nicht verstehe, weshalb Ihr Euch dafür interessiert, ein stattlicher Mann wie Ihr. Ganz London spricht von Eurem Drum und Dran.«

Ihr schrilles Lachen erregt ben Hadous Aufmerksamkeit, der zunächst ihr, anschließend mir einen missbilligenden Blick zuwirft.

»Meine … Die Frau des Sultans hat mich gebeten, Ihr mehrere Arzneien aus London mitzubringen, wenn Ihr jemanden empfehlen könntet?«

»Welche Art von Arzneien?«

»Nun ja, sie macht sich Sorgen, dass Sie zu schnell altert …«

Nelly lacht spöttisch. »Die beste Arznei gegen das Altern, die ich kenne, ist jede Menge Lachen und jede Menge Lust im Bett. Wer bei so etwas die Nase rümpft, tja, der sieht wohl am Ende aus wie ein verschrumpelter Apfel.«

Unwillkürlich muss ich grinsen. Ihre Direktheit ist erfrischend. »Ich fürchte, die Herrscherin wäre nicht erfreut, wenn ich mit einem solchen Rat aus London zurückkehrte.«

»Dann müsst Ihr mit den Wissenschaftlern Kontakt aufnehmen. Sprecht mit Mr. Evelyn dort drüben.« Sie zeigt auf einen Gentleman mit langer Nase, der ben Hadou den Vorschlag machte, im Hyde Park zu reiten. »Oder mit meinem guten Freund Mr. Pepys hier, der weiß wenigstens, wie man sich amüsiert.« Ein fröhlicher Bursche, der über etwas, das seine Tischdame gerade gesagt hat, schallend lacht.

Sie zeigt auf die einzelnen Gäste und nennt mir ihre Namen, dazu versorgt sie mich mit Häppchen von Information, die ich mir einpräge. Die Dame, die auf der anderen Seite des Gesandten sitzt, ist Mrs. Aphra Behn, eine Verfasserin von Theaterstücken, die früher für die Niederlande spionierte, der kleine Junge ist Louises Sohn Karl, Herzog von Richmond, die hübsche junge Frau mit den Smaragden Lady Anne von Sussex, Tochter des Königs und der Herzogin von Cleveland, die eine Affäre mit der Herzogin Mazarin hatte und nun eine mit einem Gesandten in Paris unterhält, der nächste Mann ist der französische Gesandte Paul Barillion D'Amancourt, ein »großer Charmeur« und so weiter, bis mir schwindelig wird. Offensichtlich sind mehrere Kinder des Monarchen anwesend, und ich frage meine Begleiterin nach der Beschaffenheit seines Harems, was sie äußerst amüsiert.

»Glaubt Ihr etwa, Charlie müsste sie zusammenrufen wie Hühner, wenn ihm nach einem Schäferstündchen ist? Sie stehen an der geheimen Hintertreppe Schlange. Mr. Chiffinch hat alle Mühe, sie zurückzuhalten!«

»Wie kann man dann über seine derartigen Aktivitäten Protokoll führen?« Ich erkläre ihr, ich hätte die Aufgabe, über das Liebesleben des Sultans bei Hof Buch zu führen, woraufhin sie wiederum laut auflacht.

»Wie viele Frauen, sagtet Ihr, hat der Sultan?«

»Nun ja, es sind eher Mätressen. Die letzte Zählung ergab an die tausend.«

Angesichts solcher Maßlosigkeit klatscht sie entzückt in die Hände. »Holla! Dann hält er Euch aber ganz schön auf Trab, was? Und die Damen, wie sind sie? Alles dunkelhäutige Schönheiten?«

»Die meisten, aber es gibt auch Europäerinnen darunter. Und sogar eine englische Lady.«

Sie spitzt die Ohren. »Eine Engländerin? Wie kommt sie in den Harem des Sultans?«

Ich erzähle ihr von den Piraten, die mit Sklaven handeln, von den Bauarbeiten in Meknès, die nach immer mehr Sklaven verlangen, und von den hohen Preisen, die man auf unserem Markt für weiße Frauen erzielt, verzichte aber darauf ihr von dem Traum des Sultans zu erzählen, ein gewaltiges Heer zu zeugen, um den Christen jene Gebiete, die früher den Muselmanen gehörten, wieder abzunehmen.

»Manch einer wird schockiert sein, wenn er hört, dass Frauen ge- und verkauft werden, doch ich gehöre nicht dazu«, beteuert Nelly. »In diesem Leben sind wir sowieso alle nur eine Ware. Unsere Preise steigen, wenn wir Glück haben, und fallen wieder, wenn wir Pech haben, und das Glück ist eine ziemlich launische Angelegenheit. Trotzdem tut sie mir leid. Würde sie denn nicht gern zurückkommen?«

Die Versuchung, ihr meine Mission zu verraten, ist groß, doch ich beiße mir auf die Zunge, gerade weil ihre so locker sitzt. Vielleicht kann ich trotzdem einen Schritt weiter kommen. »Die Lady hat ein Geschenk für König Karl genäht«, sage ich. »Und ich habe versprochen, es ihm persönlich zu übergeben, falls ich die Gelegenheit dazu erhalten sollte.«

»Nun, der König sagte, er würde vorbeischauen. Ich sorge dafür, dass Ihr die Gelegenheit bekommt.«

»Es wäre mir lieber, wenn das unter vier Augen geschehen könnte.«

»Ich will doch schwer hoffen, dass Ihr nichts Übles gegen meinen Charlie im Schilde führt!«

Ich versichere ihr, dass dem nicht so ist, und wünsche mir, ich hätte nichts erzählt.

Kurz darauf erhebt sich ben Hadou und bedankt sich bei unserer Gastgeberin für die freundliche Einladung. Er wünscht ihr Gottes Segen für ihren kleinen Sohn und bedankt sich auch in unserem Namen für das vorzügliche Mahl. Und dann brechen wir auf. Im Vorzimmer fährt mich der Gesandte wütend an: »Was hast du dir dabei gedacht, dich so schamlos mit der Mätresse des Königs zu unterhalten?«

»Schamlos? Ich habe nichts Unrechtes getan«, platze ich heraus und denke zerknirscht an die beiden vergangenen Stunden.

»Ich habe gesehen, wie sie dir Wein ins Glas geschenkt hat, und du hast daraus getrunken!«

Ach, der Wein. Ich hatte gehofft, er hätte es nicht bemerkt. »Ich habe protestiert und gesagt, dass ich keinen Alkohol trinke, doch sie hat darauf bestanden, und ich wollte keine Szene machen.«

»Du bist eine Schande für den Islam und deinen Herrscher!«

»Eine Schande, tatsächlich?«, dröhnt eine Stimme, und als wir uns umdrehen, steht Seine Majestät, der König von England, vor uns und starrt uns an, mit verrutschter Perücke und schweißglänzendem Gesicht.

Ben Hadou verbeugt sich tief. »Bitte vielmals um Verzeihung, Sire.«

»Weshalb? Was habt Ihr verbrochen?« König Karl klopft ihm auf die Schulter und wendet sich mir zu. »Euer Gesandter scheint nicht besonders zufrieden zu sein mit Euch, Sir. Ihr habt wohl mit den Damen geflirtet, wie? Nun, ich kann es Euch nicht verdenken! Ich hörte von Eurer kleinen Eskapade im Hyde Park. Ihr müsst die Vorstellung wiederholen – dieses Mal vielleicht ohne den Zwischenfall mit der Hose –, denn ich sehe mir mit größtem Vergnügen gute Reiter an.«

Al-Attar versichert ihm, dass es uns eine Ehre sein wird, unsere Reitkunst ein weiteres Mal vorführen zu dürfen, dann dreht er sich um und will dem König erneut in den Speisesaal der Herzogin folgen, doch der wünscht uns fröhlich Gute Nacht. »Diese späten Stunden sind nur etwas für Lebemänner und Falschspieler, und ich bin sicher, dass Ihr weder das eine noch das andere seid.« Damit sind wir entlassen.

Als ich in mein Zimmer zurückkehre, finde ich Momo auf dem Baldachin des Bettes, sein Gesicht ist ganz bleich. »Ein Mann war im Zimmer«, berichtet er zitternd.

»Wie sah er aus?« Angst überschwemmt mich.

Seine Beschreibung passt genau auf Rafik, bis hin zu den runden *babouches*.

»Hat er dich gesehen?«

Momo schüttelt den Kopf. »Ich bin hier hinaufgeklettert. Amadou hat ihm in die Hand gebissen, und der Mann sagte viele böse Worte und trat nach ihm, aber weil Amadou so viel Lärm machte, sah er sich nur eine Weile um und verschwand wieder.«

»Wie ist er denn reingekommen? Die Tür war doch verschlossen.«

»Er hatte einen Schlüssel.«

Rafik muss sich mit den Dienern angefreundet und sich einen Zweitschlüssel verschafft haben. Der Originalschlüssel steckt in meiner Schärpe. Die Erleichterung darüber, dass Momo unversehrt geblieben ist und von meinem Feind nicht entdeckt wurde, wird durch die Angst geschmälert, dass Rafik zurückkehren wird, sobald ich den Jungen das nächste Mal allein lasse. Und dann fällt mir noch etwas ein. Meine Tasche …

Ich suche überall, doch sie ist natürlich weg. Mitsamt dem Geld, das mir die Herrscherin anvertraute, um das Elixier zu kaufen, und Alys' bestickter Schriftrolle im Futter. Es hilft nichts, ich muss Rafik zur Rede stellen. Das Geld, na ja, daran kann ich nichts ändern, aber die Schriftrolle … Ich nehme zwei Stufen auf einmal, während ich die Treppe hinauflaufe, die zum Dachboden führt, wo der Rest der Abordnung untergebracht ist, und trete in den Schlafsaal, ohne anzuklopfen. Sie haben die ungewohnt hohen Holzbetten ans Ende des Raums geschoben und liegen, abgesehen von dreien, die leise Karten spielen, in ihre Decken und Burnusse gehüllt wie riesige Raupenpuppen auf dem Boden. Eine flackernde Kerze wirft groteske Schatten an die Wand.

»Samir Rafik!«

Meine Stimme hallt durch den niedrigen Raum, bis einer der Schlafenden brummt und sich streckt. Rafik blickt böse aus seinem Kokon und springt sofort auf, als er mich erkennt. In seiner Schärpe steckt ein Dolch. Warum schläft man als ehrlicher Mann mit einem Messer im Gürtel?

»Was willst du?«

»Das, was man mir gestohlen hat.«

»Was sollte ich wohl mit deinen Eiern machen, Lustknabe?«, fragt er, an die Zuschauer gerichtet.

Einige pfeifen oder schnalzen mit der Zunge, einer lacht laut. Er ist ein Schatten, trotzdem erkenne ich den Klang seiner Stimme wieder. Hamza, der Konvertit. Ich beiße die Zähne zusammen, um nicht auf die Beleidigung zu reagieren. »Du bist in mein Zimmer gekommen und hast meine Tasche gestohlen, und darin sind Dinge, die mir Zidana mitgegeben hat.«

Er kneift die Augen zusammen. »Willst du behaupten, ich sei ein Dieb?«

»Du bist ein Dieb. Man hat dich gesehen.«

»Und welcher Lügner behauptet so was?«

»Jemand, dessen Wort ich vertraue.«

Er beugt sich vor und wirft die Decke ab. »Wie du siehst, ist hier nichts.« Dann wendet er sich erneut an die Anwesenden und macht eine obszöne Geste. »Er hat davon geträumt, dass ich ihm einen Besuch abgestattet hätte!«

Das Gelächter wird lauter. Hamza schlendert quer durch den Raum auf mich zu, seine Bewegungen sind trügerisch träge wie die einer Katze. »Ich glaube, du solltest dich lieber dafür entschuldigen, dass du unsere Nachtruhe störst und unseren Freund Samir als Dieb beschimpfst.«

Ich blicke abschätzig auf ihn herab und wende mich dann erneut Rafik zu. »Du hast dich wohl verletzt.« Er hat sich ein Tuch um die rechte Hand gewickelt. »Ich bin sicher, dass sich darunter die Bisswunde versteckt, die mein Affe dir beigebracht hat.«

Rafik kräuselt die Lippen. »Das hier? Das habe ich mir neulich bei der Fantasia geholt, als du uns alle nach Strich und Faden blamiert hast.«

»Gestern hattest du noch keinen Verband um die Hand. Wenn es kein Biss ist, dann zeig mir die Wunde.«

»Es ist der saubere Schnitt einer Lanze«, sagt Hamza. »Ich selbst habe ihm die Hand verbunden.« Seine eigene Hand ruht auf dem Knauf seines Dolches, und er sorgt dafür, dass ich es sehe.

Nichts zu machen, sage ich mir. Ohne ein weiteres Wort mache ich auf dem Absatz kehrt und gehe eilig davon. Wenn sie mir nachstellen, sind es zwei bewaffnete Männer gegen einen, der immer noch in seinen Abendkleidern steckt, in einem dunklen Gang im Flügel der Dienerschaft in einem fremden Palast. Wahrscheinlich wäre es klüger gewesen, ich wäre direkt zu ben Hadou gegangen und hätte ihn gebeten, mit seiner Autorität den Schlafsaal durchsuchen zu lassen, doch er hat mir immer noch nicht wegen des Debakels im Park verziehen. Zudem wäre es problematisch, ihm die Existenz von so viel Geld und Alys' Schriftrolle zu erklären. Mein Herz schlägt schnell, während ich zurück in meine Kammer laufe, doch niemand folgt mir.

Obwohl ich die Tür verriegele, indem ich einen Stuhl zwischen sie und den Kleiderschrank klemme, tue ich die ganze Nacht kein Auge zu.

VIERUNDDREISSIG

25. Januar 1682

Am nächsten Tag schickt die Herzogin von Portsmouth einen Lakaien, um uns zum Tee in ihre Gemächer einzuladen. Ben Hadou seufzt. »Es wäre unhöflich abzusagen, nachdem sie letzte Nacht so großzügig war, doch ich habe dem König bereits versprochen, eine weitere Vorstellung unserer Reitkunst zu geben.«

»Sicherlich wird die Einladung zum Tee nicht den ganzen Tag in Anspruch nehmen.«

Ich kehre in mein Zimmer zurück, um mich umzuziehen, zeige Momo, wie er die Tür mit dem Stuhl verbarrikadiert, und gebe ihm meinen Dolch, worüber er sich sehr freut. Er fuchtelt damit in der Luft herum und täuscht Angriffe vor, bis ich ihn am Handgelenk packe. »Das ist ernst, Mohammed. Rafik ist ein gefährlicher Mann, und er will uns Böses. Du darfst die Tür nicht öffnen, und wenn er versucht, sich mit Gewalt Eintritt zu verschaffen, stichst du mit dem Messer zu und läufst weg, hast du verstanden? Und mach dabei so viel Lärm wie möglich.«

Er lacht. »Amadou und ich werden ihn schon verjagen. Wir beide sind große Krieger, stimmt's, Amadou?« Der kleine Affe bleckt die Zähne und grunzt. Eine unheilige Allianz.

Ich habe die Rechnung ohne die unendlich langsamen Rituale am englischen Königshof gemacht. Zuerst lässt man uns fast eine Stunde warten, während die Herzogin aufsteht, obwohl es bereits nach elf ist, und als man uns endlich hineinführt, ist sie noch nicht einmal angekleidet. Drei Hofdamen kämmen ihr hellbraunes Haar und tragen nicht nur auf ihr Gesicht venezianisches Bleiweiß auf, sondern auch auf Hals, Arme und das überaus großzügige Dekolletee. Derartige Anblicke bekomme ich im Harem jeden Tag zu sehen, ben Hadou dagegen wird sehr still, so wie immer, wenn er sich stark konzentriert und sich nichts anmerken lassen will, denn es kostet ihn sichtlich Mühe, nicht auf die üppigen Brüste zu starren. Dann nimmt er sich zusammen und verbeugt sich vor der Herzogin, wie es das Protokoll vorschreibt, und stellt mich als seinen Stellvertreter vor. Es scheint ihr nicht das Geringste auszumachen, dass zwei fremde Männer sie bei ihrer intimen Toilette beobachten. Sie lächelt liebenswürdig und streckt uns die Hand entgegen.

»Sehr erfreut, Euch kennen zu lernen, Mr. Nus-Nus. Bitte nennt mich Louise. Es tut mir leid, dass Eleanor Euch gestern Abend völlig in Beschlag genommen hat, doch ich hoffe, dass Ihr es ihr nicht übel nehmt. Ich fürchte, sie weiß nicht, was sich schickt. Natürlich ist es nicht ihre Schuld. Sie wurde ja nicht am Hof geboren.«

Mr. Nus-Nus. In der englischen Höflichkeitsanrede klingt der Name noch lächerlicher, vor allem mit einem derart französischen Akzent. Ich beuge mich über ihre Hand, so wie ich andere gesehen habe, und berühre mit meinen Lippen ganz leicht einen ihrer zahllosen Ringe.

»Ich weiß, dass ich Euch zum Tee eingeladen habe, trotzdem war ich so frei, Kaffee zu bestellen«, erklärt sie lächelnd. »Ich weiß doch, wie gern Mauren Kaffee trinken. Möglich, dass er nicht so stark ist, wie Ihr es gewohnt seid, aber bei meiner zarten Konstitution vertrage ich ihn sonst nicht, und außerdem könnte er ja meine Seele beflecken.«

Ihre Hofdamen kichern. Ben Hadou und ich werfen uns

einen ratlosen Blick zu, dann setzen wir uns auf die Stühle, die man uns gebracht hat, während man zwischen unserer Gastgeberin und uns eine Trennwand aufstellt. Wir unterhalten uns über das Wetter, darüber, wie uns der Londoner Hof gefällt, über die Unterschiede zwischen London, Meknès und Versailles, über die Frauenmode in Marokko und über jene hinter der Trennwand, von der wir versuchen, uns nicht ablenken zu lassen, dem unmissverständlichen Rascheln von Seide und dem Zerren an Korsettschnüren. Im Vergleich mit zu Hause ist der Kaffee schwach und schmeckt nach nichts; damit kann man keine Seele trüben. *Al-Attar* klopft nervös mit den Füßen auf den Boden, und ich weiß, dass er es kaum abwarten kann, dieses Kaffeekränzchen zu verlassen. Je länger wir bleiben, umso kürzer werden seine Antworten. Bald wird die Mittagszeit kommen und wieder gehen.

Endlich taucht die Herzogin auf, in einem Kleid aus roter Seide mit blauen, aufgeschlitzten Ärmeln, unter denen man den feinen Batist hervorschimmern sieht, der sich von ihrer unnatürlich weißen Haut kaum unterscheidet. Plötzlich springt ben Hadou auf und erklärt, er müsse jetzt gehen, er habe eine Verabredung mit dem König. Als ich mich ihm anschließen will, ruft die Herzogin: »Mir *diese* charmante Gesellschaft *so* plötzlich vorzuenthalten wäre *sehr* grausam!« Ich bemerke, dass das Bleiweiß um die herabgezogenen Mundwinkel Risse bekommen hat. Seit Galenos gilt Bleiweiß als Gift. Warum würde eine Frau um eines so umstrittenen Ziels wie der Schönheit willen ihre Gesundheit aufs Spiel setzen?

Louises Aufschrei ist wahrscheinlich nur dem höfischen Protokoll geschuldet, trotzdem sagt der Gesandte augenblicklich: »Nus-Nus, du bleibst bei Madame – wir kommen auch ohne dich sehr gut zurecht.« Und schon ist er verschwunden.

Die Herzogin schnieft. »Nun, dann werde ich mich wohl oder übel mit dem Stellvertreter des Gesandten begnügen müssen und mir die Kränkung nicht zu Herzen nehmen.« Noch ehe ich eine passende Antwort finde, ruft sie: *»Jacob, viens!«* Ein kleiner Junge taucht hinter einer orientalisch vergitterten Trennwand auf. Seine weißen Zähne leuchten in dem schwarzen Gesicht. Das dunkle Kraushaar ist so kurz geschoren, dass man den unverwechselbaren, runden Schädel eines Afrikaners erkennt. Er zieht das samtene Wams über die weißen Rüschen seines Hemdes und geht vor ihr auf und ab. *»Ça va, madame?«* Und als er sich umdreht und mich sieht, fällt er fast um.

»Ici, petit, laisse-moi voir.« Seine Herrin winkt ihn zu sich, und er gehorcht, obwohl er den Blick nicht von mir nehmen kann, als wollte ich ihn schlagen oder auffressen oder noch Schlimmeres. Die Herzogin zupft das Wams straff, fährt mit der Hand darüber, arrangiert die Rüschen und legt ihm liebevoll die Hand auf den Kopf. »*Très joli*. Das ist mein Boy, Jacob. Jacob, *ici Monsieur Nus-Nus, de la court du Maroc*.«

Seine großen Augen fixieren mich. Dann sagt er klar und deutlich auf Senufo: »Du siehst meinem Onkel Ayew sehr ähnlich.«

Während ich noch darüber nachdenke, schnippt Louise mit den Fingern. »*Les bijoux*, Marie.«

Eine der Dienerinnen bringt ein prächtiges Schmuckkästchen, dessen Inhalt die Herzogin in ihren Schoß schüttet. Die Diamanten und Smaragde sind so groß wie Spatzeneier; Ketten und Broschen, Diademe und Armreife, alles aus reinem Gold. Sie geht eine Perlenkette nach der anderen durch, bis sie die findet, nach der sie sucht, und legt sie dem Jungen um den Hals. Danach zeigt sie ihm sein Spiegelbild in einem Handspiegel aus Schildpatt. Und plötzlich muss ich daran denken, welche Freude Momo am Anblick all dieser funkelnden Kinkerlitzchen hätte …

»Habt Ihr eigene Kinder, Sir?«

»Ich bin nicht verheiratet.«

»Danach hatte ich gar nicht gefragt. *Mais quel dommage*. Ihr hättet schöne Söhne gezeugt. So wie unseren kleinen Jacob.«

Eine Dienerin bringt eine gelbe Schärpe, und es folgt eine Menge Wirbel, bis sie richtig fällt. Man führt sie zum Sessel neben dem Fenster, das auf den Hofgarten hinausgeht, und zupft die Falten ihres Kleides zurecht. Ohne den Blick von der Herzogin zu nehmen, frage ich Jacob, woher er stammt. Er nennt den Namen meines Nachbardorfes, worüber ich nicht allzu verwundert bin. »Hieß dein Onkel Ayew Diara?«

Er nickt heftig.

»Ich habe ihn gut gekannt.« Wenn wir uns Schulter an Schulter stellten, waren wir gleich groß und gleich stark. Die Leute verwechselten uns gelegentlich, zumindest aus der Ferne. Er sagte immer, er sähe besser aus als ich, auf alle Fälle war er selbstsicherer als ich, vor allem im Umgang mit Mädchen. Wir gingen zusammen auf die Jagd und wurden gleichzeitig zu Männern initiiert, doch er lachte über meine Liebe zur Musik, und schließlich lebten wir uns auseinander.

»Er ist ein großer Krieger!«, sagt Jacob. »Aber dann hat er das Dorf verlassen und ist nie zurückgekehrt.«

Der Junge muss etwa so alt wie Momo gewesen sein, als Ayew und ich gefangen genommen wurden. Er hat ein gutes Gedächtnis. Ich auch, leider. Ich erinnere mich, wie der feindliche Stamm, der uns erwischt hatte, Ayew unter der sengenden Sonne an einen Pflock fesselte, nachdem sie ihm Augenlider, Lippen, Nase, Ohren und Penis abgeschnitten hatten. Die Zunge durfte er behalten; es war grauenhaft. Seine Schreie verfolgten uns einen ganzen Tag lang.

»Ein großer Krieger, ja. Und wie bist du hierhergekommen?«

»Der Stamm im Süden wollte unser Land, also kämpften wir. Sie haben gewonnen. Ich habe auf dem Schiff der Leute überlebt, an die sie uns verkauften, meine Mutter und mein Bruder nicht.« Sein Gesicht verdüstert sich.

Von unseren eigenen Leuten besiegt und als Sklaven verkauft, die alte, ewig gleiche Geschichte.

Plötzlich kommt der Maler hereinstolziert, zwei Assistenten folgen ihm mit der Staffelei, den Farben und der Leinwand. Er küsst Louise die Hand, gratuliert ihr zu ihrer unvergleichlichen Schönheit, wandert zwischen dem Modell und dem unfertigen Gemälde hin und her, bringt ein Tüpfelchen hier und eins dort an und plappert die ganze Zeit auf Französisch. Von Weitem hört er sich ein bisschen so an wie Amadou.

Mit einem Mal wendet er sich zu uns um. »Wo ist der Mohr?«

Jacob schlendert lustlos hinüber und nimmt neben seiner Herrin Platz. Der Künstler beschwert sich, man sähe zu viel von den Ärmeln, die Perlen wären völlig unpassend. Er packt den Kopf des Jungen und dreht ihn unsanft hin und her, als wäre er eine Holzpuppe. *»Prends ça et ne bouge pas!«* Man legt ihm eine große Muschel in die Hand, die vor Perlen überquillt.

Jacob verdreht die Augen. »Ich bin ein Symbol für die Beute aus den Kolonien.«

»Ruhe jetzt!«

Ich nehme dies als Stichwort, um mich zu verabschieden, verbeuge mich vor der Herzogin, grinse Jacob zu und gehe zur Tür. Dabei erhasche ich einen kurzen Blick auf das halb fertige Gemälde. Der Künstler hat Jacob sehr gut eingefangen, aber aus irgendeinem Grund seinen Sklavenring ignoriert. Die Frau auf dem Gemälde dagegen sieht ganz und gar nicht wie die Herzogin aus, ihr Gesicht ist schmaler und nichts sagend. Schlank und ausdruckslos, gilt das hier als erstrebenswert? Ich schüttele den Kopf, während ich an Zidanas irrationale Panik vor ihrem dünnen Schatten denke. Frauen sind nie mit ihrem Aussehen zufrieden. Sind sie dick, wollen sie schlank sein, sind sie schlank, wollen sie dick sein. Ich werde sie nie verstehen.

Als ich wieder in unsere Gemächer komme, ist der Rest der Gesandtschaft mit ben Hadou unterwegs, um eine weitere Kostprobe ihrer Reitkunst vorzuführen. Da offenbar auch jene, die nicht reiten, als Zuschauer mitgegangen sind, ist der Schlafsaal im Dachgeschoss leer. Ich nehme die Gelegenheit wahr und durchsuche den Raum gründlich, verlasse ihn aber eine Stunde später mit leeren Händen. Sie müssen das Geld irgendwo anders versteckt haben und auch die Edelsteine. Die Tasche haben sie sicher längst verschwinden lassen, wahrscheinlich verbrannt, samt Alys' bestickter Schriftrolle. Mit Mühe überwinde ich meine Verzweiflung und konzentriere mich auf die praktische Seite des Lebens. In der Küche überrede ich eine Magd, mir etwas Brot und gekochtes Fleisch zu geben, und gehe dann zu meiner Kammer zurück. »Amadou, ich bin's nur!«, rufe ich, falls mich jemand bespitzelt, und höre kurz darauf, wie der Stuhl von der Tür weggerückt wird. Momo und der Affe machen sich über das Essen her, als wüssten sie nicht, was Angst bedeutet, während ich mir den Kopf darüber zerbreche, was ich tun soll.

Als es an der Tür klopft, springe ich erschrocken auf. Ich lege den Finger an die Lippen und hebe Momo hastig auf das Dach des Bettes, dann reiße ich die Tür auf und stehe vor Jacob. Er hat ein Tablett mit Unmengen von Früchten und Kuchen dabei, zweifellos aus den Gemächern der Herzogin erbeutet. Offenkundig mehr am Essen als am Besucher interessiert, drängelt Amadou sich an mir vorbei und steigt auf meine Schulter, um die Schätze besser in Augenschein nehmen zu können. Dann schnappt er sich blitzschnell einen Apfel und ein Stück glasierten Kuchen und springt unter lautem Schnattern mit einem Satz auf den Baldachin über dem Bett, um sich dort ungestört vollzufuttern, bevor ich ihm alles wieder wegnehme. Im nächsten Moment hört man ein lautes reißendes Geräusch, dann plumpsen Affe, Momo und die erbeuteten Schätze herunter. Goldmünzen rollen über den Boden. Momo wirft mir einen schuldbewussten Blick zu, doch als er mein Gesicht sieht, fängt er an zu kichern. Es muss das Gold sein, das Zidana mir mitgegeben hat. Rafik und Hamza werden enttäuscht sein.

»Oh, *Maleeo*!« Ich zerre Jacob ins Zimmer und schließe die Tür, bevor uns jemand sieht, nehme ihm das Tablett ab und stelle es auf den Tisch. Dann gehe ich vor dem Jungen in die Hocke und blicke ihm in die Augen. »Jacob, liebst du deinen Onkel Ayew?«

Er wendet seinen Blick von Momo und Amadou ab, die mitten in dem Durcheinander liegen, und nickt.

»Dann darfst du kein Wort darüber verlieren, was du jetzt gesehen hast. Schwöre mir das bei Maleeo und Kolotyolo und den Geistern unserer Ahnen.«

Seine Augen weiten sich. »Ich schwöre.« Er berührt die Stirn, dann das Herz.

»Gut. Komm her, Momo, ich will dir meinen Cousin Jacob vorstellen.«

Momo wischt sich feierlich die Kuchenkrümel vom Ärmel und streckt ihm die Hand entgegen. »Hallo.« Sie blicken sich fröhlich an und schließen sofort Freundschaft, wie Kinder es oft tun, während ich erleichtert die Goldmünzen einsammele. Es sind nicht alle, aber das ist vielleicht gut so, sonst würde Rafik sich wundern, warum ich so einen Aufruhr bloß wegen einer Ledertasche gemacht habe. »Gibt es noch mehr davon, Momo?«

Er schüttelt heftig den Kopf. »Ich habe nur damit gespielt. Ich war der König und Amadou mein Sklave.«

Wir säubern das Zimmer und richten den Baldachin, so gut es geht, wieder her, und während ich Jacob die Lage erkläre, leuchten seine Augen verschwörerisch. Wie sich herausstellt, ist er ein äußerst phantasievolles Kerlchen.

Eine Stunde später bewundern wir unser Werk.

»An deinen Augen können wir nichts ändern«, sagt Jacob kritisch, »und dein Haar ist viel zu fein, trotz der neuen Farbe.«

Ich finde ein Stück Stoff und zeige Momo, wie man einen Turban daraus wickelt. Nach dem dritten Versuch hat er den Dreh raus. Nicht mal vier Jahre alt, denke ich verwundert. Ich selbst brauchte Monate dazu, und damals war ich neunzehn …

Momo ist begeistert von dem Spiel. Er bewundert sich im Spiegel, nimmt die eine oder andere Pose ein, vergleicht seine schwarze Haut zuerst mit meiner, dann mit Jacobs und ist zufrieden.

»Aber du darfst nicht baden!«, ermahne ich ihn. »Sonst geht die braune Farbe ab.«

Er lacht fröhlich. »Ich *hasse* Baden!«

»Und schau lieber zu Boden als den Menschen ins Gesicht, ein schwarzer Lakai mit blauen Augen fällt auf.«

»Am besten sagst du gar nichts«, fügt Jacob hinzu. »Dein Englisch ist viel zu gut.«

Momo wirft einen sehnsüchtigen Blick auf Amadou, der die Krümel aus den Ecken fischt, in die ich sie gerade eben noch gefegt habe. »Darf ich ihn wirklich nicht mitnehmen?«

Ich schüttele den Kopf. »Tut mir leid. Mittlerweile kennt ihn hier jeder, und man darf dich nicht mit mir in Verbindung bringen. Sie wird hoffentlich nicht lange dauern, deine Verkleidung.«

Einen Augenblick zittern seine Lippen, dann strafft er die Schultern. »Ein gutes Spiel«, sagt er, als wollte er sich selbst überzeugen. »Ich stelle mich einfach stumm, wie der alte Ibrahim.«

»Möchtest du, dass ich dir die Zunge abschneide, dann fällt es dir leichter«, erwidere ich ernst und tue so, als würde ich danach schnappen, als er sie mir herausstreckt.

Er kreischt vor gespielter Angst, und nach einigem Hin und Her ist er wieder ein bisschen fröhlicher.

Jacob hat ein eigenes Zimmer in den Gemächern der Herzogin von Portsmouth, die zum Schloss gehören und mehr als zwanzig Räume umfassen. »Hier ist Momo sicher. Ich werde Madame sagen, er sei mein Cousin, der im Schloss arbeitet. Sie wird nicht viele Fragen stellen. Mit zwei schwarzen Knaben an ihrer Seite wird ihre blasse Haut umso stärker leuchten. Ständig sucht sie etwas, um ihre Rivalinnen, mit denen sie um die Gunst des Königs buhlt, auszustechen.«

Es ist nicht die beste Lösung, doch vorerst muss sie reichen. Momo verabschiedet sich mannhaft von mir. Ich drücke ihn fest an mich, ermahne ihn, sich zu benehmen, und dann muss ich schnell weg, bevor er sieht, wie mir die Tränen in die Augen schießen.

Als ich allein zurückkehre, beschimpft mich Amadou wütend, weil ich ihm seinen Spielkameraden weggenommen habe.

Am späten Nachmittag kehren ben Hadou und die Mitglieder der Gesandtschaft gut gelaunt zurück. Die Fantasia war ein voller Erfolg; der König hat ihre Reitkünste in höchsten Tönen gelobt. »Er fragte nach dir, ›dem Burschen mit der zerrissenen Hose‹, und ich habe ihm erzählt, du fühltest dich unwohl«, erklärt *al-Attar* fröhlich. »Ich fürchte, du darfst heute Abend nicht an dem Festmahl teilnehmen.«

Ich kann nicht behaupten, dass ich enttäuscht bin. Die

heutige Trickserei war ermüdend, obendrein habe ich letzte Nacht kaum geschlafen. Im Korridor treffe ich einen Palastdiener und frage, ob er mir das Essen aufs Zimmer bringen lassen kann. Er mustert mich von oben bis unten und erklärt dann: »In diesem Land werden Sklaven nicht von ehrlichen Männern bedient.« Und als er davonstolziert, murmelt er: »Verdammter Neger.«

Im gleichen Moment kommt eine einfache Magd vorbei, deren goldene Locken aus der Haube lugen, und sagt: »Thomas ist immer so. Achtet bitte nicht auf seine schlechten Umgangsformen. Ich hole Euch etwas zu essen, wenn Ihr möchtet.« Sie geht los und dreht sich dann um. »Aber Ihr müsst mir sagen, was Leute wie Ihr essen. Ich weiß nicht, welche Art von …«

»Ihr meint Schwarze?«

Sie errötet. »Nein, Sir, Muselmanen.«

Jetzt bin ich beschämt.

»Unten wird gerade ein Schwein geröstet, aber ich weiß nicht, ob Ihr davon essen wollt.«

Ich erfahre, dass sie Kate heißt, dann entschuldige ich mich für meine Unhöflichkeit und nehme das Angebot von gebratenem Hähnchen, Brot und einem Stück herzhaftem Käse an.

»Und kein Bier?«

Ich grinse. »Doch, Kate, Bier wäre schön.«

Sie hält Wort, kurz darauf klopft es an der Tür, und sie steht mit einem lackierten Tablett voller Essen und einem großen Tonkrug vor mir. Ich bedanke mich für ihre Großzügigkeit, woraufhin sie anmutig errötet. »Ein so großer Mann wie Ihr, sicher habt Ihr einen Bärenhunger.« Sie hält meinem Blick einen Augenblick zu lange stand und errötet noch mehr. Ich bin nicht so dumm, dass ich nicht verstehe, was sie meint, doch uns beiden zuliebe tue ich so, nehme ihr das Tablett ab und entlasse sie.

Entgegen meiner Erwartung verläuft das Abendessen alles andere als ruhig, weil Amadou außer sich ist. Ständig stiehlt er Essen, wirft es auf den Boden und bettelt um mehr, bis ich so weit bin, dass ich ihm den Hals umdrehen könnte, und gerade, als ich es tun will, klopft es erneut an der Tür. Ich verstecke den Bierkrug, stelle den Rest des Essens auf das Tablett, suche eine Münze für die Magd und öffne lächelnd die Tür.

Doch ehe ich mich's versehe, liege ich flach auf dem Rücken, Rafik setzt mir einen Fuß auf die Brust und hält mir ein Messer an die Kehle. »Die Tür«, zischt er, und dann steht plötzlich auch Hamza im Zimmer.

Amadou klammert sich laut kreischend an die Stange des Himmelbettes.

»Stopf dem verdammten Affen das Maul!«

Hamza versetzt ihm einen wuchtigen Schlag, woraufhin Amadou durch die Luft fliegt und mit einem dumpfen Geräusch gegen die Wand prallt. Ich höre, dass sein kleiner Körper wie ein Stein zu Boden fällt.

»Wo steckt er?«, will der Tafraouti wissen.

»Wer?«

»Der Knabe. Der Sohn des Sultans.«

Der Schock verlangsamt meine Gedanken. Wie kann es sein, dass sie davon wissen? »Der Sohn des Sultans? Er hat so viele, welchen meint ihr?«

»Stell dich nicht dumm!« Hamza tritt mir in die Rippen. Er trägt englische Schuhe aus hartem Leder; es schmerzt. »Der, den man für tot und begraben hielt. Der Sohn der englischen Frau. Wir wissen, dass er bei dir ist, wir wussten nur nicht, warum, aber mittlerweile ist auch das klar.« Er blickt auf mich herab und reibt Daumen an Zeigefinger. »Du wolltest in London ein Vermögen machen, nicht wahr?«

Dieses Mal ist die Verblüffung auf meinem Gesicht echt. »Lasst mich los. Ich habe keine Ahnung, wovon ihr redet.«

Er tritt erneut zu, und mir bleibt die Luft weg. Ich merke, wie das Bier durch die Speiseröhre aufsteigt, und es schmeckt nicht so gut wie eben beim Trinken.

»Hör auf damit und durchsuch lieber das Zimmer!«, sagt Rafik wütend. Dann kniet er neben mir nieder. »Du bist schuld daran, dass man meinen Onkel an ein Maultier fesselte und durch die Wildnis schleifte, bis die Haut in Fetzen von seinem Körper hing und seine Knochen zerbrachen wie Äste. Also werde ich nicht zögern, dir den Hals aufzuschlitzen, wenn es sein muss, um meinen Onkel zu rächen. Und jetzt sag uns, wo der Bengel steckt. Ich weiß, dass er hier irgendwo ist. Niemand sonst kann gesehen haben, wie ich die Tasche mitgenommen habe. Dafür hatte ich gesorgt. Mal abgesehen von diesem verdammten Affen, aber der kann nicht sprechen.«

Nun, das löst einen Teil des Rätsels, doch woher weiß er, dass Momo ihn gesehen hat? Dann fällt es mir mit einem mulmigen Gefühl ein: Alys' Schriftrolle – vermutlich hat sie ihren Sohn darin erwähnt, und Rafik muss meine Tasche gründlicher untersucht haben, als ich angenommen hatte. Vielleicht hat er die Rolle gefunden, und der englische Konvertit hat sie ihm dann vorgelesen. Mir wird erst heiß, dann kalt. Was war ich doch für ein Narr!

»Hier ist niemand«, erklärt Hamza und setzt sich schwer auf das Bett. »Was hast du mit ihm gemacht, hä?« Sein Blick wird listig. »Sag es uns, wir behalten es für uns und teilen das Lösegeld untereinander auf. Der Sultan wird nie etwas erfahren.«

Rafik fährt ihn zornig an. »So ist es recht! Nicht nur gierig und hinterhältig, auch noch ein Verräter, du Ungläubiger! Der Sultan ist mein Herr. Wir müssen den Jungen finden und ihn zurückbringen. Aber zuerst schlitzen wir diesem Hundesohn die Kehle auf.«

»Beruhige dich. Das verdammte Schloss ist riesig; er kann den Jungen überall versteckt haben – vielleicht hat er ihn ja sogar in die Stadt geschmuggelt. Ich hab dir doch gesagt, dass er schon da war und Erkundigungen eingezogen hat. Wir müssen ihn am Leben lassen oder wir finden den Bengel nie.«

Daraufhin presst mir Rafik sein kleines Messer noch stärker an die Kehle. Ich spüre, wie sich die Haut strafft und dann mit einem unerwarteten Schmerz nachgibt. Im nächsten Moment schlägt der Schmerz um in blinde Wut, dann werfe ich Rafik mit einem Schlag ab und springe auf, bereit zum Kampf. Er fällt nach hinten gegen den Tisch, und das lackierte Tablett samt Inhalt kracht unter schrecklichem Getöse auf den Boden. Mir schießt durch den Kopf, dass ich beide töten muss, denn wenn sie nach Marokko melden, was sie wissen, ist Alys eine tote Frau. Die Panik, die dieser Gedanke in mir auslöst, verleiht mir Kraft. Mit der einen Hand packe ich Rafik am Hals und mit der anderen die Hand, in der er das Messer hält. Wumm! Wir prallen gegen den wuchtigen Holzschrank, wobei eine der großen Türen aufspringt und Hamza ins Gesicht trifft. Sein blubbernder Mund stößt einen Schwall von Flüchen aus. Bei seinem Geschrei und Rafiks aggressiven Drohungen höre ich nicht, wie mit einem Male die Tür aufgeht und bewaffnete Wachen in das Zimmer stürmen. Zwei von ihnen zerren mich von dem Tafraouti zurück und entwaffnen ihn, andere halten den Konvertiten fest. Hinter ihnen im Korridor sehe ich, wie Kate die Hände ringt. Und dann fällt mir Amadou ein.

Als ich ihn hochhebe, kippt sein Kopf zur Seite. Das Genick ist gebrochen, und mir entfährt ein Aufschrei.

Augenblicklich ist Kate an meiner Seite. »Ihr blutet!«, ruft sie wie eine Bestätigung. Dann blickt sie hinab. »Oh!« Sie tritt einen Schritt zurück. »Igitt!«

Ich kann ihr keinen Vorwurf machen. Der arme Amadou

sieht fürchterlich aus, wie von Adlern zerfetzt, denn er ist mit meinem Blut bedeckt.

Man schickt nach ben Hadou, der nach langer Zeit erhitzt und atemlos erscheint. Zuerst starrt er Rafik an, dann mich, als würde er uns am liebsten auf der Stelle umbringen, weil wir ihn gegen seinen Willen vom Tisch des Königs geholt haben. Schließlich erklärt er dem Offizier der Palastwache, dass es schon seit einiger Zeit böses Blut zwischen Rafik und mir gebe und er sich persönlich für unser angemessenes Benehmen in der Zukunft verbürge. »Hamza ist zwar ein Konvertit, doch als Engländer unterliegt er Euren Gesetzen. Nehmt ihn mit und verfahrt mit ihm, wie es Euch beliebt.«

Als wir allein sind, fragt ben Hadou: »Welcher Teufel hat euch geritten?«

Es folgt eine lange, angespannte Stille. Wird sich nun Rafik ein für alle Mal an mir rächen? Ich warte darauf, dass er mich verrät. Dass er mit der Schriftrolle wedelt und verlangt, das Schloss nach dem Sohn des Sultans zu durchsuchen. Doch der Tafraouti überrascht mich, indem er schweigt. Er weiß, dass ben Hadou ihn nicht ausstehen kann, und muss überzeugt sein, dass der Gesandte mich vorzieht; obendrein ist der Zwischenfall im Park noch nicht lange her … Doch dann geht mir auf, dass er ja vielleicht gar nicht im Besitz der Schriftrolle ist, und ohne sie würde jeder seine Anschuldigung für ein Hirngespinst halten. Wahrscheinlich ist sie mit der Tasche zusammen verbrannt. Oder hat Hamza sie? Jedenfalls kann ich ihn nicht des Diebstahls bezichtigen.

Da wir schweigen, herrscht eine Pattsituation. Schließlich lässt ben Hadou seine Wut an uns beiden aus und droht, uns beim kleinsten Zwischenfall mit dem nächsten Schiff nach Marokko zurückzuschicken, damit wir dort auf das Härteste bestraft werden. Er schickt Rafik hinaus und folgt ihm. Doch an der Tür dreht er sich noch einmal um. »Lass dir die Wunde versorgen«, sagt er und zeigt auf meinen Hals. »Frag einen der Palastdiener nach einem Arzt.« Er greift in seine Tasche, holt ein paar Münzen heraus und drückt sie mir in die Hand. »Das dürfte reichen.«

Noch ehe ich auf meine Hand blicken kann, ist er verschwunden, und ich halte drei Goldmünzen in der Hand. Genug, um einen Arzt zu kaufen, einschließlich seiner Tochter und des Familienhundes. Na ja, vielleicht übertreibe ich. Trotzdem muss er ein schlechtes Gewissen haben. Vielleicht hat es mit dem Anblick des Affen zu tun.

Ich wasche das Blut von Amadous Körper und wickle ihn in ein Stück Tuch. Es wird Momo das Herz brechen, wenn er es erfährt. Anschließend nähe ich ächzend und wimmernd die Wunde an meinem Hals selbst und wickle dann eine Art Bandage darum. Am Ende gehe ich nach unten in die Küche, wo sich Kate die Füße am Ofen wärmt. Ich bedanke mich ausgiebig, dass sie die Palastwache gerufen hat, und gebe ihr eine Goldmünze. Sie starrt eine Weile schweigend darauf, und reicht sie mir dann zurück. »Das kann ich nicht annehmen, wirklich nicht.«

»Ihr würdet mir eine Freude machen.«

Doch sie schüttelt den Kopf. »Ich habe nur meine Pflicht getan. Wie geht es Eurem Hals?«

»Es war ein harmloser Kratzer, nichts weiter.«

»Ein Kratzer? Die Wunde hat stark geblutet. Lasst mich sehen.«

Sie mokiert sich über meinen Verband und berührt behutsam die Wunde. »Ihr werdet eine Narbe zurückbehalten.«

»Das überlebe ich auch noch.« Ich lache. »Es ist nur eine von vielen in meiner Sammlung.«

»Wo sind die anderen?«

»Ach, es sind zu viele«, sage ich ein bisschen zu scharf.

»Aber ich hätte noch eine Bitte.« Ganz kurz leuchten ihre Augen auf, doch ich merke zu spät, dass sie hoffte, ich hätte meine Meinung über ihr unausgesprochenes Angebot vorhin geändert. Jetzt habe ich sie also mit dem Geld beleidigt und gleichzeitig zum zweiten Mal abgewiesen. Ich habe wirklich kein Glück bei Frauen. Und schon trete ich in das nächste Fettnäpfchen. »Wo würde man den Engländer hinbringen, der in meinem Zimmer war, den Konvertiten?«

Nachdem sie es mir beschrieben hat, verbeuge ich mich feierlich und verlasse hastig die Küche, ehe ich noch einen von uns in eine heikle Lage bringe. Die Verliese befinden sich in unterirdischen Gewölben. Den Wächter besteche ich mit einer Goldmünze, damit er mir zehn Minuten mit dem Gefangenen gewährt.

»Schlagt ihm nicht ins Gesicht, das ist alles, worum ich bitte«, sagt er und schnauft vor Lachen.

Als er unsere Schritte hört, blickt Hamza erwartungsvoll auf, doch als er mich sieht, verfinstert sich sein Gesicht. Seine Nase ist ein schwarzer Blutklumpen; wahrscheinlich hat er sie an der Tür des Schrankes gebrochen. »Was willst du, Eunuch?«

Der Wächter lacht. »Sagt mir Bescheid, wenn Ihr Hilfe braucht«, bietet er an. Dann lässt er mich in die Zelle. Ich warte, bis seine Schritte im Gang verklingen, bevor ich an den Konvertiten gewandt sage: »Wo ist sie?«

»Wo ist was?«

»Die Tasche, die ihr aus meinem Zimmer gestohlen habt.«

»Nicht ich habe sie gestohlen.«

»Aber du hast sie gesehen.«

Er starrt mich mit seinem verschlagenen Blick an und kratzt an einem Leberfleck im Gesicht. »Warum willst du das unbedingt wissen?«

»Weil ich sie brauche.«

Er lächelt. Ein grausiger Anblick. »Tut mir leid um den Affen.«

Ich weiß, dass er lügt. Dann zeige ich ihm die Goldmünze. »Sag mir, wo die Tasche ist.«

Der Kerl blickt mich verwundert an. »Was willst du mit dem alten Ding? Für das Gold kannst du dir in den Gerbereien von Fès hundert neue kaufen. Oder hast du eine Goldquelle, die nicht versiegt?« Er beugt sich vor. »Sieh mal, wir könnten Rafik leicht ausschalten. Ich sehe doch, dass ihr euch nicht grün seid. Ich wäre dir sehr nützlich, verstehst du, ich kenne mich in London aus und bin schnell zu Fuß, schnell genug, um dir zu diesem Tuchhändler zu folgen, ohne dass du es merkst. Ich habe jedes Wort gehört. Wir wären ein gutes Paar, ganz bestimmt. Na los, schlag ein, wir teilen uns das Lösegeld für den Bengel und sorgen dafür, dass Rafik in einer dunklen Gasse über den Tod stolpert.«

So sind sie also dahintergekommen. Doch die Erleichterung, die mich überschwemmt, ist nicht von Dauer. Ich muss immer noch dafür sorgen, dass es keine Beweise gibt. »Du hast die Wahl, Hamza. Entweder du sagst mir, wo die Tasche ist, und nimmst das Geld für deine Mühen, oder ich gehe und überlasse dich hier deinem Schicksal.«

Er zuckt die Achseln und verrät es mir. Ich hätte meinen Teil der Abmachung einhalten und einfach gehen sollen, stattdessen lasse ich meinen niederen Instinkten freien Lauf und verpasse ihm einen wuchtigen Tritt zwischen die Beine.

»Das ist für den Affen!«, sage ich mit aufrichtiger Genugtuung.

Zwanzig Minuten später halte ich die Tasche in der Hand. Sie ist unversehrt, stinkt allerdings fürchterlich nach Pferdeäpfeln. Kein Wunder, sie haben sie im Misthaufen der Stallungen versenkt. Im hellen Schein des Mondes erkenne ich meine armselig gehefteten Nähte wieder, die ebenfalls unversehrt sind. Die Schriftrolle ist noch da, wo ich sie versteckt hatte. Ich reiße die Nähte auf, nehme sie heraus und stecke sie unter dem Burnus an mein pochendes Herz.

Ich werde den Konvertiten umbringen müssen und Rafik auch, doch solange der Junge in Sicherheit ist, haben sie zumindest keine Beweise. Zuerst muss ich die Rolle entweder dem König zukommen lassen oder zerstören und Alys' und Momos Schicksal selbst in die Hand nehmen.

Amadou begrabe ich in einem Rosenbeet im Hofgarten. Es ist ein friedlicher Ort. Und wenn ich das nächste Mal irgendwo Rosen blühen sehe, werde ich an ihn denken.

FÜNFUNDDREISSIG

Zu Mariä Lichtmess wird die Gesandtschaft eingeladen, die große Westminster Abbey zu besuchen und der Kerzenprozession beizuwohnen, die den Einzug Christi, des Lichts der Welt, in den Tempel symbolisiert, vierzig Tage nach seiner Geburt. Ben Hadou lehnt die Einladung höflich ab. Er sei ein gläubiger Muselman, erklärt er, und für Mohammedaner sei Christus nur ein Prophet. Zwar werde er dafür verehrt, dass er Gottes Wort verkündete, doch sei er trotzdem ein sterblicher Mensch gewesen.

»Ich habe gehört, dass die Abtei ein architektonisches Wunder sein soll«, bemerkt Sharif. »Sicherlich würden wir keinen Schaden nehmen, wenn wir das Gotteshaus besichtigen, ohne an den religiösen Ritualen teilzunehmen. Ich fürchte, wir könnten sie beleidigen, wenn alle die Einladung ablehnten.«

»Na schön, dann soll Nus-Nus dich begleiten.«

Ich öffne den Mund, um zu protestieren. Ich hatte gehofft, Momo in den Gemächern der Herzogin aufsuchen zu können, doch dann fällt mir ein, dass der König sicher auch an den Feierlichkeiten teilnehmen wird, und wer weiß, welche Möglichkeiten sich ergeben könnten? Also halte ich den Mund. Die Schriftrolle trage ich nun ständig bei mir. Ich habe sie sogar in die Bäder von Charing Cross mitgenommen, nachdem ich es leid war, mich mit lauwarmem Wasser aus einer Schüssel zu waschen, die ich von der Küche drei Stockwerke hochtragen musste. Dort wurde ich ziemlich seltsam beäugt, obwohl ich meine *qamis* anbehielt.

Die Prozession wäre überall auf der Welt ein Spektakel, doch die Kirche selbst ist ein Wunder mit ihren turmhohen Säulen und dem prächtigen Kuppeldach. Nur die naturgetreuen Abbilder der Toten, die überall in ihren Nischen lauern, sind Furcht einflößend, denn im flackernden Licht der zahllosen Kerzen scheinen sie sich manchmal zu bewegen.

Wenn ben Hadou gehofft hatte, Sharif und ich würden nicht auffallen, so wird er wahrscheinlich enttäuscht sein, denn kaum haben wir unsere Plätze unter dem gemeinen Volk eingenommen, bahnt sich ein Hofbeamter einen Weg zu uns und erklärt, man habe Plätze für uns reserviert, von wo aus wir einen besseren Blick auf die Prozession hätten, und nach einigem Geschiebe, bei dem wir etlichen Leuten auf die Füße treten, gelangen wir endlich zu den Kirchenbänken in Sichtweite Seiner Majestät, die den Gästen des Königs vorbehalten sind.

Über die eigentliche Zeremonie will ich nur sagen, dass sie so beeindruckend und feierlich war wie ein Theaterstück, doch als die Musik einsetzt, versinke ich in Ehrfurcht, denn der Klang der riesigen Orgel erfüllt den ganzen Raum, bis hin zu der hohen Decke. Zuweilen hört sie sich an wie das Brüllen eines Löwen, dann wieder wie das Zwitschern eines Vogels, und jedes Mal, wenn der Chor mit seinen süßen Stimmen dazukommt, klingt es wie eine Unterhaltung von Engeln oder als hallte die Stimme Gottes durch die Abtei. Ich bin ergriffen und merke nicht einmal, wie mir die Tränen über die Wangen laufen, bis mich Sharif sanft mit dem Arm anstößt und mir beunruhigt ein Zeichen macht, sie wegzuwischen.

»Wenn dem Sultan zu Ohren kommt, dass du bei diesem heidnischen Schauspiel in Tränen ausgebrochen bist, können wir alle was erleben«, zischt er mir während einer Pause zu.

Natürlich habe ich keine Gelegenheit, mit dem König zu sprechen. Ich beobachte, wie er in den Huldigungen seiner

Untertanen schwelgt, die in der Hoffnung, ein Wort oder eine Berührung ihres Königs zu erhaschen, denen sie offensichtlich eine besondere Magie zuschreiben, nach vorne drängen. Unwillkürlich muss ich an den Kontakt unseres Herrschers mit seinem Volk denken, der im Allgemeinen dessen Gesundheit weniger zuträglich ist.

Gerade als wir gehen wollen, vernehme ich eine Stimme hinter uns. »Schönen guten Tag, die Herren.« Ich drehe mich um und stehe vor einem der Gäste neulich beim Abendessen der Herzogin von Portsmouth. Er lächelt, und da erinnere ich mich an die Beschreibung, die mir Nelly von ihm gab, und mir fällt rechtzeitig sein Name ein. »Guten Tag, Mr. Pepys, welche Freude, Euch wiederzusehen.« Ich stelle ihm Kaid Sharif vor, der nur gebrochen Englisch spricht. Sharif verbeugt sich und bleckt seine vom vielen Zucker verfaulten Zähne.

»Habt Ihr es eilig, wieder nach Whitehall zu kommen, oder darf ich Euch einladen, den Lichtmessmarkt in Westminster Hall zu besuchen? Der Anblick lohnt sich.«

Ich übersetze für Sharif. »Einen englischen *souq*? Gewiss, das würde ich gern sehen.«

Mr. Pepys führt uns durch die Kreuzgänge hinter der Abtei in den Garten, um der Menschenmenge aus dem Weg zu gehen. Es ist ein friedliches Fleckchen Erde in der blassen Februarsonne, mit Kräuter- und Gemüsebeeten und kahlen Obstbäumen. Ich bücke mich und sehe mir die silbergrünen Blätter einer Pflanze am Wegesrand an.

»Diese Pflanze wächst auch in Meknès«, erkläre ich unserem Begleiter. »Wir nennen sie *sheeba*, Ihr werdet sie wahrscheinlich unter dem Namen Artemisia oder Wermut kennen.«

Unser Begleiter bückt sich ebenfalls, um sich die Pflanze genauer anzusehen, und dabei rutscht ihm etwas aus dem Kragen. Zwar steckt er es hastig wieder hinein, doch in diesem kurzen Moment sehe ich ein Stück Fell und eine Kralle. Er bemerkt es und sagt verlegen: »Eine Hasenpfote, sie soll vor Koliken schützen. Leider neige ich zur Völlerei.«

Ich lächele. »Dann tätet Ihr besser daran, Euch einen Kräutertee zu kochen. Unser Herrscher trinkt hin und wieder eine Kanne Sud aus Wermutblättern. Er ist eine ausgezeichnete Magenmedizin.«

»Seid Ihr Arzt, Sir?«

»Ich diente eine Zeit lang bei einem Arzt aus Aberdeen und lernte ein bisschen über die menschliche Anatomie und deren Anfälligkeiten.«

»Man kann sich kaum vorstellen, dass ein strammer Bursche wie Ihr …«, er deutet auf meine Statur, »etwas von den Schwächen des menschlichen Körpers versteht.«

Als ich es für Sharif übersetze, lacht er. »Er ist ein Eunuch«, sagt er laut.

Mr. Pepys ist sichtbar schockiert. »Gütiger Gott, ist das wahr?«

Ich nicke unglücklich.

»Ist es wegen der Stimme? Es gibt wunderbare Kastraten. Ich habe mich schon oft gefragt, ob dieser vorzügliche Sopran, Mr. Abell, im vollen Besitz seiner … äh, Männlichkeit ist.«

Ich versichere ihm, dass es nichts mit dem Singen zu tun hat, woraufhin er mich verwundert anblickt. »Etwas Schlimmeres kann ich mir nicht vorstellen.«

Wir gehen einige Minuten schweigend weiter, bis wir zu der großen Halle gelangen, einem massiven, von steinernen Strebebögen gestützten Bau. Der Lärm des noch unsichtbaren Markts ist bereits so laut, dass unser Gastgeber die Stimme heben muss. Er fragt, ob es etwas Bestimmtes gebe, was wir gerne kaufen würden. Der Kaid antwortet, er würde gern einige Süßigkeiten erstehen, und ich, dass ich gute Schreibtinte gebrauchen könnte, woraufhin Pepys lächelt. »Ah, das Abkommen von Tanger. All die Protokolle.« Er schüttelt den Kopf. »Jahrelang gehörte ich dem Komitee an. Was für ein mühseliges Unternehmen, kaum hatten wir einen Schritt nach vorn gemacht, ging es drei zurück. Und wahrscheinlich sind alle genauso störrisch wie zuvor, denn soweit ich weiß, ist keine Lösung in Sicht. Aber natürlich ist das nicht nur eine Frage der Vernunft, irrationale Emotionen spielen eine große Rolle.«

Ich lächele. »Auf beiden Seiten, gewiss.«

»Wie bei allen menschlichen Beziehungen. Die Kolonie verschlingt Unsummen, die wir uns, ehrlich gesagt, gar nicht leisten können, doch der König fürchtet, die Königin zu enttäuschen, wenn er sie aufgäbe – immerhin ist sie Teil ihrer Mitgift gewesen. Er hat sie schon so oft enttäuscht, dass er jetzt unmöglich nachgeben kann. Und dann ist da natürlich noch die Sache mit dem armen Earl von Plymouth.«

Ich hebe fragend die Brauen.

»Karls Sohn ... unehelich, aber dennoch sein Sohn. Er gab ihm den Oberbefehl über das königliche Regiment und beförderte ihn zum Oberst. Und dann ging er im Sommer des Jahres 1680 nach Marokko und starb dort vier Monate später an der Ruhr. Mit nur dreiundzwanzig Jahren, der Arme. Es hat König Karl sehr zugesetzt.«

»Wie viele Kinder hat der König?«, will Sharif wissen.

Mr. Pepys lacht. »Nun, mindestens dreizehn, aber nur zehn haben überlebt, und keines davon war von seiner Ehefrau, leider Gottes. Er hat eine Schwäche für das weibliche Geschlecht, und wer könnte es ihm verdenken? Was haltet Ihr von den englischen Frauen, Nus-Nus, sie sind ganz schön frech, nicht wahr?« Dann erinnert er sich an meinen Zustand und bleibt stehen. »Verzeiht, Sir, ich wollte Euch nicht zu nahe treten.«

»Keine Bange. Ich bin durchaus in der Lage, die Ästhetik eines Bildes wahrzunehmen, obgleich ich nicht mit dem Pinsel umgehen kann, und die Damen an Eurem Hof sind ganz bezaubernd.«

»König von Marokko hat fünfhundert«, unterbricht uns Sharif laut.

Unser Begleiter grinst, offensichtlich glaubt er ihm kein Wort.

»Frauen tausend!«

Ich nicke. »Sultan Ismail rühmt sich, aus jedem bekannten Land der Erde eine Frau zu besitzen.«

»Meine Güte, was für eine Sammlung! Nun, mir reicht eine völlig aus. Doch lasst uns nun zusammenbleiben, heutzutage wimmelt es hier nur so von Taschendieben.«

Das Innere der Halle ist beeindruckend. Erstaunlich, dass man einen so großen Raum für einen Markt benutzt. »Normalerweise tagt hier das Gericht«, ruft Mr. Pepys über die Schulter. »Seht Ihr die komischen Dinger dort oben?« Er zeigt auf drei unidentifizierbare schwarze Objekte, die von den hohen Streben hängen. »Das sind die Köpfe der Verräter, die den Vater unseres Königs in dieser Halle zum Tode verurteilt haben, Cromwell und seine Generäle Ireton und Bradshaw. Als Abschreckung für das, was denjenigen blüht, die sich gegen die Krone auflehnen.«

Ich grinse. »Unser Herrscher bedient sich derselben Methoden.«

»Achthundert Köpfe auf Stadtmauer von Meknès!«, tönt Sharif schadenfroh.

»Achthundert?« Mr. Pepys wirft mir einen Blick zu. »Fünfhundert Kinder, achthundert Köpfe und tausend Frauen. In Marokko gibt es von allem überreichlich!«

Überall in der Halle stehen Buden, in denen die Waren feilgeboten werden. Verkäufer schlängeln sich durch die Menschenmengen und tragen Tabletts voller Süßigkeiten, Kämme, Orangen, Messer. Ich entdecke einen Mann, der Kladden und Tintenfässer verkauft, und schlage zu. Und der Kaid ersteht nach langer Überlegung einen großen Beutel Honigkuchen. Ein Mann, der Geflügel verkauft, übertrumpft seine Konkurrenten, indem er einen gottserbärmlich aussehenden Pfau an einer Leine zur Schau stellt, ein anderer Händler bietet uns heiße Eselsmilch an. Mr. Pepys schreitet auf dem kürzesten Weg zu einer Bude, an der Damenbekleidung verkauft wird, und verbringt genauso viel Zeit damit, die hübschen Kundinnen zu betrachten, wie damit, seinen Einkauf zu tätigen. Ich beobachte, wie er eine anspricht, die errötet und dann eilig davongeht. Er zuckt die Achseln und kehrt zu uns zurück. »Kommt, wir sehen uns die Quacksalber an, da hat man stets etwas zu lachen.«

Am Ende der Halle stehen Händler auf den Stufen einer Treppe, um ihre Waren besser anpreisen zu können, und um sie herum hat sich eine große Menschenmenge versammelt, meistens Männer. Der Erste bietet eine Kräutertinktur »vom finsteren afrikanischen Kontinent« an. »Eure Weiber werden euch garantiert dankbar sein! Einen Löffel davon am Tag, und ihr könnt die ganze Nacht!« Er legt den Finger an die Nase und beugt sich in einer gespielt vertraulichen Pose vor. »Sie werden nicht mit euch mithalten können, und dann könnt ihr euch noch eine oder zwei Mätressen zulegen!« Der Rubel rollt. »Euer König muss ja einen ordentlichen Vorrat an solchen Kräutern haben«, bemerkt Mr. Pepys und lacht.

»Er braucht nicht«, entgegnet Sharif empört, der die Anspielung verstanden hat.

Der nächste Marktschreier wedelt mit etwas, das aussieht wie ein Ochsenziemer und auch tatsächlich einer ist. Außerdem verkauft er die Geschlechtsteile eines Löwen, eines Tigers und eines Wals. Und noch mehr geheimnisvolle afrikanische Kräuter, die meiner Ansicht nach nicht mehr als einfaches Fieberkraut, Betonien und Raute sind.

Ein Dritter hat eine »universelle Pharmakopöe« zu bieten, einschließlich Bezoarsteinen, Moos vom Schädel eines hingerichteten Verbrechers, Speichel eines fastenden Mannes und Urin eines »reinen Knaben«.

Um den letzten Händler hat sich eine große Menge von Frauen versammelt. Er hält ein Glasgefäß mit einer Flüssigkeit in die Luft, von der er behauptet, es handele sich um den »reinen Tau des Lenz, im Morgengrauen unter einer mächtigen Eiche gesammelt, der wahre Wunder für die Haut wirkt, selbst bei jenen, die von den Pocken gezeichnet sind«. Ich kann nicht anders und lache laut los. Nicht einmal in Marrakesch mit all seinen Scharlatanen käme jemand damit durch, einfach nur Wasser verkaufen zu wollen. Er hat auch »Gesundheitserbsen, um überflüssiges Gewicht abzubauen«. Und als ich es Sharif übersetze, kratzt er sich am Kopf. »Damit käme man in Marokko auf keinen grünen Zweig.«

»Bei uns zu Hause wollen die Frauen dick sein«, erkläre ich unserem Gastgeber. »Sie essen jeden Tag eine Paste aus den Samenkörnern der Bittermelone und Honig, um zuzunehmen.«

Mr. Pepys rollt die Augen. »Tja, Frauen. Ich liebe sie, aber mit siebenundvierzig verstehe ich sie genauso wenig wie mit siebzehn.«

»Was ist das?«, fragt Sharif neugierig und zeigt auf eine Kiste mit kleinen Hunden neben dem Händler, winzig klein, höchstens einige Tage alt.

Mr. Pepys führt uns weiter. »Menschen sind zu den unmöglichsten Dingen im Stande, wenn es darum geht, ihre vermeintlichen Zipperlein oder Defizite zu bekämpfen. Ich fürchte, die Kleinen sind dafür bestimmt, in Wein gekocht und zu Saft verarbeitet zu werden, angeblich ein Bleichmittel für die Haut.«

Wir wollen die Halle gerade verlassen, als ich ganz deutlich die Worte »magisches Elixier« und »… schenkt dem Patienten seine ursprüngliche Jugend und Schönheit wieder« vernehme. Ich zupfe unseren Begleiter am Ärmel. »Wartet!«

»Was ist, lieber Freund?«

»Jemand hat hier gerade ein Elixier angepriesen, doch ich weiß nicht, wer.« Vergebens blicke ich mich in der Menschenmenge um.

Er lacht. »Hier werdet Ihr das Elixier des Lebens bestimmt nicht finden! Wenn Ihr aber wissenschaftliche Wunder sehen wollt, dann solltet Ihr zu einem unserer Treffen kommen.«

»Treffen?«

»In der Royal Society, Sir. Früher auch als Invisible College bekannt. Dort gibt es Männer, die alle möglichen Wunder vorführen.«

Am nächsten Tag bringt uns ein Lakai eine weitere Einladung. Ich ertappe mich bei der närrischen Hoffnung, sie gelte einem von Mr. Pepys' Treffen, doch nein. Es ist ein viel bedeutenderer Anlass, und zwar ein nachmittägliches Musikkonzert in den königlichen Gemächern.

Kaum haben wir den Saal betreten, da durchfährt mich ein Schreck, als ich Momo und Jacob erkenne, beide in eleganten Kostümen aus goldener Spitze, und zwischen ihnen glänzt die Herzogin von Portsmouth mit ihrem cremeweißen Kleid, weißen Perlen, das Haar mit Goldstaub gepudert. Wie ein Gemälde, das alle Blicke auf sich zieht. Und dann entdecke ich auch noch Rafik, doch der ist so sehr damit beschäftigt, die Pracht des Saals zu bewundern, dass er zum Glück nicht merkt, wie Momo mich schelmisch angrinst.

Der König ist spät dran, dann kommt er mit Nelly an einem Arm und einer majestätischen Frau mit eindrucksvollen Zügen an dem anderen. Hinter ihr geht ein schwarzer Mann mit den Narben seines Stammes auf den kantigen Wangen. Das also müssen Mustafa und seine Herrin sein, die Herzogin Mazarin. Ihr Blick schweift träge über mich hinweg, und als sie an mir vorbeirauscht, verziehen sich die Mundwinkel zu einem halben Lächeln.

Die Musik ist wundervoll. Sie kombiniert eine bewegende Auswahl von Saiteninstrumenten mit einem Cembalo, dessen tiefer Bass bis in mein Brustbein nachhallt. Und als die Kastraten einstimmen, fühle ich mich wie am Tag zuvor in der Westminster Abbey. Als löste sich mein Bewusstsein aus dem Körper. Ohne dass ich etwas dagegen tun kann, füllen sich meine Augen erneut mit Tränen. Doch als ich mich umsehe, stelle ich fest, dass alle anderen Gäste aus dem marokkanischen Kontingent fein herausgeputzt, aber steif auf ihren Plätzen sitzen und sich Mühe geben, nicht allzu unbehaglich oder gelangweilt auszusehen. Manche englischen Höflinge, und das ist noch schlimmer, unterhalten sich sogar. Ein solches Benehmen wäre an Ismails Hof undenkbar: Der Sultan würde Zeter und Mordio schreien, Köpfe würden rollen.

Schließlich endet das Konzert, es folgt höflicher Beifall. Der Cembalist, ein junger Mann mit ernster Ausstrahlung, steht auf und verbeugt sich, offensichtlich ist er der Autor des Werkes.

»Bravo, Henry!«, schreit Mr. Pepys. »Ein weiterer Erfolg!«

Während wir alle langsam hinausströmen, zupft mich ein Lakai am Ärmel. »Der König wünscht Euch zu sprechen, Sir.«

Ben Hadou dreht sich um, seine Augen funkeln. »Ich glaube, ich bin gemeint, der Gesandte bin ich, er ist nur mein Schreiber.«

»Nein, Sir, der König möchte den großen, schwarzen Mann sprechen.«

Al-Attar starrt mich an. »Ich kann mir nicht vorstellen, was er mit dir zu besprechen hat, aber ich werde es schon herausfinden.«

Wir werden zum König gebracht, und ich schaffe es, mich nicht vor ihm niederzuwerfen, denn mittlerweile weiß ich, dass die Sitten hier nicht so streng sind wie die am Hof von Meknès. Der König lässt seinen Blick ohne großes Interesse an ben Hadou vorbeischweifen und sieht mich an. »Hat Euch die Musik gefallen, Sir?«

Obwohl nicht er gemeint ist, antwortet der Gesandte hastig: »Herrlich, Eure Majestät, es war unbeschreiblich.« Er lügt, ich weiß es, denn an Musik hat er keinerlei Interesse.

Der König lässt mich die ganze Zeit nicht aus den Augen. Er wirkt belustigt. Plötzlich stellt er sich zwischen uns und fasst mich am Ellbogen. »Spielt Ihr ein Instrument?«

Ich erstarre. Für diese Brüskierung wird mir *al-Attar* das Fell über die Ohren ziehen lassen. Doch was soll ich tun? »Ein bisschen Gitarre, Sire, und die Oud – das ist eine arabische Laute.«

»Dann werden wir uns großartig amüsieren.« Er winkt den Cembalisten herbei. »Mr. Purcell, kommt mit. Und auch Ihr, Mr. Pepys. Mr. James, sucht Eure besten Geigenspieler aus und folgt uns in den Musikraum!« Schließlich wendet er sich mir zu und grinst wie ein kleiner Junge. »Kommt, Sir, wir wollen ein bisschen Lärm machen! Ich habe Euch in der Abtei beobachtet. Bei Gott, noch nie habe ich einen Menschen gesehen, der so von der Musik ergriffen war.«

Der König ist ein Mann von ungeheurer Energie. Man spürt sie fast körperlich. Darin erinnert er mich an Ismail. Sie haben denselben rastlosen Geist und dieselben flinken Beine. Ich hörte, dass König Karl im Morgengrauen aufsteht, um zu wandern oder Tennis zu spielen, dass er schwimmt und reitet, auf die Jagd geht und tanzt – und zweifellos seine Mätressen beglückt –, und alles mit der Dynamik eines Mannes, der nur halb so alt ist wie er. Jedenfalls habe ich Mühe, ihm zu folgen, als er sich durch die Zuschauer zum Ausgang drängt und durch einen Gang nach dem anderen eilt, obwohl ich längere Beine habe als jeder andere. Ich blicke mich um und sehe, wie die mit Instrumenten bepackten Musiker, Mr. Pepys, der junge Cembalist und knapp dahinter ein misstrauischer ben Hadou vergeblich versuchen, mit uns Schritt zu halten. Ist jetzt die Gelegenheit gekommen? Man hat mir strikt beigebracht, nur dann mit einem Herrscher zu sprechen, wenn er zuvor mich angesprochen hat, doch vielleicht ist es meine einzige Chance. »Sire«, beginne ich, nachdem ich all meinen Mut zusammengenommen habe. »Ich würde Euch gern in einer wichtigen Angelegenheit sprechen.«

Er wirft mir einen neugierigen Blick zu. »Tut Euch keinen Zwang an.«

»Es gibt eine Dame, Sire …«

Er bricht in Gelächter aus. »Ah, eine Dame gibt es immer. Wie ich sehe, habt Ihr Eure Zeit hier nicht vergeudet.«

»Die Dame, um die es geht, lebt in Marokko, Sire, am Hof des Sultans. Im Harem des Sultans, um genauer zu sein. Sie ist Engländerin und stammt aus guter Familie.«

»Ach ja, Nelly hat davon gesprochen. Fahrt fort.«

Ich schildere ihm mit knappen Worten Alys' Gefangenschaft.

»Und wie heißt dieser Ausbund an Tugend?«

»Alys, Sire, Alys Swann.«

»Und woher, sagtet Ihr, kommt sie?«

»Aus Den Haag, Sire. Ihr Vater war ein Anhänger der Royalisten und flüchtete während des Krieges in die Niederlande.«

Sein Gesicht wird ausdruckslos, seine Schritte verlangsamen sich, bis er stehen bleibt. »Davon möchte ich nichts hören.«

In meiner Unbesonnenheit fahre ich rücksichtslos fort. »Hört mich bitte an, Sire. Sie bat mich, Euch das hier zu geben, falls ich jemals die Gelegenheit bekäme. Sie hat es eigenhändig genäht und verschlossen, um den Inhalt geheim zu halten.« Ich hole die Schriftrolle hervor und reiche sie ihm, während ich sie mit meinem Körper abdecke, damit diejenigen, die hinter uns kommen, sie nicht sehen können. Und als er zögert, drücke ich sie ihm förmlich in die Hand. »Bitte lest sie, Eure Hoheit. Drei Menschenleben hängen davon ab.«

Eine lange Zeit stehen wir da, während der Rest der Musikgesellschaft immer näher kommt und ich denke, jetzt ist alles vorbei, ich habe versagt. Vielleicht sieht er die Verzweiflung in meinen Augen, denn schließlich steckt er die Schriftrolle in sein Wams.

»Ich mag keine Intrigen, junger Mann«, sagt er und geht dann weiter. »Doch ein Mensch, der die Musik so sehr liebt wie Ihr, muss ein ehrliches Herz haben, deshalb will ich Euch vertrauen.«

Was in der nächsten Stunde geschah, weiß ich kaum mehr, so euphorisch war ich, nachdem ich meinen Auftrag erfolgreich erledigt hatte. Ich erinnere mich vage daran, dass ich mit dem König ein Duett auf der spanischen Gitarre spielte und dass er mir weit überlegen war. Mr. Pepys spielte das Flageolett und ich die Laute, begleitet von Violinen und Mr. Purcell am Spinett. Letzterer erzählte mir mit leuchtenden Augen, Nordafrika wäre ihm eine großartige Inspiration gewesen bei dem Stück, das er gerade komponiere, eine Liebesgeschichte zwischen einem griechischen Helden und einer tragischen Königin aus Karthago, es freue ihn ganz außerordentlich, meine Bekanntschaft zu machen.

Meine euphorische Stimmung wird schon bald von ben Hadou zerstört. Als sich die Gesellschaft langsam zerstreut, packt er mich am Arm und zerrt mich in Richtung unserer Gemächer. »Du bist also allem Anschein nach entschlossen, unsere Mission zu sabotieren? Zuerst blamierst du uns im Park bis auf die Knochen, und dann behandelst du unseren Gastgeber, als wäret ihr ebenbürtig statt König und Sklave. Ich bin der Gesandte, und wenn einer von uns sich an den König wenden will, dann sollte ich es sein. Worüber habt ihr gesprochen?«

»Über Musik«, lüge ich.

Er grunzt. »Nichts anderes?«

Ich schüttele den Kopf und wage es nicht, auch nur ein weiteres Wort zu sagen.

Kurz nach Mitternacht klopft es leise an meiner Tür. Verschlafen öffne ich und stehe vor einem Lakaien, der mir ein Silbertablett entgegenstreckt, darauf eine Note mit einem Klumpen Wachs, auf dem das königliche Siegel prangt. Ich ergreife sie und ziehe mich mit heftig pochendem Herzen in mein Zimmer zurück. Die Nachricht ist in schiefer, unsauberer Handschrift verfasst, und ich habe Mühe, sie zu entziffern, da ich es nicht gewohnt bin, englische Schrift zu lesen. Darauf steht:

Birdcage Walk, St. James's Park.
Morgen bei Sonnenaufgang
C. R.

SECHSUNDDREISSIG

4. Februar 1682

Noch vor Sonnenaufgang bin ich auf den Beinen, diesmal nicht, um zu beten, obwohl ich Gott alles Mögliche verspreche, während ich mir den Burnus überstreife und in die neblige Morgendämmerung hinaustrete. Wenig später erreiche ich die Stelle, die ich für Birdcage Walk halte, denn hier gibt es überall Vögel, in Käfigen oder in Freiheit. Die meisten schlafen noch, die Köpfe unter den Flügeln vergraben. In diesem Moment illuminiert ein malvenfarbenes Licht die Wolken im Osten und färbt das Wasser des spiegelglatten Sees. Ich stelle mich hinter einen Baum und warte. Schließlich kommt eine in einen Umhang gehüllte, große Gestalt schnellen Schrittes auf mich zu. Die Gangart ist unverkennbar, trotz des Dreispitzes. Ich löse mich aus meinem Versteck und will mich gerade vor ihm verbeugen, als ich die tiefe Stimme des Königs höre: »Potztausend, Mann, lasst das sein!« Dann tritt er in den Schutz der Bäume, wo auch ich mich versteckt hatte. »Der Junge, den sie erwähnt … habt Ihr ihn tatsächlich nach London geschmuggelt?«

Er mustert mich ungläubig, während ich ihm erzähle, was ich anstellen musste, um Momo von Marokko nach Whitehall zu bringen. Als ich berichte, wie ich ihn in einen Mohren verwandelt habe, gluckst er. »Tja, ich muss schon sagen, Ihr seid ein erfindungsreicher Bursche, Nus-Nus. Dass Ihr den Jungen vor aller Augen versteckt, zeugt von großem Mut, und ihn dann bei Louise unterzubringen ist einfach genial! Bringt ihn zu mir, morgen, nach dem *couché*. Kommt zu der geheimen Hintertreppe. Mr. Chiffinch wird Anweisungen erhalten, Euch passieren zu lassen. Könnt Ihr es einrichten?«

Ich nicke. »Selbstverständlich, Majestät. Vielen Dank.« Ich kann nicht anders, falle auf die Knie und greife nach seiner Hand, um sie aus Erleichterung und Dankbarkeit zu küssen, doch er lacht nur und geht seines Weges.

Als die Sonne über den Dächern von Whitehall aufgeht, habe ich das Gefühl, als schiene sie nur für mich, und danke allen Göttern, zu denen ich je gebetet habe. Morgen wird Momo unter dem Schutz des Königs in Sicherheit sein. Damit ist der Grundstein gelegt, dafür, dass Alys ihm folgt. Ich habe alles erfüllt, was man von mir verlangt hat. Jetzt muss ich mich nur noch um Zidanas Bestellung kümmern. Ach Nus-Nus, was bist du für ein Glückspilz, denke ich und klopfe mir im Geist auf die Schulter. Mutig und erfindungsreich, wie der König gesagt hat, und wer bin ich, um einem König zu widersprechen? Am liebsten hätte ich vor lauter Stolz gekräht wie ein junger Gockel.

Doch ich hätte es wissen müssen: Hochmut kommt vor dem Fall. Alle Zeichen deuten darauf hin. Die dunklen Wolken am Horizont, die schwarze Katze, die mir über den Weg läuft, als ich das Schloss betrete, das Salz, das ich verschütte, als ich mir in der kleinen Küche mein Frühstück abholen will. Dort frage ich die Köchin, eine schlecht gelaunte alte Frau, nach Kate, und sie faucht zurück: »Nein, sie ist noch nicht da, das faule Miststück, aber was geht das einen verdammten Mohren an?« Sie verachtet mich wegen meiner Hautfarbe und des Sklavenrings am Ohr. Dann gibt sie mir ein so hartes Stück Brot zu dem Rührei, dass ich mir einen Zahn abbreche und mich augenblicklich in den Kerker von Meknès zurückversetzt fühle. Auch das hätte mir eine Warnung sein sollen.

In jeder Ecke lauert Gefahr und am Rand jeder schönen Aussicht der Tod.

Während ich die Treppen zu meiner Kammer hinaufsteige und um die Ecke biege, bin ich so zwischen Hochstimmung und Schmerz hin- und hergerissen, dass ich um ein Haar gegen ben Hadou pralle, der barfuß die Stufen hinaufschleicht. Ich bleibe stehen und lasse ihn vorangehen. Er hat mich gar nicht bemerkt, und ich frage mich, wo er um diese frühe Stunde gewesen sein kann, obendrein ohne Schuhe, dabei ist er doch sonst immer so penibel. Vielleicht hat er gebadet und anschließend gebetet, schelte ich mich. Oder er wollte wie ich frühstücken. Doch es lässt mich nicht los.

Der Tag bringt eine weitere Einladung. Mr. Pepys hat Wort gehalten und den Gesandten und mich zu einem Treffen der Royal Society eingeladen.

»Normalerweise sind nur Mitglieder zugelassen«, erzählt er uns, als wir am späten Vormittag in einer Droschke durch die überfüllten Straßen Londons fahren, »aber ich habe mit Sir Christopher gesprochen, und er hat mir zuliebe für heute eine Ausnahme gemacht. Wenn Ihr länger in London bleibt und es Euch gefällt, könnten wir Euch vielleicht eine Ehrenmitgliedschaft anbieten.«

Ben Hadou ist über diesen Vorschlag sehr begeistert und legt eine Leidenschaft für die Wissenschaften an den Tag, die ich bei ihm niemals vermutet hätte. Er fragt Mr. Pepys ausführlich nach der Geschichte der Royal Society und deren wichtigsten Mitgliedern, und Mr. Pepys steht ihm bereitwillig Rede und Antwort. Die fremden Namen huschen an mir vorbei, ohne eine Spur zu hinterlassen. Ich bin so ruhig und heiter wie ein von einer Welle überspülter Sandstrand. Es kommt mir vor, als hätte mich die Welt geküsst, abgesehen von dem verdammten Zahn. Sogar die Stadt, durch die ich fahre – mit ihrem Schmutz und Schlamm, den Bettlern und

Ausrufern, dem Gestank nach Fisch und Pferdemist –, erscheint mir plötzlich angenehmer als je zuvor, obwohl sich der Himmel sichtbar verdunkelt hat und ein leichter Nieselregen fällt. Ich lächele nachsichtig beim Anblick einer Gruppe von Männern, die in einer Ecke in ein Gespräch vertieft sind, doch meine Ruhe wird erschüttert, als urplötzlich ein Streit ausbricht, sie mit gezückten Messern aufeinander losgehen und sogar Blut fließt. Mr. Pepys reckt den Kopf aus dem Fenster und ruft seinem Kutscher etwas zu, der daraufhin dreimal laut in eine Trillerpfeife bläst. »So, das wird den Kerlen Beine machen«, verspricht er. »Keine Sorge, meine Freunde, die Wache sorgt gleich für Ruhe und Ordnung.«

Gresham College liegt an der breiten Straße von Holborn. Durch eine Kolonnade, die um einen hübschen, mit Rasen und Bäumen bepflanzten Innenhof herumführt, gelangen wir in den Versammlungssaal und werden von zwanzig oder dreißig strengen Gentlemen mit Perücken empfangen, unter denen ich fünf oder sechs Höflinge wiedererkenne. Der Vorsitzende, Sir Christopher Wren, ein arroganter Mann mittleren Alters, heißt uns willkommen, obgleich sein Lächeln gekünstelt wirkt. »Wie ich höre, ist Eure Gesandtschaft das Ereignis des Jahres«, sagt er leicht spöttisch und wendet sich dann ab, um sich mit Mr. Evelyn zu unterhalten.

Nach dieser Brüskierung ist *al-Attar* ziemlich ernüchtert, doch er taut wieder auf, als man ihn Mr. Deane vorstellt, der ihm zu seinen Reitkünsten gratuliert und einiges zur Kürze der verwendeten Steigbügel im Hinblick auf Druck und Geschwindigkeit anzumerken hat.

Man zeigt uns einen lebendigen Skorpion, der in einem Londoner Ölgeschäft gefunden wurde. Ben Hadou und ich sehen uns an. Wenn die versprochenen Wunder dieser Art sind, haben wir einen langweiligen Tag vor uns. Als Nächstes gilt es, mehrere in Bernstein eingeschlossene Insekten zu bewundern. Auch das ist für uns nichts Neues. Zidana hat eine Halskette mit einer großen Spinne, die für immer in dem duftenden Harz gefangen ist. Häufig sitzt sie genau auf ihrem Kehlkopf.

Es folgt ein langer Vortrag in lateinischer Sprache, von dem weder der Gesandte noch ich ein Wort verstehen, doch es scheint um die Eigenschaften verschiedener Substanzen und Materialien zu gehen, darunter Gold und Silber, Wasser und Pelz, Bienen und Blätter, die anschließend mithilfe eines eigentümlichen Instruments gründlich untersucht werden. Es besteht aus einem langen, verzierten Rohr mit einer runden Glaslinse. Man lädt ben Hadou ein, einen Blick auf die Mundwerkzeuge einer Biene zu werfen, der angesichts der Ungeheuerlichkeit, die er dort sieht, erschrocken zurückfährt, was allgemeine Belustigung auslöst. Ich entscheide mich für das Blatt, das besser zu meiner Laune passt, und werde mit einem herrlichen Muster aus glänzend grünen und gelben Farben belohnt, die von den durchsichtigen Blattadern durchzogen sind. Die Erfahrung ist fast berauschend, und als ich mich wieder aufrichte, bin ich überwältigt und fühle mich schwindelig, als hätte man mir Einblick in eine bis dahin unbekannte Welt gewährt.

Ben Hadou, der sich unterdessen von dem Schrecken über das plötzlich auf Riesengröße gewachsene Insekt erholt hat, besteht darauf, alles zu untersuchen, was sich auf dem Tisch befindet, einschließlich seines eigenen Fingers, und während sich das Treffen hinzieht, drifte ich in angenehme Phantasien über die Zukunft ab, die uns erwartet. Momo in einem blauen Seidenanzug neben seiner wunderschönen Mutter in cremefarbenem Satin. Sie braucht ihr Haar nicht mit Goldstaub zu pudern oder ihr Gesicht mit giftigem Bleiweiß einzuschmieren, um die natürliche Schönheit ihrer porzellanweißen Haut und ihres von der Sonne erleuchteten Haars zu steigern. Sie braucht keine Tollkirsche, um ihre perfekten Pupillen zu vergrößern. Ich selbst stehe mit einem eleganten Mantel, gemusterter Samtweste, silbernen Schnallen an den Schuhen und einer schwarzen Perücke statt des Turbans stolz hinter ihnen, während wir für den Künstler posieren, der das Porträt für unser neues Heim malt. In einem dieser herrlichen Tagträume sehe ich Alys mit einem kleinen, in Spitze gehüllten Mädchen auf dem Arm – unsere Tochter!, erklärt meine eigenwillige Phantasie –, das sie den versammelten Hofdamen zeigt. So ein Unsinn! Ich reiße mich zusammen und ermahne mich im Stillen. Ich bin ein Eunuch. Ich kann keine eigenen Kinder zeugen. Schlimmer noch, ich bin ein Sklave, und sie ist eine vornehme Frau. Ich bin schwarz wie die Nacht und sie weiß wie der Tag; wir werden niemals zusammenkommen.

Ah, aber vielleicht bist du die Nacht und sie der Mond, ermutigt mich eine leise, einschmeichelnde Stimme, und wer weiß, welche Möglichkeiten so eine Verbindung eröffnet?

Ein stechender Schmerz in dem beschädigten Backenzahn reißt mich aus allen Träumereien. Obwohl ich mir Mühe gebe, das Stöhnen zu unterdrücken, beugt sich ein Gentleman mit einer wirren Perücke vor und fragt nach meinem Befinden. »Nur Zahnschmerzen«, erkläre ich. »Heute Morgen habe ich mir an einem ziemlich harten Stück Brot einen Zahn abgebrochen.«

»Liebe Güte! Die Sparmaßnahmen im Schloss müssen schlimmer sein, als ich dachte!« Er stellt sich als Mr. Ashmole vor und erzählt, er sei aus Oxford gekommen, um an dem Treffen teilzunehmen. Dann fragt er liebenswürdig nach meiner Herkunft und *al-Attar* nach den Sitten und Gebräuchen der Muselmanen und erklärt, er sei so etwas wie ein Sammler von Antiquitäten und seltenen Gegenständen, im Begriff, ein Museum hier in London aufzubauen, um seine

Sammlung der ganzen Welt zugänglich zu machen. Er seufzt. »Ich würde liebend gern mehr reisen. Offensichtlich wird die Welt von Tag zu Tag größer – Afrika, Amerika, China … Stellt Euch nur die vielen Schätze vor, die man auf solchen Reisen sammeln könnte, Artefakte aus so vielen verschiedenen Kulturen … Wir können schon jetzt die abgezogene Haut eines indianischen Häuptlings zeigen oder den Sattel, auf dem Dschingis Khan geritten ist.«

Ben Hadou schneidet eine Grimasse. »Ich fürchte, mit etwas so Großartigem kann ich nicht dienen, aber ich habe ein paar maurische Sporen, die sich vielleicht für Eure Sammlung eignen.«

Ashmole ist offenbar begeistert. »Das wäre vortrefflich. Doch ich kann sie nicht annehmen, ohne Euch etwas im Austausch anzubieten.« Er denkt kurz nach und erklärt dann: »Ein Vergrößerungsglas vielleicht, das Ihr mit nach Marokko nehmen könnt? Im selben Haus wohnt übrigens ein Freund von mir, der diesen Herrn von seinen Zahnschmerzen befreien kann.«

Ben Hadous Augen leuchten auf. »Ich bin sicher, dass Nus-Nus Euren Freund nicht belästigen möchte, doch ich gestehe, dass ich selbst nur allzu gern ein solch magisches Vergrößerungsglas besitzen würde.«

»Ich kann Euch nicht versprechen, dass es genauso stark vergrößert wie das Mikroskop von Mr. Hooke, doch bin ich sicher, dass Ihr zufrieden sein werdet. Begleitet mich nach dem Treffen zu Mr. Draycotts Haus, und ich werde sehen, was ich tun kann. Es ist nicht weit von hier, gleich hinter der Fleet Street.«

Ich erkenne, dass *al-Attar* hin- und hergerissen ist, doch am Ende lehnt er die Einladung höflich ab und erklärt, er habe Pflichten im Schloss zu erledigen. Schließlich wird vereinbart, dass ich Mr. Ashmole begleite, um das Vergrößerungsglas abzuholen, woraufhin ben Hadou mich für diesen Tag von meinen Obliegenheiten entbindet.

Wie sich herausstellt, ist Mr. Ashmole eine höchst angenehme Gesellschaft. Er besteht darauf, dass wir vom College aus zu Fuß gehen, statt eine Sänfte oder eine Kutsche zu nehmen, und zeigt mir die Sehenswürdigkeiten. »In meinem Alter muss man sich bewegen, wisst Ihr, schon aus Angst davor, was passieren könnte, wenn man damit aufhört.«

Ich hebe die Augenbrauen, sage aber nichts. Er kann nicht älter als fünfzig sein, geht jedoch ebenso schnell wie der König. Sein Spazierstock ist nur Dekor, und trotzdem redet er, als wäre er ein alter Mann. So eilen wir die Chancery Lane entlang, als es plötzlich in Strömen zu regnen beginnt.

»Du liebe Güte«, ruft mein Begleiter und blickt mich unter der tropfenden Krempe seines Hutes hervor an. »Ich fürchte, Eure Kopfbedeckung wird Schaden nehmen. Ich hätte daran denken sollen, einen Regenschirm mitzunehmen.«

»Ich kann diese Dinger nicht ausstehen«, versichere ich ihm fröhlich.

Wir suchen Unterschlupf in der Black-Spread-Eagle-Taverne und warten, bis das Gewitter vorüberzieht. Die Schenke ist laut, voller Gäste, Rauchwolken und Gestank, doch mein Anblick scheint beträchtliche Aufmerksamkeit zu erwecken, denn nach und nach breitet sich eine unbehagliche Stille aus.

Plötzlich platzt einer heraus: »Bei Gott, was für ein Ungeheuer!« Es folgen lautes Gelächter und einige schrille Pfiffe.

»Ist der echt, oder ist es Farbe, was meint ihr?«

»Wir mögen hier keine Mohren!«

»He, Othello, geh zurück auf deine Bühne!«

Mr. Ashmole sieht sich empört um. »Bei meiner Seele, Nus-Nus, ich muss mich für die Grobheit meiner Landsleute entschuldigen. Ich glaube, wir stellen uns lieber dem Regenguss.«

Als wir die Schenke verlassen wollen, packt mich jemand am Arm. »He, warte mal, Mustafa, erinnere deine Herrin daran, dass sie noch acht Pfund Spielschulden bei mir hat!«

Ich drehe mich um und blicke auf den Betreffenden herab, einen elegant gekleideten, aber verwahrlost wirkenden jungen Mann mit einem dünnen, ungepflegten Bart. »Ich bin nicht Mustafa.«

Er verzieht verdutzt das Gesicht. »Es kann doch nicht zwei von euch geben, so schwarz und so groß. Sag es ihr einfach, hörst du? Richte ihr eine freundliche Empfehlung von Mr. Jakes aus und erinnere sie beiläufig an ihre Schulden. Ich hoffe, sie bei der Premiere von *The City Heiress* wiederzusehen, in Ordnung?«

Draußen gießt es immer noch in Strömen. Mr. Ashmole nimmt mich am Arm und führt mich kopfschüttelnd fort. »Theaterleute, einfach schrecklich. Dabei war dies früher so eine schöne Gegend.«

Wir biegen nach rechts in die Fleet Street ab, überqueren sie und erreichen eine Straße, die auf beiden Seiten von hohen Gebäuden flankiert wird und an deren Ende man einen Blick auf den Fluss erhascht, der wie eine große Schlange dahinschleicht. Nach einigen Metern biegt er erneut nach rechts in eine schmale Gasse ab, anschließend steigen wir einige Stufen empor und stehen vor einer Tür mit einem Türklopfer aus Messing in Gestalt eines Löwenkopfes. Dort werden wir von einem Mann mit rosigen Wangen und einer dicken Brille hereingebeten, hinter der seine Augen groß und aquatisch wirken wie Fische in einem Fischglas.

»Elias!«, sagt er. »Schon so früh zurück?«

»Ich hoffe, wir stören Euch nicht bei einem wichtigen Experiment.«

»Ich bin gerade dabei, aus Wasser und trockenen Blättern einen trinkbaren Sud herzustellen.« Mr. Draycott lächelt.

»Vielleicht möchten Euer Begleiter und Ihr mir bei einer Tasse Tee Gesellschaft leisten?« Er führt uns in einen düsteren Salon, wo ein Wasserkessel an einem Haken über einem kleinen Feuer hängt. Der ganze Raum ist von Ruß geschwärzt, überall liegen Manuskripte und Bücher herum, sodass man nicht weiß, wohin man sich setzen soll, vor allem, wenn man einen weißen Burnus trägt, also gehe ich wie ein Afrikaner in die Hocke.

Während wir den englischen Tee trinken, ein bitteres, abscheuliches Gebräu, erklärt mein Begleiter, ich hätte mir einen Zahn gebrochen, der repariert werden müsse, woraufhin sich unser Gastgeber begeistert die Hände reibt. »Ein Patient? Wie wunderbar.«

»Allerdings ohne Bezahlung, fürchte ich, Nathaniel. Mir zuliebe, wenn Ihr so nett wärt.«

Ich sehe, wie Mr. Draycott ein langes Gesicht macht.

»Ich habe Geld«, sage ich hastig, doch er schüttelt den Kopf. »Aber nein, ich kann einem Freund von Mr. Ashmole kein Geld abnehmen. Alles, was ich besitze, sogar dieses Haus, verdanke ich ihm.«

»Unsinn, mein lieber Nathaniel, dieses Labor ist unser gemeinsames Unternehmen. Wo sollte ich meine Experimente sonst durchführen?«

Wir steigen eine wacklige Holztreppe in einen langen Kellerraum mit niedriger Decke und Regalen an zwei Wänden hinunter. Die Regale sind vollgestopft mit Büchern, Papieren und vielen beschrifteten Flaschen und Glasbehältern, fast wie in einer Apotheke. Ich beuge mich vor und lese: »Vipernfleisch«, »Goasteine«, »Hiera Picra«, »Spinnenseide«, und erwarte, als Nächstes auf einen Behälter mit den Wimpern einer Maus oder den Zähnen eines Drachen zu stoßen, denn irgendwie erinnert es mich an Sidi Kabours Warenlager. An einer Wand steht ein zylinderförmiger Brennofen, die Kohlen darin glühen rot und ringsum liegen Häufchen von dunklem

Metall, Pulver und Asche. Der Raum ist düster, und es riecht nach Schwefel, auf den Tischen stehen Schalen und Töpfe, Destilliergefäße und Schmelztiegel, Mörser und Stößel, alle von unterschiedlichen Substanzen verfärbt. Auf einem der Tische steht eine Sammlung von Glasbehältern mit Larven und Föten von Tieren, und auf ein Brett ist ein Nagetier genagelt, sodass man dessen Organe und Skelett sieht. Ich denke an Zidanas Geheimkammer, und plötzlich stehen mir die Haare zu Berge.

»Vielleicht sollte ich lieber einen Chirurgen aufsuchen und mir den Zahn samt Wurzel ziehen lassen?«

»Unsinn, lieber Freund. Es gibt keinen Grund, weshalb Ihr Euch solchen Barbaren und ihren Zangen und Hebeln ausliefern solltet. Nathaniel hat ein wundersames Amalgam entwickelt, das in jedes Loch und in jede Ritze dringt und hart wie Stein wird.«

»Seid Ihr Alchemist, Sir?«, frage ich.

»Ich würde mich lieber als Naturphilosoph bezeichnen lassen«, entgegnet Nathaniel fröhlich. »Einer, der die verborgenen Gesetze des Universums erforscht.«

»Trotzdem fühlen sich visionäre Männer wie wir, die nach Beweisen für das reine Wesen der göttlichen Schöpfung suchen, keineswegs beleidigt, wenn man uns Alchemisten nennt«, erklärt Mr. Ashmole und klopft mir auf die Schulter. »Setzt Euch hierhin, damit wir uns das Übel ansehen können. Reicht Ihr mir bitte die Kerze, Nathaniel?«

Neugierig werfen sie einen Blick in meine Mundhöhle. »Bemerkenswerte Zähne«, sagt Ashmole. »Um einen Zahn mit so festen Wurzeln zu ziehen, müsste man eine ordentliche Portion Kraft aufwenden.«

»Auf beiden Seiten ein abgebrochener Backenzahn, kinderleicht!«, ruft Mr. Draycott. »Ein bisschen von meiner patentierten Mischung, und schon sind sie wie neu.«

»Eigentlich schmerzt der Zahn gar nicht mehr«, lüge ich. »Ich glaube, ich kann ganz gut damit leben.«

Doch Mr. Draycott ist bereits dabei, zielgerichtet seine Zutaten zu mischen. »Ein bisschen Zinn, ein bisschen Zink«, murmelt er, »eine Prise Kupfer, ein Tropfen Vitriol …« Es folgt ein lautes Zischen im Tiegel, die Flammen des Spiritusbrenners lodern grün auf, danach blau, und anschließend breitet sich ein entsetzlicher Gestank im Raum aus. Er mischt frenetisch weiter, nimmt den Tiegel aus dem Feuer und greift nach einer schweren Flasche. »Jetzt müssen wir das Ganze kurz abkühlen lassen, bevor wir das Quecksilber hinzufügen …«

Der Rauch macht mich nervös. Ich springe auf, die Flasche fliegt durch die Luft, und dann regnet es überall kleine silberne Metallkügelchen. Was eine Flüssigkeit werden sollte, kullert nun in der Gestalt von Silberkugeln über meinen Burnus und den Boden, während ich nur noch verwundert staunen kann.

Mr. Draycott lacht. »Ah ja, Sir, Quecksilber ist eine bemerkenswerte Substanz, weder flüssig noch fest, die Urmaterie, aus der sich alle anderen Metalle ableiten. Noch mehr, es ist das transzendierende Prinzip der Transmutation, wie Hermes bewegt es sich zwischen Himmel und Erde und bringt Leben und Tod. Genau wie Kalomel ist es eine starke Medizin, mit der sich sogar die schlimmsten Seuchen bekämpfen lassen, doch wenn man es dem Sonnenlicht aussetzt, verwandelt es sich in tödliches Gift.«

»Bei Gott, eine derart tödliche Substanz möchte ich keineswegs im Mund haben«, erkläre ich entschieden.

Mr. Ashmole führt die Kerze nah an sein Gesicht und zeigt mir eine Reihe von schwarzen Zähnen, die mit Metall überzogen sind. »Fünfzehn Jahre habe ich sie jetzt schon. Ich war Nathaniels erster Patient. Und er hat eine Menge Leben gerettet. Nicht nur die Zähne. Er hat mir den Knochen in meiner Schreibhand repariert und mich mit einer seiner Spinnenhalsketten vor dem Dreitagefieber bewahrt.«

Spinnenhalskette? Mr. Draycott und Zidana würden sich bestens verstehen.

Mr. Ashmole bemerkt meine Skepsis und lächelt nachsichtig. »Für wie alt haltet Ihr mich wohl, Sir? Keine Angst, Ihr werdet mich nicht beleidigen. Ich verübele Euch nichts.«

»Fünfzig, vielleicht zweiundfünfzig?«, rate ich.

»Fünfundsechzig!«, kräht er munter und klopft Mr. Draycott auf den Rücken. »Und alles nur wegen seiner Tinktur, die ich jeden Tag einnehme. Hättet Ihr mich vor fünfzehn Jahren gesehen, Ihr hättet mich nicht wiedererkannt, so sehr hatte ich damals schon abgebaut, doch diese Tinktur aus Heilkräutern hat das Fleisch auf meinen Knochen gestrafft und meine Muskeln biegsam gemacht, und was mein Haar angeht, Sir, nun, zieht mal daran. Tut Euch keinen Zwang an, zieht kräftig.«

Vorsichtig ziehe ich an seiner Perücke und stelle verwundert fest, dass die üppigen Locken fest in der Kopfhaut verwurzelt sind.

»Seht Ihr? Es ist mir ein Rätsel, wieso er nicht längst berühmt geworden ist.«

Mr. Draycott errötet. »Aber Elias, ich bin kein Wunderdoktor, ich habe nur ein altes Rezept verfeinert. Seit langer Zeit weiß man, dass Primum Ens Melissae ein außerordentlich wirksames Tonikum ist, das Frauen ebenso guttut wie Männern.«

»Er hat es seiner Magd Agnes zu trinken gegeben«, vertraut mir Mr. Ashmole an, »sie ist über sechzig und war so kahl wie ein Ei …«

»… worüber sie gar nicht erfreut war!«

»Doch dann wuchs ihr neues Haar, das genauso schwarz

glänzte wie in ihren jungen Jahren, und zwei Jahrzehnte nach ihrer letzten Menstruation kehrte die monatliche Regel wieder zurück. Letztes Jahr hat sie einen gesunden Jungen zur Welt gebracht, und wenn das kein Wunder ist, dann weiß ich nicht, was überhaupt eins ist.«

Ein prickelndes Gefühl läuft mir über Nacken und Rücken. Habe ich Zidanas Elixier gefunden? Es scheint zu schön, um wahr zu sein, doch während die beiden erzählen, festigt sich meine Überzeugung. Fazit: Ich lasse mir die Zähne von dem Alchemisten behandeln, was am Ende nicht einmal so unangenehm ist, wie ich befürchtete, und kann sogar ohne Schmerzen ein kärgliches Mahl aus Bohnensuppe, kaltem Lammfleisch und Brot mit den Gentlemen teilen, während ich über meinen nächsten Schritt nachdenke. Als ich aufbreche, ist es bereits dunkel. Über der Schulter trage ich einen Stoffbeutel mit dem versprochenen Vergrößerungsglas und einem Fläschchen, das mit einem Korken verschlossen ist und eine gelbe Flüssigkeit enthält, die so hell ist wie die Sonne.

Mr. Ashmole besteht darauf, mich bis Whitehall zu begleiten. »Es liegt auf meinem Weg nach Lambeth, außerdem kann ich vielleicht die maurischen Sporen mitnehmen, die mir der Gesandte heute Morgen freundlicherweise im Austausch für das Vergrößerungsglas versprach.«

Während wir durch Temple Gardens gehen, fällt der Mondschein durch eine Lücke in den Wolken auf den Fluss und überzieht ihn mit einem quecksilbrigen Glanz. Im Überschwang meines unermesslichen Glücks denke ich, dass ich noch nie einen schöneren Anblick gesehen habe, als uns plötzlich Räuber den Weg versperren. Zwei kräftige Burschen, die ihre Gesichter vermummt haben, um nicht erkannt zu werden.

»Rück den Beutel raus, du schwarzer Hundesohn!«, brüllt mich der eine an.

Und der andere knöpft sich Mr. Ashmole vor: »Her mit dem Geld und allen Wertsachen, die du bei dir trägst!«

Sie kommen näher, sie schwingen ihre Knüppel, und der eine schlägt Mr. Ashmole zu Boden. Als ich ihm zu Hilfe eilen will, trifft mich der Knüppel des anderen mit voller Wucht in die Magengrube, sodass mir die Luft wegbleibt. Er versucht, mir den Beutel abzunehmen, doch ich halte ihn hartnäckig fest. Ein Fehler, denn der nächste Schlag wirft mich um, wobei ich dummerweise auf dem Beutel lande und das unverwechselbare Klirren zerbrochenen Glases höre, als ich mich herumwälze. So aufgebracht bin ich über den Verlust des wertvollen Vergrößerungsglases, dass ich mit einem Satz aufspringe. Als der Angreifer erneut auf mich zukommt, packe ich seinen Knüppel und reiße ihn ihm mit einer Wucht aus der Hand, die ihn aus dem Gleichgewicht bringt. Danach verpasse ich ihm einen Tritt, sodass er einen Purzelbaum auf dem Rasen schlägt und anschließend gegen einen Baumstamm prallt. Ich blicke mich um und sehe, wie Mr. Ashmole mit seinem Gehstock auf den zweiten Übeltäter eindrischt. Als der Wegelagerer bemerkt, dass ich mit dem Knüppel in der Hand auf ihn zukomme, macht er sich fluchend davon. Einen Augenblick später rappelt sich auch sein Komplize auf und humpelt hinter seinem Gefährten her.

»Alles in Ordnung, Sir?«

Mr. Ashmole betrachtet einen Riss in seinem Mantel. »Einer meiner besten Anzüge, verdammte Mistkerle. Doch davon abgesehen habe ich keinen Schaden davongetragen. Und Ihr?«

Ich schüttele den Beutel, um ihm das verräterische Klirren zerbrochenen Glases vorzuführen. Und bei näherer Untersuchung stellt sich heraus, dass nicht nur das Vergrößerungsglas zerbrochen ist, sondern auch das Fläschchen.

In Westminster trennen wir uns. Mr. Ashmole entschuldigt sich mehrmals für seinen törichten Einfall, diesen Weg zu nehmen, obwohl doch jeder weiß, dass es hier nach Einbruch der Dunkelheit von Wegelagerern nur so wimmelt. Er ruft einen Bootsmann, der ihn über den Fluss nach Lambeth bringen soll, und ich gehe die letzten hundert Meter allein weiter. Von meiner anfänglichen Euphorie ist herzlich wenig übrig geblieben. Die Palastwache starrt mich neugierig an, und der eine ruft seinem Kumpel etwas zu, das ich nicht verstehe. Beide lachen.

Oben in den Gemächern der Gesandtschaft ist alles still. Ich beschließe, ben Hadou von dem Überfall zu unterrichten, um die unangenehme Angelegenheit so schnell wie möglich hinter mich zu bringen, doch gerade, als ich an seine Tür klopfen will, springt sie auf, und eine kichernde Frau kommt heraus und versucht, sich ihr honigfarbenes Haar wieder unter die Haube zu stecken. Die Strümpfe trägt sie noch auf dem Arm; es kann kaum ein Zweifel daran bestehen, was sich hier abgespielt hat.

»Hallo, Kate.«

Hastig legt sie die Hand vor den Mund und läuft rot an, dann packt sie den Saum ihres Rockes und flüchtet die Treppe hinunter, die zu der kleinen Küche führt.

Ben Hadou versucht vergeblich, mich mit seinem Blick zum Wegsehen zu zwingen. »Alles völlig harmlos«, beteuert er.

»Das geht mich nichts an, Sidi.« Doch ein Grinsen kann ich mir trotzdem nicht verkneifen.

Sein Gesicht ist bleich. »Du darfst es niemandem verraten, verstehst du? Es ist nicht das, was du glaubst. Wir wollen heiraten.«

»Heiraten?«

Er nickt. »Ja, aber behalt es für dich. Wenn es herauskommt, gibt es Ärger.« Wir schauen uns in die Augen, und dann wandert sein Blick nach unten. »Großer Gott, Nus-Nus, hast du dir in die Hose gemacht?«

Ich sehe an mir hinab. Als das Fläschchen zerbrochen ist, hat mein weißer Burnus ein paar auffällig gelbe Flecken abbekommen. Die Aufregung und die Entdeckungen des Tages waren zu viel, sodass es keinen Zweck hätte, dem Gesandten das Ganze zu erklären.

In meinem Zimmer ist es ungewohnt still, ohne Momo und Amadou. Lange sitze ich auf der Bettkante, während mir allerlei Gedanken durch den Kopf schießen. Anschließend versuche ich, so gut es geht, den gelben Fleck aus dem Burnus zu waschen, doch als wollte die Tinktur beweisen, was sie kann, widersetzt sie sich all meinen Anstrengungen.

SIEBENUNDDREISSIG

5. Februar 1682

Am nächsten Tag bin ich beim Aufwachen in aller Frühe von einer unerklärlichen Zuversicht und Energie erfüllt. Heute stelle ich dem König Alys' Sohn vor, und wenn ich das geschafft habe, wird alles gut.

Nach einem langweiligen Treffen mit dem Gesandten und den Ministern Seiner Majestät, das noch umständlicher und unentschlossener ist als das letzte, werde ich schließlich gegen Mittag von ben Hadou entlassen. Umso besser, denke ich: weniger Zeit, in der ich Momo verstecken muss. Ich suche mir einen Weg durch das Labyrinth von Gängen und Fluchten zu den Gemächern der Herzogin von Portsmouth. Als ich um eine Ecke biege, kommt mir Jacob entgegen. Kaum hat er mich erkannt, verzieht er das Gesicht zu einer halb komischen, halb tragischen Grimasse.

»Ich wollte gerade zu dir.«

»Und ich zu dir«, entgegne ich fröhlich. »Ich soll dem König heute Abend Momo vorstellen, in seinen Privatgemächern.«

»Oh. Er ist nicht da. Das wollte ich dir berichten.«

»Nicht da?«

»Ich habe Madame gefragt, wo er steckt, und sie hat abgewunken und gesagt: ›*Il n'est plus a moi.*‹«

»Was sagst du da?« Mein Magen fühlt sich an, als hätte ich eine Kanonenkugel verschluckt.

»Mir will sie es nicht sagen, aber vielleicht hast du mehr Glück.«

Louise sitzt in ihrem Ankleideraum und blättert inmitten hektischer Dienstmädchen in einer Illustrierten. Als sie mich sieht, schenkt sie mir ein strahlendes Lächeln. »Monsieur Nus-Nus! Was für eine reizende Überraschung! Kommen Sie, setzen Sie sich zu mir. Was sagen Sie zu dieser neuen Haartracht? Finden Sie, dass die Fontange zu hoch für mich wäre? Würde mein Gesicht nicht zu lang wirken?« Sie hält mir die Illustrierte *Le Mercure Galant* hin, in der eine Frau mit einer hohen, filigranen Kopfbedeckung abgebildet ist. Sie wirkt so lächerlich wie ein Papagei mit Haube.

»Grässlich«, antworte ich knapp und vergesse vorübergehend meine guten Manieren.

Sie bricht in Gelächter aus und stößt mich spöttisch mit der Illustrierten an. »Ach, Männer haben wirklich keine Ahnung von Mode.«

»Ich wollte Euch nach Eurem kleinen Pagen fragen.«

»Jacob?«, sagt sie und blickt mich überrascht an. »Vorhin war er noch hier.«

»Nein, nicht Jacob. Der Jüngere.«

Ihr Gesicht verdunkelt sich. »Oh, Miette? Jacobs kleiner Cousin? Er ist ja wirklich süß, aber ich fürchte, dass ich ihn nicht behalten kann.« Dann beugt sie sich vertraulich vor. »Er hat – wie sagt man noch? Lange Finger.«

Ich blicke sie verständnislos an.

»*Un voleur!* Er ist ein raffinierter kleiner Dieb. *Mes pauvres bijoux!* Gestern Nachmittag habe ich drei Perlenketten und meine schönste Smaragdbrosche zwischen seinen Sachen gefunden. Angesichts meiner Finanzen und nachdem ich gestern Abend beim Basset-Rennen so viel Geld verloren habe, bin ich auf die Idee gekommen, ihn zu verkaufen. Der Händler hat mir ein gutes Angebot gemacht.«

»Wie gut es auch sein mag, ich zahle Ihnen das Doppelte!«, rief ich. »Das Dreifache!«

»Dafür, *cheri*, können Sie Jacob auch gleich mitnehmen!« Louise tätschelt meinen Arm. »So weit ist es schon gekommen, dass ein Mohr sich von Mohren bedienen lassen will? Oje, die Welt steht Kopf!«

Fünf Minuten später laufe ich mit einem Namen und einer Anschrift in der Tasche über den Turnierplatz und weiter zum St. James's Park.

Das Pech bleibt mir treu. Der Händler, Mr. Lane, ist nicht zu Hause in Pall Mall, sondern hat sich zu seinen Geschäftsräumen in Cornhill begeben – das klingt beunruhigend ländlich und fern. Ich schreibe mir die Adresse auf, die mir sein Diener diktiert, und rufe nach einer Droschke. Der Fahrer willigt gegen einen überhöhten Preis ein, mich zu fahren, aber nur, wenn ich neben ihm auf dem Kutschersitz Platz nehme. »Ich kann es mir nicht leisten, dass man sieht, wie Ihr hinten sitzt. Das würde meiner vornehmen Kundschaft ganz und gar nicht gefallen.«

Ich bin versucht, den Weg zu Fuß zu gehen, doch dann schlucke ich meinen Stolz hinunter, und die Vorurteile des Mannes kommen mir zugute, denn der Blick vom Kutschersitz ist wirklich berauschend. So rollen wir durch die geschäftigen Straßen der Hauptstadt, und bald erkenne ich sogar Marksteine und Straßen wieder. Dahinten ist der Fluss, dort ist das Haus, wo ich zusammen mit Mr. Ashmole bei Mr. Draycott zu Gast war, da drüben die Abzweigung zur Chancery Lane, die Richtung Norden zum Sitz der Royal Society führt. Es ist beruhigend, die Geografie der Stadt allmählich etwas besser zu verstehen. Sie ist kleiner, als ich anfangs gedacht hatte. Und als wir in Cornhill ankommen, tröste ich mich mit der Erkenntnis, dass ich die Strecke zur Not auch zu

Fuß zurücklegen könnte, ohne vor den Londonern Kutschern kriechen zu müssen. Aber dann fällt mir ein, dass ich Momo dabeihaben werde, und die Beine eines kleinen Jungen sind etwas anderes. Nun ja, dem Problem werde ich mich stellen, wenn es so weit ist, sage ich mir, immer noch voller Optimismus, und zahle dem Kutscher seine zwei Shilling.

Nichts ist einfach. Ich sehe mir die Anschrift genauer an. »Jonathan's, Change Lane, Cornhill«, habe ich mir notiert. Das klang in dem Moment ganz einfach, doch jetzt stellt sich heraus, dass die Straße ein eigenständiges kleines Reich ist, ein Gewirr von Gassen und Gabelungen, alle düster und schluchtartig, da die Sonne nicht bis hierher dringt. Die Stimmen der jungen Männer, die mich überholen, verhallen zwischen den gewaltigen Gebäuden, doch sie sind zu sehr mit sich selbst und ihren Unterhaltungen beschäftigt, um Notiz von einem Fremden zu nehmen, der eine Anschrift sucht. Ich komme an Perückenläden, Pfandhäusern und Schenken vorbei, doch der hervorstechendste Duft ist der nach Kaffee. Schließlich halte ich einen Burschen an, der einen Sack geschultert hat. »Ich suche Jonathan«, sage ich. »Jonathan Lane.«

Er schaut mich verwirrt an. »Wen?«

»Den Sklavenhändler.«

»Ich kenne keinen Jonathan Lane, aber Jonathan's ist hier gleich um die Ecke.« Er zeigt auf ein großes Kaffeehaus in den Kolonnaden. »Da machen die Händler ihre Geschäfte.«

Jonathan's ist eine riesige, laute Höhle voller ernst dreinblickender Männer mit Dreispitzen, die sich über dicht zusammengequetschte Tische hinweg eifrig miteinander unterhalten. Ich schnappe einzelne Worte auf, während ich mich im Raum umsehe – »Erträge«, »Waren«, »Bestände«, »Margen«. Es ist die Sprache des Marktes, doch offenbar geht das einzige Geld, das hier den Besitzer wechselt, für Essen und

Getränke drauf, die in dem Etablissement serviert werden. Ich frage einen Burschen mit Schürze, der ein Tablett voller Kaffeebecher trägt, wo ich Mr. Lane finde, und muss dabei gegen den Lärm anschreien.

»Dort drüben«, er zeigt auf eine Ecke am anderen Ende des Raums. »Er sitzt dort mit Mr. Hyde, dem Vertreter der Royal African Company des Herzogs von York.«

Mit einiger Mühe bahne ich mir einen Weg zu ihnen und warte eine Weile, bis die Herren Notiz von mir nehmen, so sehr sind sie in ihre Geschäfte versunken. Schließlich sieht der mit der hellbraunen Perücke auf. »Wir werden schon bedient, danke«, sagt er und wendet den Blick ab.

Sein Partner trägt ein blaues Samtjackett, das mit kostbaren Brustschnüren verziert ist, und betrachtet mich neugierig. »Er arbeitet nicht hier, Thomas, nicht in dieser orientalischen Aufmachung, es sei denn, es ist ein Trick, um eine neue türkische Kaffeesorte anzupreisen. Gehört er vielleicht zu deinen Leuten?«

Thomas dreht sich um, sieht mich von oben bis unten an und runzelt die Stirn: »Du gehörst doch nicht zu meinen Leuten, oder? Was willst du?«

Ich erkläre, dass ich ein Kind suche, das bis heute Morgen bei der Herzogin von Portsmouth gearbeitet hat.

»Ach, Louises kleiner Mohrenkopf. Was ist mit ihm?«

»Ich würde den Jungen gerne kaufen.«

Daraufhin brechen beide in Gelächter aus. »Willst du uns Konkurrenz machen, indem du deine eigenen Verwandten verkaufst?«

»Ich gehöre der marokkanischen Gesandtschaft an. Es hat einen unglücklichen Irrtum gegeben. Der Junge wurde versehentlich verkauft.«

»Das war alles andere als ein Versehen, ich habe ihr einen äußerst fairen Preis bezahlt!«

Der andere Mann, Mr. Hyde, wirft mir einen misstrauischen Blick zu. »Du kommst aber doch nicht aus Marokko, nicht wahr? Ich meine ursprünglich. Woher stammst du?«

Ich sage es ihm, und er lächelt wissend. »Ah, ich hatte schon befürchtet, die African Company hätte eine Goldmine übersehen, Burschen in deiner Größe. Aber nein, diese Region haben wir abgedeckt. Gut zu wissen.«

Ich begreife nicht ganz, was er damit meint, doch es riecht nach Sklaverei, und das macht ihn zum Teufel und den Mann neben ihm zu einem weiteren Händler des Elends. Der Gedanke, einen von ihnen noch mehr zu bereichern, widert mich an, aber ich muss Momo retten.

Erneut wende ich mich an Mr. Lane. »Egal, was Ihr der Herzogin gegeben habt, ich zahle mehr, es soll Euer Schaden nicht sein.«

Er breitet die Arme aus. »Ich fürchte, du kommst zu spät. Ich hatte bereits einen Kunden für ihn und habe den kleinen Mohren heute Morgen verkauft, an Mrs. Herbert. Sie suchte etwas Spezielles, mit dem sie heute Abend bei der Premiere von *The City Heiress* glänzen kann.«

Eine Stunde später habe ich es geschafft, durch ganz London bis zum Dorset Garden Theatre am Flussufer südlich der Fleet Street zu laufen. Das Pech klebt mir immer noch an den Fersen; kaum verlasse ich das Kaffeehaus, fängt es an zu gießen. Als ich mein Ziel erreiche, klebt der Burnus an meiner Haut, und der Turban fühlt sich doppelt so schwer an wie sonst. Im Schutz eines Baumes wringe ich das jämmerliche Ding aus und wickle es mir erneut um den Kopf, während ich gleichzeitig beobachte, wie die Kutschen ankommen und ihre Fahrgäste aussteigen lassen. Obwohl es erst vier Uhr nachmittags ist, brennen bereits Fackeln, denn es ist furchtbar dunkel. Im flackernden Licht habe ich einen guten Blick auf die Theaterbesucher. Die gewöhnlichen Droschken kann ich ignorieren; eine Frau, die ein schwarzes Kind als Accessoire für einen Theaterbesuch kauft, wird wahrscheinlich in einem prächtigen Gefährt vorfahren. Trotz des schlechten Wetters sind Unmengen von Menschen gekommen. Bald wimmelt es auf dem Platz vor dem Theater von Kutschen, und ich beäuge sie wie ein Falke, doch von Momo keine Spur. Ich sehe nur maskierte Frauen und Herren mit gepuderten Perücken. Dann treffen drei goldene Kutschen gleichzeitig ein und spucken einen Haufen von reich gekleideten Passagieren aus – Straußenfedern und gestreifte Seide –, die eilig die Treppenstufen ins Theater hinaufsteigen, um dem Regen zu entkommen. Es herrscht ein derartiges Gewühl, dass ich durch die vielen Räder und Pferde nicht mehr hindurchsehen kann und meinen Unterstand aufgeben muss. Ich glaube, die Frau gesehen zu haben, die beim Abendessen der Herzogin neben ben Hadou saß. Ja, und neben ihr die Herzogin Mazarin. Ihr auffälliges Gesicht ist von einer Masse schwarzer Locken umrahmt, die aus ihrer Haube lugen, und begleitet wird sie von ihrem Diener Mustafa, dessen purpurner Brokat unter einem schwarzen Umhang hervorleuchtet. Ihre Erscheinung ist dermaßen erstaunlich, dass ich fast einen besonders prächtigen Vierspänner übersehe, aus dem zwei fabelhaft gekleidete, mit riesigen Regenschirmen herumfuchtelnde Diener und drei Frauen steigen. Eine ist sehr dick und ihr Kleid so weit wie ein Sofa. Dann erhasche ich auch einen kurzen Blick auf Momo, er trägt einen goldenen Anzug mit Spitzen und wird von den Frauen hastig in das Gebäude geführt.

Innerlich fluchend laufe ich über den Kutschenplatz und die Treppen hinauf, hinter ihnen her, doch am Eingang hält man mich an: Ich muss Eintritt bezahlen. Während ich mit der ungewohnten Währung hantiere, vergehen weitere kostbare Sekunden, sodass ich dem Mann schließlich eine Hand voll Münzen in die Hand drücke. Im Saal herrscht Chaos. Das Foyer wimmelt von Menschen, und obwohl ich einen Kopf größer bin als die meisten, nehmen mir die lächerlichen Perücken und die vielen Straußenfedern die Sicht. Endlich entdecke ich Mustafa und dränge mich bis zu ihm vor. Wir schauen uns in die Augen.

»Senufo?«, fragt er und neigt abschätzend den Kopf auf die Seite.

Ich nicke. »Asante?«

»Dagomba«, erklärt er. Seine Stammeszeichen sind vertikale kleine Narben, die wie Tränen an seinen Wangen hinablaufen.

»Kannst du mir helfen? Ich suche eine Frau, Mrs. Herbert, sie hat einen kleinen Jungen bei sich.«

In seinem Gesicht flackert Verachtung auf. »Sie hat eine Loge im ersten Rang.«

Als ich mich bedanke und auf die Treppe zugehe, hält er mich am Arm fest. »Komm mit uns. Wenn ich gleich mit meiner Herrin nach oben gehe, schließt du dich einfach an. Es wird ein ziemliches Gedränge geben. Mrs. Behn begleitet uns.«

Mrs. Behn ist von einer großen Menschenmenge umgeben, die gekommen ist, um Glückwünsche zu überbringen und mit der Autorin des Stücks gesehen zu werden. Schließlich rauscht die Herzogin Mazarin herbei wie eine Galeone und nimmt sie mit. Wir steigen eine schmale Treppe zum ersten Rang hinauf und betreten ihre Loge, ohne dass mich jemand aufhält. Aus dieser Höhe kann ich den ganzen Theatersaal überblicken – von den Rängen mit den privaten Logen bis zum Parkett unten, wo maskierte Frauen zwischen dem einfachen Volk sitzen. Der Rang ist hervorragend ausgestattet, Plüschsessel und vergoldete Engelchen überall, doch all das nehme ich nur bruchstückhaft wahr, als ich zwei Logen weiter Momo entdecke, in Begleitung einer mit viel Schmuck behängten Frau, vermutlich Mrs. Herbert, zweier schlankerer und jüngerer Frauen, die genauso aussehen wie sie, sicher ihre Töchter, und zweier Diener in Livree. Momo hat nur Augen für den kleinen Welpen, den er auf dem Arm hält. Beide tragen passende, mit Diamanten besetzte Halsbänder.

Die Musiker in der Orchesterversenkung stimmen eine Fanfare an. So unauffällig wie möglich löse ich mich aus dem Gefolge der Herzogin und trete in den schmalen Gang hinaus, durch den man in die anderen Logen gelangt. Ich öffne die zweite Tür und werfe einen Blick hinein. Augenblicklich stellt sich mir ein Diener in den Weg, der höchst beunruhigt wirkt. »Ich warne Euch, ich bin bewaffnet.«

»Ich habe etwas mit Mrs. Herbert zu besprechen. Es dauert nur einen Augenblick.«

»Sir, ich bitte Euch, geht. Das Stück fängt gleich an.«

In der Tat. Ich sehe, wie vier bunt gekleidete Adlige auf die Bühne treten und ihre Posen einnehmen. Ihnen folgt ein Lakai mit einem Mantel in den Händen. Als sie zu sprechen beginnen, riskiert der Diener einen kurzen Blick, das ist der Augenblick, den ich nutze, um mich an ihm vorbeizudrängeln. »Mrs. Herbert …«

Eine ihrer Töchter schreit bei meinem Anblick auf, doch das geht in dem allgemeinen Lärm unter. Die Zuschauer haben bereits begonnen, die Schauspieler anzufeuern, sie buhen den strengen Onkel aus und jubeln dem nichtsnutzigen Neffen zu. Die andere Tochter versteckt sich hinter ihrem Fächer.

»Verschwinde, du Rüpel!«, schreit Mrs. Herbert und greift nach den Juwelen, die sie am Hals trägt. »Du wirst mich doch nicht ausrauben wollen, hier vor aller Augen!«

»Ich bin kein Dieb, Madame. Ich bin wegen des Jungen hier. Die Herzogin von Portsmouth hat ihn aus Versehen verkauft, und ich bin gekommen, um ihn wieder mitzunehmen.«

Als Momo meine Stimme hört, dreht er sich um. Seine Augen und sein Grinsen leuchten in einem Gesicht, das immer noch so schwarz ist wie meines.

»Liebe Güte, ich habe ihn erst heute Morgen erstanden, für viel Geld.«

»Ich habe Anweisungen, Euch das Doppelte von dem zu zahlen, was Ihr für ihn ausgegeben habt.« Ich zeige ihr das Gold, doch sie schüttelt den Kopf. »Unmöglich. Unsere kleine Fanny hat ihn bereits ins Herz geschlossen!«

»Dann gebe ich Euch noch mehr, um den Schmerz Eurer kleinen Fanny zu lindern«, sage ich in meiner Verzweiflung. Wer auch immer Fanny sein mag. Und während Mrs. Herbert noch darüber nachdenkt, wandert mein Blick an Momo vorbei zu der kleinen Bühne und dem überfüllten Parkett. Vielleicht ist mir irgendetwas aufgefallen, vielleicht war es mein sechster Sinn. Denn unten im Parkett erkenne ich inmitten der Masse dunkler Hüte und Mäntel ein einzelnes Gesicht, das sich von der Bühne abgewendet hat und zur Galerie heraufblickt.

Es ist der englische Konvertit Hamza. Er muss aus dem Gefängnis geflohen sein, oder aber er hat sich mit Rafiks Hilfe freigekauft.

Kaum habe ich ihn entdeckt, erkennt er auch mich. Ohne den Blick von mir zu nehmen, setzt er sich in Bewegung und bahnt sich einen Weg durch die Menschenmasse auf die Treppe zu.

Ich werfe Mrs. Herbert das Gold in den Schoß, greife nach Momos Hand und zerre ihn mit.

»Fanny!«, wimmert eine der Töchter.

»Dieb!«, kreischt Mrs. Herbert.

Die beiden Diener machen widerwillig einen Schritt auf mich zu.

Ich reiße Momo das Hündchen aus den Armen und werfe

es ihnen entgegen. Bei dem Versuch, die kleine Fanny aufzufangen, stolpern die beiden übereinander und reißen eine der Töchter mit, die ihrerseits auf ihre Mutter fällt, während der Hund im Kreis herumläuft und bellt, als hätte er noch nie im Leben so viel Spaß gehabt. Ich befördere Momo durch die Tür auf den Gang, und dann rennen wir die schmale Treppe hinunter ins Foyer und anschließend in den strömenden Regen hinaus, wo sich Momos Farbe sofort auflöst und sein Gesicht in eine gestreifte Schreckensmaske verwandelt.

»He, Eunuch, bleib stehen!« Hamza kommt aus dem Theater gestürmt. Und als er sieht, wie sich Momos Maske im Regen auflöst, leuchten seine Augen triumphierend auf. »Ich wusste doch, dass du etwas im Schilde führst!«

Ich werfe mir Momo einfach über die Schulter und laufe los, meine *babouches* klatschen auf die nassen Pflastersteine, und die Verzweiflung verleiht meinen Beinen Flügel. Ich weiche parkenden Kutschen und Pferden aus, biege mal nach rechts, dann nach links ab und verschwinde in den kleinen Gassen hinter dem Theater, mit dem einzigen Ziel, meinen Verfolger abzuschütteln. Bald schmerzt meine Lunge, trotzdem laufe ich weiter nach rechts, dann links, dann geradeaus und in eine schmale Gasse hinein, die mit stinkendem Unrat übersät ist. Als ich feststelle, dass ich in eine Sackgasse geraten bin, ist es bereits zu spät.

In der Ferne höre ich das Echo von Schritten, und dann steht er da, der Konvertit, eine Silhouette am Eingang der Gasse. Ich schaue mich um, doch es gibt kein Entrinnen.

Hamza geht nun etwas langsamer, und in seiner Hand blitzt ein Messer auf. »Du hast mich in den letzten Tagen ganz schön auf Trab gehalten, du Dreckskerl! Trotzdem will ich großzügig sein, also lass den Jungen los und verschwinde, wenn du weißt, was gut für dich ist.« Jetzt ist er bloß noch wenige Schritte entfernt und grinst wie ein Dämon.

»Dafür müsstest du mich töten«, sage ich wütend.

Er lacht nur. »Hat man dir nicht nur die Klöten, sondern auch den Verstand genommen? Willst du jetzt den Helden spielen? Niemand wird dem Kind etwas antun. Wir wollen es nur zurück nach Hause zu seinem Vater bringen und eine dicke Belohnung einstreichen, weil wir es dem Tod entrissen haben, nachdem der verdammte Tuchhändler keine Lust hatte, es aufzunehmen. Was hast du denn schon zu verlieren? Überlass den Jungen mir und verschwinde. Schiff dich nach Amerika ein. Für baumlange Neger wie dich gibt es dort angeblich eine Menge Arbeit!«

Ich nehme Momo von meiner Schulter herab auf den Arm. Er sieht mich an und rollt die Augen. »Ist das Spiel jetzt zu Ende, Nus-Nus?«

»Ich fürchte ja, mein Kleiner.« Dann lasse ich ihn vorsichtig herunter, und sobald seine Füße den Boden berühren, rufe ich ihm zu: »Lauf, Momo, lauf ins Theater zurück!«

Ich gebe ihm einen leichten Schubs, und er rennt los, an dem Konvertiten vorbei, der flucht und hinter ihm herlaufen will, während sein Messer in der Dunkelheit aufblitzt. Doch im gleichen Moment stürze ich mich von hinten auf ihn, und wir gehen beide zu Boden und landen auf den Müllbergen. Er wälzt sich herum, packt mich und hält mir das Messer an die Kehle, wir kämpfen auf dem Boden liegend zwischen Fäkalienhaufen und faulen Gemüseabfällen. Dabei löst sich mein Turban und verhaspelt sich um die Hand mit dem Messer, Hamza flucht und versucht, sich zu befreien. Ich ziehe den Turban wieder zurück und schlage ihm mit voller Wucht die Faust ins Gesicht, wobei ich bewusst auf seine gebrochene Nase ziele. Er brüllt, Blut spritzt auf unsere Kleider, doch er lässt die Waffe nicht los. Es gelingt mir, die restlichen Fetzen des Turbans, die mir die Sicht nehmen, abzuschütteln und ihm einen wuchtigen Schlag auf den Arm zu verpassen.

Er schreit auf und lässt das Messer fallen, das noch ein Stück weiter über das dunkle Pflaster rutscht. Ich hebe es auf und spüre einen Anflug von Triumph, als meine Hand es umklammert, doch dann versetzt mir Hamza einen Schlag auf das Ohr, plötzlich ist die ganze Welt rot und brüllend laut, ich kippe zur Seite und lasse das Messer fallen.

Genau in diesem Augenblick der Unachtsamkeit trifft mich sein Stiefel in die Magengrube, ich würge und ringe nach Luft. *Maleeo*, was für ein Schmerz! Doch als er ausholt, um erneut zuzutreten, bekomme ich glücklicherweise seinen Stiefel zu fassen. Ich drehe ihn um, und er fällt neben mir zu Boden. Doch er ist hart im Nehmen, im Straßenkampf geübt, zudem scheint ihm das Glück hold zu sein, denn im Nu ist er wieder auf den Beinen und hält das Messer in der Hand. Ich rappele mich auf, und wir umkreisen uns wie zwei Kampfhunde, knurren in unserer jeweiligen Muttersprache, schnappen bedeckt von Unrat nach Luft, und die ganze Zeit gießt es wie aus Kübeln.

Er wechselt das Messer von einer Hand in die andere. »Hals oder Bauch, Eunuch?«, krächzt er. »Schnell oder langsam? Ich kann mich nicht ent…«

Ohne das Wort zu Ende zu sprechen, stürzt er sich plötzlich auf mich, und als ich seiner Klinge ausweichen will, rutsche ich auf einem Haufen Gemüse oder Schlimmerem aus, und das Messer trifft mich an der Schulter. Ich wirbele herum, aber er stürzt sich mit einem gewaltigen Sprung auf mich, presst mich gegen die Wand und hält das Messer an meine Rippen.

Seine hervortretenden Augen blitzen mich durch eine blutige Maske an. »Du dämlicher Neger! Jetzt werde ich dich töten müssen, dabei hättest du nur wegzulaufen brauchen …«

Das Messer dringt durch den Stoff meiner Robe, ich krümme mich und spüre etwas Kaltes, Scharfes auf der Haut, einen Vorgeschmack auf den Tod. Was für eine erbärmliche, schmähliche Art zu sterben, in einer schmutzigen Londoner Gasse, weitab von zu Hause und jedweder Hilfe. Er holt erneut mit dem Messer aus, doch dann schreit er laut auf, blickt an sich herunter und schüttelt das Bein. Irgendetwas flitzt davon, ein kleiner Teufel mit blutbeschmiertem Mund. Er grinst, seine Zähne sind rot vor Blut, und einen Moment lang denke ich, es sei Amadou, der von den Toten auferstanden ist und seinen Mord rächen will, doch als ich den goldenen Anzug mit den Spitzen erkenne, weiß ich, dass es Momo ist. Und dann löst sich ein großer Schatten aus der Dunkelheit und schleudert den Konvertiten und sein Messer in unterschiedliche Richtungen. Hamza prallt gegen die Wand und gleitet an ihr hinunter, mit ausgestreckten Beinen. Er hustet und flucht, versucht aufzustehen, doch der Schatten setzt ihm einen Fuß auf die Brust, beugt sich hinab, schlitzt ihm eiskalt den Hals auf und springt einen Schritt zurück, um dem plötzlichen Blutstrahl auszuweichen. Danach wischt er sein Messer an dem Mantel des Konvertiten sauber, steckt es in seinen Gürtel und dreht sich um.

Ich wusste immer, dass ich Hamza eines Tages würde töten müssen, doch jetzt, als er so effizient vor meinen Augen ins Jenseits befördert wird, bin ich schockiert. Schließlich platze ich heraus: »Warum?«

Mustafa mustert mich einen Augenblick unergründlich und zuckt dann die Achseln. »Ich hatte das Theater bereits verlassen, um dich zu suchen, als ich den Jungen zurücklaufen sah. Und er erzählte, ein böser Mann wolle dich töten.«

Momo klammert sich fest an mein Bein. »Ich habe ihn gebissen, Nus-Nus, hast du gesehen?«

»Ja, hab ich«, sage ich und drücke ihn an mich. Dann sehe ich auf: »Ich weiß nicht, was ich sagen soll. Ein schlichtes Dankeschön reicht in diesem Fall nicht aus. Trotzdem danke ich dir von ganzem Herzen, Mustafa.«

»Bitte, nenn mich Addo. Das ist der Name, den mein Stamm mir gegeben hat.«

»König der Straße.« Ich nicke. Genau so sieht er aus, während er mit seinem Umhang, dem Turban und seinen leuchtenden Augen in der Dunkelheit steht. »Mein richtiger Name lautet Akuji.«

»Tot und lebendig. Sehr passend. Auf jeden Fall besser als Nus-Nus.« Er wirft mir ein schräges Lächeln zu, seine weißen Zähne strahlen in dem dunklen Gesicht. Und dann wird er ernst. »Sie werden nach dir suchen. Besser gesagt, sie werden nach zwei Mauren suchen. Drei von uns würden wahrscheinlich einen Aufstand auslösen. Ich muss zu Hortense zurück, ehe man mich vermisst.«

»Mach dir keine Sorgen um uns, ich weiß, wohin wir gehen können. Nochmals danke, Addo.« Wir umarmen uns kurz, dann verliert er sich in der Dunkelheit.

Ich bringe Momo zu Nathaniel Draycott, dessen Haus nur zwei Straßen weit entfernt ist, wie mir jetzt wieder einfällt. Es regnet immer noch in Strömen, die Straßen sind menschenleer, und das kommt uns zugute. Als wir die Haustür erreichen, ist Momo schon wieder halbwegs weiß.

Nathaniel sieht uns, hebt nur eine Augenbraue und winkt uns sofort herein, was man ihm gar nicht hoch genug anrechnen kann. Er starrt Momo an. »Bei Gott, *nigredo* wird zu *albedo*! Was ist denn das für eine wundersame Alchemie?«

Momo kichert entzückt.

»Mr. Draycott, ich fürchte, ich muss Euch um Hilfe bitten.« Hastig erkläre ich ihm die Lage. »Es tut mir sehr leid, dass ich Euch in eine derart abscheuliche Sache verwickeln muss, und ich würde es Euch nicht verübeln, wenn Ihr die Wache rufen wollt. Doch zuerst hört mich an, ich habe Euch einen Vorschlag zu machen.«

Eine Stunde später, nachdem meine Wunden versorgt worden sind und wir mein Angebot per Handschlag besiegelt haben, werfe ich mir einen geliehenen Umhang um, setze einen tief in die Stirn gezogenen Dreispitz auf und steige in die Sänfte, die Mr. Draycott gerufen hat. Die Träger laufen schnaufend und keuchend zum Schloss Whitehall. »Allmächtiger«, sagt einer von ihnen, als ich mit Momo unter dem Umhang verborgen aussteige. »Mit Verlaub, Sir, aber Ihr seid schwerer als ein Pferd.«

Ich entschuldige mich und gebe ihm meine letzte Goldmünze, woraufhin er den Mund hält.

Am Abend, nach dem *couché* des Königs, laufe ich mit Momo unbeleuchtete Gänge, selten genutzte Galerien und Hintertreppen entlang: all die unfrequentierten Orte des riesigen Palastes, durch die wir schließlich ungehindert zu der Geheimtreppe gelangen. Von dort geleitet uns der Türvorsteher, Mr. Chiffinch, zu Seiner Majestät.

Wir finden den König beim Abendessen. Als Momo es sieht, stürzt er sich auf die Reste wie ein wildes Tier. Der König hat seine Amtskleidung abgelegt und trägt ein indisches Gewand, in dem er wie ein orientalischer Herrscher aussieht. Vielleicht – ich bin großzügig – fühlt sich Momo hier deswegen gleich wie zu Hause und fällt über das Essen her, ohne dass man ihn dazu aufgefordert hätte. Doch vermutlich ist er auch einfach ausgehungert, und das ist meine Schuld. Ich weise ihn schroff zurecht und entschuldige mich für sein ungezogenes Benehmen, doch Seine Majestät beachtet mich gar nicht. Ein neugieriger, sanfter Ausdruck huscht über sein Gesicht, während er beobachtet, wie der Junge sich die Pastete in den Mund stopft.

Nach einer Weile sieht er zu mir auf. »Wusstet Ihr, dass man mich in seinem Alter das Schwarze Kind nannte? Meine Hautfarbe war um einiges dunkler als die dieses Knaben, und ich hatte nie blaue Augen. Seine Mutter muss sehr blond gewesen sein.«

»Sie hat sehr blasse Haut, und ihr Haar ist wie gesponnenes Gold.« Seit ich sie das letzte Mal sah, sind fast vier Monate vergangen. Allmählich vergesse ich Alys' Gesicht und erinnere mich nur an Einzelheiten – den Schatten, den ihre hellen Wimpern im Sonnenlicht auf ihre Wangen warfen; die feinen Linien um den Mund, als ihre Lippen die meinen berührten …

Der König nickt nachdenklich, dann wendet er sich Momo zu. »Komm mal her, Kleiner.«

Momo, der die Pastete aufgegessen hat, bis auf die klebrigen Krümel um die Mundränder, gehorcht.

»Du musst dich verbeugen«, ermahne ich ihn. »Du stehst vor dem König von England.«

Doch Momo ist viel zu aufgeregt, um sich zu verbeugen. Stattdessen fragt er: »Wo sind deine Juwelen?«

Der König lacht laut auf. Dann erklärt er ihm: »Man braucht keine Juwelen, um König zu sein, junger Mann.«

Momo denkt einen Augenblick nach, dann nimmt er Mrs. Herberts mit Diamanten besetztes Halsband ab, das ich in meinem Bemühen, ihn unversehrt hierherzubringen, völlig übersehen habe, und reicht es mit ernster Miene dem König. »Dann brauche ich das auch nicht«, sagt er, ganz wie ein König. Anschließend leert er die Taschen seines mit Spitzen verzierten Anzugs, fördert eine Perlenbrosche zu Tage, ein Paar mit Diamanten besetzte Ohranhänger und eine Goldkette mit einem Kreuz.

Ich bin entsetzt. »O Momo …«

König Karl hebt die schwarzen Augenbrauen. »Nun, da hast du aber ganz schön Beute gemacht. Weißt du, was in meinem Königreich mit Dieben geschieht?«

Momo schüttelt verwundert den Kopf. »Ich habe sie nicht

gestohlen«, erwidert er unbekümmert. »Ich passe nur auf sie auf. Und jetzt brauche ich sie nicht mehr. Wenn du der König bist, gehören sie dir. In Marokko besitzt der Sultan alles, was sich in seinem Reich befindet.«

»Ist das wahr?«

»Ja, das hat Papa immer gesagt. ›Alles, was du siehst, Momo, gehört mir. Alle Menschen und das, was sie besitzen, gehört mir. So ist es, wenn man König ist.‹«

Der König lächelt ironisch. »Potztausend, dein Urgroßvater hätte dich ins Herz geschlossen.«

Ich runzele die Stirn. »Urgroßvater?«

»Ja, mein Vater, König Karl I.«

Ich bin verwirrt. »Ich fürchte, der Urgroßvater des Jungen ist schon vor langer Zeit in Den Haag gestorben, in den Niederlanden.«

»Zugegeben, es ist sehr lange her, dass ich im Exil in dieser Stadt lebte. Mehr als dreißig Jahre, der geflügelte Wagen der Zeit und so weiter.« König Karl mustert mich neugierig, bis der Groschen fällt. »Ach, das wusstet Ihr nicht?«

»Sire, ich fürchte, dass ich nicht ganz mitkomme.«

Er steht auf, geht durch das Zimmer auf eine lackierte Truhe zu und nimmt Alys' bestickte Schriftrolle heraus. Er rollt sie auf und hält sie mir vor die Nase.

Und ich lese:

Sire, vergebt Eurer unglücklichen Untertanin ob der Anmaßung.

Ich bitte nicht für mich selbst, nur darum, dass Ihr Euch meines Sohnes annehmt, Eures kleinen Enkels, alias Mohammed, Sohn des Ismail, Sultan von Marokko, der mich als seine Gemahlin hier in der Stadt Meknès gefangen hält.

In Schande und Verzweiflung, Eure Tochter Alys (Tochter von Mary Swann, geboren in Den Haag, im Oktober 1649)

Die Welt dreht sich um mich. Ich lasse mich auf einen Stuhl sinken und schließe die Augen. Es dauert einige Zeit, bis ich wieder zu mir komme. Und als ich die Augen aufschlage, sehe ich, dass der König, kahl wie ein Ei, Momo seine schwarze Perücke aufsetzt.

»Sieh mal, wie würde es dir gefallen, wenn du so ein monströses Ding tragen müsstest, junger Mann? Darum wirst du nämlich nicht herumkommen, wenn du hierbleibst, auch wenn diese grässlichen Dinger scheußlich heiß sind und obendrein kratzen.«

»Ich werde die Mode ändern«, entgegnet Momo und schüttelt die lästige Perücke ab. »Alle müssen sich den Kopf kahl scheren lassen wie du und Nus-Nus und einen Hut tragen, wenn es kalt ist.«

»Was bist du für ein vernünftiger kleiner Kerl.« Der König blickt mich an. »Ich werde Euch natürlich reich entlohnen, weil Ihr ihn mir gebracht habt. Er kommt mit mir zu Nellys Haus. Sie wird ihn lieben, und ich werde ihn oft besuchen. Dort wird er es gut haben.«

»Ich möchte keine Belohnung, Sire«, erwidere ich. »Alys hat um nichts für sich gebeten, nicht einmal darum, dass Ihr sie freikauft. Sie hat ihren Sohn für immer aufgegeben.« Ich verfluche mich, weil ich die verdammte Rolle nicht geöffnet und es selbst hinzugesetzt habe. Tja, jetzt ist es zu spät. »Trotzdem – was soll aus seiner Mutter werden, Sire? Sie wird ohne eigenes Verschulden gefangen gehalten, nur weil ihr Schiff auf dem Weg nach England von Korsaren gekapert wurde.«

Ich sehe, wie sich sein Gesicht verdüstert. »Nun, das ist eine andere Sache. Die Dame gehört jetzt dem Sultan, und der ist, nach allem, was man so hört, ein ziemlich widerborstiger Mann. Offenbar laufen die Verhandlungen um Tanger eher schleppend.«

Ich muss mir auf die Zunge beißen. Die Verhandlungen um Tanger machen nicht nur wegen der Unnachgiebigkeit der königlichen Minister keine Fortschritte, und weil der Sultan ben Hadou zweifellos angewiesen hat, sich nicht festzulegen, sondern auch, weil sich unser geschätzter Gesandter mit der Magd Kate eingelassen hat und unseren Aufenthalt hier um seiner privaten Gelüste willen in die Länge zieht. »Aber Sire, wenn die Bitte von Euch kommt, von Monarch zu Monarch, könnte man sie vielleicht freikaufen.«

Der König hebt die Hand. »Mein lieber Freund, das Königreich ist so gut wie bankrott, und ein Freikauf ist eine teure Angelegenheit. Wenn wir nicht einmal zu einer Vereinbarung über die Freilassung der armen Teufel in Tanger kommen, wie sollen wir dann ein so kostbares Gut wie die Frau des Sultans freikaufen?«

»Aber Alys ist Eure Tochter, Sire!« Ich kann es immer noch nicht fassen.

»Wenn ich mich in die Ehen all meiner Verwandten einmischte, wäre mein Leben erheblich schwieriger. Zudem kann ich sie nicht offiziell als meine Tochter anerkennen, das wäre allzu kompliziert. Im Übrigen gehe ich davon aus, dass die Dame mittlerweile zum mohammedanischen Glauben übergetreten ist, da sie dem Sultan ein Kind geboren hat.«

Ich nicke traurig. »Unter Zwang, Sire.« Unter Zwang und, o ja, Nus-Nus, Überredung.

»Tja, dann besteht wohl keinerlei Hoffnung. Ich kann nicht intervenieren. Sollte sie der Sultan jedoch freiwillig aufgeben, werde ich selbstverständlich alles in meiner Macht Stehende für sie tun. Mehr habe ich dazu nicht zu sagen. Doch was Euch angeht, Nus-Nus, Ihr seid hier immer willkommen. Ich hoffe, Ihr wisst das.«

Dann macht er mir noch ein freundliches Angebot, doch da es unwahrscheinlich ist, dass daraus etwas werden kann, danke ich ihm und verabschiede mich anschließend mit schwerem Herzen von Momo. Er scheint das Ausmaß dieser Entwicklung nicht zu begreifen. Wie sollte er auch in seinem zarten Alter? Langsam schleppe ich mich in mein Zimmer zurück. Mein Herz, das noch wenige Stunden zuvor so heiß und hell wie reines alchemistisches Gold war, fühlt sich mit einem Mal kalt und schwer wie Blei an.

ACHTUNDDREISSIG

Schließlich wird Ende März das Abkommen von Tanger unterzeichnet, obwohl keine der Parteien mit den ausgehandelten Vereinbarungen wirklich zufrieden ist. Trotzdem zögert ben Hadou unsere Rückfahrt nach Marokko hinaus, zuerst unter dem Vorwand von Hamzas Verschwinden, bis man ihn schließlich für tot erklärt und in Ermangelung von Beweisen irgendwelchen Halsabschneidern die Schuld daran gibt. Dann fehlt noch die Kanone, die Ismail ihm mitzubringen aufgetragen hat; diese Bestellung wird mindestens zwei Monate in Anspruch nehmen. Und obendrein setzt er sich in den Kopf, Samir Rafik dabei zu helfen, den Drucker der englischen Ausgabe des Korans ausfindig zu machen, um die Fatwa des Sultans an ihm zu vollstrecken. Zu seinem großen Verdruss erledigt sich die Angelegenheit von selbst: Die Leiche von Alexander Ross verfault seit achtundzwanzig Jahren auf einem Friedhof von Hampshire, trotzdem wird Rafik damit beauftragt, sie auszugraben, denn der Sultan hat den Kopf des Mannes gefordert, und den soll er auch bekommen. Dieser unsinnige Befehl kostet uns wiederum Zeit, die *al-Attar* mit seiner hübschen Küchenmagd vertrödeln kann. Und so nehmen wir weiter Einladungen von den Granden Londons an: Wir besuchen die Universität von Oxford, wo man uns feiert und uns zahlreiche Bücher auf Arabisch schenkt, die wir mit nach Marokko nehmen dürfen, und auch die Universität von Cambridge, die Residenz des Königs in Windsor und die Rennen in Newmarket. Zum Jahrestag der Krönung und zu den Geburtstagsfeiern des Königs Ende Mai weilen wir immer noch in London. Und zu ben Hadous Entzücken wird er nicht nur einmal, sondern gleich zweimal porträtiert und zum Ehrenmitglied der Royal Society ernannt. Am Ende bekommt er auch noch ein neues Vergrößerungsglas als Ersatz. Mr. Ashmole stellt die maurischen Sporen in seinem Museum in Oxford aus.

Wenigstens erlauben mir diese Verzögerungen, Momo des Öfteren in Eleanor Gwynnes Haus auf der Pall Mall zu besuchen und mich davon zu überzeugen, wie gut er sich einlebt. Mittlerweile besitzt er sein eigenes Hündchen – einen Spaniel aus einem königlichen Wurf –, und Nelly und er sind gute Freunde. Es wurde beschlossen, Momos Identität zu seinem Schutz und dem seiner Mutter im Dunkeln zu lassen. Er wird zu einem unehelichen Sohn von Nellys verstorbenem Sohn erklärt, und niemand schöpft Verdacht. Ich muss zugeben, dass sein Anblick etwas Bittersüßes hat. Er erinnert mich daran, dass Alys immer noch im Palast von Meknès gefangen gehalten wird. Jedes Mal, wenn ich den Knaben sehe, ist er ein bisschen gewachsen, ein bisschen englischer geworden, ein bisschen mehr wie seine Mutter und weniger wie sein Vater, obwohl er dessen diebische Ader geerbt hat.

Ich warne Nelly, ihren Schmuck im Auge zu behalten, doch sie lacht nur. »Ach, lasst ihn, soll er seinen Spaß haben. Ich bin ein besserer Taschendieb, als der Kleine jemals sein wird. Ich hole mir einfach alles wieder, wenn er nicht aufpasst.«

Mein Herz sehnt sich nach Marokko – nach Alys –, auch wenn das bedeutet, wieder als Sklave zu dienen.

Im Juli schließlich gehen wir, beladen mit Geschenken für Ismail, darunter eine prächtige französische Kutsche, sechs Pferde, zwölfhundert Fässer bestes Schießpulver samt zweitausend Musketen, in Deal an Bord eines Schiffes. Wir kehren in ein Land zurück, das sich im Siegestaumel befindet. Die Spanier sind endlich aus ihrem Stützpunkt, dem Hafen von Mamora, vertrieben worden. Kaid Omar wird gefeiert, denn nur dank seiner List konnte der Feind in die Flucht geschlagen werden. Nachdem er eine kleine Garnison an der Grenze der spanischen Enklave überrannt hatte, ließ er überraschend Gnade walten. Die Besiegten durften abziehen und berichteten daraufhin dem Gouverneur von Mamora, eine gewaltige marokkanische Streitmacht sei auf dem Weg, um die Stadt zu erobern, werde aber von einem edelmütigen Mann angeführt, und es wäre klüger, sich ihm zu ergeben. Ihre eigene Verschonung sei Beweis für Kaid Omars Ritterlichkeit. Nach eingehender Überlegung beschloss der spanische Gouverneur, dass dies tatsächlich die beste Lösung wäre, und entschied sich für den Frieden. Er handelte freien Abzug für sich und ein Dutzend hochrangiger Adelsfamilien aus. Die einfachen Bürger wurden natürlich alle gefangen genommen und warten wahrscheinlich noch heute in den Verliesen von Salé und Meknès darauf, dass man sie freikauft. Immer sind es die kleinen Leute, die im Krieg leiden.

Als Folge seines glorreichen Sieges hat es Ismail nicht eilig, sich über die Einzelheiten des Abkommens, das wir mit den Engländern über Tanger ausgehandelt haben, unterrichten zu lassen, und wir können die Abreise aus Salé viel gemächlicher angehen als erwartet. Wir haben sogar genügend Zeit, einen kurzen Umweg über Fès zu machen, wo ben Hadou eine geschäftliche Angelegenheit zu erledigen hat. Dort bringt er den Alchemisten, Mr. Draycott, in einem seiner vielen Häuser unter, während wir weiter nach Meknès ziehen. Ich will mich erst vergewissern, dass Zidana Nathaniel freundlich empfangen wird, ehe ich ihn der Herrscherin vorstelle. Ich habe ihm erklärt, dass er es in ihren Diensten zu großem Wohlstand bringen kann, dies aber auch enorme Gefahren birgt. Dieser Widerspruch schien ihn nicht besonders zu beunruhigen, denn er ist entzückt von der Vorstellung, Hofalchemist im Palast des marokkanischen Sultans zu werden, aber noch hat er Zidana nicht getroffen. Der Kaid jedenfalls scheint entzückt zu sein, nun einen Mann der Wissenschaft großzügig unterstützen zu können. Es dient seinem Ansehen in der Welt. Zu meiner Verwunderung hat er seine neue Frau Kate nicht mit nach Marokko gebracht, möglicherweise muss er den Sultan genauso vorsichtig darauf vorbereiten wie ich Zidana, aber er hat neue Diener in das Haus von Fès beordert, in dem auch Mr. Draycott untergebracht ist. Es herrscht ein reges Kommen und Gehen von Ausstattern und Möbelhändlern, woraus ich folgere, dass er Kate nachkommen lassen wird, sobald die Zeit reif ist.

Während ich sehe, wie er sein Nest baut, sehnt sich mein Herz nach Alys. Hier in Fès bin ich ihr nah und trotzdem so fern, als wäre ich immer noch in England. Nachdem ich die monatelange Verzögerung stoisch ertragen habe, da ich nichts unternehmen konnte, um die Abreise zu beschleunigen, bin ich nun zu einer Tatenlosigkeit verdammt, in der ich keine Befriedigung finde. So vergeht die Zeit in der schönsten Stadt der Welt in einer Wolke aus kaum unterdrücktem Unwillen gegen alles und jeden.

Eine Woche später kommen wir in Meknès an und finden den Palast und die Anlagen im üblichen Chaos wieder. Auf dem Weg zu den königlichen Quartieren verirren wir uns sogar, da in der Zwischenzeit zahlreiche Gebäudeflügel und Innenhöfe abgerissen wurden, um Platz für neue Kasernen zu schaffen. Nachdem wir unsere Ankunft bekannt gegeben haben, erklärt man uns, der Sultan werde uns erst später empfangen; er sei dabei, seine Truppen zu drillen.

Ben Hadou runzelt die Stirn. »Tja, Nus-Nus, es sieht so aus, als blieben uns ein paar Stunden Zeit, ehe wir Bericht erstatten müssen.« Dann blickt er mir in die Augen. »Du hast dein Land vorzüglich vertreten. Ich werde es den Herrscher wissen lassen.« Er hält meinem Blick lange stand, und ich bemerke eine gewisse Nervosität in seinem Ausdruck.

»Und ich werde mich hüten, irgendetwas zu erwähnen, das einen Schatten auf unsere Mission werfen könnte.«

Er grinst und klopft mir auf die Schulter, dann eilt er davon. Endlich bin ich allein und kann den Harem unter dem Vorwand aufsuchen, Zidana das kostbare Elixier zu bringen, das sie sich aus England gewünscht hat.

Im Harem hat sich nichts verändert, als wäre kein Tag vergangen, seit ich das letzte Mal hier war, und plötzlich packt mich die Angst, ich könnte um die Ecke biegen und in einem Hof auf Alys stoßen, mit dem spielenden Momo zu ihren Füßen. Doch obwohl ich mich in allen Pavillons und Gärten genau umsehe, finde ich keine Spur von ihr, und nach einer Weile erfasst mich kaltes Entsetzen.

Stattdessen stoße ich auf Zidana. Sie mustert mich von oben bis unten. »London ist dir gut bekommen, Nus-Nus, du hast noch nie so gut ausgesehen.«

Leider kann ich dasselbe von der Herrscherin nicht behaupten. In den vergangenen sieben Monaten ist sie sehr gealtert. Sie hat Ringe unter den gelblichen, blutunterlaufenen Augen und geht viel langsamer als früher; der mit einem Totenkopf geschmückte Stab ist nun eher eine Notwendigkeit als ein Schmuckstück. Sie nimmt das Fläschchen mit Primum Ens Melissae entgegen und schnüffelt misstrauisch. »Ich rieche nur Zitronenbalsam und Alkohol«, sagt sie vorwurfsvoll.

»Der Alchemist, der das Rezept zusammenstellte, bürgt für seine Wirksamkeit.« Dann erzähle ich ihr alles, was mir Nathaniel und Elias darüber berichtet haben.

»Makarim!« Kurz darauf stiehlt sich die Sklavin herein und blickt fragend von Zidana zu mir und zurück. »Hier, probier das«, befiehlt Zidana und reicht ihr das Fläschchen.

Makarim erblasst. Kein Wunder. Schließlich kennt sie die Art von Medizin, die ihre Herrscherin verteilt. Als sie etwas von der goldenen Flüssigkeit in einen Becher schenkt, zittert ihre Hand, aber nach kurzem Zögern schluckt sie den Inhalt hinunter. Sicher denkt sie, dass die Möglichkeit, vergiftet zu werden, immer noch besser ist, als den Stab auf den Kopf zu bekommen. Zidana beobachtet, wie sie die Flüssigkeit trinkt, und ihre schwarzen Augen sind nur noch Schlitze in dem runzeligen Gesicht. Natürlich passiert in diesem Augenblick nichts, was äußerlich sichtbar wäre.

»Glaubst du, dass ich auf das Elixier des erstbesten Scharlatans hereinfalle, das du mir anbringst? Ich sollte dich köpfen lassen, Eunuch! Vielleicht tue ich das sogar. Und jetzt gib mir das Gold und die Juwelen wieder, die ich dir anvertraute, damit du das Elixier kaufst, dann verschone ich dich. Vorerst.«

Ah. Nach einer unbehaglichen Pause verspreche ich, ihr alles am nächsten Tag zu bringen, obwohl ich es längst ausgegeben habe.

»Jetzt sofort!«, kreischt sie.

»Ich fürchte, dass unser Gepäck noch nicht abgeladen ist!« Verzweifelt versuche ich, Zeit zu schinden.

Sie schlägt mich mit ihrem Stab, doch zum Glück steckt nicht allzu viel Kraft dahinter. »Für wie dumm hältst du mich? Wer würde Gold und Juwelen im Gepäck einer Karawane transportieren? Du bringst sie sofort her! Makarim wird dich begleiten. Und wenn du bis Mittag nicht zurück bist, schicke ich die Wache nach dir.«

Makarim und ich treten bedrückt durch das eiserne Tor und gehen anschließend durch die Gänge des Palastes. Ich frage mich kurz, ob mir ben Hadou das Geld leihen würde, um Zidana zu bezahlen, komme aber zu dem Schluss, dass er vermutlich ablehnen würde. Wer dann? Ich bin ratlos, bis

Makarim die Stille mit einer angsterfüllten Frage unterbricht: »Was ist in diesem Elixier? Muss ich jetzt sterben?«

»Davon gehe ich aus«, erwidere ich ernst.

Sie bleibt stehen und starrt mich mit weit aufgerissenen Augen an. »Dann war es Gift?«

Angesichts ihres panischen Ausdrucks muss ich beinahe lachen. Soll sie genau das denken, sage ich mir, während ich mich an ihre boshafte Intrige gegen Alys erinnere. Und schweige.

Makarim schlingt die Arme um den Oberkörper und erschauert. »In den letzten Monaten sind schon so viele gestorben.« Sie verzieht das Gesicht, und ihre Augen füllen sich mit Tränen. »Ich will nicht sterben …«

»So viele gestorben?« Mir läuft es kalt über den Rücken. »Was meint du?«

»Die Ruhr hat so viele getötet.«

»Alys?« Meine Stimme ist so heiser, dass ich den Namen kaum aussprechen kann.

Sie wirft mir einen Blick aus zusammengekniffenen Augen zu und nickt. »O ja, sie war eine der Ersten.«

Mir wird heiß, dann kalt, ich zittere, als hätte ich hohes Fieber. Das Blut pocht derart laut in meinen Ohren, dass ich ihren nächsten Satz nicht verstehe, sondern mich an die Wand lehne und daran hinuntergleite, bis ich auf dem Boden lande.

Makarim beobachtet mich neugierig. »Ist dir nicht gut, Nus-Nus?« Ein kurzes Lächeln huscht über ihre Lippen. Trotz der Möglichkeit, dass der Tod bereits seine Schwingen über sie gebreitet hat, genießt sie das Ganze.

Mir fehlen die Worte, und ich blicke sie nur ausdruckslos an, wie erstarrt, ungeachtet der Hitze des Tages. Scheinbar gibt es nichts zu sagen, nichts, was man tun könnte. Zidana wird meinen Kopf fordern, und niemand wird sich daran stören. Ich habe meine Rolle erfüllt. Habe Momo ein neues

Leben verschafft, fern von den Gefahren dieses Palasts. Ich senke den Kopf.

Man hätte meinen können, dass meine Hoffnungslosigkeit sich durch nichts hätte erschüttern lassen, doch dann fällt mein Blick auf eine Reihe von Ameisen, die sich durch eine Ritze in den kostbaren Zellij-Kacheln einen Weg durch den Gang zum fernen Innenhof bahnen, jede mit einem Reiskorn oder einem Brotkrümel auf dem Rücken. Ich beobachte, wie sie marschieren, winzige Kreaturen, die unbeirrt ihres Weges ziehen, obwohl sie angesichts der monumentalen Architektur im Traum eines wahnsinnigen Sultans nur winzige Punkte sind. Wie in Trance betrachte ich sie, bis ich jäh gestört werde.

»Nus-Nus, du musst sofort mitkommen!« Es ist Abid, der Sklave des Sultans. »Ich habe dich schon überall gesucht«, keucht er atemlos.

»Er kann nirgendwohin«, mischt sich Makarim ein und starrt den Jungen an. »Er muss etwas für die Herrscherin erledigen.«

Abid hält ihrem Blick stand. »Moulay Ismail verlangt nach ihm. Er soll sofort in den Versammlungssaal kommen.«

Damit hat sich die Angelegenheit erledigt. Nicht einmal Zidana würde es wagen, dem Herrscher zu widersprechen.

Als ich aufstehe, zupft Makarim mich am Ärmel. »War es Gift? Sag mir die Wahrheit.«

Ich blicke sie stumm an. Dann schüttele ich den Kopf. »Im Gegenteil.«

»Dann werde ich leben?«

»Ich bin sicher, dass du uns alle überleben wirst.«

Offensichtlich erleichtert erinnert sie sich an ihre Aufgabe. »Dann gib mir jetzt das Geld, schnell, ich bringe es zu Zidana und rette unser beider Haut.«

Ich blicke sie an, als schwafelte sie Unsinn. »Ich habe kein Geld und auch keine Juwelen. Wenn sie als Zahlung meinen

Kopf fordert, dann soll es so sein. Es ist mir egal. Also geh zurück und sag das deiner Herrin.« Anschließend folge ich Abid zu meiner Kammer, um meine Unterlagen zu holen, und danach weiter zum Versammlungssaal.

Viele Minister und Kaids haben sich versammelt, einschließlich des neuen Wesirs, eines schwächlichen, unterwürfigen Mannes mit pockennarbigem Gesicht, der ein einfaches Gewand und keinen Schmuck trägt, in jeder Hinsicht das Gegenteil von Abdelaziz. Der Sultan sitzt inmitten seines üblichen Pomps, zwei Diener wedeln ihm mit großen Fächern aus Straußenfedern Luft zu. Falls er mich wiedererkennt, als ich mich nach der Niederwerfung wieder aufrappele, so lässt er sich nichts anmerken. Sein Blick schweift gleichgültig über mich hinweg. Zu seinen Füßen sitzt Aziz und hält das angespitzte Schilfrohr über der Schreibschatulle in seinem Schoß, um alles festzuhalten. Kurz darauf tritt ben Hadou ein. Nachdem er einen flüchtigen Blick auf meine Unterlagen geworfen hat, beginnt er ausführlich über unsere Zeit in London zu berichten. An erster Stelle steht natürlich das Abkommen, doch als der Gesandte die Bestimmungen erläutern will, hebt der Sultan irritiert die Hand.

»Die Umstände haben sich geändert, seit ihr die Reise angetreten habt, um über das Abkommen zu verhandeln. Vielleicht wisst ihr noch nichts davon. Wir haben die Ungläubigen aus Mamora vertrieben, jetzt verfügen wir über einen weiteren Hafen. Die Spanier ließen einige hervorragende Geschütze zurück. Zusammen mit denen, die ihr aus England mitgebracht habt, den exzellenten Musketen und dem Schießpulver sind wir in einer Position, die es uns erlaubt, die Bedingungen neu zu verhandeln. Ich werde König Karl auffordern, mir einen neuen Gesandten zu schicken.« Er reibt sich freudig die Hände angesichts dieser Aussicht.

Die Bestürzung in ben Hadous Gesicht wäre beinahe komisch, könnte ich etwas empfinden. Stattdessen beobachte ich gleichmütig, wie er sich verbeugt und meine umfangreichen Papiere mit einer Geste zusammenrollt, die besagt, dass er sie am liebsten zerreißen und dem Herrscher ins Gesicht werfen würde. Doch dazu ist *al-Attar* viel zu beherrscht. Als er den Kopf wieder hebt, ist sein Ausdruck leer. Er antwortet knapp auf die Fragen des Sultans zum Leben am englischen Hof – dem König, seinem Palast, seinen Gärten – und versucht vorsichtig, die Pracht dort herunterzuspielen. Whitehall, erzählt er dem Sultan, sei ein Labyrinth von Gängen voller mottenzerfressener Wandteppiche und Spinnweben. Diese verbänden riesige, leere Säle, in denen die wenigen Höflinge des Königs wie das Rasseln von Samenkörnern in einer Kalabasse klängen. »Manche Teile des Schlosses sind jahrhundertealt, und andere wurden willkürlich angebaut. Der Palast ist nicht zu vergleichen mit der Größe und den epischen Ausmaßen Eurer großen Leistung hier, Hoheit.«

Ismail hört dies gern und beugt sich vor. »Und wie sind seine Frauen?«

»Nach den Gesetzen der Christen darf er nur eine haben. Königin Katharina ist eine unscheinbare Person mit Zähnen wie ein Kaninchen. Doch im Gegensatz zu diesen hat sie bislang kein Kind zur Welt gebracht.«

»Wer wird ihm dann auf den Thron folgen? Er ist weit über fünfzig. Er sollte diese portugiesische Infantin schleunigst loswerden und sich eine neue Frau nehmen, die ihm einen Erben schenkt.«

Während ben Hadou dem Sultan die Schwierigkeiten um die englische Thronfolge erläutert, wandern meine Gedanken zurück zu dem Weißen Schwan. Ich frage mich, ob sie allein war, als sie starb, ob irgendjemand sie hätte retten können, ob Zidana ihre Finger im Spiel hatte. Und wann genau war es? Als ich am Tisch der Herzogin von Portsmouth den guten französischen Wein genoss? Oder vielleicht vor einem Monat, als ich im Rosengarten spazieren ging und davon träumte, dort mit Alys zu sitzen und in der sanften englischen Sonne den Duft der Blüten einzuatmen? Oder ist sie an gebrochenem Herzen gestorben, kurz nachdem ich mit Momo abgereist war?

Ich quäle mich mit diesen Gedanken und schnappe nur gelegentlich einen Satz auf, während ben Hadou den englischen Hof beschreibt. Jetzt reden sie über die Frauen …

»Sind alle so blass wie der Weiße Schwan?«, fragt der Herrscher neugierig, woraufhin mein Herz zu pochen beginnt.

»Die meisten sind hässlich«, erklärt *al-Attar*. »Sie haben braunes Haar und eine dicke Schicht Bleiweiß auf dem Gesicht, um ihre Pockennarben zu verbergen.«

Das erfreut den Sultan zutiefst, und er bittet seinen Gesandten, ihm mehr Einzelheiten zu erzählen, vor allem über die Mätressen des Königs.

»Dazu solltet Ihr Nus-Nus befragen«, mischt sich eine boshafte Stimme ein. »Er hat eine Menge Zeit mit den Huren des englischen Königs verbracht.« Ich hebe den Kopf, und als ich mich umdrehe, sehe ich Samir Rafik, der mich mit verächtlich gekräuselten Lippen mustert. »Seht nur, wie er um sie trauert.«

Der Sultan beugt sich auf seinem Diwan vor und betrachtet mich neugierig. »Nus-Nus, komm her.«

Ich trete einen Schritt vor, dann einen zweiten.

»Knie nieder.«

Ich gehorche, woraufhin Ismail die Hand ausstreckt und mir über das Gesicht fährt. »Weinst du?«

Tue ich das? Meine Hand fährt zu meiner Wange, sie ist feucht.

»Warum weinst du?«

Ich kann nicht darauf antworten.

»Vielleicht aus Scham!«, ruft Rafik in die Stille. »Er und Kaid ben Hadou hatten während unseres Aufenthaltes in London englische Mätressen, und als Kaid Sharif und ich ihre Ausschweifungen kritisierten, schickten sie uns auf eine sinnlose Suche aufs Land, damit wir ihnen nicht im Wege standen und sie ungehindert den guten Namen des Islams, Marokkos und der Gesandtschaft Eurer Hoheit in den Schmutz ziehen konnten.« Er nimmt eine dicke Schriftrolle aus seinem Umhang, rollt sie auf und zählt jedes Ereignis auf, bei dem ein Mitglied der Gesandtschaft vom rechten Weg abgekommen ist. Einiges erfindet er dazu, wobei er sich die schlimmsten Verfehlungen für seine Feinde aufhebt: für ben Hadou und mich.

Ismails Gesicht hat sich unheilvoll verfinstert, doch ich stelle fest, dass es mir einerlei ist. Obendrein sind die meisten Anschuldigungen völlig absurd. Plötzlich pruste ich los, was den Sultan noch mehr erbost. »Du lachst?«, brüllt er, woraufhin ich noch lauter lache. Ich sehe, wie ben Hadou mich fassungslos anstarrt. Nicht nur, dass Rafik seinen hinterhältigen Schachzug vollzogen hat, noch ehe wir Gelegenheit hatten, die heikle Angelegenheit des seit Langem verblichenen Druckers anzusprechen und wie wenig von seinem knochigen Schädel übrig geblieben ist, was den Rachedurst des Sultans nicht befriedigen wird – jetzt hat auch noch sein Stellvertreter den Verstand verloren. Er sieht mich eindringlich an, als könnte er mich damit wieder zur Vernunft bringen, doch dafür es ist bereits zu spät.

Der Sultan ist aufgesprungen. »Sharif!«, schreit er, und der Kaid kriecht förmlich vor. Der Sultan versetzt ihm einen Tritt, damit er aufsteht. »Ist das wahr?«, kreischt er. »Haben diese Männer Schande über ihre Religion, ihr Land und *mich* gebracht?«

Sharifs Blick schweift verzweifelt von *al-Attar* zu mir und wieder zurück. Er weiß nicht, was er sagen soll, um nicht alles noch schlimmer zu machen. Ich sehe, wie gespannt die versammelten Minister alles beobachten. Hyänen, die nervös darauf warten, dass die Löwen zu Ende fressen, um sich dann heranzuschleichen und sich ihren Anteil zu holen. Solange das Blut eines anderen fließt, sind die Übrigen sicher, zumindest vorerst.

Ismail nähert sein Gesicht dem von Sharif. »Hat man dir in London die Zunge abgeschnitten?«

»N-nein, Erhabener«, stottert er.

»Dann beantworte die Frage. Haben diese Männer mit Frauen angebändelt und das Vertrauen, das ich in sie setzte, verraten?«

»Euer S-Sklave Nus-Nus ist … ein … ein Eunuch, Herr.«

Ismail sieht ihn an wie eine Küchenschabe, die er gleich zertreten wird. Er will den Dolch aus seiner Scheide ziehen, doch der verfängt sich in seiner Schärpe, und er geht in die Luft. »Ich töte euch alle, jeden Einzelnen von euch!« Schließlich bekommt er den Dolch frei und hält ihn Sharif an den hageren Hals. »Sprich die Wahrheit!« Speichelfetzen sprühen auf das emporgewandte Gesicht des Kaid.

»I… äh … habe g-gesehen, wie Nus-Nus ein G-Glas Wein getrunken hat«, bringt er schließlich heraus und verdreht die Augen wie ein Opferlamm am Aid el-Kebir. »Und … und …« Er versucht, sich an irgendeine andere kleine Sünde zu erinnern, die gegen die Regeln des Islams verstößt, etwas Belastendes, aber nicht allzu Ernstes. »Und … ach ja … Kaid b-ben Hadou hat ein B-Bildnis von sich malen lassen.«

»Zwei«, setzt Rafik gehässig hinzu.

»Hundesohn!« Der Sultan schiebt Sharif beiseite und stürzt sich auf ben Hadou, der schützend die Hände hebt. »Allah verbietet Abbildungen von Menschen! Du bist des Todes, weil du diese Schande über mich gebracht hast, den Vertreter des Islams, den Verteidiger unseres Glaubens!« Er stößt ihm den Dolch in das Bein, und ben Hadou geht mit einem Schrei zu Boden. Einen Augenblick herrscht Totenstille, als wäre Ismails plötzlicher Blutdurst gestillt, doch dann schreit er nach seiner Wache: »Führt sie alle ab, in die Löwengrube mit ihnen!«

Ich dachte, es wäre mir egal, ob ich lebe oder sterbe. Doch gefangen in einer Grube mit sieben hungrigen Löwen und der Aussicht, bei lebendigem Leib zerfleischt zu werden, sieht alles anders aus.

»Bleibt zusammen!«, ruft ben Hadou uns zu. Ich habe meinen Turban um seinen Schenkel gewickelt, doch der Blutverlust hat ihn bereits stark geschwächt. »Wenn wir uns trennen, machen wir es ihnen leicht, dann werden sie uns einen nach dem anderen angreifen. Bewerft sie mit Sand und Steinen, mit allem, was ihr findet.«

»Werft *ihn* den Löwen zum Fraß vor!«, ruft Samir Rafik und zeigt auf Sharif, der gewiss keine Hilfe dabei sein wird, die Raubtiere abzuschrecken. Er ist vor Angst gelähmt und starrt mit weit aufgerissenen Augen ins Leere. »Das wird sie eine Weile ablenken.«

Einen Herzschlag lang sieht es so aus, als würde *al-Attar* die grausame Option in Betracht ziehen, doch dann wird mir bewusst, dass der Blutverlust seine Gedanken fast bis zum Stillstand verlangsamt hat.

»Fuchtelt mit den Armen und schreit sie an«, rufe ich, während ich mich daran erinnere, was man uns als kleinen Kindern beigebracht hat. Wir wuchsen in einem Gebiet auf, in dem noch Löwen nach Beute jagten. Doch diese Taktik dient dazu, ein einzelnes Tier abzuschrecken, nicht ein ganzes Rudel von sieben hungrigen Bestien. Es hält sie nur wenige Minuten in Schach, bis sie merken, dass ihnen vom Lärm keine Gefahr droht, dann fangen sie erneut an, uns zu umkreisen.

Die Berberlöwen gelten als die größten und kräftigsten Vertreter ihrer Spezies, und diese hier sind wirklich gewaltige Ungeheuer. Unter anderen Umständen könnte man sie als stattlich oder gar als edel bezeichnen, aufgrund ihrer gewaltigen Masse und schwarzen Mähne, des riesigen Kopfs mit den intelligenten, bernsteinfarbenen Augen. Berauscht von dem Geruch nach Blut aus der Wunde des Kaid und tagelangem Hungern konzentrieren sie all ihre Kraft und Intelligenz nun darauf, wie sie mit ihren fürchterlichen Reißzähnen Fleischklumpen aus unseren Körpern reißen können.

Die Weibchen übernehmen die Führung. Riesige Geschöpfe mit weichem Fell und scharfen Augen. Sie sind kleiner als die beiden Männchen, doch was ihnen an Körpermasse und Mähne fehlt, machen sie mit ihrer Aggressivität und List wett. Zwei täuschen einen Angriff vor, stürmen auf uns zu und ziehen sich zurück, während ein anderes Weibchen sich von hinten anpirscht und sich mit untrüglichem Gespür denjenigen von uns auswählt, der ihr am wenigsten gefährlich werden kann. Ihre Zähne vergraben sich in Sharifs Arm. Der arme Kaid schreit vor Schmerz auf und wehrt sich nach Leibeskräften. Doch die Löwin ist ungleich stärker. Sie wirft den mächtigen Kopf auf die Seite und zerrt den Kaid mit sich, wir können nichts mehr tun, um ihn zu retten. Der Lärm ist entsetzlich – ein Reißen, Knirschen, Geschrei …

Nun drängen sich die zwei Männchen vor und versuchen, die Weibchen zu vertreiben, woraufhin ein schrecklicher Kampf ausbricht. Während ich mich nach anderen Optionen umsehe, vibriert das Brüllen der Bestien in meiner Brust. Um die Grube herum hat man einen breiten Wassergraben gezogen, den die Tiere nicht überspringen können, und dahinter ist ein hoher Eisenzaun. Als man nach dem Vorfall im Sklavenverlies feststellen musste, dass die Bestien sich auch unter Zäunen hindurchgraben können, ist man nach mehreren vergeblichen anderen Methoden zu dem Schluss gekommen, dies sei die beste Art zu verhindern, dass die Raubtiere ausbrechen und ein Blutbad unter dem Palastpersonal anrichten, obwohl es den freien Blick der Zuschauer auf das Geschehen einschränkt. Normalerweise wirft man den Löwen nur arme Sklaven zum Fraß vor, doch jetzt, da vier angesehene Mitglieder der soeben aus England zurückgekehrten Gesandtschaft dran glauben müssen, hat sich eine große Menschenmenge versammelt. Alle drängen sich vor dem Zaun – Menschen, die ich seit einer Ewigkeit kenne: Mitglieder des Hofes, Beamte, Wachen, Stallknechte, Mundschenke und Sklaven, Adlige, Kaufleute, sogar die Herrscherin Zidana und ihre Söhne –, und alle wollen uns sterben sehen. Als ich beobachte, wie die Löwen den armen Sharif Stück für Stück zerfleischen, wird mir schlecht.

»Schnell, laufen wir zum Graben!«, rufe ich ben Hadou zu und denke, dass unsere Chancen, den Löwen auf festem Boden zu entkommen, weitaus geringer sind als in dem riskanten Wassergraben.

Die Verzweiflung verleiht ihm Kraft. *Al-Attar* legt seinen Arm um meine Schulter, und wir laufen auf den Graben zu. Wir erreichen ihn, noch ehe die Löwen aufhören, sich über die Reste zu streiten, die vom Kaid übrig geblieben sind. Rafik und ich schwimmen in rasender Eile durch den Wassergraben auf den Zaun zu. Als ich mich an der Eisenstange festhalte, blicke ich mich nach ben Hadou um, der am anderen Ufer das Wasser aufspritzt und eine entschlossene Löwin anschreit, die der Angst vor dem Wasser trotzt. »Ich kann nicht schwimmen!«, schreit er mir zu.

»Pech gehabt«, höhnt Rafik. Dann hangelt er sich mit Armen und Beinen am Zaun hoch, schwingt sich über die spitzen Enden und lässt sich auf die sichere Seite fallen, zerkratzt und blutig, doch unversehrt.

Ich zögere. Ich könnte mich genauso leicht wie Samir Rafik in Sicherheit bringen, doch die Art und Weise, wie der arme Kaid zerfleischt wurde, hat sich auf entsetzliche Art in mein Gedächtnis eingebrannt, dabei kannte ich den Mann kaum. Mit *al-Attar* verbindet mich erheblich mehr, auch wenn ich ihn nicht immer mochte. Wie könnte ich reinen Gewissens weiterleben, wenn ich zuließe, dass er von einer Löwin in Stücke gerissen wird? Dabei wünschte ich mir noch vor einer Stunde den Tod. Und jetzt beschließe ich plötzlich, dass ich doch lieber weiterleben möchte, auch ohne den Weißen Schwan. Ich atme tief ein und rufe den Geist der Senufo an. Meine Maske, den *kponyungu*.

Ich hatte meine Initiation zum Poro nie beenden können, dem Geheimbund, der den jungen Männern des Senufo-Volkes Weisheit, Kraft und Verantwortung beibringt. In dem Jahr, als ich unsere Rituale hätte lernen sollen, wurde ich von den Sklavenhändlern gefangen genommen. Doch ich hatte den *kponyungu*-Tanz getanzt und wusste um seine Kraft. In unserem Land dienen die Masken dazu, das Übel zu bekämpfen, ganz gleich, ob es aus dieser oder der anderen Welt kommt, natürlich oder übernatürlich ist. Manchmal ist eine Maske ein Schutzschild, ein feiner Panzer gegen das Böse, doch sie kann auch Ausdruck höchster Aggression sein. Jetzt beschwöre ich die mächtigen Kiefer des Krokodils, die Zähne der Hyäne, denen nichts widersteht, die Hauer des Warzenschweins und die Hörner des Wasserbüffels und dazwischen setze ich das Chamäleon, das Wesen der Verwandlung. Zuletzt stelle ich mir vor, wie ein ganzer Schwarm von Ameisen mit der Entschlossenheit der Unbeirrbaren über meine Maske läuft. Fauchend werfe ich mich wieder ins Wasser und versammle hinter der Maske all die Wut und Trauer, die ich in meinem ganzen Leben empfunden habe. Sie ist nicht länger mein zweites Gesicht. Sie ist mein eigenes Gesicht. Und ich bin nicht länger Nus-Nus, halb-halb, ein Eunuch, ein Sklave. Ich heiße Akuji. Und ich bin tot und lebendig zugleich.

Die Löwin starrt mich unsicher an. Dann kräuselt sie die Schnauze, um mir die gewaltigen Zähne zu zeigen, doch es ist mehr eine Geste der Angst als der Überlegenheit. Nach einigen Sekunden, in denen Gewalt in der Luft liegt, trollt sie sich unter gehörigem Platschen im Wasser zum Ufer zurück, um sich am Festmahl ihres Rudels zu beteiligen.

Ben Hadou starrt mich wortlos an. Ich kann mir nicht vorstellen, was er sieht, und zum ersten Mal ist es mir egal. Ich denke nicht, ich handle nur, und in der Schlichtheit des Tuns liegt so viel Reinheit, dass ich glühe wie Feuer, als wäre ich von einem Blitz der Freude und der Kraft getroffen, als vereinte ich die Kraft all meiner Ahnen in mir. Ich packe ben Hadou an der Kleidung und schleppe ihn kurzerhand hinter mir her durch den Graben und auf den Eisenzaun zu. Im gleichen Moment klettern Wachen über den Zaun – vier, fünf, mit Speeren und Säbeln bewaffnet. Das war's, denke ich. Wenn die Löwen uns nicht töteten, so werden jetzt die *bukhari* dafür sorgen, dass wir unserer Strafe nicht entgehen, und uns wieder in die Grube werfen. Doch dann heben sie erst ben Hadou aus dem Wassergraben und anschließend mich.

Man behandelt uns so ehrerbietig wie bedeutende Gäste des Sultans, die durch einen schrecklichen Zufall in eine Löwengrube gefallen sind.

NEUNUNDDREISSIG

Radjab 1092 AH

Samir Rafiks Freiheit war von kurzer Dauer. Der Sultan, unberechenbar wie eh und je, nahm ihm übel, dass er nur an sich selbst gedacht hatte, als er aus der Löwengrube geflohen war, und ließ ihn foltern. Unter Faroukhs Foltermaßnahmen gestand er, dass die Vergehen, deren er Kaid Mohammed ben Hadou und mich als seinen Stellvertreter bezichtigt hatte, erlogen waren.

Obwohl *al-Attar* sich natürlich doch hatte porträtieren lassen. Zwei Mal.

Obwohl er eine englische Magd zur Frau genommen hatte.

Und ich während unseres Aufenthaltes in England tatsächlich Wein und Bier getrunken hatte.

Am schlimmsten aber war, dass ich den Sohn des Sultans dem englischen König übergeben hatte. Doch da Samir Rafik keine Beweise für dieses letzte und schwerste Vergehen besitzt, hält er lieber den Mund.

Es hatte weder Hurerei noch Besäufnisse gegeben, wie er nach unserer Verhaftung ausgesagt hatte, und als die anderen Mitglieder der Gesandtschaft sehen, wie sich die Dinge entwickeln, schlagen sie sich lieber auf ben Hadous Seite, als den Gefolterten zu unterstützen.

Nachdem Faroukh die meisten seiner exquisiten Behandlungsmethoden angewendet hat, hätte der Neffe des Großwesirs alles gestanden, und genau das tut er auch. Ich erfahre, dass er alle möglichen bizarren Verbrechen zugegeben hat, selbst den Mord an dem Kräuterhändler Sidi Kabour, wobei er behauptet, dieser sei einerseits Teil von Abdelaziz' Komplott gewesen, Zidana und ihre giftige Brut aus dem Weg zu räumen, und andererseits von dem Wunsch seines Onkels inspiriert, mich als Lustknabe in seinem Haus einzusperren. Doch da all das nichts mit den Befehlen des Sultans bezüglich Informationen zu der Londoner Gesandtschaft zu tun hat, wird es als leeres Geschwätz abgetan, und der Mann, der mir davon berichtet, entschuldigt sich mehrmals dafür, dass er mir diesen verleumderischen Unsinn erzählen muss.

Wenig später ist Rafik tot.

Ben Hadou wird wieder zum ersten Minister des Sultans ernannt, und ich erhalte meine Freiheit. Als ich endlich den silbernen Sklavenohrring aus meinem Ohr entferne, fühlt sich mein Kopf ungewohnt leicht an, als wäre er aus dem Gleichgewicht gebracht. Ich werfe den Ring in den Wassergraben, ein passender Ort, wie ich denke. Ich glaube, dass in dem Augenblick, als der *kponyungu* von mir Besitz ergriff, der Sultan zu dem Schluss kam, ich wäre zu etwas Höherem berufen als Schreiber, Wächter oder gar Diener der Pantoffeln. Er überträgt mir einen angesehenen Posten bei den *bukhari* und entsendet mich nach Fès.

In dieser Stadt erhalte ich vier Monate später eine Botschaft der Herrscherin Zidana. Der Bote tritt von einem Bein aufs andere, während er auf meine Antwort wartet. Seine Kleidung ist staubig, er hat sich nicht einmal Zeit genommen, um sich zu waschen.

»Sag deiner Herrin, dass ich in drei Tagen bei ihr sein werde«, erkläre ich. Diese Verzögerung gefällt ihm nicht, doch jetzt, da ich ein freier Mann bin, hat Zidana nicht mehr dieselbe Macht über mich wie früher. Ich beobachte mit einem unguten Gefühl, wie er seines Weges zieht. Ginge es nach mir, würde ich nie wieder nach Meknès zurückkehren. Allein der Gedanke an den Harem erfüllt mich mit rasender Wut über Alys' sinnlosen Tod, und ich verspüre nicht die geringste Lust, die Frau zu sehen, die ihr so lange Übel wünschte und möglicherweise an ihrem Tod beteiligt war. Doch ich habe einem Freund etwas versprochen, und dieses Versprechen muss ich halten.

Daher suche ich am nächsten Tag den Alchemisten Nathaniel Draycott auf. Ich finde ihn im Gartenzimmer mit Blick auf den Innenhof von ben Hadous Haus, beim Destillieren einer orangefarbenen Flüssigkeit. Auf meinen Gruß hin strahlt er mich hinter seinen dicken Gläsern an und staunt über meine ungewohnte Uniform und mein völlig verändertes Aussehen. »Mein lieber Nus-Nus …«

»Bitte nennt mich Akuji. Ich habe meinen früheren Namen abgelegt.«

Er blinzelt mit den Augen. »Akuji«, sagt er langsam und wiederholt den Namen für sich. »Sehr ungewöhnlich. Ich darf nicht vergessen, Elias davon zu unterrichten, wenn ich ihm das nächste Mal schreibe. Hier, probiert mal.« Er reicht mir einen Esslöffel von der Flüssigkeit. »Es ist das Öl aus einer Frucht von sehr alten Bäumen, die nur im Südwesten des Reiches wachsen, wie man mir versichert hat.«

Das Öl schmeckt süß und nussig. Während ich es mir auf der Zunge zergehen lasse, hallt von der Qarawiyyin-Moschee der Ruf zum Gebet durch die ganze ummauerte Stadt, und kurz darauf folgen hunderte weiterer Muezzins seinem Beispiel. Ein unheimlicher Klang, sogar nach mehreren Monaten habe ich mich noch nicht daran gewöhnt. Ist das vielleicht der Grund für den außergewöhnlichen Geschmack des Öls?

Nathaniel lächelt, und als die letzten Noten verklungen sind, sagt er: »Die einfachen Leute nennen diese Substanz

›Argan‹, möglich aber auch, dass der Baum so heißt. Meine Arabischkenntnisse machen zwar tagtäglich Fortschritte, doch ich glaube, dass es sich hierbei um ein Wort aus der Berbersprache handelt. Die Bauern sammeln die unverdauten Kerne ein, die ihre Ziegen ausscheiden, nachdem sie die Früchte gefressen haben, und unterziehen sie einem komplizierten und zeitaufwändigen Prozess des Röstens und Pressens. Das Öl verwenden sie sparsam beim Kochen, und es schmeckt wirklich köstlich. Ich habe aber Grund zu der Annahme, dass es eine fast magische Wirkung besitzen könnte, wenn man es noch weiter destilliert und verfeinert: für die Haut und die Verdauung und auch gegen das Altern. Sehr gut möglich, dass es sogar noch besser wirkt als Primum Ens Melissae.«

»Gerade wegen des Elixiers bin ich gekommen.« Dann richte ich ihm Zidanas Nachricht aus.

Einen Moment lang wirkt er enttäuscht. Doch als ich ihm versichere, dass er spätestens in einer Woche wieder zu seinen Experimenten zurückkehren kann, hellt sich seine Stimmung auf. Er entschuldigt sich, um sich umzuziehen, und kehrt in einem schwarzen Umhang und mit einem roten Turban auf dem Kopf zurück. Angesichts seiner Kleidung und des Bartes, den er sich in den letzten Wochen hat stehen lassen, könnte man ihn ohne Weiteres für einen Gelehrten der Qarawiyyin-Moschee halten.

Ich werfe mir seine Tasche über die Schulter, und zusammen bahnen wir uns einen Weg durch die schmutzigen Gassen der Medina zum *funduq* am Fluss, wo uns Pferde erwarten. Doch kaum sind wir über die Brücke hinter der Universitätsmauer, als eine Hand an meinem Burnus zupft. Ich blicke hinab.

Auf dem Boden kauert ein schrecklich entstellter Bettler, neben ihm liegt ein raues Stück Stoff mit den wenigen Almosen, die er gesammelt hat. Lepra oder irgendeine andere üble Krankheit hat ihm die Extremitäten zerfressen – Nase, Lippen und fast alle Finger und Zehen. Auch ein Auge hat sie ihm genommen, und das, was man von seiner Haut sieht, ist von schlimmen Falten gezeichnet. Ich kann mich nicht entsinnen, jemals etwas so Grässliches gesehen zu haben. *»Salaam alaikum«*, sage ich leise und suche in meiner Geldbörse nach einigen Münzen für die arme Seele, doch er zieht noch heftiger an meinem Umhang.

»Nss-Nss …«

»Er scheint Euch zu kennen«, sagt Nathaniel, während er den Bettler einigermaßen entsetzt betrachtet. Nicht einmal in London begegnet man derart abstoßenden und erbärmlichen Kreaturen.

Die Erkenntnis dämmert mir so langsam wie der Tag im Winter. Es ist der Großwesir. Besser gesagt das, was von ihm übrig blieb, nachdem das kräftigste Maultier in den Stallungen des Sultans ihn meilenweit über den steinigen Boden geschleift hat.

»Bei *Maleeo* … Abdelaziz.«

Was von dem Mann übrig ist, der mich kastrieren ließ, lächelt mich schaurig an. Er hat keine Zähne mehr, seine Zunge ist nur noch ein Stumpf, und dann versucht er, sich auf die verstümmelten Beine zu stellen, sackt aber gleich wieder zusammen.

Eigentlich sollte ich bittere Genugtuung empfinden beim Anblick meines verstümmelten Peinigers, doch ich fühle nur Mitleid. Aus der Tasche an meiner Schulter nehme ich ein kleines Fläschchen mit Nathaniels Elixier und werfe es dem Bettler in den Schoß. »Du hast alles, was dir widerfahren ist, verdient«, sage ich entschieden. »Trotzdem weiß ich, was es heißt, verstümmelt zu sein.« Dann gehe ich meines Weges, während er die Flasche mit der goldenen Flüssigkeit verwirrt untersucht. Bestimmt glaubt er, es sei ein grausamer Trick.

Wahrscheinlich wird er sie wegwerfen. Und ich denke, nun, wenn er das tut, ist es seine Sache.

Zidana und ich mustern uns misstrauisch durch die Schwaden von Weihrauch, die aus dem Messingbecken aufsteigen. Es ist höllisch heiß im Raum, auch ohne das Feuer.

»Du hast dich verändert«, sagt sie.

»Ihr auch.« Es stimmt. Sie sieht ganz anders aus als das letzte Mal, dass ich sie sah. Nicht weniger massig, vielleicht sogar eher mehr, doch macht sie nicht mehr den Eindruck, als würde sie von ihrem Gewicht erdrückt, im Gegenteil, sie wirkt kräftig und voller Leben. Ironischerweise denke ich, dass sie genau das ist. Voller Leben. Trotz ihres Alters, denn mittlerweile muss sie an die fünfzig sein. Doktor Friedrich glaubt, dass sie mit Zwillingen schwanger ist, was in diesem Land als Inbegriff des Glücks gilt. Als sie es stolz verkündet, wäre mir fast ein Stöhnen entfahren. Noch mehr Ungeheuer für diese Welt! Trotzdem beglückwünsche ich sie.

Sie geht um mich herum. »Kein Sklavenring mehr?«

»Nein.«

»Und auch kein Sklavenname?«

»Ich heiße jetzt Akuji.«

»Tot und lebendig.« Sie grinst. »Nicht gerade mohammedanisch.«

Ich zucke die Achseln. »Das ist mein Name.«

»Und hast du den Alchemisten mitgebracht?«

»Er ist hier in Meknès.«

»Du hast gut daran getan, ihn für mich ausfindig zu machen. Sein Elixier ist wirklich ein Wunder. Obwohl ich mich von Makarim leider trennen musste. Nachdem sie das Zeug getrunken hatte, verliebte sich Zidan in sie. Das war eine unhaltbare Situation, schließlich war sie meine Sklavin.« Ihre Augen leuchten. »Wir haben noch Großes vor, er und ich.«

Mir war zu Ohren gekommen, dass man Makarims Leiche mit Würgemalen am Hals gefunden hatte, doch natürlich wagt es niemand, Zidana zu bezichtigen.

»Er wird nur unter zwei Bedingungen für Euch arbeiten. Erstens, er wird nicht im Palast wohnen, sondern sich ein eigenes Haus in Fès nehmen, und zweitens, dass Ihr seine Arbeit nicht gegen andere verwenden dürft.«

Ich rechne mit einem Wutausbruch, doch sie zieht nur einen Schmollmund. »Und wo bleibt dann der ganze Spaß?«

»Habt Ihr den Weißen Schwan getötet?« Ich hatte sie nicht so direkt fragen wollen, doch plötzlich will ich es wissen.

Sie blickt mich verwundert an. »Die verrückte Engländerin? Hast du den Verstand verloren, Nus-Nus-Nicht-Mehr? Der Weiße Schwan ist nicht tot, er ist nur wahnsinnig geworden und weggesperrt.«

»Aber Makarim hat mir …«

Ich versetze mich zurück in den schrecklichen Augenblick unter den Kolonnaden, als die Sonne zwischen die Säulen fiel und ich die Ameisenprozession beobachtete. Was hatte Makarim genau gesagt? Die »Ruhr« – eine höfliche Umschreibung für Zidanas Gifte – habe eine lange Reihe von Opfern gefordert, und dann war Alys' Name gefallen, und ich hatte nicht mehr hingehört. Da ich mit dem Schlimmsten rechnete, hörte ich das Schlimmste und akzeptierte es sofort. Tot und lebendig? Eher lebendig und dumm. Ich bin einfach zu dumm für das Leben.

»Sie wohnt im Kleinen Palast am Stadtrand. Nachdem ihr der Kleine so grausam genommen wurde, verlor das arme Ding den Verstand, und Ismail konnte sie nicht mehr ertragen, deshalb hat er sie dort untergebracht.« Zidana spricht, als hätte sie mit Momos vermeintlichem »Tod« nicht das Geringste zu tun. Vielleicht hat sie es sich mittlerweile selbst eingeredet.

Ich spüre, wie eine wilde Freude mich überwältigt, wie der Keim einer unerträglichen Hoffnung, und ich muss mich umdrehen, bevor Zidana es merkt. Doch ihre schwarzen Augen fixieren mich, ohne zu blinzeln.

»Ich habe dich in der Löwengrube gesehen«, sagt sie fast bewundernd. »Ich sah den Krieger in dir.« Wenn sie lächelt, erhascht man einen kurzen Blick auf das Lobi-Mädchen, das sie vor so langer Zeit einmal war.

Doch die Illusion verfliegt bald. Sie durchquert das Zimmer und kommt mit einer geschnitzten Holzkiste zu dem Messingbecken zurück. Sie nimmt eine kleine, mit Edelsteinen geschmückte Fetischpuppe und eine weitere winzige mit blauen Perlen als Augen aus der Kiste und wirft sie in die Glut, wo sie zischend in Rauch aufgehen. »Beide tot«, erklärt sie befriedigt. Dann hält sie eine dritte Puppe hoch, ganz in Weiß, mit Maiskolbenfasern als blondes Haar. »So gut wie«, sagt sie gleichgültig, und dann wandert auch sie ins Feuer. Schließlich nimmt sie eine Puppe aus schwarzem Ton aus der Kiste, deren weiße Augen genauso aufgerissen sind wie meine jetzt, da ich mich an die teuflische Tür in der Brust und das, was ich darin sah, erinnere. »Sollen wir nachsehen, ob sie wieder gewachsen sind?«, fragt sie spöttisch und zupft am Saum seines Gewands. Als sie meinen Ausdruck sieht, prustet sie los. »Ach, armer Akuji, immer noch so leicht zu erschrecken wie der Sklave Nus-Nus.« Und dann wirft sie auch diese Puppe ins Feuer.

Der Kleine Palast ist ein friedliches Fleckchen Erde, umgeben von einem Garten mit Zitronenbäumen, grünen Olivenbäumen und Mauern, die von Bougainvillea überwuchert sind. In den Schatten räkeln sich schlitzäugige Katzen. Während ich schnellen Schrittes gehe, denke ich die ganze Zeit, dass sie ihre Rolle vielleicht zu gut gespielt hat. Vielleicht ist sie ja wirklich wahnsinnig geworden. Doch dann übermannt mich erneut die Euphorie, und ich vertreibe die dunklen Gedanken. Nach allem, was wir durchgemacht haben, kann ich nicht glauben, dass das, was im Buch des Schicksals geschrieben steht, so grausam sein kann.

Mamass öffnet mir das Tor; mit ihrem einfachen Baumwollgewand und dem *hijab* wirkt sie sehr erwachsen. Überrascht starrt sie mich an; die Uniform verwirrt sie. Als ich grinse, schreit sie vor Freude auf und umarmt mich wie ein Kind, dann besinnt sie sich und fragt mich feierlich nach meiner Gesundheit und meinem Wohlergehen.

Der Freudenschrei hat Aufmerksamkeit geweckt. Im dunklen Gang hinter ihr bewegt sich etwas, und plötzlich sagt eine Stimme: »Du siehst so anders aus … und trotzdem, trotzdem bist du es!«

Mamass senkt den Kopf und stiehlt sich grinsend davon, Alys und ich stehen uns einen langen Augenblick von Angesicht zu Angesicht gegenüber und starren uns an. Als ich sie an mich ziehe, fühle ich, wie dünn sie ist, zerbrechlich wie ein Vogel. Aber ich spüre auch die Kraft in ihr, eine außergewöhnliche, stählerne Kraft.

»Er ist in Sicherheit, es geht ihm gut, und er wartet auf dich«, flüstere ich ihr schließlich ins Haar.

Sie hebt das Gesicht. Es ist feucht von Tränen. Nus-Nus hätte gezögert, doch Akujis Hand erhebt sich und wischt ihr sanft die Tränen ab. Sie legt ihre Hand auf die meine und hebt sie zum Mund. Ihre Lippen brennen auf meiner Handfläche. Ich spüre ihren Atem auf meiner Haut. »Ich dachte, du würdest nie mehr zurückkehren«, sagt sie, und ich erinnere mich an das letzte Mal, als sie mir diese Worte sagte, und an alles, was sich seitdem geändert hat.

»Komm mit mir nach London«, erwidere ich und dann berühren meine Lippen die ihren, und wir schweigen lange Zeit.

EPILOG

Eine Woche später gehen wir an Bord eines von Daniel al-Ribatis Handelsschiffen und segeln unerkannt mit unseren wenigen Habseligkeiten davon. In unserem Gepäck befinden sich Mr. Draycotts Briefe an die Royal Society und eine Anzahl von Fläschchen mit seinem geheimnisvollen Elixier. Ben Hadou, der sich wohl bewusst ist, dass ich ihm das Leben gerettet habe, gibt mir eine ordentliche Geldsumme mit, und ich verpflichte mich im Gegenzug, dafür zu sorgen, dass das Schiff auf der Rückreise seine neue Frau Kate an Bord hat, und auch eine Reihe von Bestellungen für sein neues Heim in Fès. Die Liste ist so lang wie mein Arm.

Man kann sich kaum vorstellen, was für ein Leben uns in London erwartet. England ist nicht wie Marokko, wo schwarze Männer auf Befehl des Sultans weiße Frauen heiraten und niemand sich etwas dabei denkt. Vielleicht müssen wir heimlich heiraten und nach außen wie Herrin und Diener leben, wie die Herzogin Mazarin und Addo, König der Straße, in der angenommenen Rolle des Sklaven Mustafa. Aber wir werden Momo haben, und Momo ist der Schlüssel zu allem. Das ist gut so, denn wir werden kaum jemals eigene Kinder zeugen. Wir sind eine ungewöhnliche Familie, doch die Zustimmung der Welt ist weder Alys noch mir wichtig. Wir haben Schlimmeres überlebt als grausame Worte und böse Blicke. Was immer die Zukunft bringen mag, es wird gewiss besser sein als das, was wir in der Vergangenheit erdulden mussten.

Zudem hat mir der König, ehe ich London verließ, zweierlei versprochen. Dass er sich um Alys kümmern wird, sollte der Sultan sie aus seinem Harem entlassen, und dass ich in Whitehall die Stellung eines Hofmusikers bekäme, wenn ich sie bei meiner Rückkehr noch wollte. So hoffe ich, dass wir mit etwas Glück und unserer Entschlossenheit allen Widrigkeiten zum Trotz überleben werden.

Ist es zu viel verlangt, dass Männer und Frauen frei über ihr Leben entscheiden dürfen?

Die Hoffnung bleibt – immerhin hat es auch schon andere Wunder gegeben.

Moulay Ismail war von 1672 bis 1727 Sultan von Marokko. Eine bemerkenswert lange Zeit herrschte er über seinen »Korb voller Ratten«. Einer der Gründe für seinen Erfolg liegt in dem Namen, unter dem er bekannt wurde, »Safaq Adimaa«, »der Bluttrünstige«. Ein anderer in seiner Angewohnheit, Autorität mit Imponiergehabe zu verbrämen, indem er das Volk mit Pomp und Gepränge in Ehrfurcht versetzte. In dieser Hinsicht wie in seiner Machtfülle war er der letzte Sultan, der sich mit seinen europäischen Gegenspielern messen konnte.

In seinen fünfundfünfzig Jahren als absoluter Herrscher unterwarf er die wilden Stämme des Rif- und des Atlas-Gebirges, eroberte die Küstenstädte Tanger, Mamora, Asilah und Larache von den fremden Mächten zurück, behauptete Marokkos Souveränität gegenüber den Osmanen, baute Moscheen, Schreine, Brücken, Kasbahs und natürlich den außerordentlich komplexen Palast in Meknès, dessen Ruinen von der UNESCO zum Welterbe erklärt wurden.

1703 fragte ein Gesandter einen von Ismails Söhnen, wie viele Geschwister er habe. Nach drei Tagen erhielt er eine Liste mit den Namen von fünfhundertfünfundzwanzig Jungen und dreihundertzweiundvierzig Mädchen. 1721 soll er »siebenhundert Söhne, die reiten können«, gehabt haben – der letzte seiner Söhne kam angeblich achtzehn Monate nach seinem Tod zur Welt, in der Tat ein Kunststück. Den Überblick über seine Frauen und seinen Harem zu behalten ist noch schwerer, weil selbst in den offiziellen Akten die meisten seiner Frauen nur mit dem einzigen arabischen Namen verzeichnet sind, den sie erhielten, nachdem sie freiwillig oder unter Zwang zum Islam konvertiert waren. Unter ihnen allen gibt es eine Konstante: Lalla Zidana, die Ismails Bruder für eine Summe von sechzig Dukaten als Sklavin erstanden hatte. Nach allem, was man weiß, war sie in ihrer zweiten Lebenshälfte eine enorm massige und monströse Person, die sich seltsam kleidete und als »Hexe Zidana« gefürchtet wurde. Trotzdem – oder vielleicht gerade deshalb – beherrschte sie dreißig Jahre lang Ismails Gefühle und übte absolute Macht über seinen Harem aus. Ihr ältester Sohn, Zidan, wurde zu Ismails Erben ernannt, obgleich er nicht sein Erstgeborener war. Gleichwohl erkannte ihm sein Vater im Jahre 1700 diesen Titel wieder ab und bestimmte stattdessen Zidanas ebenfalls unfähigen Zweitgeborenen, Ahmed al-Dhahebi, »den Goldenen«, zum offiziellen Nachfolger.

Nach Ismails Tod im Jahr 1727 brach ein langwieriger Erbfolgekrieg zwischen seinen überlebenden Söhnen aus, und nach kürzester Zeit führten Bürgerkrieg und der Verfall der Moral zum Untergang des geeinten marokkanischen Königreiches.

Man hat Meknès das kleine Versailles genannt. Moulay Ismail und Ludwig XIV. besaßen dieselbe Leidenschaft für Prachtbauten und für die Macht, und beide widmeten sich eifrig dem Bau ihrer jeweiligen Paläste. Zwar wurde Versailles nicht von Sklaven erbaut, doch auch Ludwig XIV. waren das Leben und die Sicherheit seiner Arbeiter gleichgültig. Im bitteren Winter 1685 arbeiteten vierzigtausend Männer am Bau von Versailles, trotz furchtbarer Kälte und Seuchen, die viele von ihnen dahinrafften. Das Schicksal der Sklaven in Meknès war bekanntlich erheblich grauenvoller. Doch während Versailles symmetrisch, geordnet und elegant ist, war die Palastanlage in Meknès mit ihren fünfzig angeschlossenen kleineren Palästen, Moscheen, Innenhöfen, Kasernen und Gärten ein riesiges, sich ständig veränderndes Labyrinth, in dem Mauern und Pavillons gebaut und willkürlich wieder abgerissen wurden, je nach Lust und Laune ihres Schöpfers.

Ismails Nachfolger führten seine ehrgeizigen Bauvorhaben fort, doch das Erdbeben von Lissabon im Jahr 1775, das vermutlich eine Stärke von 9,0 auf der Richterskala erreichte, legte den Palast, der viele Jahrzehnte und tausende von Menschenleben gefordert hatte, in wenigen Minuten in Schutt und Asche. Von Ismails Wahnsinnsprojekt sind nur die Ruinen seines Mausoleums, des Palastes Dar Kbira und die großen Kornkammern erhalten geblieben, dazu einige Teile der Stadtmauer und die Stadttore. Trotzdem lohnt sich der Besuch, um einen Eindruck von dem Größenwahn des Sultans zu bekommen.

Karl II. hatte keine legitimen Nachfolger. Doch aus Unterlagen geht hervor, dass er zwölf bis vierzehn uneheliche Kinder zeugte, und wahrscheinlich gab es noch mehr, die nicht überlebten oder nicht anerkannt wurden. Wo immer er sich in den langen Jahren seines Exils vor der Restauration im Jahr 1660 aufhielt, säte er seine Saat: von Jersey 1646 über Den Haag 1649, Paris 1650 bis Brügge 1656. Alys Swann ist ein fiktiver Charakter, aber Moulay Ismail soll eine oder zwei englische Frauen gehabt haben, die er sehr liebte. Eine starb – oder verschwand –, und die andere, die später kam als meine Alys, soll ihm einen Sohn geboren haben, der zum Nachfolger nominiert war und ebenfalls Mohammed hieß – in Marokko erhalten für gewöhnlich alle Erstgeborenen diesen Namen.

Die marokkanische Gesandtschaft traf im Januar 1682 in London ein und wurde von Mohammed ben Hadou Ottur angeführt, manchmal auch als *al-Attar*, »der Hausierer«, bezeichnet. Der fast sieben Monate währende Besuch ist in den damaligen Chroniken gut dokumentiert und wurde in John Evelyns Tagebuch besonders lebendig beschrieben. Er erzählt, ben Hadou sei eine »Attraktion« gewesen. Der Gesandte ließ sich zweimal porträtieren, beide Male von anonymen Künstlern. Eines dieser schönen Porträts ist in den Archiven der National Portrait Gallery in London zu sehen.

Nus-Nus – oder Akuji, um ihn bei seinem richtigen Namen zu nennen – ist meine Erfindung.

GLOSSAR

abid	Sklave
afrit	böser Geist
Aid el-Kebir	Opferfest
alhamdullillah	Gott sei Dank
bab	Tor
babouches	handgearbeitete Pantoffeln aus Leder
Bakschisch	wörtlich: milde Gabe, heute oft zynisch für Schmiergeld
baraka	Glück
bukhari	Schwarze Garde
charaf	Ehre
Dar Kbira	der Große Palast
Djellaba	Kapuzengewand
djinn	Geist, häufig böse, Pl. *djenoun*
Fassi	aus Fès
fkih	Herr
funduq	Karawanserei
hajib	Wesir
Hamam	Dampfbad
haram	unrein, verboten
hijab	islamisches Kopftuch
incha'Allah	so Gott will
Kaid	ranghoher Beamter, Verwalter
khanjar	zeremonieller Dolch
kif	Kiff
koubba	Gebäude mit einer Kuppel, oft ein Schrein

lalla	höfliche Anrede für eine Frau
ma'alema	Lehrerin für Religion und handwerkliche Fertigkeiten wie Stickerei
marabout	ein umherziehender Heiliger oder Religionslehrer
marhaban	willkommen
mechoui	am Spieß geröstetes Lamm- oder Ziegenfleisch
Medina	Altstadt
Meknassi	aus Meknès
mellah	Salzviertel (Judenviertel)
mezian	gut
nus-nus	halb-halb
Oud	arabische Laute
qadi	Kadi
qamis	weite Hose
qibla	Richtung Mekka
qissaria	überdachter Markt
ras al-hanout	Gewürzmischung
Rebab	marokkanisches Instrument
Ribati	aus Rabat
salaam alaikum	Friede sei mit dir
shahada	Ausspruch, um zum Islam zu konvertieren
sherif	Nachkomme des Propheten
sidi	Herr
smen	ranzige Butter
souq	Markt
tadelakt	Putz
Tafraouti	aus Tafraout
tajine	ein Tontopf und das Gericht, für das er verwendet wird
taleb	Gelehrter
Tarbusch	Kopfbedeckung

Targia	weibliche Form von Tuareg
zellij	Zellij-Kachelkunst
zelliji	Mosaikhandwerker
zumeta	nahrhafte Paste aus Nüssen und Körnern

BIBLIOGRAPHIE

Aouchar, Amina, Jean-Michel Ruiz and Cécile Tréal, *Fès, Meknes* (Paris, Flammarion, 2005)
Bejjit, Karim, *Encountering the Infidels: Restoration Images of the Moors* (Essay, University Hassan II, Casablanca)
Blunt, Wilfred, *Black Sunrise* (London, Methuen, 1951)
Daileader, Celia, *Racism, Mysogny and the Othello Myth* (Cambridge, Cambridge University Press, 2005)
de Beer, E. S. (ed.), *Diary of John Evelyn* (London, Everyman's Library, 2006)
Doutté, Edmond, *Magie et religion dans l'Afrique du Nord* (Algiers, Société Musulmane du Maghrib, 1909)
Forneron, Henri, *The Court Of King Charles* (London, Swan Sonnenschein & Co, 1892)
Frasier, Antonia, *King Charles II* (London, Weidenfeld, 1979)
Harris, Tim, *Restoration* (London, Allen Lane, 2005)
Lithgow, William, *The Totall Discours of the Rare & Painefull Peregrinations* (London, N. Okes, 1632)
Mafi, Maryam and Kolin, Azima Melita, *Rumi: Hidden Music* (London, Thorsons, 2001)
Matar, Nabil, *Islam in Britain* (Cambridge, Cambridge University Press, 1998)
Mernissi, Fatema, *Dreams of Trespass: Tales of a Harem Girlhood* (New York, Perseus, 1995)
Milton, Giles, *Weißes Gold: Die außergewöhnliche Geschichte von Thomas Pellow und das Schicksal weißer Sklaven in Afrika* (Stuttgart, Theiss, 2010)

Ogg, David, *Europe in the Seventeenth Century* (London, A&C Black, 1943)
Pearson, Hesketh, *Charles II* (London, Heinemann, 1960)
Picard, Lisa, *Restoration London* (London, Weidenfeld, 1997)
Tames, Richard, *City of London Past* (London, Historical Publications, 1995)
Vitkus, Daniel J. (ed.), *Piracy, Slavery and Redemption* (New York, Columbia University Press, 2001)

DANKSAGUNG

Ich danke meinen wunderbaren Agenten Danny und Heather Barbor für alles, was sie für mich tun, Emma und Philippa für Feedback und Unterstützung und meinen Lektoren für ihre Leidenschaft und Sorgfalt. Vor allem aber Eugene Delacroix, dessen Porträt »Porträt eines Türken mit Turban«, das ich in einem marokkanischen Restaurant sah, eine lebhafte Diskussion entfachte und mich zu der Figur Nus-Nus inspirierte.

Pierre Mignards Porträt von Louise de Kérouaille, Herzogin von Portsmouth (entstanden 1682 während des Besuchs der marokkanischen Gesandtschaft), befindet sich in der National Portrait Gallery, ebenso die beiden anonymen, sehr gelungenen Porträts von Mohammed ben Hadou. Letztere sind nicht für die Öffentlichkeit zugänglich, man kann jedoch Besichtigungstermine mit den Kuratoren vereinbaren.